豪门绝恋

半路新娘（上册）

THROBBING LOVE

古默 著

中国出版集团
现代出版社

图书在版编目（CIP）数据

半路新娘 / 古默著．—北京：现代出版社，2016.4

ISBN 978-7-5143-4737-1

Ⅰ．①半… Ⅱ．①古… Ⅲ．①言情小说—中国—当代 Ⅳ．①I247.5

中国版本图书馆CIP数据核字（2016）第049557号

著　　者　古　默
责任编辑　杨学庆
出版发行　现代出版社
通讯地址　北京市安定门外安华里504号
邮政编码　100011
电　　话　010-64267325　64245264（传真）
网　　址　www.1980xd.com
电子邮箱　xiandai@cnpitc.com.cn
印　　刷　三河市金泰源印务有限公司
开　　本　710mm×1000mm　1/16
印　　张　42
版次印次　2016年5月第1版　2021年1月第2次印刷
标准书号　ISBN 978-7-5143-4737-1
定　　价　93.00元（全二册）

目录

第一章

逼婚

人 妻 难 为

001

艳阳高照，和风送暖。

一碧如洗的天空下，一座位于市郊的庄园，此刻披上了白色的花饰，看上去显得格外美好。

纯洁的白玫瑰、高雅的百合花、可爱的满天星……这些代表着浪漫、祝福、天长地久等幸福祝愿的花朵，宛如缎子一般铺撒开，给这青草满地的庄园，增添了别样的色彩。

今日，在这里，显然有一场盛大的婚礼！

到场的嘉宾不论男女，均盛装而来，那架势丝毫不亚于走红地毯的当红明星，但他们却比那些走红地毯的明星，更多一些低调和奢华，就如同庄园外侧停靠着的一辆辆豪车，一看就让人忍不住心倾，但很多却偏偏叫不出名字来。

该是怎样的郎才女貌，才会有如此奢华而浪漫的婚礼，以及有那么多非富即贵的嘉宾？

稍微想想，是个人都要开始羡慕了。

然而此刻，庄园里的嘉宾们，却渐渐告别了一开始的好心情，纷纷如坐针毡了起来。

……因为，预定成婚的时间已经过去了，新娘，却还是没有出现。

想起新郎那显赫而恐怖的强大身份，还有他已经去世的前两位妻子，以及关于他的种种恐怖传言，嘉宾们的心情纷纷沉重了起来。

如果今日那新娘迟迟不到，那他们真的不知道，被当众打了脸的新郎，会做出怎样危险的事情来。

会场的气氛，因为新娘的缺席而紧绷了。

空气中明显多了一种一触即发的危机感。

就是那不停歇的奏乐声，都压抑得仿佛成了一枚二胡在那儿悲鸣。

站在主婚台上的新郎，整个人就宛如一杆枪似的矗立在那儿，冷厉劲拔的样子，简直要把天都给戳破了。

而那面无表情的脸，以及越来越阴冷、宛如秃鹫般犀利的眼，任凭谁看了，都会在心里发凉、发慌！

要……要出大事了！

很多人在心里忍不住哀号，恨不得立即夺路而逃，但是——不能、不行！

此刻，他们唯二的出路，一是新郎大发善心地允许他们走，二是那该死的迟迟不来的新娘赶紧出现在这里！

大概是这些名流的集体祈祷奏了效，在他们的冷汗逐一开始爬上后背的时候，一道清脆悦耳的女音，扬了起来——

“对不起，我来晚了！”

诚恳、真挚的声音，不啻是救赎，将所有人的目光都吸引了过去。

而身着一身白纱伴娘礼服的叶露，就被这齐刷刷的扭头和注目礼给吓得腿软。

好吧，她知道是她的错，不该迟到。但是，这一切真的不怪她，要怪就怪那万恶的交通堵塞！

她临时受师姐所托来充当婚礼的伴娘，已经尽量抢时间出门了，也在预定好的婚纱坊匆匆化好了妆，但是在赶往这里的时候，却偏偏遇上了交通堵塞。

在车上焦急等待的时候，她料想自己是无法准时赶上对方那“十全十美”的婚礼了，不过，到底是亲口答应过的事情，又折腾了这么大半天，就算是迟到了，她也得去趟婚礼现场，向新郎新娘道一声歉。

只是没想到，等她气喘吁吁地下了车跑来这里之后，婚礼居然还没开始举行！

远远看着那在主婚台前侧站着的，形单影只的新郎，她心里的愧疚就别提了。没想到，对方竟然一直在等着她。因为她，一个“十全十美”的婚礼，注定不再完美。

叶露此时，真恨不得狠狠地骂自己一顿，甚至打自己几巴掌。

但，她现在真正能做的，应该是诚恳地道歉，然后迅速就位，让这场婚礼顺利结束！

哪怕，大家现在看她的表情，充斥着怨怼和不满，她也认了！

“对不起！”

她再次朗声道歉，冲着所有的嘉宾，深深地鞠了一躬。

直起腰的时候，她明显感觉到大家的脸色好看了不少，不知道是不是她的错觉，她觉得大家看她的目光，似乎有些诡异了起来。

她顾不上多想，因为新郎缓步朝她走来了。

看到对方那张俊气逼人的脸庞上，满是浓浓的不悦之色，她赶紧再次鞠躬冲他道歉：“对不起，我来晚了。我发誓，我真的不是故意的，请原谅我好吗？”

新郎的面色极其冰冷，看着她的视线，宛如一把刮骨刀，吓得她忍不住有些瑟缩，甚至有一种迅速转身拔腿就跑的冲动。

但这个念头才刚闪过，那冷得周身都冒着寒气的新郎开了口。

“我们需要谈谈，跟我来！”

完全是命令的口吻，完全不容许人拒绝的口吻，更带着一种让人不得不听从的强大气势。

叶露生平，即便是在影视作品中，或是在新闻频道里，都没见过如此气势强劲的人。

本能地小碎步疾行跟在男人的身后，她心里不断地在打战：妈呀，看着就是个普通人的师姐是怎么认识新娘的，这新娘要嫁的到底是什么人啊！

这男人说要和她谈谈，那要谈什么啊，是要指责她的迟到吗？

一想到待会儿就要被这个看着就很吓人的男人训斥，她觉得自己整个人都不好了，于是开始绞尽脑汁地想着一会儿到底该如何真诚地道歉来弥补她的错误。

因为怀着愧疚，所以在男人带着她走了一段路，冷声问她名字的时候，她本能地吐出了“叶露”两个字。

她不知道的是，当她低头报出这两个字之后，男人不着痕迹地给一直紧跟在两人身后的一个大块头递过去了一个眼神，而那个大块头在冲新郎恭敬地点了点头之后，很快就脱离了队伍。

她更不知道的是，那名流云集的婚礼现场，因为她和新郎的暂时离开，一下子炸开了锅。

叶露是想好好赔礼道歉的，但是，她根本就没有这个机会。

只是问了一下她名字的新郎，在接下来的路程中，非常沉默。

直到穿过那透着奢华的长长走廊，走到一扇金光闪闪的大门前，她略微窃喜地以为这折磨到头了，也迎着男人的目光，在他绅士般地为她推开大门，请她进去之后，讨好地冲他笑了笑，进入了这豪华到甚至比她家房子还要大的房间。

但很快，她就心惊肉跳地发现，身后的大门猛地被关上了！

怎么了？

她心慌地转身，本能地去拉了拉那门，那门竟是纹丝不动，宛如被焊住了一般。

“你好，你好……”

鉴于是临时替师姐的场，所以她根本就不知道那位冷冷的新郎到底叫什么名字，只能一边叫着“你好”，一边努力用拳头捶门。

“你好，开一下门好吗？你好，你好……”

侧耳听着门外动静的同时，她迅速地扫了一下这豪华的房间，沮丧地发现——这个装修布置无不透着奢华的房间里，果然没有其他人。

没必要吧，婚礼上迟到是她的不对，可她都道歉了，至于就这样把她给关了起来吗？

叶露也是有些气了，但主要的是，这个房间太空了，空到无端地都让她觉得害怕了，再一想那新郎自始至终透着的冷气，她更是怕了。

她知道一些富人都是很爱面子的，大概她今天的行为真的很打对方的脸，但是她真的不是故意的啊。

“对不起，我真的不是故意迟到的，原谅我好吗……我道歉，道歉，对不起……求求你，别这样，快开门，放我出去，我错了……真的别这样，求你了，我道歉，你让我做什么都可以，我会努力弥补你的，真的，你让我做什么都可以的，啊——”

那纹丝不动的大门，竟然一下就开了。而情绪激动捶打大门的叶露，就这样惯性地朝前扑了过去，并且发出了“啊”的一声惊叫。

死定了，她会摔得很惨！

本就不是她平日标配的高跟鞋，这会儿肯定无法让她成功地完成救场的动作，所以她本能地伸手去抓什么的同时，死死地闭上了眼。但是，预想中会摔得很疼的感觉，却迟迟未至，相反，一个有些硬、又带着暖意的东西，拦下了她，让她猛地埋入了一片散发着淡淡烟草味的香海里。而猛地搭在了她腰间的那有力的带着点温度的东西，仿佛……仿佛是人的胳膊！

人的胳膊！

她一惊，猛地张开了眼，然后在意识到自己这脸似乎是撞到某位男性的胸膛之后，瞬间羞得面红耳赤，更是慌里慌张地支起身子，一边伸手去推，一边抬脚后撤。但是，那搭在她腰间的胳膊，却猛地动了，且一下强悍了，宛如精铁一般，猛地圈住了她的腰，不给她丝毫后撤的机会。

“这可是你自己往我身上撞的！”

冰冷的声音，带着熟悉的韵味。她猛然抬头，果不其然，看见的就是那个将她关在房里的新郎的脸，而且是一张猛地被放大了的脸。因为靠得太近，这个男人的俊美，几乎是以一种横扫一切的姿态，狠狠地撞入她的眼帘。

墨一般的眉，桀骜不驯地张扬着；漆黑的深瞳，闪烁着无情又黑冷的光泽；挺立的鼻子，淡如水色的唇瓣，薄得宛如刀削一般，此刻微微抿着，即使冷酷，可是也该死地性感迷人，所有的这一切，全都镶嵌在了那棱角分明的脸上。这个男人，简直比那些时装杂志上的模特儿还要俊美。

莫名地，叶露的心跳鼓噪了起来，且，全身猛地发热！

她慌了，本能地用力去推他，但这人仿佛也是重铅做的，竟然都没推动他半分。而且，这人说话的声音冷冷的，但偏偏他的举止却是霸道的，叶露推了好几下，甚至都扭了，却依旧脱身不得之后，本该是愤怒的，可想到她对他所做的，那股火，就一下蔫了。

“对不起，你先放开我……”

她愧疚地道歉，又弱弱地请求。面对他，她本能势弱，现在又多了点莫名其妙的心慌气短。

这样子，一点都不好！

但男人却牛头不对马尾，冒出一句：“你自己说的，为了弥补，你什么都愿意做！”

她愣了一下，立刻反应过来男人把她刚才所说的话，大概都听了进去。她有些恼，但更多的是理亏，所以只能点头。

但男人下一秒说的话，差点让她整个人都要炸了。

“我要你当我的妻子！”

“什……什么？”

因为太惊讶，她忍不住开始尖叫了！

男人却根本不顾她一副看着他就像是在看一个神经病一样的眼神，径自薄唇轻启，吐出足以让人冷到血液都会凝固的话来。

“叶露，198×年×月生，祖籍Z省Y市，就读于本市D大……父亲×××……母亲××……还真巧，都在我集团下的公司上班，还有一个弟弟……”

听着自己一家人的信息，就这么分毫不差从男人的嘴里流出，甚至某些细节方面，连她自己都不大记得了，可男人却偏偏如数家珍，叶露没感觉到敬佩，只是觉得恐怖，一种宛若自己的整个家底都被对方给捏住的恐怖。

这个男人在干什么？在今天之前，她和这个男人根本连面都没见过，为什么他会对她的情况这么了解？

她怕了，莫名怕了。

“你……你是什么人？你……你想干什么？”

“干什么？”男人薄唇一翘，那一直透着森冷的俊脸，一下邪魅了起来，“你自己撞到了我身上，所以，这是你命中注定的。我给你十分钟的时间考虑，十分钟之后，属于我们的婚礼，就会开始。简单点说，十分钟之后，你就得嫁给我！”

“凭什么？”叶露几乎冲口质问，又惊又怒又羞！

男人又是一笑，但笑得很残忍。他用黑得不带半点笑意、尽是肃杀之气的眸子，紧紧地锁住了她。

“凭我是冷阳，是冷氏家族的家主！”

轰——

某类讯息，猛地在叶露的脑中炸开。看着被对方那漆黑得宛如深渊的眼给锁住的自己，看着那好像已经被对方给牢牢困住的自己，叶露的脑中，龙卷风过境般的，是关于冷阳，关于冷氏家族的种种讯息……

冷氏家族，这是一个超级家族，尽管家族核心成员很少在媒体上露面，但却一点也不妨碍这个家族在本国的知名度。这是一个不止在本国赫赫有名，就是在国际上也是名声显赫的家族。这个家族所创造的财富奇迹，一次又一次地霸占整个媒体网络的头版头条，其家族领导人率领着家族成员在和华尔街金融巨头博弈中每每获胜的经历，都能令人津津乐道好一阵子。

在普通人眼里，冷氏家族，那绝对是高高在上的存在。一旦和那个家族搭边，便意味着数不尽的金钱，望不到头的富贵。

因此，像当下这种将整个闻名全省、注定费用令人咋舌的大庄园都给包下来当作婚礼现场的大手笔，就很不值得一提了；同时，那停在庄园外的一辆辆闪瞎人眼的豪车，也显得非常合情合理了。

可偏偏，这一切又是那么的不真实。

冷阳，这位据称是冷氏家族家主的人，竟然让她嫁给他！他不是疯了吧？他是谁？要什么样的人没有，竟然让她嫁给他？不不，这不是重点，重点是，她凭什么要嫁给他？就算他是那个超级家族的家主，她又凭什么要嫁给他？

“我不——”骨子里的倔强，让她本能反驳。

但对方根本就不给她继续反驳的机会。

“你要是不答应，我会让你的父母马上下岗，并且今后将再也没有金钱收入，还有，你和你弟弟也会马上被退学，也就是说，不答应我，你和你的家人，下场可想而知！”

“不可能！”叶露气得大叫。

冷阳仍是不给她继续开口的机会，冷酷地陈述道：“这不是可能和不可能，而是绝对会那样。你很清楚，我是冷氏家主，我说的话，什么时候不能实现过？”

低吟着，他笑了笑，带着嘲弄，但更多的是带着恶意！

“所以，乖一点，嫁给我！”

这根本就不是请求，而只是高高在上地通告，告诉她，她没有选择，只能听他的话，嫁给他。

可她不要！

尽管，他是那样尊贵而又神秘的身份，又尽管他长得帅得有些逆天，可她本能地怕他，他就像是一头蛰伏着不动的冰冷的蛇，随时有可能突然蹿起来，猛地一口吞了她。还有，她根本不了解他，天知道，在这之前，她根本就不认识他。再有，她觉得屈辱，一种浓浓的屈辱。嫁人是人生大事，她有她的选择，而不是被逼着嫁给一个人，而且，他凭什么这么威胁她？！

“你不可以，现在是法治社会——”

“呵……”他蓦然轻笑，嘲弄的意味十足，看她的目光，完全像是在看一个不懂事的孩子，“我又没有说我要违法……”

感叹着低吟，他仿佛在欣赏一个新奇的物件，但却猛地止了笑，面色再次冷了下来。

“还剩下五分钟，你可以去试试，如果你拒绝，我能不能做到刚才说的那些！”

那眼神，真冷，冷到让人骨子发颤。那周身的气息，真危险，越发像是淬着毒的毒蛇！

叶露倒吸了一口凉气，心里分外凄凉，她不过就是一个迟到的伴娘而已，他为何要这样惩罚她？

咦？不对，新娘呢？他应该有他的新娘啊！

一下感觉到了希望的曙光，叶露整个人都激动了起来。

狠狠地咬了咬唇，她乞求道：“如果因为我的迟到，影响了你的婚礼，那我道歉，但是，我真的不能和你结婚。因为今天之前，我和你根本就不认识，而且，你有你自己的新娘，那才是要和你结婚的人。我只是伴娘，你需要的，是那个你自己挑选出来的女人——”

“无所谓！”冷阳却凉凉地打断了她的话，“新娘是谁都无所谓，我只是需要一个女人当我的妻子罢了。原来的新娘没来，你出现得又那么的及时和凑巧，所以，就是你了！”

什么？

这世上竟然还有这样的事情！

因为新娘不出现，就临时拉了伴娘当老婆！

有没有搞错？！

“这不公平！”她忍不住吼了。

“公平？”冷阳一声嗤笑，“又天真了啊！这世界本来就不公平。我的婚礼不能没有新娘，我们冷家丢不起这个脸！”

抬手，他以指尖轻轻地敲了敲戴在左手上的名表，冷冷地道：“好了，现在还剩下三分钟，还是那两个选择，一、你乖乖配合，嫁给我，我会给你一个妻子应该有的一切；二、你拒绝，我对付你们一家！”

“你——”

一想到自家人会被这个恐怖的男人给逼得最终连口饭都吃不上，叶露就怕得话都说不出来。

她还真不认为他就只是吓吓她而已，因为他是冷阳，冷氏家族的家主。这么庞大的一个家族，真要针对她们一家的话，还真不是她们这种普通家庭能承受得住的。

她摇摇欲坠着，一张小脸变得煞白。她从未想过，会在有生之年，碰上如此恐怖、如此让人绝望的存在！

而这个恐怖的存在，却根本就不把自己对他人的威胁给当一回事，甚至依旧面色如常地吐出倒计时。

“最后一分钟！”

这另类的云淡风轻，真该遭雷劈！

多么无奈、多么不甘、多么让人愤怒，甚至，多么让人害怕、绝望，可随着时间一秒一秒地过去，随着男人冷漠不留情地吐出三个字——“时间到”，然后似是不带半点留恋的眼神从她身上飘过，身子也紧跟着微微一转，似要抬腿走人，她几乎是尖叫着吐出一个字。

“好！”

他离去的身影，顿了一下。

她反而急了，

“我答应！”几乎是大喊着叫出这一声，带着一种她自己都能真切感觉到悲伤的，献祭一般的认命。

“我……答应……答应……嫁……嫁给你……答应……答应……”

嘴唇哆嗦着，答应着，但是眼泪，就这么不争气地冲出了她的眼眶。

而此时，他又重新面对了她。她倔强地不想让本就低得不能再低的自己在他面前显得太过软弱，所以，猛然抬手，猛地去擦拭那争先恐后涌出的眼泪，但却怎么也擦不完。

一只男性的手，就这么伸了过来，在她猝不及防下，那手的指尖，就这么触上那泪。

她怔住，不敢动。

很矛盾，那么恐怖的人，那么周身泛着冰寒的男人，可那指尖，却是暖的！

男人看着她，面上已然没了笑，但那眼，却黑沉地一下复杂难辨了起来。

“你……不用太害怕！”那哄劝的口吻，隐约带着温柔，让人有刹那的迷惘，又让人怀疑是不是幻听了，怎么可能从这话里面听出温柔来。

而下一秒，他的口吻重新强势冷硬了起来，霸道得像个帝王：“只要你乖乖配合，做好一个妻子该做的，那你和你的家人，绝对不会受到任何影响，相反，该享受的荣华富贵，一点都不会差了！相信我，这绝对会是你这辈子做得最有价值的交易！”

“不要享受！”她也不知道自己是哪里来的胆子，竟然去抓了他的胳膊，且抓紧了。

“我会配合你，做好一个妻子该做的，但是，我要你保证，我嫁给了你，那无论今后发生什么样的事情，请你就冲着我一个人来，绝对不能对付我的家人！”

她能如此迅速地抓住最关键的，且能在分明害怕他的情况下还能如此冷静地提出这样的要求，这样的她，让他有点欣赏了。

但是，他却摇了摇头。

他向来不会做亏本生意，既然她的家人是她的死穴，他没道理不运用。

“这个我不能答应你，因为，谁也不能预料，你将来会做什么事情！”

她一下死死地抓紧了他的胳膊，同时剧烈起伏的胸膛，显露了她的怒不可遏！

他突然觉得这个样子的她，鲜活得让他心里头有些痒，就像是他第一次见到她的时候。那会儿，他正因为新娘的逃婚而在一众虽面上恭敬但暗地里指不定就等着看笑话的宾客面前强压怒火，而她就那么身着一套白色的纱裙，怒红着一张娇嫩的脸，气喘吁吁地跑来了，就像是一团火，突地撞入了他冰封的内心，让他眼前一亮的同时，心里也是一亮。

这并不是一个绝色的女子，但是中上的姿容看着特别清爽和干净，带着浓浓的青春气息，宛如那在最贫瘠的土地上都能开出花来的野草，莫名地就让人被吸引。而当她一笑的时候，似乎整个春天的气息都跟着她一起吹来了，让人不由自主地心情变好。

这种青嫩的干净还有勃勃的生机，让他一下有了一个主意。

他已厌倦了一次次的成婚，自身的成就更不需要靠狗屁联姻来巩固，所以，既然结婚对象跑了，那就选择面前这个女人吧。

至少，她真的很干净！

也许，这份单纯的干净和旺盛的生机，可以让他这次的婚姻长久一点，也安稳一些。

但是，他也讨厌不断地换人！

所以，能够控制住她的手段，他一定会抓紧，比如，她的家人，但，也不会抓得太紧。只有一松一紧，才能更好地钳制人！

于是，他淡淡地继续说道：“其实，你根本就没有资格跟我讲条件。但是，结了婚，你就是我的妻子，所以，我可以答应你，不到万不得已，我不会伤害你的家人！”

万不得已？！

她苦笑！

这可真是一个含糊的词呢！

可是，真的如他所说，她真的是没有任何筹码跟他讲条件。

人与人的天差地别，此刻真真实实地上演了。

贫与富，贱与贵，当真的碰撞时，竟然是如此的血淋淋。

“我记住了！冷阳，冷氏家族的家主，你的话，我记住了！”

她将眼睛瞪得大大的，且又努力让自己的眼神看起来也有些恶狠狠的，希望借此可以让他记住，他做出了怎样的承诺，而他，可是个该一言九鼎的存在！

但她这自以为是的“凶”模样，却逗笑了他。虽然那笑很淡，只是在嘴角勾起了那么一个弧度，但却让她着了恼。

虽然是认了命，但骨子里的那份倔强，却是无法抹杀的。而且，谈妥了条件之后，她感觉似乎再差也差不到哪里去了。他自己保证的，不动她的家人。那么，她似乎也就不那么可怕了。

所以，她气了，且胆大地表现了出来。她觉得他很讨厌，看她的样子，就像是看一个小玩意，一个好笑的、可以稍微给他解解闷的存在，这让她郁愤。但她的怒火一对上他那一双笑不达眼底的寒漠的眼，却又蔫了、怂了。到底，这是一个恐怖的男人！

所以，她只能生闷气般地，气鼓鼓地狠狠闭了一下眼，压下这股怒潮，待睁开，才自暴自弃地低语。

“那走吧！”

他却突然暧昧地伸手，轻轻地摸了摸她的红唇，那手指移动间温柔的样子，真的……不太像他！

她的身子一僵，下意识地闪躲开，继而瞪眼，恼怒地看着他！

他则低魅地扬了扬唇，“我们进来这么久了，外面的宾客未免生疑，我想，我们需要做点什么……”

她懵懂不知时，他却猛然把脑袋靠了过来，那薄薄的唇瓣，宛如雄鹰一般，急冲而下，猛地攫住她的双唇！

她在心突地一跳之后，就开始剧烈地反抗！

她虽然答应要嫁给他，可是初吻被他给突然夺取，她怎么能接受？！

可是，他的力气很大，仅仅用一只手，就将她推拒的双手给抓住，压在了背后，同时他把她往侧边一带一推，长腿往她腿间一挤，就将她紧紧地压在了墙上！

那惊人的力道，骇到了她！

她这才想到，之前她也曾被男人的铁臂给搂着，然后陷入了不能动的境地。所以，这个恐怖的男人，不仅具有恐怖的身家，还拥有恐怖的武力值!

天哪，简直是天要亡她!

她觉得此刻的自己，就像是实验台上被铆钉固定死正等待着解剖的青蛙一般，无能为力，只能瞪着眼睛，无力地等待着被摧残。

身体与身体的紧密接触，让她恍惚觉得自己好像是要烧起来了一般。

这个男人，在给她带来很多第一次之后，让她又第一次体验到了跟一个成熟男人的贴身相处。

那薄薄的唇瓣，她本以为那会是跟他的性格一样寒的冰冷，可是，奇异地竟然有温度。敏感的唇瓣遭他的双唇压迫着，惹得她忍不住脸红面烧，唇瓣间流过的那诡异的感觉，更是无法用言语来形容。

明明该是讨厌，可是，却为何，没有生出那股浓浓的恶心感?

心底此刻的感觉，是否正常?!

从来没试过亲吻的她，又从何知道这算不算是正常?

她只能努力地做着最后的抵抗，抵抗着他一直试图撬开她双唇的狼舌。拼了狠劲地闭合着双唇进行推拒，她只想着她绝对不要他把那讨厌的东西塞进她的嘴里。

倔强地抵抗，似乎是使他放弃了，只是恣意地在她的唇上逡巡。

又亲又咬又舔的最后结果，是他放开她的时候，她的红唇，娇艳得比那刚洗过的樱桃还要性感迷人！红肿不堪的样子，绝对不会让人怀疑，刚才这唇瓣的主人是得到了多少雨露的滋润和爱怜。

这在她看来，却是巨大的难堪和侮辱。她忍不住伸手，狠狠地在嘴上擦过，没有彻彻底底地擦去他留下的痕迹，可是却让那一方红唇显得更加娇艳、挺俏了，绽放着更加诱人蹂躏的光芒。

他的眼中似乎闪过了什么，她却看得不清。

只是下一瞬，他又在她的嘴上亲了一下，快速地放开了她。

“虽然青涩了一点，但是别有一番滋味！”

自以为是的结论，让她感受到了莫大的侮辱，她羞愤地扬起了手，就要一巴掌扇下。

他拿手轻轻一挡，脸色阴了下来，变脸的功夫，真快赶上川剧变脸了。

“女人，这一巴掌下去，后果会很严重，你可要想好了！”

她的手，在半空中顿住，良久，她狠狠地咬唇，无力地放下了她的手。耷拉下来的脑袋上，垂下的眼眸瞬间模糊，可是在抬起眼的时候，眼睛却晶亮得吓人，没有一丝一毫哀伤过的痕迹。

她告诉自己，在这个男人面前，绝对不能展现自己的脆弱，好让他攻击。

他却不知为何，紧紧地盯了她很久，最后莫名地揉了揉她的脑袋瓜，声音也没有那么冷硬了：“走吧，我们在这鬼混太长时间了，客人都等急了！”

轰！

她又羞又恼！

鬼混？什么叫鬼混？

她哪里跟他鬼混了？！

002

等叶露被强迫着手挽着冷阳的胳膊从豪华套房里出来，嘈杂的婚礼现场瞬间就宛如被施了魔咒般，一下静了下来。一道道的目光，朝他们齐齐射了过来。

这种被全场关注的感觉，叶露觉得整个人都热了，也不知道是不是她太敏感了，总觉得刚才被那个男人蹂躏过的唇瓣，也一时热得厉害，好似真的有很多目光在盯着她的唇，并且从中看出来什么似的。

这种感觉让她别扭而又微微羞恼，所以不由自主地，她偏头睨了那个男人一眼。

哪知，却就那样掉入了一双幽深的恍若古井一般的黑眸中。

那个男人在看着她。

是什么时候开始的？

那专注的目光，深邃的凝视，配合那鬼斧神工般过分俊美的面庞，莫名地让她全身都不大对劲。仿佛她突然就成为这个男人的心中宝，爱不释手地紧紧盯着的错觉，让她很快脸上发烧，急忙收了视线，匆匆低下头去。

于是落入宾客的眼中，便是她一副不胜娇羞的美好样子。

这是一个新娘该有的模样。

那么，婚礼的事，应该就不会再出什么岔子了。

各人心中的感想不一，但冷阳这边，却是略微满意地勾了一下唇，领着叶露，迈步朝主婚台走去。

神色和蔼的老神父，依然是那副笑眯眯的样子，平静得仿佛根本就没发现新娘已换了人，但叶露却在老神父和蔼地询问她的时候，怔住了。

“请问新娘，你愿意嫁给你身边这位英俊的冷阳先生，无论今后疾病健康、贫穷富贵，一生一世直到永远吗？”

这种一生一世的承诺，无论疾病健康、贫穷富贵，让她一下从适才男人给她制造的眼神旋涡中回过神来。她猛然再度意识到，她这是要交付出去自己的一生了。这么轻易，在她完全没有任何准备的时候，就这样将自己给交了出去，从此和一个陌生的男人，就这么绑在了一起……

神父问她愿意吗，她也在心里问自己：愿意吗？愿意吗？愿意吗……

她不能否认的是，那三个字“不愿意”，一直在她心头低弱地叫。尽管她要嫁的男人真的非常俊美，而且是一位豪门世家的家主，真真正正的“高富帅”，大抵，他会是很多女人梦寐以求的结婚的对象。但是——他离她太远了，完全是另一个世界的人，而她，连校门都没出，根本就没任何准备，所以，不愿意……不愿意……不愿意……

可，在男人冰冷的目光就那么直直地扎在了她的脸上的时候，理智战胜情感，她的唇，怯懦地吐出的却是完全不同的三个字——

“我愿意！”

瞬间，雷鸣般的掌声响了起来，仿佛所有人都在为她的这一声“我愿意”叫好一般，仿佛所有人都觉得她的答应是理所当然一般，又仿佛，她和那男人，真是天造地设值得称赞的一对儿似的。

可天知道，她是被逼的！

随后她被男人戴上了一枚镶嵌了硕大的钻石、也许会让很多女人疯狂的戒指，钻石差点刺伤了她的眼。

也许真的是被刺伤到了吧，她到底没忍住心底的酸意，让蒙眬的泪花模糊了她的眼！

这一颗巨大的钻戒，多少女人梦寐以求结婚的时候，可以戴上如此这般的戒指，可是，她却根本就不稀罕！这不是值得炫耀、称赞的戒指，这是束缚她的器具，上面下了黑色魔法，使得她无奈地跟他绑在了一起。

无可奈何的婚姻，会幸福吗？能幸福吗？

茫然悲哀的她，在一阵哄闹声中，接受了他的吻。

接下来就是不停地接受恭贺，来自一群彻底陌生的人的恭贺。

他搭着她的肩膀，看似没有太用力，却让她不得不顺着他的力道，跟着他走。

入眼的，都是一些陌生的面孔，这些面孔，有陌生的，有英俊的，也有破相的，但是无一例外的，这些人都是特别的，都是令人难以忽略的。从这些人的言行中，她可以感觉到，他们身上带着的浓浓自信，看着，就能猜到这些人大抵都是事业有成的。而从这些人表现出来的对身边这个男人的恭敬，以及一声声的“冷总”“冷哥”，都让她感觉到快要呼吸不过来的窒息感。

这是一个她完全不认识的世界！

走了一批人，又上来一批人，来来回回，络绎不绝，她笑得嘴角酸痛，可还是得笑着。

当又一批人迎上来的时候，走在前头的那个人，让她诧异地睁大了眼睛。

竟然是他?！

微微有些闪神的她，被冷阳强硬性地搂着，上前了一步，跟来的三人对上。那三人齐喊了一声："冷哥，大嫂！"

冷阳搂紧了她白嫩的肩头，微痛让她回了神。"叶露，介绍一下，我大堂哥冷涛，二堂哥冷花，小堂弟冷玉！"

紧紧地盯着那个大堂哥，熟悉的面孔让她心里不由自主地流过一丝暖流。原来，他叫冷涛啊！

细细地体味这个名字，看着那个高大英俊的男子，她真的难以置信会在这个地方见到他。

她眨也不眨地看着冷涛的样子，让冷阳微微挑了挑眉头，眼里闪过一丝阴鸷！而冷花和冷玉则诡异地看了眼对视中的叶露和冷涛，暗想这视线是不是有点难分难舍了?

"看来，涛哥和大嫂似乎认识啊！"冷花慢条斯理地说出了口，却不是疑问的口气。

叶露眨了眨眼，朝冷涛伸出了手，由衷地笑了："原来你叫冷涛啊，真的好高兴可以再次见到你。上次真的是太感谢你了！"

这是——她在婚宴上头一次主动伸手！

如此的主动，惹得冷阳抿紧了嘴！

冷涛却咧嘴，无声地浅笑了一下："真的没想到，会在这里见到你！"

这是一个外表看起来有些严肃的男人，浓黑修长的眉，炯炯有神的双眼，还有跟冷阳相似的鹰钩鼻，组合起来，显得不怒而威！但是，也就是这样显得有些严肃、有些威严的男人，也让人觉得有了安全感。那顶天立地的气魄，让人感觉什么事情都可以放心地交给他。

这是叶露在见到他第一面的时候，就对他产生的感觉，所以，在当时有些诡异、有些唐突的情况下，她才那么没有犹豫地进了他的车子吧！

洁白的手，就伸在半空中，等待着他的交握，他伸手，握住了她的手，握紧，拽了一下，随后放开。

那交握的双手，却让冷阳的眼中，很快闪过什么！

叶露缩回了手，放到了身侧！嘴上的笑容依旧，因为在这样的情况下见到"熟人"，还是让她的心情在短时间内阳光了不少。

冷花眯了眯眼，突然阴阳怪气了起来："大嫂，你也太厚此薄彼了吧，只顾着跟涛哥打招呼，就不管我和玉了！"

叶露歉然地笑了一下："对不起！"

随后，她冲着冷花和冷玉分别点了点头："很高兴能够认识二位！"

明显的厚此薄彼，惹来冷花和冷玉都挑了挑眉。

叶露却觉得没什么讲究，冷涛对她有恩，她很高兴见到他，所以，她会对他这个熟人多一分亲昵，就是如此简单的道理！

只是她脑中所认为的道理，却进不了在场四个男人的心，至少，此刻，这四个男人的心里，想的肯定不是同一回事。

叶露以为这三人会像其他人一般，祝福几声就会离开，可是显然不是！

冷玉看上去斯斯文文、白白嫩嫩的样子，像个书生，没想到一开口就很尖锐："大哥，我记得，今天的新娘子似乎该是信佳电子王董的女儿吧，那女人的名字似乎是叫王雪俐，而不是叶露啊！"

冷花点头附和："王董的女儿正是王雪俐，我见过几面，的确跟眼前的大嫂长得不像，真是奇怪啊！"

冷花淡淡的询问，带着丝丝调侃的意味，可是那眼里的锐利却让人不得不心中一紧。

叶露突然意识到，自己这个突然冒出来的新嫁娘，并没有如冷阳所预想的那般，理所应当地被众人所接受。

至少，眼前这个眉角含有风情的男子，就不怕顶撞他。

她突然就激动了起来，如果这个冷花执着地想要寻个究竟，那是不是代表自己就可以从这里被解救出来？

可是——她转念又想到了她被要挟的家人，如果她可以因此不嫁给冷阳，那冷阳还会不会放过他们？

一时间，她的心里变得七上八下的，惴惴不安，既希望有人可以帮她打掉冷阳娶她为妻的主意，又怕家人因此受到伤害，矛盾极了！只能竖起耳朵，注意听冷阳的回答。

对于冷花这样带着芒刺的询问，冷阳似乎早有准备，所以他淡淡地解释，用不急不慢的音调，"我是要跟信佳电子王董的女儿结婚，叶露是王董的干女儿，这没错！"

叶露微微惊诧地偏头看他，她哪里是什么信佳电子王董的干女儿？！王董什么的，她根本就不认识！

可是，他的表情是那么的淡然，漆黑的眸子是一派的镇定，让她也不由得开始怀疑，是不是她在不知道的情况下，真的认了那么一位干爹！

同时，冷花和冷玉都表示了惊诧。"真没想到，大嫂竟然会是王董的干女儿！"

两人刚发表完自己的惊诧态度，旁边就来了一位中年人，西装革履，事业有成的样子，一走进，就笑眯眯地过来拍了拍叶露的肩膀："露露啊，今天是你大喜的日子，干爹我真的是太高兴了！”

干爹？！

叶露挑眉，就差要疑问出声了！

冷阳却突然偏过脸，猛地亲上来，舌头更是占尽了天时地利，微微一顶，便顺利地滑入她因为讶异而微微启开的红唇，在她甜蜜的小嘴里微微扫了一下，他快速地滑出。这当中的时间，也不过是仅仅两秒钟的事情，不过却足以让她大脑当机，将本应该出口的疑惑全部都封死在嘴里。

冷阳轻缓地说道：“干爹放心，我会照顾好露露的！”

王董哈哈大笑：“看你跟露露这亲密的样子，我就知道我可以放心了！”

“是啊！”王董身后的那个年轻人附和道，“露露有冷哥你照顾，我这个做干哥哥的，也放心了！”

说着，那个年轻人伸手，揉了揉叶露的秀发，态度亲密，真的很像一个哥哥。

而叶露尴尬得差点僵化，不错，那个王董腰缠万贯，和那个年轻人的俊朗帅气，有了一个干爹和干哥哥，这不啻飞来横福，可是，她却无福消受！

她一个平民老百姓，自认大概一辈子都不会跟这样的人结识，而他们跑来认她，只怕是她身边这位恐怖男人的授意，如此，才能符合他和王董的女儿成婚的事实。

她在心底微微一叹，他倒是把什么都操办好了，果然有手段啊！

冷家的几位兄弟在一旁紧盯着，个个双眼都像是火眼金睛，指望着她能露出什么破绽，也好让他们揭穿。而经过此局，她再一次领教到冷阳办事滴水不漏的厉害程度，她干吗还要愚蠢地拿石头砸自己的脚？

她笑了笑，冲着那王董，还有那还不知道姓名的年轻人柔柔地唤道：“干爹，哥，放心吧，冷阳对我好着呢！”

配合，是她此刻唯一应该做的事情。

果然，在她配合之后，冷阳那深幽的眼里，再次闪现出满意的神采，同时嘴角也难得地露出一抹淡淡的笑意。

她把这笑归为——恶魔的微笑！

看似温柔迷人，但是背后隐藏的邪恶绝对会令人胆战。所以，她不会愚蠢地被迷惑，进而堕落！

但那冷姓三人似乎是终于相信了，闲扯了几句之后，散开了。

一旁的伴娘逮着机会，吵着嚷着，让她过去跟她们照相合影！

叶露纳闷不已，明明自己不是真正的新娘，可是为何会如此顺利地融入角色？！那些伴娘，难道都不是新娘的姐妹淘吗？她们怎么都那么理所应当地接受了她？

这样的理所应当，对于今天的那位真正的新娘，是不是太过残忍了？

很快，她就发现，自己真的是过虑了。

因为，冷嘲很快就朝她射了过来。

状似亲密的伴娘拉着她往一边走去，那边，已经有些不知姓名的人在兴奋地等待着。

甜蜜的笑容下，谁能猜到，那个挽着叶露一只胳膊的伴娘，嘴里说出的话——

“你可真是好运！”她的语气里含着浓浓的嫉妒，“嫁了这样的老公，以后穿金戴银，真是一辈子都不用愁了。雪俐也真是的，这么好的机会，就这样拱手让给了你，她可真傻！”

雪俐？

王雪俐？

那个真正的新娘？！

“不过，你也别高兴得太早了。谁不知道嫁了冷阳，那就是在玩命，他那两个老婆一个比一个死得早，相信你也快了！”这绝对是吃不到葡萄说葡萄酸了！

冷嘲叶露可以不放在心里，但是她话里透露的某些事情，却不得不让她傻眼：“你这是什么意思？”

伴娘撇了撇嘴，耸了耸肩，语气是带着幸灾乐祸的：“这还能是什么意思？！你要听得懂人话，就该知道，你快死了啊！”

“语虹！”一个冷冷的声音猛然插了进来，“你在瞎说什么呢？找死啊？”

语虹，就是那个出言讥讽的伴娘，嘟起了红艳艳的嘴，冲着那个走到她俩身边的另一个伴娘说道：“我说的事实，哪里瞎说了！”

那个伴娘皱起了眉头。她走近那个语虹，不顾她的不乐意，将她拉到了一边，凑耳，低语了几句。

叶露听得不清，只是隐隐约约听见什么：“……龙组……手段……”

而等两人快速地结束对话之后，语虹脸色惨白得宛如失血一般，那刚才还晶亮亮的双眼，此刻也失去了明媚的光彩，浓浓的惧意在里面闪烁。

叶露皱眉，那个后来插入的伴娘笑眯眯地走过来，挽起了她的胳膊。

“叶露，走，咱们去照相吧！”不给她任何询问的机会。

叶露朝那个语虹又看了眼一眼，随后点点头。在这个婚礼，突如其来的她，只能是客人，在这里的任何人，都可以成为她的主人！她不明所以，所以只能客随主便！

那个漂亮的语虹似乎是想通了什么，很快就恢复了甜美的笑容，她快走几步，走到叶露身边，拖长了声音，柔柔地道歉：“对不起哦，我刚才被热气熏得头晕，说话没个分寸，你别放在心上噢！”

说着，她亲热地伸手，挽住了她的胳膊。那亲密的样子，让叶露再度咋舌。能够快速地从一个情绪的极端走到另一个情绪，这样的人，想必是不简单的吧，至少，她自己就做不到。

而她突然转变的态度，只能说明，自己真的有一个太了不起的丈夫了。

虽然刚才受到了她的讥讽和排挤，但是不明对方底细的叶露，也只能随那个语虹去了！

像一个玩偶一般地任语虹和那个李丹，也就是后来插入的那个伴娘，拉扯着，摆出各种各样的姿势。

一番照相下来，她真觉得有些累了！

心累，所以使得身体成倍地感觉疲惫！

跟一批不认识的人照相，明明觉得别扭极了，却不得不强颜欢笑，这样的感觉，真的是太累！

尽了自己身为“新娘”的义务，在李丹和语虹没有再出言阻拦的情况下，她一个人，朝水酒桌走去。

路上经过的人，没有一个是她认识的。可是这个时候，他们笑，她也必须得回笑，笑得嘴角发硬，笑得嘴角差点抽搐。

终于来到了水酒桌，随意地拿起了一个酒杯，随意地晃着，里面不知名的酒在透明的酒杯里轻轻地摇曳，荡漾着浅色的温柔。

她装作是聚精会神地看着酒杯，在稍微有些冷清的酒桌边，偶有来往的，也只是送酒的侍者，她轻轻地松了一口气，为了此刻暂时的安宁。

酒杯就这样捏在手里，摇晃着，却不进入她的口。她很少喝酒，长这么大，喝酒的次数，一只手都可以数得过来，喝得最多的一次，也只是一个玻璃杯。在这样的场合，借酒浇愁她是不能指望了，因为她得保持清醒，清醒着不让自己被嘲笑、愚弄，清醒着还是真心地期盼，自己可以得到解救！

目光微微流转，又让她看见了那个熟悉的人。而他，同时也在看她！

在她刚刚希望得到解救的时候，他就这样硬生生地闯入了她的视线，是巧合，还是一种预示？

她无意识地捏紧酒杯，大脑在瞬间轰响了一下。

他微微偏头，用眼角的余光盯着她，启唇跟身边的那人说了什么，在那人略显得有些奉承的点头中，他迈开步子，朝她走来。

高大的身形，还是那样的令人觉得安全；英俊的脸庞，沉着冷静，丝丝淡笑在嘴边跳跃，似乎在无声地给人安慰着。他一步一步地朝她走来，步伐沉稳，走动都带着自信的优雅，似乎没有什么可以难倒他的，没有什么他解决不了的！

她抿唇，看着他一步步接近，心跳，猛然加快了！

咚咚咚的！

似乎快要从她的心窝里跳出来一般！

这——是一个机会！

是一个她可以获得解救的机会！

她忍不住地更加捏紧了酒杯，脑里开始轰响，到底要不要向那个人求救？又该如何求救？

突然，雷鸣一般的叫声炸开，宛如怒海咆哮！

“叶露！”

熟悉又有些陌生的声音，传入她的耳朵里，她的脸庞在瞬间苍白了。她死死地咬唇，那么的不情愿，可是却不得不朝发出声音的方向看去。

她……她只是想想，都没有说出口，难道……难道连这都逃不过那个恶魔一般的男人的眼？

冷阳的表情不是生气，也不是阴鸷，而是……慌张？！

“跑！”

他大喊，同时身体宛如猎豹一般地朝她奔过来，那凶猛的样子好像下一刻要把她给扑倒吞噬一般！

她无意识地后退，脑袋发紧，害怕得身子不由得打战！

“啪！”玻璃杯，突然就在她眼前破碎，玻璃的碎末飞溅开来，从她的脸庞滑过，她感觉到脸上有点疼。

“跑！”他高喊着，女人的尖叫声同时响起，场面一下子闹哄哄了起来，大家都跑着，似乎在躲避着什么。她却呆了，不明所以！

下一刻，一道黑影猛然扑了过来，将她扑倒在地！

她的眼里还是那个在凶猛地朝她跑来的冷阳，被黑影扑倒之后，她还没来得及转头，却感觉到那个黑影在瞬间震动了一下，好像在瞬间被什么东西给击中一般。

她一转头，看见的还是那张熟悉的面孔，是冷涛，竟然是他？他扑倒了她！

“你……你没事吧？”她有些发慌地问。旁边那些宾客的尖叫声，还有不时倒地的桌椅声，让她的心也跟着提了起来，整个身体神经也跟着紧绷了起来！她能感觉到，有什么不太妙的事情发生了。

他的面色苍白，连带微微张着的眼都失去了许多色彩，却还是冲她笑了一笑，轻柔地低叹："你……没事……就好……"

那声音，虚弱得似乎被风一吹就可以吹散一般，却直直地钻入了她的心底！

那是，她听过的——最动听的话了！

没来得及感动，那伴随着他说话而出来的浓浓的血液，深深地骇住了她。

"你怎么了，怎么了……"她慌张地询问，想要起来看看他到底怎么了，他却就着刚才压倒她的姿势，依然紧紧地抱着她，那力气很大，她挣扎不开，也不敢再使劲挣扎！

他的脸色很痛苦，似乎在承受着莫大的折磨一般。似乎就是一瞬间的事，他的脸色突然就苍白了起来，脸上也开始冒出了细汗。

贴在他的脸庞，她可以感觉到他的呼吸猛然间变得急促了起来。

然后，一阵猛烈的风过，她被猛力地拉入了另外一个怀抱里。

同时，她也看到冷涛背后那湿湿的一片，她的眼睛猛然睁大了，颤抖地伸手，她想要摸摸看那湿润的一片。

可是旁边伸过来的大掌，却狠狠地拽住了她的胳膊，将她往回拽。

她下意识地挣扎，大吼："放开我，放开我！"

冷阳阴沉着脸，狠狠地抱紧了她，将她护在了怀里。"女人，不想死，就给我安静点！"

她却顾不了那么多，她只想确定，确定那湿润的东西不是她想的。她吼着，不安分地在他怀里挣扎。可是冷阳的力气远远大过她，他紧紧抱着她，疾步拽着她在最近的安全点半蹲了下来，同时胳膊护卫性地将叶露的脑袋罩在他的怀里。确保怀里的女人没有危险之后，他机警地探头，狠厉的双眼阴恻恻地扫视了一下周围，同时嘴里吼叫："右侧4点钟方向，大楼顶层，戴墨镜男子，一身黑！"

他一放话，数名忠心的保镖就像恶狼一般跑了出去！

"通知下去，务必要抓到人！敢动我冷阳的人，我生吞活剥了他！"

他双眼阴鸷地继续瞪视周围，那阴狠的样子，就像是一下被触到了逆鳞的恶龙一般！

皮鞋的声音"吧嗒吧嗒"地在叶露的耳边响起，不过片刻，一大群黑衣保镖围绕着冷阳三人排开，充当着人形肉盾，把他们密密护卫了起来，同时神情凶恶而又警惕地盯着周围。

"冷哥，没事吧？"一人询问。

冷阳摇头，似乎是确定安全了，他紧抱着叶露的力道没有刚开始那么重了，叶露一使劲，就从他怀里钻了出来。她连爬带扑，最终跪坐在了冷涛的身边，伸手，她就摸上了那湿润的一大片。

即刻沾到手上的猩红色的一片，让她的瞳孔在瞬间放大。

她害怕地全身开始颤抖，所有的声音在她耳边静音，她只听到自己的牙齿在那“嘎嘣嘎嘣”地上下打架。

他流血了！

他受伤了！

他好像是被枪给打中了！

他为了她，被枪给打中了！

……

冷阳一把拉开她的手，毫不犹豫地把手掌按在了枪伤口处，防止血液的肆意流出，同时冷静地询问：“通知救护车了没？”

一个保镖应声：“通知了！”

她望着冷涛那越来越苍白的脸庞，想说什么，脑袋却嗡嗡的。冷涛就这样一动不动地躺在那里，闭着双眼，连呼吸都显得如此虚弱，生命在这一刻，显得如此脆弱不堪，似乎下一刻，他就会熬不过去一般。

无端的恐惧，让她害怕地落泪。她不愿意在冷阳面前落泪展现她的脆弱，可是这一刻，她真的什么都顾及不了！

面对生命的缓慢消逝，谁还能顾及那么多，还能行动的，自然就只有本能了。

见到那宛如雨滴一般坠落的眼泪，冷阳的眉头皱得更紧了！

没过一会儿，救护车呜呜地赶来，一行医护人员训练有素地扛着担架下来，几人伸手，就要把冷涛给往担架上抬。

叶露似乎此刻才清醒过来，她猛然低吼：“你们要干什么？”

那些医护人员的动作一顿，讶异地看了她一眼。

冷阳冷脸，沉声说话：“抬走！”

她慌得立刻伸手，拽住了担架。“你……你们要把他抬到哪里去？”

冷阳挑眉，染血的手一伸，就拽住了叶露白嫩的胳膊，握紧。“女人，他还没死，你别耽误救人！”

他的手微微一抬，给她力的暗示，她似乎这才回神，慌忙松开了手。医护人员立刻抬着冷涛往救护车去。

她慌忙站起，跌跌撞撞地就要跟过去。

可是却被他用力一拽，拽到了怀里。

她猛力一推，“放开我！”说着，她头也不回地就要跟过去。

他皱眉，更加紧地抱住了她。“你哪里也不许去，只能待在我身边！”

她不服从：“我不要，我要跟过去！”

他不语，只是抱着她。

她怒了，回头冲他大喊：“他受伤了，我要跟过去！”

他冷嗤：“跟过去干什么？你又不是医生，你难道还能救他？”

她猛然扬手！

“啪！”

猝不及防下，他挨了她一巴掌！

她恶狠狠地瞪着他，声声质问：“你这个人到底有没有良心？你还是不是人了？他为救我受伤了，危在旦夕，我难道不应该跟过去吗？”

他摸了摸自己被挨打的脸，整张脸立刻阴沉了下来，那突然暗下来的眼，是那么的阴鸷。被怒火冲昏脑袋的叶露，这才察觉到自己刚才做了什么。

他冷冷地抿唇，阴恻恻地瞪着她。她应该是要害怕的，应该是要求饶的，可是，她却倔强地瞪眼看他，不服软地跟他对视！

他的眼中闪过暴虐的火花，瞬间伸手，把她拽了过来，然后俯下头，恶狠狠地攫住了她的唇，狠狠地亲下去。沾染鲜血的手，就这样紧紧地压着她的脑袋，让她只能紧紧地贴着他的唇，无法抗拒！

她手脚并用，一起挣扎，可是他的力气却大得吓人，她的手推脚踢，在他眼里，宛如婴儿一般无力。

暴烈的吻，来得疯狂，去得疯狂。离开的时候，他狠狠地在她嘴上咬了一口，她的嘴角开始缓缓地冒出血丝。她感觉自己的灵魂，似乎在刹那间被火给烤了一下，虽然炙热的火把已经离开，可是灵魂还是在战栗地颤抖！那隐隐发痛的嘴唇，更是提醒着他赐给她的羞辱！

她羞恼于他的这种方式，启唇就想逞口舌之快。

他却猛地用那染血的手，一把捏住了她的脖子！

捏得很紧！

“女人，别惹我，我现在脾气很不好！”

他的眼里，还是那浓浓的阴鸷，脸上的残忍，让她一点也不怀疑，他会在一气之下，就这样捏死她！

叶露被吓住了！

她恐惧地睁大眼，直接对上的，就是他那残忍的眼。那眼里，又黑又暗，她看见的是无情的冷漠和嗜血的残忍，暗，暗无天日；寒，寒彻心扉！没有丝毫的柔情，哪怕，她此刻的身份已经算是他的妻子。

时间在静默中流失，她在无声中恐惧！

而他的手劲，没有松懈半分！

这表示他依然不想这么放过她！在众人面前被她给甩了一个嘴巴子，显然深深地伤害到了他的颜面！

大家都在一旁冷眼旁观，无人开口相助，似乎她就是被盛怒中的他给捏死了，都应该算是正常的一般。

叶露觉得自己沉默得太久了，久到似乎开始适应这恐惧了。她开口，尽管声音听起来颤颤巍巍的，但是还是勇敢地开了口。“我可以……可以让你打回来，成倍地打回来，随你高兴，请你……请你别生我的气，先……先放开……我好吗？”

他阴沉地盯着她，盯了很久，眼神还是一如既往的莫测高深，随后，他的手微微一松，新鲜的空气一下就从口鼻处撒着欢地涌了进来，一下呛到了她。她忍不住低低地咳了起来。然后那只已经离开的大掌，又去而复返。她本能惊惧，以为自己又惹恼了他，却不料，这一次，迎接她的，却是温柔的触摸。

多么不可置信！

可在她脖子上缓慢游移的指尖，的确是在泄露着无声的柔情！

一个人怎么可以在上一刻狂怒得想要让你死，下一刻又会如此温柔地对待你？！

“不让你跟过去，是为了你好。有人要杀你，只有在我身边，你才是安全的！”他低喃，声音里都开始透着一缕飘忽不定的温柔了。

这是他的解释？！

她讶异！他这是在为了她？！

然后，一开始的情形宛如放电影一般，在她的脑海里又放了一遍！

他出声唤她，不是冲她发火，而是冲她示警，因为他的大喊，她吓得直后退，应声而碎的玻璃杯，就是不后退的她的结局，所以，她真的躲过了一劫。然后是他将她紧紧地抱在怀里，用身体将她围在桌子边，给了她安全的屏障……

似乎，他真的是在保护她！

心底，涌过莫名的东西！

她不能理清，所以双眼茫然地看着他！

为什么，他为什么要保护她？

他不是无情？不是冷酷？不是残忍？为什么要保护她？

他的手在她娇嫩的脸庞上微微地摸了一下，轻轻地擦去她脸上的血珠。刚才玻璃杯被子弹击中而破碎的时候，玻璃碎片在她脸上滑过，留下了伤痕。

“冷哥，赶紧给大嫂上点药吧，可别让大嫂这张娇嫩嫩的脸破相了！”

站在一边的冷花开了口，似乎是在帮助叶露，却挑了这么一个时候！

一旁机灵的侍者，战战兢兢地站了出来，敬畏地递过来一个止血贴。“冷总……”

冷阳伸手，接过那侍者手上的止血贴，揭开，他低下头，为了消毒，轻轻地舔去她脸上继续往外冒的血珠。温软的舌头在她的脸上滑动着，痒痒的，让她忍不住颤抖了一下。

将她脸上的血舔干净，他抬头，迅速而又轻柔地把止血贴贴了上去。

回头，他看了那名侍者一眼，说道：“铁一，好好感谢一下这人！”

“是！”他的忠心属下铁一应声！

叶露无措地伸手，摸着已经贴到脸上的止血贴，眼神中透露了丝丝迷茫，为何要这样温柔？！他为她舔去血珠的时候，她根本就连大气都不敢哼一声！

他伸手，拉起了她，吩咐了一声：“回家！”

她茫然地被他拉着，跟着他的步伐走。

一旁的小弟早就开来了车子，在一旁守候着。

黑色的跑车停在那儿，打开的黑色的车门，就像一个黑色的洞，让她看着，莫名地开始心慌！

她又想起了冷涛。

然后，不得不停了脚步。

“冷阳，冷涛他……他会没事的吧？”

冷阳抿唇。

她希冀地看着他，眼神中闪动着请求。

他冷嗤：“哪有这么容易就死人的？！”

她松了一口气，忍不住安慰地笑了一下。眼前的这个男人虽然冷酷，但是，他说的每句话，总会让人忍不住地信服！他既然这么说，那么冷涛肯定是会没事的吧？！

可是，她心里还是忍不住有些担心。毕竟，他中的可是子弹，而且，也不知道那子弹的位置，会不会对他造成很大的伤害。

“我想去看他，真的不可以吗？他受伤了，流了那么多的血，我心里……很不安……”

他冷冷地打断了她的话，“女人，你的话太多了！”

说着，他手微微用力，就将她推到了车里。同时自己也沉着一张脸，坐到了车里。

“我……”她还想说点什么，试图打动他。

他低喝："闭嘴！"

她所有的话，都憋在了喉咙里。

黑色的跑车，一辆接一辆的，开始驶离现场，往未知的方向开去。那里，是他所谓的家。

她的心忍不住提了起来，家，到底会是什么样子？等待她的，到底又会是什么？

主人走了，宾客们也自然不会在这个是非之地久留，大家纷纷离场，一辆又一辆名贵跑车络绎不绝地开走。

冷玉看了眼冷涛刚才躺着的位置，嘴角一挑，似笑非笑地说道："涛哥可真是好运，捡了这么一个天大的便宜，我看那个傻女人以后肯定得对他感恩戴德了。"

冷花嘲弄地看了他一眼："怎么，羡慕了？"

冷玉哼了哼，不置可否，转身离开。

冷花看着冷玉离开，不由地嗤了一声。

偏头，望着那颜色慢慢暗下去的血迹，他的眼神不由地一暗！

到底是谁那么大胆，敢对新上任的大嫂开枪？这幕后的黑手，到底是谁？

003

所谓的家，倒不像是一个家，而是很像一个公园，大大的庭院，大片的青草地，两旁青翠的松柏夹着不知名的花草，那景象，宛如来到了中世纪的贵族之家一般。

车停了下来，身着黑色西装裤的小弟恭敬地打开了门，冷阳抬脚，迈了出去。冷阳看着还坐在车里一动不动的叶露，淡淡地说道："到了！"

她看了眼伫立在自己眼前的那栋建筑物，欧式风格，三层，大白之中透露着淡淡的雅致，占地很广，果真是大富人家的样子。

她应声下了车，站在车外，看着眼前那雅致的别墅，她无措，感觉像是不小心闯入异世界一般，无法自然地融入。

偏过头，就看见那个男人一脸的冷漠中，透露了丝丝的不耐烦。

"来人，带太太去洗个澡！"

话音刚落，立刻站出来一个女子，恭敬地指引着她往房里走。她看了眼自己手上那已经干涸的血迹，又瞄了一眼自己发梢那黏糊糊的一团，那都是那个救了她一命的男人身上的血。

临进屋前，她还是忍不住回头看了冷阳一眼。

这似乎是有些可笑，此时此刻，这个男人竟然成了她唯一认识得比较深的"熟人”。对于未知的恐惧，让她不能不在踏入这房子之前，回头再看他一眼。

他没有看她，只是冷漠地在跟他的手下交谈着什么。那游刃有余、自信无比的样子，真的是令人羡慕，同时，更让人觉得跟这样的人，似乎永远都不能产生交集。

她的眼色微微地暗了下来，回头，跟那个保姆进了屋子。

而在她的身影差点完全没入房里的时候，冷阳眼珠一转，扫了她一眼，眼中飘过一抹光，随后，又继续着他的事情。

房间的打扮很时尚，太过时尚，充斥着冰冷的意味，金属的质感还有冷色系的家具，都让人感觉到主人作风的严谨和性格的冷漠。

这不像一个家，至少家在她的定义中是温暖的，而这，太冰冷了！

那个扶着楼梯站立的小孩，突然落入眼底，在一片冰冷中，显得十分突兀。

她不错眼地打量着那个小孩。那个小孩紧紧抿着唇，小手紧紧拽着扶梯，睁着黑溜溜的双眼，也不错眼地看着她。

这是一个小男孩，不大，看着好像是三四岁的样子。娇小的脸庞，白里透红的柔嫩肌肤，灿若星辰的黑眸，娇艳的小嘴，如同任何一个小孩，只是这所有的一切加起来，使得他更加漂亮可爱。只是他脸上的表情——

突兀的冷漠！

怎么会出现在这样一个小孩的身上？！

她讶异地微微张开了嘴！

而那小孩见状，垂下了小脑袋，不再看她，只是一个劲地瞅着地板，似乎那里有什么特别好玩的东西在上演一般。

她的心里又闪过疑惑，这个小男孩是谁？他为什么会出现在这里？她想开口询问，可是那个小男孩低垂着小脑袋，黑乎乎的脑袋瓜正对着她，摆明了不愿意搭理她。

在前面带路的女保姆停了脚步，转身静静地看着她，那是无声的催促，示意她赶紧跟上来。

她看了眼小男孩，压下自己对他的好奇，抿唇，快走几步，跟上了那个保姆。在她越过那个小男孩，走出好远之后，那个小男孩轻轻地转过了脑袋，微微抬头，偷偷地看着她，嘴唇抿得更紧了。

叶露被带到了一个房间，看着保姆放好了水，没等她无奈地开口提醒她没有可供换洗的衣物，保姆就主动告诉她换洗的衣服就放在衣柜里，让她自己拿。

她打开衣柜，为了那满满一大柜子的春季衣服而讶异，同时，她诡异地发现衣柜里那未拆封的胸衣竟然还是她的尺寸！

那……那个男人未免也太神通广大了吧？！她……她可是刚嫁给他！

她咋舌，保姆已经退出房外，声明她有事可以按床头的铃叫她，她会应声而来，听候吩咐。

她摇摇头，感觉真快要回归中世纪了！

衣柜的春装美则美矣，但是都太华贵，不是她喜欢穿的类型。挑了半天，她只挑中了一件淡紫色的T恤和一条浅灰色的休闲裤。

跑进放好水的浴室，她谨慎地锁好了门，一把跳入浴池，速战速决，用了十多分钟洗了一个战斗澡，洗去一身的血污，快速地穿好衣服，从浴室冲了出来。

从热气蒸腾的浴室冲出来，乍进入房内，有一种时空倒换的感觉。

她捏了捏太阳穴，让自己清醒了一下。

再睁开眼，才有了现实的感觉。

对受伤的冷涛的惦念，让她惴惴不安，也不知道他现在怎么样了。想到他被抬走之前，他虚弱没有人气的样子，她的心发紧！

天哪！

她忍不住闭眼祈祷：上天，你可一定要保佑他平安啊，求求你了！

时间，在焦灼中，悄然地流走，连带那顿晚餐都吃得有一搭没一搭的。

“为什么不开灯？”熟悉的声音，带着惯有的冷气，在门口响起。

她猛然从椅子上站起，这才发觉天已经黑下来了。而她一直静默地呆坐在那，心里揪紧的还是那个因为她受伤，可是她却不能前去看望、陪伴的人！

“冷阳，冷涛怎么样了？”

黑暗中传来的声音显得更冰冷了：“放心，死不了！”

她脸上一喜：“是不是，他已经没事了？”

“啪！”灯亮，照亮了两张脸，一张面无表情，一张欢喜无比！

“你……很关心他？”

“那是当然！”

太过自然的语气让他的眼神暗了下来，冷冷的讥讽出了他的口：“女人，搞清楚你现在的身份。你现在是我的妻子了，别把你的心思耗费在不相干的男人身上！”

她愣了一下，“你……你想什么呢！”他也太不可理喻了吧？！“他为我受伤，我关心他，难道不应该吗？”

他翘起了嘴角，眼神却还是宛如冰一般的寒：“你关心当然可以，但是，女人，你确定你对他只是关心吗？”

“你到底想说什么？”她不由地生了怒火，打哑谜向来不是她擅长的，“有什么话，你就直说，别拐弯抹角！”

他冷脸，径直朝她走来，修长的五指，微微地抬起了她微带怒气的脸。

“你这个表情，倒是生动！为了他？”

那嘲讽的语气让她不期然地想到了一个词——嫉妒！

随后，她嗤笑，明知道不可能，可还是忍不住地问出了口：“你这是嫉妒吗？”

锐利的双眼，立刻宛如两把剑一般朝她射了过来。

她抿唇，毫不畏惧地看着他。

他阴阴地看着她：“胆大了啊？”

她一惊，不期然地想起那一次次的威胁！

他的眼中掠过幽暗的光：“女人，什么人该惹，什么人不该惹，你必须要想清楚了，别傻得跟个花痴一般！”

“什……什么？”他竟敢说她花痴，她哪里长得像花痴？！

而她所有的反驳，都被他突然压下来的唇给封住！

“嗯……”

她挣扎！

他压制！强硬地闯入她的嘴里，以白天所没有的巨大力量，她无法躲避，无奈地任凭他横扫一片！

火热的舌头，宛如刁钻的灵蛇一般，任凭她如何地用香舌退却，都能被他躲过，最后竟然纠缠住她的，进行狂热的舞动。

虽然抵触，可是身体的本能，让她悲哀又无奈地产生了热意，全身热气腾腾的，宛如蒸了桑拿浴一般，更遑论那逐渐升温的脸蛋了。

她想自己的反应必定也被他察觉，所以，在他稍微放开她时，他才会那么邪魅地笑着，唇角勾起的幅度，真的让人恨不得甩他一个巴掌。

而更过分的是，他根本不给她喘息的机会，炽热的吻，宛如彗星撞地球一般，以狂热而惊人的速度压来，几乎要将她炸得体无完肤！

身子在战栗，唇舌的抵抗渐渐无力，在这个强势的男人面前，似乎所有的抵抗，都微弱得宛如蚂蚁一般。

所以，她放弃一般地停止了挣扎！

可是，那猛然钻入她T恤下的大掌，让她倒抽了一口气，让他的舌头更加畅快地进入她的嘴里之余，她不得不再运起那所剩无几的力气来挣扎！

可是他的力气大得惊人，她的挣扎只是助燃了他的攻势。他更加蛮横地将大掌贴着她纤细而光洁的后背爬升，肌肤交接，那滚烫的感觉，让她颤抖得腿脚几乎要发软。

“嗯……放……放开我！”

他置若罔闻，只是自顾自地在她美背上逡巡，棉质的T恤根本就抵挡不住他的大掌。

脑中一闪而逝的念头，几乎让她崩溃！

他……他不会是想那个吧？！

无边的恐惧，让她将所有顾忌抛却，坚硬的贝齿狠狠咬下，要给他惨痛的教训。可他像是察觉到她要干什么一般，先她一步强硬地用手捏住了她的下巴，迫使她张着嘴，带着愤恨的白牙迟迟无法落下。

她眼一闪，无奈地，不得不采取以前学过的一招防狼绝招！

运力在腿上，她猛然上踢，哪怕毁了他的命根子，她也要保住自己的清白。

而他又在最后的那一刻，用手挡下了她的大腿。

“女人，心太毒了吧！”

他低魅地在她耳边低语。

她愤恨地瞪着他，终于自由的嘴毫不客气地表示了她的拒绝：“这都是你逼我的！”

他的眼中是满满的嘲弄：“你以为，这天下的男人结婚是为了干什么？新婚之夜，谁会傻到做柳下惠？”

“可我不是你的真妻子！”

“都到了现在，你还执迷不悟？！”

他猛然用力拽住了她的胳膊，身子一转、一拽、一推，她连退了好几步，被他毫不费力地给推到了床上。

她惊慌地要从床上爬起，他却迅捷地扑了过来，将她死死压住。

“我不要，放过我，求你！”敌不过，她只能求饶。

他的动作微微一顿，却吐出更残忍的话语！

“今晚，你必须要是我的！”

她摇头，无奈地用代表软弱的眼泪坠下，期望唤回他的善心。

“求你，我不行的，不可以的，求你了……”

她泪如雨下，脆弱得仿佛轻轻一碰就要碎掉一般！

他神色复杂，压着她半晌，蓦然开口：“女人，你到底是在为谁守身？”

她惊吓地瞪大眼，圆滚滚的泪珠，承受不住那份脆弱，从她的眼眶中滑落！

他的眼一点点地暗了下来，最后，那眼里，没有了一丝光——暗无天日！

“女人，不想你的家里人好了？”阴冷的话仿佛来自地狱的呼唤一般。

她惊惧地看着他。

他轻轻地抚摸她颤抖的红唇。“顺从我！”冰冷的话宛如凌迟。

轻柔的吻，再度落在她的唇上，虽然炽热，可是她却忍不住地颤抖。等待他的唇瓣沿着她白洁的脖子啃咬的时候，她忍不住开口，带着深深的绝望：“你这是在强暴！”

他从她的脖子上抬起了头，双眼宛如结了冰一般：“女人，别惹恼我！”

她别开了脸，刻意不看他！“原来你也只能靠威胁，才能得到女人！”

他的脸一下子沉了下来，那个样子，阴暗得宛如修罗，他盯着这个不乖巧的女人，邪魅地笑，一点点在嘴角浮现。

强硬地将她的脑袋拧了过来，跟他对视，迫使她迎视他眼里的阴邪残忍。“女人，我会让你心甘情愿地求我，求我进入你的！”

“不可能！”

他邪佞地笑了笑，放开了她，起床，朝门口走去。

她轻轻地松了一口气，心里暗暗窃喜。

可是，如果她认为他就此被激怒而会放开，那她就大错特错了。他只是来到门口，把灯关了，室内，一下子阴暗了起来，只有从窗帘里透进来点点朦胧的月光才让她大抵看得见他。

黑暗中，他慢慢地靠近，一点动静都没有，宛如一只黑猫一样轻盈，又宛如一只猎豹一般优雅。他压上了床，床因此陷了下去，震动传到她身上的时候，她惊惧地瞪大眼。

他摸上她的脸，她颤抖得无法自抑，宛如风中的落叶一般。他的眼神很亮，好像夜空中的星辰一般，似乎因为无情，人的眼眸才会那样的亮丽，因为眼里没东西，才能折射出更多的光芒吧！她别开了脸，无力迎视。

他轻轻地凑过脑袋，捏紧她的下巴，在她嘴畔轻咬，她的身子立刻僵硬地宛如一颗石头一般，他的手顺势而下，她下意识地伸手一挡，却被他巧妙地推开。他压了下来，黑暗中那高大的躯体，散发着过于强大的气势，将她所有的抵抗都打击得灰飞烟灭！

无法抗拒！

她悲哀地心想！

然后，闭上眼，轻轻地咬住了唇，将所有的呻吟都压制在喉咙里。

既然不能抗拒，那么至少，她可以做最后的反抗——不让自己随他起舞，不让自己被他掌控。

她就当自己死了，这一刻什么反应都不会有。

可他显然是个调情高手，懂得如何挑起女人的兴奋，阴暗的房内，只有可耻的淫靡之声。也因为阴暗，身体的感官都变得分外敏锐，只是轻轻地触摸，就可以让她轻轻地颤抖！

……

“你……有一副敏感的身子！”沙哑的低语轻叹而出。

她忍不住地开始战栗！

那么想忽略身体上升起的快感，可是越想忽略，越感觉强烈；咬牙压制，可是越压制，越难以忍耐！

到后来，细细的低喘，忍不住从她闭着的嘴里逸出，热汗密密地布满了她的额头。

“哈……”

她忍不住地蜷缩，身子仿佛不是她自己一般地在他手下轻轻地扭动，巨大的空虚宛如一个无底洞一般要把她给吞没。

“求我！”黑暗中，他轻柔地开口，低魅的话宛如恶魔的诱惑一般。

“嗯！”她咬唇，轻轻地摇头，身上蒸起来的细汗黏腻腻的，都带着发热的温度。

“求我……求我，我就给你，让你解脱！”恶魔继续诱惑，低哑的声音包含着浓浓的欲望。

豆大的热汗从他的身上滴落，溅到她的身上，说明遭受欲望所苦的也并不是她一个人。

她还是摇头，死命地咬唇，不让自己的理智逃逸。

温柔的触摸，已经变成巨大的折磨，她拼命地忍耐，忍不住掉出了眼泪，黑暗中，缕缕银光，从她眼角滑落，闪烁间，冒着若有似无的光。

“嘴硬的女人！”他沙哑地低哼，似乎带着一股怒气，幽暗的眼眸中的欲兽终于嘶叫着，破柙而出。抓紧她的身子，用全身的力道狠狠地占有了她！

“啊！”高亢的尖叫，破口而出……

一时间，颠鸾倒凤，狂暴得宛如风卷云涌一般，粗重的喘息，伴着剧烈摇晃的大床，不间断地响起……

等到风停云息，已经是月影西移。

“你安全了！”

喑哑的话，在她耳边落下，她疲惫至极，连眼睛都睁不开，对于他这意味不明的话，连嗤笑的力气都没有。

“砰！”

房门打开又被关上，那个男人竟然就这么走了！那么潇洒、干净利落，代表着这彻彻底底是一场无爱的交欢，只为了宣誓一种占有，无情的残忍！

床上的余热渐渐变得冷寒彻骨，悲伤的眼泪，从她紧闭的眼角，缓缓地滑落……

脑海中那张深刻的笑容渐渐模糊……

没了，什么都没有了！

毁了，都被毁了！

碎了，梦碎了！

004

在悲泣中睡去，又冷又热，且又昏昏沉沉的感觉，让叶露仿佛一下子是在冰河中飘荡，一下子又仿佛是在沙漠中行走，一晚上都没安稳过。

传入脑海里的骚扰，模模糊糊地觉得似乎是来自脸部、脖子处，她从浑浑噩噩的睡梦中立刻惊醒！

臭男人！

带着一股怒火她猛然睁开了眼。他可以在昨晚宛如嫖客一般恶劣地离开，血淋淋地提醒着她是多么落魄和悲哀，就不应该如此可恶、如此恶劣地在这样的早晨还过来骚扰她！

可是面前的是他，昨日扶着楼梯的小男孩。这让她愣了一下！

小男孩猛然收回了在她脸上作乱的手，他把小手缩回到了自己的腰间，怯生生地看了她一眼，不知道是惭愧还是害怕，总之闷不吭声地低下了头。

她挑了挑眉，怒火……悄然地下去。

对这样一个小不点，你又怎么会生气？！

他抿了抿唇，鲜红的唇瓣这么看着，像可爱的小花瓣。他抬起了脑袋，葡萄黑一般的大眼珠一闪一闪的，似乎会说话一般。

“你……你是我的新妈妈吗？”

小孩子清脆的声音还带着一股奶香味，宛如一股清泉一般拨动人的心弦。如果忽略他的提问，她想她会沉浸于这样娇嫩可爱的声音里，可是，说出去的话，泼出去的水，她是想忽略也忽略不了。

她微微起身，巨大的疼痛感立刻铺天盖地地向她扑了过来，她忍不住开始龇牙咧嘴，心里低呼：该死的，怎么这么痛！身子宛如被大车给压过一般，每动一下，那都是残忍的折磨。

她艰难地拽过被子，遮住自己胸前的大好风光。

偏头，看见那个小男孩正皱着眉头看她。

如此看着他，她不由地再次感叹这个小孩的可爱。

白白嫩嫩的脸庞，粉雕玉琢一般，大大的眼睛，黑亮黑亮的，宛如要把人的灵魂给吸进去一般，小巧而挺俏的鼻子，真是可爱极了，更别提那殷红的小嘴了。这样的孩子，俏生生的，就像是一个小仙童一般。

她喜爱孩子，走在路上看见可爱的小孩，总会忍不住地多看几眼。眼前的这个俊俏的小男孩，顶着一头的毛刺，可爱中透露着丝丝的不逊，让人忍不住想好想抱抱他。

但是——

她皱眉！

“你是谁？为什么说我是你的新妈妈？”虽然她已经尽量放柔了声音，但是因为昨夜的放纵，她的声音还是沙哑得像拉着的二胡。

他的眉头皱得更紧了：“你是不是叫叶露？”

她点头。

他的眉头舒展了一些，仰着脑袋，双眼晶亮亮地看着她：“我叫冷星，我爸爸叫冷阳。”

她心里一紧，继而苦笑，果然如此！

事实，远远比她想象的要残酷多了！

她艰涩地问他：“你……你原来的妈妈呢？”

他奶声奶气地问她：“你是问哪一个啊？”

哪……哪一个？！她惊讶得嘴都合不拢了！

他微微低下了头，声音有些闷闷的：“第一个妈妈跳楼了，第二个妈妈被枪打了！”

她宛如当头被人棒打了一下，身子一下子发冷！

婚礼上那个伴娘的话，不经意地在她脑海掠过。“他的老婆一个比一个死得快……你快要死了……”

再来，就是那突如其来的枪击……

她咬唇，将那恐惧和丝丝的悲哀压下，看着那依然低着脑袋瓜的小家伙，那弯着肩膀的样子，是那么令人揪心。如此小的年纪，为何看上去，好像被什么重重的东西给压着一般。

她伸手，轻轻地摸上了他的脑袋瓜。她以为，那一头毛刺会是扎人的，没想到，摸着却柔软无比，入手，宛如陷入温软的草海一般。

他的身子立刻僵了一下，然后缓慢地抬起了脑袋瓜，双眼眨也不眨地看着她。她分明看见，他的双眼红彤彤的，好像哭了一般。

她轻轻地揉了揉他的头顶，嘴里低柔地轻喃：“好乖啊！”

他闻言，眼里起了水雾。好像是怕掉出眼泪来，他死死咬唇，殷红的唇瓣好像不是他自己一般，被他蹂躏着。

她不忍，心疼死了！

正要伸手把他抱在怀里，好好地疼爱一番，门再一次不经过她的同意，被推开，走进来一个人。

高挑的身材，乌黑的秀发，披散而下，宛如妖精一般，配合那张妖冶的脸庞，走进来的女子，艳丽中那份狂野的美，太震撼人心了！

“凤组左翼前来报到！”女子的声音铿锵有力，美艳中透着不输给男人的豪气。那微微挑起的嘴角，似笑非笑，自信中是浓浓的傲气。

叶露微挑眉头，收回了搭在冷星脑袋瓜上的手。冷星的小脸蛋也在刹那间变得面无表情，双唇的幅度宛如剑一般地抿着，那个样子，没有了丝毫刚才的脆弱。

他的变化，叶露没注意到，而那所谓的左翼看见了，也是视若无睹。

叶露看着她，那个美丽的女子也看着她，是以那种放肆的打量人的眼神上下扫射着她。

半晌，左翼翘起了嘴角：“由衷地希望，你可以活得久一些。”

她的话里，是绝对的讥诮，叶露不可能听不出来。

叶露抿唇，不语，然后，也跟着冷笑了起来：“你来，难道就只是为了说这话？！”

她怕什么？！

她受限于冷阳，可不受限于她！

她该被夺走的都已经被夺走了，还有什么怕失去的？！

这个女人，又是凭什么到她面前大放厥词！

左翼的眼里闪过丝丝讶然，看来这个女人，没有她想象的那般柔弱嘛！于是，她稍微收敛了一下高傲的气息，“从昨晚开始，你已经是凤组的凤影了，也就是我以后要效忠的对象。凤组，为了协助龙组而生，所以，凤组的首领只能是影，意思就是做龙组首领的影子，为了龙主的存在而存在。凤组手下有两翼，我是左翼，你可以叫我左，以后，我会负责协助你的！”

叶露直视她：“我不明白！”

左翼双手抱胸，带着高位者的得意傲视她：“我给你解释一下，你听好了。你的丈夫，冷阳，他是现任的龙组首领。龙组，起源于清朝开国时期，是一个非常庞大的组织，各个领域都有涉猎。为了更好地辅助自己的丈夫，第二代的龙组妻子创建了凤组，自封凤影。自后形成传统：龙主娶妻，新婚之夜，新娘子落红，次日就接任凤组，成为凤组的首领——凤影。这就是说，你现在就已经是凤影了，所有凤组成员要效忠的对象。从现在开始，你的安全就得到了保障。谁敢对你下手，就会遭到凤组成员的疯狂狙击。昨天婚礼上的那个杀手，已经死了，是自杀。我已经查过，那是个雇佣兵，买主出钱，他收钱杀人，性质比较单纯，而至于幕后的买主，要想查出来，还得需要一些时间。不过你可以放心，你现在的身份已经不一样了，没有人会蠢到对你下手。你的安全，暂时不用担心了。”

她的脑中突然闪过冷阳昨晚离开前说过的话，“你安全了”，难道，他指的是这个？

要真的是这样，那他的占有……

她不由地咬了咬唇！

“还有什么疑问？”左翼淡然询问。

叶露沉吟了半晌，问：“我是不是可以理解为，你……现在算是我的手下，为我办事？”

左翼撇了撇嘴：“是，也不是！只有有能力的凤影才能得到我们全然的忠诚，而你——”

她轻蔑地扫了一眼叶露：“你现在太弱了了，在一定程度上，我会给予你协助，但是我是不会对你全然效忠，因为你没有这个资格！实话说，就你这样的，最多只能支配凤组百分之一的力量！”

强烈的讽刺和鄙夷，宛如利刃一般扎入叶露的心。这种高高在上的口气，真让她反感！她知道这个世上厉害的人很多，她也知道自己平凡，放到人堆里可以立刻被淹没。但是，每个人都有自己选择的生活方式，她选择平凡，不代表她就可以被别人践踏！

她本该生气，本该反唇相讥，但是，转念一想，这个人怎么说也算是她的手下，她没道理给自己树立一个大敌人。

于是，她轻轻一笑，化怒气为微笑：“行，那你把我能支配的百分之一的力量告诉我！”

平白的一个大果实送到她面前，她没道理拒绝不吃！

左翼心里的讶异一闪而逝，她本意就是为了激怒她，没想到她竟然能控制住自己的怒气，心里对她有了点点欣赏。

她手一扔，一个黑得发亮的东西就朝着叶露直直飞来。叶露急忙伸手，险险抓住，才避免那个黑东西击中她的脸。

拉了拉有些下滑的床单，叶露打量着刚到手里像手机的东西，疑惑地抬头看她，无声地询问。

左翼解释：“关于你能支配的权利，实在是少得可怜，我还真的无从想起，等我想明白了，我会以书面形式发到小黑里。小黑，就是你手上这东西，凤组最近研制出来的高科技结晶，兼有手机、电脑、全球定位、卫星导航、指纹采集、声道辨别、反定位反追踪等功能。这是我们多年的心血，希望小黑在你的手里，不要被辱没了才好！”

叶露抿唇。

左翼笑笑，那是惯性的嘲弄：“当然，前提是你要有命在才行！”

“说完了？”叶露冷静地看她。

她点点头：“大概吧！”

“好！”叶露抿唇一笑，“我想去见冷涛，你送我过去！”

她摇头。“不行！”冷艳的声音中又是丝丝嘲弄，“你还现在还没这个资格命令我做这件事！”

她心里一塞，又是一个没资格，咬牙，再笑：“行，你告诉我冷涛在哪家医院，我想我身为你效忠的对象，这个权利总该有吧！”

左翼低低一笑，谁也不知她到底在笑什么，不过她还是告诉了叶露冷涛的地址：“闲爱医院住院部16层B103室。”

她在心里默念了几遍，把这个地址背了下来，才抬头，冲着左翼道谢。

左翼偏头，看着在叶露身边坐着的冷星，嘴角挑了挑，嗤笑：“如果你想在这个家站稳，讨好这个小子可是不行的，可能还会适得其反！”

叶露挑眉，讨好？！

“你不觉得在一个小孩面前说这样的话太残忍了吗？”

左翼开始呵笑。“残忍？”她的眼神一冷，“如果这就称得上残忍，那么，叶露，我要警告你，接下来还有无数残忍的事情在等着你！”

她目光一转，看了眼叶露：“行了，我告辞了。有事电话联系。小黑里面有我的联络方式，有事可以给我打电话，在你的权利范围内，我会给予你协助。”

她身形一转，往门口走去。即使是背影，还是那么的高傲！

叶露眯了眯眼，继而低低一叹。偏头，她看向冷星，小家伙嘟着嘴，黑溜溜的两眼鼓鼓的，一脸的倔强，似乎跟谁生气一般。

她心里一柔，低笑：“生气了？”

小家伙抿唇不语。

她忍不住伸手，轻轻地揉着他的小脑袋瓜：“认识她吗？”

他点了点头，半晌才吭了一句：“不喜欢！”

稚嫩的声音变得有些冷硬，听了让她的心里微微一疼：“别理她，那个阿姨说话直来直往的，我也不喜欢。”

冷星的双眼一亮，看着叶露，忍不住轻轻张开了那抿着的双唇，露出了一口小小的可爱的白牙，没有了刚才的冷漠。

叶露眯眼，轻声地笑了起来，忍不住又轻轻地揉了揉那柔软的黑发：“不过，我喜欢你，星星是我见过的最可爱的孩子了。”

他不自觉地咧开了嘴，小嘴张着，更像一朵羞涩绽放着的小花朵。

“我以后叫你星星，好吗？”总觉得叫冷星太冷硬了，一点都不亲切，也不可爱，这么小的孩子，应该需要一个表示亲昵的小名。

冷星无声地笑着，点了点头，那一刻，那双眼是晶亮的，真像天上一闪一闪的星星一般。

“咚咚！”

叶露和冷星同时转头朝门口看去。

冷阳靠在门旁，一身白衬衫、黑西裤，简单而通俗的搭配，套在他健美的身体上，真是该死的性感迷人。

叶露皱了皱眉，看见他心里下意识地觉得堵得慌，也不知道他站在那多久了。

冷星也止住了笑，那张白里透红的小脸又鼓了起来，绷得紧紧的，像个小气球一般。

冷阳放下敲门的手，走了进来，那阴冷的表情，一靠近，她就觉得似乎自己周围的温度都降低了好几摄氏度。

他语气淡然：“左翼刚才来过了吧？”

她点头。

瞄了一眼她手上的手机，他继续说道：“我的手机号，你记一下。有什么事，可以给我打电话。”

她抿唇，低下头，拿起手上的手机，听着他在那报号，心想，这个人还是有那么一点好。

“记住，不到万不得已，不要打扰我！”讨厌麻烦的口气。

她对他刚冒出来的一点好感，又快速地消失无踪。

“你可以选择继续上学或者停学。”

她猛地抬起了头：“不行，我要上学！”他不能连她的学业都要剥夺。

他无所谓地耸了耸肩头：“随你，只是你记着，周六周日你必须要回家，其他时间随你。另外，族里有事需要你配合的时候，你得随传随到。”

“我不明白你的那些家族里的事。”她紧紧皱起了眉头。

他淡漠地回道："你不用明白，到时候跟着我做就是了。有些事，时间久了，你自然就会懂了。"

她沉默，心里下意识地抵触，但不敢明着去拒绝他。

"你家里和学校，我一会儿会派人去打招呼，你有什么要求？"他一副公事公办的语气，冷淡而又刺人。

她心里酸了一下，继而吐了一口气。想了想，她说道："家里你看着办吧，学校……我希望，你可以为我隐瞒已婚的事情！"

她还是一个学生，还想安安稳稳地过完她的大学生活，顶着已婚的身份，她是别想得到安稳的。她可以想象到，万一大家知道她结婚了，肯定会下意识地排挤她、隔离她，更甚至莫名其妙地敌视她。

冷阳的嘴角一翘，看上去像是冷冷的讥讽："纸是包不住火的！"

她平静地迎视："我相信以你的能力，绝对可以办到。"

别告诉她，他这么一个厉害人物连这个能力都没有。

"你学得倒是蛮快的嘛！"又是一个意味不明的讽刺。

"我会按你的意思去办的。接下来，你的行动自由了，想去哪里都可以。记着，下周六别忘了回来，我很忙，你别浪费我的时间去接你。"

她抿唇，拳头悄然地握紧。别气，别生气，犯不着跟他生气！

他说完就转身离开，带着一身的寒气，从头到尾，都没有看一眼冷星，仿佛冷星根本就不存在。

眼看着他就要走出门口，她大声地叫住了他："等一下！"

他停步，轻缓地转身。

她虽然心里觉得难堪，可是无可奈何："你……你能不能借我点钱？"

她身无分文，她需要钱回学校，也需要钱去医院看冷涛。当时在婚纱房换上那一套事先约好的伴娘礼服之后，她的贴身物件基本上都存在了那里。

他面无表情地看着她，她难堪地别开脸，实在没有勇气承受他轻蔑的眼神。

"钱就放在床边的抽屉，你看着拿吧！"

他冷淡地别过脸，缓步离开，傲慢得像是刚施舍完穷人的贵族。

她忍不住在心底低咒：该死的，那个臭男人肯定是把她当作那种拜金女郎了，看看他刚才那是什么表情，真是该死！

冷星紧绷着的脸一点点地垮下来，双眼也慢慢地一点一点灰暗起来，失去了原本的亮色。他咬唇，静静地垂下了头。然后，他弯下身子，双手撑着床，趴着，慢慢地挪动手脚，往床边后退。

他的行动，惊动了在一边兀自气恼的叶露。

她一把伸手，拽住了冷星的胳膊：“星星，你要干吗？”

“我要回屋了！”落寞的语气。

叶露的手闻言松开。

他慢慢地从大床上爬了下来，双脚着地了，才把小手从床上挪开。低垂的眼眸死气沉沉的，像一潭死水一般，看得人心中微微一刺！

他迈动着小短腿，弯着小身板，略微有些摇晃地朝门口走。这个小家伙，连路都走得不稳呢，小胳膊、小腿的，根本就不到一米。那瘦小的身影，落入她的眼里，让她的心揪得紧紧的。

他没有了妈妈，还摊上了这样一个爸爸，还有左翼的态度……

在她还没反应过来的时候，她已经开口，叫住了他：“星星！”

冷星的小身子慢慢地停了下来，他站在那里，低着脑袋，看着地面，却没有回头。

她勉强扯起一个笑容，轻柔地询问：“我想去看一个病人，你……你想跟我一起去看他吗？我是指，我们出去，我……带你出去！”

这个地方太冷了，他再待在这里，会被冻伤的，她得带他出去，哪怕是自作多情，她也想带他出去，让他见见阳光，哪怕只是一小会，也可以感受一下那阳光的温暖。

他一动不动地站在那，对她的话，没有任何的反应。

她的心微微地提了起来，双眼盯着他，沉默着，有耐心地等待他的回答。

很久，很久……

她也不知道过了多久，她的眼里只看到，那可爱的小脑袋瓜轻轻地点了一下。

她的嘴角不自觉地扬起了一个微笑！那种从心底散发的快乐，甜得宛如蜂蜜一般。

卷起被单，拢在了自己的身上。刻意忽略身上的酸痛，她光裸着双脚下了床，缓缓地来到了冷星的面前，小家伙还是低垂着脑袋，脸上落下的阴影令他的小脸看上去显得更小了，还显得有那么些忧郁。

她轻轻一叹，跪了下来，手一伸，就摸上了他的小脸。

他的脸轻轻地颤抖了一下，抬起了脑袋，那大大的双眼中闪动着的是不知所措还有隐隐的脆弱。

她咧嘴，浮起了一个大大的笑容：“星星乖，等我一会儿。我去洗个澡，你先在这坐一会儿，好吗？”

这一次，他很快就点了点头。

她继续扬着笑，凑过脑袋，在他的额头上轻轻地亲了一口。

揉了揉他的脑袋，她轻笑着，站起了身。

冷星愣愣地摸着自己额头上的吻，愣愣地随着叶露转身而转身，目光也不自觉地随着她动而动。

在叶露快要进到浴室的时候，冷星突然咦了一声，叶露闻声立刻转过了身，看他。

他摇摇晃晃地迈动小短腿跑到了床边，扶着床沿，他凑过脑袋仔细地看了看，回头，皱着眉头，漆黑的眼珠里是掩藏不住的担心："露露，你受伤了吗？"

她扫了眼床单上那暗红色的落红，心里一痛，受伤，她是受伤了啊！这道伤，刻在她的心里，永远都不会消散的。

看着那眉头越皱越紧的小家伙，她淡淡一笑，用一笑遮掩住所有的悲伤："没事，我伤已经好了，不会再流血了。"

是啊，伤口已经结了痂，可是当痂落下，那里，永远都会留着一道疤的！

这样有些悲伤又有些晦涩的话，还是别对小家伙讲了，小孩子要快快乐乐的，不能让他太悲伤了。

看着冷星的眉头稍微松开了一些，她笑笑着转身，身后，传来冷星稚嫩的童语："露露，我可以帮你上药的。真的，我会上药！"

她的眼眶——红了！

为了自己，也为了他。

"谢谢！"她轻声低喃，推开浴室的门。他无情地伤害了她，在最失落的时候，得到的第一声救赎竟然是来自他的儿子，这是不是，又算是可笑的？

温热的水流哗哗地流下，她将自己扎入浴缸里，久久地沉在水里，慢慢地，她开始感觉到窒息，她一边遭受窒息的痛苦，一边又自虐地享受着这份痛苦。最后，身体的本能战胜一切，她猛地从水里抬起了脑袋，狼狈而剧烈地喘息，潮湿的空气汹涌地进入她的胸腔，带起了一股刺痛的同时，又带着一股生疼的快感！

她轻轻地闭上了眼，在呼吸变得平缓了之后，无奈地笑了笑。

生活——还是要继续的不是吗？！

洗澡的时候，保姆的声音在浴室外响起，说是给她送来了她寄放在婚纱坊的衣物，她挑了挑眉，对名义上的丈夫冷阳的手段已经没有什么好惊奇的了。洗完澡，她换上了自己的衣服，同时，也一并接手了自己的手机。

看着手中她一度渴盼的手机，她无奈地摇头苦笑。

现在，已成定局，什么都晚了啊！

一打开一看，未接的电话有三十多个，她可以猜到，这电话不是来自好友的，就是来自家里的。

她看了一眼，就将手机收到了包里，她现在还不想打电话，她怕自己会忍不住在好友面前崩溃，现在不行，她不能现在崩溃。

至于家里人，她大概知道他们是为什么打来的电话，她选择关机。有些伤，摆在那，永远都不会愈合，一旦碰到，伤口就会马上冒血，变得鲜血淋淋。怨恨，是野火烧不尽的野草，只要有土，就会一直发芽！

想想自己囊中羞涩，就这么去探望冷涛，实在是有些不好，她还是拉开了床头的抽屉。满满一抽屉的红色老人头看得她没有丝毫的喜悦，反而有些心惊肉跳。快速地从里面抽出两张，她猛地把抽屉推了进去。

冷星在一旁歪着脑袋，一言不发地看着她，似乎有些好奇，可是惯性地沉默着，没开口。

她看了他一眼，笑笑，然后又是微微的心疼，这个小家伙，有普通小孩对未知事物的好奇，可是，却少了那份恣意的天真和张扬的活泼，除了性格占一部分因素之外，家庭的因素应该是占很大的比重的吧！

她在心里微微叹息，却没有表现出来，还是温柔地问他："星星，我们现在走，好吗？"

冷星点了点头，艰难地一直仰着脑袋，看着她。

她上前，半蹲下，牵住了他的手。他的手小小的、软软的，握着，让人的心会不由自主地跟着发软。

冷星，慢慢地、慢慢地扬起了嘴角。

她亲眼看到，那孩子的眼一点一点地亮了起来，好像黑暗中的小橘灯一般，用那微弱的光，坚强地冲破黑暗，迎向光明！

她——真的是为他心疼！

他的个子很矮，仅能到她的大腿。她微微地弯着腰，牵着他的小胳膊。她领着他往外走，一边走一边不时地低头注视着他，嘴里问道："星星，知道自己今年几岁了吗？"

"四岁了！"他眯眼笑了，似乎为了可以回答她的提问而骄傲欢喜着一般，又或许，他的欢喜是来自此刻她对他的亲昵。

她特意放慢步子，配合着他有些摇晃的步调，心里微微疑惑：也不知四岁的小孩走路是不是都像他这般。

走到楼梯口的时候，冷星突然就不走了。

他一手拽住了扶梯，盯着楼梯，抿着唇，就这样停住不走了。

“怎么了？”

他的手轻轻地用力，似乎要往回缩。她立刻放开了他的小手，他把另一手也放到了扶梯上面，然后，他把小身子贴在了扶梯旁边。

她挑眉。

他伸出一条小短腿，慢慢地，小心翼翼地踩在了楼梯上，然后双手紧握着扶梯，另一条腿也跟进。如此，他终于下了一个台阶，他换手，扶住了下一个扶梯，然后伸出一条腿，重复刚才的动作……

没几步，他的小脸就开始有些发红，那全力以赴的样子，让她跟着抿起了唇！

难道，他一直都是像这样上下楼梯的吗？

四岁的小孩，连上下楼梯都不行吗？既然不行，为什么他身边没个大人跟着？为什么没人注意他的安全？普通的家庭，对于这样的宝贝疙瘩，父母都会小心翼翼地跟前跟后，生怕不小心摔倒了什么的。可是，从头到尾，她只看到这小家伙一个人，身边连个护着的人都没有。

这一层层的阶梯，对现在的他来说，不就像是会吃人的恶魔一般吗？他万一不小心摔下去可怎么办？！

她将包使劲往肩膀上一挎，立刻蹲下身子，双手一伸，就叉到了冷星的胳膊下，抱住了他。

冷星害怕地低呼，双手紧紧地拽着扶梯，小身子也紧紧地贴在了扶梯上面。他明明害怕得身子开始轻轻地颤抖，可是却倔强地不发出任何的求救。

她的心又揪紧了。

这个可爱的小家伙，到底要让她的心有多疼？！

“别怕，我抱你！”她在他耳畔轻柔地低喃，手微微用力，将他抱了起来，让他微微离开地面。他觉得好像安全，就把小手一松，她趁势将他抱在了胸口。他立刻张开双手，环住了她的脖子，然后小脑袋瓜也深深地埋在了她的肩膀处。

他的力气很大，对小孩来说，那力气应该是大的。他紧紧地抱着她的脖子，好像就怕她会离开他一般。

她单手拍了拍他瘦弱的后背，低喃了几句“别怕”，抱着他，小心翼翼地踩着阶梯下了楼。

偶尔经过的保姆，看见了这一幕，脸上的表情是惊诧的。

叶露的目光扫到了那保姆，朗声开口，带着一股恼怒的冷意：“我带他出去一下，晚些时候会送他回来。”

保姆木愣愣地点了点头。落入她眼里的最后一幕就是冷星乖巧地趴在叶露的肩头，黑色的眼珠子宛如披了一层薄纱一般，柔柔地，荡漾着孩童的天真、娇憨和依恋，那微微嘟起来的嘴角，没有了平时的阴沉倔强，反而有一股强自压抑的喜悦。

叶露抱着他，走了十多分钟的路，才出了冷家的大门，回头，看着那雅致而豪华的大宅，她冷冷地抿起了唇，难以掩饰此刻心里的那份怨愤。她冷眼一扫，转身，大踏步离开。

豪宅内楼上，冷阳面无表情地注视着这一切。直到看不见叶露和冷星的身影，他才松开了被微微扯开的百叶窗。

005

叶露是坐着私家车回的冷家，所以她抱着冷星出来的时候，竟然忘了冷家位于郊区，看看这附近一带的房子，就知道肯定是有钱有势的人居住的地方。而有钱有势的人不外乎都有自己的车，出门还需要打的吗？那些出租车司机也不会蠢到把车往这边豪华地带开。

看着那漫长的水泥路，叶露愣了愣。

这可怎么办？

难道她要一直走下去，直到走到有出租车的地方？

冷星窝在叶露的肩头，看叶露停住了脚步，抬起了脑袋，偏头，看着叶露。因为他是趴在叶露的肩膀上，所以他的脸离叶露的脸很近，近得几乎可以看见她脸上的毛孔，近得可以闻到她脸上、秀发上，还有身上散发的缕缕清香，暖暖的、甜甜的，有股妈妈的味道。

可是，他是不会叫她妈妈的，因为——

妈妈很快就会死，比如他的第一个妈妈，还有他的第二个妈妈，在他幼稚的脑袋里，他固执地认为，只要他不叫叶露妈妈，那么，她就会是安全的，就会一直陪着他。

露露，是他对她的称呼，不叫妈妈，只叫露露。

他伸出小手，亲昵地摸了摸叶露白嫩的脖子。叶露偏头，看着他，笑了笑，他也跟着笑了笑，似乎从那间冷酷的大房子里出来之后，他就开朗了不少，脸上也多了一点阳光。

“露露，把我放下来吧，我自己走！”他的声音还带着小孩子的奶声奶气，模糊不清的，但是又能听得清。

“怎么了？”

他努力地伸长手，轻轻地擦去她头上的汗珠，看着她被太阳晒得有些发红的脸蛋，他小小声地说："露露累了，我要自己走！"

叶露闻言，笑容忍不住放大。

"呵呵，我的小星星真是太体贴人了！不过——"她眼光微微流转，洋溢出幸福的火花，"我还不累，星星这么可爱，我还想多抱一会儿，可以吗？"

她俏生生地问他。

过于明媚的笑容就在冷星的眼前放大。冷星黑漆漆的眼珠里是她满满的笑。他紧紧抱住她的脖子，在她耳边低语："露露，你真好！"

她呵呵地笑开："这样就好了？我的小星星可真是太容易满足了！"

这一次，冷星也放声笑了出来。

小孩子的笑声，甜甜的、脆脆的、嘹亮的，比那风中的风铃还要动听。艳阳下，那张快意的笑着的脸庞太过于娇嫩可爱，她忍不住"叭"的一口，亲在他的脸上。

他笑得更加大声了……

两人共同唱响的笑声，在暖风中荡漾着，散发着健康的气息，似乎所有的疲惫都可以在笑声中消去……

一辆黑亮的私家车悄无声息地朝她俩驶来。

叶露双眼一亮，立刻想到了一个办法。"星星，抱紧了！"

冷星闻言，立刻伸出小手，交握在她的颈后。

她微微地提了提冷星，单手吃力地抱着他，伸出另一只得空的手，冲着那辆私家车挥手。

私家车终于如叶露所想的一般，慢慢地在她眼前停下。

叶露脸上一喜，抱着冷星，快走几步，就来到了私家车的旁边。车窗慢慢地摇下，露出一张年轻男人的脸。

"你好，我想到市区去，可是这里没有出租车，我想搭一下车，等到了有出租车的地方我们就下车，方便吗？"

那人亲切地笑了笑，说出来的话，却让她愣了一下。

"嫂子，我叫王东，你可以叫我小王。冷哥吩咐了，以后我就是你的专属司机了，你有什么吩咐，给我打个电话，我随传随到。"

说着，他打开车门下了车。然后绕到叶露这边，伸手，打开了后座的车门："嫂子，请上车吧！"

叶露怎么想都没想到，那个冷酷的男人会派车给她。她的心情立刻变得复杂了。这个男人，总会在她体会到他残忍之后，再让她感受到他的温柔。

她在心底微微一叹，一时间不知道是何感受，回过头，看着那已经显得有些小的冷宅，不由地生疑，这个时候，他又在做什么呢？

甩甩头，她低声道了一声谢谢，然后抱着冷星钻入了后座。

司机小王轻轻地关上了后座的车门，重现绕回前头，落座。

“嫂子，你这是要上哪？”

他一边启动车子，一边问。

叶露报出了冷涛所在的医院名字，司机开始聚精会神地开车。

冷星坐在叶露身边，伸出小手，轻轻地碰了碰叶露。叶露笑笑，伸手抓住了他白白嫩嫩的手。他窃喜一般地笑了一下，继而皱眉：“是……是爸爸吗？”

他问得不太清楚，可是她知道他问的是什么，于是她点了点头。冷星抿起了唇，脸上的笑容褪去。他轻轻地把身子斜了过来，往叶露的身上靠着。娇小的身子就像一个小娃娃。她伸手，将他往自己身上拽了拽：“累了？”

他摇头，身子一侧，伸出双手，紧紧地抱住了她的纤腰，同时，把脑袋一扎，扎入了她的怀里。可爱得像一只白嫩的小兔子。

她伸手，轻轻地摸着他柔软的小短发。心，跟着一柔。想起冷阳，她忍不住地嘟囔：如果他能跟星星一般乖巧可爱就好了！

她摇了摇头，自己也为自己这个想法感到可笑。

乖巧可爱，这四个字，是最不可能跟他搭上边的！

路上下了车去买了一篮子水果，竹编的篮子，里面各式各样的水果，看着蛮诱人的。她也不知道自己该买什么，只记得周围要是有人生病住院，大家大多是买水果的。热情的店主说，他介绍她拿的这种，是目前最热销的，最适合送给生病住院的人了。

想着礼轻情意重嘛，她就买了。

到了医院，电话簿里面多了一个手机号，是司机小王的。

小王在车里等候，她一手牵着冷星，一手往冷涛的病房走去。

冷涛见了她，有些讶异：“你怎么来了？”

看见她左手牵着的冷星，他眼中的讶异更浓重了。

叶露笑了笑：“来看看你啊！你可是我的救命恩人呢！”

冷涛住的病房是一间独立的病房，看得出来应该是贵宾房之类的，他穿着一身病号服，躺在白色的病床上，脸色憔悴了一些，但是这不妨碍他的英俊。这个男人，即使受伤，即使不靠衣装，也散发着浓浓的男性魅力。

她将水果篮轻轻地放在了桌上，然后拉着冷星，让他坐到了一旁的沙发椅上。

从停车场走到这，对她来说是不长不短的距离，可对还是四岁的冷星来说，肯定是累坏了的。可是这个倔强的小孩，肯定是不会说自己累的。只是从他坐上沙发椅的那一刻，从小嘴里微微吐出的松了一口气的呼声，让她知道他此刻的状态。

她低低一笑，摸了摸冷星因为走路而变得红通通的脸："渴吗？我给你倒水喝！"

他抿着唇，摇了摇头。

似乎只有在他和她单独两个人的时候，他才会放得开，显露他小孩子的本性，有冷涛在，他又恢复一脸的面无表情。

她回头冲冷涛笑了笑："这是冷星，你认识的吧？"

冷涛点了点头。

叶露在一旁的沙发椅坐下，感谢的话立刻窜了出来："昨天，真是太谢谢你了！"

冷涛摇摇头："这都已经是过去的事情，你就别提了，也别放在心上。"

"不行！"她摇头，"你为我挡了子弹，那可是救了我的命。如果不是你，这一刻躺在这儿的，可就是我了。你可一定要接受我的谢意！"

冷涛轻轻地笑了起来，这一笑，打破了他脸上的冷漠："那你打算如何感谢我啊？"

她愣了一下，她还太嫩了，她虽然会一些客套话，诸如"谢谢""不用谢"等，但在一来一回中，话题自然结束，如今这客套话方向有些偏了，他追问起谢礼来了，她就不知所措了。

她几乎是身无长物，所以对冷涛的询问，没敢应声，半晌才讷讷地回了一声："那个……谢谢！"

除了说谢谢，她真的是想不到别的。

他闻言，笑得更欢了，笑声不受控制地从他的胸膛里冒了出来。那微微挑起的眉角，还有微微显露的笑纹，为他那英俊的脸庞染上了点点风流的意味，有些深邃的眼神，在微笑中，泛开缕缕温柔的涟漪，那一刻，那张脸，生动得宛如会发光一般。

她羞窘地红了脸，修长的睫毛轻轻地垂下，扑闪着，淡淡的阴影落在白嫩的脸上，宛如浮光掠影，跳跃中，有种静谧的美丽。

他的笑容在嘴边摇曳，看着她，记忆忍不住地倒回，想起了那一场春风化雨的邂逅。

那一天，天气本是晴朗的，刮着风，但是不太大，还在人可以忍受的范围。那个时候的桃花开得太美，路上栽种的小桃树，纷纷开了花，被风一吹，路上扬起的，都是粉色的花瓣，洋洋洒洒的，就像下着花雨一般。

人都说日本东京的樱花开了，美得仿佛是人间仙境，走在路上的人仿佛都沉浸在那飘满粉红色的梦之中。可是中国的桃花，盛开时候的美，真的是不亚于樱花，漫天飘扬的粉色花瓣，空气中飘荡的花香。只是真正能够欣赏到的人有几个？

地面上，也堆积了不少的花瓣，娇小的、可爱的、零零碎碎的，远远望去，就像是用鲜花铺筑的仙路一般。

如此美丽的景色，总会让人忍不住多看几眼。他坐在车里也无聊，就往车外看了几眼，路上行人匆匆，对如此美景大多视若无睹，即使见了，也只是恍惚一笑，然后继续行色匆匆。桃花多情地坠落，落在行人的头上、身上，渲染了这一片大好的春意，可是却被无意欣赏的人无情地拂去，只能印证“孤芳自赏”这句话。

他冷眼看着，对此也无动于衷。

只是在眼光不经意流转间，一个笑得一脸灿烂的女子，俏生生地闯入他的眼帘。

谁懂惜春，谁会惜春？

这个背着书包的女生，在漫天花絮飘扬之中，笑眯眯地伸手，小心翼翼地将那飘落的花瓣接到手里。那一举一动，在艳阳下太过美丽，那白嫩的手，好像是玉做的一般，这么看着，好像会发光一般。她志得意满地俘获了那片随风起舞的花瓣，然后慢慢地打开了手心，盯着掌心那娇嫩的粉色花瓣，调皮地笑了笑，然后合唇，鼓起劲，猛地一吹，那刚刚被俘获的花瓣，就这样飘飘洒洒地从她手上坠落，带着飘逸的身姿，在春风吹拂中，曼妙地坠下。

那一幕，不知怎么的，吸引住了他的眼神。

为了她那一刻的美丽，还是为了她那一刻的娇俏，抑或是为了她那一刻的怡然自得，他不太懂，只是现在的她，让他感觉到了青春的热血，和已经很久没有的萌动！

曾经，他似乎也曾如此朝气蓬勃过。

她笑嘻嘻地继续向前，双眼似乎是着迷地盯着那娇艳的桃花。他以为她会如天真烂漫的少女一般，脑里充满着诗情画意，迷恋地在那灿烂的满树桃花面前驻足。可是她不是，只是笑眯眯地径自欣赏着。那一树树美丽的桃花，都没能拽住她前行的步伐，能够挽留的，只是她不时的回眸。

那里正是市中心的繁华地带，附近又多商场、超市，并且不远处还有很多的学校，这里的交通，时常是处于堵塞的状态，车子经过这的时候，不出意外都得缓行。所以，他才可以这么长久地打量她，看着她一边走着，一边伸手往裤腿上的兜里探，摸索了良久，从兜里摸出了闪闪亮亮的东西，看着很像是一枚硬币。

她笑眯眯地将硬币丢到了路边一个乞丐的碗里。

他不自觉地勾唇，当时忍不住对她的行为有些嗤之以鼻。这个女学生，肯定是没吃过苦的娇娇女吧，所以才会如此天真烂漫、不解世事。这街上的乞丐，哪有几个真正值得同情？！你这头施舍，那头人家洗干净了换一身皮或许还富得有车有房。

他看着她慢慢地走近，以车子的速度，不过一会儿，只怕就要交错而过了，于是，眼睛更是急切地不由自主地在她身上停留。红灯亮起，车子慢慢地停了下来，他在觉察到的时候，很难得对向来讨厌亮起的红灯有了点好感。

眼眸再一扫，他就看见在她的前方还有一个乞丐。他忍不住地挑了挑眉，他倒要看看这个娇娇女还会不会做冤大头！

他敢肯定，她的双眼肯定是看见了那个老乞丐，可是，这一次，她的眼神却躲开了，径自在乞丐的面前走过。

他心里忍不住地浮现了淡淡的失望，然后下意识地想到了两个字——做作！对于乞丐，要么冷酷地什么都不给，要么就给得稀里糊涂。前者，她的现实，可以得到他的欣赏；后者，她的纯真，可以得到他的理解。他最讨厌这种为了表现自己的施舍和善良，看人给钱的了！

原来，这也是一个俗人！

他失望地要别开脸，可是就在这时，他却看到她的眉头，慢慢地，皱了起来，越皱越紧，好像有什么烦心事一般。

于是，他又施舍一般的，多看了她一眼。

他看到，她嘟起了嘴，低下了头，纤手又在裤腿上的兜里摸索，然后，从里面抽出了一张一元钱。回头，她大踏步地朝那个越过去的乞丐走去。一块钱，被她放到了那乞丐的碗里。乞丐惯性地点头称谢，那已经不入他的眼了。他只看到，刚才被他嗤之以鼻的她，在将钱放下，转过身的时候，轻轻地松了一口气，走开几步之后，不自觉地轻笑着。

那是快意、轻松的笑。

然后，他懂了，也不自觉地扬起了赞赏的一笑。

她懂，其实她什么都懂！

她知道这些乞丐行乞背后的真正事实，他们不值得同情，不值得可怜，可是她虽然懂了，还是乐意被他们骗着。第一次她心情好，乐意被骗，第二次，她犹豫着还要不要再被骗，当她拒绝被骗，越过那乞丐的时候，她的理智赢了；但是，最后理智还是拗不过情感，她似乎心有不安，然后，掉转身，又给出了那一块钱。

她的情感赢了，可是她的理智也没输！

这——是一个矛盾的女人！

至少，她现在应该是心安理得了吧？！她笑得这么开心，这么甜，难道他还看不出来？！

他笑了笑，看着她在他车边经过，年轻的装扮，像一个学生，好像应该是一个大学生吧，可是竟然背着一个书包！

他忍不住地再笑，现在的大学生，可是很少像她那么乖乖地背着一个书包的！

他转过头，看向后视镜，那个远去的身影，也只能通过后视镜才能看得到。

红灯灭，绿灯亮，车开始缓慢地开动。他突然想到了一首诗：

你在桥上看风景，

看风景的人在楼上看你。

明月装饰了你的窗子，

你装饰了别人的梦……

这是一场春情融融的邂逅，那般不经意的你，那般不经意的我，不经意地相交，然后交错而过，只能存在在不经意想起的记忆中。

谁能想到，在同一天，在同一个地点，他还能再遇到她？！

那个时候，已经临近傍晚，天空突然下起了雨，他从公司的窗外看见的时候，心想今天就早点回家吧。看这雨势，似乎有越来越下大的趋势。开车再次经过庭芳路的时候，想起下午的那个女子，他鬼使神差地从文件上抬起了头，往窗外看去，就这么凑凑巧巧的，看见了她。

上一次，他缓缓地迎接着她而来，这一次，他飞速地离她而去。

匆匆一眼，他看见她站在公交站台旁边的广告牌下，缩着身子，抱胸，看样子好似在等公交车。突如其来的雨困住了她，她可能是没带伞。大雨就像豆子一般地洒下，他庆幸她已经站在了那里，如此等公交车一来，她就可以上车了，如此，应该不会被雨淋得太厉害吧！

微微晃了晃头，他暗想自己今天果然是有点奇怪，继而掉转视线，重新将目光埋在文件上。

车开到一半的时候，他突然发现自己竟然把一份重要的资料落在公司了！这几乎是很少会发生的事情，他在想，果然他今天是有点中邪了。

开口，吩咐司机掉头，往公司开去。那份文件今晚必须要处理，不能拖到明天。回去的时候，他下意识地往那个公交车站牌附近看了一眼，看见她依然抱胸缩着身子站在候车广告牌下面。他不由地挑了挑眉。

距离他看到她，至少也有半个小时了，她要等的那个公交车，还没来？！

如今这公交车，不是大约五分钟就一趟的吗？

轿车很快就在她的身边飞驰而过，他紧皱的眉头，也很快舒展开。他告诉自己，这是一个不相干的人，他不应该放入太多的心思。

只是，等他从公司拿了文件回来的时候，还是在那个相同的公交车广告牌下面看见她。他讶异了！

等了一个多小时，她还没等到？！

这是什么公交车，明天非得找那管事的老总谈谈不可！

轿车再次飞驰而过的时候，他低喝了一声：“停车！”

训练有素的司机立刻停下了车，疑问：“冷先生？”

“倒车！回到那个公交车站牌附近！”

司机瞅了一眼，慢慢地倒车回去。

好在这个时候下大雨，这附近一带的行人都已经散得差不多了，司机也可以游刃有余地把车给倒回去。要放在平时，在这拥挤的路上倒车，那绝对是不可能的事情。

按照他的指示，轿车慢慢地在叶露的身边停下。

他伸手，本来是要摇下车窗询问公交车的事情的，可是在手接触到车门的时候，手似乎有自己意识一般，把门打开了。

他把脑袋微微往外面探了一下，冲着她大喊：“上车！”

在广告牌下站着的她，有些受惊。她瞅了瞅自己的周围，又回头，好奇地看了他一眼。

他失去了耐性，大喊：“别看了，就是你，上车！”

她指了指自己的鼻子，还是很讶异的样子。

他点了点头：“快点，我可不想被公交车给轧死！”

他的车现在停的位置，正好把公交车应该停的位置给卡住了。一旦公交车过来，他就不得不让位。

她疑惑地冲他喊着：“先生，你是不是认错人了，我不认识你！”

“没错，就是你，快上来！”

她干笑着，摆了摆手：“不了先生，谢谢你！”

他这才察觉到自己的举动似乎有些鲁莽了。想了想，他轻轻一笑，换了一副和蔼的神色：“喂，我今天突然很想做好事。我想送你一程，我想你应该不会拒绝别人的好意吧？”

她微微咬唇，眉头轻轻地蹙紧，似乎在分辨他语气的真假。他坦荡荡地看着他，带着一脸的从容、镇定。

然后，她蓦然一笑，取过书包，放在自己的脑袋上就跑了过来。他顺势把车门打开，她跑进了车里，把头上的书包拿下，放在了胸前。

“太谢谢你了！”她还有些喘，但是语气中是满满的真诚。

他无语地笑了笑，忍不住放低声音问她：“去哪？”

“D大。谢谢！”

她正襟危坐，抱着书包，双眼亮亮地看着前方。

他吩咐了一声，司机就开始往D大开去。

她的身子绷得很紧，那张笑起来很好看的脸也绷得像似一张面具一般，看得出来，她是有些紧张的，也是有些不知所措的。他瞄了她一眼，低下头，把视线重新埋在文件上，不给她再造成压力。

外面的大雨击打着车窗，发出扑簌簌的声音。车内很安静，就连呼吸都带着刻意的压抑。他尽量装作无动于衷，过了一会儿，他能感觉到她的视线偷偷地投射到了他的身上。长期混迹于黑白两道，对别人的视线那是最敏感的，他任凭她看着，没有说任何话。

因为他把这突然的相逢当作一场邂逅，所以，不需要相交，也更不需要套近乎，到了地方，他们又会分道扬镳。

她似乎更加紧张了，这可以从她突然有些急促的呼吸声中听出来。他依然不为所动。

“你……你的心可真好！”好听的声音在车内回荡。

他听了不由地想笑，她这样的话，让他那些兄弟听了，只怕要笑掉大牙。他冷涛可以有很多的赞词，但是“好心”绝对跟他不搭配。

不过，面对这单纯的小女生，他只是轻轻地“嗯”了一声，让她保持着对他的美好印象也不错！

可能是车内的气场太沉闷了，也可能是她想对他表示她的感激，她开始没话找话：“外面的雨，下得可真大！”

他抬头，顺着她的话，把头微微一扭，往车窗外看了一下，回道：“是啊！”

他向来是冷漠的，不愿意过多废话，但是对象是她，他怕自己惯常的那一套会冻伤她，所以，他合上了手上的文件，随性地问她：“你没等到公交车？”

她摇了摇头，抿了抿唇，不好意思地笑了笑，一股脑地把事情的始末告诉了他。

原来她去HK超市买完东西之后，出来就发现自己没钱了。她本打算步行回学校的，可是天空突然下起了雨，她就被困在广告牌下了。

这就可以解释，为什么他多次来回，会看到她站在那。

“你可以打的回学校，到了地方，再给司机钱。”他建议。

她惊诧地看他，“啊？还可以这样的吗？”

她当时的那个样子，真的过于生动，圆滚滚的眼珠子猛地凸了出来，小嘴微张着，让他不知怎么的，突然想到了一种动物——小松鼠！

他忍不住眯起了眼，强忍住笑意，点了点头。

她不好意思地摸了摸自己的头："我都不知道，原来还可以这样的！"

"下次就会了。"

她也跟着笑起来了："是啊，下次我就知道怎么办了！这就叫吃一堑长一智，呵呵……不过，今天真是太幸运了，碰见了你！"

幸运？这……又是一个不太跟他搭边的词！

"没有你，我都不知道什么时候能回去呢！嗯……可能到时候还是得淋雨回去吧！回去了，肯定会变成落鸡汤的！"

她吐了吐舌头，表情已经没有一开始的生硬了。

"其实，你可以打电话给你同学，让她过来接你！"

她摇了摇头，噙着笑说道："不要了，怪麻烦的。这种下雨天，大家都不愿意出来，弄得湿答答的，太难受了。其实，淋雨回去也是一种享受，我小的时候啊，经常淋着雨回家的，感觉还蛮不错的，不过……"

她吐了吐舌头："当时还小，淋雨不觉得怎么样，现在大了，又是在城市里，有些不好意思了，怕被别人笑话！不过——"

她的语气蓦然一转，眸光大放异彩，"不瞒你说，你刚才要是不招呼我上车，我打算再等半个小时雨还不停的话，我就直接淋着雨回去。嘿嘿，好久没这样玩了，我一身湿的回去了也不会被寝室的人笑话，因为啊，嘿嘿，我没带伞啊……"

他失笑摇头，这个女孩子，果然跟他不同，身上还是带着一股清新的自然之气。其实，在看到她捉着花瓣玩耍的时候，他就已经知道了，只是再一次接触她，让他对她印象更佳了。

"淋雨固然好玩，可是感冒了可就不好玩了！"

她愣了一下，低声附和："是噢！不过——"她又笑开了："不会那么容易感冒的，我寝室有生姜，我回去喝碗姜汤就好了，这可是抵御感冒的良方噢！"

她倒是把什么都给想好了，他心里觉得好笑，突然就质疑起来了自己的"好意帮忙"，如果没有他，似乎她今天会有一场非常美妙的雨中曲！

"小姐，请问你要走哪个门？"前座的司机开口询问，他们已经快到D大了，但是不知道从哪个门进去比较合适。但凡大学都是有好几个门的，D大也不例外。

"北门，你直走，前面那个门就是了。"她轻快地说道，似乎是因为看见了学校，心情也变得轻松了起来。

不过一分钟的事情，车就开到了北门。他吩咐司机："开进去吧！"又偏头问她："你的寝室楼在哪里？我送你到寝室楼下！"

"啊？"笑容立刻在她脸上放大，"那可真是太麻烦你了！"

他摇头，突然也文绉绉地来了一句："送佛送到西！"

她低低地笑了起来。

经过门卫的一番惯性盘查，车开进了小门，按照她的指示，开到了一栋以黄色为主色调的楼层前。

“太谢谢你了！”她的双眼熠熠生辉地看着他。

“进去吧！”

她猛地伸手，从大书包里掏出了一瓶果汁，快速地塞到了他的手里，嘴里宛如激光枪扫射一般地蹦出了话：“那个，我知道这果汁挺便宜的，你可能看不上眼。不过这是我真诚的感激，请你务必要收下！”

说罢，她一溜烟地从车里跑了出去，窜入了那小小的门洞里，转眼间，就失去了踪影。那个样子，仿佛生怕他会拒绝将果汁给退回去一般。

她那般青涩可爱，真的取悦到了他！

握了握塞进手里的果汁，上面似乎还留有她的余温，他又是一场忍不住地低笑。

“走吧！”他低语，语调也不自觉地显得轻快。

司机调转方向盘，车子开始驶离寝室楼。

那一天的经历，就是雨雾朦胧蒸起的梦一般，显得有些不真切。只有在冰箱里摆着的那瓶果汁，在他打开冰箱的时候，提醒他那不是一场梦。

而今，她坐在他的面前，那更不是梦了！

她轻轻抬起了头，褪去了脸上的羞窘，双眼又恢复熠熠生辉的样子，似乎是想通了什么。

“你说吧，想要什么样的谢礼，只要我力所能及，我肯定为你弄到。”

他摇了摇头，沉声低吟：“我要的，你给不起！”

她挑了挑眉，蓦然一笑：“你不说，怎么知道我给不起呢！”这个时候，自信的她，可真动人。

他还是摇头，肯定地说：“现在的你，肯定是给不起的。等你可以给得起的时候，我再告诉你！”

此刻，他的眼神太过于炽热，那里面所包含的意味也太令人费解。这样的目光，她不敢对视，心里也莫名地有些发颤。

她干笑，干巴巴地回了一声：“好……好啊！”

同时快速地掉转视线，瞥到了一旁的水果篮，她立刻转移话题。

“对了，吃个水果吧！”说着，她就伸手把水果篮上的保鲜膜撕掉。

冷涛微微垂下眼，眼中闪过一缕暗光，继而抬头轻轻一笑：“我刚做的手术，现在还不能吃东西。”

“哦，这样啊！”她的手微微一顿，也跟着一笑，“那我给我家星星拿一个！”小家伙说是不渴，但是还是得补充水分的。

她从里面挑出一个大红的苹果，含笑偏头问冷星：“星星，喜欢吃苹果不？”

冷星点了点头，面无表情的样子，像个小酷哥。

只是在叶露拿水果刀削苹果皮的时候，他的眼神变得很专注。

同一时刻，专注地看着她的，又岂止冷星一人？！

随着苹果皮最后在苹果上脱落，一个白嫩嫩的苹果就在叶露的手上诞生了。她眯眼笑了笑，将苹果递给了冷星：“来，星星！”

冷星的脸还是很酷的样子，但是可以看得出，他的酷样子似乎正在面临瓦解的边缘。

就在冷星伸手就要把苹果接过去的时候，叶露把手一缩，把苹果拿了回来。

冷星的酷脸在顷刻间破裂，耷拉下来的脸，脆弱得似乎要哭一般，饱含着期待的双眼也立刻灰暗了下来。

“得洗手啊！”叶露不察，径自咕哝着，将苹果和水果刀都放到了桌子上，偏过身子，拽起了冷星的小手，“走，星星，咱们去洗手去。记得噢，以后吃东西之前，一定要洗手噢！否则，手不干净，吃了东西，会拉肚子的。”

冷星愣了一愣，步履不稳地被叶露拽着走。

独立的病房就有这个好处，里面都有现成的洗手间，省得叶露往公共卫生间跑了。推开洗手间的门，叶露拽着冷星走了进去。洗手台对于冷星有点高，叶露笑着一把抱起了有些愣愣的他，换来他的又一声低呼。

叶露柔声教育道：“星星，这可不行噢。你可是小男子汉，不能这么容易就被吓到噢！来，把水龙头打开，星星会吗？”

她低下头问他。

他垂着脑袋，闷不吭声地，轻轻地点了点头。

“那好，把水龙头打开，自己洗手，好吗？”

他伸出小手，朝水龙头够去，她立刻往前凑了凑，好让他的小手可以够到水龙头。

水龙头被他打开的时候，她忍不住出声赞美：“真棒，星星会自己打开水龙头呢！”

对于小孩，要采取鼓励式教育，这个叶露是很熟悉的。她现在不清楚的是，四岁的小孩到底会哪些，不会哪些，看来，回去得查查资料，问问同学了。

水哗啦啦地往下流，白嫩的小手在水中轻轻地嬉戏。她含笑看着，不知道是不是错觉，她觉得好像有水滴滴了下来。

难道漏水了？

她下意识地抬头，往天花板上一看，没看见有漏水的迹象啊，难道是她眼花了！

她低下头，又是亮闪闪的一滴水珠在她眼前闪过！

她皱眉，猛然觉察到不对劲。

“星星？”

没听到任何回答。

她慌了，立刻把他放到了地上，正想转过身子看看他的小脸，可是他却猛力一推，也不知道哪里来的劲，就这样推开了她，跌跌撞撞地跑了出去。

她焦急地高喊：“星星！”

快速地站起身子，急促地把水龙头关掉，她跟着跑了出去。小孩子的步伐再快，又能快到哪里去？况且还有房门挡着他，门把对冷星来说有点高，他踮起脚尖去够，都没够到。所以，门就开不开。

她一下子就拽住了他，在他身边蹲下，轻声问：“怎么了？”

那一张泪兮兮的小脸，刺痛了她的心。

到底经历了什么，让这个才四岁的小孩连哭泣都不能恣意地放声大哭，非得忍耐着，任眼泪无声地滑落。

她的鼻子一酸，抱起了他，伸手，打开了门，快步走了出去。

是不是小孩子也有小孩子的骄傲，流泪了，也不愿意让别人看到。如果，这真的是星星的骄傲，那么这个小孩，真的是太让她心痛了。

病房外偶尔有人经过，似乎真的如她所想，他不愿意让别人知道他在哭。他将脑袋紧紧地扎进了她的肩膀里，温热的泪水沾湿了她肩头上的衣服。

抱着他，到了楼梯间，确保无人，她才把冷星放了下来。摸了摸他的小脑袋瓜，她低叹：“星星乖，别哭了。有什么委屈，跟我讲好吗？”

他的眼泪还是扑簌簌地往下掉。

她凑过脑袋，轻轻地亲吻着他的额头，嘴里低喃：“没事的，说出来就没事了，这里没有人，就只有你和我，把心里委屈的说出来，就会没事的！”

他呜咽了一声，猛地伸手，死死地围住了她的脖子。

“呜……露露！呜……”他终于哭出声来。

“我在这呢，别怕，我在这呢……”

“露露，你……呜……是个……好人！”有记忆以来，从来，从来没有人削苹果给他吃过，从来没有人对他这么好过。

是个好人？叶露的心揪紧！这样的话，从一个四岁的小孩嘴里说出来，是多么的令人痛彻心扉！

她忍不住红了眼眶，伸手，紧紧地抱住了他。

不管以前为何，这个小孩，当他哭着对她说她是个好人的时候起，他就是她的责任了，这一辈子，做不成他的好妈妈，她也会做他的好露露的。

“星星乖，别哭了，乖……露露在这陪你，乖，别哭了……”轻柔的低喃声从她嘴里流淌出来，带着微微的哽咽。

在她的柔声安慰中，他渐渐地止了哭泣，只剩下小小的哽咽。她伸手，轻柔地将他脸上的泪珠擦干。

他睁着微微发红的大眼睛，嘴角轻轻抿着，小手握成拳头搭在她的肩膀上，似乎对于刚才自己的哭泣有些不好意思。

她低低一笑，亲了亲那可爱的脸蛋：“在我面前，星星想干什么就干什么，高兴了就笑，难过了就哭，生气了就皱眉，我会陪你的，会看着你的，好吗？”

他眨了眨眼睛，长长的睫毛宛如一把刷子一般，在乌溜溜的眼珠上刷过，再眨开眼的时候，那眼睛晶亮亮的，看不见丝毫的水痕。

他点了点头，嘴角，轻轻地扬起了一个小小的笑容。

“呵呵……”她轻轻地笑了起来，凑过额头，轻轻地跟他的额头对碰了一下，顿时，孩童清亮的笑声在静谧的楼梯中响起。

她轻轻地勾了一下他的脖子：“走，咱们去洗洗脸，脸都弄脏了！”

说着，她就要抱起他。

他摇头，自己伸手，拽住了她的手，用孩童特有的含糊不清的语调说：“我……要……自己走！”

她点点头，拉着他，慢慢地回病房。

“我回来了！”叶露推开病房的门，知会了冷涛一声，就抱着冷星闪进了洗漱间。洗漱间里挂着一条毛巾，叶露也不知道这当中有没有忌讳，就把自己棉T恤的袖子拽出来一些，就着水沾湿，轻轻地替冷星擦脸。其间他睁着大大的黑眼珠子看着她，乖巧得像个娃娃。叶露一边擦着，一边忍不住地发笑，逗弄得冷星也忍不住地咧嘴跟着她笑。

等弄完了，拉着他的小手出来，看见病房里多出来的那个人，叶露愣了一下。同时，冷星嘴角的笑也慢慢地止住了。

“你……你来了啊！”她无措般地开口，身上那被刻意忽略的疼痛在见到他时，又疼了起来。

冷阳的双眼冷漠得像是玻璃珠子，他扫了眼冷星，又扫了眼叶露，然后轻轻地点了点头。

叶露抿了抿唇，看着他冷漠的脸，心里微微地刺痛了一下，继而释然一笑：“走，星星！”

拽着冷星的小手，她走到他的身边，抱着冷星，让他坐到了沙发上。她朝病床走了几步，拿过刚才的苹果。

才刚经过没一会儿，白嫩的苹果已经在空气中变得微微发黄。她坐到了冷星的旁边，同时这个位置也是冷阳的身边。

指着苹果，她浅笑着问冷星：“苹果颜色变了，你发现了吗？”

冷星点了点头。

“能说说看吗？是从什么颜色变成什么颜色的？”

冷星舔了舔唇，看了眼冷阳，又看了眼叶露，带着孩童的娇柔说了出来：“白的……变……黄了！”

“真聪明呢！”

冷星的小嘴轻轻地扯开了一下，似乎是想笑却忍着一般。

她见了，摇摇头笑了笑，看来这小家伙对冷家的人有点感冒呢！拿着水果刀，切了一小块下来，递给了冷星：“吃吧！”

冷星接了过来，小口小口地吃了起来，那个样子，安静得仿佛偷食的小老鼠一般。

她挑了挑眉，也切了一块，放到了自己的嘴边，“嘎巴”咬了一口，然后大声地咀嚼了起来。“沙沙沙”的声音，在安静的房间里显得特别的嘈杂。

“星星！”

他乖巧地微微歪头看她，嘴里的苹果含在嘴里不动弹。

她微微一笑：“我们吃东西啊，是为了让自己高兴，而不是吃给别人看，所以，就应该想吃什么就吃什么，想怎么吃就怎么吃，你再这样憋着吃，可就像一只小老鼠了！”

冷星迷惑地看着她，不知道她的话，他能听懂多少。

她又“嘎巴”咬了一口，咔嚓咔嚓地吃着。“吃吧，别怕弄出声音来！”吃苹果哪里能不弄出声音来啊，这东西是个脆东西，弄出声音来是正常的，他一个这么小的孩子，吃东西还这么压抑，那还有什么乐趣？！

他这下似乎是反应过来，嘴里也开始发出小小的，咬苹果的声音。

她笑了笑，用胳膊肘碰了碰他的脑袋瓜。他眯眼，咬得更加欢快了，没过多久，那一小块苹果就进入了他的肚子里。

“还要！”他开口讨要，声音脆生生的，听着清亮悦耳，白嫩嫩的小手巴巴地张开着，摆在她的面前。

她知道，他已经成功地走出了一步，以后在这些冷家男人面前，他不会再冷脸保持沉默了。

她又切了一块，递给了他。小家伙轻轻地咬着，白白的小门牙在红嫩的唇瓣见一隐一现，可爱极了。

她也吃着，跟他解释：“苹果变黄了，是因为它的皮，也就是外面的那件衣服被我们扒掉了，露出的肉被空气摸了好多下，摸着摸着，就慢慢地变黄了！”

冷星猛然抬起头，双眼瞪得大大地看着她，小嘴胀鼓鼓的，里面还塞着没咽下去的苹果。

“我……我……的肉肉……也……会变……变黄吗？”

他的表情是惊恐的，黑亮的大眼睛害怕地看着她。

“噗！”她哈哈大笑出声，顿时觉得小孩子的思维真是可爱极了。

“冷阳，冷阳！”带着浓浓的笑意，她推了推身边的冷阳，“你告诉我们的小星星，他的小肉肉会不会变黄，哈哈哈……”

冷阳的脸还是始终如一的冷漠，肆意的笑声根本就染不了他的嘴角。这让她脸上的笑渐渐地消失，心刺痛了一下，然后不在意地摇了摇头：“好，我来说，我来说……”

他却冷冷地插嘴：“不会，你的肉跟苹果的肉不一样！”

冷星震惊地看着他，小嘴不自觉地轻轻张开了——爸……爸爸跟我说话了！

眼眶，开始一点一点地染红！

冷阳挑起了眉，仅仅是这细微的一个动作，就让冷星的小身板立刻挺得直直的，嘴巴也紧紧地闭了起来，坚强、冷傲得像一个小战士。

他吸了吸鼻子，强忍着，没有让眼泪掉下来。

注视着这一切的叶露，伸手，轻轻地揉了揉冷星的小脑袋瓜，然后掉转了身子，巧妙地挡住了冷星。四岁小孩表现出的这份坚强，她倒宁可他不要。

“喂，要不要来一块？”她摇了摇手里的苹果，问冷阳。

冷阳冷冷地睨了她一眼，无声，便是冷酷而强硬地拒绝了。

身后，冷星咬苹果的声音又咔嚓咔嚓地响起。

叶露笑了笑，心想不要拉倒！反正她的目的也已经达到。

看了眼手里的那半块，她也开始咔嚓咔嚓地吃了起来。

一个大红的苹果，在叶露和冷星的共同努力之下消灭完毕。

叶露不知道冷阳到底是为何而来，说是探病嘛，可是，他坐着半天了，跟冷涛一句话都没说，整个房间里就只剩下她和星星的吃苹果声了。

难道，是因为她在场，妨碍了这两人的交谈？

她想到自己这病也是探望过了，目前也没什么好说的，还是下次再来吧。“冷涛，我先走了！”叶露站起了身，“你好好养病，我下次再来看你吧！”

冷涛点点头。

冷星从沙发椅上笨拙地爬了下来，小手一伸，拽了拽叶露的裤腿。叶露领会，微微弯下了腰，把手递给了冷星。冷星轻轻地伸手，握住了她的手，小眼睛一闪一闪的，掩饰不住那愉悦的火花。

“我跟星星先走了！”这次，她是回头跟冷阳说的。

他却跟着站了起来：“我跟你一起回家！”

啊？！

她惊讶了一下，然后点了点头。心里忍不住地开始猜想，难道他在这坐着，就是为了要跟她一起回去？

冷阳冲着冷涛点了点头，跟在叶露的身后正要往外走。

“冷哥！”冷涛突然开口叫住了他。冷阳止步，却没有回头。

“你应该好好对她的！”

冷阳一语未发，照旧面无表情地走了出去。

叶露隐约听到了，却不明白这两人打的是什么哑谜，也自觉自己没这个立场询问，所以听听就罢了，没放在心上。

不过一会儿，冷阳就走到了叶露的前面。

看着在前面走着的他，她暗暗猜想：这个男人，注定了是个强者，所以才不会屈尊于别人的身后吧？！

司机小王在停车场等候，这一次，却用不到他了。冷阳让叶露跟他一起走，同时回家，没必要分两辆车子。

她无法拒绝，微微托着冷星的小身子，让他迈进了车子里，自己也跟着钻了进去。冷阳从另一个车门跨了进来，如此，冷星就被挤在了两人的中间。冷星显得有些不自在，小脸绷着，小身子板着，如临大敌一般！

叶露看不过去，伸手一揽，将他往自己的身边带，让他靠在了自己的怀里。看得出来，他还是有些僵硬，她猜想原因是出在冷阳身上。

于是，她柔柔地开口：“星星，我有些累了，借我靠一靠行吗？”

轻轻地“噢”了一声，冷星的小身子，在她怀里慢慢地软了下来，最后变得很自然了。

她有一下没一下地伸手摸着他轻柔的小短发，冷星舒服地微微眯起了眼，小手占有性地，悄悄拽住了她的衣服。

冷阳拿眼角的余光注视着这一切，脑子里不由地想起在病房里跟冷涛的对话。

“冷哥，这次的大嫂看上去倒是蛮乖巧的！”那是冷涛的调笑。

“太乖了，像个木偶，少了生气！”那是他的冷嗤。

“哦？看来冷哥你好像不太中意啊！不过，我看啊，依大嫂那样的，还是有很多人喜欢的！”

“哼，小心惹火上身！”

……

看着她，想想方才房里的事情，他的神色不由地暗了下来。他知道她不是木偶，她又怎么可能会是木偶？！冷涛的那句“好好对她”，是警告吧？

眺望窗外，他的脑中闪过很多东西，良久——

低沉的声音，很突兀地打破车内的寂静。

“我给你我的忠诚，你为我守好你的心，可以吗？”

她愣了一愣，细细体味，最后只能沉默。

他掠夺了她的身子，不能再霸道地想要把她的心掠走！

忠诚？

没有爱，要忠诚何用？

他顿时明白了，然后没有再说一句话，自始至终，冷漠的，是他的那张脸。而那双冷漠的晶眸一度柔化过，但是又恢复了无波无纹的冷漠！

她根本就不知道，在那一刻，因为她无知的沉默，她都错过了什么。

他曾经给过她机会，只要她愿意，他将会在力所能及范围内，给予得最多，可是她终究没有把握住。

第二章

反抗

羊入虎口

006

回到冷家，叶露送星星回了房间，就打算离开回学校去。她消失了这么长时间，她的好友该着急了。

慢慢地踩着楼梯往下走，一时间有些悲哀的空虚。

身后“咚咚咚”的跑步声响起。

“露露！”一声娇嫩嫩的呼唤，顿时将她的空虚挥去，她回头轻笑，看到矮小的他涨红着脸，欲言又止。

她耐心地等待。

“你……你要不要跟我玩拼图？”

她讶异，进而狠狠地点了点头。这个小家伙在用自己的方式来挽留她呢！

他扬起了明媚的笑容，略微急切地招呼她：“露露，来，来……”

他伸出小手，站在楼梯口，欣喜地等待她。在她将手搭在了他的小手上时，他紧紧地用自己的小指头握住了她。小小的手指头，软软的，可是温暖无比，散发着高热，摸着，心都暖了。

“露露！”他柔柔地呼唤，不是想引起她的注意，只是一种不自觉的亲昵。

她笑了笑，被他轻快地拉着，慢慢地来到了走廊的尽头。

他轻轻地推开门，耀眼的阳光冲破走廊的昏暗，猛地光亮了起来。她不适应地眯了眯眼，等看清楚了，顿时惊诧了！

满满的一间屋子，摆满了各式各样的拼图，墙上挂的、墙边靠着的、地上摊着的，一幅又一幅，好像一个艺术间一般。

“喜欢吗？”他如普通的小孩一般，有些害怕又有些欣喜地展示自己的宝贝。

她点头，轻喃：“太喜欢了，简直太棒了！”

欢快的笑声，溢出了他红艳的小嘴。

“露露，来，来这边……”

他拉着她，越过地上那横七竖八的拼图，伸手，有些费力地抱起了一盒拼图，一屁股坐下，有些笨拙地拍了拍拼图盒子：“露露，你看，好看吗？”

上面的图案，是一片小树林，树林很安静，也很柔和，温暖的阳光斜斜地射下，林间一条清澈的溪流，蜿蜒地流转，流淌着温柔的意味，河岸边的落叶，稀稀疏疏地堆积着，透着丝丝惬意。

真是一幅漂亮的画呢！

只是，画虽然是好画，但是对于拼图来说，可不是一件简单的工程。

他却兴致勃勃：“露露，我们玩这个，好不好？”

她自然点头，轻笑着说；“我可先声明噢，玩这个我一点都不厉害的！”

他咯咯地笑着：“没事，没事，我帮露露！”

嘿，小家伙倒是蛮自信的嘛！

他趴着，快速地将周围那些散乱的拼图推到一边。她见状，也双膝跪地，将其他的拼图碎片推开，以防跟将要打开的拼图弄混。等到清理出来大概有一平方米的地方，冷星嘿嘿笑了一下，把拼图盒子推到了她的眼前。“露露，你来！”

她笑笑，轻轻地撕开了封膜，提起盖子，但见拼图的碎片散乱而又安静地躺在里面。

“我可要倒出来了噢！”

他点了点头，眼里闪烁兴奋的光芒。

“哗啦啦”的响声之后，地上散乱地躺着无数的拼图碎片。

“露露，你先来！”

小家伙半跪在地上，期待地看着她，小眼睛一闪一闪的，特别的亮。

她拿起样纸，大概看了一眼，找了一个比较好把握、色彩变化比较繁复也比较艳丽的地方下手。

很快，在她手下就出现了一块拼图区域，只是再往下进行，可就有难度喽。她一边思索着，一边试探着，完全沉迷其中……

两只白嫩的手，悄然地缠绕在了她的脖子上。

脖子上略微有些冰冷的触感，让她回神。小家伙想要撒娇？！她猜测，正待开口逗弄一下他，却不料，轻柔的吻，轻轻地落在了她的脸上，暖暖的、柔柔的，还带着一股孩童的迷人清香。

“露露……喜欢，我喜欢你！”

娇嫩嫩的声音，贴在她的脸旁说了出来，伴着温暖的呼吸甜甜地吹到了她的脸上，那是会让一片铁心为之融化的吻。

她动容。他有些害羞地缩回了手，无措地将双手放在了自己的腰侧，小脑袋瓜也微微地垂下，不敢看她。

害羞呢!

她微微一笑，凑嘴，也在他脸上回吻了一下：“星星这么可爱，我也喜欢星星，可喜欢了！”

“真……真的吗？”他猛然仰头看她，眼睛晶亮亮的。

她点点头：“当然是真的了！”

“露露！”他欢呼一声，猛然弹起了身子，宛如一个小导弹一般冲到了她的怀里。别看他小小的，这一冲，她还真的没守住，身子顺势一倒，后背贴到了地上，他却依然执着地趴在她的身上。她倒，他也跟着倒，宛如一只无尾熊。

“露露……露露……”小嘴里轻声嘟囔着，他将脑袋一个劲地往她脖子处拱。她咯咯地笑了出来，任凭他折腾去，伸手，轻轻地搂着他。后来，突然一个恶作剧的念头在她脑里闪过，她悄悄地提起了搭在他背上的手，偷摸地在快到达他腋下的时候，猛然侵入，在里面一阵轻挠——

脆生生的笑声从他嘴里逸出：“咯咯……咯咯……”

她也跟着笑了起来。

他一个劲地求饶：“不要……好痒……咯咯……不要……”

她微微用力，从地上撑起了身子，看着怀里小小的他，身子抖得宛如可爱的小刺猬，不由地松开了手。

他的小脸蛋因为疯狂的笑意，变得红润可爱，像个小苹果，让她食指大动，忍不住低下头，狠狠地亲了一口，发出大大的“吧”的一声！

他咯咯笑着，勇敢地伸手，嫩白的小手，捧住了她白皙的脸庞，轻轻往他自己这边拉着，她顺着他拉扯的势头低下了头，他凑嘴，也在她脸上落下一个湿热的吻。“吧唧”一声，丝毫不逊于她刚才发出的！

她快意地笑了起来。他扑在了她怀里，亲昵地用短小的胳膊抱住了她：“露露，你真好，露露……露露……”

她轻轻地摸着他的小短发，大概可以猜到——他，这个才四岁的小男孩，寂寞了！

瞄了一眼刚才的拼图，显然因为她刚才和他的一番玩耍，那已经拼出一角的拼图都已经变形了！

“怎么办，星星？”她叹息地低语，“又得重新开始了！嗯，废了我好多力气的！”

冷星抬起了头，骄傲地看着她：“露露，你看我的！”稚嫩的声音还是可以听出跟他爸爸一样的豪气。

他抽抽鼻子，从她怀里钻出来，爬到了拼图碎片边，一张一张地摆弄了起来。

而她眯眼，不知道是不是自己的错觉，似乎比起走，他更倾向于爬来爬去！要真的是这样，这……可是有些不好啊！

然后，更为让她惊讶的事情发生了。那对她来说宛如魔方一般的拼图碎片，在他的小手里，仿佛自己长了眼睛一般，快速地链接起来，几乎是一拿一个准！

她忍不住凑过身子，半趴着，惊奇地看着小家伙在那变魔术一般地摆弄着拼图。

短短不到十分钟的时间，她刚才废了大半个小时才弄出来的图片，就被他轻而易举地拼了出来，又过了半个小时左右，他几乎把拼图的一半给拼了出来了。

“星星，你简直是太了不起了！”彻底的崇拜、由衷的惊叹！

他摸了摸自己的后脑勺，嘿嘿笑着，似乎是有些不好意思。她瞅瞅拼图，又瞅瞅他，把他弄得更加不好意思了。他收了收神色，有些少年老成地吭声：“其实没什么大不了的啦！”黑亮的眼眸还是掩饰不住他眼里那浓浓的兴奋和因为被她赞赏而产生的高兴。

“行啦！”她忍不住地伸手，弄乱他那一头柔顺的小毛刺，“我们家小星星是个拼图高手呢，这是当之无愧的，我好崇拜的！”

他红了脸庞，这下，那故作老气的脸终于破功，稚嫩的脸庞有着想掩饰却怎么都掩饰不了的窃喜。

她环视房间一周，灵光一闪，惊问：“星星，这些房间里的拼图都是你弄的？”

他点了点头 。

“星星很喜欢吧？”毕竟，满满一屋子的拼图呢！

他皱眉，想了想，摇了摇头，嫩声嫩气地说：“不是很喜欢，只是打发时间！”

她惊愕，打发时间？！

这四个字，怎么会从一个才四岁的小孩嘴里说出来！

心，又是痛得难以呼吸。

猛然伸手，将他紧紧地抱在怀里：“星星，我的小星星！”

怎么这么可怜，这么可怜啊！

“以后，我会陪你的，你不会寂寞的，我发誓，我会一直陪着你的。”直到——

你不需要我了。

他仰头看她，晶亮的眸子宛如钻石一般璀璨，那里面的依恋也宛如钻石一般坚定！

“露露……”

“嗯？”

“露露！”

“嗯。”

“露露！”

“嗯……”

……

连叫了好几声，他似乎满足了，嘻嘻笑开：“露露，我们接着玩吧？”

她失笑，勾了勾他的小鼻子：“行啊！”

说是接着玩，其实主要是他在那贡献力量。她发现，星星真的是名副其实的拼图高手，那小手虽然短小，但是摆弄那一张张拼图却不含糊。从中就可以看出小家伙对于色彩、空间层次感等，有特强的掌控力。而且，他的敏锐度和观察度也是不容小觑的。

花了大约一个小时完成了那有一千张碎片的拼图，如此短的时间，能完成大人花费一个下午估计都难以完成的工作。她不由得惊叹：“星星，你可真是一个天才！”

他腼腆地笑着。

她是越看越喜欢这可爱的小人儿了：“来，星星，咱们把它裱起来，这可是我们俩共同努力的劳动成果呢！”

星星听了要去拖相框，墙边零零散散地靠着很多空白相框，看样子是专门为裱拼图准备的。

叶露摇了摇头：“我的小天才，别动，别动，这回就让我表现表现吧！”

星星呵呵呵地笑开。

叶露轻笑着，去把相框抱来，放下，两人合力，轻手轻脚地将拼图转移到了相框里。

看着这张幽静的小树林拼图，她笑道：“我是沾我们家小星星的光，才终于把拼图给完成。拼图啊，拼图，你不能只记得我们家的小星星，就把我给忘了噢，我虽然只帮忙了一下下，但是没有功劳，也有苦劳啊！”

她在那自言自语，冷星在她身旁笑得几乎要东倒西歪了。

将拼图抱到墙边放好，一大一小两个身影半跪在那，脸上都是满足而快意的笑容。

回头时，一大一小两张面庞，又是忍不住地相视而笑。

“走啦！”她拉着他站了起来，“去吃饭喽。可不能让别人再上来催了！”

在他们拼图的过程中，家里的保姆过来问了一声，问什么时候开饭，那个时候，都已经快到中午12点了。但是眼看拼图还差一些就要完成，她就说让那个保姆再等个半小时。

“走吧，洗洗手，咱们去吃饭！”

冷星点了点头，被她牵着，往洗手间走去。

两人笑眯眯地洗完了手，看着冷星再次别别扭扭地下楼梯，她心想，以后她可得好好地教星星上下楼梯。这一次，她还是看不过去地抱起了星星，小心翼翼地踩着楼梯往下走。而这一次，他没有低呼。

咦？

她讶异了一下。

因为，在客厅的沙发上，她发现了正坐在那的冷阳。他手里拿着一份英文报纸，正在看着。从后面瞅着，这样的他可真像一个高级知识分子，典型的文职人员，谁能想到他那森冷的一面？！

保姆探出来头，喊道：“先生，太太，再等五分钟饭菜就可以上来了，请稍等！”

啊？！

她惊讶地微微张开了嘴，忍不住地猜想：他……不会是在等她吃饭吧？

抱着星星，她犹豫片刻，还是走了过去，在冷阳的身边坐下。沙发软软地陷进去了一些，想必他是可以察觉的，可是却还是头也不抬地继续看着报纸。

她微微睨了他一眼，冷酷的侧面，宛如刀刻一般，那分明的线条，哪怕多一分或者少一分，只怕都会减少他那冷酷的魅力。从侧面看，那高大的身形，紧抿着的唇角，还有那透明到近乎冰冷的眼珠子，就知道，这绝对不是一个好惹的男人。

她微微收了眼神，却瞧见怀里的冷星，斜着眼睛，偷偷地打量着他。

她挑了挑眉。

在这样的时刻，聪明的她什么也没说，什么也没问。

保姆通知可以开饭了。他轻轻地放下报纸，站起了身子，率先迈开大步，朝餐厅走去。她赶紧抱着星星，在他身后跟上。

安置好冷星，她在他旁边就座。

餐桌上的气氛很沉闷，沉闷得一如之前三人在车上的时候。她不知道该同他说什么，毕竟是他强硬地困住了她，剥夺了她太多的自由。对他，她谈不上什么特别亲昵，只能再度选择沉默以对。

扭头看一旁的冷星，拿着筷子在小碗里拼命地扒饭，脑袋深深地埋在碗里，那个样子，宛如小狗吃食一般。

她突然想到，这个餐桌对小小的他来说真的是又高又大。保姆放菜的时候，似乎也没注意，可能是为了好看，把菜都尽量放到了中间，他的胳膊那么短，又哪里能够得着呢？所以，也就只能干巴巴地扒拉碗里的白米饭。

那个冷酷的父亲冷着一张脸，淡漠地自己吃自己的，不知道是没看见这里，还是故意漠视，总之，这是一个不称职的父亲！

她抿唇，伸出筷子，将刺一根根地从鱼肉里剃掉，拍了拍冷星的小脑袋瓜。小家伙从碗里抬起了脑袋，小黑葡萄大的眼睛骨碌碌地看着她，嘴角边还粘着好几粒米粒。

她伸手，轻轻地摘下那些米粒，将筷子上的鱼肉轻轻地放到了冷星的小碗里。

“吃吧！”她轻笑着，低语。

冷星晶亮亮地盯着她好半晌，才笨拙地拿着小筷子，重新将脑袋埋在了碗里，小嘴贴着小碗，筷子当勺子使一般，将碗里的鱼肉扒到了自己的嘴里。

显然，他还不太会用筷子呢！

她晃了晃神，所有疑惑只能再度压下，伸手，尽量挑一些对他来说比较容易下口的东西放到他的碗里。

“慢点吃，一口饭，一口菜！”她轻声说着。

他闻言，速度也慢了下来，将一口饭菜扒到嘴里，鼓着腮帮子，嘴里拼命嚼着，却还有空抬头冲她笑着。那个样子，宛如吃松果的小松鼠。

她又往他碗里夹了一箸菜，他赶紧咽下，又将脑袋埋在碗里连菜带饭扒了一口，然后抬起头，睁着圆溜溜的黑眼珠，一眼都不眨地看着她。那眼里的光泽太盛，会让人心疼得想哭，又想笑。

情不自禁，她默默伸手，轻柔地擦去他嘴角的饭粒，又默默地往他碗里夹菜。看着他快要吃完了，又继续夹菜。她自己倒没吃上几口，不经意回眸，看见桌上那个冷酷的男人正在看着她，眼神似乎有些专注。

她挑了挑眉，暗想自己难道脸上也沾了饭粒什么的？而他快速地收了眼眸，提着筷子，依旧一脸冷漠地夹菜吃着。

她见他移开视线，也微微回过了头，背着他，伸手，偷偷摸摸地在自己的嘴角擦了一把，没弄下来什么，暗暗松了一口气。再偷偷地看他，似乎没什么。那边星星眨巴着葡萄黑的眼睛看着她，等着她夹菜，她赶紧夹了一箸，小家伙轻轻地咧开了嘴，可爱地笑了一下，吧嗒吧嗒又吃了起来。

一顿饭，就以这样有些诡异的气氛落幕。

抱着星星回房睡觉时，小家伙拽着她的衣袖，愣是要让她蹲下来。然后小小声地在她耳边说悄悄话，带着窃喜的语调：“露露，告诉你噢，我好久、好久没跟爸爸一起吃过饭了，今天我可真高兴啊，嘻嘻……”

她心里一痛，但是没将伤痛表现出来，反而莞尔一笑：“那我可以保证，星星以后会更高兴的！”

星星眯眼，大笑。

“行了！”她拍了拍他的小屁股，“累了吧，睡吧！”

他乖乖地爬到了床上，她轻柔地为他盖上了被子。“睡吧！”她轻柔地低喃。

“你要走吗？”他骨碌碌地转着眼睛，嫩生生地问她。

她点了点头。

他嘟起了嘴，看了她一会儿，问：“那你什么时候能回来啊？”

她沉默了一会儿：“下周六吧！”冷阳命令她的，必须每个周六周日都回来。

他低低地“噢”了一声。

她揉了揉他的发顶：“睡吧，我走了！”

他不听话地睁着眼睛看着她，那亮晶晶的眼睛里毫无掩饰地透露着深深的依恋和不舍。

她狠狠地偏过了头，勉强自己狠下心，站了起来，大踏步地往门口走。

“露露！”他坐了起来，叫住了她。

她不敢回头。

背后传来他稚嫩的声音，仿佛带着哭音一般：“露露，你……你要早点回来看我噢，我会……很想、很想、很想你的！”

她点了点头，狼狈地拉开门走了出去。

如果没有他，她多么想这么一走，就永远不回来啊！

午后的太阳火辣辣地照在她的身上，她有些头晕地走出了冷家。却不知道，二楼某间窗户，那个本应该睡下的小小人儿，双脚踩在凳子上，趴在窗户边，抿着唇，睁着大眼睛，不错眼地看着她离开。小小的脸上，布满了浓浓的渴望和无奈的哀伤！

直到她钻入那黑色的轿车，他才从凳子上爬了下来，一骨碌地摔在了床上，将脑袋深深地埋在了被子里，一点都不怕就此会被闷死。

外面的阳光很刺眼，可是这个大大的房间里趴着的小小的他，看着让人的眼都灰暗了下来。

快到学校的时候，叶露让司机小王开车回去了，自己走回学校，她不想太招摇过市了。

进了校门，她才打开手机，给自己的好友打了一个电话。

那头女孩子的声音宛如要炸开一般：“露露，找死啊，怎么给我关机了，吓死我了，你到底死哪去了……”

她将手机拿开耳边一些，苦笑着开口：“笑笑，我刚回学校，老地方见，我在那等你！”

“行，你等我，我马上来！”风风火火的声音。

她挂了电话，慢慢地往思心亭走去。

她的学校，里面有一个还算有名气的人工湖，名叫思心湖。诸如这样的湖泊，总有一个绮丽的传说。而思心湖，据说是学校以前一位颇有权势的人为了纪念自己那得不到的恋人而建立的，顾名思义，就是思念她。湖心有一个小亭，四面环水，叫作思心亭。旁边有一棵巨大的松树，大家戏称那是月老树，不知道是从什么时候传下来的传说，说是将自己和自己喜欢的人的名字偷偷地刻在月老树上，每晚在树下默默地念三遍自己和那个人的名字，几个月之后，好事就会促成！

她走到思心亭的时候，看着月老树上那斑驳的刻痕，不由地苦笑。而今，这树干被名字给雕刻得几乎没有地方了，可是这满满一树干的名字之中，成了好事的，到底能有几对？如果真的显灵，那么她为何会有今日的境况？！

勉强地辨认着树干上的那个“露”字和“宋”字，她暗笑。明知道不可信，可是当时还算稚嫩的她还是心怀诚挚地偷偷在无人的夜里刻下了这两个字。

往事——不堪回首！

她闭了闭眼，长叹，走入思心亭，坐在了那里。远处，那个熟悉的人影，急匆匆地跑来。

她心一暖，这个笑笑，看把她给着急的！

温笑，昵称笑笑，跟叶露是一个寝室的，是同一届、同一个系的同班同学，更是她的好朋友。

温笑跑近了，皱着眉头急喘着问她：“怎么回事？我昨天打你的电话一天了，你都没接电话。不是说去参加婚礼了吗？晚上都不回来，今天给你打电话，你还关机了，我都差点想报警了！”

她宛如机关枪扫射一般，一口气将话蹦了出来，里面是浓浓的担心。

叶露拍了拍自己身边的座位，说：“坐吧！”

这个时间，算是午休的时间，湖心亭很是冷清，这里，晚上才会热闹一些，来来往往，很多情侣。

温笑眯眯眼，眼里闪过一丝精光：“是不是出事了？”说着，一屁股坐了下来。

叶露点点头，将前因后果都说了出来。

温笑是她的死党，她没什么好隐瞒的，因为她知道，温笑肯定会为她保密的。

温笑讶异地微微张开了嘴，青春美丽的脸庞因为怒意而染上了深红。“可恶，你怎么不给我打电话？”

叶露叹息：“我当时手机没带身上，而且，事情根本就不在我的掌控之内！”

温笑一下子站了起来，略显烦躁地在小亭内来回踱，叶露看着她，无声地沉默。

最终，温笑停了下来，不走了，但她的脸色非常难看。

“露露，像你说的，这个冷阳要真的是冷氏家族的家主，那真的不好对付，不过，我可以去找我哥哥……”

“不！”叶露本能拒绝。温笑的哥哥是在担任一些要职，可那不是温笑的亲哥！温笑作为一个被收养的孤女，最终落魄到只能逃到这，逃离她哥哥，最后，又怎能因为她，再让温笑和她哥扯上关系！

“不要！”

严肃地再次否决温笑的这个提议，叶露直接将温笑还要往下说的话给掐死。

温笑咬咬唇，气不过地道：“那就报警！我们光脚的不怕穿鞋的，冷家是家大势大，可那都是传说的，谁知道真正的冷家到底是什么光景。再说了，这些大家族都是要脸面的，丢不起人，所以，我们报警，闹大它，逼得那个冷阳不得不收手！”

叶露皱了皱眉，无奈惨笑。

“笑笑，我可不是光脚的，我还有家里人呢！”

“那难道真就让那冷阳牵着鼻子走？太恶霸了吧！不行，这人太过分了，我咽不下这口气。这样，露露，不用你来，我去报警，我不怕，我就是光脚的。你就当不知道我报警，万一最后事情没成，你也可以向冷阳解释一切都是我自作主张……”

“不行！”温笑这是要把所有事情都往自己身上担！

好友可以为了她豁出去冒险，但她能坑害好友吗？

“绝对不行！”

可温笑却是心意已定！她本来也是嫉恶如仇、雷厉风行的人，所以不等叶露再说什么，猛然跑开，同时也掏出了手机，拨出了110。

叶露一惊，大叫。“笑笑，你干什么？！不许，不许报警！”

她本能觉得恐慌，急忙跳起来追，但晚了，温笑的手机接通了。

“喂，你好，我想报个案……”

“笑笑！”叶露开始惊叫了，这丫头，竟然真的去报警了！

她疯了！这丫头，这丫头！

叶露使出吃奶的劲，整个人爆发着，冲温笑跑过去。

温笑却已经说了不少，“是这样的，我有个朋友，叫作叶露，昨天应我们师姐的请求，去充当伴娘参加一场婚礼，但是最后却被人威胁，那个人——”

“啪！”

温笑手里拿着的手机，被猛地扑过来的叶露给狠狠地拍到了地上。

温笑呆了一下，扭头看到的，却是叶露凶巴巴地看着她、一边汹涌飙泪的眼。

“笑笑，我不担心你会害我！可我不许你伤害你自己！”

恶狠狠地吼着，叶露狠狠地瞪了温笑一眼，疾走过去将手机捡起。手机大概是因为适才遭受的撞击，已经断了通话连接。

叶露松了一口气，连做了好几个深呼吸，才慢慢压下那惊魂不定的心跳。但突然响起的手机铃声，以及猛地嗡嗡嗡开始震动的手机，再次吓了她一大跳。等看到来电显示上那清晰的“110”三个数字，叶露一个急喘，几乎是想也不想地直接把电话给挂了。等到手机不再震动了，她才又松了一口气，然后气不过，再次恶狠狠地瞪了一眼温笑。

“你就是这么冲动！以后不许再说自己是光脚的，你还有我呢！”

温笑再次一愣，迅速地眼眶一红，不吱声了。

叶露看着，眼眶也再度湿润了起来。

好友一心为她，她哪里不明白。但是她嫁都嫁了，还……还被人给那样了，那么不如就这么错下去，干吗还要招惹是非呢。

“笑笑，这事就这样吧。我觉得……”将到嘴的苦涩艰难咽下，叶露努力地扬起了一抹灿烂的笑。

“我觉得，其实没那么糟，真的！”

这时候，110又来电了。叶露本能地又给按掉了，然后鸵鸟一般地想，她拒接，对方应该就明白她的意思了吧。如此几次之后，电话倒是没有再响了，不过叶露自己的手机却是一下就响了起来。

刚才跑得急，手机连带书包，都被放到一边了。叶露将温笑的手机重新还给了她，又重重地抱了一下她，在她耳边笑着嗔怪了一声“你啊，以后可别这么犯傻了！不然，我可就生气了”之后，就去接了自己的手机，但上面的来电显示，瞬间让她变了脸色。

她微微地抖了抖，一种无端的恐惧，猛地攫住了她。

男人的强大和恐怖，她并非没有见过。名流云集的婚礼现场却愣是出现了枪杀的情景，她也不是没亲眼所见。而就在刚才，温笑打了一个报警电话。

“不……不会的……”

她喃喃着安慰自己，但一张脸，却是越来越白。手更是抖得不像话，几乎要抓不住手机了。

“喂……”惧怕着，她颤抖着接了这个电话。

那一道让人心里发寒的冰冷声音，再次不掩饰那铺天盖地的恶意，从电话那头飞扑而来。

“你违背了你的承诺，所以，这次你家里人的事，是个警告。女人，记住了，千万别再挑战我的耐性！”

话音一落，电话猛地就被掐断了。

叶露煞白着脸，整个人几乎是控制不住地哆嗦了起来，但她的手指，却疯狂地按起了手机键。

一等电话被接通，她几乎是有些歇斯底里地尖声叫着。

“妈，你有没有事，有没有事……”

“露露啊！”叶母的声音透着显而易见的慌张，“妈正好想给你打电话呢。你这丫头，关键时刻怎么总关机呢。我告诉你啊，出事了，出大事了，昨天不知道怎么回事，咱们家的银行户头上愣是多出了5000万元，这可是5000万元呐，5后面一大串0啊，这突然多那么多钱，妈心里慌啊，就赶紧给银行那边打了电话。你知道的，这莫名多出了钱，咱们可不能就这么昧下去，你也听说过的，银行出错给客户多打了钱，那客户不给，最后就被银行给告了，然后坐牢去了。所以妈就想着赶紧让银行把这出错的钱给收回去，可是对方说没出错，这钱是别人正经打到咱们家账户里的。这怎么会呢。这是大事啊，妈闹不明白，就想着给你打电话，也一起商量商量，可最后你的电话不通，给笑笑打，笑笑只说你去给人家当伴娘什么的，也联系不上。没办法，就只能等你手机开机了，看到妈给你发的短信，就赶紧给家里打个电话。可刚才，银行那边突然打来电话，说咱们家涉嫌非法洗钱了，说什么那个5000万元就是罪证。天啊，这怎么可能！这真是无事家中坐，祸从天上来。咱们一家清清白白的，哪会做这种非法的事情啊。露露啊，你说说，现在该怎么办啊？这都是什么事啊！”

电话那头，叶母的声音，都带着点哭意了。但其实，她是一个非常坚强的女人，在穷困之中，和叶父一起辛苦工作，让贫困之家奔入小康，甚至还培养出了两个大学生，一般的苦难，很难再撼动她的皮毛。但现在，5000万这个巨额数字，却狠狠地将她给压垮了。

两行泪，猛地就冲出了叶露的眼眶。她明白，这是冷阳的杰作。如他所说，只要他想，他就可以轻轻松松地，让整个叶家陷入苦难。

现在这样，只是一个警告！

不，还有爸爸和小弟呢！

叶露心中猛地一紧，几乎是顾不上和叶母多说，只是安慰了一句“妈，你别着急，这事我想办法解决”之后，就迅速地拨通了叶父的电话，然后灾难性地得知，就在刚刚，叶父被公司给辞退了。那可是他辛苦工作了二十多年的公司啊，说辞退，就给辞退了。叶父口里的悲愤伤感，几乎是压得叶露喘不过气来。

什么都说不出来，叶露狼狈地匆匆挂了电话，给小弟打了电话。电话那头小弟也透着愁意，不过好在，他愁的是家里突然多出来的5000万元钱，以及涉嫌非法洗钱的事，他自己身上，似乎没有什么不幸。

这让叶露稍稍松了口气。但挂了电话之后，她并不觉得轻松。这是第二次，她真切地体会到，一个人可以强大到何种程度，又可以恐怖到何种程度！她妄想在那个男人的手底下翻身，简直无异于痴人说梦，不，不对，简直是以卵击石，自找死路！

再次做了好几个深呼吸，又强撑着笑容，安慰也听到了她的电话内容，为此深深愧疚不安的好友。叶露拍了拍好友的手。

“没事的，我能解决的，我能的，我一定行的！”

这是宽慰她，也是催眠自己，给自己打气！

再一次的，她郑重地按下了那个男人的手机号。电话那头“嘟嘟”了好久，久到她以为那个男人不会再接她的电话，久到她觉得自己可能掉到深渊里再也爬不出来的时候，电话通了。

“对不起！”

冲口而出这一声道歉的同时，眼泪再次打湿了她的睫毛。

“请你原谅我吧，我蠢，我天真，我傻，但我知道错了，真的，我真的知道错了，请你放过我的家人吧，冷阳，求你，真的，求你了，你放过他们吧，以后你让我做什么，我都答应你，好不好，好不好……”

一边低声下气地道歉着、求着，她一边哭了起来。

那种无边的恐惧以及巨大的压力，都快要将她给淹没了。

电话那头，没有半点声音，会让人怀疑是不是电话突然就断线了。但她不敢把手机拿下耳边查看，只是哭着，求着，以完全不掩饰的狼狈。

“求你了，对不起，放过我的家人，你怎样对我都可以，但是放过我的家人，求你了……呜呜……求你了……”

很久很久，那道让她熟悉的带着冷意的声音，才扬了起来。为此，她觉得自己像是为了这道声音，等了一个世纪之久，并且因为终于等到了，而觉得庆幸解脱！

“记住你现在说的！别再犯傻！”

随后，“嘟”地一声响起，显示着电话已经被挂断。

她呆愣愣地拿着电话，却不知道，这个样子，男人到底是答应还是没答应她的请求。

可她，已经没有力气再打第二个电话。

“露露……”

温笑抓紧了叶露的一只手，无声地给她力量的同时，歉疚的眼泪扑簌簌地往下掉。

她真的没想到这样，真的没有，都怪她，怪她……

但很快，叶母的来电，一下就将两个少女头顶的乌云给驱散了不少。

“露露啊，怎么回事啊，你怎么嫁人了啊……”

叶母大概是被惊到了，也被这突如其来的喜事给弄昏头了，基本上是有些前言不搭后语地冲着叶露说了好大一通，但大致的意思还是表达明白了，那就是银行又打来电话，说搞错事情了，汇款方是他们的女婿，还赔礼道歉了一番。然后叶母惊讶地发现自己的女儿已在昨天嫁人了，那5000万元，就是她根本连听都没听说过的女婿给他们叶家二老孝敬的聘礼。

5000万元，一份聘礼？！

叶母都快要被这巨大的数额给砸晕了，这心情也跟过山车似的，一惊一乍，一喜一忧……总之，个中滋味，全上心头。

叶露到了此时，已经认命，那冷阳，今后就是她的丈夫了，她今后，就是冷阳的妻子了。这是铁一般的事实，更是谁敢质疑就会被“天打雷劈”的宇宙定律。所以叶母对这个突然冒出来的女婿的惊疑，她基本上全部都给推到了自己身上，什么情难自禁，非他不嫁，什么女大不中留，急着要进他冷家门，什么今日终于梦想成真，家里人应该祝福她，替她高兴之类，又说了不少冷阳的好话。但最后对于叶母追问冷阳的具体职业时，她又连连败退，只能模棱两可地随便扯了点内容搪塞了一下叶母，然后匆匆挂了电话。

“喜事”仿佛一个接一个，一等挂了叶母的电话，叶父的电话差几秒就打了进来。一进来，就是叶父那一阵“哈哈大笑”，透着掩饰不住的春风得意。

“露露啊，错了，搞错了……”

叶父喜不自禁地说，之前主任让他收拾自己的东西走人，从今往后不在车间工作，是他误会了主任的意思，他前脚快走到公司大门口，后脚就被急慌慌的主任给拦下了，愣是被主任给拽回了一间独立办公室。那意思就是，从今开始，他不在车间工作了，但是，他要在办公室里工作了，他升职了，当主任了。

“哈哈哈，你妈说得对，该我老叶的，总有一天，肯定会落到我老叶的头上。你看，爸爸熬了这么多年，到底还是当上这主任了，谁说我老叶这辈子就只能在车间干到死的……”

叶父口吻里的那种扬眉吐气，微微刺疼了叶露的心。突然，她不知道自己该是恨冷阳多一点，还是该感激他多一点。

他几乎是抓住了她父母的软肋。早年吃过太多苦的妈妈，最喜欢的莫过于钱了，这一笔名正言顺的巨款，的确最讨妈妈的欢心，也足以让她在一众攀比严重更少不了落井下石行为的亲戚中抬着下巴走路了；而有才气的父亲，却因为生性老实，没那么多花花肠子，更不懂得献媚巴结，所以一直得不到晋升的机会。他的心里，也不是不苦的。现在，他觉得是自己的才能终于得到了认可，那畅快的笑声，多动听……

“恭喜爸爸了……我就知道，爸爸总有一天，会发光发亮的……”

在伴着泪水的笑声中、祝福中，她挂断了电话。

“他……也许并不是那么糟糕……”

叶露是这么和温笑说的，“只要顺着他，就……”停顿了一下，叶露才大概给出了一个合适的字眼，“就很顺！”

瞧，那么大的手笔，5000万元，车间主任，他想给就给。而这些，大概是他们一家人奋斗两辈子，都无法企及的高度。

眼见着不过短短几分钟，就如此这般翻云覆雨，温笑还能再说什么，只能故作轻松地附和叶露。

“是啊，也没那么糟糕啊……”

除了附和好友，让她心里可以更轻松一点，她还能做什么呢？

而随后，冷阳这个大手笔地直接给出5000万元聘礼的超级金龟婿，再次将叶家的其他三个人给轰炸了一番，叶父、叶小弟，齐齐给叶露来电，连叶母也是电话来了一个又一个。很显然，叶露的三位亲人，都对冷阳好奇极了，也对这突然的闪婚喜忧参半。

冷阳这番做派，明显是大有身份的有钱人。可这样的人，自家的女儿（姐姐）能Hold得住吗？冷阳的父母又是个什么态度？这豪门据说可一点都不好混啊……

叶露被这宛如轰炸机的一个个电话给轰炸得头都快晕了，晕到最后什么伤感、忧愁啊都没了，心里就只剩下一个念头，那就是她得赶紧查查冷阳的大概底细，否则，她真的没法应付家里人了。

温笑立刻表示支持。事情既然到了这一步，那就只能努力地了解情况，然后尽量让自己显得不那么被动。也只有了解了，才能更好地生存。

于是乎，两人立刻急速回寝室。

按照两人的预想，借助于发达的网络，她们怎么也可以查到不少关于冷阳这位冷氏家族家主的内容。但让两人失望的是，没有！关于冷阳，她们竟然什么都没查到。倒是关于冷氏家族的金融报道，一查一大堆的。另外，关于那个什么龙组凤组，能查到的也是寥寥，大概说的是这两个是神秘的组织，据说清朝时候就已经存在，是当时一个蛮厉害的组织，但是现在估计早就消失了……

叶露很失望。她其实可以去问冷阳，但她本能地觉得那个高高在上的男人根本就不会让她窥探他的世界，更害怕她的询问，反倒是惹来男人的防备和不爽。而那个男人一旦不爽了之后会做出什么，却是她想都不敢想的。可家里人那边……

叶露咬咬唇，暗想自己难道真的要连夜给冷阳编造一个身世吗？可就连编造都不好编啊，而且，万一以后那个男人要是知道自己乱编又该怎么办？

“找帅子吧！”

温笑如此建议！

叶露的眼睛，立刻就亮了。

对啊，她怎么把这号大神给忘了！

帅子，全名江帅，是叶露和温笑共同的好朋友，那小子攻读计算机，对于计算机，有些心得，也称得上一个电脑黑客。

温笑将她所有查到的东西打包，发到了江帅的邮箱，顺带写明了请求。

“有些东西，虽然网络上查不到，但是帅子出马，你懂得的……”

温笑奸笑着，冲叶露挑了挑眉。

一切，都在不言中！

帅子那个家伙，攻破网络防火墙，是他的拿手好戏。哪天不翻翻那些设了限制的网络，他都能手痒。公共网没有的信息，不代表别的地方没有，比如，户籍中心什么的。

查这些东西，对他来说，应该是小事一件！

拿出手机，温笑拨了一个电话，打通之后，那边特别嘈杂，温笑说了一会儿，就挂了机。

看着叶露，她摇头苦笑。

“看来得等等了，帅子说他去旅游了，得下周一才能回来。那个小子刚帮别人搞定一个项目，口袋里有了点小钱，就忍不住去挥霍了！就周六周日这两天时间，那小子忒能折腾，连这两天都利用！”

“潇洒！”叶露感叹。

温笑取笑：“我说是败家的玩意儿！”

“小心帅子听到，立刻放一只虫子，黑了你的电脑。”

温笑阴阴一笑：“他敢！”

话锋一转，她定定地看向叶露，低声道：“露露，别多想，一切都会好的！”

低声，是因为寝室里还有其他人。

叶露淡淡一笑，也低声回了：“嗯，我也是这么想的。别担心，我很好。”

她现在心里大概有底了，真的认了！

“行了，晚上好好犒劳自己一顿，把不愉快的统统丢掉。你要吃什么，砂锅、米线、凉皮、炒饭……”温笑笑问，因为快到吃饭的点了。

"砂锅吧！"她觉得有点冷，吃点热乎乎的砂锅，应该能好一点。

"行，那就砂锅了！"

寝室的老大李珍一听，立刻喊道："哎，算我一份，我也去！"

其他人也纷纷附和。

……

晚上，叶露收拾的时候，从包里翻出了手机。看着那黑乎乎的手机，她愣了一下，差点都把这个东西给忘了。

想到左翼说要把她可以使用的权利发过来，她立刻试探着开机。一阵亮光之后，就进入了屏幕，带着浓浓阴影的凤凰立刻跃入她的眼里。她挑了挑眉，正打算打开文件挨个试一下。哪知，屏幕迅速地暗了下去，任凭她如何摆弄，一直都没亮起来。

她不知道，在她启动小黑之后，全世界上空中正疯狂地传递着一个消息——凤影重重……凤影重重……凤影重重……

华盛顿、伦敦、柏林、巴黎、阿姆斯特丹、雅典、开罗、堪培拉、伯尔尼……

各国的首宛如是被俘获一般，纷纷地传递着这个消息。

全世界各地的情报部门都疯狂了，滴滴答答，机子一度陷入疯狂，为了大气上空那密集的信息重复！

某国秘密情报基地

"将军！"紧急通话中。

"说！"

"两年前出现的那个信息又出现了。"

"你是指？"

"凤影重重！"

"……"

"将军，这已经是第三次了，要追踪吗？"

"……"

"将军？"

"追！"冷酷的声音终于下定了决心，"情报部门的首要职责就是无论哪一个情报，都不能放过！"哪怕，他们前几次都无功而返。

"是，将军！"

……

某国私人豪宅

"小姐，你的电话！"

年轻漂亮的女子伸手接过。

“琼，你收到了吧？”电话那头有人问。

“嗯。”

“要行动吗？”

“你说呢？”年轻女子反问。

那边沉默。

女子未语，挂了电话，抬头仰望高空，抿唇，眼中闪过锐利的锋芒！

……

这边，叶露无奈地叹气，将小黑重新收到了包里。黑屏，还是黑屏，看来只能明早再开机看看了，实在不行，等下次碰见了左翼，再问问她到底是怎么一回事！

007

星期一晚上 夜深人静

叶露躺在床上，半睡半醒着，因为她在等一个电话。

她的床和温笑的是并排靠墙放的，两人一向是头对着头睡，所以温笑的手机一震动，她就醒了。她微微爬起，扭过头，就看见温笑也抬头看她，双眼炯炯有神，在黑夜中特别的亮。

叶露指了指门，温笑明白，拿着手机，两人轻手轻脚地先后下了床，开了门，走了出去。走到楼梯口，温笑才接了电话。

“帅子，查到了？”

今天帅子回来，下午睡了一觉，晚上就神采奕奕了。入侵网站的活，就该在夜深人静、防守比较薄弱的时候进去，所以帅子才在这个时候打来电话。叶露眯了眯眼，看了眼手表，此刻凌晨3点多。

那边帅子的声音隐约带着兴奋：“笑笑，发了，你这次让我查的消息，真他妈的太震撼了！我长这么大，都没搞过这么带种的！”

“行了，别废话了！赶紧把你查到的说一说。”能让帅子兴奋到立刻打电话过来的，想必是极具爆炸性的东西。

那头，帅子果然不负众望，来了一句令叶露魂飞魄散的话：“凤组的凤影，只有龙组的龙主才有资格决裁，其他人敢动手立刻玩完，这真是太邪乎的命令了！你知道凤组的凤影和龙组的龙主是什么关系吗？夫妻！是夫妻啊！凤影是老婆，龙主是老公，这老婆只能被老公裁决，凤组的所有成员都必须保持沉默，默认裁决的进行，这他妈的真是邪乎极了！”

温笑睨了一眼叶露。叶露尽管脸色有些发白，但还是故作轻松地笑了笑。

“还有呢？”叶露轻声问。

叶露的声音传入帅子的耳朵里，帅子立刻亲热地招呼：“露露也起来了啊！”

“嗯。”她低应。

帅子猛然声音一沉，语气变得异常严肃：“笑笑，露露，我打这个电话是想警告你们，无论你们为什么要查龙组、凤组，我都奉劝你俩立刻收手，这是两个恐怖的组织，……嘘！”

帅子突然压低了声音。

“怎么了？”温笑低声询问。叶露皱起了眉头，看着温笑。

“砰！”

破门之声大声地从手机里传出来。惊得温笑和叶露都差点跳了起来。

“不许动，把手举起来！”

手机里传来低沉的男中音，森冷的命令，那背后血腥的气味令温笑的心一紧。

帅子力求镇定，看着眼前这破门而入的四人：“你们是谁？想干什么？”

温笑竖起了耳朵，叶露也急急忙忙地把耳朵往手机那贴。

“嘟——”

手机，被人给掐掉了！

温笑傻眼了！

叶露的心，猛地一沉！

两人面面相觑，深黑色的楼梯宛如恶魔的大口，要将两人给吞没一般。

沉默片刻之后，温笑宛如被蝎子给蜇了一般，猛然跳了起来，想要按下手机按钮。叶露猛然伸手，按住了温笑急欲按下的手指，“别！”

她冲着温笑缓慢地摇了摇头。眼下时机不对，不能莽莽撞撞地行事！

温笑愣了愣，瞅着被昏黄的灯光照射的摇摇晃晃的白墙壁，忍不住狠狠抬腿，踹到了墙上，狂躁地大骂：“Shit！”

叶露伸手，搭在了她的肩头：“笑笑，镇定点！”

温笑抹了一把脸，抬头有些丧气地问叶露：“会是谁？”

叶露摇头，她怎么可能会知道！

两人在无声中沉默，时间一分一秒地过去，每一分、每一秒都是极大的折磨，每一分、每一秒都是极大的煎熬。

漆黑色的夜里，夜凉如水，两人在兜着风的楼梯口站立，没过多久，就全身发冷，可是两人还是没有挪步，还是像雕像一般站在那里，等候着那毫无动静的手机，错乱的思绪就像惊涛骇浪一般翻滚。

对面的那扇玻璃窗折射出漆黑的夜景，没有一丝光，一如两人此刻黑暗的内心——绝望，看不见任何的光芒！

终于，在一个多的小时之后，那一直静悄悄的手机，猛然作响。

温笑呆愣中，叶露抢过她手上的手机。

温笑立刻回神过来，想要把手机抢过来。叶露却伸手，将温笑挡了下来，同时背过身子，将她挡在了自己的身后。

如果这件事必须要有一个人垫背的，那么，这个人就只能是她。

“喂？”她强装镇定地开口询问。

“露露！”电话那边是帅子略带惊慌又掺杂惊喜的声音。

“我只有一分钟的时间，露露，你听好了，事情到此为止，游戏结束了，我不干了。我被抓了，现在在J警察局，罪名是妨碍国家安全罪。我很好，你们别担心我，快去……”

“嘟——”

一分钟，电话准时地被掐掉。

但是，这一分钟，该交代的，帅子都交代了。

她和温笑是听明白了。

凤组和龙组的事情，她们是不能再追查下去了。帅子犯事了，可能在入侵警察局网络的时候被侦查到了，所以被抓了，定了罪，被抓到了J警察局。

有了具体的地点，还有大概的原因，两人心里有底，至少没有那么茫然了。

“都是我害的！”叶露自责不已，恨不得打自己一顿。如果不是请帅子帮忙，帅子也不会被抓。

温笑摇摇头：“不，露露，你不能这么想。干帅子这一行的，出事，那是早晚的。常在水边走，哪能不湿鞋！只是帅子运气比较背，这一次竟然让人给逮了！他那罪名可大可小，我们走走关系，还是可以弄出来的。”

“你有把握吗？”叶露问道。温笑的养父怎么也是个高官，她在那个家里，耳濡目染，见过的世面也多，对这种事情，温笑比叶露有经验得多。

温笑淡淡一笑：“应该是没有问题的，有什么问题等我们明天见过帅子再说。行了，露露，咱们去睡吧，养足精神，明天还得为帅子努力呢！”

叶露轻轻点点头，如此夜深人静时刻，她们在这干着急也没用。

“走吧！”

叶露转身，往寝室走去。

背后，温笑脸上的笑容迅速地消去，事情，来得是不是太过突然了？真的只是帅子倒霉？

帅子虽然不算顶级高手，但是这么多次，他一直都平平安安的，为何偏偏这一次，他被发现了？

两人虽然躺在了床上，可是，却一夜无眠，睁眼到天亮。

两人早早地洗漱完毕，按捺不住心里的焦急，打车到了J警察局，提名要见江帅，昨晚抓进来的那个。

可是得到的答案，却让两人的心更沉了下来。

“江帅的行为涉及国家安全，没有上头的批准，他不得跟任何人见面！”

“上头？什么上头？”叶露焦急询问。

答话的警员不耐烦地睨着这两个年轻的女学生：“上头就是上头，你们问那么多干什么。”

“拜托，请你告诉我们一下，那个上头是谁？”

警员冷淡地看了一眼叶露，不搭理。

叶露苦苦哀求，只差要跪下来了，那个警员还是一副爱理不理的样子。旁边插过来一个警员，看不过她那焦急的样子，插嘴道：“我们也不清楚上头是谁，只是按照上面的指示办事，小姐，你要有心理准备，你那个朋友想要出去，估计难了！”

叶露愣在当场。温笑咬了咬牙，勉强扬起笑，冲那个好心的警员点了点头说声“谢谢！”

回头两人一出了办公室，双双蔫了。

情况比她们预计的要糟糕多了。现在连帅子的人都见不到，她们还怎么谈营救？

“我们现在得立刻找人，迟了，帅子这罪名要是落实了，可就糟糕了！”

叶露点点头，最坏的情况，她昨晚大概已经做出预想：“我……来打电话吧！”

“给谁？”

叶露苦笑。

温笑真想给自己一个嘴巴子，这个时候，还能给谁，自然是给那个造成一切祸端的冷阳了。他既然可以使那么多达官贵人对他尊敬有加，自然有那个能耐把人捞出来。

“需要我避开？”

“不必！”叶露摇头，掏出包里的小黑，今天早上打开包的时候，她开机，发现小黑处于正常运作中，而左翼所谓的她可以操作的权利，还是没有发到她的手机。

冷阳的手机号就储存在这手机里。温笑看着叶露拿出来的这新手机，挑了挑眉，没挑这个时候问。

叶露打了电话。

“喂？”冷冷的声音，一如印象中的冷漠。

“是我！”她低叹，“叶露。”

“嗯。”

她艰涩地抿了抿唇：“我……有个朋友昨天犯了事，入……入侵了警察局网络，现在被抓到了J警察局，我想……求你，能不能想想办法，帮我把他弄出来！”

“你以为我是谁？”他冷哼。

“……”她内心一紧，沉默了。

“你以为你又是谁？”

“……”她还是沉默。

“自己犯的罪自己承担！”他冷冷地挂断了电话，无情、冷酷，不留任何情面。

听着耳朵边的忙音，她一时间有些难以置信。

等反应过来，她的眼眶已经不自觉地发红。

放下所有的身段求一个人，可是还是什么都得不到，只能让自己更加深刻地体会到自己的卑微、难堪。

那个男人，真的是世界上最冷血、最可恶、最令人讨厌的人了。

哪怕，在这样的时刻，他温柔地解释说他没有这个能力，她都不会这样怨恨他！

全身，被一股无以名状的愤怒给充斥，深深地感到无力，宛如一个巨大的浪涛，狂啸着，汹涌着要将她扑倒。

温笑伸手，轻轻地搭在了她的胳膊。这个时候，也只有这个好友，才能给到她及时的温柔和支持。

“露露，没事的，这事，交给我吧！”

温笑的眼里闪过一抹亮光，不是光彩夺目的亮光，那是泪光，充斥着诉说不出的无可奈何和悲伤哀恸！

叶露心里一突，不自觉地摇头。

不能，不能！

不到最后一刻，不能把她逼到那个份上！

“我……我再打一个电话！”她开口，声音虚弱得连她自己都惊讶，原来他的拒绝，可以让她被打击到如此。

她想到了一个人，一个以高傲的姿态说要效忠于她的人——凤组左翼！

将电话拨了过去，通了。

“喂，我是叶露！”

“嗯。”淡漠的语调。

“我想请你帮一个忙。”

“说！”简洁有力！

“我有一个朋友犯了事……”叶露把刚才跟冷阳说的又说了一遍。

左翼听完之后，停顿了一会儿，淡漠地说道：“在你的权利范围之内，你还没资格让我替你做这件事！”

叶露心里一堵，又是一个没资格！

咬了咬唇，放下身段，她哀求：“求你，我真的是没办法了，他……是我最好的朋友，求你了，拜托！”

电话那头传来左翼的冷嗤：“一个三流的傻小子，竟然想到入侵警察局内部网络，活该他被抓，让他接受点教训也好！叶露，你听好了，人是要靠自己的！”

听到手机里的忙音，叶露已经被伤得体无完肤！

她几乎是忍不住地颤抖，又是绝望、又是气愤、又是悲哀、又是焦急、又是难过、又是自责……太多的情绪，一下子涌了过来，让她绝望地只能悲泣。可是她却死死咬唇，将所有无奈的泪水都逼回自己的眼眶里。

不能流下来，绝对不能流下来。

他们可以看不起她，可以嘲笑她，但是她不能再让自己的眼泪作为他们冷嘲的陪衬！

温笑轻轻一叹，看着这样的叶露，无力地闭眼，坠下泪一行，然后狠狠地咬了咬牙，快速地伸手，将那一行泪抹去。等再睁开眼，脸庞上干净得仿佛什么都没发生过一般。

拿起手机，她开始一个键一个键地按下，按出了那已经烂在心里的那个电话号码。待接通后，她深吸了一口气，像是豁出去一般，一口气说道：“哥，求你一件事！”

电话那头是良久的沉默，继而是低低的叹息：“笑笑！”

便是这透出了柔情的叹息，都无法掩去那声音里固有的刚硬！

温笑苦涩地牵了牵嘴角，但到底将那思念成山的千言万语，统统给压在了心底。咬咬牙，她重新深吸了一口气，一股脑地将所求的事情给说了出来。

她知道，她说的，他必然会听的。她求的，他必然也会帮她的，只除了……

低语，交代了事情的前因后果，怔怔地将手机挂掉，扭头，她冲着叶露淡淡一笑。

“露露，我哥答应了，他会帮忙的！”

叶露从她开始打这个电话起，就紧张地将她的胳膊给抓紧的手，再次抓紧了。

温笑家里的事情，她知道的不是很详细，但是绝对也不少。

温笑上这个大学，几乎可以说是“脱离家庭”的。命运给这个看似阳光的少女太多的波折。

在她年幼的时候，她的父母遭遇了车祸，失去了双亲的她，像是皮球似的被一众远亲给踢来踢去，直至最后，她被她父亲的战友，也就是她后来嘴里的“父亲”给收养，有了新的妈妈，甚至还多出了一个疼爱她的大哥哥。

本是单纯的兄妹之情，在一日比一日的亲昵之中，不知不觉变了质。但到底这两人并非亲兄妹，若真是相恋，也算是水到渠成。只是温妈妈可以接受自己多一个养女，却不大能接受这个养女最后变成自己的儿媳妇。这估计得靠水磨功夫了。但糟糕的是，温妈妈最后发现养女的亲妈妈竟然是自己丈夫的旧情人，也就是说，丈夫会认养养女，更大的原因是因为，那是他旧情人的女儿，于是温妈妈爆发了。温家发生了一场惊天动地的大战。之后，温妈妈开始敌视温笑，针对的手段也是层出不穷，温家也是再不复温馨。在夹缝里求生存的温笑，最后狼狈地借着去外地上大学的机会离开了温家。

从那后，就再也没有主动联系过温家的人，包括——她哥！

“……温家给了我天大的恩情，我不能享受了温家给我的好之后，反过来却捅温家人一刀，搅和得这个家鸡犬不宁……不能说爱了，就可以什么都不管……没那么简单的……错误的时间，遇见对的人……不，不对，错误的时间，遇见错的人……是错误，是一场天大的错误……不应该的……不可以的……错了……错了……”

这是温笑某天在接了一个神秘的电话之后，独自一人跑去酒吧买醉，最后酒保给她打电话让她去接人，她接到人之后，已经醉得神志不清的温笑，哭着在她怀里说的。

但哭到最后，她再也没说其他，只除了那一声声嘶哑到宛如杜鹃啼血般的“哥”。

再后来，她了解到那通神秘电话是温笑她哥打来的。具体详情不知，但从那之后，她就知道，温笑她哥，乃至温家，是一处地雷，能不提及就不要提及。温笑更是直言，她绝对不会再回温家，甚至，她都不会再回那个有温家的城市。

但现在，为了她，温笑却打破了自己的誓言，甚至还去求了那个这辈子都不应该求的人！

这个傻丫头，傻丫头……

叶露忍不住就哭了。在温笑打出电话，一开口就叫“哥”的时候，她就伸手去拽她，去拦她，但是温笑冲她摇了摇头。那坚定的宛若战士的目光，让她无法再阻止！

可她心里疼，替温笑疼。

“你……答应你哥什么了？”

温笑故作轻松地笑了笑，耸了耸肩头：“露露，这个假期不能到你家玩了。”

叶露愣住了！

眼泪唰唰地从眼角滑落。

泪落，成了河，所有的哀伤无奈都死在了无声处。

笑笑，那个打死她都不愿意回家的笑笑，因为她，终于要回家去了，这个假期还没到来，可是变故却就这么迅速地发生了。

短短——不过三天！

“哭什么哭，我都没哭！”温笑故作凶巴巴地吼着，走过来粗鲁地抬手擦去了叶露脸上的泪水，“我警告你，不准你再哭了，你要是把我给惹哭，我可要狠狠地、狠狠地揍你的！”

叶露勉强咧起一个微笑的幅度，辩驳：“你哪只眼睛看见我在哭的，这只是眼睛在流水！”

“笨蛋！”

温笑一把抱紧了叶露，将脸埋在了她的肩头。很快，叶露就感觉到自己的肩头湿了……

温笑的哥哥办事很有效率，上午才应下此事，下午竟然就亲自乘飞机抵达了C省。温笑接到电话的时候，整个人都吓傻了，最后更像是热锅上的蚂蚁，嘴里一边念叨着“怎么办”，一边团团转了起来。

那心慌意乱的模样，害得叶露也都跟着紧张了起来。但是，等叶露看到了温笑她哥，又看到那个高大硬朗、很明显一身军人风范的男人迅猛地一把抱住了温笑，又用力将她给死死地按在自己的怀里，久久不动弹的时候，她那紧张的心，莫名地放松了。更别提，她还瞄到了温笑那被大掌扣着的脑袋瓜上，唯一露出来的耳朵宛如充血般涨红了。而且，这个平日里有点小剽悍的小豹子，此刻竟然像绵羊一般温顺。

她想，事情大概没有她想象的那么糟糕。兴许，笑笑打出了这一记电话，是一个转机，也是一个新的开始！

她很自觉地退开了一些，将空间留给了这对有情人，开始在一边默默地等待了起来。直至最后温笑满脸通红地推开了她哥，又低声和他说了些什么，且回过头来，指了指她，两人就朝她走了过来。

温笑的大哥，温烨磊，近看绝对是硬朗帅气的，完全匹配那尖端部队的出身。此人眼神锐利，宛如秃鹫，脸上线条分明，配合那高大的身形，使得他看上去整个人宛如一把饮血的刀，很锋利，很不好惹！

若非有冷阳那种大人物在前，叶露乍一看到这人，大概会怕得打战。

此人说话办事，也是快而犀利。

在将叶露二人带到他提前订好的酒店房间之后，他打发温笑进了卫生间，单独和叶露谈了起来。

“叶露，江帅这个人可以放出来，但是，有条件！”

之后的对谈，对叶露来说，就像是进入了一场电影，匪夷所思得让她觉得太不真实！

但是帅子的脸一晃过她的心头，她就知道这一切真得不能再真！

一个新的世界在她面前打开，但她却没有拒绝的权利，只能接受。

“我答应你！”

她应下了温烨磊的条件。

因为，她只能答应。

左翼说：人要靠自己！

她无可奈何。

温烨磊点点头，开始细说，最后，他站了起来，从携带过来的公事包里拿出了一份封好的文件夹，说：“东西都在里面，你尽快熟悉。看完之后，就把这些东西给烧了。今天的事，你谁都不能说，尤其是对冷阳。要是泄露了出去，会导致事情不能成功，那么叶露，我必须要提醒你，非但江帅会因此再进入监狱，连你自己，都可能会有危险！这件事，很重要！”

叶露沉重地点了点头：“我明白！”

她接过文件，紧紧地抱在怀里：“我相信你们必定一言既出，驷马难追！”

“这是肯定的，军令如山，你放心好了！”

“嗯。如果没事，你……跟笑笑谈谈吧，我先回去了。”

温烨磊点点头，正是做这个打算。

叶露和尚在卫生间的温笑打了一声招呼，就走了，把空间留给了他们。

温笑看到离开时叶露的神色有些不对劲，忍不住就问：“哥，你跟露露说什么了？”

温烨磊严肃地看着她：“笑笑，以后，你少跟她接触！”

冰冷的语气中，是浓浓的警告。

温笑愣了，怔怔地看着他。良久，她苦笑，眼中是浓浓的哀伤：“哥，露露是我最好的朋友！”

她一字一顿地咬牙说出。

“她是我最好的朋友，你到底明不明白？！”她几乎是带着怒气冲他怒号！

他的眼神闪了闪。

“好朋友，不抛弃、不放弃！哥，这是你教我的，你忘了，呵呵……”温笑笑着，笑声中苍凉空洞。

原来，好多事情她都记着，可是，某人却已经忘掉了！

“笑笑！”那张冷漠的脸，终于难得地出现了软化，眼神中也带了点点的怜爱，“我这是为了你好！”

他低语地叹息，英俊的脸庞带了丝丝的疲态。

她冷笑着，偏过了头，却不知道那一刻他望着她的眼神是那么的贪婪，又是那么的无奈。

008

抱着怀里的那个黄色文件夹，叶露感觉宛如抱着重铅一般，沉甸甸的，压得人的心也不由地沉了。

接受了那个条件，面对即将开始的任务，她，一个普普通通的女大学生，真的可以胜任吗？可如果失败了，那帅子……

她低低轻叹，脚步渐渐慢了下来，脑中染上了轻愁。

手机铃响，她愣了半晌，才匆忙地将手机从包里掏了出来。陌生的号码，本应该不予理会，但是最近的事情太多了，她最好还是接上。

“喂，你好！”

“是我，冷涛！”低哑的声音，还是能听得出一丝虚弱。

她的眼中亮光迅速一现，脑中不自觉地闪现那张成熟自信的脸庞，语气也不自觉地变得轻快了：“呵，是你啊！”

“你现在怎么样了？可以下床了吗？”

“好得差不多了！”

她由衷地笑道：“那可真是太好了，我挺担心你的，改天我去看你！”

他迟疑了一下，“你……真的担心？”

她不疑有他：“那是当然了，我的救命恩人！”声音中带着轻笑，让人不自觉地会觉得很暖。

他却低低一叹：“露露！”

她怔愣了一下，心里……泛起了一股莫名的涟漪。他是叫她大嫂的，这……还是第一次他这么叫呢。

“为什么……不来找我？”

她呆了一下，茫然不解，又有些局促不安：“找……找你做什么？”

不自觉地有些结巴了。

“你朋友出事了，为什么不来找我？！”似乎有些控诉，又有些指责。

她的心狂跳了一下，继而高高吊起，觉得有些难以置信：“你……你会帮我？”

“我会帮你！”低沉的语调，听着是浓浓的肯定，让人不自觉地安心。

嘴角的那抹浅笑，不自觉地扬起，不论为何，当他说出这句话的时候，她真的感激，感激这个人！

他——真的是一个好人！

在帅子出事之后，她求助无门，他的主动开口帮忙，真的，让她感动到差点落泪。那冷得像冰一样的冷阳，竟然会有这样一个温暖的堂哥。

“你……为什么要帮我？”忍不住地想询问。

他停了几秒钟之后，淡淡地说：“就是想帮你！”

“为什么要对我这么好？”她和他的几次碰面，几乎都是她在接受他的帮助。都说，人的命中必定有一个救赎的天使，是不是，他就是她命中的救赎天使，所以，每每都可以无私地对她那么好？！

“就是想对你好！”温柔的低叹，不造作，仿佛是呼吸一般自然！

她笑了，轻轻地笑了，笑声泛开，宛如涟漪：“冷涛，你真是一个好人，大大的好人！”

那边却沉默了。

叶露继续道，“谢谢你，不过已经不用了，我的朋友已经没事了。”

开弓没有回头箭，温烨磊提出的条件，她一旦应下，就只能做下去！

且，左翼说：人要靠自己！

她这一次可以借助冷涛的帮忙，可是下一次，下下一次呢，踏入冷家这个复杂的大家族开始，未知的不在她掌控中的东西，会接踵而至，她不可能次次靠冷涛，而她，更没有这个资格！

因为，充其量，她只是冷涛的弟媳。

所以，还是让她自己努力吧！哪怕，这会让她万劫不复，更甚至让她无法活着回来！

冷涛听她如此作答，就只轻轻地叹息。

“既然如此，我也就不多事了。露露，以后有什么事情，记得给我打电话，别客气，我也不是外人！”

“嗯。”真是一个特好特好的人呢！

等他挂了电话，她顿时觉得手里抱着的文件，也没有那么沉重了！

不久之后，帅子的电话打来了。

“露露，我胡汉三又回来了！”夸张的语调，带着前愁尽去的解脱、爽朗！

叶露笑着停住了往宿舍楼去的脚步：“现在在哪？”

“J警察局门口！”

"等着，我去接你！"

"行！"

叶露挂了电话，即刻转身朝校外走去，心情开始飞扬。太好了，帅子终于放出来了。不管如何，至少，她已经做到了一件事。

晚间，温笑和叶露一起去和江帅喝酒庆祝了一番，那时，温笑的哥哥已经坐飞机离开了。

谈及温笑的哥哥在这当中出的力，江帅自是好一番感激。

叶露含笑看着自己的两位好友，看着他们脸上的笑容，在心里默默告诉自己，一切都是值得的，值得的。

只是晚间醉得躺在宿舍的床铺上的时候，一种恼人的紧迫感，却让她无法入睡。黄色文件夹里的内容，一次次地在她脑海里晃悠。

一周，她只有一周时间了！

温烨磊说大概一周之后，W国的邀请函就会送到冷阳的手里，到时候她就必须要走！

可能……不能全身而退！

甚至，就此跟这个世界拜拜！

她所挂心的人，即使没了她，也会很好地生活下去，甚至父母那边，没了她，可能会更安全一些，可是——星星，那可怜的小星星！

那个一心依赖她的小人儿，那个拿着清澈的大眼睛眨巴着看她的小人儿啊，那个哭着说她是个好人的小人儿啊，那个用尽自己的所有挽留她的小人儿啊，那个说会很想、很想、很想她的小人儿啊，那个她答应要一直陪着他的小人儿啊，至少，在她离开之前，她得为他做点什么！

想到那满满一大屋的拼图，想到那故作坚强，实则内心脆弱的小人儿，她的脑中，慢慢地形成一个念头，然后又有了一股冲动。

拿着手机，她慢慢地爬下床来。脑袋还有点晕，不过她的心情却很兴奋。晃晃悠悠地出了寝室，来到了楼梯口，她一屁股坐在了楼梯上，背靠着雪白的墙壁，按下了快捷键。

"喂！"她轻声地咕哝，微醺的脸庞，酒意在体内蒸腾，昏暗的楼梯灯映出她脸上的绯红。

"我说过，没事别打扰我！"不耐烦的声音，还是冷冷的，有些讨厌。

她撇了撇嘴。

冷阳在那边冷声：“不是告诉你，别去招惹你不应该招惹的人吗？”

声音中似乎带着薄怒，却不知道在指控她招惹谁。

她小声地咕哝，显然有了些醉意：“要你管？！”

这辈子，她最不应该招惹的人就是他了，可是她不也招惹了吗？

“我要找星星，你把电话给星星！”她打了一个酒嗝。

“女人，你喝酒了？”讶异的声音，这下子怒气更是遮掩不住了。

她嘿笑了一下：“是啊！”

“你现在在哪？”他调高了声音在问，似乎有些急切。

“在哪……”她茫茫然地看了眼周围，眨了眨眼，低哼，“在楼梯口啊！”

“哪个楼梯口？！”

“楼梯口就是楼梯口啊！”显然醉得神智有点出问题，回答得稀里糊涂。

他怒了：“你该死的喝醉了酒不回学校睡觉，跑到楼梯口干什么？！告诉我地址，我让小王去接你，送你回学校。”

他显然误会她是醉倒在外面了，算不算关心则乱呢？

她吃吃地笑了起来：“冷阳，你好奇怪啊，我就在学校啊，嘻嘻……”

那边一声低叹，带上浓浓的无奈。

“我要找星星，把电话给星星，快点！”

她大声地嚷嚷了起来，因为醉意，所以脾气也开始我行我素起来。

冷阳拧了拧眉：“你打这个号，冷星会接的。”说着就开始报号码。

“不要！”她嘟着嘴拒绝，白皙的胳膊在昏暗的灯光下挥舞，在墙上勾勒出魔魅的幻影，她着迷地盯着，嘴里强硬地下命令，“你把电话给星星，快点！”

他皱眉，开始恶声恶气：“女人，你别惹我，我的耐性有限！”

冰冷的声音，让她发热的脑袋微微冷却了一下，她晃了晃脑袋，眼神闪了闪，然后再度茫然了。她开始娇笑，哪管他已经开始不耐烦。

“阳，求你了，把电话给星星。阳，好心的阳，求你，把电话给星星……”

撒娇的话，借着酒意，毫无障碍地说了出来。

电话那头，冷阳的身体立刻僵硬了，脑中不期然地闪入很久以前，那张明媚笑脸的主人总是娇俏地拽着他的袖子，嘴里娇声嘟囔：“阳，好心的阳，求你，求你……”

思绪戛然而止，听着耳边叶露明显带着醉意的柔声哀求，他微微合下眼，眼中掠过未解的光。

“等等！”他妥协，毫无感情地说了两字，拿着手机，迈着步子，出了书房。

她“噢”了一声，在那边靠着墙壁，捧着手机等着。

冷阳推开了拼图那屋的房门，冷星抬头，轻轻地往门口望了一眼。看见门口那个绝对不可能出现的人，他讶异地张大了嘴，撑开了眼睛，嫩白的小手里抓着的几张拼图碎片全部掉落。

冷星愣愣地看着他，忘了做出任何的反应。

“电话，叶露打来的。”还是冷声冷气的语调。

“露露……”冷星呆呆地呢喃了一下，然后似乎反应过来一般，猛地从地上爬起，摇摇晃晃着，像一头小熊一般地跑到了冷阳的面前。

仰着小脑袋，他又焦急，又有些敬畏地看着他。

冷阳打开了扬声器，叶露低低的呼吸声立刻在这个静谧的房间传开，冷星急急忙忙地伸出了白白的小手，敬畏地打开，够到了冷阳的面前。

冷阳将手机放到了冷星的小掌心里。冷星双手捧着，不知道该怎么办，他还不会用这个家伙呢，只能战战兢兢地开口：“露……露露……”

那边叶露听到了那稚嫩的声音，轻轻地笑了起来：“星星！”

声音轻快得宛如流水哗哗，又轻柔得宛如春风中波光潋滟的湖面，听了仿佛也会醉一般。

冷星轻轻地扬起了嘴角，真心地微笑，自然地在他冷酷的小脸上显现。

“露露！”他又喊了一声，娇嫩嫩的，好听极了。

“呵呵，星星，想我了没？”

“想——”他拉长了声音，乖乖地回她。他的眼睛在笑，眉毛在笑，嘴巴在笑，嫩白的小脸也笑着发着光。

听着耳边朦胧的笑声，她完全可以想象他现在那可爱的样子，心里一甜，她说出了自己此行的目的：“星星，我想卖掉你的拼图，你愿意吗？”

是的，这就是她的计划。

她想让他自信，让他知道依靠自己的双手也可以创造价值。她不愿意看到他的故作坚强，也不愿意看到他迷惘的眼神，她想告诉他，他可以的，只要想，他就可以去做，而且也会做得很成功的！

她不知道他长到现在，到底是如何的境遇，但是她知道，那冷酷的豪宅困住了他，让他不能展翅翱翔，也让他不能舒心地展颜一笑，更让他不得不小心翼翼地察言观色！

她想让他走出来，尽管不知道成效会有多大，但是只要有一丁点的希望，她都想试一试！

这边冷星抿了抿唇，歪了歪头，没多想，就答应了下来了：“我听露露的，露露说怎么样就怎么样！”

那是不自觉地讨好，尽管他可能都没有真正明白叶露的意思，但是因为对她的依恋，还有对她的渴盼，所以，他就不自觉地将自己所能拥有的所有都贡献出来，只希望，可以让她开心。

她听了他的话，心里微微疼了一下。

“星星！”她叹息，让她该说他什么好啊！

“嗯？”他疑惑地睁着大眼睛盯着手机，盯着那黑乎乎的家伙，想象着她亲切的脸庞，心里很甜。

她眯了眯眼睛，脑中想着那张白嫩的小脸上那黑溜溜的大眼睛，嘴角扯出一个微笑的幅度：“星星乖，来，让我亲一个。”

他的脸微微一红。

她不管不顾地将嘴巴凑到了手机边，“Mua！”大大地啵了一个！

清脆的打啵声隔着手机都不能妨碍它的音效，冷星捧着手机傻笑着，白白的小脸更红了，娇嫩得宛如刚成熟的樱桃一般。

她在那畅快地咯咯笑着，良久，才止。“嗯，星星，晚了，你去洗洗，睡吧！”

冷星脸上的笑容开始僵硬，心里慌乱，要……要挂了吗？

他想要开口，可是却说不出话来。

从来没试过撒娇的他，不知道该怎样开口才能让她不要挂电话。

他想一直一直地抱着电话，听着她的声音，听她一直讲下去。

这边，叶露轻轻地道了一声“晚安”，他不自觉地跟着说了一遍，等反应过来，她已经挂了电话。

他呆了，无声地捧着手机，盯着电话，还没彻底反应过来呢！

那瘦小的身影，弯着小腰板，半露在阴影中，嫩白的侧脸透着委屈和渴盼，竟然是那么的可怜。

冷阳闪了闪眼，撇过了头，冷酷地出声：“她已经挂了！”

他呆呆地扬起了头，黑漆漆的眼瞳中，是深深的不知所措，巴掌大的小脸上还有不能掩去的落寞。

对上冷阳淡漠的脸，他低低地“噢”了一声，捧着手机，敬畏地送到了冷阳的跟前。

冷阳低下了头，看着自己身下的小不点，像个小矮陀。他伸手，拿过那白嫩小手中的手机。冷漠地看了他一眼，转身，离开。

冷星巴巴地看着他，大大的眼睛不自觉地微微垂下，嘴唇抿成了一条线，半晌，慢慢地垂下了小脑袋瓜。

瘦瘦小小的身影，孤零零的，宛如暗夜中哭泣的花朵！

半个小时后，冷阳的电话再度震响。

看到来电显示，他有些不耐烦，可还是鬼使神差般地接了电话。

“我要找星星！”开口，还是欠揍的语气，尽管这语气中带着丝丝娇嗔，但是冷阳的心情还是很恶劣。

“女人，等你醒来，你一定要为你今晚醉酒的行为付出代价！”

她在那边嘿嘿傻笑。

“快点，我要找星星，我要给他唱安眠曲，快点！”

“他已经睡了！”冷冷地拒绝。

“你骗我，坏蛋！我知道他没有睡，他刚洗漱完，肯定没睡！把手机给星星，快点！”

酒意上来，显然有些不知道东南西北了，要不然，这样的话，清醒的她是绝对不可能说出来的。

他升起了薄怒，觉得跟这个醉酒的女人变得白痴了。他阴沉地低喝：“你别鬼哭狼嚎了！我挂了，警告你，别再打电话了！”

说完，他真的挂了！

没过几秒，手机又不识相地开始震动。他烦躁地皱紧了眉头，看见那个不识相的号码，沉默了半晌，打算不理会，可是手机还在那震动个不停。他伸手，打算关机，可是手指又不受控制地接听了过来。

传过来的是叶露带着醉意的撒娇声：“阳，好心的阳，求你，求你了……”

他的太阳穴突了突，最后猛地站了起来，恶狠狠地说：“等着！”

她在那得意地笑着，志得意满、没心没肺地笑着。

他的脸宛如降了霜一般，冷得可以，只可惜电话那头的她看不见，也领会不到他的寒气。

疯女人！

他在心里冷哼，今晚就让她折腾去， 这手机他就给冷星抱着了，等她酒醒了，非得给她点颜色瞧瞧不可。

冷星已经乖乖听话洗漱完毕，爬到床上窝着了。

冷阳推门进来，灯也不开，黑暗中，一大一小，晶亮亮的黑眸对视，两盏寒星，相似得惊人！

冷阳缓步走到冷星的床头，一片漆黑根本就没有对他造成任何的障碍，他就像夜的王者一般，可以在黑夜里自由地行走。

冷星缩在被窝里，静静地看着他，似乎是观察，又似乎只是单纯地凝视。

再度打开扬声器，冷阳毫无感情地陈述："叶露打来的，给你！"

冷星快速地眨了眨眼，急着要从被窝里爬出来。冷阳将手机放到了他的床头，冷星立刻从被窝里伸出小手，紧紧抓住。叶露的嘟囔声立刻从手机里传来："星星，嗯，我给你唱安眠曲……呃，应该是摇篮曲，你要好好睡哦……"

同一时刻，柔和的声音，带着丝丝酒醉的呢喃，轻柔地从手机里流泻出来。这让本来打算就此离开的冷阳止步不前！

低柔的声音，在缓和的曲调中，更显得温柔迷人，宛如夜的精灵在吟唱夜曲一般，如泣如诉、如怨如慕，沙哑低柔，动听得就好像不是真的一般。冷阳略微有些焦躁的心，在温柔安详的声音中慢慢地静了下去……

Knocking on the triad
A boat that makes for rain
A briar grows in twain with roses
Come to rid
Forever at your feet

Glass and pinch of breast
Knocking at my tray
While leave on
Please take me home my long to leave
Forever at your feet

And I hope that you won’t mind，my dear
When you see my eyes are lie，my dear
It’s because I avoided all these of you
All your kisses，sweeter than mint
And touch them
Softer than sea
Oh，treasure
I would be
Forever at your feet
……

静谧的夜，漆黑的氛围，听着这样轻柔的音调，那感觉就像最上乘的丝绸轻轻地拂过肌肤一般，只留下柔柔的感觉。不自觉地，他渐渐沉迷了进去，静静地在床边坐下。冷星看了他一眼，慢慢地闭上了眼，嘴角，扬起了一抹可爱的笑容，微笑的幅度在夜色中摇曳，是浓浓的满足和安心。

冷阳的眼皮，也微微垂下，细长的睫毛在那张冷冰冰的脸上落下淡淡的阴影，为那张冰冷的脸添了几分暖色，那带着淡淡柔情的脸庞，有些安静，看着更添几分俊逸，不细看，会误认为他已经睡着了。

夜色，在温柔的轻吟中扬起了安眠的种子，催人入睡……

“露露，还不睡啊？”

手机里传来小心翼翼的询问，很轻柔，可还是惊动了冷阳。他在一瞬间猛然扬起了眼皮，冷澈的眼还有未能及时消去的迷离温柔。

“嗯？”轻柔的低吟戛然而止，叶露眯着眼，茫茫然地转头，看着站在高处的自己寝室的姐妹。

“醉了啊……”轻笑声，来自寝室的那帮姐妹，“快去睡吧！”

“噢！”她乖顺地应了一声，摇摇晃晃地贴着墙壁爬起，寝室的其他几个人见了，赶紧上来扶她。

冷阳优雅地伸手，将手机从冷星已经松动的小巴掌下抽出，将手机关机。

此刻的冷星，双眼紧闭，微微卷曲的睫毛铺展在眼皮上，静谧得宛如停歇的蝴蝶一般。他的面色宁静，呼吸平缓安详，显然已经睡着。即使睡着，那嫩白的小脸上还是不自觉地带着一抹满足的淡笑，满满一脸的快乐！

冷阳轻轻地站了起来，有意无意地没有弄出动静！

走开几步，他止步，回头，看了眼冷星放在被子外的胳膊，微微地皱了皱眉头，转身，朝他走来。

冷星刚才因为要抓手机，所以胳膊从暖暖的被子里伸了出来，显然如果小胳膊一直放在被子外，可能会冷得不舒服。

冷阳微微地弯了身子，伸手，轻轻地拽过那瘦小的胳膊，微微提起，拉开被子，将他的小胳膊放在了被窝里，然后小心翼翼地将被子给他盖好，并且还掖了掖被角，防止冷空气进入。

这一系列动作，温柔得太不像他。可能是夜色太过温柔，所以连带人的性情也变了吧！

他盯着冷星那安静睡着的脸庞好一会儿。白嫩的小脸在黑夜中宛如要发光一般，诱引着人伸手去摸。他伸手想要去轻触，可是快摸到脸庞的时候，却猛然恢复神志一般地收回了手，继而起身，又恢复一身的冷然，带着全然的孤傲，缓慢地离开。

夜色，可能真的是太过温柔了。他本应该继续回书房处理事务，可是——

困了！

浓浓的困意浮上心头，耳边似乎还想着那温柔的低吟，丝丝缕缕，让人懒洋洋的，什么都不想干，也没法思考，想了想，终究没有去书房，直接回了自己的卧室，睡下。

这边叶露迷迷糊糊地被众人拽着上了床，一头倒下，睡到天亮，早上醒来，被众人嘲笑个半死。

“昨天啊，某人喝醉了酒，捧着个手机，对着手机唱了快一个小时的歌，呵呵，不知道的，还以为在会情郎呢，唱得那个缠绵啊……”

“呵呵，可不，害我好奇得半死，急急忙忙拿过手机看了一下，什么啊，根本就没有在通话，某个傻瓜竟然对着手机唱情歌，还一唱一个小时。嘻嘻……露露，原来你醉了这么可爱啊……”

“我说啊，下次联欢，我们就把露露给灌醉，再把麦克风拿来给她唱，保准迷倒一大帮人……”

“是啊，昨晚那歌唱得那个缠绵、那个动听啊，我的心都要醉了……”寝室某人做捧心状。

……

叶露满脸臊红地拿过洗漱用具往水房钻。现在想想昨晚的举止，她也觉得挺不可思议，也怪不好意思的。

不过，她可没傻到对着手机唱情歌。就算是有情郎，那也是她的小星星小情郎。

嗯，昨晚，应该没有打扰到星星睡觉吧，据说她唱了一个小时呢！

她失笑摇了摇头，没事的，星星肯定不会怪她的。

轻轻地刷牙，她眯了眯眼，突然，想起冷阳那张冷冰冰的脸。

“咳咳咳……”

她吓得咳了满嘴的泡沫星子。

完蛋了！

怎么忘了还有一号冷阳，昨夜的事情，她记得不是太清楚，可还是可以想起他冷冰冰的语调。

她瞪大了眼珠子，隐约地想起了一句话：女人，等你醒来，你一定要为你今晚醉酒的行为付出代价！

她忍不住哆嗦了一下身子，不……不会吧？这话是他说的吗？是不是她做梦了呢？

不过——

好糗！

她皱了皱眉头，倒霉，怎么会让他接电话呢！

她忍不住开始犯愁。

旁边室友冒了出来："犯相思了，一大早就叹气？！"

又是不间断地调侃！

"去你的！"她忍不住睨了她一眼，甩甩头，拿起牙刷，继续刷牙。心里想：管他呢，不就是打了电话，骚扰了他一下下吗，他还能把她吃了不成？！

009

既然已经跟星星说了要卖拼图，叶露自然要为此奔波努力。

从学校治安管理委员会的办公室出来，叶露还觉得有些不敢置信。事情竟然会如此顺利，真的有些诡异！

她的初步安排是在学校里出售这些拼图，灵感源自经常在学校摆摊卖些小东西的同学。只是，她很多次亲眼看见治安管理委员会的那些人出来赶人，态度恶劣得很想让人狠狠地咬他们一口，所以跟温笑商量了一下，两人还是先来治安管理委员会这边打一声招呼，请示一下。

哪知她刚提出来，那办公室的老师就笑眯眯地点头答应，说她这个主意好啊，鼓励大家积极进取，用自己的劳动创造价值……

总之，称赞了半天，二话不说，就同意了。

叶露和温笑两人同时在心底咋舌，因为这治安管理委员会是龟毛得出了名的，想要求他们通过摆摊的请求，据说是"难于上青天"，这一次如此顺利，真的是出乎意料。

"真的是怪了去了！"温笑小声地嘀咕。

叶露挑了挑眉，不经意地想到了温笑的哥哥，心里突了突，不由地摇头，暗想自己应该是太敏感了。

不管怎么样，学校这边同意了，她们就可以动手开始干了！

逃过了上午的课程，司机王东奉命过来接叶露，温笑跟她同行，两个人办事，总比一个人效率快。

到了冷宅，轻手轻脚地靠近拼图那屋，轻轻推开门，只空出一条小缝，果不其然看见冷星趴在地上，摆弄着他的拼图。

叶露扬起了明媚的笑容，猛然推开门，大叫：“星星！”

冷星“唰”的一下扭过了头，看见了叶露，猛地睁大了眼，抛掉了满手的拼图，猛地爬了起来，宛如小火车一般地朝她撞了过来。

叶露蹲下身子，张开上臂，将迎面撞来的冷星一把抱住。“哈哈……”

她大笑开来。

“露露！露露……”他兴奋地大叫，小手努力地抱紧了她。

她低下头，娇嫩的唇瓣轻轻地蹭了蹭他柔软的发顶：“昨晚睡得好吗，我的小星星？”

他狠狠地点头，昨晚睡得可香了，都不知道什么时候睡着的呢！

“露露，你唱歌真好听，我好喜欢、好喜欢、好喜欢……”

温笑挑了挑眉，取笑：“露露，原来这位小帅哥就是你的小情人啊？”

叶露揉了揉冷星的脑袋瓜：“来，星星，我给你介绍一个人！”

冷星歪过了脑袋，睁着圆溜溜的眼睛看着温笑，小手还是紧紧地巴着叶露不放，生怕她跑了一般。

叶露指了指温笑：“星星，这是笑笑，我最好的朋友，你一定会喜欢的。”

“笑笑，这是我们家星星，我的小宝贝！”说着，亲昵地亲了亲冷星的脸颊。冷星微微地红了脸。

温笑蹲了下来，笑眯眯地看着冷星，伸出了白皙的手：“你好啊，我们可以做个朋友吗？”

冷星看了眼温笑，歪头看了眼叶露，叶露点点头，冷星也点了点头。

叶露教他：“星星，这个时候，你也应该把手拿出来，跟笑笑握一下，这样，你们就是朋友了。”

叶露怎么说，他就怎么做，乖巧得像个娃娃一般！

笑笑看了，觉得这个有些酷的小男孩真是可爱极了，当下就不吝惜地赞赏：“星星真是太可爱了，好喜欢啊！”

叶露得意了，感觉她就像在称赞自己家儿子一般：“星星，听到了没有，笑笑在夸你呢。我跟你说噢，笑笑很少夸人的，果然，我家的小星星最棒了，来，亲一个！”

又是一个香吻，在他的脸上印下。

冷星扬起了略微羞涩的笑容，也在叶露的脸上亲了一下，湿热柔软，吻到人的心里去了。

温笑看着巴着叶露不放的冷星，仿佛她就是他的全部世界，也只有在面对叶露的时候，才会羞涩开心。而面对自己的时候，还是挺酷的。看来，这个小酷哥，并不是如叶露所说的，对所有对他好的人都会亲昵。

他对露露这般亲昵、依赖，只怕是因为露露此刻的身份吧。毕竟，在孩子的心里，母亲这个位置，永远都是特殊的。

拿着从同学那里借来的数码相机，叶露四处将那些冷星不太在意的拼图照下，好回去先让大家心里有个底。

想到冷星还是一个四岁的小孩，是敏感又容易受伤的，而且，他也是有自尊的，所以，她不能伤害到他。她必须确保有人买拼图，才能带星星去卖，否则，把一大堆的拼图搬到学校，最后无人问津，连她都会大受打击，更别提小小的星星了。

她绝对不能让星星受到一丝一毫的伤害，这次的出售必须要完美地照计划进行！

温笑在一旁帮忙，挑选拼图，冷星在那边当评委，挑选出那些他不在意的拼图。他喜欢的，自然是不能卖的喽！

只是，看着冷星像是跟屁虫一般地跟在露露身后团团转，她走到哪，他就爬到哪，她一回头看他，他就会眨巴那双黑溜溜的大眼睛，无措又执着地看着她。她笑，他也笑，那个样子，总是会让温笑忍不住地想发笑。

真是一个可爱的小孩呢！

虽然有些酷，但是，也酷得可爱！

中午，两人留下在冷家吃了一顿午饭。叶露赶紧抓紧时间教冷星如何正确地使用筷子。冷星尝试了一会儿之后，叶露就让他自由地开吃。因为什么事情都要循序渐进，不能逼得太急，否则，只能让学习的那个人觉得不愉快，这就违背了她的初衷了。

叶露将菜夹到冷星大开着等待着的小嘴里。冷阳不在，叶露乐得恣意地宠着他，喂他吃饭，让他也体味这种被人宠着的感觉。冷星笑得眼睛都半眯了起来，脸上更是因为极度兴奋布满了红晕。可爱的样子，真的让一旁看着的温笑都想狠狠地在他的脸上亲上一口。

“露露，你会是一个好妈妈的！”回去的路上，温笑有感而发。

叶露淡然一笑：“我可能没这个资格，但是我会做星星的好露露的！”

“我相信一定能做到！”温笑肯定地说。

回去，两人先在食堂门口举行了一个小型的签售会，将数码相机中刚洗出来的拼图照片贴了出来，供大家观赏，同时也表明了签售的目的，是为了让一个小孩坚强、自信。

拼图的基本价定为一幅100元，如果真心想买的，请在纸上签个名，她也好做统计，免得明天伤了那个小孩的心。

大家对于这样的事情还是很感兴趣的，前来观看的人挺多，最后统计下来，确定要买的人共有二十四人。

收摊的时候，叶露和温笑相视笑了笑，谁也不能确定明天这个人数是会增多还是减少，但是这二十四人至少可以保证有一半会兑现诺言。

那一晚上，叶露躺在床上，照例没怎么睡着，脑子里满满的都是明天的事情，真心地期望明天能够顺利。

而她不知道的是，今晚，睡得也不安稳的，不止她一人。

冷星在黑漆漆的房间里，睁着大大的眼睛，在等待，等待如同昨晚一般的安眠曲。可是，直到他困得眯上了眼，都没等到那好听又温柔的安眠曲，在浓浓的困意中，他失落了。

同一时刻，书房里的冷阳，盯着文件夹的眼眸，总会不经意地转到手机上。

躺在桌上的手机，安静得过分。

次日上午再度来到冷宅接冷星的叶露在看到沙发上那个正襟危坐的小人儿的时候，忍不住“扑哧”笑了出来，笑眯了眼。

冷星穿戴得整整齐齐，一身的小西服，领口别着一个黑色的蝴蝶形小领带，套在白色的衬衫领口，双手规矩地放在双膝上，板着身子坐在那儿，一脸肃容，俨然一个小绅士。

他端端正正地坐在沙发上，看样子是在等叶露，而且等了好久！

保姆早上为冷星穿戴的时候，听冷星很严肃地说叶露要带他出去，立刻给他换了这一套正经的装束。

叶露看着这样的冷星，白嫩的脸庞嫩得仿佛可以掐出水一般，又冷酷得仿佛冰雕出来的一般，黑色的西装倒映着他紧抿的唇角，白色的衬衫映衬着那黑色的眼眸，真是又酷、又帅、又可爱，迷死个人！

“天哪，这是哪里来的小王子，怎么跑到我家来了？”叶露惊叹出声。

冷星的双眼一亮，严肃的面容一松，欢喜地喊了一声：“露露！”

他用小胳膊支着沙发，似乎要从沙发上爬下来。

“哎，别，你坐在那儿！”

叶露笑着走进来，后面跟着的，自然是前来帮忙的温笑。

叶露在冷星的旁边坐下，上看下看，不时地点头，晶亮亮的眼眸太过灿烂，看的冷星有些小小的不好意思了。

“星星今天好帅啊！”

冷星抿着的唇破功了。在叶露面前，他很难保持他的酷样。

叶露随后摇头，说：“不行啊，星星打扮得这么帅，到了外面，万一让人给抢走了怎么办？”

其实她这么说的目的是想让星星去换一套衣服，因为这样的装扮太正经、严肃了，显得有些绑手绑脚，出去玩，还是穿休闲的比较好。但是，她不能这样说，因为那样可能会伤到小星星的自尊啊，所以就换了一个说法。

冷星急忙接过话，像是发誓一般地说：“不会的，我会跟着露露的！”

他只跟着她，才不会让别人碰他呢，也不会跟别人走的。

叶露摇头：“嗯，不行，我要保护好我的小星星，不能让别人把你给抢走了。走，星星，咱们去换套衣服再走，稍微不那么帅的！”

冷星欢快地窃笑，因为她对他的重视和保护，让他的心里宛如抹了蜜一般。

挑了一件浅色的休闲服，叶露轻手轻脚地脱了冷星身上的那一套小西装，再慢慢地为他套上休闲服。

冷星睁着黑眼珠，目不转睛地盯着她，眼里有缕缕迷惘，也有不自觉显露的感动和依恋。

叶露的手轻轻地摆弄着他的四肢，为他套上衣服。他轻轻地摆弄着四肢随着她的举动，凑在她身边，可以闻到她身上散发出来的女性的馨香，有妈妈的味道。他不自觉地低喃：“露露，你真好！”

自打有记忆起，妈……妈妈从来没为他穿过衣服。

叶露冲着他无声地浅笑，宠溺地揉了揉他的小脑袋瓜。他猛地伸出细小的胳膊，一把抱住了她，将脑袋深深地扎到她的肩窝里。

小孩子想撒娇了呢！

她伸手揽住，轻柔地抚摸着他的小身板。他舒服地在她怀里瘫软。在温笑的笑闹声中，冷星才扁着嘴，不甘不愿地从叶露温暖的怀抱中直起身，跟在她的屁股后面，看着她搬拼图。尽管他的力气小得可怜，可是看到叶露要搬拼图，小家伙还是赶紧小跑着过来，伸出白嫩的小手非得要帮忙不可。

“星星，你太偏心了吧，我也很累的，过来帮我一下啊！”温笑在一边不依地叫嚷。

冷星充耳不闻，看也不看在一边的温笑，只是咬着唇，憋着气，使出吃奶的力气帮着叶露。小胳膊小腿的，根本没多大力气，但是看到那完全投入的神情，让叶露感动不已。在她柔声拒绝，让他在一边休息的时候，他总会很坚持地摆着一张酷脸，不管不顾地、坚持己见地继续帮忙。

“星星长大了肯定是个好男人，这么小就知道疼人了！”温笑嬉笑着调侃，看着叶露的眼神不无暗示。

叶露低笑几声，看了眼正在努力中的星星，双手使劲抱着拼图的一角，骄傲地宣称：“那是自然，我们家星星，肯定是最棒的！”

没有因为温笑的赞美而脸红的冷星，却因为叶露的一句话微微红了白嫩的脸庞，嘴角也轻轻地上扬了许多，一口小白牙在嫩红的唇瓣间也隐隐闪现，就像可爱的小白花一般。

将拼图转移到了车上，跟管家招呼一声，叶露就带着冷星去了自己的学校。

正午时分，食堂门口，吃饭的那个点，人是最多的，来来往往，络绎不绝。叶露她们摆好的拼图，早就被凑热闹的人群围得里一圈外一圈。

对于这样的结果，叶露等人，包括后来闻声前来帮忙的叶露寝室的一干姐妹，都是喜出望外的！

大家对于拼图的喜爱，真的超过叶露的预期。到目前为止，已经卖出去了十多幅，而人潮这个时候才开始达到高潮。

可能销售量这么好，一半得归功于到场的星星吧。

叶露怕冷星坐在那无聊，给他在地上铺了柔软的方布，让他在那自个儿玩拼图。大家看到一个异常可爱的小帅哥在那玩拼图，纷纷感兴趣地围了过来，凑在一边叽叽喳喳、兴奋不已。

也是，冷星本身就长得可爱无比，他不常笑，冷着一张脸的时候，跟冷阳有些像，剑眉星目，那个样子，用周围旁观的女生的话来说，真的是“酷毙了，帅呆了”！

知道这些拼图都出自冷星的手，大家纷纷买了，对冷星这个小帅哥表示了绝对的支持。

冷星在卖出第一幅拼图的时候，抬头冲那个买拼图的小女生乖乖地一笑，引得那个小女生尖叫不已，最后闹成绝对轰动，围者只增不减。那个小女生贪图冷星的可爱，最后竟然赖着不走了，义务帮忙，也帮着卖起了拼图，顺带冲着冷星哈喇几下，流流口水……

很顺利的试卖会，比叶露预想得要好得太多了！

其间，冒出来一个可爱的小胖妞，看见冷星，惊为天人，立刻死缠烂打，利用眼泪攻势，非得要冷星帮她完成她那个至今还不能完成的拼图。

那个据说超难超难的拼图，在冷星花了短短两个小时拼完之后，小胖妞激动得哇哇大叫，对着冷星只差抱大腿跪谢了。旁边的观众纷纷喝彩，竟然赢得掌声一片，经久不息，赞叹声更是络绎不绝。艳阳下，冷星那张晒得红通通的脸庞上，晶亮亮的眼眸，比那璀璨的钻石还要耀眼、美丽，那微微翘起的嘴角，带着小小的得意，更有的是浓浓的成就感和俨然有了苗头的自信。叶露笑了，开心地笑了，舒心地笑了。

她想，这一次，她没有白费努力！

小家伙，在一定程度上，站起来了呢！

她有理由相信，靠着自己的努力，小家伙以后肯定会走得越来越好！

完美落幕，在大家对冷星的赞叹声中，所有的拼图一抢而空。在最后一幅拼图卖出去的时候，叶露等人忍不住开始哈哈大笑，人人脸上都扬起了欣慰而喜悦的笑容。就连酷酷的冷星，都不自觉地咧开了大嘴，抓着叶露的裤脚，咯咯地笑了起来，笑声轻快，别提多动听了。

“好可爱的小孩啊！”

熟悉的声音，让半蹲着的叶露抬起了头，心微微地刺痛了一下，只因为那个声音的主人此刻挽着的旁边那人。

“洁姐、宋哥！”她轻唤一声，尽管心中难掩苦涩滋味，可脸上还是礼貌地扬起了笑容。

叶露口中的洁姐，全名许洁，是她的表姐。

宋哥，全名张明宋，同一个镇子的人，比她大。她唤他一声哥，是因为现在他是许洁的男朋友，也是她——可望而不可即的人！

上天总是喜欢跟人开玩笑，在最不应该的时候，缘分悄然地来临了。

认识张明宋，那是很久以前的事情了。打小就在一个小镇长大，提起张明宋，小镇上的居民几乎是无人不知、无人不晓。只因为，张明宋聪明，很小的时候就展露出过分的聪明才智，各种类型的比赛他每年都能参加，在全国数学竞赛中还拿过奖。他的聪明，没有因为年岁的增长而减弱，反而越发聪明，最后考入全国排名入前十的J大也是意料之中的事情。小镇上的家长总会时不时地拿他作为教育自己孩子的榜样。对他，她虽然谈不上如雷贯耳，但是真的是久仰大名了！

张明宋比叶露大两岁，对于他的聪明才智，她老早就很羡慕，但——也只限于羡慕！

真正跟张明宋的深交，是在她上大学之后。

大学开学，坐火车来学校，在同一节车厢看见了熟悉的面孔，两人俱是一笑，然后聊开。最后得知，两人的学校竟然靠得相当近，就是所谓的邻校，步行估计不用五分钟就可以从一个学校走到另一个学校。

这是她头一次跟他说过那么多的话，这让她着实兴奋。

张明宋是个很好看的人，不说帅气，但是绝对阳光，身上带着一股儒雅的气息，一看就长期浸淫在书籍中，又不会让人觉得他迂腐。那双温润的眼眸，宛如一潭春水，无声中表现了最大的宽容和无尽的温柔。那张略微显得有些白嫩的脸庞，一笑起来，让人有种如沐春风的感觉。这个出类拔萃的理工科学生，却有着丝毫不亚于文科才子的文雅！

作为已经进入大学两年的学长，在火车上的那一晚，两人相谈甚欢。从他那儿，她获得了很多有用的知识，同时也对那未知的大学生活更添了几分期待。

因为两人的学校挨得很近，面对叶露的大包小包，相较而言，只背着一个背包的张明宋真的是一身轻松，当下就主动帮她抬行李，这让她万分感激，同时也产生了莫大的好感。

进了学校，就是密集的军训，其间张明宋多次前来探望，每次都带一些小零食过来，让她不知所措之余，也有些莫名的心喜。这个她一早就仰慕的对象，经过深入接触，发现他竟然是如此的温柔体贴，真的是让她另眼相看。

等军训结束之后，他更多次带她出去吃饭，说是带她熟悉校园，熟悉大学生活，熟悉附近一带，熟悉C省美食和景点！

等寝室里的人都混熟了，大家纷纷开始调侃："露露啊，你可真幸福啊，才刚进来，就有人追了。我看啊，咱们系，就数你最早交桃花运了……"

每每如此，她都是急急忙忙地摆手辩解："那只是邻居的哥哥……"

众人只是暧昧地笑笑。

而不能否认的是，她心里也隐隐约约地有了期待。张明宋阳光开朗，又幽默风趣，为人聪明，谈吐文雅，性情温和，做事又很有分寸，让人感觉不到半点的突兀和尖锐，只觉得在他身边，仿佛就像是在温泉里泡着一般的，软软的、暖暖的，让人觉得懒洋洋的，舒服无比！

然后，她也无法克制地存了别的心思。

他请她吃饭、带她出去玩、陪她学习、陪她散步、让她在一旁看着他打篮球……

她笑的时候，他会比她笑得还温柔，那晶亮亮的眼眸中荡漾的柔情，让她恍惚觉得自己似乎要醉在里面一般；她犯愁的时候，他会温柔地开导她、劝解她，最后伸出大掌，胡乱地弄乱她的一头秀发，惹得她又羞又恼，在他的逗弄中，又不自觉地笑逐颜开……

这样甜美的模式，真的很像是恋爱一般。寝室的老二董萍长相甜美，很快就被同系的一个男生热切追求，那个男生追求的行为就跟张明宋对她的极为相像。想到他对她所做的这些，她心里熏熏的，宛如醉酒了一般。原来，恋爱，真的是妙不可言啊！

可是，女孩子的矜持，只是让她在脑海里想想，没敢问出口。他不说，她也没好意思问，只是每次他一打电话过来，她就乐颠颠地跑出去，她觉得这样很好，可能恋爱就是这个样子吧！

那日子，幸福得好像不是真的一般！

更甚至，在听说了校园思心亭的那棵月老树的传说之后，她偷摸地守了十多个晚上，才在一个确定无人的夜晚，拿着小刀，偷摸着在那棵树上刻下了自己和他的名字。

刻下名字的当晚，她的心怦怦乱跳，好像都不是她自己的一般。那个晚上，她在过度兴奋中失眠了。

当时，她傻傻地以为，这样就可以天长地久！

可是，一个多月过去，同一个系成双入对、对外公开承认的已经有十多对了，可是，他还是什么都没有表示，只是常常笑笑地约她出去。

她有时候会患得患失，但是这种微妙的带着淡淡失落的情绪总会被她乐天地给压在脑后，重新因他的邀约而欢快的心情所取代！

直到——

美梦终于破碎的那天！

教育实习回来的同一个学校的表姐，也就是许洁，打电话请她吃饭，说是给她接风洗尘。她欣然前往，但是在看见那两个并排站立，并且手挽着手亲密地站在一起的两人，她欢快的脚步退却了。

化了淡妆的表姐，十分漂亮，挽着他的手，脑袋微微靠在他的肩膀上，一副小鸟依人的样子，别样的美丽刺目！

她不知道当时自己是什么表情，只记得，当时的心，好痛好痛，痛得都以为自己似乎会就此失去呼吸，而后死去。

可她终究没死，那顿饭，菜色很好，表姐很大方，去的是一家颇为高档的小饭店。可是，她却食不知味，如同嚼蜡。眼泪在眼眶里浮动，却只能一次又一次地偷偷掐着自己大腿上的肉，用巨大的痛意，逼着将眼泪压回眼眶，还得冲着那甜笑的两人强颜欢笑。她觉得，那一刻，她似乎是活在炼狱中。

表姐当时的话，宛如针一般地扎入她的心里，虽然只是那么小小的一下，但是每一下都让她的心痛得出血。

“露露，这些日子明宋没有欺负你吧？”亲密的口气，自然把他揽为了一家人。

她摇头，根本没法出声，怕一出生就要破功，眼泪就会不听话地流出来。

许洁在那轻笑，带着丝丝甜蜜和娇嗔：“我可是一早就嘱咐明宋了，说你今年要上来，让他务必要好好地照顾你。露露，你跟我说实话，明宋有没有亏待你，他要是亏待了你，我回去非得好好教训他不可！”

叶露摇头。

许洁低笑着转头看坐在她身边的张明宋：“喂，明宋，露露为人老实，肯定不会说你坏话的，你就自己招供吧，有没有好好地对露露啊？”

张明宋温温地笑着，语气也是一贯的温和：“大小姐，苍天可鉴，我可真的是按照你的吩咐做事的，一点都没偷懒的！”

“死相！”许洁在那娇嗔，张明宋亦是笑得温柔。她闷头开吃，却根本就不知道自己到底吃的是什么，只知道机械似的往嘴里送东西。

浑浑噩噩的，却不知道是怎么走到寝室的，原来，他对她的好，只是因为表姐的嘱托！原来她一度的患得患失，不是她自己的妄想！

小小的寝室，对此刻的她来说，仿佛是牢笼，困得她几乎呼吸不过来。她从寝室跑了出去，几乎是以逃跑的速度，转了半圈，却找不到可以独自疗伤的地方，最后无奈地来到思心亭。在夕阳的余晖中，埋首在了双膝间，眼泪，终于不堪重负，落下！

回忆，如流水般蜂拥而至。

想来，是她笨了，是她自作多情了。

他对她，从来没有过分亲昵的举动，更别谈亲吻；他也从来没对她说过什么喜欢，是她一厢情愿了，是她痴傻愚昧了，以为那就是爱情，岂知人家对她真的只是干干净净的哥哥对妹妹的情谊……

原来，情会是如此的伤人！

她一度以为那就是自己渴望得到的救赎，也一度以为那就是自己这辈子的真爱，更甚至傻傻地想到了天荒地老……

最后发现，所有的一切，只不过是镜中月、水中花，全然是虚幻的，认清之后，只能余留下全然的空虚，还有挥之不去的伤痛！

许洁和张明宋，已经恋爱长达两年了！

她的确是错了，错得可以，但是没有错到不可挽回，至少，她没有对他说出那一声“我喜欢你”，更甚至是那一声神圣的“我爱你”。所以，所有的事情都可以回到原点，她还是叶露，对于张明宋来说，她还只是自己女朋友的表妹！

于是，他们恩爱他们的，她伤心她的。

时间，是巨大的洪流，可以带走很多很多，她也总是乐观地想：露露，没事的，没事的，什么都会过去的，你会把这一切都给忘掉的！慢慢地，一点一点地来，你一定会忘掉的，一定会成功的……

拼命地麻醉自己，看着两人在自己的面前微笑而过；拼命地鼓励自己，装作欣喜地接受两人的饭局；拼命地伪装自己，言不由衷地对两人表达甜蜜的祝福……

她想，她可以的，终究会有那么一天，她会把他从心里放下，尽管在放下他的过程中，她的心在一滴一滴地淌血……

你看，她已经做得很好了。

就像现在，看见这亲密相拥的两人，她尽管心中苦涩，可是，还是能扬起灿烂的笑容。

“洁姐，宋哥，真巧啊，你们吃过饭了吗？”

轻松的语气，完美的掩饰，不会泄露丝毫的内心情绪。

回答的是许洁："没呢，我们正打算出去吃呢，看到好多人围在这里，就好奇过来看看，没想到竟然是你。"

她眼睛微微一转，就对上了抓着她裤脚的冷星："好可爱的孩子啊！"

看得出来，许洁很喜欢冷星。

叶露微笑着，也向他们介绍了一下冷星大概介绍了一下许洁二人。

许洁顿了一下，伸出纤长的手。她的手很美，白嫩细长，看得出来保养得很好，可是冷星却偏头躲了过去。

许洁尴尬地笑了笑："小孩子怕生呢！"

最后，在冷星的脑袋瓜上轻轻地揉了一把。

冷星抿着唇，面无表情地看着她，可是这并不妨碍许洁的一腔热情。"喂，露露，这么可爱的小孩子你从哪里弄来的？"

"表哥家的！"

许洁盯着冷星，疑惑地低喃："哪个表哥啊？"她怎么不知道哪家亲戚中有这么一个小孩。

叶露领冷星过来，对寝室人的解释就是他是表哥家的孩子，因为她必须要掩瞒她已婚的事实。所以，现在她也只能掩饰一般地回答一声："你不知道的！"

许洁看了她一眼，倒没有再追问，只是欢喜地看着冷星，忍不住又揉了揉他的脑袋瓜。看得出来，她真的对冷星喜爱无比。

"明宋，你看这小孩多可爱啊！"恋爱中的人，看到漂亮的小孩，自然而然会想到将来自己也会拥有的小孩，因此，更平添几分喜爱。

可是，张明宋的眼神，显然没有落在又酷又可爱的冷星身上，反而专注地落在了叶露的手上。叶露的手，没什么特别的，纤细小巧，很普通，但是在左手的无名指上，那个本应该空无一物的地方，却突兀地多了一个东西，这个东西，让他不自觉地皱起了眉头。

他没有回答许洁的提问，反而突兀地询问："怎么突然想到戴戒指了？"

声音有些紧绷，宛如一根快要拉断的弦！

叶露讶异，顺着他的眼神，就看到了自己手指上的结婚钻戒，那是婚礼上冷阳给她戴上的。张明宋此刻的表情，有些微妙，她看得不太透，只是莫名的有些心虚，还有些紧张："这……这是戴着玩的！"

温笑听了，看了一眼神情略微松动的张明宋，没忍住心里对他的怨气，不由地冷声嘲弄："想男人了呗！露露都这么大了，也该找个男朋友了！"

她心里就是恼这个张明宋，如果对露露没有意思，当时就不该对她那么温柔。他当时的嘘寒问暖、殷勤不断，是个人都会误会！就算是受自己的女朋友所托，也不该一声不响地那么对一个人那么好！

现在，他这么问，又是什么意思？！他是个聪明人，难道还不知道当断则断？！难道还不知道藕断丝连最是伤人？！

张明宋的表情，一下子就僵硬了起来，看着叶露无名指上的戒指的眼神，有些锐利。

气氛一下子就沉闷了，并且还有些诡异。

许洁的脸色也变得有些不好看，但是她很快就恢复如常。笑笑着站了起来，拽了拽张明宋的衣袖，轻笑着说："明宋，走吧，饿死我了！"

俏生生的语气，让张明宋的表情显得不那么僵硬了，他轻轻地点了点头。许洁出声跟叶露告辞，张明宋也冲叶露点了点头，两人才离开。

温笑忍不住地翻了翻白眼，巴不得两人就此消失，从此不在叶露的面前出现。

叶露在心里微微一叹，摇头，苦笑一闪即逝。

几人收拾一番，去学校外面的小饭馆吃了一顿，算是小小的庆贺。然后，叶露带着冷星回了寝室，睡个下午觉，小孩子不能累着了。

为照顾冷星，叶露跟下铺的李燕换了位置，她睡到了下铺。在招呼冷星上床跟她一起睡的时候，冷星都快要惊呆了，然后手脚并用，笨拙地爬上了床，快速地窝在了她的怀里。

大眼睛贪婪地注视着她，不舍得合上。

"怎么，不困吗？"叶露柔声问他，轻轻地将他额前的细发捋开。

冷星轻轻地摇了摇头，他怎么好意思告诉她，他是不舍得睡觉，露露在陪他睡觉哎，他怎么睡得着？！长这么大，一直都是他自己一个人在睡觉，他多么想跟妈妈一起睡，躺在妈妈温暖的怀抱里，可是——妈妈肯定不会允许的！

他的心里难过了起来。

但下一秒，额头前温柔的吻，就这样拂去了心里的难受。

"快睡吧，下午还要带你去玩呢！"耳边是她温柔的声音，抬眼是她温柔的笑靥，他眨了眨眼，甜甜地"嗯"了一声，闭上了眼。

她伸手，轻轻地拍打着他的后背，轻哄着他。

他微微挪了脑袋瓜，窝在她的肩窝处，呼吸间都是她甜甜的香味，小心翼翼又有些贪婪地闻着，眼睛，偷偷地睁开了一条缝……

不舍得，真的不舍得——

露露在陪他睡觉呢，他才不要睡觉呢，他要把这个好好地记下来，一辈子都不要忘掉！

偷偷地伸出小手，抓住她垂落下来的黑发，长长的、软软的，白嫩的小指头轻轻地勾着，慢慢地纠缠，松开了，又缠上，来回之间，被缠上的却是他的心。

妈妈！

在心底深处，他偷偷地喊了一声，幸福，像是狂潮一般，迅速地淹没了他！

妈妈！

妈妈！

他无声地在心底又唤了几声，轻轻地抬头看她，将那张温和的脸蛋收入眼底，他才略微有些满足地缩回脑袋，窝在她怀里，拽着黑发，小心翼翼地把玩着……

下午，叶露带他去买玩具。公交车上，因为他年龄小，好心人给他让座，这样的体验让他觉得惊奇。虽然听从叶露的吩咐，乖乖地跟那个让座的人道谢，但他非得要把这个座位让给叶露。

“露露，你坐，我不坐！”小家伙很固执地看着她，那份坚持让她高兴又无奈，更觉得贴心，最后拗不过他，只好抱着他坐下，让他坐到她的膝盖上，小家伙才作罢。

买了孩童的书包，是为了让他出行的时候，好带一些自己喜欢的东西；又买了一个漂亮的存钱罐，带着小钥匙，那是给他放钱用的。这些钱，自然是他卖了拼图得来的辛辛苦苦的血汗钱。然后，又按照他的喜好，买了一些玩具。

小家伙很兴奋，也很开心，一路笑个不停。

最后两人双双看中了一对熊玩偶，一大一小，大的是熊妈妈，小的是熊宝宝，小家伙突然来了聪明劲，提议要自己出钱买，熊宝宝送给她，熊妈妈给自己。

稚嫩的语调，在那很严肃地发表自己的见解：“露露看了熊宝宝就能想起我，所以熊宝宝要给露露；我看见熊妈妈就会想起露露，所以熊妈妈要给我。我不在露露身边的时候，熊宝宝就是我；露露不在我身边的时候，熊妈妈就是露露！这样，我们就会永远在一起的。”

小家伙说得煞有介事，她自然不会拂逆。于是，星星头一次用自己赚来的钱，买下了这个礼物。

短短的小胳膊，抱着和他一般大的熊妈妈，几乎马上要把他给淹没，可是他却咧着嘴，开心地抱着，笑得满足。

天色逐渐发暗，叶露带他回家。走了一下午，加上中午又没睡觉，他疲惫地趴在她身上打起了瞌睡，没过多久，就陷入了甜美的梦乡。最后到了的时候，她不忍吵他，抱着他出了车门。司机小王在后面拎着大大小小的礼物。

此时，碰到冷阳，不在她的意料之中。

不过看他西装革履，行色匆匆，似乎正要打算出去，这让她松了一口气。

他看见她，却直直朝她走了过来。

她突然想起了那个醉酒的晚上，他丢下的冷冷的警告，说等她醒了有她好看，心不由地有些慌乱，只好站在那，强装镇定地看着他。

他越走近，她越能感觉到他的面色不豫！

不会吧，这男人真的这么小肚鸡肠？

她又是腹诽不屑，又是胆战心惊。

“你的戒指呢？”他冷冷地开口，声音听着似乎不快，双眼犀利地盯着她的纤手。

她愣了一下，戒指？！怎么又是戒指？！

她低下头看了眼自己的左手无名指，又抬头看了眼他，可以肯定，他问的的确是应该在她左手无名指上的戒指！那中午还在她手上的戒指，此刻已经消失不见！

不等她回答，他就沉下了脸，冰色的眸里起了山雨：“你就这么想恢复单身？！”

她摇了摇头，微微转了转手势，困难地单手抱起了冷星，空出一只手，把自己脖子上的黑绳拉了出来，黑绳的末端，钻戒正乖巧地挂着，散发着晶亮的光芒！

中午回寝室之后，她就把戒指摘了下来，串了黑绳，挂在了脖子上，目的是为了躲开扰人的猜忌——有来自同学的，也有……来自那个人的。

冷阳挑了挑眉，并没有因为看见钻戒还在而脸色好转。

他冷冷地哼了一声，长手一伸，就捏住了她的下巴。温暖的天气，她却感觉到他的手，好冰，一如他这个人！

“女人，别想从我身边逃开，否则，不是你死，就是我亡！”

阴邪而冷酷的话，像是誓言，又像是毒咒，宛如冰冷的毒蛇一般，慢慢地爬过她的胸口，在那里留下冰冷的麻感！

他俯下头，快速地在她唇上印上一吻，说是吻，倒不如说是盖上印章，宣誓着他独有的印章。所以，在他离开前，他才会在她的唇瓣不留情地啮咬了一下，淡淡的血丝溢出，更是上好的印泥！

他的嘴角上扬了些微的幅度，看着她微微冒血的唇瓣，饱满的幅度，娇艳的血红色泽，似乎很满意。可是他身上的寒气，还是一如之前的令人生畏。

“不准把这戒指摘下！”他低沉地命令，声音中带了一股杀气。

他用两手勾起了那条细绳。感觉就只是那么轻轻地一扯，那应该蛮牢固的黑绳就瞬间断开，漂亮晶亮的钻戒，如流星般坠落，但最后却落在了他鬼魅般迅速到位的掌心上。

“伸手！”他命令。

她即刻乖乖伸手，很怕他会再做出什么疯狂的举动。这个冷酷又强悍的英俊男人，就是有这个本事和气势，压得她动弹不得，更让她不得不服从他！

宣示着占有和束缚的钻戒，再一次，经由他的手，套在了她的无名指上。

盯着那颗钻戒，他的眼神一下子有些专注。她大气都不敢出一声，任凭他牵着她的左手瞅着。

冷星在她肩头微微地挪了挪脑袋瓜，她的右手累得无法再支撑小孩的体重，只能无奈地抽回了左手，搭在了冷星的后背上。

他冷冷地瞧了她一眼，快速离开，一如她刚开始的料想，但是她却吓得一时间走不动路。

他刚才的不是你死就是我亡的警告在她脑中回想，浓浓的惧意，开始在心底泛滥。难道……他的那两个前妻，都……都是因为这个原因，才……才死的吗？

帅子说，凤组的凤影，只能被龙主，也就是被他裁决。难道，他的那两个前妻的死，跟他有关？

这种猜想，让她的脸色立刻发白，惧意再度升腾！

等冷星起来，陪他吃了饭，她带着些微不安和浓浓的疑惑离开了冷宅，迷茫和害怕的状态一如她第一次离开冷宅一般！

车上，接了一个电话，是来自张明宋的。她接起来的时候，有些心慌意乱。

“喂？”

“露露！”那边张明宋轻轻地唤了一声。

“宋哥！”她尽量装作无事一般，轻轻地回他。

他欲言又止，她沉默地等待，周遭的境遇让她难以挑动开朗的心情鼓励他开口。

他终于开口，似乎带了试探：“露露，你……你想交男朋友了？”

她愣了一下，他打电话来，就是为了问这个？

她一下子又不知道该如何回答，明明该快速地否决，可是——还是在沉默！

对他，她还是做不到云淡风轻，可能这样的沉默，赌气的成分有一些吧！

他的声音听着变得紧绷了：“露露，你不会真的想交男朋友吧？还是，你……你已经交了？”

她微微叹气，猜不透他为什么对这个问题如何执着，不过，她还是摇头，轻声回他：“没，没有！”

她很明显地听到电话的那头，他长长地舒了一口气。

这又是她不能理解的了。

他的语气一下子变得轻快了起来：“露露，要我说啊，你们学校的那些男生，可真的不怎么样，要找啊，也得找我们学校的。我说啊，你要真的想找了，告诉哥一声，哥帮你，保准给你找一个好的！”

“不了，我现在还不想呢！”不是她不想，而是她根本就不能想，因为，她已经被某人给绑死了，就在今天，他再度为她套上戒指的刹那，她又有了这个深刻的认知。

他在那头低笑，笑声说不出的畅快：“也对，露露还小呢，也别这么急着找男朋友。”

她却想到他刚上大学就跟许洁拍拖，而她现在已经大二了，不算小了吧！

她摇了摇头，暗笑自己在想什么呢！

“宋哥，还有事吗？”

“没了，呃……我就是想到了中午温笑的话，就来问问看！”

“笑笑在说笑呢，你别当真。”

“嗯。”

“那我挂了！”

“等等！”他急急地唤了一声，却又似乎无话可说，半晌，低笑着跟她道了一声晚安，温柔至极，撩人心扉。

她恍惚了一下，讷讷地回了一声“晚安”，急急地挂了电话。

捧着手机坐了一会儿，耐不住胸口的憋闷，打开了车窗，冷空气猛然从车外灌了进来，这才让她好受了一些。

泛起了涟漪的心绪，也慢慢地在冷风中抚平，她的心绪转到了冷阳的话上，开始对他的前两位妻子的死因，猜测了起来。

等司机小王把她送到了学校，开车走了，她立刻拿出手机，拨给左翼。

“喂，左翼，能告诉我冷阳的那两位前妻为什么死的吗？”

左翼气死人的话冷淡地传过来：“你现在还没资格！”

又是没资格！

心头无名火顿起，她觉得自己这个凤影做得着实窝囊无比！

“麻烦将我有资格办理的事情告诉我，你上次答应我的。”

左翼在那边打了一个大大的哈欠：“抱歉啊，太琐碎了，我一时还真的写不全，你有事，就打电话问我好了，能办不能办，你一问就知。”

叶露在那头气得咬牙，转念一想，火气也就慢慢地消了下去。

算了，她这个凤影也是莫名其妙得来的，本来就不该是她的东西，她又何必如此斤斤计较、事事依赖呢？又何必因为左翼的不配合而愤怒不已呢？

如果把左翼想成是一个免费服务热线，可能更好吧。能够得到问题的答案，她该觉得庆幸；如果没有得到，也没什么好生气的，因为本来就是不劳而获的嘛！

于是，她淡淡一笑："打扰你了，不好意思，我挂了！"

"等等！"那边左翼悠悠然地拖住了她，"我虽然不能告诉你前两任凤影的死因，但是，我可以告诉你另外一个消息，相信会对你有用！"

她怎么突然这么好心了？叶露疑惑地听着，却在听到她传来的话的时候，猛然瞪大了眼睛。

"冷星，不是冷阳的孩子，是他第一个老婆跟别的男人生的，也就是说，他——是个野种！"

左翼说这话，绝对是带着故意的恶意，因为在她讲完之后，叶露很清楚地听到了她在挂电话之前那低低的带着恶意的笑声。

她没有力气跟她计较这些，因为，她已经完全被这个额外的消息给吓到了！

星星……竟然，竟然不是冷阳的孩子？！

那么可爱的他，竟然，竟然会被叫作"野种"？！

她的脑子一下子就乱了起来，却不知道今后又该如何对待他了。

而冷宅的冷星，此刻正宝贝地抱着熊妈妈在那傻笑，不停地摆弄着熊妈妈的四肢，不停地玩耍，时而将熊妈妈扑倒在地，时而将脑袋在熊妈妈胸口蹭来蹭去，时而轻柔地抚摸熊妈妈的脸蛋……

不久之后，他突然从床上跳了下来，跑到了拼图屋，打开了灯，有些兴奋地跑到了一张拼图的前面。这张拼图上面披着厚厚的黑帘。他伸手微微用力，把黑帘从拼图上给拽了下来。一刹那，一张美得惊心动魄的拼图，展现在了灯光下。

深灰色的古树，横生一段粗壮结实的树干，一个美得只能用充满仙气来形容的女子，静静地坐在那树干上。

头顶上，一轮圆月，宛如银盘一般地刻在空中，在漫天星辰的掩映下，落下点点朦胧的金辉。

身着素纱的女子，一袭的灰蓝，洁白的皓腕搭在树干上，白皙秀美的双腿自然垂下，清丽脱俗的瓜子脸，缭绕淡淡仙气，在夜色中，全身就像白玉会发光一般。

而她确实会发光，因为，这张拼图是荧光的，灯一灭，即使在全然的黑暗中，你都可以清晰地看清楚拼图上那女子的美丽！

冷星轻轻地抚摸那拼图上的女子，大大的眼珠子蓦然一转，流光四溢。

"露露！"

他傻兮兮地笑了笑，决定要把这张他最喜欢最宝贝的拼图送给他最爱的露露。他想，露露肯定会很喜欢的！

怀着甜笑进入梦乡，尽管今晚又没有安眠曲，但是他也很开心。

早上醒来的时候，他有些焦急。小孩子的心性就是沉不住气，他不时地在拼图面前晃悠，就想着早点把拼图送到叶露的手中，然后想象着她高兴大笑的样子，他就兴奋得直想笑。

等啊，等啊，等过了一个小时……

熬啊，熬啊，又熬过了一个小时……

他托着腮帮子，趴在女神拼图面前，双眉皱成了一座小眉峰，怎么时间过得那么慢啊，好想早一点把拼图送给露露噢。

好不容易熬过了午饭，又好不容易熬完了午觉，他终于熬不住了！

他想到了一个好点子，为此偷乐了一下。

他可以把拼图给露露送过去呀！

这样就又可以见到露露了！

他自得其乐地笑着，却不知道——

风暴，正在悄然地来临……

010

从抽屉里抓了一大把的钞票，冷星知道这红红的纸很有用，可以让他打车去露露的学校。背着她给他买的小书包，拽着拼图，他出发了。

因为他是个野种，在冷宅中，这几乎是一个公开的秘密，所以，他的出走，没有引起任何人的重视！

庆幸的是，他在气喘吁吁地拽着拼图走了一会儿之后，碰见了一辆私家车。车内漂亮的贵妇人邀请他上了车，然后又送他到了叶露的学校，避免了他被人给拐卖的危险，也避免了无良司机见他年幼趁机抢钱的危机。

兴奋地拽着拼图下了私家车，冷星扛着拼图进了学校，没走几步，兴奋的心微微冷却了。

他突然想到，他不知道露露在哪里啊，那又怎样才能把拼图送到露露的手里呢？

低头看着拼图，他犯愁了，漂亮的双眉紧紧皱起。

嘟嘴想了半天，他也只想到了一个地方，那就是学校的食堂。他在那个地方待过一上午，又在食堂里吃了饭，食堂是最让他印象深刻的。虽然叶露带他去过一次她的寝室，可是那如出一辙的寝室大门对他一个才四岁的小孩来说，辨认清楚真的是太困难了，又加上他当时根本就没想过要记寝室号。

他想，他就在卖拼图的那个地方等，肯定能等到露露的，因为露露要吃饭的啊！

他才四岁，又能懂得多少？！只能凭自己的感觉，又拖又扛地拽着拼图往食堂那边走。旁边经过的女生见到可爱的小帅哥，总是难以控制地将目光投射到他身上，最后看他扛着拼图费劲，也好心地过来帮他一起拿。

星星是个要强的小家伙，不会轻易地向别人求助，也不会轻易接受别人的帮助，他只是奶声奶气地告诉那几个女生："姐姐，我要到食堂！"

那几个女生轻笑着，立刻小碎步地走着，带他去了食堂。

见到了熟悉的食堂大门，冷星的眼中闪过亮光，拽着拼图，就站到了当日卖拼图的地方，没忘了对那几个领路的女孩子道了一声谢。他睁着黑溜溜的大眼睛，双眼宛如雷达地扫视着经过的人。

太阳懒洋洋地照射着大地，以天地为熔炉，似乎要将所有的东西都熔化掉，天气沉闷闷的，让人觉得不舒服。

冷星站在那，一张小脸被太阳晒得通红，可是还是抿着唇，酷酷地打量着来往的三三两两的行人。在他孩子般的认知力，总觉得，叶露会突然在他的眼前出现，她肯定会从他眼前经过的。

经过的学生，会好奇地看看他，有些也会忍不住地因为他的帅气和可爱多瞅几眼，但是终究各有各的事情，也就匆匆而过了。校园里有个附属的幼稚园，所以在校园里看见这样落单的小孩，并不是什么稀奇的事情，大家只当家长在附近呢！

几只燕子低空飞过，在略微有些暗淡的阳光下掠过淡淡的阴影，密密的细汗，从冷星光洁的额头滑落。空气有些闷热，他伸出小胳膊，轻轻地擦了擦额头的细汗，来回打量行人的双眼更显得焦灼了。

露露，露露……

他在心底默默地呐喊，瘦小的脸庞，在灼人的阳光下看着越来越红。

阴云，在天空快速移动，顷刻间，遮住了烈日，又在短时间内，嚣张地扩张着自己的领地，誓要将这一片蓝天给收到自己的脚下。地面，狂风大作，树木在寒风中战栗，随后无奈地任凭狂风摧折自己的腰肢，笨拙地随风剧烈摆动。地面上白色的碎纸片，无力地随风起舞，不间断地在冷星的眼前飘过……

山雨欲来的态势，让悠闲地行走的学生纷纷加快了步伐，快速地往寝室或者教室跑去。

冷星眯眼，被狂风带起的灰尘在他的眼角肆虐，让他不得不眯上眼来抵御。他紧紧地抿唇，小手更是死死地拽紧了拼图，小身板挺了挺，固执地在寒风中挺立，宛如一个有钢铁般毅力的战士！

只是，大雨无情地砸了下来，每一滴，至少都有黄豆般大小，砸在身上，都是生生的疼。学生们低呼、惊叫，乱成一片，食堂门口，很快就聚集了一堆人，然后，大家很快就注意到了这个雨中小小的他！

那拼命砸下的大雨，少了那份旖旎的风情，而被大雨浇盖的那个孩子，看着太令人不忍！

“小弟弟，快过来啊，下大雨了啊！”心软的女生焦急地冲冷星大喊。

冷星固执地摇了摇头，尽管雨滴砸在身上很痛，可是他还是没动，他要等露露，他不能走的，他要把拼图送给露露，他不能走的。

大家在那拼命地叫唤，可是冷星只是伸出小胳膊擦了擦脸上的雨滴，连带不小心从眼眶里冒出来的泪水，然后睁大眼睛，继续在雨中等待着。

他知道，大家都不喜欢他。

他知道，自己是多余的。

可是，只有露露，只有露露对他最好了！

可是……

小孩子的心，再坚强，又能坚强到哪里去？！

又累又困，扛着拼图来到了学校，又在这里站了有三个多小时的他，经历了烈日，又经历了狂风，现在又被大雨不留情地砸着，他怎么可能不伤心！

他想要露露，想要她温暖的怀抱，想她紧紧地将他抱在怀里！

可是……呜呜……他找不到露露了……

呜呜……露露……你在哪里……呜呜……你怎么不出来啊……呜呜……

冷星一边想着，一边哭着，在脸上坠落的，到底是雨，还是眼泪，已经分不清了！

一个站在食堂大厅里等待雨停的女生爆发了，猛地冲入了雨中。另外几个女生见状，也从候在大厅中的人群里冲了出来。几个人一起努力，不管冷星的挣扎，愣是合力将他抱了起来，抱到了大厅内。

一个女生伸手，小心翼翼地将冷星脸上的雨水擦去，心疼地问：“小弟弟，怎么一个人呢？你的爸爸妈妈呢？”

冷星摇了摇头，想到了爸爸妈妈这两个称谓，忍不住开始伤心。他没有爸爸妈妈，呜呜……他没有爸爸妈妈！

他狠狠地擦了擦眼眶，哽咽地抽噎：“我要露露，我要找露露……”

露露？

围着他的几个女生面面相觑，露露，谁啊？

大家纷纷摇头，显然都不知道露露到底是谁。

“喂！”挨着冷星的女生猛地抬头冲周围大喊，“你们谁知道露露吗？你们谁认识这个小孩啊？大家帮帮忙，行行好，帮帮这个小弟弟吧！”

看到瘦弱的脸庞那难以掩饰的脆弱，将要坠落的眼泪就在眼里噙着，这样的表情，有几个人能不动容？！尤其还是这么小小的孩子！

露露的名字，立刻从大家的嘴边流过，众人交头接耳，互相打听。

几个声音在人群中拔高：“这个小弟弟不是那天卖拼图的那个小弟弟嘛，他那天不是跟几个女孩子在一起的吗？那几个女孩子应该知道他的爸爸妈妈的吧？！”

冷星迅速地抬起了脑袋，眼眶中的眼泪耐不住这剧烈的摇晃，从他的眼角飞溅而出，他希冀地看着说话的那个女孩。

人群中又冒出了一个声音：“别急，我知道其中一个女孩，我这就打电话！”

过了好长一会儿，在那个女孩子打了好几个电话之后，她猛然叫了出来：“露露？你就是露露！”

众人的心一提！

“那天跟你一起卖拼图的那个小孩现在正在食堂大厅里呢，他被大雨淋湿了，你能过来吗？还有，麻烦你能通知他的爸爸妈妈吗？”

叶露是从寝室李燕那接过来的电话，正奇怪是谁找她呢，听到这话，惊得差点要跳起来，急急忙忙地从椅子上站起，连鞋子都没顾得上穿，就匆忙地拖着拖鞋飞速往外跑：“你等等，我马上过去，你等我一下！”

温笑在她身后大叫：“露露，雨伞，雨伞！……”

叶露哪里顾得了这些，温笑只能匆忙地翻找雨伞，跟在叶露的身后跑出去。

食堂这边女孩子放下了电话，冲着冷星笑了一下，安慰他：“露露马上就过来，你再等等，别急！”

冷星点了点头，擦了擦眼角，将脸上乱七八糟的眼泪一一擦去，冲着那个女孩子轻轻地道了一声谢：“谢谢姐姐！”

围观的人群，不由得松了一口气，原来不知不觉中，大家的心思都围着他打转了！

“星星！”冒雨跑来的叶露，急得都快要冒火了，在看到那个一身湿的星星时，心里一痛，忍不住伤心地一叫！

“露露！”冷星扯开嗓子大喊，拖着拼图，笨拙地要跑过来。

叶露快跑，没几下就来到了他的身边，屈膝，半跪在他的身前。她焦急地上下打量着他：“星星，你怎么来了？！”

冷星抿了抿唇，看着叶露那掩饰不住焦急的脸庞，宛如小鹿一般温润的眼眸闪了闪，慢慢地低下头，瘦小的胳膊微微一拽，拉了拉拖在地上的拼图，讨好地扬起了一个宛如小花一般的娇弱笑容："露露，这个给你！"

"你——"

叶露没有看拼图，因为她已经察觉到了，他微微发红的眼角，不太正常，难道——他哭了？！

旁边的一个小女生接嘴，带着怜惜："小弟弟这么小，怎么可以让他一个人出来呢？要是不小心出了事，那可怎么办才好？"

"是啊……"周围有人凑嘴。"孩子这么小，怎么能放心让他一个人呢？他在外面站了好几个小时，又是刮风又是下雨的，怎么都没有人管管？这孩子的父母下次可真得要注意了，孩子还小，不能这么折磨的！"

"对啊，刚才雨下得那么大，要不是我们，小弟弟还得淋雨呢，孩子的父母真的是太失职了……"

……

你一言、我一语，一句句，宛如匕首滑过叶露的心口，让她钝痛！

看着小小的星星，瘦弱的脸庞，苍白得可怜，就连那可爱的红唇此刻都失去了那份红润，散发着暗淡的光泽。湿漉漉的衣服可怜巴巴地黏在他瘦弱的身躯上，就像是娇艳的花朵经历了暴风雨一般的破落、衰败！

终于看见他手里拽着的东西，那大大的拼图上，带着平静面容的少女，安详地坐在那灰黑色的树干上，漆黑的夜幕中，皎洁的月光挥洒而下，映照少女那晶莹如玉的脸庞，宁静而美丽。此刻雷声隆隆，雨声哗哗，他短短的手指使劲拽着的画，不啻是在反衬着他全然的真挚，和她无心的残忍！

浑圆的泪珠，承受不住那份心痛，从她的眼中慢慢地溢出！

冷星见状，已经发红的眼眶更红了，脆弱的泪珠在眼眶里打滚。他战战兢兢地询问："你……你不喜欢吗？"

他害怕地看着她，揪紧了手中拼图相框的一角，脆弱的眼泪似乎只要她的一声拒绝，就会从眼眶中滑落。

她开口，声音在哽咽中凋零："喜欢……太喜欢了……"

她一把将他拽进了怀里，紧紧抱住，滚烫的眼泪成串地在她脸上横行："星星，对不起，对不起，对不起……"

对不起，她不知道他会来；对不起，她没有好好地照顾他；对不起，因为她，而伤害了他……

太多的对不起！

怎么可以？

她怎么可以伤害了他？！

哭声也会感染，冷星强自压抑的泪珠，也流出了眼眶，听着她暖暖的道歉，他的委屈，又重新上了心头。

站了三个多小时，期待，失望；重新期待，重新失望；再度期待，再度失望……在期待与失望中来回地折磨，心里好难过，好难过；好伤心，好伤心……

露露，只有露露对他那么好过的，她对他好，他也要对她好，可是，呜呜……露露都不过来，他等了好久，她都不过来……

呜呜……他好怕的，好怕的——

怕她不要他！

怕她也会像前两个妈妈一样，高兴了逗他一下；不高兴了，就把他撇在一边，不理不睬，当他不存在。

他怕他又会变成一个人了，孤零零的一个人！

他要露露，他不要露露不理他！

他等了好久，好久，终于等来了一个对他好的人……

“露露，呜呜……不要不理我……呜呜……我会很乖很乖的……我会听你的话的……呜呜……露露……”

稚嫩的语言，如此的笨拙，却又如此真挚！

他紧紧地拽着她胸前的衣襟，不愿意放开，哭声越来越大，越来越伤心，这一哭，似乎要把前四年的委屈统统都哭出来一般！

抱着他的叶露，心都快要碎了，忍不住放声痛哭，也不管周围围着一大堆的人。

“星星……我的小星星，对不起，对不起，露露下次绝对不会让你一个人了，呜呜……星星，对不起，你要原谅我，对不起，呜呜……”

周围本来对叶露有些怨言的同学一看这两人哭得那么伤心，什么话都说不出来，容易被感动的，已经不自觉地红了眼眶。温笑等叶露的同寝室的人也都撑着伞赶来了，看着一大一小哭得这么伤心，心里也疼得厉害。

寝室老大李珍抽了抽鼻子，走了过来，微微弯下腰，拍了拍叶露的肩膀：“露露，别哭了，星星的衣裳都湿透了，你赶紧带他回去换件衣服，可别感冒了！”

叶露轻轻应了一声，勉强止了哭声，伸手，胡乱地抹了抹脸上的泪珠，含着又从眼中冒出的眼泪，轻轻地抱起了冷星。

冷星抽噎着，从她怀里抬起了头，静静地看着她，大大的黑眸下还挂着两行眼泪，盛在白嫩如玉的脸上，那样子，又无辜、又可怜、又委屈！

“我带你回寝室，你的衣服湿了，会感冒的！”她带着哭音沙哑地解释，又抹了抹眼角的泪水。

冷星点了点头，哭声变小了，乖巧地压抑着，小小声地抽泣着，同时伸出白嫩的小胳膊，笨拙地擦拭眼角。

匆匆抱着冷星回了寝室，叶露快速翻出自己夏天的短T恤、短裤，给冷星换上，套在了他的身上。短裤倒是可以当作小孩儿的长裤来处理，只是T恤还是有些大了，只能先这样凑合着了。

拿起毛巾，也没顾得上自己的一身湿，叶露轻轻地帮他擦拭湿淋淋的头发。

温笑在一边接手过来，劝她："露露，你先换件衣服吧，我来替星星擦头发！"

叶露冲着温笑感激地笑了笑，起身翻找衣服。

一阵窸窸窣窣中，传来温笑略微疑惑的声音："咦，星星，你的额头好烫呀！"她偏头叫了一声："李珍，你过来帮我看看，是不是我的错觉？！"

寝室老大李珍立刻闻声赶来，凑过额头，贴在了冷星光洁的额头上，继而皱紧了眉头，说："是有些烫！"

叶露已经在冷星的身边蹲下了，一听这话，也凑过脑袋在他额头上探了探。

"星星，你发烧了！"她低呼！就说他的脸蛋怎么看起来这么红，原来他发烧了啊！

冷星眨了眨眼睛，她这才注意到，他那一向乌黑黑的眼眸失去了原本的亮色，有些茫然的黯淡。

"不行，我得马上带他去校医那看看！"叶露急忙打开衣柜去拿钱。

"星星，头晕不？"温笑小声地问。

冷星点了点头，对上叶露焦急的目光，轻声补充："头有点痛！"

"马上走！"叶露把钱塞到兜里，不由分说地套上运动鞋，抱起冷星，往校医那走去。一般的大学，都有自己的校医院，叶露的学校也不例外。

怕她一个人照顾不过来冷星，温笑也急忙跟了过去。寝室的其他人也要跟过来，只是快到吃饭的点了，叶露不想耽误她们，嘱咐她们先吃饭去，回头再来换温笑。

到了校医那，量了一下体温，38.3摄氏度。校医说小孩发烧到这样的温度正常，没多大危险，让她带他回去洗洗热水澡就行。她听了心里惴惴不安，询问是否需要打针或者输液，她记得一般发烧好像都得那样。结果却被医生给说了一通，说孩子那么小，能随随便便就打针吗？但是看叶露实在担心，就给她开了一点小儿退烧药，让她回去记得量体温，温度要是高过38.5摄氏度，就喂他吃点药。但最好还是什么药都别吃，对小孩子不好。

叶露连声道谢，温笑跑到学校对面的药店，买了一支体温计，跑了回来，两人急匆匆地抱着烧得脸通红的冷星回了寝室。

把水温调到37摄氏度，把毛巾沾湿，叶露开始给冷星擦身子，温笑在一边帮忙。

为了保持空气的流通，窗户被打开了一半。外面大雨倾盆，湿冷空气在她开窗时迎面扑来，将室内的闷热驱散不少。

李珍等人去吃饭还没有回来，手机响动，叶露急忙拿过来，一看是冷阳，火了！

好好的一个小孩，从家里走了出来，身边竟然连个照顾的人都没有。星星都出来那么长时间了，他这个时候才打来电话，他这算什么？！

“喂！”她没好气地接了电话！

“刚才为什么不接电话？”她没开始指责，他倒是先责怪起她了！她微微一愣，反问：“你刚才给我打电话了？”口气依然不好！

“算了！”他口气淡然，弄得好像是他他大人不计小人过一般，“冷星是不是在你那？”

“是！”她憋着一口气回答，就想看看他还会说什么话！

“我知道了！”然后，他就挂了！

听着电话那头的忙音，她难以置信地睁大双眼瞪着手机，他竟然就这样挂了？！他的儿子离家出走那么长时间，他就简简单单的一声询问，就算完了？！“他好不好啊？他有没有出事？……”这些最基本的询问，总该有的吧？！

他还是不是人了？普通人，就是自己家养的狗狗不见了那么长时间，也会焦急，也会上火的吧？

她恨恨地瞪着手机，巴不得现在就冲到他的面前，狠狠地咬他几口，咬得他呼痛不止，让他也尝尝什么是肉痛的滋味；也恨不得在他心窝上插上一刀，让他也体会体会什么是心口在流血的滋味！

狠狠地把电话拨了回去，一接通，不给他开口的机会，她就骂了起来：“冷阳，有你这样做父亲的吗？你当初既然要了他，就该好好地养他！不管不顾，你当他是什么？是布娃娃吗？我告诉你，他是人，人是有七情六欲的，他会哭、会笑、会痛，也会受到伤害，不是你三言两语就可以随便打发的！星星出来那么长时间，你以为你给我打一个电话，不痛不痒地问一句话就可以了？他现在怎么样，他有没有被人给欺负了，今天还下了大雨，他有没有被雨给淋湿了，他有没有因此生病，这些，你都不问问吗？冷阳，你怎么能心安？你是冷血动物吗？还是你已经不是人了，所以根本就没有了人类的情感？冷阳，你根本就不配做一个父亲，没有一个父亲会对一个孩子那么残忍的！告诉你，我看不起你，我讨厌你！你是个彻头彻尾失职的父亲，身为你的孩子，是世上最不幸的事情！”

噼里啪啦一阵痛骂之后，对方的回应却是讥诮的一声：“骂完了？”

偏于冷质的声音，带着不太在乎的漠然，似乎根本就没把她的愤怒放在眼里。

她为了自己上一刻的歇斯底里感到悲哀，因为他分明就没把她的话放在眼里，她分明就是冲着一块烂木头在说话。

深吸一口气，她高骂一声："去死吧你！"

然后，猛然挂了电话，恶狠狠地将手机摔在了床铺上。

"气死我了，气死我了！"

她气得浑身发抖，她想自己这辈子都没这么生气过，而那个可恶的臭男人，却还是不痛不痒着。

"露露，别生气！"冷星轻轻地唤她，看见她气得一脸通红，尽管全身不舒服，还是皱着眉头劝她，"不要因为我，跟爸爸吵架，不好的。"

露露心中一痛，看着光着身子、露出瘦瘦的小身板、烧得通红的冷星，差点又要哭了。

这么乖巧的星星，他怎么能那么狠心呢？他怎么能舍得不去爱他呢？

长叹一声，在他身边坐下，轻轻地吻了吻他的额头。她笑了笑说："没事的，星星别担心。"

重新拿起毛巾，放入温水中熨热，仔细地给他擦拭着。冷星的眼眸宛如雾蒙着一般，难掩担忧，可是什么都没有说。

擦拭了很多遍，又量了一次体温，温度反而高了，达到了38.6摄氏度。叶露咬唇，赶紧拿出校医开的药，放入温水中化开，喂他喝下，这边继续用温水擦拭。

等了一会儿，再一测，体温还是没下去。

"可能是药效还没开始作用吧？"温笑安慰着说。

叶露点了点头，心里却开始惴惴不安。

又过了一会儿。

"露露，我好难受！"冷星小声地嘟囔着，身子软软地倒了下来，吓了叶露一跳，赶紧伸手将他接了过来，他却好像软体动物一般倒在了她的怀里。

冷星是个要强的小家伙，小病小痛，他要是可以忍耐，一定将嘴巴闭得紧紧的，什么都不说。可是他现在说他难受，那肯定是相当难受了，难受得让他忍受不了，所以只能呼痛了！

赶紧把体温计给他夹在腋窝处，等了一会儿，一看上面的温度显示——39.2！

她的脸色吓白了！

"怎……怎么回事？！"

温笑也跟着白了一张脸。

"星星，星星！"叶露心疼地看着他，心里痛得厉害，眼泪在眼眶里打转。

冷星软软地趴在她的怀里，呼吸急促，一呼一吸间，热气蒸腾，在略微阴冷潮湿的寝室里，她竟然可以看得见白白的哈气。

“笑笑，走，赶紧去看医生！”

着急地拿过一旁的衣服，重新给他穿上，温笑慌张地跟在他们身边撑伞。

倾盆大雨下个不停，砸在雨伞上，可以听到嘈杂的咚咚声，一下一下，宛如惊雷，听得人的心也跟着往下沉。校园的路上到处积满了水，黏湿湿的潮气，将两人淹没，更显得烦躁。

冷星不舒服地直哼哼，眯着眼睛，疲倦地趴着，双手已经无力地垂在了她的胸口，如果没有她伸手扶着他的后背，只怕他都会摔下来。

叶露急得直掉眼泪，半走半跑着，恨不得自己生了一对翅膀，立马就飞到医生面前。

终于来到了校医院，大部分的医生都已经下班走了，只剩下一个医生在那坐急诊。量了一下体温，医生皱眉：“怎么搞的，都烧得这么厉害了，怎么现在才送过来？”

叶露急急解释，她之前是来看过的。

医生“噢”了一声，顿觉得奇怪，按理说温度是能退下去的，怎么又烧起来了呢？！

医生皱紧了眉头：“我看你还是送他到大医院吧，咱们这边校医院也只能看普通的病，尤其小儿科这方面条件根本就不行。你赶紧，现在就走，这要是再烧下去，万一把脑子烧坏了可不好！”

烧……烧坏脑子？！

叶露瞪大了眼，眼泪成串地滑落：“医生，这边不能看吗？我现在送他去医院，路上会不会出事啊？你看，能不能给他打针先压一压啊，这路上万一出个事，这……”

她慌得语无伦次，怀里的冷星，体温越来越高了，脸色潮红，越发令人胆战心惊，仿佛那皮肤表皮下的鲜红色血就要冲破表皮冒出来一般。这么小的生命，就躺在她的怀里，仿佛一掐就会碎掉，她好怕，因为这个小生命是多么的脆弱啊！

她害怕得上下排牙齿开始打架。

医生无可奈何地摇头，也是一脸愁容：“你赶紧走吧，打车去，离这最近的就是一大医院，你先去那家救救急。还有，孩子的父母，你赶紧通知到。”

医生的口气很严肃，情形似乎不太乐观。

事不宜迟，叶露匆忙道谢，抱着冷星走了出来。下楼梯的时候，不可避免地一颠一颠的，“噗噗……”微微发白的苦水，从冷星的嘴角溢了出来，他难过地哭了起来，小小声地呜呜叫着，嘴里开始胡言乱语，听得不大真切。

她伸出一只手，将他嘴角的液体擦去，看着他痛苦哼哼的样子，眼泪吧嗒吧嗒的，一颗颗地掉下。如果可以，她多么想把他的痛苦转移到自己身上！

这么可爱弱小的星星，为什么，要让他受这么大的折磨？！

咬紧牙关，她将哭泣声堵在喉咙里，可是却不能控制那纷纷坠落的泪水。

含泪轻唤着他的名字，一声又一声的“星星，星星……”，就怕他会就此失去意识。

温笑已经跑到了门口，焦急地拦车。可是下雨天，出租车是最难招的，来回的出租车，无一例外的都是载客中！

叶露茫然地睁着泪眼看着毫不留情地还在往地上砸的大雨，忍不住地恸哭出声，巨大的无助，宛如一座山一般压了过来，几乎要把她压垮。

怀里的冷星，看着是那么的小，他是一个多么可爱的小家伙，怎么可以如此可怜地受这个罪？！

天哪，你怎么可以这样残忍？！

温笑也是一边哭着，一边焦急地抬眸四顾，拼命地招呼计程车。

“笑笑，帮我……抱……抱一下！”

温笑不解，可还是伸手将冷星抱了过来。

叶露颤抖地伸手，不稳地从包里拿出了手机，拨了冷阳的号，虽然讨厌他，虽然恨他，可是这个危急的时刻，无助的她，第一个想到的，还是他！

“喂，冷阳，呜呜……”

她话音不稳地哭诉，在他面前无助得像个孩子：“怎么办，星星发高烧了，呜呜……校医说让我送他到医院……呜，可是……可是我打不到出租车……怎么办，呜……冷阳，怎么办……求你，你想想办法……我好怕……我好怕啊……”

“你在哪？”电话那头发出“刺啦”的声音，好像是椅子被人狠狠撞开的声音。

“在我们学校的校医院门口！”

“我马上赶过去！”他冷静地下着命令，不知道对谁说了一声，“散会！”

然后就是络绎不绝的皮鞋踏响的声音。他继续对她说：“你别哭，听好了，打不到出租车，你先坐公交车也行，先去一大医院，那里离你们学校最近。电话一直开着，随时保持联络，我马上过去接你。你别怕，镇定一点，没事的，冷家的孩子没那么脆弱，他不会出事的！”

“嗯。”不知怎么的，平时听起来冷漠无情的让人讨厌得牙痒痒的声音，此刻听起来，竟然奇异地让她慌乱的心平静了下来，心里的害怕也少了不少。他这般的冷静，让她也开始相信——不会出事的，一定不会出事的！

过了两分钟，出租车还是没有拦到，倒是来了一辆去一大医院的公交车。叶露咬牙，抱着冷星，跳上了公交车。

手机一直开着，温笑拿着，不停地向冷阳汇报他们的位置。

下雨天，公交车上挤满了人，车里的空气特别闷、特别潮，这让冷星哭得更加厉害，红着小脸，扭着身子，哑着嗓子，开始胡乱地叫着“爸爸……妈妈……露露……”

听得叶露眼泪狂流，心中绞痛，失去血色的唇瓣咬得面目全非。

众人照顾到叶露怀里的冷星，愣是在拥挤的车厢里给她腾出了一个地方，一位好心的男士更是让出了自己的座位，她感激地流着眼泪冲着众人道谢，然后把全部的心力放在了冷星的身上，柔声安抚。

忽然，公交车猛然刹车、停了下来。身子惯性地前倾让叶露抬起了头。

原来，公交车愣是被迎面而来的几辆黑色轿车给拦阻了下来。

公交车司机开始叫骂，烦躁地狂按了几下喇叭：“妈的！怎么开车的？找死啊！这车里一大车的人，你们没看到啊？！瞎了眼了啊，这么大的车开过来，还敢撞过来……”

下雨天本来就让人心浮气躁，加上还出了这样的乌龙鸟事，让司机破口大骂！

叶露焦急地高高竖起了脖子，她只是希望不要因此耽误公交车继续开，星星还急着上医院呢！

可是偏偏不如她愿，那些黑色轿车不但不走，后面的轿车也开了过来，将公交车给包抄了起来！

她惊得一把从座位上站了起来，看着那嚣张的一辆辆轿车，心里扬起滔天怒火！

他们在干什么？！

他们知不知道他们这么做是在耽误人看病啊？！

救人如救火，他们怎么可以这样嚣张可恶？！

她恨不得立刻手里多出几个炸药包，把那些车全都炸烂！

可是，这样的想法，在看见从某一辆轿车里钻出来的冷阳之后，猛地消失无踪了！

高大的身形，刀刻一般俊美的侧脸，冷酷无情到近似透明的晶亮寒眸，宛如铅线描出来的性感薄唇，还有无形中将一切切割的冷气，最独一无二的他！

她瞪大眼睛，惊愕地看着他迈着长腿，淋着雨，优雅而又不失迅速地朝公交车走来，后面身着西装的小弟打着伞，急急忙忙地跟在他后头，显然跟得有些狼狈。

“开门！”冷阳站在公交车门外，冲着司机冷冷地命令，王者的气势让人觉得他就好像是这车子的主人一般！

司机显然有些被他的气势压倒，可是心里实在窝火。莫名其妙的，他这是遇到什么事情啊，于是把心一横，跟他对着干：“老子就是不开！”

冷阳挑了挑眉，眼中冒过冷光，猛然抬腿，以不可思议的力道猛然冲着车门一踢，踢得公交车都因此震动了一下。同时，车门“磁”的一声，立刻崩开了！

车上的人都被这惊人的一幕给吓住了，脸上宛如见了鬼一般，惊惧地看着他。

冷阳抬脚上车，冷眼一扫，宛如利剑一般的眼神，让大家纷纷闪了闪身子，避开。于是，他就扫到了惊得忍不住抱着孩子站了起来的叶露。

他朝她走近，根本就不用说让开，众人就被他散发的冷冽气势给压倒，自动自发地为他让道。

她怔怔地看着他，看着他宛如天神降临一般，就这样让他笔直地走入她的眼底！

“怎么样了？”他皱着眉头，微微低下头，轻柔地询问，双眼专注地看着躺在叶露怀里的冷星。温柔的语调，还有柔和了不少的俊美侧面，连带骄傲不逊的乌黑短发上沾着的莹莹雨水，都让他整个人带着一股不太真切的柔和仙气，这个样子，跟上一刻的冷面修罗，真的是天差地别！

疯子！

她忍不住地在心底感叹，竟然想到当街拦公交车！可是，她的心却开始不听使唤地怦怦乱跳，竟然觉得这个样子的他，简直帅到惊天动地，并且，还忍不住地感激这个疯子！

至少，她现在没有那么无助了！

他来了，她觉得心安了！

因为公交车刚才急剧地刹车，又是乱哄哄的喇叭响，烧得脑袋有些糊涂的冷星也被狠狠地撞醒了，茫然地睁开了眼，看见了让他又敬又怕的冷阳，顿时觉得精神一振！

“爸爸……”他哑着嗓子，哽咽着唤了一声，这是他平时绝对不敢说的话。他伸出小手，努力去够他。

冷阳神色一凛，伸手，大掌轻轻地包住了那只无力张合着的小手。一颗细小晶莹的泪珠，从星星烧得雾蒙蒙的眼珠中滑下。

“爸爸……”他弱弱地呼唤着，这一声爸爸他是多么的渴望。

冷阳轻轻地伸出手，用一指轻轻地抹去那颗泪珠，面色严肃地对他说道：“记着，你是姓冷的，冷家的小孩，绝对不会被这点小病小痛给打倒！”

冷星的黑眸在刹那间闪烁了一下，亮得天上的星辰都会被他给比下去。

“嗯。”他轻轻地应了一声，又微转了下眼。看见了脸上还挂着眼泪的叶露，他竟然还想着要安慰她：“露露，不哭，不哭，不要哭！”

“嗯！”叶露含泪轻声答应，扬起了笑容给他看。

冷星虽然疲惫，但神情没有那么痛苦了，显然冷阳的到来给了他精神鼓励。

“我来抱吧！”

她讶异，看着冷阳伸过来的双手，不由自主地将冷星交到了他的怀里。

冷阳笨拙地接了过去，看得出来这个习惯了高高在上的男人，面对着娇小的小肉球，不能做到得心应手，笨拙得一如普通的男子。

可是，她却被感动了！

这一刻，不存在什么野种不野种！

她想，她错了！

他不是一个不称职的父亲！

只是不知道什么原因，让他对星星表现得很冷漠。可是，从他快速地赶到她身边，从他焦急地看着他，就知道，他绝对不是一个不称职的父亲。

公交车外，一辆黑色的面包车飞速赶来，到了公交车前，戛然而止，溅起高高的一层水幕。车窗被拉下，一个人探出脑袋，高声叫了起来：“冷哥！”

冷阳闻声抬头，面包车的后门被打开，从上面跳下来一个穿着白大褂的人，看样子是个医生，冲着冷阳挥了挥手。

“下车！”冷阳对叶露说道，抱着冷星率先走开，叶露和温笑立刻跟了过去。一下车，守在一旁的黑衣小弟立刻打开了伞，为冷阳撑着。冷阳特意放慢了步伐，也不管自己的半个肩膀被雨淋着，只是全然地让冷星窝在伞下。

这样的他，如果不是叶露亲眼所见，怎么能相信，那样冷酷的人，也会如此的温柔。

“冷哥！”白衣医生冲着冷阳打了一声招呼。“我给你找了全国小儿科的权威，在车上。”

冷阳点了点头，叶露听得心喜，连忙抱着冷阳上了车，按照那小儿科权威的指示，将冷阳轻轻地放在了车内的简易床铺上。

小儿科权威戴着手套，小心地检查了一番，冲着冷阳点了点头，肯定又自信地说：“冷总放心，你儿子的病包在我身上了。”

叶露激动地看着他，不自觉地揪紧了冷阳的衣袖。冷阳只是淡淡地扫了一眼，没有表现出不耐烦，也没有说什么。

医生从一边的药品柜里拿出了针筒、药剂，调配了一下，给冷星注射。叶露赶紧伸手，轻轻地捂在了冷星的眼睛上。

“别看！”她怕他看了会害怕。

冷星乖乖地没乱动，只是眨了眨眼睛，长长的睫毛在扇动之间可以接触她暖暖的掌心，温暖的感觉让他的心里满满的。

“打了这一针，应该能缓一缓，他应该不会那么难受了，剩下的，等回了医院再说！”

叶露挣扎着向前，凑到冷星的身边，握住了他的小手，轻轻地拽住，低下头，温柔的笑着：“星星，听到了吗？医生伯伯说你会没事的！”

“嗯……”冷星微微扬起了一个笑容。看得出来，他的精神好了一些。

“走吧！”冷阳吩咐，面包车后车门关上，载着他们往医院开去。

大家目瞪口呆地看着黑色轿车一辆一辆地开走，在黑色的雨夜中，一如来时的神秘，不由恍惚地想：这是在拍电影吗？

公交车上又上来了一个身着西装的壮汉，按照冷阳的吩咐善后：“刚才对大家造成了不便，还望见谅。为表示歉意，今天在车上的人，可免费到龙旋饭店就餐一次……”

轰的一声，全车的人都炸开了！

龙旋饭店，可是本市赫赫有名的五星级饭店啊！想去那里就餐，一般可都得提前预订才能订到位置！现在，他们竟然可以免费去那个地方就餐一次。天哪，这是要发了啊！

大家几乎是在惊喜之中，你一言我一嘴地说开了。

那头，冷阳等人到了闲爱医院，即冷家的家族式医院之后，冷星被迅速送入了急诊室。等从急诊室推了出来，已经是下半夜两点多了。叶露欣慰地看到冷星的温度退了下来，现在也就38摄氏度左右，没那么烧了，医生说睡一觉，应该能完全退下来，让她别担心，她忍不住对医生道谢又道谢。

贵宾房内，冷星已经疲倦地眯上了眼，睡了过去。叶露搬来椅子，坐到他的身边，不时地伸手，探一探他的额头。她今天真的是被吓到了，现在还后怕得紧，未完全放下心来。

“去吃饭吧，还没吃吧？”冷阳突然说道。

叶露轻轻地摇了摇脑袋，盯着冷星头也不回地轻声回道：“不想吃，不饿！”

有气无力的语气让冷阳挑了挑眉。他踱步走了过来，伸手，在她惊诧的目光中将大掌贴在了她的额头。

温热的大掌，贴在她的额头，宛如一块热铁，她觉得自己的额头似乎要烧起来了。

“干……干什么？”她有些慌张。

他没感觉到她的额头温度特别高，想来应该没有感冒。

“有没有觉得不舒服？”

她愣愣地摇了摇头，心里暗想，他……他这是在关心她吗？！

可是，他不是一向都冷酷得像个冰块的吗？

“叫外卖吧！”他收回了手，自作主张地替她决定，“怎么说都得吃一点，要不然你挨不过的！”

随后，他派人叫了三份比萨过来。

叶露这才想到温笑也没吃呢，于是回头看着温笑，一脸歉然：“笑笑，对不起，饿了吧？”

温笑嗔怪：“说什么呢！”

说是不饿，不想吃，可是等比萨真的送过来了，闻着香味，叶露咬了几口之后，竟然感觉到了饥肠辘辘，一口一口地咬下去，竟然把整个比萨三下五除二，消灭得一干二净。这一轮风卷残云完全没有应有的矜持。她抬头就看到冷阳眼神有些异样，不由得红了红脸，刚才这么狼吞虎咽，还不如当时就说自己饿了！

看看现在，肯定是要被他笑了。

拿过一旁的果汁，慢慢地用吸管吸着喝，眼珠子没有目的地四下乱转，借此躲开他的目光。偷偷地瞄了他一眼，却捕捉到他眼底一闪而逝的笑意，心里更是大窘！

好丢脸！

夜色已经深了，温笑此刻也回不了学校，所以冷阳安排她在附近的贵宾房将就着住一晚。

等温笑离开，他轻声对叶露说道：“你也去睡吧！”

轻柔的声音，不太符合他平时的一贯形象，她猜想，他此刻褪了一身的锐气，可能是顾虑到躺在床上的冷星。

贵宾房里有两张床铺，一张是给病人的，一张是给病人家属的，冷阳的意思是让叶露到一边的床上躺着。

叶露懒懒地咕哝了一声：“不要！”

“不困？”他疑问。

“不想睡！”

“星星已经没有大碍了，你没必要守着，上床睡吧，我在这看着，有什么事，我叫你！”

他打算为星星守夜？！

她心里又惊讶了一下，为了他刚才的话，心里对他又多了一分好感，也有了些感动。

今天这个冷酷又恶劣的男人，简直就像是换了一个人一般，好得一塌糊涂！

但是，她还是拒绝了。“我放心不下星星，睡也睡不着的，你就让我在这坐着吧。”

他没有说话，似乎算是默认了她的提议。

她把视线掉转到星星的身上，拄着脑袋瓜看着他。病床上，白嫩的脸庞在昏黄的灯光下，看上去白皙剔透，宛如会发光一般。真的是很可爱、很好看呢！

她感觉到他似乎从沙发上站了起来，但是她没回头，依然注视着星星。

然后，她感觉到了他的靠近，一阵轻微到几乎听不见的沙沙声之后，她觉得自己的肩头，沉了一下。

一扭头，她惊诧地看到肩上突然多出来的西装外套，再把视线往上一提，就看到他身上只留了一件白衬衫，不用说，这突然多出来的西装外套本来应该是在他身上的。

她呆呆地微微张开了嘴！

“披上，晚上冷！”

冰冷的唇线微微挪动，吐出来的话，听着带着强硬的命令感，令人不能抗拒，可是她却没有反感，反而觉得心头一暖。

贵宾房内肯定是有空调的，但是照顾到冷星，温度不能打得太高，入了夜，房内的温度是会让人觉得寒冷的。

她的心跳错乱了一个节拍，“你……”

她差点愚蠢地要问“你是不是冷阳”，她所认识的冷阳，怎么可能会是如此温柔的人，就连此刻病房里昏黄的灯光打在他英俊的脸庞上，也让那张一向冷冰冰的脸庞柔和了不少，看上去就像是个温情脉脉的情人！

幸好，她还是有理智的，这样的话到了嘴边一打转，就收了回来，换成了不自在的询问：“你……你不冷吗？”

“我没事！”

淡淡地说完，他走回了沙发边，落座。

伸手，拽了拽搭在肩膀上的西装，她忍不住偷眼瞅他。房间内灯光昏暗，沙发那边更是辨认不清，但还是可以看见他高大的身形，就这么端坐在那的他，宛如一具守护神，让人心安之余，带着浓浓的感激，更有些说不清的敬慕！

她咽了咽口水，想了想，不好意思地咕哝了一声：“对不起啊，那个……下午的时候打电话骂……骂了你，我……我说得有些过分，你……你别太放在心上，我……我道歉，对……对不起！”

他不说话，她心里惴惴不安，小心翼翼地偷窥着他。昏黄的灯光打在他英俊的脸庞上，她看见他弧度优美的双唇，挺直的鼻梁，细如密梳的睫毛下那微微低垂的眼眸，还有放荡不羁垂落下来的几缕刘海，她的呼吸猛然一窒，脑海里猛然窜过一个词——“美人”！

匆忙地收回了视线，她的心跳失去了秩序，狂野地跳动，就好像突然之间犯了心脏病一般！

她偷偷地做深呼吸，调整那蹦跳着像个小顽童的心脏。

那头，清冷的声音传了过来：“我忘了！”

淡淡宛如流水，轻柔宛如细风，不是故作清高，而是真的云淡风轻的释然。

她的心跳，如她所愿地安静了下来，到达了另一个极端——静，在那一刻，心脏似乎停止了跳动，达到了永恒的静谧。

他——真的又让她惊讶了！

这一刻，她莫名地有了自卑感，他就像是高高在上的仙人，站在云层顶端，俯瞰众生，面对她这个俗人的指骂，只会淡然一笑，泯去所有恩仇。她在这羞愧忏悔，自觉对不起人家，可是他早就已经不放在心上，事实的最后，只能是说明是她这个俗人在庸人自扰！

真的是够让人郁闷的自卑感！

她无奈地苦笑了一下，拢了拢搭在肩膀上的西装外套，不经意间的呼吸中，吸入淡淡的麝香味，清爽而又陌生，她后知后觉地发现这香味是来自西装外套上的，拢着西装外套的手立刻像是被火烧到一般，立刻缩了回来。惊觉自己的动作好像有些夸张的剧烈，她又有些窘迫，只能佯装镇定地慢慢地将手放到了病床上，只是不敢再看他。

天亮的时候，冷星的烧完全退了下来，这让她欢喜不已。端着小火熬成的稀粥一勺一勺地喂他喝下，看他的脸蛋一点一点地红润起来，她也不自觉地笑开了嘴。

一夜没睡，意识都有些朦朦胧胧，稍早的时候还好，没觉得怎么样，只是时针转过了9点之后，困意就翻天覆地地压了过来，她困得直打呵欠，怎么都控制不了。不时地眯眼垂下脑袋的样子，就是冷星都看不过去了，皱着眉头，很担忧地问她是不是生病了。

她想，自己最好还是眯眼睡一觉比较好，要不然今天能否支持下来还难说。

她想到旁边的床上趴一趴，但冷星略微红着脸，拍着自己身旁的床铺，口气有些古怪的僵硬：“露露，你……你可以跟我一起睡呀。”

故意装作很随意的建议，却掩饰不了那双大眼睛里流露出的浓浓渴望。

她笑了笑，揉了揉小家伙的脑袋瓜，道了一声谢谢，也就不客气地脱了鞋子上去，将他揽在怀里睡去。

冷星眯眼偷着乐了一下，看着她恬静的睡脸，也小小地呵欠了一声，歪了歪脑袋，缩在了她的脖子旁，睡了过去。

一大一小两个脑袋，紧紧地靠在一起，两张脸庞，不一样的容貌，却是相同的恬静，就连空气，都因为这两张紧挨在一起的安详脸庞而柔和了起来。两人的头发纠缠着，一长一短，却意外的和谐。黑色的长发，披散在枕边，妖冶地绚烂，些微散落在她因为熬夜而有些发白的脸庞上，些微拂过细致白皙的脖颈，流露出一种致命的慵懒、勾人的缠绵来。浅浅的呼吸，鼻翼的轻轻翕合，一大一小共同的一吸一呼，不知不觉间，已然共鸣成了一种旋律，同样微微张开的红唇，露出的是里面小小的一片同样可爱的白，诱人得紧，让人不知不觉地感觉到心动。

冷花、冷玉进入病房，就看到这样一副场景，他们不约而同地同时怔愣了一下，很难描绘那一刻撞入心底的情绪。

等回过神来，两人均是有些不自在，同时因为自身的不自在，也没发觉对方的不自在。

同样属于精英分子的两人，立刻将发生在自己身上的莫名情绪一脚踢走，恢复一个精英该有的精明。

“这个女人倒是有些不一样！”冷玉哼了一声，用惯用的不屑掩饰。

冷花讥诮地看了他一眼：“现在才知道？”

早在婚礼上，她敢给冷哥一个巴掌，他就知道她不一样了。昨天她竟然敢冲着冷哥大声喊“去死吧你”，即使隔着一部手机，参加会议的一干兄弟都能听到她的高喊，而冷哥竟然只是挑了挑眉，最后为了那个一向被漠视得彻底的野种，毫不犹豫地宣布散会，还发动了那么多的人，搞得轰轰烈烈地把人给弄到了这里！如果……昨天待在冷星身边的那个人不是她，冷哥……还会像昨天那样做吗？

看了眼躺在床上的一大一小，冷花心里暗想：以后，可能真的不一样了吧？！

瞅了眼冷玉，见他没有收眼地注视着床上的人，冷花不自觉地皱眉：“走吧，都在睡呢，下次再来吧！”

心里莫名的有些不快，有种自己独享的秘密花园被人给偷窥了的感觉！

冷玉掩饰一般地哼了哼：“都怪你，说要来看看。可现在呢，看吧，白来了！”

他率先迈开了步子走开，经过冷花身边，却强硬地伸手，拽住了他的胳膊：“走了，看什么看！”

第三章

解救 偷子行动

011

叶露在醒来之后，突然想到这里是闲爱医院，也就是说，冷涛也在这间医院住着。记得上次打电话，她还说要去看望他的，这次她人都在这里了，不就很方便了嘛！

正好外出有事的冷阳也回来了，也不用担心星星一个人出什么意外。叶露跟冷阳招呼了一声，吻了吻星星，就去找冷涛了。

想到上一次，帅子被抓的时候，她一个人是多么的无助，而他及时的雪中送炭，是多么的令她感激，哪怕她拒绝了他的好意，可是她仍然对他心存感激，连带救命之恩的那一份！

看见她来了，冷涛没有显得很惊讶，倒是他说出了冷星的事情，让她讶异了一下。她不知道，昨天的事情竟然这么快就传开了，冷涛说冷家人大概都知道了。

冷家人？

好奇一闪而逝，不知道这冷家到底有多少人，她知道的，好像有他，还有……好像是叫冷玉、冷花吧，其他的……

“星星现在没什么事了吧？”冷涛的询问，打断了她的猜想。

她松了一口气般地回道：“没事了，多亏了冷阳，昨天可把我吓坏了！”

她吐了吐舌头，不好意思地笑了笑。他说大家都知道昨天的事情了。她脸红，心想：那么，昨天她哭得上气不接下气的糗样，不知道有没有被大家知道？！

看着她提起冷阳脸上露出的无心笑容，想必昨天他的举动肯定让她颇有好感，冷涛心中略有不快，觉得这笑容有些刺眼。

略微停顿了一下，他看似无意地感慨了一声："露露，冷哥他……也挺不容易的，对冷星，他……哎！"

叶露脸上的笑容凝住，之前对冷阳那么冷漠地对待冷星的恼怨又重上心头，那淡淡欣喜的感激，不自觉地因为冷涛的话，下去了一些。

冷涛眼神闪了闪，继续往下说："你还不知道吧，星星不是冷哥的孩子！"

"我知道！"她低叹一声，有些疲惫地垂下了头，心里的喜悦已经全部消散了。

"噢——"冷涛拉长了声音，"那你应该能理解点冷哥，毕竟这不是自己的孩子，又是自己老婆……呃，第一任老婆背叛他的证据，他之前这样对星星，也是……也算在情理中吧，只是……哎，可怜了星星……"

露露轻轻地握起了拳头，心里有种无奈的悲哀。

"露露，别怨冷哥好吗，他也挺不容易的！"

她微不可见地点了点头，略微有些怔忡的表情，也不知道最后的这句话，她听进去了多少。但是，她因为冷阳而扬起的笑容，此刻已经彻底在她脸上消失，这让冷涛的眼中闪过满意的神色。

静静地打量着她，任她在那思绪起伏，做着他大概可以猜到一些的思想斗争，他心中微微有些快意。

等她抬头，他巧妙地将自己的情绪掩藏，看不出任何的不妥，双眼诚恳地看着她。

叶露欲言又止，看着那张令她莫名信任的面庞，犹豫了一会儿，还是问出了口："你能……告诉我星星妈妈的事情吗，呃……就是关于她和冷阳，还有星星的。"

冷涛迟疑了一下，脸上露出了为难之色："露露，冷哥的事，你想要知道，最好……还是去问冷哥比较好。你要知道，有些事，外人是不可以随便说的。"

"这样啊……"对于这样的回答，她大概也可以猜到，只是对于他的只字不提，她心里有了说不出来的淡淡失落，还以为能从他这得到一些信息呢！

看到她略微有些失望的表情，冷涛眯了眯眼叫道："露露！"

"嗯？"她抬头，冲他微微一笑。这个人对她的恩惠，让她充满了对他的好感，哪怕她刚才有些微的失落，但是面对他，还是不由自主地觉得心情良好。

"你相信一见钟情吗？"他问的很突兀。

她愣了一下，很难相信一个男士会问她这样一个问题，总以为这样的问题会是小女生才会问的呢！

她微微红了脸，轻轻地点了点头，有些不好意思。

他笑了，只是嘴角轻轻一勾，但是此刻的魅力真是无人可挡，那是一个成熟男人的特有魅力！他轻柔地往下说，声音蛊惑得宛如精灵在吟唱：“在一个下雨天，我对路边的一个女孩一见钟情，然后不能自拔地陷了进去。露露，你说，那个女孩会答应我的追求吗？会相信我对她一见钟情的说法吗？”

叶露的脑袋猛然轰响了一声，心脏开始不听话地狂跳，好像要从心窝里蹦出来一般，她吓得立刻伸手，掩住了微微张开的嘴巴，很怕心脏就此真的从心窝里跳出。

她这才注意到，他看着她的眼神，是那么的温柔，令她想到了一个词——柔情似水！

她呆立在那！

他带着浅笑，近似宠溺地看着她，这样的表情，出现在这样一个英俊、沉稳、自信，女人见了想嫁给他，男人见了想跟随他的人身上，让她的心跳几乎是一路飙升了起来！

下雨天……路边的女孩……

难道是她过于自恋，竟然想到那个女孩可能是自己？！

不……不会的！不会的！不会的！……

她轻轻地晃了晃脑袋，觉得自己简直是异想天开了，他……他怎么可能会看上她？！

可是，随着她的摇头，她分明看见，他嘴角边的笑容，慢慢地收敛了起来，眼中的那份希冀的光彩，也慢慢地黯淡了起来。

“原来……你不信！”他低叹，声音也显得落寞了起来。

她焦急地摆手，也不知道自己心慌个什么劲，连带说话都结结巴巴的了：“不……不是的，那……那个，我……我相信，真……真的，我相信一……一见钟情，真的，不骗你……”

“可你还没告诉我，我若向那个女孩告白，她会不会答应我的追求。”他步步进逼，眼神犀利得紧！

她的大脑又轰然了一下，心里突了突，在他的注视下，只觉得头皮发麻，脸上发烧，大脑发热，额头发汗，只好无助地垂下了头，模棱两可地回答：“这……这我也不知道，得……得问那个女孩子吧！”

他紧紧地抿起了唇瓣。

她觉得自己似乎有些呼吸不过来了，特别想冲出这个房间到外面呼吸一下新鲜空气。“那个……我……我还有事，我……我先走了！”

拙劣的谎言，配合她此刻的表情，旁人一听就知道是个借口，可是她已经没有心力去在意自己在他眼中是个什么样子，他心里又对她是如何想的。她只是匆匆地迈开腿，宛如后面有猛兽追着她一般，急速往外走。

“露露！”他叫住了她，声音低沉，带着一股说不出的威严，迫使她不得不停下脚步。

“那天的果汁，真的很好喝！”语调一别上一刻沉声的呼唤，轻柔得宛如友人之间的闲话家常，可是，就是这简简单的一句，让她的心彻底乱了起来！

他在提醒她，是不是？

提醒她那个下雨的下午，是他突然出声让在路边避雨的她上了他的车子，提醒她是她送给他一瓶果汁作为谢礼。

她连自欺欺人的机会都没有，那个让他一见钟情的女孩，好像就是她了！

这一刹那，她没有感觉到浓浓的幸福，也没感觉到巨大的庆幸，反而——落荒而逃！

叶露心慌意乱地步入病房，面对冷阳，僵硬地笑了一笑，自己都知道自己此刻笑得是多么勉强，更不用说看见这样的笑容的冷阳会怎么想。

但是，她心里乱乱的，顾不了那么多了。

重新在病床边坐下，摸了摸冷星的小脑袋瓜，小家伙冲着她甜甜一笑，她轻声问了他几句，随后沉默居多，并且开始不自觉地频频走神。

冷阳虽然神色没大的改变，但是单是那越发抿紧的唇角，就可以看得出他的不快。

他莫测高深地盯着她，一丝不漏地将她的表情收入眼底：晦暗的脸色，没有了走之前看起来开朗的笑容，反而心事重重。她在想什么？她因为什么变成了这个样子？在冷涛的病房，她到底经历了什么？就连对他的微笑，都变得勉强了。

冷星也注意到了她的异常，不知道该如何开口的他，只能睁着葡萄黑的大眼珠子，难掩担忧地看着她。

她却依然没有察觉，走神得厉害！

冷阳眼神一冷，猛然高喝了一声：“铁四！”

音量大到足以让走神的她回过神来。

她眨了眨眼，不解地看着他。

在门外守候的铁四推门进来，恭敬地唤道：“冷哥！”

“立刻去为星星办理出院手续！”

“是！”铁四领命而去，快得让她措手不及，只不过眨眼间，他就已经走出了房门。等她出声“等等”的时候，铁四已经合门走出一段距离了。

她微微皱眉，觉得有些不妥：“冷阳，现在办理出院是不是太急了，星星的病……”

“他的病已经好了！”冷阳冷冷地接口，“家里有家庭医生，医院又不是什么好地方，在这待着干什么！”

他的口气有淡淡的薄怒，不知道是为了什么。

她一听这样，也觉得没什么好反驳的，确实医院不是一个好地方，一个到处充斥病人的地方，没病也会弄成有病的！

铁四立刻办好了出院手续过来，叶露将冷星身上的住院服脱下，换成了还是她的那一套夏季短裤、短T恤。才住了一天都不到，没添什么东西，几乎是怎么样来的，又是怎么样走。

她伸手，习惯地要抱他，冷星蹒跚着，瘦小的身子眼看着要扑入她的怀里，但旁边却猛地插入了一道冰冷的声音。

“让他自己走！”叶露的手一顿，微微扭过头，讶异地看着冷阳，他又恢复一脸的冰冷，面无表情像个黑手党教父，她不自觉地畏惧重上心头。那个令人望而生畏的冷阳，好像又回来了。

她鼓起勇气解释，不知道自己的气势已经大大地差了他一截：“星星的病才有所好转，身子正虚着呢，还是我抱着他吧！”

“冷家的孩子，没有那么脆弱！”毫不客气地否决，冷漠得宛如冷血动物。

冷星看了看寒着脸的冷阳，又看了看有些尴尬的叶露，伸手，轻轻地拽了拽叶露的衣袖，软软地说：“露露，我自己走，我可以的！”

倔强的眼神，严肃的表情，坚毅得像个小勇士，更像是一个为家族荣誉而战的小斗士！

叶露看了眼冷阳，又看了眼表现得很坚强的冷星，想了想，轻轻地点了点头，但是又担心地说：“星星要是累了，要告诉我噢！我宁可变成害得星星脆弱的罪魁祸首，也不想让星星累到！”

冷星的嘴角，小小地上扬了一下，嘴角边的肌肉轻轻地扯了一下，是没开花的微笑。

她伸手，抱着他下了床，拉起了他的一只小手，牵着走。

冷阳双眼宛如冰冷的玻璃珠，毫无感情地漠然注视着两人在前面走着。

高烧过后，体质虚弱，真的是一个不争的事实。冷星已经很坚强了，用着小短腿，顽强地迈步往前走，但是他原本走路就有些不稳，现在脚步虚浮地踩着，更是走得令人胆战心惊的，总觉得他似乎下一步就要摔倒一般。若是没有叶露牵着他，只怕他早早就要摔了。

看着这样的他，叶露的唇瓣，抿得越来越紧，觉得冷阳的要求有些残酷，一个才四岁的小孩，干吗要用冷家的条条框框来束缚他？！

在她的怒气一点一点积聚，即将爆发的时候，冷阳却几个大步向前，从后面一把抱起了走得摇摇欲坠的冷星。

“啊！”冷星吓得低呼。

他的小手现在正在被露露握着，除了露露，没有人会抱他的，那么，现在是谁抱起了他？！

冷阳手一转，使得冷星面对着他，抱住。淡漠得宛如无机质一般的声音荡开：“冷家的孩子遇事必须沉着冷静，不能动不动就大惊小怪的，你刚才的表现，让我很不满意！记住了，没有下次！”

淡漠的表情，无波无纹，天衣无缝，看不出任何可以称作温情的东西，可是就是这样显得很冷酷的他，抱起了冷星。小家伙落在他怀里的时候，哪怕他表现得再怎么冷酷，也只不过是一个看上去很疼爱孩子的父亲而已！

冷星眨了眨眼，小嘴惊诧地张开，那里都可以塞进一个鸡蛋了！

爸爸！

惊叹声在他心底炸开！

爸爸在抱他！

爸爸竟然在抱着他！

叶露愣得都忘了要走路了！

是谁说，冷家的孩子，没有那么脆弱，不准她抱来着？

那么，他现在在做什么？算是自己掌自己的嘴吗？

当然，她不会蠢到拿他刚才说的话来质疑他！

她高兴都来不及呢！

怪人！

她在心里给了他一个定位！

但是，是一个不会令她厌恶的怪人！

那已经积聚的怒气，嗖的一下跑没影了，心里被淡淡的喜悦填充上了。看他抱着星星，她想，这会是一个好的开始！

至于被冷阳给抱在怀里的星星，则僵硬得像个木头人，双手傻傻地举着，不知道该怎么放，也不知道应该放到哪里。

这样甜蜜的经历，真的来临了，大概让他有些如临大敌的感觉。

叶露忍不住地勾起了一个笑容，走上前来，拉过星星的小胳膊，自作主张地让他围住了冷阳的脖子。“星星，抱好了，要不然，你爸爸可能会粗心地让你掉下来呦！”

轻笑声，宛如泉水叮咚，感染了冷星，让他不再那么僵硬，软软的胳膊，带着温暖的体温，缠住了冷阳的脖子。

是否，在那一刹那，这小小的体温，触动了他的心弦？！

她笑得眼睛都眯了起来，冷星没敢大笑，只是小心翼翼地，将自己的小脑袋往冷阳的脸庞靠了靠，随后觉得好像很安全，没什么危险性，就放肆地将自己的小脑袋瓜贴在了他宽广的肩膀上。

她伸手，捋了捋星星额前的一小撮碎发，洁白的牙齿在日光下招摇撞骗地闪着，乱人眼！

冷阳扫了她一眼，神情冷然，只是——紧抿着的嘴角，不自觉地松懈了些许！

躺在冷星的床上，叶露嘴里小小声地哼唱那一曲《Forever at your feet》。

星星很喜欢，这一次，他勇敢地请求她唱给他听。

小家伙安静的面庞上，带着淡淡的笑容，看上去很满足——这可真是一个容易满足的小家伙！

小孩子小小的身体，软软的，皮肤娇嫩得比那丝绸还要顺滑，淡淡的奶香味，闻起来也是香香甜甜的，嘴里哼着歌曲，催眠了小小的他，也催眠了自己。她的眼皮慢慢地下垂，然后，很自然地窝在他的身边睡着了。

几乎是睡了没多久，感觉就好像才刚刚沾上枕头睡了没一会儿，就感觉到有人推了推她。实在不愿意醒来，因为好困，毕竟昨天熬夜了，可是推她的那个人有些锲而不舍，为了自己接下来的好眠，她只能无奈地张开了眼。

一片漆黑中，只有两点寒星闪烁，吓得她倒抽了一口冷气。

“是我！”声音冰冷，宛如冬水，但是她立刻就辨认出来了这人是谁。

“干吗？”她咕哝着，心里有小小的不快，觉得他有故意出来吓她的嫌疑，也有故意不让她睡觉的嫌疑。总之，无论是何种意图，打扰了她的睡眠，都让她现在很不高兴。

冷阳看着躺在床上的小女子，挑了挑眉，竟然还敢不高兴。他的面色拉了下来，周身也冷了起来，就是迟钝如她，也立刻察觉到了。

“女人，起来，跟我走！”冰冷的命令，她听了，心里怪不舒服的，总觉得他老是在命令她。而且这一声声的女人，她真的有些听够了。

“别叫我女人，我有名有姓的！”她咬牙，一个一个字地往外蹦，但还是注意到不能太大声，免得打扰了星星。

好了，他这次连女人这两个字都省了。“起来，跟我走！”

“干吗啊？”她不快地咕哝，但是还是从床上小心翼翼地爬了起来。都这么晚了，他特意过来找她，想必有什么重要的事情吧？！

该不会是……温烨磊说的那件事情吧？！

她愣了一下，小心地掖了掖被角，才快步地跟了上去。

他在前面走着，她在后面跟着。这个大房子，她来的次数屈指可数，这里面很多的房间，她都不知道是什么功用，反正跟在他后面就对了。

推开了门，他站在门口看她，示意她进去。没开灯，这让她眉头皱了皱，但还是踏步进去了，心里则突了突，搞得神神秘秘的，不知道要干什么。

不得不说，她的心里因为好奇，而不可避免地兴奋了一下。

他关上了门，走廊里的灯光彻底被这一扇门挡去。她回头看他，却听到他的低喃："周末了……"

啊？她不解地微微张开了嘴。

几乎是在瞬间，他猛地将她拽入了怀里，身形一转，就将她推到了门边，让她的背部紧紧地贴在了木质的大门上。她还没反应过来到底是怎么了，他却已经压了上来，微微发冷的薄唇，在电光火石间，贴上了她微微启开的唇。几乎是毫不费力的，他顶开她微微松懈的牙关，猛然侵入她甜蜜的口腔。

这下，她终于反应过来发生什么事情了。

下意识地开始挣扎，因为不习惯这种突如其来的亲密行为。名义上是夫妻，但是即使是情人之间的小小亲密，在他们之间进行，也让她抗拒！

她的挣扎，只能让他更加用力地困住她，两性力量的悬殊，这种男女之间的不平等亘古存在，是没办法的事情。

她心里很火、很憋屈，她也终于明白他那一句"周末了……"是什么意思了，更加明白他为什么非得让她周末回这里来了，因为……因为，这个可恶的男人，脑袋里想的就是那龌龊的事情！

可恶！

她怎么会笨到跟了过来！

男人在她嘴上又亲又咬，行为有些暴烈，宛如生她的气在惩罚她一般，炽热的舌头更是富有技巧地在她口里翻弄，她虽然万分的不情愿，虽然万分的不愿意承认，但是还是被他勾得身体微微一热、呼吸急促、大脑开始发昏，不可避免地在他的男性荷尔蒙刺激下有了动情的征兆。

炽热的大掌在她身上游走，敏感的肌肤可以很真实地感觉到那大掌的温度和力度，她开始微微地颤抖，有些难忍，更别提那硬是挤入她双腿间的大腿，那么的粗壮有力，她越是挣扎，却越是让那修长有力的大腿更加深入地挤入她的腿间……

挣扎，渐渐微弱。

她开始明白，她抗拒不了他。

若是他想硬来，自己肯定是必输无疑。

所以，她放弃了抵抗，乖乖地由着他来。这似乎令他满意，又令他疑惑了。

他轻轻地挪开了在她嘴上肆虐的唇瓣，她看见了他那两盏寒眸，很美，是那种晶莹剔透的美，上面飘着的淡淡水泽，可能是欲望的氤氲，宛如薄纱，又如薄雾，笼罩其上，令人不敢对视，怕会醉在那一双美丽的眸子中，继而不能自拔，任他索取。

她微微地敛下了眉，在他睁眼打量她，似乎想把她看透的时候，勇敢地主动将脑袋靠在了他宽广的胸膛上，他微微一愣，她感觉到了他那一刻身体的震动，暗想自己的决定应该是正确的。

她微微动了一下手，他似乎也有些好奇，好奇她想做些什么，所以就很仁慈地松开了她被禁锢在半空中的双手，她趁势伸手，搂住了他的脖子，同时，将他往自己身上轻轻一拉，顶着已经开始发烧的脸，万分羞赧地将自己的身子和他的密密贴上。她感觉到，他搭在她腰间的手，猛地一紧，紧紧地抓住了她的细腰，似乎有些难耐。柔软的身躯因为密密贴合，也可以感觉到，他那一身的肌肉，紧绷得宛如铁块一般。

她庆幸他一开始就没有开灯，要不然，她此刻红得像要滴血的脸庞，落入他的眼底，肯定会被他笑个半死。

她竟然也会有出卖美色的一天！

自嘲着，想想怎么都是被他上的命运，那么趁此谋求一些福利，也没什么不好的吧？！

就是……

她有些忐忑，就是不知道这个看上去尝遍“万花”、之前已经有过两个老婆的商界大鳄会不会“臣服”于她的“美色”了。

心里突突地跳了好几下，她感觉到他的一只大掌贴到了她的臀部，暧昧地揉捏着，似乎是在试探着什么，扑在她脖子上的呼吸，更显得炽热。她知道，不能再拖了！

脸蛋宛如火烧了一般，为了即将出口的话，她觉得，自己好像真的要堕落了！

拉下他的头，颤抖的唇瓣贴到了他的耳边，热热的呼吸立刻就扑了过去，据说无论男女，耳朵这块都是很敏感的地方。

他很明显地僵了一下，然后猛地用力一压，将她的臀部狠狠地压向了他的腰间，热烫烫的硬度，让她颤抖得更加明显。

可是他还是什么都没说，似乎就是想看看她到底想做些什么。

唇瓣紧张得发干，她舔了舔唇瓣，才有些不大情愿又害羞地说：“你……你也不想跟……跟一个木头人……上……上床吧？”

他没有回答，而且没有任何的动作。

她心里更是忐忑，可是还得硬着头皮往下说：“你……你答应我一个条件，我……我就乖乖地配合你！”

他还是不语，她赶紧焦急地补充：“绝对是你可以做到的条件，绝对不会麻烦到你的！”

他还是沉默，在她沮丧懊恼地快要放弃的时候，他却邪魅地开了口：“这可是你说的！”

说着，就很突然的一把抱起了她，她吓得急促地低呼。

他没有开口问她什么条件，似乎很有自信无论她提出什么条件，他都可以轻易实现一样。

他将她抛到了床上，她不可避免地吓得在床上乱窜了一下，看着他镇静地站在床头，双眼定定地看着她，高大的身影隐没在黑暗中，似乎是在考核她一般。顿时反应过来，自己刚才许下了什么，立刻不自在地尴尬地嘿笑一声，尽量克制那一身颤抖的躯体，乖乖地坐在那，温顺得宛如一只小绵羊。

大灰狼阴森森地笑了笑，那微微翘起的幅度，怎么看，怎么令人胆寒！

“帮我把衣服脱了！”他冷冷地下命令！

她差点脱口而出“你自己没手啊”，但是想了想，还是灰溜溜地摸摸鼻子，凑过身去，颤抖地将手搭在了他的衬衫纽扣上，从第一颗纽扣开始解起。小手抖动得厉害，解了半天，都没弄开。

他只是无动于衷地看着，似乎颇为享受她此刻害怕又自甘奉献的样子。

终于解下一颗纽扣的时候，她大大地松了一口气，不自觉地缩回手，轻轻地抹了抹额头，竟然擦下了一层的汗，冷的！

他好整以暇地等待，换来她战战兢兢的继续，解开了一颗扣子，似乎接下来就不太难了！好不容易，把衬衫退了下来，她长长地吁了一口气。

如果可以忽略就摆在眼前的那精壮的皮肤，她想她可能会感觉更好一些。

他显然不打算让她轻松！

“还有呢！继续！”嘲弄一般地开口，口气该死的恶劣极了。

她恶狠狠地瞪着他的西装裤，忍不住地讨价还价：“你……你自己脱吧！”

“怎么，不想要你的条件了？”依然恶劣的口吻，宛如捉着老鼠戏耍的猫一般。

她无语，觉得有些难堪，但是谁让她有求于人？只好再度伸手，小手不稳地解着他的皮带，摸索了半天，才颤巍巍地解开，再拉开拉链，眼睛都不敢乱瞅，一个劲地往下看，同时快速地把西装裤往下一拽，就当完事！

“你自己动动脚啦！”她羞恼地咕哝，他算是好心地把脚从已经退到脚跟边的裤子里抽出来，还站在那不动，等待着。

她心头火起，看那个架势，敢情他还想让她继续！

打死她，她都不干！

“剩下的，你自己脱！”她不干了，咬唇偏过头，又羞又恼，身子热得宛如在蒸笼里一般。

他总算是好心地放过了她，缓缓地爬上了床，床垫下陷的动静，让她的心跳失速，狂跳不止，为了接下来的事情，忍不住地开始害怕了。

下巴被捏住，强硬地转了过来，对上他的眼，暗沉沉的，看得人心惊胆战。

“把衣服脱了！”他要求，这自然指的是她的衣服。

她扑簌簌地开始颤抖了起来，觉得太屈辱了，伸手，拽住了自己的T恤下摆，可是，迟迟没有那个力气往上拉，委屈的泪花，慢慢地浮上了她的双眼。一时间，关于自愿配合这个念头动摇得厉害，这种成人之间的游戏，不是她这棵嫩青菜玩得起的，也不是她这棵嫩青菜可以承受得住的。

当着他的面，将自己脱得光光的，那个样子，简直太羞耻了！

即使是朦胧的黑夜，也挡不住那晶莹的泪花，白花花的，一闪一闪的。

他的眼神闪了闪，换了要求：“算了，吻我！”

她如释重负地松开了衣服的下摆，但是，马上又如临大敌了，抬头看他，却不知道该怎么吻，只是很无助地看着他。他只是静静地看着她，这一次，彻底让她自己一个人挣扎。

迟疑了半天，她才战战兢兢地轻轻凑过脑袋，将唇轻轻地印在了他微抿的唇瓣上，贴上了，却不知道该如何是好，只有几次被动地被他亲吻经验的她，这么主动，还是第一次。算是门外汉的她，心里又慌又急又怕，又有些怨，他就不会自己动动呀，干吗要让她这么辛苦！

彻底没辙的她，只好无可奈何地将柔嫩的唇瓣挪开，抬头，看了他一眼，看不出来他到底是什么意思，至少——没有生气就是了。

那么——

她脑袋微微一转，有了主意！

就当他是个大男孩就好了！

她是怎么亲星星的，就现搬过来怎么亲他，亲一下，立刻挪开，再亲一下，再挪开，宛如蜜蜂采蜜一般……

她的亲吻明显属于伪劣产品，那亲吻拿出来哄哄小孩子还差不多，摆在情人之间，实在青涩得令人不屑一顾，但是，她亲吻的动作是那么的认真，似乎是拼尽全力一般的表情，让他即使在如此青涩的吻之下，还是很快就感到了热血沸腾。拽住她，猛然翻身，将她压在了下面，在她有些讶异的目光下，低下头，狠狠地亲上她，大掌也重重地在她身上游走……

她下意识地咬紧唇瓣，压抑呻吟。

他惩罚一般地咬了一下她的唇瓣："叫出声来，我要听！"

"不要！"她摇头，才不要呢！

"乖乖配合！"他沙哑地提醒她，特意咬重了"配合"两个字。

她羞红着脸，轻轻地张开了唇瓣，低低的呻吟，流泻了出来，还是听得出来，压抑了不少。

他从来不知道，她的呻吟会如此蛊惑人！

他也不知道，自己竟然会如此地禁不起挑逗，仅仅是听着这呻吟，就让他难耐地想攻城略地！

那好像是小猫在叫的呻吟，娇娇的、柔柔的，宛如丝绸在缓缓流走一般，勾人得紧，一声一声，钻入他的耳朵，流入他的心底，让他全身更加的发紧、发热，根本就不能再忍耐，只能铆足了劲，狠狠地，一举占有她……

云雨终歇，她累得根本就无法动弹，以为他会像上次一般潇洒地离去，可是，他却没有，反而留恋地抚摸她的皮肤。

"嗯……"她轻轻地战栗，闪躲，情事方歇，皮肤敏感得经受不住一丝一毫的刺激，可是她累得不能动弹，根本就无法闪躲，只能任他予取予求。

等他再度翻身上来，她惊呼出声："干……干什么？"

他阴阴一笑，一口白牙在深夜中森森然，宛如暗夜的吸血鬼一般："女人，上次你喝醉酒骚扰我的事，我还没跟你算呢。我说过，等你醒了，你一定要为你醉酒的行为付出代价！"

她目瞪口呆地看着他，气弱地争辩："不……不带这样的！"

这都什么时候的事情了，猴年马月了啊，他怎么还记着，太小肚鸡肠了吧！

他却不管不顾地，带着邪笑，还有一口森然的白牙，再度开始忙碌起来。

……

"这……这次又是因为什么？"叶露都快要哭了，她好累啊，她好困啊，她昨晚熬夜了，她好想睡呀，他就不能行行好，放过她吗？还来，她都快要被他给整死了！

他再度阴笑："上次你骂得很爽嘛！还敢叫我去死，胆子不小！"

她瞪大了眼，惊愕地看着他，呻吟："你……你不是说你已经忘了吗？"

"我又想起来了！"

"你——"她看着他，完全说不出话来了，已经被他气到内伤了！

那天她怎么会认为他是个高高在上、不把俗事放在眼里的仙人？！狗屁，他根本就是个斤斤计较的魔鬼！

"大哥……"她带着哭音求饶，"别闹了，再闹下去，对你也不好的，你也知道，纵欲过度，对身体不好的……”

他俯下身，用唇封住了她的嘴，阻断了絮叨，用力一挺，大力贯穿！

她无可奈何地开始哼哼喘喘……

情事终歇，她两眼一翻，累得不行了，直接晕了过去，终于得到了解脱。他爱怎么样就怎么样吧，她不配合了，晕死过去总可以了吧。但是，在晕过去之前，她后悔不已，心里想的只有三个字：亏大了！

又一次，全身像是散架了一般，她龇牙咧嘴地从床上爬了下来，看见从窗外射进来的明媚的阳光，感动得差点想哭，原来，光明是如此的美好！昨天那个漆黑的夜里，她差点以为自己要被折腾死了，更恍惚地以为自己被暗夜的吸血鬼给盯上了，不折磨得她失血而死就绝对不会罢休！

“咝咝……咝……”她不断地倒抽冷气，全身酸痛得不行，一脚高一脚低地弯腰摸进浴室，狼狈地窝进了浴缸里，温暖的热水在周身流过的时候，才低低呻吟着，低叹了一声——舒服！

然后，想起了昨晚他的恶性，一次又一次的，忍不住地瞪目竖眉，不过，想想那个条件，还是忍不住笑了起来。

龇着白牙笑着，虽然怪异了一些，但是到底是达成了所愿啊！

相信，以后即使没有了自己，可是有他的允诺在，星星也应该不会受到漠视了吧？！

将冷家所有的保姆都召集了起来，叶露冷漠地站在那里，冰冷的目光，一一从那些保姆的脸上扫过。这是从冷阳那学来的目光，她事先在镜子前演练许久，虽然没像个七分，但是也能有三分像，拿出来唬唬人，相信应该是可以的。

冷家的保姆突然被这个新上任的太太召集了过来，心里都有些惴惴不安，因为太太对冷星的疼爱，大家都已经有所耳闻，而昨天冷星因为大家的漠视，离家出走生了病，惊动了先生，只怕太太对她们有些微词。这些人再被她这冷眼一扫，心里更加忐忑不安，不敢迎视她的目光，微微垂下了头躲避，要不就是掉转目光。

为了达到预想的效果，叶露脸色猛然一沉，冷冷地开口：“昨天星星的事，大家都听说了吧？”

无人敢回应，心里都是咯噔了一下，果然说的是这事！

她冷哼：“你们都给我听好了。星星是我的儿子，是这个家名正言顺的继承人，是你们要爱护尊敬的对象！昨天的事，我可以既往不咎，但是从现在开始，以后你们谁要是对星星不敬，或者缺少该有的爱护，故意漠视他、忽略他、冷落他，我就立刻让他走人。你们谁想走人的——”

她冷酷地笑了笑："大可试试看！"

众人微微变脸，很是忌惮地纷纷垂下头来，闷不吭声。若真是从冷家被赶了出去，先不提会失去那一份优渥的工资，就是以冷家的影响力，被赶出去的人，也就别想再进入这个圈子！

这是大家绝对不能承受的！

更别提，这当中不少人是冷家一手训练出来的。若是被赶走，那么，对他们来说，绝对是一种带着侮辱性质的否定！

所以，叶露的警告，是如同蛇打七寸一般，直接打中他们最在意的部分了！

叶露看着那一颗颗犹如鸵鸟一般埋着的脑袋，冷声高喝："都给我抬起头来，回答我，听到了没有？！"

众人抬头，被她犀利的眼神一扫，不知怎么的，竟然有了好似面对冷先生的感觉，一时间神色一凛，异口同声地大声回道："听见了！"

声音轰然，声大震天，宛如庙堂里被敲响的大钟一般。

叶露沉着脸，用冰冷的目光，逐一看了一下底下的人，似要将他们一一给看透。

在底下人因为她这探究的目光而开始不安的时候，她才淡淡地来了一句："散了吧！"

众人站在那，都没敢动。

叶露转身，在众人的注视下，身姿傲然地离开，倩影冰冷，这是第一次，冷家的保姆对这位新上任的太太有了敬畏之心。

从手下那得知一切的冷阳，眼神闪了闪，下了一个命令——辞了当天负责守卫冷家大门的那两个门卫，作为失职的惩罚。

冷阳的这一行动，不啻是对她的有力声援和支持！

于是，在冷家做事的，更加深刻地体会到，太太说的话，绝对是认真的，不服从，就只能卷铺盖走人！

冷星面对突然对他嘘寒问暖、殷勤不断的冷家保姆，依然酷脸相迎，只是私下里跟叶露相处的时候，会皱着眉头小声地咕哝："露露，好怪哦，大家都变得好奇怪啊……"

叶露只是淡淡一笑，心里暗想：星星，我目前能为你做的，也就只能是这些了。

用冷阳给她的金卡，买了一部超薄的手机，价格高昂，防辐射功能绝佳，在里面输入了电话号码，挂在了冷星的脖子上，又教他如何使用。

第一个号码是冷阳，第二个是温笑，第三个是她。

按下快捷键，就可以马上拨通，那么下次即使他走丢了，或者有事，都可以马上打电话求救。

星星不依地嘟囔："露露，你排第一啦！"他要第一个号码就是他最喜欢的露露。

她笑笑地揉了揉他的小脑袋瓜，说："我喜欢3，就排第3好不好？"

星星嘟着嘴，有些闷闷不乐地点了点头。

叶露在心里轻叹，排第三，是因为她怕自己以后根本就没法接他的电话，人都死了，又怎么能接电话？

第一位是冷阳，他一个可以翻云覆雨的大人物，又怎么会出事呢？

第二位是温笑，笑笑是她的好朋友，看在她的面子上，肯定会好好地照顾好星星的。笑笑只是一个普通的大学生，也肯定不会出事！

这两个人，都是星星可以长久依靠的人，她很放心。

还有两天，她就要走了。W国的邀请，冷阳已经收到，也通知了她，这两天他处理一下手头的事情，就要带她到W国去，可能会待上三五天吧！愿上天保佑，能让她平安回来。

她不止一次地如此祈祷，但是她也不知道上天能不能听到！

在离开前，叶露得做最后一件事——去看看哥！

小时候，她像垃圾一般地被丢在了大伯家寄养，过着寄人篱下的日子，受尽了冷落、白眼和嘲弄，如果没有哥，她都不知道自己能不能活到现在。

之所以，忍不住地对星星那么好，恨不得把自己所能给的都给他，努力地宠着他、爱着他，让他快乐，可能部分的原因是因为，这样的星星，跟小时候的自己，有些相像吧！

当时的自己，也是多么的渴盼有个人能出现宠着自己，虽然没等到那个人，但是认识了刘朋哥，她觉得，自己也算是得到了解救。

在自己最伤心、最难过，在反复地思考该用哪种方式结束生命比较好的时候，是邻居的哥哥刘朋，用温柔的笑容、略显笨拙的语言、温暖的怀抱，还有浓浓的真诚，感化了她。现在想来，当年那些不堪回首的岁月，除了永远不能消去的那份酸涩之外，就只有他暖暖的笑容了！

这个世界上，跟她最亲的，就是他了，比亲哥哥还要亲。

她可以不要爸爸、妈妈、弟弟，但是，不可以不要他这个哥哥！

快走几步，上完了楼梯，果然看到那微微开了一条缝的大门。

她忍不住地扬起了笑容，哥啊，总是如此，总是无处不在地展现他的温柔。

毫无例外地，这一次，在她说要过来的时候，他又提前把门打开了，也不怕小偷闯进来。

一拉开门，就是一股熟悉的菜香味，她熟悉得都知道他做的是什么菜！

排骨炖豆角……蒜薹炒肉……香辣鸡翅……

都是她爱吃的！

口水忍不住地往外冒了冒，她吸了吸哈喇子，轻手轻脚地猫到了桌边，伸手，就要抓一根蒜薹尝尝鲜……

“露露！”是刘朋略显无奈的叫声，轻轻一唤，无丝毫严厉，只是里面的温柔成分，每每让她主动投降。

她嘿笑了一声，赶紧把手给缩了回来。

“你看你这没规矩的样子，赶快洗手去！”

钻出了厨房的刘朋，身上围着一条围裙，一个身高一米八几的大男人，做如此打扮，似乎有些不伦不类，但是围裙挂在刘朋的身上，却是相当好看。刘朋是个个性憨直的人，长相也跟他的性格一般，普通中透露着温和，让人觉得诚实可亲。

叶露吐了吐舌头，跑到流理台将手洗了一下，走到桌边，坐下，偏头说：“哥，不是告诉你别把门给提前打开吗？你等我敲门就好了啊，这附近，小偷挺多的！”

刘朋翻了翻锅铲，温温地笑着：“怕什么，我这里一穷二白的，小偷来了都嫌寒酸！”

叶露趁他转身之际，立刻伸手，偷了根蒜薹往嘴里一扔，快速地咬了几下，咽下，眼角眯了眯，果然美味，哥的厨艺是越来越好了呢！

她辩驳：“那也不能这么说啦！钱没有，可是有哥这个宝贝呀，万一小偷急眼了，把哥弄伤了，我以后再找谁蹭吃蹭喝啊！”

刘朋哑然，摇摇头，心知自己嘴笨说不过她，也就随她了。

两人痛痛快快地吃了饭。饭后，叶露不雅地摸了摸吃得圆滚滚的肚子，被刘朋睨了一眼，谆谆教导：“你可是女孩子，注意点形象！”

她撇了撇嘴，“又没有外人！”

又摸了摸肚子，罔顾他又好气又好笑的表情，又舒服地哼了哼。

休息够了，她执意抢过碗筷，洗了起来。

“哥！”就着围裙擦了擦手，她讷讷开口。

刘朋从汽车杂志上抬起了头：“怎么？”

“我……”

话到嘴边说不出口，想了想，从口袋里摸出了一个东西，上前几步，递给了他：“送给你的！”

“干什么要送我东西，你又没挣钱，很破费的。”他的声音虽然有淡淡的责备，但是神情有些兴奋的愉悦，大大的眼睛里更是闪烁着孩童一般单纯的快乐。

打开盒子一看，是一支钢笔！

她嘿笑一声：“这东西不贵，是我用做家教的钱买的，哥喜欢吗？”

他摩挲着钢笔，宛如对待恋人一般轻柔，嘴角边的笑容更是大大地盛开。“喜欢，太喜欢了，谢谢！”

“呵呵，哥，你不是一直都希望自己能成为汽车设计员吗？希望在哥哥朝这个目标奋斗的过程中，这支钢笔能给你带来好运！”

刘朋抬头，看着她，不由地失笑，揉了揉她的脑袋瓜：“你这丫头，今天怎么这么会说话呀？！”

她吐了吐舌头，嘿嘿笑了几声，哪里敢说这是她留给他的临别纪念，只希望他看见这钢笔，就能想起，一度有她这个妹妹出现在他的人生中。

看着他兴奋地在那试用钢笔，她的心揪紧了一下。

他猛然抬头，看见她来不及掩藏的苦涩表情，不由地皱起眉头：“露露，怎么了？”

她摇了摇头，更觉得心里的苦涩好似要从心口涌出来一般，当下急急忙忙地开口：“哥，我先走了，下次再来找你！”

她匆匆转身，刘朋皱眉，站了起来：“露露，你真的没事吗？我看你刚才的表情有点怪怪的！”这么多年的哥哥，也不是白当的，她的异常，都被他看在眼里。

“没——”她摇了摇头，但是心想他肯定会担心的，就掩饰地说了一下，“最近学习有些吃力，有点烦心罢了！”

刘朋松了一口气，微微一笑：“怎么，我们聪明的露露，终于被书本给打败了？”

她轻轻“嗯”了一声，轻叹：“是呀！”

“哥！”临走之前，忍不住地回身，猛地冲了过去，抱住了他，紧紧抱住！

他那张老实巴交的脸，立刻红了，被她抱着，他无措地显得有些僵硬，就连说话都费劲了：“露……露露……”

她撒娇：“好啦，哥，让我抱一下啦，就一下下！”

他的脸更红了，干净的大眼睛中闪着隐忍，过了一会儿，才迟疑地、慢慢地伸手，轻轻地将大掌搭在了她的后背。

“真的只是学习上的烦恼吗？”他理了理波动的心绪，柔声询问。毕竟，这样珍贵的拥抱，不得不让他欣喜渴盼之余有些担忧。

她闻言，轻轻地摇了摇头，然后很快就松开了手，从他的怀里挣了开来，冲他大笑：“哥啊，你就爱傻担心，走啦！你等着，下次来，我肯定把那本破书攻下给你看看！”

笑眯眯地摆摆手，太过灿烂的笑容，她自己都感觉到嘴角是那么的僵硬，笑得是如此的辛苦，不敢对视他的双眼，怕就此崩溃，她快走几步，出了房门，不给他送别的机会，猛地关了门，哒哒哒的跑下了楼梯。

身后传来了开门声，还有他关心的呼唤：“露露啊，路上小心！学习也别太拼了，身体是最重要的！”

“知道啦！”她远远地回了一声，觉得鼻子一酸，只能低头闷声不吭地开跑。

跑远了，才敢抬头，将面庞冲天，不让脆弱的眼泪坠下！

无奈的叹息哀伤地流泻而出：“哥，对不起！”

012

女人，有貌，令人垂涎；有钱，令人追捧；有权，令人钦慕。

兼之二者，让人求之若渴。

三者兼之，怎不令人趋之若鹜？！

坐上去W国的飞机，叶露想，这还是她第一次坐飞机呢，所谓晕机的感觉，她倒是没有，精神还很振奋，大概是因为又紧张、害怕又兴奋的缘故吧！

作为帅子从监狱里出来的交换条件，就是替温笑的哥哥温烨磊办好一件事情。

她的任务，就是按照计划，把此次邀请冷阳到W国去的金议员的小儿子给“偷”出来。

金议员，原本是W国声名显赫的社会大佬，最近几年突然对从政有了兴趣，今年更是参加了所在市的市长选举，势头猛烈，很有可能当选。相信等他拿下了市长那个位置，对他的势力发展助力颇大。

当然，他去竞选市长，他原本的一些势力以及生意，就需要人接手，而那个接手的人，就是他的大儿子——金斯泽。也正是因为要移交权力，所以长期以来和他有重要业务往来的冷家也受到了邀请。现如今，冷阳是冷家的当家人，所以，他偕妻前来。

金斯泽，金议员前妻所生之子。据说此人精明能干，能力完全不亚于他的父亲，但是，他对金议员现任妻子非常感冒，严重地说，可能视她为眼中钉。

杨白珍，W国籍华人，金议员现任妻子，膝下有一子，叫金斯瑞，多年来，杨白珍一直在国内投资，生意做得很大，跟国内很多方方面面的领导关系都很好。至于跟温烨磊所在部门有什么关系，叶露就不知道了。金议员要把权力转交给大儿子，情况对被他大儿子视为眼中钉的杨白珍十分不利。于是，杨白珍找到了温烨磊的领导，请求帮忙在金议员将势力正式转交给大儿子金斯泽之前，把她儿子弄出W国。因为，她担心金斯泽会对她儿子下手！

金议员似乎是计划在一个月之后他的生日宴会上举办“金盆洗手”仪式，并同时将他的权力交出去。

时间紧迫，杨白珍和她儿子的性命危在旦夕，这个事情本由温烨磊负责，机缘巧合，温烨磊又找上了叶露。

她微微一叹，事情似乎蛮简单的，只要她按照计划进行就行了，但她心里一点底都没有，毕竟，这方面的事情，她没有丝毫的经验，万一计划产生了什么变故，她也不知道怎么办了。

偷偷地瞄了一眼坐在身边的冷阳，俊美的侧脸，冰冷得宛如机器人，专注的眼神，聚精会神地注视着放在腿上的文件，即使在旅途中，他都冷漠得像个工作狂！

轻叹一声！

她笑了笑，算了！

原本就没打算指望他来着，况且——

他一早就很冷酷地表示了拒绝，不是吗？！

看得出来，金议员对于冷阳的到来，非常重视，亲自偕同夫人杨白珍来机场接机。

这是一个精明高大的中年男人，五十多岁的年纪，却没有丝毫的老态，从那张一丝不苟的脸庞上，她只看到了熊熊的斗志，还有不怒而威的气势。鬓染的白霜，只是让他看上去更显得帅气、睿智。暗沉的眼睛，没有年轻人的犀利，却有着经历过大风大浪之后才能有的内敛、沉着，在无声之中，将所有的一切都看在眼里。

果然是曾经独霸一方的社会大佬啊！她在心里给自己提了个醒，绝对不可麻痹大意。狮子即使是睡着了，那也是一只狮子，更何况，这只狮子根本没睡着，只是借着瞌睡的假象迷惑别人罢了。

“这就是冷夫人吧，真是美丽，让我想起了你们国家的茉莉花。”跟冷阳打过照顾，金议员轻轻地执起了叶露的手，在手背轻轻落上了一吻，赞美之词，溢于言表。

叶露英语水平还算可以，慢一点的会话，她能听懂个七分八分，但是速度一快，她听起来就有些费劲。听金议员的话，大抵是在赞美她漂亮来着，她微微颔首轻笑：“你好，很高兴见到你。”

金议员笑着拥过站在自己身边的夫人，说：“来，介绍一下，这是我夫人杨白珍，也是中国人，相信你们会相处得很愉快的。”

杨白珍，也就是金夫人，很美，美的不止是她的脸，还有她身上的那份气质，温柔中，散发淡淡的坚毅，既有一个母亲的温柔，也不失现代独立女性的坚强。能够成为社会大佬的妻子，在第一任妻子病逝之后，让金议员不顾众人反对，以雷霆之势娶了她，这样的女人，除了美貌之外，肯定还有其他过人之处的！

“你好！”带着浓浓的钦佩，叶露伸出了手。

杨白珍淡笑着，浅浅的梨涡在嘴角闪现，看着宛如少女一般，更显得美丽动人。两种迥异的风格——少妇的雍容华贵，少女的甜美纯净，同时都出现在了她的身上，也难怪她会令男人癫狂。叶露看着，都觉得有些心动呢！

金夫人伸手，跟叶露相握：“几天前听金说要来一位中国女子，我心里可真高兴，你要知道，在这里，碰到一个可以跟自己说说话的本国人，是很不容易的。今天见了你，感觉可真亲切，我简直太高兴了。”

杨白珍说的是汉语，先不说她那温柔得宛如春风拂面的语调，单是在这异国他乡，能够见到一个跟自己来自同一个国度的人，就够叶露感到亲切的。

叶露由衷地笑了起来：“我也是，见到你，我也很高兴。”

金议员在一旁哈哈大笑，看着两人交握的双手，站在一起的侧影，美丽得仿佛并蒂花一般。他拍了拍冷阳的肩膀：“冷哥，看来尊夫人跟珍一见如故呢！”

就连他一个社会大佬，都尊称冷阳为一声“冷哥”，足可以看得出他对冷阳的尊重和敬畏。而叶露也在此行中，隐隐感觉到，冷氏家族那神秘的一面，绝对庞大到让她无法想象。

冷阳淡漠的眼珠子微微一转，点了点头，表示赞同。只是，在他掉转视线之前，那特意在叶露身上逗留的目光，竟然让叶露寒了寒，有种被看透的感觉。那种如针刺在背的感觉，让她莫名的心虚，好似自己将要进行什么，已经被他给窥探到了一般。

还好，金议员介绍他儿子跟他认识，他才掉转了视线。

金斯泽，一个模样俊美的褐发帅哥，湛蓝的眼睛，宛如海一般的蔚蓝，高挑的身材，俊逸的身形，冷漠而孤高的脸庞，高鼻梁、深面孔，配合一袭深蓝色的西装，令他看上去就像是从童话里走出来的王子。

如果，这个王子不用那种过分明亮的眼睛看她，她想她会为他的外形而倾倒，自然，这只是纯属欣赏，谈不上什么心动。

不知道是不是她的错觉，她总觉得，金斯泽在看向她的时候，湛蓝的眼中，猛然窜过亮光，那个样子，宛如平静的海面突然卷起浪涛一般，那瞬间汹涌的感觉，让她下意识地躲了躲！

“你好，冷夫人！”他的声音很有磁性，很动听，英语从他嘴里说出来，宛如吟唱一般。她终于深刻地体会到，为什么那些中世纪的吟游诗人会那么受贵族的欢迎，如果那些吟游诗人都有像他一般优美动听的声音，那么，如果她是贵族，她也一定不会吝惜请他为她吟唱一曲。

执起了她的手，金斯泽缓缓低下头，在上面印上了一个炙热的吻，她轻轻地颤抖了一下，而他已经优雅地放开了她。

她略带僵硬地收回了手，总觉得……刚才在他礼貌地吻她手的时候，好像……好像用舌头舔了一下她！

是……是错觉吧？！

“能在今天碰见这样美丽的女士，我觉得万分的荣幸！”炽热的目光紧紧地锁着她，蜜一般的称赞，自然地从金斯泽的嘴角流窜而出，不令人反感，只会让人觉得丝丝窃喜，因为，说出这样的赞美的话来的，可是一位异常英俊的男子！

不可自抑地，她的脸蛋微微红了一些，尽管知道自己长得并不是很美，但是被他这样赞美，还是很高兴。略微羞涩地敛眸，报以羞涩的一笑，却不知道，这份温婉羞涩的东方美，让金斯泽眼中的光芒蓦然狂热了一下。

“上车吧！”金议员招呼，率先迈了一步。

冷阳趁势伸手，揽住了她的细腰，轻柔的动作，却是亲密无间的证明。她讶异他突如其来的亲密举止，而且还是在人前，不好意思那是肯定的。抬眸，却看见他正看着金斯泽，单是看着侧脸，就觉得他异常的冷漠，还带了几分寒气，薄薄的薄唇，锋利得宛如剑刃，似乎一动唇，就要刀光剑影一般。

疑惑他为何出现这样的神情，顺着他的目光看去，却看见了独身而立的金斯泽，微翘嘴角，脸上放荡不羁的笑容，倒好像是在跟人较真一般。一身的狂傲之气，在她看向他的那一刻，似乎突然膨胀了！

冷阳眯了眯眼，上下打量了一番金斯泽，似乎在此刻，他才正正经经地把他这个人给看在眼里。

这是一种称斤论两的眼神，宛如金斯泽是待价而沽的货物，这样的眼神，让金斯泽略微反感地皱了皱眉。如此轻微的变化，却让冷阳微勾了一下唇角，浅笑宛如白驹过隙，瞬间淹没，而那淡淡一现，更宛如恶魔的冷笑，不屑一顾，嗤笑对手太过不堪一击！

金斯泽狂！

但是冷阳更狂！

淡漠地最后扫了他一眼，揽住懵懂疑惑的叶露，迈步跟上金议员，在他身后从容不迫地走着，宛如是被大臣引领着的君王。

金斯泽止住了笑，冷阳那略微轻鄙的眼神，让他生了淡淡怒火的同时，更是扬起了熊熊的斗志，然后，放荡不羁的笑容，再一度出现在了他的脸上。

这——也是一个强势的男人，惯于站立高顶，一山不容二虎！

“你必须要博取金斯泽的好感！”

凑过叶露耳边低语的金夫人突然插过来了这样一句话。

几人上了车之后，面对W国美丽的风景，金夫人自然尽责地当起了向导，沿途给叶露介绍，观看国内少见的自然风景，叶露听得津津有味，看得目不暇接，偶尔跟金夫人交头接耳一番。车上的几个男人就听到这两个人不时轻笑着叽里咕噜的交谈声，谁都没在意两人在说些什么。

而就在这时，金夫人在她耳边私语的时候，落下了这么一句话。

她以为是自己听错了，好感？金斯泽！？

她博取金斯泽的好感做什么？

她将疑惑的目光投向了金夫人，金夫人淡笑着点点头，证明她刚才所言非虚。

可是，她的确是不解啊！

金夫人明白她所想，所以过了不久之后，又在她耳边低语了几句："照做就是，时间紧迫，以后解释。"随之继续原先的话题。

叶露以笑回应，免得露了马脚。既然金夫人这么说了，那就按她说的办好了。

只是——博取好感？

这个，听起来简单，但是，做起来，她可真是一筹莫展。

眼眸微微一转，她瞥向坐在一边的金斯泽，迟疑着、思索着，要怎么办才好？！

似乎是感应到她的目光，金斯泽盯着交谈着的金议员和冷阳的视线一转，对上了叶露。

她心里提了一下，想到了博取好感，下意识地，对他笑了一下。

这淡淡的一笑，让金斯泽的双眼，猛然亮了起来，嘴角一勾，帅气十足地回了她一笑，这似乎应该算是有了好感吧？

叶露再笑！

他眼中的光芒，更盛了！

一路下来，两人对眼了很多次，每次都是叶露先笑，他再回笑，笑到最后，她的嘴角都显得有些僵硬了。但是，基于每次他都很有礼貌地回笑，她想，这所谓的好感，应该是在慢慢滋生当中的。

却不知，她和金斯泽的对眼，落入他人眼中，却成了眉来眼去的打情骂俏。

下车的众人，表情不一，心情也不一。

作为当事人的叶露，虽然苦是苦了点，但是心中暗自庆喜，按照这个势头发展下去，也算没有辜负金夫人的所托。

金斯泽面带桃花，很有些春风得意马蹄疾的意味。

金夫人含笑而立，温婉美丽得一如最初。

金议员看着叶露的眼神，有些微微的讶异，还有淡淡的……掩藏在眼底深处的嫌恶。

冷阳虽然还是一贯的冷漠表情，只是眼神却不能掩饰他的情绪，那是——愤怒！

一把拽住了她的胳膊，以几乎把她拽疼的力道，跟在金议员的后面往宅内走去。

她抗议地拽了拽胳膊，他却握得更紧。她觉得胳膊好疼，只能皱着眉头，不满地瞪着他，同时小声地在他耳边咕哝：“放手，疼！”

他却在众人不注意的时候，狠狠地瞪了她一眼，那一眼，几乎是要把她给击穿。

“女人，给我乖一点！”

她的眉头皱得更紧了！

让她乖一点？

她哪里不乖了？从头到尾，她都很安分地坐在那，跟夫人聊天来着！她都已经安分得不能再安分了，他还让她乖一点。难道要她学布娃娃坐在那，不说不笑，才能算乖？

这个男人，他的大脑是怎么构造的？！

胳膊被他勒得好紧、好疼，而他的口气竟然还这么的恶劣，她也生气了！

毕竟在众人的眼皮子底下，她也不好放肆地嚷嚷着让他放手，只能没好气地白了他一眼，强忍胳膊的疼痛，撇过头，神情冷漠地任凭他拽着。

他会装酷，难道她不会？！

见她如此，他——慢慢地松开了钳制她胳膊的手，眼神中闪过一丝阴郁，还有淡淡的，藏在阴郁之后，不被看清的情绪。

继而，除了淡漠，还是淡漠。

“作为妻子，对于丈夫，总是要忍耐的！”

漂亮的欧式大厅，水晶吊灯悬挂在天花板上，一颗一颗地坠下，晶莹得宛如水滴，闪烁得宛如星辰，完美得像是钻石，柔和的灯光漫天洒下，为整个大厅盖上了高贵温馨的气息。

漂亮的女主人，一身浅灰色的丝裙贴身而上，将完美的身段展露无遗。白皙的玉手拿着深棕色的酒瓶，略微倾斜，其下晶莹剔透的高酒杯孤傲地等待，橙红色的液体，缓缓而下，宛如亘古吟唱的乐章！

叶露有些被金夫人手中摇晃荡漾的葡萄酒所着迷，单是看着那橙红色的液体，就有了些迷醉的感觉。

突如其来的话，将她从醉意的恍惚梦境中惊醒。

她提了提神，坐直了身体，对上了金夫人淡笑的脸庞，灯光下看着她，似乎更加的美丽了。

金夫人端着两杯葡萄酒走了过来，一杯递到了叶露的眼前：“喝一杯吧，睡前喝一杯，对美容、睡眠都是很好的！”

叶露伸手，接了过来，却怎么都学不会金夫人手拿酒杯的那份高贵感。

略微地晃动了一下手里的高脚杯，看着橙红色的液体在杯中幽幽荡开，缕缕甜香，也缓慢地从玻璃杯中散开、飘荡。

她轻轻地说，也怕惊扰了这份酒意的静谧："我……不太明白你刚才说的话！"

金夫人笑了笑，在叶露的身边坐下："你好像刚结婚是吧？"

她点了点头。

金夫人轻轻地抿了一口，微微一叹，就连叹息，都带着适度的温柔："你还年轻，等时间久了，你就会明白这句话了。这是——我给你的忠告，为了——和谐的婚姻！"

看她还是皱着眉头，似乎依然没太领会，金夫人淡淡地解释："金和冷先生去夜店了！"

她茫然，不明白这和刚才的话有什么联系。

金夫人忍不住地笑出了声，看着叶露的眼神，取笑当中，还多了几分对待孩子一般的疼爱："你啊，还真是太纯真了。夜店啊，就是男人们寻欢作乐的地方！"

叶露诧异地瞪大了眼睛，最后觉得自己这表情似乎太……蠢了一点，才赶紧整了整脸色，让它恢复正常。

可是，那不停扑闪的眼睫毛，颤抖的频率，却还是透露了她内心的波动。

如此的青涩稚嫩！

金夫人看在眼里，轻轻地拍了拍她的小手："别想太多，那只是逢场作戏罢了。你只要不较真，那么，最后的最后，他还是会回到你的身边的。中国不是有句话，外面彩旗飘飘，家中红旗不倒！倒是很精辟！"

"我……"

她一时语塞。

其实，她跟冷阳，并不算是真正的夫妻，她只是一个半路的新娘，嫁给他，也是被胁迫的，两人之间，连普通的喜欢都说不上，更别提什么爱了。对于他上夜店的行为，她又能说什么呢？她的立场，又在哪里？

她很清楚这一些，也很明白，他的事情，她管不着，也无需管，她和他，只是两个不相干的人，被命运捉弄一般牵在了一起，即使有交集，那也只是两根交叉的直线，永远只有夫妻的名义这么一个交点。

可是——

为什么，她的心，有那么一点难受？！

难道，真的是因为她已经算是他的妻子，所以，即使在听到名义上的丈夫在乱来，也会因为妻子这个身份，而忍不住地觉得难受？！

剪不断，理还乱！

脑中一片茫然，茫然中乱七八糟，理不清头绪！

只能举高手里的酒杯，像喝白开水一般地将酒杯里的红酒，猛地一下灌入了喉咙里，有点……烧着的感觉：微烫，但是享受！

只可惜了，这有些年份上好的葡萄酒，遇见了这样一位牛饮的酒客。

盯着已经成空的酒杯，她更茫然了。残留的红色液体在酒杯中沉浮，宛如一摊血迹，散发着哀伤的光芒。

她有些坐不住了！

“我……先上去睡了！”

不能再坐在这里了，不能再让别人看见她的难堪。

金夫人伸手，轻轻一拽，就制止住了她。

她扭头看她，金夫人微微一笑，做了一个示意她坐下的手势，然后，身子微微一倾，拿起了玻璃矮桌上的手机打开，行动迅速地写了起来，然后，缓缓地递到了她的跟前。

她狐疑，伸手接了过来，瞄了眼开头，原来金夫人是要跟她说为什么她要博取金斯泽好感的事情。

金议员要准备市长选举，在此过程中，哪怕他曾是一个社会大佬，也不能不提防竞争对手的行刺、陷害等行动。

所以，整个金宅，现在都处于严密的防护当中，所有人员的进出，都要受到严格的盘查，尤其是年纪小的金斯瑞，更是受到了特别的保护，没有特殊情况，一般是能避免外出就尽量别外出，目的自然是为了防止敌对方绑架金斯瑞，趁机做出什么威胁什么的。而负责金宅一切安全事宜的，就是金斯泽。

按照计划，叶露需要把金斯瑞带出去，这就必须要通过金斯泽这一关。如果金斯泽对叶露有了好感，那么带金斯瑞出去，就方便得多了。

为了计划的万无一失，叶露的牺牲，就很有必要。她若不想帅子再回到牢里，就必须这样做。

轻轻地点了点头，叶露表示自己已经明白。

金夫人立刻将写在手机上的内容删除，随后笑着开口：“需要我领你回房吗？”这代表着秘密会话的结束。

她摇了摇头：“谢谢，不用了！”

她知道自己的房间在哪，这个时候，她迫切地需要独处的空间，哪怕让她单独一人上楼也行。

上了年份的酒，酒精浓度似乎颇高，向来很少喝酒的叶露，走着走着，爬楼梯的时候，就不得不伸手扶着楼梯了。身子轻飘飘的，总觉得好像快要飘起来似的，如果不握紧扶梯，只怕真的会就这样漂走，视野中的东西，也变得蒙眬，开始轻微地在那摇晃！

终于踩上三楼的地板，她略微迟缓地走着，模糊的双眼看着右手边，话音不稳地在那嘟囔着，细数着门板，经过第一个的时候，嘀咕了一声“一……”

然后是——

“二……”

“三……”

到了！

三楼的第三个门就是！

推开门，就看见了房间里的那张大床，在那招摇地朝她招手，当下跌跌撞撞地走了过去，一把扑到了床上，身子翻了翻，勉勉强强把被子拉了过来，盖上，四肢一下子就放松了下来，有一种到了家的感觉。

轻轻地蹭了蹭枕头，不由地低叹：好累啊！

013

金斯泽一路飙车回了家，身上还带有浓浓的酒意，看得出来，他喝得不少。酒意在他身体内泛滥，让他更显得兴奋。夜店的漂亮小姐在他身上轻蹭，惹起了好大一把火，可是他手里抱着小姐，心里却一直想着那个冲他笑了一路的叶露，越想，越觉得心痒难耐，甚至狂野地猜想，那个小美人现在是不是在等自己！

凤影的浪荡可是出了名的！

冷阳的第一任妻子，第二任妻子，还有在这之前的几任凤影，据说都有很多的情人，这是即使身为龙主的丈夫都管不着的事情。

龙组，这个素来神秘的组织，也是在世界上令人敬畏的组织，伴随着它的神话，总是有凤组的影子。

虽然凤组似乎是在逐渐地没落，但是，依然不可小觑。至少，冷阳的第二任妻子，曾经用凤组的力量跟他对抗过，并且为他制造了不小的麻烦，从这就可以看出，凤组还是具有一定的实力的。

如今这样一个组织的首领，对他表示了好感，他怎么能不兴奋。

金斯泽跟他的父亲一样，对东方女人，都有一定的偏爱。叶露自认自己不算漂亮，但是在金斯泽的眼中，她俨然是个小美人。她的美，已经不仅仅是她的外表了，她身后所代表的金钱、权势，使得她脱颖而出，受人瞩目。

更加上，这是冷阳的妻子。

这个传说中冷漠无情、聪明绝顶、身手矫健、手段雷厉、行动果敢、拥有浩瀚而坚固的地下帝国的男人，每个强势的男人都把他当作自己的假想敌来竞争。

一想到他的妻子会被他给压在身下，这种征服感，已经不仅仅是单纯的肉欲了，而是一种似乎凌驾在他之上的巨大愉悦感！

而这种强大的愉悦感，会让男人们如飞蛾扑火一般地朝叶露扑过去。

他敢说，那些没有尝过冷阳妻子味道的男人，现在必定在跃跃欲试着，想尽快把她给弄到手。

他敢肯定，叶露肯定对他有好感！

那么勾人的笑，一次又一次，他又不是神经迟钝，怎么可能感觉不到？

随便扯了一个借口，从夜店匆匆告退，起身离开，一路上，每每想到她，总觉得热血沸腾，难以忍耐，恨不得立刻压倒她，撕了她的衣裳，凶狠地占有，让她因为情动而落下的泪水沾湿那张红艳的小脸。

随便地将车停在了房外，都不顾上倒车，就急忙忙地，借着酒意的蒸腾，直接奔上了三楼。

到了叶露的房间门前，他略微兴奋地拧了拧门，在发现门竟然没锁的时候，他忍不住地激动了一把，下身的欲望叫嚣得更加厉害了。

果然是个荡娃！

这边做如此感想，那边却更加兴奋地把门给轻轻推开。

在看到满室的黑暗的时候，他愣了一下。

他以为，迎接他的，会是一个身着蕾丝睡裙的少妇，伴着一盏幽暗的橘灯，春情满目地看着他。

显然，他猜想错误了！

满室的黑，带着夜的冷和静，让他热腾腾又焦躁不已的身子，微微地下去了一些温度。

他在想，是不是自己会错了意？

一时间，就有些犹豫了。

可是，心里实在心痒难耐，现在的机会又是那么的好，冷阳和他父亲都不在，珍姨已经睡下，佣人们更不会随随便便地到三楼来。不吃，真的是太错失良机了！

可是，金斯泽毕竟不是光有色心的色胚。

他虽然有色胆，但是不笨，该有的精明，他一样也不少。

想了想，他试探地在门口低唤了一声："冷夫人，睡了吗？"

如果她也有那个意思，必定会出声回应，到时候，他就可以不客气地锁门，扑上她，直接来个大战三百回合，你情我愿之下，就谈不上什么后果严重了！

可是——

房间里静悄悄的！

没有他所期待的回应！

他小小的失落了一下，深吸一口气，将欲望暂时压下，随即耸耸肩，有些无所谓，有些玩世不恭地笑了一笑，怕什么，来日方长嘛！

可是，他又不是一个习惯用手来解决欲望的人，他现在在犹豫，是冲个冷水澡呢，还是出去找个女人！

想想老头子一会儿回来，要是看不到他人，可能会动怒，还是算了，乖乖回房得了！

合门，轻轻地抬脚离开，往隔壁房间，也就是他的房间走去，打开灯，立刻出现在眼底的那张大床让他挑了挑眉。

这张床，显然今天变得很不一样！

床铺上突起来的那一团，绝对不是他喝多了之后产生的幻觉！

那确实躺着一个人！

他眯了眯眼，放荡不羁的笑容敛去，全身的神经顿时紧绷了起来，那是应对未知危险的身体本能反应，是经过了千锤百炼之后才会有的迅捷剽悍！

他慢慢地踱步，小心翼翼地宛如猫科动物，不发出任何声响地朝床铺靠近，同时一手插入西装内，那里躺着一支手枪，紧紧握住，蓄势待发！

在看见深陷在天蚕被里的那张娇嫩而熟悉的脸庞时，他所有的警戒顿时一空，全身猛然宛如着火一般地烧了起来！

原来，她跑到他房间等他来了！

这个女人，比他想象的还要大胆、热情、放荡！

不过，他邪魅地笑了一笑，至少这顿冷水澡是可以免了！

缓缓地将手从西装里抽出，还是垫着脚尖轻轻地走到她的身边，居高而下地俯瞰起来。

灯光下，她的脸，美丽得宛如白玉一般，更像是中国有名的瓷器，美得摄人心魂。难掩心里的那份渴求，他轻轻地伸手，有些怕亵渎一般迟疑了一下，继而，还是伸手，轻轻地摸上那白玉一般的肌肤，触摸上，那柔软的触感，让他眯了眯眼，眼中浮上淡淡的沉迷。

他终于能够明白，那书上所说的羊脂白玉一般的肌肤是什么意思了，原来，这便

是啊！

不过，她现在的状态……

没有多细想，心里的欲念还有莫名的兴奋让他失去了该有的提防和警戒，她现在躺着这里，这就已经足够了。

可能是在这等他，等得睡着了吧。他主动为她找了一个恰当的理由，也为自己接下来的行为做了完美的开场白。

轻轻地拉开被子，看见她那一身完好的衣服，正是白天的那一套，根本就没换，他更确定了自己的假设。

邪魅地笑了笑，眼中流转过浓浓的风情。

盯着她安静的睡容，心想原来她睡着了之后，可真是安静甜美得像个天使，谁能想到，这样圣洁的面容下，会藏着那样热情的灵魂。

不过几下，他便利索地退下了西装外套和西装裤，急不可耐地解了衬衫上方的几颗纽扣，古铜色的肌肤，立刻在白色的衬衫底下显现。单是看那露出一小半的胸膛，就可以感觉到那肌肤的紧致，肌理分明，显示着力的美丽。

身体越发的火热难耐，宛如身体内的酒精在燃烧一般，想到接下来的事情，他的双眼燃起了熊熊的烈火，一把拽开盖在她身上的被子，矫健而强壮的身躯，顺势往床上一压。

如此剧烈的动作，惊醒了叶露。

惊觉到有什么东西不对劲了，她立刻睁开了眼，看到在她身上趴着的金斯泽，她惊呆了，挑眉疑问。

“你干什么？”

她下意识地拿手护住自己的胸部，很快就发现自己身上的被子已经消失不见了。她开始慌了，这是对危险的本能反应，她想从床上起来，却惊诧地发现自己身体是虚软的，竟然连从床上爬起来都费劲。

现在是什么时候了？！

她喝完酒之后，又过了多久了？

为什么感觉全身的力气那么难聚起来，是喝酒的关系吗？

金斯泽只是伸手轻轻地一压，竟然将她好不容易撑起来的身子给重新推到了床上！

她慌乱地抬眼看着他。

金斯泽暧昧地冲她笑着：“你醒啦？让你久等了！”

因为喝了酒，他的话说得有些模糊不清，再加上他的声音又异常的轻柔，听在叶露的耳朵里，若有似无的，辨认得不太清楚。她原本就对于英语会话不太在行，现在，金斯泽所说的，她根本就听不懂。

但是，她起码的警戒意识还是有的。一个男人，脱了衣服爬上了她的床，还拿那种恨不得吞了她的眼神看着她，她要是还不知道不对劲，那她就是个白痴了。

“下去！”她厉声低喝，只是不知道为什么，愤慨的话从她嘴里说出来，失去了那份愤怒中的高亢，反而软绵绵的宛如欲拒还迎！

显然，欲火中烧的金斯泽也是这么认为的。

欲拒还迎，倒是不失为情趣。

她要是真的宛如本国女子一般，上了床，狂野地脱光光，见了他，就像八爪鱼一般贴了上来，只怕他会少了不少乐趣呢！

“宝贝……”

他邪邪地笑着，伸手，轻轻地抚摸叶露的红唇！

她惊恐地发抖，不知道为什么，全身敏感得根本就禁不起任何的触摸，可耻的呻吟，竟然忍不住地从嘴角溢出。

她悲愤地咬唇，觉得这样的自己，简直太可耻了！

他见猎心喜地看着她，觉得她咬唇的姿势，娇弱中散发着别样魅惑人的美，忍不住地低叹：“宝贝，你好美……”

浓浓的酒气从他嘴里呼出，她差点被熏倒。脸上的肌肤被他热烫烫的呼吸一吹，竟然敏感且止不住地战栗，就好像脸上被微弱的电流电击着一般，酥酥的、麻麻的，异样的感觉，让人很渴望能够再来一次。

她显然变得有些奇怪！

但也没有跨在她身上的他来得奇怪！

叶露见跟他沟通不了，而且他身上的酒味简直是太浓了，肯定是喝了不少酒，人家说喝醉酒的人，都是没有理智的。没办法了，她就只能靠自己的力量挣脱开来。

忍耐地让他抚摸着，心里又气又恼，同时脑中急转，缓缓地抽了抽腿，打算一脚把他踹下床！

显然，这个难度太高了，因为金斯泽已经跨坐在了她的腰间，双腿异常熟练地夹住了她的双腿，她的腿，现在根本就不能发力。

而他，已经吻了下来。

唇瓣遭受袭击，让她宛如遭受雷击。

挣扎不开的危机，让她大脑失去了冷静，开始凭本能胡乱地挣扎，使出吃奶的力气，也要把他从身上给弄下去。

明明是那么的讨厌，可是为什么还是觉察到了快感，还忍不住地想要呻吟。

太奇怪了！

他却显然沉迷在她“欲拒还迎”的游戏中，她努力地挣扎，在他眼里看来，微弱得宛如一只小蚂蚁，这微微的挣扎，只是更让他热血沸腾，想征服她的念头更强了！

这可是一个极品！

他在心里暗叹！

这样的她，被冷阳尝过多少次了？

心里闪过丝丝的嫉妒，他的眼中烧起了火光，猛地伸手拽住了她的衣领，用力一拽，暴力地将她的衣服从领口开始撕裂，一下就一裂到底！

她忍不住破口大骂：“放开我，王八蛋！放开我……”危险时机，本能地选择了国语，可是金斯泽根本就听不懂！

她怒骂时候的表情很生动，他既觉得惊奇，又觉得可爱得紧，真恨不得就这样狠狠地占有了她。

流连在她白洁的脖子一带的唇瓣微微一移，慢慢地朝她的红唇进发，她自然挣扎，可是他只用一只手一捏，就将她的下巴牢牢固定，从而很轻易地就封住了她的唇瓣。

香甜的小口，尝起来更加甜美了，连带那不停怒骂中的唇瓣，颤抖中都让他感觉到另一种战栗的快感，更别提那已经听得不太清的“嗯嗯啊啊……”的怒骂声，听起来，更像是一种情动中的呻吟。

她打他，他不理会，觉得那一拳拳，不痛不痒的，仿佛是隔靴搔痒一般。

她踢他，他兴奋，那匀称修长的大腿激烈地想摆脱他的压制，却每每在挪动中摩擦他的下腰，让他激动着闷哼不止，嘴里不停地低哼着“你这个妖精、妖精”，觉得她的调情手段简直高超得让他发狂！

他长这么大，都没在床上碰见过这么野的女人！

热烫的大掌，难耐地开始撕扯起她的裤子。

她开始凄厉地呼救：“放开我，救命，救命啊……”在他身下扭动不止。

他却以为她备受情欲煎熬，开始不耐烦，只能勉强按捺自己的欲望，低喘着安抚她“宝贝，别急，别急，我马上就给你，宝贝……”

显然，两人，一个汉语，一个英语，鸡同鸭讲，扯的事情完全是天南和海北，天差地别！

她情急之中，才想到，自己应该要用英语求救！

“H……”

一个“Help”还没有完全出口，大门猛地被人一脚踹开，在床上的两人同时身形一震!

她扭头一看!

黑暗中的两个人影，她只看见了，靠前的那个高大熟悉的身影，那身影上的脸，恐怖扭曲的像修罗!

可她却忍不住地对那张怒火滔天的脸笑了一下。

“冷阳!”

她惊喜地呼唤。

有救了!

冷阳大踏步地走了进来，全身宛如沐浴在火中一般，谁要是靠近，必定被那熊熊的烈火给烧得连灰都不见。他的眼神，与其说是像凶性十足的恶狼，倒不如说像是从地狱爬出来的复仇亡灵，全身都充满了阴森的死气——欲要拖人入地狱的死气。

这样的他，就连见过大场面的金斯泽都心里毛了一下，压在叶露的身上，竟然动弹不了了。他已经完全被冷阳的气势给压倒了!这种无形中，将人给镇住的气势!

就连一心想要向他求救的叶露，在看清了离她越来越近的这张脸后，想要说的话，也被吓得堵在了喉咙里。

开不了口!

这一刻，她已经吓得忘了说话!

冷阳恶狠狠地瞪着金斯泽，手一扬，叶露只觉得眼前一花，根本什么都没看清，就看到了最后的结局，那把不知道什么时候出现在他手里的枪，竟然就这样毫无障碍地顶在了经过无数大场面的金斯泽的脑袋上，而金斯泽竟然连丝毫躲开的痕迹都没有!

被冰冷的枪支抵在太阳穴上，金斯泽这才有些回神过来，他竟然会迟钝到被人拿枪抵着他的太阳穴，这一刻，金斯泽才感觉到冷阳真的果然如传说中一般可怕!

“如果你不是金的儿子，我就该一枪打死你!”阴狠的声音，带着浓浓的恨意，他口气里的阴戾狠绝，绝对不是闹着玩的。

有一种人，遇强则强!

金斯泽就是如此，他虽然已经落于下风，可是，大风大浪里走过来的他，岂能服软?即使被枪给指着，他也有他的骄傲和尊严。

他很平静地告诉冷阳:“我们是你情我愿的!”

一句话，判了叶露死刑，而这死刑犯，显然还不知道自己已经被判了死刑!

该死的平静语气，宛如一把剑一般，狠狠地刺中了冷阳的心。

他缓缓地收回了顶在金斯泽头侧的枪，扭头，看着躺在床上的叶露:震惊的表情，似乎是因为偷情败露;掩饰不住的潮红，那是陷入情欲中的神情，还有破碎的衣服下白皙的皮肤，胸前的风光，全部一览无余！

眼中一暗，嘴唇一抿，道不清的失望、哀伤，将西装一脱，伸手一扬，西装以恶狠狠的力道飞扑而去，一把盖住了她娇嫩的身躯，哀伤得像是戏剧终结最后拉上的幕帘！

她这才觉察到自己的难堪。

将枪别在腰间，他微微弯腰，伸手一拽，就将她从床上拽了起来，他的力道巨大无比。她感觉自己的肩膀似乎被拉伤了一般，但是，她不讨厌，那些痛处，跟他及时出现相救所带来的感激、喜悦比起来，就微不足道了！

将西装微微一拢，将她玲珑的身躯完全遮掩住，随后他大力拥着她，以快要把她揉碎的力道揽着往外走。

她皱着眉头忍耐着，步伐不稳地被他拉着。

金议员神情愤慨，一脸的煞气，看着朝他走来的叶露，猛然冲着还半跪在床上的金斯泽怒骂起来："你个畜生，冷夫人爱闹，你也要跟着闹吗？我平时是怎么教你的！你，给我过来，立刻向你冷哥道歉！"

金议员的话说得很快，充分地显示了他的怒不可遏。大惊之后的叶露，更是一句都听不懂，只是感觉到金议员似乎提到了自己的名字。

金斯泽孤傲地看了眼金议员，嘴唇抿成了一条线，显示了他的不妥协。他斜眼看着冷阳，等待他的说法。

"不必了！"冷阳看都没看金斯泽，大步越过了金议员，留下的只有这短促用力的话，带着森森的寒气。

一扇门，带着绝对良好的隔音效果，将外面的所有一切都隔绝。

冷阳狠狠地将叶露一推，推入了自己的房间。

她踉跄了一下，双手拽着西装的两角，心里有丝丝的委屈，觉得他粗暴的行为有些伤人。

然而，更粗暴的还在后头呢！

冷阳猛然用力一拽，将西装从她的身上扯了下来。

她低呼："你干吗？"急着想要从地上把西装给捡起来披上。

他狠狠地拽住她的胳膊，强硬地将她微微蹲下的身子给拽了起来，然后粗鲁地将她往床边拽。

强硬的力道，强大的气势，让她被迫跟着他的步伐走，这边还得羞窘地拽着自己破碎不堪的衣服好遮掩一身外露的肌肤。

被他毫不留情地推到床上，对待的方式，让她恍惚觉得自己是一袋垃圾，一点都不受重视！

她气闷地想开口说些什么。

可他已经欺身上来，伸手，一把抓住了她的下巴，死死地捏着，她觉得自己的下巴好像是被一把巨大的钳子给钳制着一般，又难受又痛苦。

“我以为你是不一样的！”他一字一句地冲她吐出，几乎是以咬牙的力道，他的表情很愤恨，又似乎很悲哀，她看到他的双眼，好黑、好暗、好深，那里有一个黑色的大漩涡，叫嚣着，恨不得立刻把她拽进那漩涡里，让她永远陷在那里，再也爬不出来。他捏着她下巴的手，越发紧了，那力道变得更大，几乎要把她的牙关捏碎。

“却原来，你跟她俩一样！”他继续说，恶狠狠地瞪着她，如果目光可以杀人的话，她想，自己一定已经被他杀了无数次了！

可是，她不解，不解他的怒火，不解他的愤恨，她是无辜的，她根本就不明白这到底是怎么回事，她什么都没做不是吗？

“冷阳，听我说，你是不是误会什么了？”

“误会？！”他几乎要狠狠地大声嘲笑起来，“我误会？！叶露，看看你现在的样子，你知道你像什么啊？哈，你就像一个发情的荡妇！”

她——被刺伤到了！

荡妇？！

这样重度羞辱人的词眼，为什么要用到她的身上？！

他却依然愤怒地冲她低吼：“我误会？叶露，你告诉我，我怎么误会了？在车上是谁在那么勾引地笑？是谁不在自己房间里睡觉，跑到别的男人的房中的？是谁难耐寂寞，跳上了别人的床，还发出那么难耐的呻吟？！你不是一直很清高，你不是一直很纯洁，在我面前装得像个圣女，呻吟一声都不肯，在他身下，却浪荡的像个娼妓，放肆地呻吟，我在门口都能听到你那可耻的叫声，就是妓女都没你叫得这么欢快！看看你，看看你这样的脸！”

他狠狠地抬高了她的下巴，仇恨地瞪着：“这样鲜嫩的红色，这样的动情，你还说我误会，我怎么误会？看看你的眼睛，该死的，你什么时候这样看过我？你说我误会？！叶露，你倒是说说看，我哪里在误会？”

他觉得舍弃夜店里那么多风情迥异的美女，强忍欲火，非得回来找她的自己，简直蠢得像是一头猪！

他说怎么金斯泽走得那么匆忙，在他前脚走之后，他觉得无聊，也跟着后脚走了。没想到，金斯泽如此匆忙回来，竟然是为了跟她幽会。她什么时候跟他勾搭上了？这才多久的时间，她就这么的饥渴，这么迫不及待地要爬上他的床？

他以为她是不一样的，他可以有一个新的开始，在经历了两次糟糕的婚姻之后。

因为，她还是一个学生，她还没进入社会，没沾惹社会上的那些恶习，她可以很纯真，她可以很善良，也可以很纯洁，更可以很忠贞！

又因为，她对冷星很好，简直比亲生母亲还好，而她和冷星根本就没有任何的血缘关系。在看到她为冷星向他抗议，冲他怒骂，冲他大吼大叫，叫他去死，在冷星生病的时候，抛下一切身段向他哭着求助，甚至为冷星毫无形象地流下担忧的泪水，哭得一塌糊涂，他认为，她是不一样的。

她温柔、甜美，还很可爱。她为冷星唱安眠曲，她给了他一种家的感觉。他以为……应该可以建立一个家了！

但是——他错了！

没什么不一样！

一样的，她们都是一样的！

“贱人！”怒火冲天的他，根本就不顾忌手下的力道，狠狠地一大巴掌挥向了她有些变白的脸庞，“你跟她们一样的下贱！”

暗红的血，立刻从她的嘴角冒出！

她捂着自己的脸，难以置信地瞪着他！

他打她？！

他竟然打她？！

就是她打了他一巴掌，他都没打她，可他现在竟然打她？！

贱人——

这是比“荡妇”更令她伤心的字眼，她感觉自己的心，好像被这两个字给刺穿了一般，留下了一个空洞，任那里汩汩地流血，痛彻心扉！

她沉痛地看着他，将他的愤怒、狂乱尽收眼底，忍着脸颊的痛，咬牙，就着一口的血水，缓慢但坚定地对他说：“我——没——有——对——不——起——你！”

可盛怒中的他，显然已经听不进去了！

他只两手往外一拽，她的裤腰立刻闻声裂开！

相似的声音，继衣服被撕裂之后，再次在她耳边奏响，她惶恐、害怕、惊惧！

她慌乱地看着他：“你……你要干什么？”

他阴狠狠地笑了一下，那是愤恨之极，不怒反笑了。“你不是很饥渴吗？你不是很想要男人吗？我来喂饱你啊！”

他拉下拉链，根本就没有任何的前戏，就莽撞地进入了她！

“啊！”她的身子瞬间弹跳了一下，痛得死去活来，觉得自己的下半身好像是被锥子给狠狠地敲入一般！

疼！

漫天的疼！

绝望地伸手拽过一边的被子，塞入自己的嘴里，狠狠地咬住，被他一巴掌拍出来的血，很快就将嘴角边的被角染红！

他只是在那机械地律动，面无表情地抿着唇，冷酷得像个魔鬼，双眼暗沉沉的，死死地盯着她！

到底——是谁折磨了谁？！

……

听得大门轰然一声关上，显然是被某人的怒火给冲击到了，他狂怒不休的身影决绝地消失在了门外，这是他今晚在她眼前展现的最后一次愤怒！

她一动不动地躺在床上，哀痛得连想死的心都有了！

恨！

好恨！

好恨他！

不愿意经历的一切，全都莫名其妙地在她身上发生了！

她本来孑然一身，她本来孤芳自赏，她本来欢快享受，活在象牙塔里，远离外界的纷纷扰扰，虽然比不上公主的富裕，但是开心、自在！

可是，他的出现，打乱了一切！

无数次，她告诉自己，认了，认了！

既然都已经走到了这一步，既然抗争不了，那就认了，认了！

帅子帮她，出了事，他不帮忙，好！

她认了！

她靠自己的努力来帮忙！

他只不过是她名义上的丈夫，她不敢也不奢求他会像一个普通的丈夫一样帮助有困难的妻子，“夫妻患难与共”，在她看来，那只是神话！

她靠自己的努力，把帅子救出来，冒着巨大的危险，游走在生死边缘。

她不求他，也不欠他，互不相欠，永远提醒自己，她和他之间存在的只不过是夫妻的那张契约罢了，现在，他又是凭什么打她，甚至这样对待她？！

她所有的一切都是被逼迫的，都是身不由己的，难道，就连暴力，她都得咬牙，一并承受？！

这个男人，以霸道而邪恶的力量，束缚住了她，几乎是毁了她一半的人生，没了自由、没了爱情，不能自由自在，也不过是比死囚好一点。

但是她以前还是乐观地想，这个人虽然看上去冷酷了一些，但是到底还是有些温柔的，从他对待冷星上，她可以感觉到一些。她想，如果不去多想，就这样过一辈子，也算马马虎虎能过得去。

而如今，她明白了，温柔，那只是假象，自始至终，他是冷的，冷得毫无感情，冷得霸道自私，冷得残忍恐怖！

这种已经深入骨髓的冷，会在不定期的某时爆发，瞬间将她伤得遍体鳞伤！

离开他！

她一定要离开他！

在他用那么侮辱的语言，那么残暴的方式对待了她之后，她不能忍受了，一想起他，身体就止不住地开始颤抖，心就止不住地开始膨胀，胀得发疼、发痛，叫嚣着，离开他，必须要离开他！

不能忍受——跟他一起生活！

哪怕他再厉害，哪怕他有翻云覆雨的力量，哪怕他有权倾天下的权势，她都要离开，只要她还有一口气在，她都要想方设法地离开他！

好！

他高高在上，她下贱不堪！

好！

她也别用自己的低贱辱没了他！

她走，走得远远的，谁高贵，谁清纯，谁来当他的妻子！

她不稀罕！

狠狠地抹去眼角淌下的泪水，她眼中闪过一抹坚毅的光，继而自嘲又解脱地笑了一笑。

“很好，很好，这下子，终于不再迷茫了……”

拉过被子，盖住自己，一会儿哭，一会儿笑，状若癫狂，只有当事人，才能明白那心到底有多伤！

敲门声，一声一声缓缓地敲响，带着小心翼翼的节奏，宛如啄木鸟一般！

“冷夫人，是我，我可以进来吗？”

是金夫人！

叶露将悲伤又有些狂乱的情绪压了下来，拽着被子，起身，靠在了床头。“进来，门没锁！”

她知道自己现在的样子，非常的糟糕，不能遮掩的泪水，已经红肿一半的脸庞，这样的状态，让人看见估计都得笑个半死，还有那些鄙夷就更不用说了。从冷阳的话中，她大概已经猜到自己已经被划为“水性杨花”的那一种人了。

但是——

谁在乎？！

她都已经够落魄了，难道还怕更落魄吗？

清者自清，浊者自浊，她对得起自己，那就行了！

金夫人推门走了进来，脸上有着浓浓的担忧。她边走，边担忧地说：“你的事，我从金那听说了，我刚看到冷先生怒气冲冲地开车走了……咦？”

走近了的她，终于清清楚楚地看见了叶露的脸。然后她立刻惊愕了，吓得不轻：“你……你的脸……”

那白嫩的脸庞上鲜红的五指印，看着是那么的惊心动魄！那个打下这一巴掌的人，该是多么的用力和愤怒！

叶露笑了笑，红肿的脸庞立刻抽痛了起来。她将“咝咝”的示弱声尽量压在了喉咙里。

金夫人眼里流过伤痛和心疼：“怎……怎么会这样？！你……你和泽……”

她看着叶露，有些说不下去了：“哎，算了，我去给你拿些冰块敷敷吧，要不然你这脸，明天根本就不能见人！”

她急匆匆地转身去拿冰块，拿回来之后，用冰袋包好，往叶露的脸上凑过去。

叶露伸手一挡：“还是我自己来吧，谢谢！”

金夫人将冰袋递给了她，她接手，贴在了自己的脸上，突如其来的冰凉贴在已经红肿的脸上，又酸又痛的感觉，让她忍不住龇牙咧嘴起来。

金夫人看着她的眼神，充满了同情。

“用这种方法，激怒男人，是很不明智的方法！”

金夫人摇摇头，意有所指，似乎在猜测叶露今晚的行为，是故意用来气冷阳的花天酒地的。

叶露抬眼，苍茫的双眼，黯淡又有些不在意地看着她。

金夫人解释：“男人自己出去花天酒地，认为理所当然。但是他的女人要是稍微做出背叛的行为，他们就会暴怒得像是被咬到的狮子，这样的怒火，不是你可以承受的！”

叶露点了点头，像是附和，又不太像。“谢谢你的关心和冰块，我想……一个人静静，好吗？”

什么怒火不怒火的，已经无所谓了，承受不承受，就那样了，她和他，以后，不会有太多的交集了。

金夫人点点头，站起了身：“你是该好好地静一静了，可是，你别想太多，也别伤心，等过些时间，冷先生的气消了，你们好好谈一谈，会没事的！相信我，我是过来人了。”

“谢谢！”她淡淡地回应，语气轻飘，很不在意的口气。

金夫人轻叹，轻轻地拍了拍她的肩膀，往门外走去，临出门前不放心地回头又对叶露说道：“有什么地方用得着我，请你千万不要客气！你叫佣人给我传个话，或者直接到二楼找我都可以。你现在身在异乡，我就是你的朋友，你的亲人，我有这个职责和义务照顾好你！”

“嗯。”叶露淡淡地笑了一下，真的很感激她此刻的善意。

金夫人这才关门离开。

叶露挪开了脸上的冰袋，停了一会儿，等脸又可以承受寒冷了，才又把冰袋按在了脸上。

那寒得有些刺骨的冰冷，从她的脸上、手上传来，让她大脑不再处于激动的燥热狂乱中，变得越发清醒、冷静！

然后，问题，开始一个又一个地蹿上了她的脑海：

为什么，她会出现在金斯泽的房间中？被冷阳拽着，回到了这里，她才发现自己原来待的不是自己的房间，她一直以为是金斯泽闯入了她的房间，可是，看来不是这样的！

她明明记得自己回的是自己的房间！当时她脑袋虽然有些晕，但是为了怕弄错，特意盯着门板，仔细地数着一、二、三来着，她记得很清楚，看到一扇门，她就数一下，她不可能会弄错的！

那么，如果假设，是金斯泽把她抱到了他的房间，为何，被他抱着的时候，她一点感觉都没有？！

她虽然喝了酒，但是她还没醉到不省人事的地步，自己被人抱着，总是应该有些知觉的。

难道，是她不小心数错房间了？！

不……不会吧？！

她吓得瞪大了眼，她不会蠢到这个地步吧？！连数数都能数错？！那是什么酒啊，可以让她智力退化到那个地步？！

酒？！

她的思维略一停顿，心里突了一下，不好的猜测，开始在她脑中冒头。

为了自己那一刻突然的怀疑觉得好笑，金夫人跟她一起喝的不是吗？自己的室友是嘲笑过自己的酒品是有些“可爱”，况且，金夫人是她的盟友，她是来帮助金夫人的，她没道理对她做莫名其妙的事情，对不对？

难道，真的是她的错？

另外，那难耐的呻吟——

她心里一堵，尽量忽略冷阳的侮辱和鄙视，开始冷静地思索，难道那也是因为自己喝醉的关系？一杯酒，可以对人的体质产生那么大的影响吗？

将冰块撤下一些，倒了一些冷水出来，重新装了一些冰块进去，望着那在水面上漂浮的冰块，她怔忡了……

她觉得有什么东西，宛如这沉沉浮浮的冰块一般，似乎马上要脱水而出，但是又似乎依然陷在水中，还是，不能摸透……

次日早上起来，脸不太肿了，看来是昨天的冰块有了效果。至少，她出去见人，也算马马虎虎了。

起得晚了，因为昨天睡得很晚，2点？3点？谁知道到底是几点！

早餐是在房间里解决的，保姆亲自送到房间里来，看来这是金夫人的贴心安排，真是一个善解人意的女主人。

她想，自己在这个房子的风评，估计糟糕得不能再糟糕了！

因为，在她不经意抬头的时候，看见了立在一旁的保姆那不能及时掩去的眼中的鄙夷。虽然那保姆很快就恢复了正常的表情，但已经落入她眼里的表情，确实存在了她的脑海。她一开始疑惑，后来往深处想想，在经历了昨天那诡异的夜之后，似乎，也能理解她为何会露出这样的表情了！

冷眼看着她恭敬地收拾东西而去，叶露忍不住在心底嗤笑，倒不知自己有一天会在别人眼里成为下作的人！

但还是——无所谓！

窗外的景色很美，天色蓝得像是海洋，云彩飘逸得像是长长的丝裙，还有地上那一片嫩绿的草地，生机盎然，每一株似乎都娇软脆嫩，宛如绿丝绒一般，让人恨不得在上面滚上一滚。就连青草上沾着的未能被阳光及时蒸发走的露珠，看上去都那么的惹人怜爱，一闪一闪的，宛如清泪，又宛如笑靥。

想来，有这样想法的，并不止她一人。

那片嫩翠的草地上，已经坐上了一个小家伙了！

太过熟悉的模样，正是她此次的目标！

她弯了弯嘴角，眼睛一眯，宛如一阵风地从房中飘了出去，踏入草地。

叶露轻手轻脚地朝着金斯瑞靠近，小小的后背，让她想起了家里可爱的星星。

“嘿，小瑞！”她轻轻地探过脑袋，从后面凑到了金斯瑞的耳旁，好奇地询问，“在画什么呢？”

金斯瑞转头，小脸蛋看见叶露，顿时笑眯了眼："露露阿姨！"

金斯瑞是个很乖巧的男生，六岁了，不同于他的父亲，也不同于他同父异母的哥哥，没有丝毫的凌厉之气，反而很温和，也没有富有家庭的孩子的骄横跋扈，他就像普通人家的小孩，温和乖巧，会说会笑，一个小笑话，都能惹得他咯咯地止不住发笑；一个小故事，都能让他着迷万分；一份小礼物，都能让他欣喜不已。

这——就是跟他相处过的叶露的感觉。

他是一个跟星星一样可爱的小孩，但是，他显然比星星要幸福得多了，因为，他的父母都很爱他。

"露露阿姨，我在画花，你看，这花好看吗？"他伸出小手，指着青嫩的草丛中那朵白色的太阳花，这花在大片的青绿之中，是那么的不起眼，但是显然，它的挣扎努力、自强不息，得到了金斯瑞的喜爱。

"很好看！"叶露笑着，在金斯瑞的身边坐了下来，"这么漂亮的小花，小瑞你可得好好画，画好了，让小花看看，我想它一定会很高兴的！"

金斯瑞笑得更开心了，眼睛都眯成了一条缝。"露露阿姨，你看着好了，我一定会画得很好很好的。"

"好啊！"

金斯瑞拿着画笔，神情严肃地继续描绘，看样子，真像一个小画家。

不速之客，来了一位！

"小瑞，画什么呢？"

金斯泽慢条斯理地走了过来，从他不时地转眼看叶露，就知道他的目标，并不仅仅是金斯瑞。

金斯瑞头也不抬地回道："画花，画漂亮的小花！"

金斯泽微微一笑，走近了，居高临下地看着金斯瑞手上的画板，快要成形了嘛。

他挨着金斯瑞坐了下来，只是角度，正正好好，能够看得见叶露。

叶露起先见了他，脸色不大好，但是想想自己来这儿的目的，也只能将心头的那份厌恶压下，专心致志地看着金斯瑞画画，打算就这样当金斯泽是个木头人一般忽略他的存在。

可是，金斯泽就是冲着她来的，岂会沉默地在这傻坐？

"昨晚……你没事吧？"

提问，显然是针对叶露的，她本不想理会，可是盯着她的那道目光实在太过炙热，她不理会不行。

抬眼，她直直地看着他，带了些微的讽刺："你说呢？"

金斯泽无辜地耸了耸肩，笑了笑："好似……不太好啊！"

她瞪了他一眼，觉得他的放荡不羁，更加碍眼了。

可是，她的生气，落在他眼里，却还是别有一番滋味。他轻笑："昨晚，我们是急了一些，我也没想到，冷阳会发这么大的火，他对他的妻子，向来都是不愿意过多理睬的……"

"抱歉，请你说得慢一点，我英语水平不够，不太能明白你在说什么。"她的语气生硬，表露了对他的不欢迎。

金斯泽愣了一下，歉意地一笑："啊，抱歉……"

他这次放慢语速，重新说了一遍。

冷阳的事，与她无关，她也没必要没事找抽地去搭理，她现在很介意金斯泽的说辞，什么叫"我们是急了一些"？哪里来的我们？

"金斯泽，我本来想忍的，但是我实在是忍不住了，你不认为你昨晚的行为，实在太过分了吗？"她生了怒气。

金斯泽讶异地挑眉："过分？"

"是！过分至极！你不觉得，将一个熟睡的女子抱到自己房里，并且想要强……"顾虑到在一边坐着的金斯瑞，她赶紧改口，将强暴咽下，换了一个说辞，"并且想要对她做她不愿意做的事情，不过分吗？你要知道，法律上有一项罪，说的就是这个，对于你那糟糕的行为，我完全可以去告你的，你可明白？"

金斯泽沉下脸，看着叶露，神色深沉，似乎是在探究，探究她此刻说的话，到底有几分真意。叶露无惧地迎视他的目光，充分表露了自己的愤慨！

"我想，我们是不是有什么误会？"金斯泽盯着叶露的眼睛询问，脸上的笑容已经消失，神情转变得正经严肃，却还是魅力非凡，"我以为，昨天的行为，我们是心甘情愿的。是你到了我的房间，爬上我的床，引诱我的，不是吗？"

"引……引诱？"叶露失声叫了出来，这才注意到金斯瑞已经停了画笔，好奇地歪着脑袋看着她。

她尴尬地红了红脸："那个，小瑞，不好意思啊，打扰你画画。"

小瑞摇了摇头，稚嫩的音调却很成熟地说："没事，露露阿姨和哥哥的事比画画重要。"

叶露汗了一下。

金斯泽伸手，揉了揉他的小脑袋瓜，像是宠溺，又像是赞赏。

"我……我们还是到别的地方说吧。"

金斯泽拒绝："不用了，就在这了，小瑞就是我们的见证人，我们之间的事，就在小瑞的面前，明明白白地说出来，我可不想让你误会！"

他很强势地盯着她，狂热的眼神中透着坚定的神采，不容她拒绝，也不容她逃避，更不容她对他厌恶！

金斯瑞人小鬼大地点了点头，附和道：“嗯，我会做一个合格的见证人的，还有，我什么都不会说的噢。”

叶露大窘！

只是一大一小相似的两张脸庞盯着她，等待她开口，让她有种骑虎难下的感觉。

好吧！

她深吸了一口气，豁出去了！

“金斯泽，我现在清清楚楚、明明白白地告诉你，昨晚上，我根本就没跑到你的房间里，更没想过要引……引诱你！”

“可你确确实实地躺在了我的床上啊，这个作何解释？”

“我……”叶露语塞了一下，“我……昨晚喝了一点酒，可能……可能跑错房间了！”奇怪了，明明是她在质问他，为什么她感觉好像情势在慢慢地逆转，变成了她成为处于下方的那个，并且，心里竟然开始发虚，这可是不妙的势头。

金斯泽深谙谈判技巧，步步进逼：“那你为什么在床上那么热情地回应我？你要是没那个意思，你就该拒绝我！”

叶露的脸红得宛如要滴血一般，又羞又气：“我怎么回应你了？我一直在拒绝你好不好，我让你放开我，我让你下去，可是你……可是你……”

她说不下去了。

金斯泽也大概明白了，今天早上酒醒了之后，他心里就一直有些不上不下，感觉好像有什么东西堵着一般，想想昨晚的事情，他觉得似乎有哪里不对劲，但是，又找不出来什么疑点，原来，真的不是他的错觉，这真是一个天大的误会！

他微微一叹，“冷夫人！”

严肃的神情，换得她全然的注意力之后，他郑重地鞠了一躬：“对不起！我想，我们是误会大了！”

他如此郑重的道歉，她倒有些不知所措了。在她看来，他是一个很强势的人，更有些自命不凡、不甘居于人下的感觉，可他在知道事情的来龙去脉之后，如此干净利落地道歉，倒真的让她很难再像之前那般讨厌他！

“我想，在你决定要讨厌我之前，我有必要解释一下。我昨天喝了很多酒，醉得不轻，看到你躺在我床上，我很理所当然地以为那是你对我的邀请，这是无法控制的，因为我对你很有好感，况且，你也对我表明了你的心意，我当时认为我们是你情我愿的……”

“等等！”叶露皱眉，“心意，什么心意？我什么时候向你表明了？我怎么不知道？”

金斯泽沉下了脸，对于她的否认，显然不快了。“在车上，你多次冲我笑，这是大家都看在眼里的，难道你连这都要否认？”

冷阳到底昨晚对她说什么了，竟然让她迫不及待地跟他划清界限，他可以勉强相信她说喝醉酒跑错房间的解释，但是她连笑容都否认，这将置他于何地？！

“我是对你笑了，但是那又怎么样？”叶露不快地反驳，她只是对他笑，又哪来的表白心意一说。

“好！”金斯泽邪魅地笑了一笑，似乎更加生气了，为了她理直气壮地对他的反驳，“在我们这里，一个女的要是对男的有好感，就会有意无意地对他笑，表明自己的心意，男孩接受暗示，如果也对女孩子有意思，就会回笑，多次来回。你在车上冲我笑了那么多次，难道还不能说明问题吗？”

叶露一下子蔫了！

只觉得——糗大了！

她……她怎么知道这个国家还有那么奇怪的风俗！

“我……我不知道你们这……流行……流行这样的！”

金斯泽猛然伸手，拽住了叶露，“你说什么，你再说一遍！”他有些怒不可遏了！

“我……”他的神情太过恐怖，很吓人的那种，似乎她要是敢再承认，他就要吃了她一般，可是，她不得不说。有些误会，是要不得的啊！

于是，她硬着已经发麻的头皮，眼睛一闭，视死如归地回答：“我说，我不知道你们这边有这样的习俗！”

他狠狠地瞪着她，感觉快要气炸了！连这个都是误会，难道一直都是他在演独角戏？！

这个女人，简直可恶到让他恨不得狠狠地打她一顿屁股！

“那你为什么要冲我那么笑？！”他朝她怒吼，“没有一个人会冲初次见面的陌生人那么笑的吧？”

“这——”叶露又心虚了，更加不敢睁开眼看他现在的表情，想了半天，才有些结巴地回他，“我……我觉得你长得很……很帅，就……就忍不住多……多看了几眼，然后……然后被……被你发现了，我……我就笑，那个……掩饰……”

他很奇异地心情变好了。

“觉得我长得帅？”他低魅地询问，尾音微微翘起，带着很难以忽略的得意、欢快！

她硬着头皮，点了点头，心虚极了！

他忍不住地勾起了唇，无声地笑了起来，眯眼的样子，宛如一只偷了腥的狐狸。

他盯着她白嫩的脸庞，觉得她简直可爱极了。修长的睫毛，羞涩地扑闪着，宛如蝴蝶的蹁跹；白嫩的脸庞，透着丝丝的红，看上去，宛如鼓起勇气告白的少女。

“我准你以后可以正大光明地看我，不用偷偷摸摸的！”他松开了钳制她胳膊的手。

听他的语气，似乎雨过天晴了，她松了一口气，缓缓地睁开了眼，却看到他的脸——近在咫尺！

唇和唇之间，都快要吻上了！

她惊得猛地把头往后缩了一下，身子猛然后仰，几乎摔倒。他伸手，将她拽了回来。

她立刻将胳膊抽了回来，宛如他是毒蛇猛兽一般，后来才感觉自己的行为有些过火，立刻小小声地道了一声谢。

他皱了一下眉，还是再度伸出了手，大力地揉了一下她的秀发，说不出的宠溺。

“以后，不许你再那样对别的男人笑！”

她连连点头，打死她都不会再那么蠢，以这种方式博取好感了。

“但你可以对我笑！”他高傲地补充，以恩赐的语气。

啊？

她立刻顿住了还在上下晃动中的脑袋瓜。

张大了小嘴抬头，却看到他正在施展无边魅力地笑着，眼神晶亮得像是妖精！

那光——

好刺眼！

014

当天晚上，有一个宴会，是为了庆贺冷阳和叶露的到来的，其实这是金议员在变相地应大家的请求，给本国的某些人有结识冷阳的机会。所以如果能和冷阳——这位冷家的当家人搭上关系，那么肯定是有百利而无一害的！

所以，当天下午，叶露就被金夫人给拉了出去，去做脸、化妆、挑选晚礼服等。

当然，在此过程中可以干很多的事情。

譬如金夫人带着叶露去看了一下明天要行动的地点，又仔细地嘱咐了一下明日她该如何如何。

叶露洗耳恭听，人命关天，不敢疏忽大意。

夜晚，在诸多宾客的期待中，姗姗来迟。

消失了一天的冷阳，也终于出现在了大家的面前。昨天晚上那疯狂的怒火，显然在他身上已经看不见了，他又恢复了他的冷漠、高傲，难以靠近的神态，还是那样的令人敬畏。

宾客带着又敬又畏的神情，小心翼翼地靠近，壮着胆子，跟他攀谈。

金议员则满面春风地随行左右，态度上有着恰到好处的尊重和亲昵。

金议员会如此，一部分原因，是因为冷阳在W国有很多的投资，据金议员所了解到的就很庞大，涉及这个国家的各个方面。如果冷阳要是一下子把他的投资从这个国家抽出，估计这个国家得引发一场金融危机不可。所以这样的大鳄，他必然要笼络住了。另外一部分原因，是金议员可以在W国各大势力中独占鳌头，也是源于和冷阳的私下合作。如果没有冷阳的幕后支持，他很难走到今天这一步！

现如今，他正处于权力移交的重要阶段，各方势力也在蠢蠢欲动中。这样关键的时刻，他更需要冷阳这尊大神来给他镇场子。他要让别人知道，他背后是有人支持的，他参与选举，只会让他和冷阳之间的合作更加融洽起来，而绝非是破裂！

而等他选举成功之后，他更需要借助冷阳手中的庞大资源，在国内站稳脚跟。

可以说，冷阳就是决定他成败的关键人物！

所以，他对冷阳表现出绝对的重视和敬重！

这些利害关系，金议员心里明白，其他人也明白，所以才会有那么多人，前仆后继地纷纷朝冷阳靠拢，就指望着自己可以入冷阳的眼！

冷阳冷着脸，跟凑上前来的人攀谈，往往也就几句，就知道这个人适不适合合作。这样的宴会，获得的最大成果也就是有进一步合作的机会，生意上的事情，毕竟不适合在这种地方谈，所有的详情，还是需要找个单独的地方详谈的。

一个接一个地攀谈，他的回答总是简洁有力，看得出来他对这种场面的得心应手，在面对个个也算各有成就的能人的时候，他还有余力纵观全场，就知道他比常人更胜一筹！

他此举，自然不是警惕！

相信在这样的场合，还没有人敢在金议员的地方闹事！

他在找人，找那个让他至今心情难以平静的女人！

为何他没看到她？

他微微蹙眉，惹得跟他对话的那个生意人脸色猛然煞白。在冷阳同意了他的请求之后，他才抹着额前的冷汗，离开。

看他面色不佳，旁观的宾客一时犹豫，这——要不要靠近呢？

冷阳继续搜寻，暗想难道她躲在房里没出来？觉得羞愧？没脸见人？还是不敢见他？

冷哼一声，那压在心底的怒气，又钻出来了一些。

他在想着要不要亲自上楼去把她揪下来，他冷阳的妻子，没必要藏着掖着，必须光明正大地让大家看一看。

至于为何非得让大家看到，后面的深意，他没想过去深究。

刚想抬脚往房内走去，他却硬生生地改了方向，往左侧走去。

金议员的宴会，是在自家的花园里开的，柔软的青草地，此刻派上了用场。

冷阳之所以改变方向，是因为，他看见了一个人，然后又看见了那起先让他漏过的她！

她变得漂亮了，归因于化妆师的神鬼奇功，也归因于那套美丽的晚礼服，现在的她，藏身于树木落下来的暗影中，美得像是一朵怒放的玫瑰，又像是暗夜的精灵。

漂亮的鹅蛋脸涂了粉，上了红，黑暗中，只能使她皮肤看起来更加的白嫩，连带那一身可以赛雪的肌肤。她的眼睛原本就是清澈明亮的，现在则显得更大更清澈了，宛如两方春潭一般，嵌在脸上，在暗处闪耀着，闪烁着迷人的光泽，给人一种暗欲氤氲的感觉。唇上抹了玫瑰红的唇膏，很淡，又似乎很艳，可是又似乎不是很艳，只觉得迷人得紧，让人的喉咙不由地发紧，觉得似乎连那红唇都开始散发玫瑰的清香了，让人忍不住将目光在她的唇上游移。

可是，显然那披散而下的黑缎一般的秀发，搭在那吹弹可破的白嫩肌肤上，更令人发狂。黑色的晚礼服，很好地显露了她玲珑有致的身躯，迷人的锁骨、漂亮的胸线、洁白的后背，还有在礼服中若隐若现的修长的大腿，无一不在吸引人的目光。

周围那些蠢蠢欲动的男人，就是最好的证明。

他刚才匆匆一扫，没将这个被众人虎视眈眈的漂亮东方女子放在眼里，因为，他根本就没想到她会突然之间变得那么美！

他是因为再次注意到金斯泽，才注意到了站在他对面的她！

他感觉到自己的情绪似乎又有些不稳了！

该死的！

她干吗打扮得这么妖娆？只是普通的宴会罢了，有必要打扮得像是参加选美吗？

还那么迷人地对金斯泽笑！

他没来，她一点都不关心吗？

打扮得这么漂亮，是因为他吗？

昨晚上的警告，她这么快就抛到脑后了？

他一点都没觉察到，自己的思维已经走得越来越偏，那已经是——很危险的地带了！

一脸冷然地走近，换来其他人的纷纷避让，他径直走，很快就来到了她身边，将修长的胳膊轻轻一伸，就惹人眼红地搭在了她白嫩浑圆的肩头上。

她微微一愣，身体下意识地反抗着往回缩，抬头瞪眼，想看看是谁这么大胆，竟然敢来吃她的豆腐？！在看到是他时，抿唇，沉默了下去，也不反抗了，乖乖地任凭他拥着。

但是，冷阳还是淡淡地不高兴着。

怎么?

自己就那么让她陌生，下意识地反抗?

不是他自恋，跟她肌肤相贴，那么亲密之后，他就应该是她最亲密、最熟悉的人了!

将莫名的不快压下，扫了一眼她露了太多的衣服，他压下头，低低地在她耳边不满地抱怨："怎么穿得这么少？"

冰冷的带着刺一样的声音，让她心里更加酸涩、痛苦，可是她还是什么都没说，还是抿着唇沉默着。今天若不是有金夫人的帮忙，她根本就没法出席这个宴会，因为她根本对这个宴会没做任何的准备，带来的衣服中，只有两套换洗的休闲服。这样的宴会，身为他的妻子，她不能不参加，可是，她怎么能穿着那一身休闲服出来？！

她一筹莫展、情绪低迷到不行的时候，是金夫人帮助了她。现在他来抱怨她的衣服，他有什么资格?

他的脸色一沉，看着她不笑的美丽侧脸，心头生了火，有怒火，也有欲火，还有……别的尚不能理清的火!

她刚才不是笑得很开心？她能对金斯泽那样笑，怎么到了他这，就不行了？！怎么说，他也算是她的丈夫是吧？！

抬眼，冷冷地看了金斯泽!

他在好奇眼前的这个男人到底哪里能比得上他，让她因为他而背叛他！可是，想起自己的前两任妻子，他的神色更冷了，嘴角浮现了一抹残酷、自嘲的笑容!

她们选中的男人，也都个个不如他，可是，她们就是看上了眼!

或许，女人都是如此!

骨子里都脱不了那种风骚，有了钱有了权之后，也开始挥霍一般地享用各式各样的男人!

轻轻地松开了搂着她肩膀的手，他为了自己上一刻的那一丝认真而感到后悔和耻辱。

"可以把我的妻子还给我吗？我想，我需要带她去认识一些朋友。"他淡漠而疏远地看着金斯泽。

金斯泽无所谓地耸了耸肩："我只是暂代护花使者罢了，既然花的主人来了，我也该谢幕了。"他自然是看出了冷阳神色的冷漠，还有刚才踏步而来身上带着的寒气。他想，为了她好，他是该出口帮她说话，同时划清界限。

昨天晚上不经意伤了她，今天这帮忙，就算是补偿吧。追求一个人，不能躁进，要懂得有进有退，这是他多年猎艳生涯的一个心得。

他的说辞，并不能让冷阳的心情转好。

他踱步离开，让叶露自己跟在他后面，仿佛连伸手挽着她，都觉得是一件耗费力气的事情。

叶露冲着金斯泽礼貌地点点头，看着那径自走开的冷漠的身影，自嘲地扯了扯嘴角，然后看开一般地笑了笑。也不顾别人的眼神，她微微提了提裙角，小跑步地到了他的身边，伸手，自顾自地挽住了冷阳的胳膊，迷人的身段，很自然地往他的身侧靠了靠！

她既然现在是他的妻子，那么，她就应该尽职尽责地做到一个妻子该做的。她可以为帅子尽心尽力地来这儿执行任务，当然也可以为了这个结婚证上的丈夫，尽到自己的职责。

这——其实不难！

把它当成一项任务，甚至是一项工作，她会发现，真的不算很难！

虽然不知道他的前两任妻子到底有怎样风流的艳史，虽然被他斥责她和她们一样的下贱，但是，她有自己的一套原则和坚持，在她没离开之前，她会很努力地，不给他戴绿帽子，哪怕在他心里，已经认定了她是一个荡妇！

冷阳为她主动凑过来的动作，弄得身形微微一顿，但是，那也只是一瞬间，快得根本无法令人察觉。

他低下头，淡淡地扫了一眼叶露。

叶露冲他浅浅地笑了一下，轻轻一笑，带着云淡风轻的释然，似乎什么都没发生过一般！

玫瑰红的唇瓣里，那缓慢开出来的洁白的扇贝，很可爱，也很美，如果是在之前，估计会让他失神，但是现在，他神情冷漠，无动于衷。这小小的笑容，已经翻动不了他冰冷的心了。

而她也没什么期待，因为——无所谓啊！

有些事，确实发生了，没法改变，也没法遗忘！

即使挽着他，叶露也难以躲避四面八方射来的目光，有着贪婪、有着渴求、有着鄙视……

而她所能想到的原因，也只能是昨晚了！

却没料到，短短一天不到的时间，她的恶名已经传得这么开了！

你看，毁掉一个人，其实是很容易的！

幸好，这是一个陌生的国度，她不用在此久待！

冷漠以对，任凭别人恶意的目光放肆地打量她的身躯，她把这当作一项训练——漠视感官的一项训练。

这样，倒也能乐在其中一些。

于是，时常地笑，不为任何人，只为自己。

笑开的那一刹那，迷倒了多少人，谁在意，谁在乎？

别人的眼光更加放肆，眼神更加的贪婪，蠢蠢欲动地靠近，可是她的身边有冷阳这样一个绝对令人不敢碰撞的冰山，她也不怕出事！

于是，她更加放肆地笑起来。

宛如看戏一般地看着那些围观的男人，既然如此不屑和轻鄙，却还嘴馋地想要尝一口，不是太矛盾，不是太恶心了吗？自觉清高地鄙视别人，可是，他们的言行，不是更令人觉得鄙视吗？这就宛如嫖客蔑视妓女，可是却花钱买她们的嫖客不是更令人鄙夷吗？！

被大力拉着到了院子的一角，大片的阴影之下，不知道冷阳想干什么，她只有配合！

被强硬地捏住了下巴，被迫抬起了头，跟他对视。

他似乎又对她不满了，听听他的话："你又欲求不满了？！那么多的男人，你都没选择地勾引，应付得来吗你？"

她挑了挑眉，仔细地看着他，很想看清楚他是以什么表情说出这样的话的，可是太黑了，她实在看得不清。

无奈地笑了笑，他怎么想，随便吧！

已经是荡妇了，再差，似乎也差不到哪里去！

他狠狠地捏住了她的下巴，觉得在这个时候，她还笑得出来，简直就是对他的挑衅，她从来没这样的，可是到了这，一切都变了，她开始原形毕露了吗？因为身边没有熟悉的人，所以不用再掩藏了吗？

恶狠狠地低下头，亲上了她，沿着唇边，大力地含住，狠狠地啮咬，一点一点地深入，她没有挣扎，任凭他为所欲为。

她想尽力使自己表现得淡然，更想让自己表现得超脱凡俗，可是，她明显低估了自己的对手，打野战，真的是又一次考验了她的承受力！

"回房去！"她抓住了他在她裙摆下动作的手，制止，声音虽然听起来很镇定，可是脆弱的眼神，却出卖了她。

而他，还是无动于衷，一意孤行，谁，都不能让他改变自己的决定。

她轻叹，不得已示弱：“有人，会被人给看见的。”

他冷嗤：“你不就想这样吗？”

她猛然扬手，气到不行，恨不得一巴掌将他那张可恶的嘴脸给打飞了，但是，纤细的巴掌快靠近他的脸时，她却顿住了！

那冰寒冷绝的眼眸让她知道，如果她这一巴掌打下去，那么不用怀疑，他必定会狠狠地报复她，这一次，他不会再像以前那么仁慈，他会用比现在更残忍的方式，让她难堪！

所以，她改变了主意，自暴自弃地蓦然一笑，甜美至极。“是啊！”对他的提问给了肯定的回答。

她嘻嘻一笑，打他的手掌改成了轻轻地抚摸，有些若有似无的挑逗，宛如一个自甘堕落的交际花。

他的寒气更重了，毫不怜香惜玉地退了她裙下的小裤，将她压在树上，当下进入了她。

她垂下了脑袋，搭在他的肩膀上，张嘴，狠狠地咬住了他肩上的西装布料，不让丝毫的呻吟外泄，全部扼杀在嘴里。

隐秘的树丛，虽然是很好的遮掩，但是，却挡不住某位有心人士的目光。

不时将注意力投射到叶露身上的金斯泽，是尾随着冷阳二人来到这儿的，却没料到会看到这样的一幕。

白嫩修长的腿，夹在冷阳的腰间，在黑暗中，是那么的妖冶迷人，摇摆着，散发着白玉一般诱人的光泽，勾动着人心底最深最黑暗的欲望；黑缎遮掩下的脸庞，深埋在肩膀上，虽然看得不清，但是也可以令人联想到那张精致细嫩的脸上的春潮涌动！

他感觉自己全身都热了起来！

嫉妒——

浓浓的嫉妒！

嫉妒冷阳理所应当的占有，嫉妒他只能站在这旁观！

凛然的目光射了过来，锋利得宛如一把剑，一把可以杀人的剑，一把蠢蠢欲动着想杀人的剑！

“滚！”

他看到冷阳无声地开口，藏于暗处的脸庞像妖似魔，明明是暗无天日的眼却偏偏激射出亮如冰的寒芒！

他转身离开，识时务，他还是懂的。

可是，后背，还是感觉到了挥之不去的寒意！

对手，太强大了！

他暗叹，却咧嘴笑了。

这样，才更有竞争力啊，才更刺激啊！

次日清晨

“我要跟金去矿场一天，跟我一起去！”冷阳慢条斯理地扣着衬衫纽扣，淡淡地对叶露说道。

金议员新买下了一片矿场，想要得到冷阳的技术和资金支持，今天，他准备带冷阳去矿场上转转，给他大概介绍一下那里的情况。

倦怠地趴在床上，叶露眼都不睁开地哑着嗓子轻哼：“不去，累！”

昨晚被他折腾得差点去了半条命的她，也不算说谎。况且，今天是至关重要的一天，她哪里都不会去的。成败与否，就看今天的临门一脚了。

他淡淡地睨了她一眼，似乎在估量她所说的话的真假。

她懒懒地趴在那，一脸的倦容，眼睛还是闭合着的，似乎是疲惫得都没法睁开一般，清晨的缕缕阳光从窗外洒到床上，怜惜地照在她白嫩的肩膀上，上面几枚略微发紫的吻痕宛如娇弱的花朵一般在妖娆的宛如黑泽似的秀发之间游走，在温柔的晨光中颤悠悠地绽放。

他静静地披上了西装外套，缓缓地走了出去，似乎是默认了她的行为。只是，临出门前，他顿了一下脚步，轻声说道：“今天，你就好好休息吧！”

声音中掩藏着一丝妥协的柔意。

门，被轻轻地带上。

她微微睁开了眼，眨了一下，继而又合上。

她在床上继续趴了很长时间，趴到金夫人亲自过来找她，告诉他，冷阳和金已经走了，她才从床上慢悠悠地爬起，洗漱、吃饭。

然后，开始行动。

要带着金斯瑞出门，自然被金斯泽询问了。

“去哪啊？”

叶露缓缓笑了一下，说：“听说白园的梨花开得很美，我带小瑞去那里玩玩，顺带画画、写生。在这待了几天，还没正经地出去逛逛呢！”

金夫人在一边插嘴：“老早就答应小瑞要带他去那儿画花的，只是一直没兑现，本来今天得空要去的，可是突然身体很不舒服，可能是昨天累着了，正好冷夫人对梨花很感兴趣，也想去看看，就让她帮我带小瑞去了。”

金斯泽点了点头，看了一眼兴致勃勃的金斯瑞，又看了看淡笑不止的叶露，笑道：“的确，白园的梨花开得很美，其实，你要是能多留一些时间，等梨花全开了，那会更好看的。”

叶露微笑着轻轻摇了摇头，彼此都知道，这是不可能的。等冷阳回来，最多再待一两天，她就该走了，当然，前提是，金议员愿意放她离开。

金斯泽拨了几个人，连同冷阳留下的保护叶露的两人，协同保护叶露和金斯瑞。叶露身为凤影，小瑞跟在她的身边，应该很安全，因为本国的人不会蠢到这个时候找凤影的麻烦，她身后的凤组和冷阳，都是不应该惹的对象！

临出发前，金夫人殷切地嘱咐，让小瑞听露露的话，出去别那么淘，免得让露露看了笑话。

小瑞咧嘴笑着，不停地点头。“妈咪，我会很听露露阿姨的话的，不会淘气的啦！”

金夫人摸了摸他的小短发，又凑过脑袋，在他额头上亲了亲，最后又抱了抱，才让他上了车。

“冷夫人，麻烦你了！”金夫人神色略微有些疲倦，不好意思地冲着叶露笑了笑。

叶露回笑，点头，上了车。

车子启动，前后两辆车在首尾护驾，行动，正式开始！

015

白园的梨花很美，白嫩的花朵伫立枝头，迎着徐徐微风摇曳，宛如一个个害羞的小姑娘，纯洁、羞涩而又美好。

来得有些早，梨花还没有彻底全然地绽放，真的如金斯泽所说，过些日子来，能好一些。但是，花是一种神奇的东西，只要有花，就能感觉到幸福。所以，虽然花开得不多，但是也够小瑞兴奋的了，他围着梨树打转。看着这无忧无虑的小子，叶露浅笑不止，眼中染上了淡淡的轻愁！

希望——一切能顺利啊！

领着小瑞，绕着大大的广场，一棵又一棵地观赏梨花树，务必要找到一棵最漂亮的进行写生。最后的目标，在两人闲逛了有十多分钟之后，终于锁定了。

司机在最近的一条道上停了车，叶露指挥着随行而来的手下，将放在车里郊游的东西给搬了出来，金斯瑞笑眯眯地坐在了率先铺开的毯子上，拿出了小画板和装着小画笔的小包。

“嗯！”小瑞咬唇，看着打开了的包里的画笔，发现少了几根。

“露露阿姨！”他转身，拽了拽露露的衣袖，“我的画笔不见了！”

露露探头一看：“咦？出发前你检查过了吗？”

金斯瑞大大地点了点头，歪头很困惑地说：“包包开了，画笔不见了。”

“嗯……”叶露沉吟，“会不会刚才走路的时候掉了？！”

金斯瑞可怜巴巴地看着她：“少了画笔，不能画画啦！”

叶露轻轻地摸了摸他的小脑袋瓜，跟他碰了碰头，轻轻地安慰：“别着急，我帮你把画笔给找回来。”

“喂！”她抬头，冲着在一边闲站着警戒的三人唤道，“小瑞的画笔可能掉在刚才的路上了，你们帮忙去找找！”说着，她从包里拿起了一根画笔，指给那三人看。“麻烦你们了，是长这个样子的。”

三人互相看了看，想到这边还有这么些人守着，就点了点头，顺着叶露跟金斯瑞刚才走过的路，慢慢地搜索开来。

叶露眯了眯眼，看着三人走开了一些，又拍了拍金斯瑞的小肩膀，疑问道：“会不会是刚才掉到车上了呢？”

金斯瑞歪了歪脑袋，收到暗示，笑眯了眼，要开始玩游戏了吗？

“好像是噢！”金斯瑞兴奋地回答，“露露阿姨，我去车上看看！”

小家伙立刻从地上爬了起来，小腿像个小火轮一般迈开，身子像小火箭一般朝停在不远处的私家车跑去。

太好了！

今天早上妈咪跟他说，露露阿姨要带他去白园玩一个游戏，是很好玩的捉迷藏呦！当露露阿姨提醒他说画笔可能在车上的时候，他就要用最快的速度一个人跑到车里，关上门，然后，神秘的叔叔会突然出现在车里，把他带走。露露阿姨还有那些大个子叔叔就会开始找他，而神秘叔叔就开始带着他东躲西藏，跟那些大个子叔叔玩躲猫猫！

呵呵……好刺激哦！好好玩的！

他从来没玩过那么多人的捉迷藏呦！

而且啊，妈咪还说，要是过了中午12点，那些大个子叔叔还没找到他，就算他赢了，大个子叔叔们每人都要送他一份好大好大的礼物呦！

呵呵……太棒了！

众人看着金斯瑞像一阵旋风一般地跑了出去，大家手头都有活，没活的也已经让叶露给打发走了，一时间，都很自然地没觉察到危险。

叶露带着笑，柔声高唤：“小瑞，慢慢跑，别摔了，看到画笔，要赶紧拿回来哦！”

“知道啦！”回应叶露的，是金斯瑞童稚的欢快的大笑声。

女子温柔的浅笑，孩童不设防的银铃笑声，将大家的警戒心都降到了最低，谁会想到这当中有什么危机？

车没上锁，金斯瑞很轻易地就拉开了后车的门，在大家不甚在意的注视下，钻了进去，关了门。

今天是工作日，而且还没到白园梨花怒放的时节，所以来白园的人不是很多，偶尔经过那么一两个人，所以这更是进一步让大家放松警惕。但还是有警惕心高的保镖，从搭帐篷中抽出了手，对叶露说道：“冷夫人，我去把小瑞给接回来。”

叶露笑眯眯地点点头。

保镖沉稳地迈步走开，虽然他没跑，但是脚步很快，叶露含笑凝视，没人知道她那凝视的双眼中掩藏的忧虑！

“轰！”变故，在此发生！

本来在那安静停着的汽车，却突然爆炸了，伴随着剧烈而恐怖的爆炸声，让人的心都颤了一颤！

而——金斯瑞还在车上！

叶露猛地一跃而起，睁大了双眼，惊恐地瞪着那在一声巨大的爆炸声之后，猛烈烧起来的私家车！

所有人都跟她一样，惊呆了，似乎还不太明白刚才发生了什么！

“小瑞！”凄厉的喊声划破长空，叶露疯了一般地朝燃着熊熊大火的私家车冲过去，边跑边喊着，“小瑞……小瑞……”

前方，那已经走出老远的保镖，已经宛如猎豹一般地蹿了出去，可是，在他快要接近私家车的时候——

“轰！”又是一声雷鸣般的爆炸声！

汽车碎片宛如炸裂开的陨星一般带着急剧的热量和飞快的速度朝四面八方飞去，火苗更加的肆虐，宛如火龙喷出的巨火一般！

英勇的保镖，面对着可能失去性命的危险，不自觉地迟疑了，奔跑的脚步，渐渐地慢了下来。

谁……也不能预料，这辆车接下来还会不会爆炸？！

后面，叶露已经不管不顾地冲了过来，一脸的煞白，飞跑中，洒落了一串串的泪水，点点晶莹，全都飘扬在了空气中。

“小瑞……小瑞……”她高喊着，几乎是撕心裂肺。

“拦住她！拦住她！”冷阳留下来负责保护她的两个手下焦急地喊着，同时焦急地朝叶露飞跑而来。

那迟疑中的保镖终于发觉在这个时候，他还有更重要的事情，立刻伸出双臂，将飞跑过来、形态又狼狈又疯狂的叶露给狠狠地拦下。

“放开，放开我！”叶露号叫，嘴里又是英文，又是汉语，神志有些不清了。她的眼里只看到火，好大的火；她的脑里只想着小瑞还在车上，他还在车上，她要救他下来，她一定要救他下来，不可以，不可以让他一个人……

她挣扎得很剧烈，那身材粗壮的保镖这么大的个，面对她的一番抵死挣扎，竟然还有些吃不消，显然叶露的情绪已经激动到了癫狂的时刻！

疾跑过来的那两个手下，铁四和铁五，立刻一人一手分别架住了叶露的两只胳膊。

“放手……放手……”

叶露号叫不止：“放我过去，小瑞在里面，他在里面……我要救他，我要救他……”

铁四狠狠皱眉，大声顶了回去：“嫂子，你不可以过去，车上有炸弹，危险，你不可以过去……”

“我不管！”叶露恶狠狠地瞪着铁四，“我不管你，你放开我，你放开我！”

铁四只是更加用力地抓住了她。“冷哥吩咐的，务必要保护好夫人，我是绝对不会放开夫人的！”

叶露狂乱地尖叫，开始对铁四和铁五又踢又挠：“放开我，我叫你放开我！你们这些混蛋，放开我，放开我……”

铁四面无表情地任凭她抓着，只是虎目中，闪过隐忧！

可能要出事了！

必须要马上通知冷哥！

因为怕汽车里还有没爆炸的炸弹，所以谁都不敢靠近，只能眼睁睁地看着大伙宛如邪佞的毒蛇，“咝咝”地吐着火红的蛇信，在那得意而嗜血地吞吐着。空气中，慢慢地开始传播着那股烧焦的味道，恶心得令叶露想吐！

她被铁四二人强制性地扣着，根本就没法靠近那燃着熊熊大火的车子，一直……一直，车里都没有人出来。

泪——如流水一般地从她的眼眶里流出！

她哀痛地脚一软，跪在了地上，弯下头，绝望地痛哭。

怎么会这样？怎么会这样？

为什么会是这样的结局？

为什么，要这样的残忍？

小瑞……小瑞他还是一个孩子啊，一个才六岁的孩子，他到底犯了什么错，要这样地对待他！

他说，他将来要当一个画家！

他说，他喜欢她！

他说，他想见见她的星星宝贝！

他说，他想跟星星交朋友！

他说，他要把自己的画当作礼物送给小星星，画个爹地，画个妈咪，画个哥哥，还有一个他，希望星星能喜欢他全家！

那么纯真、可爱、善良，又不失活泼的小瑞，怎么舍得，怎么舍得，就这样害死他？！怎么舍得，用这么残忍的方式，让他被炸得肢体零落、死无全尸，让他的灵魂都没法得到安息？！

他还那么小啊！

无辜得像一位天使啊！

好残忍！

好残忍！

脑袋一阵阵发紧，脑神经开始一阵一阵地抽痛！

“啊！”承受不住心底的那份怨恨，她凄厉地嘶叫出声！

现实——果真是那么残忍！

真相——果真是鲜血淋淋！

白园的消防车呜呜地赶来，这种宛如哭泣的声音，每每让人听了，总让人觉得难以忍受。

叶露木然地看着消防队员拿着水管往车上浇水，神情呆滞，心都已经冷去了。接连的爆炸，大火又烧了那么长的时间，一个才六岁的孩子，等待他的，那肯定是必死无疑的结局。

清澈的水流宛如水龙一般朝汹涌的火舌扑过去，火舌不示弱地抗争，但是最终，火焰还是在慢慢地变弱。

叶露睁着眼，几乎是眨也不眨地盯着，看着火焰慢慢地变小，为这残忍的世界，冷漠的人情，感觉到一股令人绝望的冰冷。

尸体被抬出来的时候，根本就不成人形了，那张脸，已经面目全非，辨认不清，小小的身躯，全身被大火烧得乌黑，比那木炭还不如，残肢断脚，更是让人不忍目睹。

附近迅速赶来的警员，已经封锁了现场，得知遇害的是金议员的小儿子之后，个个都神色一凛，心里大概也在惧怕吧，出了这样的事，那个曾经令人闻风丧胆的社会大佬不知道会做出什么事情！

希望——不是腥风血雨吧！

很安静，一直很安静！

好奇围观的人，都被警员给拦在了外面，只余下叶露一行人，警员是不会赶的，也不敢赶！

被炸飞的尸体碎块已经尽量被拾回，堆在白色的担架上，那一块块的，淤泥一般的肉块，只是更让人感觉到一阵绞心的疼！

颤抖地扶着担架，一滴滚圆的泪落下，落到那破碎的尸块上，竟然还发出嗞嗞的声音，尸体的高温，很快就将那一滴泪珠蒸发掉。

她怔怔地盯着尸体，任凭眼中的光彩，一点点的，黯淡……黯淡……

闻讯赶来的金夫人，一脸苍白，宛如鬼。她瞪大眼睛，瞪着担架上那一堆辨认不清的东西，那——那是她的小瑞？！

她捂住了嘴，难以置信地摇着头，嘴里喃喃："不会的，不会的……"

可是眼泪，先一步背叛了她的理智，从那双一度温和亮丽的眼中坠了下来。

叶露微微转头，似乎这个时候才知道金夫人的到来。看着她那脆弱得似乎要昏厥的样子，她喑哑又苦涩地哽咽道："对不起……"

轻声一叹，似乎凝聚了千年的哀愁！

金夫人身子一震，扑簌簌地开始发抖，泪如雨下，几乎是泣不成声。突然，她猛然抬头，利眼一扫，恶狠狠地瞪着叶露，猛然扬手，几乎是电光火石之间，巴掌以巨大的力道，狠狠地砸在了叶露的脸上。

叶露怔怔地挨了一掌，却没有做出反应，似乎她已经失去了知觉，不再感觉到疼痛，似乎，她已经成为行尸走肉，又似乎，她的灵魂，已经随小瑞魂飞魄散而飘走了！

"啪！"又是一巴掌，叶露的脸上又是一个红红的巴掌印。

叶露还是没有动，任凭金夫人发狂地朝她发泄着。

金夫人恶狠狠地瞪视着她，恨不得冲上去，把她狠狠地一口吞下去，咬死她，喝光她的血，抽光她的筋，吸光她的髓！

而她也这样做了！

她几乎是不受控制地伸出了手，尖锐的食指狠狠地插入了叶露的脖子，锐利的指甲，很轻易地突破了叶露脆弱的皮肤，在上面留下了令人触目惊心的指甲印，淡淡的血丝，从皮肤处冒出！

"你是怎么办事的？"金夫人眼泪狂涌，疯狂地冲她大喊大叫，看她的眼神，恨不得把她给凌迟处死，"我把小瑞交给你，我如此地相信你，你却这样为我做事，你这个臭女人，都怪你，都怪你，你赔我的小瑞，你赔我的小瑞，没有你，小瑞也不会出事，都怪你，都怪你……”

她捏着叶露的脖子，宛如那是面条一般狠狠摇晃着，叶露宛如一个洋娃娃一般毫无抗拒，死气沉沉地任凭她折磨着。

金夫人突然面色扭曲，阴阴地笑了一下，样子像个女吸血鬼，“你去死吧，你给我去死……”

她的双手猛然开始用力，狠狠地掐着叶露纤细的脖子。

守在一边的铁四和铁五一看形势不太对，立刻凑上前要拦下。“金夫人，你冷静一点，先放开我们嫂子……”

铁四和铁五不好对金夫人动粗，只能用力拽着金夫人，想要把她从叶露身上给拽开，同时铁四铜臂一伸，狠狠地握住了金夫人发力想要掐死叶露的双手。

金夫人嗜血地冷笑，抬头，冲着身边的随从，阴狠狠地下令：“给我抓住这两人，不许坏我的事！”

旁边的随从，连带先前的人马，也得有七八个人，变魔法一般地从衣服下掏出了手枪，纷纷对准了铁四和铁五。

“放开夫人！”一个黑衣大汉走近，把枪顶在了铁四的后背，同时铁五也被一个走近的持枪人给抵住了后背。

铁四和铁五虽然身经百战，但是敌众我寡，对方持有枪，他们显然已经处于弱势，即使他们二人拼死突围，只怕最后的结果，也只是他们二人连累夫人，命丧在此。

可是他们二人若是真的放手不管，夫人肯定会被掐死的，他们又该如何向冷哥交代？！

铁四二人犹豫，互相交换眼神，却都没在对方的眼神中看到解救的亮光。

“放手！”持枪的大汉阴沉沉地又命令了一声，同时铁四听到，身后传来了一声手枪上膛的声音，看样子，只要他再拒绝服从，只怕身后那大汉的这一枪就要打下来。

他咬咬牙，只能无奈地松开了拽着金夫人胳膊的手。

“举起双手，高过头顶！”大汉继续命令。

铁四和铁五，同时缓缓地举起了手。

金夫人得意地笑，阴阴的，加上更加扭曲的脸庞，宛如恶毒的巫婆。她双眼血红地瞪着叶露，身子一挺，往下用力，想要用自身的力气，把叶露给压在身下。

宛若没有生命力的布娃娃一般的叶露，终于恢复了一丝生机，似乎是感觉到了生命将要遭受浓浓的危险，她开始努力地挣扎，伸手，紧紧地握住了金夫人掐她脖子的两只手，阻挡她的再度用力，想要把她的双手给拽开。

金夫人仇恨地抿唇，看着叶露，宛如她是丑陋不堪、永远只能践踏的蚯蚓一般，她猛然一提膝盖，骨关节宛如无坚不摧的金刚钻一般狠狠地撞在了叶露的肚子上。叶露闷哼一声，剧痛让她整个身子都颤抖了一下，连带胳膊都抽搐了一下，立刻变得有些无力。金夫人趁势双手用力，凶恶得像是一个纯属为了杀人而杀人的杀人犯一般，狠狠地掐紧！

叶露的头，慢慢地开始胀痛！

她的双手，跟金夫人的相比，真的是显得有些无力。她感觉到，空气正在一点一点地从她的胸口流走，呼吸越来越困难。

落入眼中的金夫人，高雅秀丽的脸，已经完全变得狰狞，丑陋得像是一个女鬼，那双向来温和的双眼，此刻里面是完全的凶欲，暗沉的一片，残忍的光芒，此刻正因为在杀人而兴奋着。

叶露的瞳孔缩了缩，惊恐地看着她。

她是来真的，她是真的打算要杀她！

没有在演戏！

她竟然真的想要杀死她？！

一场假戏，到头来竟然成真？！

难道，真的印证了一句话——

骗人的最高境界，就是把自己给骗倒，并且深信不疑着。

"嗯……"

叶露挣扎，涨得通红的脸已经开始有些转紫，她在寻找，做最后的寻找，只要找到金夫人布满杀意的脸上的一点虚假做戏，她都可以让心里舒坦些。

铁四和铁五急得已经额头冒汗，盯着周围的一行人，还有面前的两个重量级的女人。两人的脑袋都在飞速地旋转，都想尽快想到一个办法来快速地中止此事。只是越想，越觉得汗如雨下，心里没法不产生求助的心理：要是冷哥在这里好了！

虽然有警员在场，但是金议员的家事，显然这些警员也唯恐避之不及，生怕惹了一身腥，怎么死都不知道！

叶露最后挣扎了几下，缓缓地垂下了手，似乎是再也没有力气一般。

在金夫人凶恶的脸上，她没找到那一丝她渴求的作假！

她失望透顶！

她绝望透顶！

金夫人看她放弃了挣扎，神情更加的激动和疯狂。"去死！去死！我一定要你为我的小瑞陪葬……"她的语气尖锐，疯狂得宛如疯人院里的女疯子一般，声音传入人的耳朵里，宛如有什么尖锐的东西在刮着耳膜一般，刺耳得很！

叶露诡异地——笑了一下！

笑在因为缺氧而涨成了紫红色的脸庞上，不协调中，让人心里打突！

金夫人的疯狂——到此为止！

她之所以住了手，是因为，抵在她胸口的那把枪！

太过得意了，太过疯狂了，太过自以为是了，竟然低估了这身下的对手！她怎么会有枪？她哪里弄来的枪？她又是从哪里拿出来的枪？

叶露睁着略微黯淡的双眼，脸色红中带紫，已经略呈死气了，可是那依然很平静的眼神，却让金夫人的神色一凛。

叶露手握着那把小巧的袖珍银色手枪，就正正巧巧地将枪头顶在了金夫人的胸口——心脏那位置。外人看上去可能叶露握枪的手显得很无力，可是只有当事人金夫人才知道，那顶在胸口的枪，是那么的咯人，那力气大得似乎想要就此穿过她的皮肤，直接插入她的心脏一般。

她看着叶露，叶露还是用那张黯淡的双眼回看着她，明明是很虚弱糟糕的表情，就连气势都已经被她打击到了底层，可是就是那淡如烟的气势，若有似无地逼迫着她，逼得她——

慢慢地……缩回了食指，十个锋利的指甲片从叶露脖子上的皮肤中拔出，似乎因此带出了一些小碎肉，鲜血嫌不够热闹一般，缓慢地从那十个狰狞的指甲印下涌出。

叶露眉都没皱，只是静静地看着金夫人，略微黯淡，此时也可以说是暗沉沉的眼，让人看不出她到底在想些什么，可她手上握着的枪，很能说明问题。

胳膊，慢慢地收了力气，金夫人一点一点地将手给收了回来，短短不过几秒的时间，她收了那宛如疯子的癫狂，变成了一个痛失爱子的哀恸的妇人。她哀痛地又流下几行泪，看着叶露的眼神，还是有着浓浓的不甘，也不能掩饰心里的那份怨恨：“都是你……呜呜……都是你的错，都是你害了小瑞……我的小瑞……我的小瑞……”

她掩面痛哭，哀泣的声音还有那瞬间萎缩下来的身子，宛如承受不住那巨大的哀痛，让所有看着的人都会觉得不忍、心痛、同情！

这是一个失去了爱子的母亲啊！

面对罪魁祸首，怎么能不恨到将对方挫骨扬灰？！

“对不起！”叶露轻声说，没有感情的声音，冰冷得宛如机械语，一如她此刻面无表情的脸，“小瑞的事，根本就不在你我的预料之中，他出了事，我很抱歉，但是，我不能拿命偿还给你。奉劝你，最好不要乱动，我的手有时候会很不听话，不小心伤了你，我会很抱歉的！”

她的手，自始至终都很用力地握着，哪怕在她道歉表示愧疚的时候，也没有丝毫的松懈。她缓慢地起身，灰暗的双眼，宛如苍狼一般，安静、小心，又谨慎地盯着金夫人，同时冷声开口命令：“把枪都放下！”

她的话听起来可能没有太大的威严，也缺少如同大佬一般的霸气，但是，她现在手里握着最有力的筹码，这就够了。

金议员的人马看了看被人拿枪顶着心脏的金夫人，有些犹豫，都睁着眼睛，等待金夫人开口。

金夫人在沉默！

也许在沉默中，还在想着怎么扭转局面，怎么将这个害了她儿子的凶手给杀死……

刺耳的刹车声在这个所有人都几乎屏息等待的时刻，划破了令人觉得难受的窒息！

愤怒的男音接踵而来："放下枪，都他妈的在干什么？！"

熟悉的声音，是来自迟金夫人而来的金斯泽。

叶露听到了声音，可是却没有回头，她还是一动不动地睁着双眼，静静地注视着金夫人。眼前这个时刻，不能有丝毫的大意，因为，她面前的不是一位普通的议员夫人，还是一名社会大佬的夫人、一名失去孩子的母亲，她随时都会在她大意的时候，猛然作难，反扑过来，给她致命的一击。在她刚才愤怒地想掐死她的时候，叶露就已经有了这个深刻的认知。

其他的持枪保镖偏过脑袋，看着挟着怒焰而来的大少爷，钻出了车门，车门被狠狠地撞上，发出砰然巨响，让大家的心都被狠狠地撞了一下。

金斯泽寒着一张脸，没有那一贯放荡不羁的笑容，那张帅气的脸此刻看上去令人敬畏！

"都给我把枪放下！"他沉着眼，抿着唇，扫了一下全场。修长的身形，冷酷的神情，低沉不容抗拒的声音，让大家纷纷臣服在他的霸气之下，放下了手中的枪。

"收起来，难看死了，老头的脸都让你们给丢尽了！"金斯泽怒骂，大步踏出，所到之处，掀起一股强烈的劲风，黑色的西装披在他的身上，宛如黑色的盔甲一般，赋予了他宛如来自地狱的森森寒气。

大家慢慢地收回了枪，放回了腰间。

金斯泽来到了金夫人和叶露的跟前，看着这两个同样狼狈的女人，挑了挑眉。他不赞同地看着金夫人："珍姨，我知道小瑞的死给了你太大的打击，但是你刚才的举动，真的是太缺乏考虑了。你可知道，你刚才要是真的伤了冷夫人，会给老头带来多大的麻烦？！"

金斯泽顿了一顿："况且，事情的发展不在大家的预料当中，小瑞的死，还需要进一步调查，而冷夫人，不是你现在可以动的。"

金斯泽伸手，一把将神色有些怔忪的金夫人给拉了起来。

金夫人挥手，狠狠地挥开了金斯泽拽着她胳膊的手："不用你假好心！"

她狠狠地瞪着金斯泽。

金斯泽皱了皱眉，微微欠身，朝叶露伸出了手："冷夫人，珍姨有些鲁莽了，还请你体谅一下她痛失爱子的心情，希望你大人不计小人过，别放在心上。"

叶露轻轻地点了点头，就着金斯泽的手，慢慢地爬了起来。既然金斯泽来了，又放下这样的话，那么她的安全，应该有了些保障！或许金夫人有一点是对的，那就是让她去博取金斯泽的好感，这一刻，她感觉到，金斯泽是在保护着她。

金夫人看着两人相交的手，蓦然桀桀地笑开，笑得眼泪都快要流出来了。"我知道了，原来如此……原来如此……金斯泽，你好狠的心啊，你竟然用这种办法来害你的弟弟，那么小的孩子，你竟然那么恶毒地用炸弹把他炸得粉身碎骨，而你——"

她伸出一指，指着叶露，那样子，宛如恶毒的女巫在施咒一般："你，冷夫人，你这个坏女人，你竟然伙同金斯泽一起来谋害我的儿子，你们这对奸夫淫妇，可恨……我竟然信你，我竟然信你……哈哈……"

金夫人一边哭，一边笑着，形态凄凉。

显然，她的话，把这一起爆炸事件的矛头直接指向了叶露和金斯泽。

周围人全都变了脸色，看着叶露和金斯泽神情中有怀疑的，也有震惊的，也有迷惑不解的……

金斯泽的眉头都快皱成山川了，说："珍姨，注意你的话！你现在刺激过度，神志不清，我可以不多加计较！"

金夫人止了笑，阴狠狠地瞪着金斯泽，又阴阴地看了眼叶露："你们等着，我会给我的小瑞一个公道的，金也会给我的小瑞一个公道的！"

说罢，她不再看向两人，只是蹲下身子，看着担架上的金斯瑞，默默地掉着泪。

金斯泽的脸色，变得非常的不好！

事情——变得非常棘手！

他偏头看了眼叶露，眼中有着疑惑，疑惑在这一起爆炸中，叶露可否扮演了角色？

叶露面无表情，淡淡地看着，从那灰色的眸子中，金斯泽什么都看不出来。

注意到她脖子上那些触目惊心的指甲印还有不停外流的鲜血，他的眼神一闪，想问她痛不痛。

话到嘴边，却问不出口！

他和她的关系，因为金夫人刚才的指责，变得很微妙，也很危险了，不宜再有什么亲昵的举动。

于是，他沉声命令："大家都给我听着，没有我的命令，谁都不许对冷夫人无礼，小瑞的事情，等我父亲回来了再做处理！谁敢违抗，我就杀了谁！"

冰冷的眼神，警告地扫了周围一圈，碍于金斯泽这样的眼神，大家不约而同地点了点头，表示了遵从。

金斯泽眯了眯眼，心里还算满意。

“强！”他高喝！

“在！”一个很健壮的年轻人站了出来。

“你带你的人护送冷夫人回去，守好冷夫人的房间，不得让任何人骚扰冷夫人。”

“是！”

金斯泽微微转身，看着叶露：“冷夫人，委屈你配合一下，待在房间里别出来。出了这样的事情，我和你都想得到一个很好解决的方法。小瑞是我唯一的弟弟，我一定不会放过伤害他的人的。”

他的眼神一沉，杀气猛然喷薄而出，这个人，绝对不是说着玩玩的。

“可是——”他的语气微微一软，“我相信，你不是，你不会是那样的人！”

他的信任，没有让叶露露出感激涕零的表情，她只是淡淡地回了一句：“你放心，我绝对配合，请——节哀！”

金斯泽眼微微一红，那张向来表现得很无所谓的脸庞竟然深深动容，瞬间闪过的哀伤，配合那张蓝色忧郁的眼睛，宛如纯净的天空在哭泣，一时间，令人讶异，也——动容！

这样的表情，稍纵即逝，只落入了叶露的眼中。

她轻轻一叹，踏步离开。

强立刻上前，客气而有力地引路：“冷夫人，这边请！”

铁四和铁五立刻跟上，两人都明白，金斯泽现在的处理方式对叶露来说，应该是最好的，也算是一种保护，只要在冷哥回来之前，不再发生变数，那么一切都会没有问题的。

叶露跟着强离开，身后，金夫人摸着金斯瑞残缺的尸体颤抖地泪流不止，金斯泽也在一边跪了下来，高大挺直的后背，一下子弯了下来，仿佛不堪重负，被什么东西给狠狠地压垮了一般……

不能看！

不能回头！

她钻入车里，目视前方，将这里的纷乱、哀伤留给这里，用剩下的力气，来对付接下来的纷乱、哀伤！

金议员，你会怎么做？

冷阳，你又会怎么做？

金夫人，计划已经出轨，你该做出何种解释？

金斯泽，风暴已经启幕，你又会如何处理？

第四章

阴谋

杀　机　重　重

016

被请到了自己现在居住的房间中，叶露知道，自己算是被软禁了，软禁到等待金议员和冷阳从矿地赶回来。

门口，有“强”等人把守着，而房间位于三楼，想从窗户逃跑似乎也不太可能，一切逃跑的机会都被堵死了，加之，金宅的守卫加强了，她这个时候要是逃，那就是笨了，还坐实了自己谋害金斯瑞的假设！

况且，她根本就没做这事！

况且，她根本就不怕死！

刚才发生的一切，宛如是在演电影一般！

突然的爆炸，凶猛的火焰，慌乱的人群，疯狂的金夫人，生死一瞬，如果……没有那把枪，她……

苦笑了一下，只怕她已经被金夫人掐死了吧？！

她——竟然会对她出手！

这是她自己的意图，还是……别人的授命？她充其量只能是冷阳的妻子，所拥有的一切，都是冷阳赋予的，连带那个根本没什么重要性的凤影身份。

皱眉思索，眼神因为思考而变得悠远。她想起来了，温烨磊交给她的那个黄皮文件，那里的资料，熟悉到她都可以倒背如流了。

按照原先的计划，她只是负责把小瑞带出去，让小瑞上车，有人会负责调包，用已死的小孩替换小瑞，然后汽车爆炸，将假小瑞炸得面目全非，无从辨认，甚至金家人要是有所怀疑，要求身份验证，连带以后的检验，都有专门人员进行作假，这样一来，所有的一切都可以被掩盖得彻彻底底。

如此，小瑞成了“死人”，就可以很安全地用早安排好的假身份自由自在地继续生活下去。而这边，金家人不会有任何的怀疑。

这是一个完美的计划，只要一切都按照程序来，绝对可以做到偷天换日、天衣无缝！

可是——

事情，出错了！

至少，那本该是意思意思、演戏给别人看的，可是作势要掐死她的金夫人真的动了手，真的想要杀死她，事情，就已经发生了改变！这当中的林林总总，不在她接手的资料当中，她不明白，这当中，是否又有别的曲折的故事！

等，她只能等！

等到时间到，等到一个合理的解释！

骗人的最高境界，就是把自己给骗倒，并且深信不疑着。

她想，她会朝这个目标努力的。

在她思索的过程中，她却不知道，窗户外，远处的某一栋三层楼的屋顶，一个黑衣黑裤，戴着黑色头套，只露出两只眼睛的人，正在朝着叶露所在的房间瞄准。这人身材强壮，身板宽大，一身黑色的衣服贴在他的身上，可以看得出他锻炼有素的身材，看体形，应该是一个男人。看他做这个样子打扮，就令人下意识地联想到了杀手。他既然将自己包装得如此彻底，很明显，他是不想别人认出自己。

黑衣人趴在地上，架好狙击枪，缓慢地转动枪头的方向，一点点地，往叶露靠拢……

叶露所在的房间，巧得很，窗户的位置，正好对着大床，叶露此刻正光着脚，坐在床上沉思，显然不知道，巨大的危险，正在向她靠近。她怎么会想到，在戒备森严的金宅，她会遭受来自窗户外的危险？！

而且，床和窗户的位置安排，巧妙得很，让远处那栋楼上的杀手有机可乘，三者之间，几乎呈直线。

对于向来对警戒异常重视的金议员，房间这样安排，给人有机可乘，不知道算不算是失误？

杀手的远距离狙击枪，已经瞄上了叶露，现在是在找一个最合适的位置，直接击中叶露的脑袋，争取一枪就结束她的生命。

慢慢地，杀手慢慢地扣下了扳机，他已经全部都准备好了，连带打中叶露之后的退路，他都已经在脑中又预演了一遍，他只要打出这一枪，就可以了，一切，就可以功德圆满了！

叶露的房内，铃声作响，好听的和弦，是在星星的要求下加上去的，同时获得了星星和叶露的喜爱。

铃声，将沉思中的叶露惊醒。

“砰！”远处，杀手扣下了扳机，扣下的瞬间，杀手冷酷地笑了一下，蒙着布的脸看不清他的唇，但是还是可以看得出他的唇线，以及那一刻满意的微笑的幅度。

叶露身子一倒，扑过去，去翻撇在床上的皮包，那里，躺着她的手机。

不知道是谁的电话？

她疑惑着，伸手去掏手机。

杀手的笑容凝固在了嘴角。

“啾！”穿过现在处于打开状态的窗户，子弹没有任何障碍地射入房内，本该射入叶露脑袋、让她一击毙命的子弹，却因为这个来得非常及时的电话，让叶露躲过了一劫，羽绒被被子弹击中，闷哼了一声，里面的羽绒破洞而出，宛如飘雪一般飞扬！

叶露怔愣了一下，一时间还不太明白这是怎么一回事！

杀手在咒骂中，快速地射出了第二枪，务必要求用速度将对手快速干掉。这个时候，已经不讲什么准头了，因为他已经失去了最好的机会了，他只求能把她打中，最好能让她动弹不了，他再送她几颗子弹，务必让她失血而死！

子弹，以惊人的速度飞驰而来，狠狠地击中叶露的大腿。剧痛，让她的身子因此弹跳了一下！

杀手又快速地射出了第三枪！

有些明白过来的叶露下意识地把细腰一提，要往床下扑。飞速而来的子弹，很不留情地再一次命中她的大腿。她闷哼一声，腿，几乎是痛得不能动弹。

这就是杀手要的效果，他的时间不多，他必须要杀死她，这是他的任务。在她行动不便的时候，杀手调整枪头，往她的致命地方射击。

叶露猛然咬牙，身体的潜能，让她用双手撑起自己，拖着受伤不能动弹的右腿，在床上连打了好几个侧翻。

同时，“biu——biu——”两颗子弹在叶露身边擦过，射入了床上。

终于翻下床铺的时候，她的肩膀上又中了一枪，那本来是打算击中她胸部的。

她气喘吁吁，有大床挡着她，她才稍微能有缓冲的余地，咽了咽口水，忍耐住剧痛，捂着开始汩汩流血的肩头，她大声地呼救：“救命……救命……”

门外看守着她的人，应该会进来救她的吧。

远处屋顶上的杀手低咒一声，起身，拿着枪，飞速地逃遁。

房间虽然隔音良好，但是也挡不住声高，守在叶露屋外的强等人，听到叶露的呼救声，立刻推门而入！

铁四和铁五闻声脸上陡然变色，急忙跟着闯入。

乱七八糟的床铺，躺在地上捂着往外冒血的肩膀的叶露，“强”高骂一声，迅速地做出反应：“保护好冷夫人，赶快叫救护车。”

铁四和铁五一马当先，快速地掏出枪，跑到叶露的身边，蹲下，将她给围了起来，警惕地注视着周围。

“窗……窗外……”叶露虚弱地指示了一下。

“强”迅速地掏出了夹在腰间的手枪，对着自己的一名手下打了一下手势，示意往窗边走，手下点头，两人缓慢又警惕地朝窗边靠近，同时其中一人迅速掏出了手机。另外的人打电话叫了救护车，之后，又迅速地给金斯泽打了电话。

金斯泽还在汽车爆炸现场，处理那里的事情。接到这样的电话，他简直难以掩饰他的愤怒：“废物！废物！你们是怎么保护人的？！这么多年，都白养你们了！”

手下拿着手机，垂着头，面有愧色，不敢回应。

“妈的，是哪个混蛋，敢动我的人！找死！”金斯泽恨恨地使劲踹了踹身边的那棵梨树，惹得树上的梨花纷纷坠落，引起了大家的侧目，但是都大气不敢哼一声地沉默着。

“中了几枪？严重不严重？”

手下立刻问了一遍叶露，叶露脸色苍白地吐了一个“三”字。那边金斯泽更是狂躁得像头发了狂的狮子。“赶紧急救，止血包扎，然后立刻送医院动手术，把宅子里能使唤的兄弟都叫上，务必平安地送她到医院，再出事，我枪毙了你们！”

“是！是！”拿着手机的那名手下脸上冒着冷汗，连连点头称是。挂了电话，男子转述了金斯泽的意思。

别看铁四好像四肢发达、头脑简单的样子，他其实相当精明能干，至少，英语会话方面，铁四就没有叶露以前所想的那样的愚笨，甚至可以说，铁四精通英语。

一听金斯泽的意思，铁四立刻拽过被子，将被单撕下，不管那散落出来的羽绒。他将被单裹在了叶露受伤的大腿上。叶露咬牙，因为巨大的疼痛，面色扭曲。

铁四因为叶露刚才对着金夫人那突然的镇定、英勇、机警，对她生了莫大的好感，此刻见她疼得难受，赶紧柔声安慰：“嫂子，请稍微忍耐一下。”

可能他很少安慰人吧，所以口气显得很僵硬，但是叶露还是感激地点了点头，半眯眼，死咬下唇，忍耐着。

大腿上的伤口比较好处理，绑起来也方便，可是肩膀上的就比较难办了。铁四将被单揉成了一团，递给了叶露，说：“嫂子，按着这里，我背你上医院！”

“谢……谢……”她扬了扬眼皮，困难地伸手接过，将布团按在了汩汩流血的伤口上。

她的状态看上去非常的不好，双眼因为大量失血，变得无神，额头上已经冒出了豆大的冷汗，脸色苍白得像个水鬼一般，连喘息，都宛如迟暮的老人一般迟缓、困难。

身中三枪，肯定是非常不好受的！

铁四蹲下身子，铁五帮忙搀扶，才得以让叶露趴在了铁四的背上。

立在窗边的强摇了摇头，出声：“凶手跑了！”他已经把周围一带都检查过了，要想把子弹射入房间，最理想的地方，就是远处的那栋楼房了，可是那楼房的屋顶此刻无人！

“先带冷夫人就医。”“强”下令，刚才金斯泽的话，他也是听到了。同时，他也吩咐一个手下到那栋楼房去查看一下，看那里有没有什么线索留下。

铁四背着叶露，匆匆往楼下跑，这边“强”的手下迅速召集金宅内的兄弟，十多辆轿车立刻从金宅开出！

哪想，才刚出了门没多远，就被迎面而来的同样几辆轿车给挡了下来。强等人立刻持枪戒备。

“什么人？”强坐在车内高喊，心都提到了嗓子眼上，再出事，大少非得打爆他的头不可。

对面的车队一个声音做出了回应：“我们是冷哥的人，怕夫人出意外，所以派我们过来保护夫人，我找铁四，有冷哥的电话。”

同一时刻，铁四的手机开始作响。铁四接过手机，手机那头正是冷阳，金属质感的声音从电话那头宛如流水一般传来，一下子令铁四挺直了腰板，有些焦急的心情立刻平静了下来。

“冷哥！”铁四恭敬地低下了头，哪怕冷阳看不见，他还是不由自主地做出这个动作。

“刚才那小子是我的人，你尽管使唤，我把叶露交给你，你必须给我好好保护她，不能让她出事！”

命令的口气，里面包含的是全然的信任，让铁四神色一正，沉声应道：“是！我一定不会辜负冷哥的期望。”

他同时也知道，冷哥对叶露的重视，不止是那么一点点，对于叶露，他从此刻起，就必须要有把命交出去保护好她的觉悟！

“把电话给铁五，你赶紧整合那些人，尽快送叶露上医院，不得有失。”刚才铁五忙里偷闲给冷阳挂了一个电话，冷阳已经知道叶露的状况了。

铁四把电话交给铁五，这边跟强快速解释了一下，两个车队整合，快速朝医院开去。

铁五按照冷阳的吩咐，握着手机，凑到叶露的耳边，让她跟冷阳说话。叶露困难地喘息，一身衣服都已经湿透，神色极其痛苦和疲惫。手机的另一头，叶露困难虚弱的呼吸声，毫无障碍地传入冷阳的耳朵里，这让他已经微皱的眉头，更加皱紧了。

“叶露，能听到我说话吗？”

周围发生了什么，叶露其实是能感觉到的，但是她太累太痛苦了，不断地失血，让她恐惧害怕之余，身体也很自然地产生了头晕的反应。听到手机里传来的冷阳的话，淡淡的、冷冷的，但是很清晰。她轻轻地应了一声，喘息声急促了一些。

“别怕！”手机那头传来他沉稳的声音，别样的令人安心。仅仅两个字，从他嘴里说出来，功效竟然会如此的神奇。她似乎可以想象到他那张无所畏惧的脸，英俊冷冽之余，似乎可以从此汲取对抗困境的力量。

充满力度的声音，再次传来：“放心好了，你会没事的。我正在路上，很快就会到你身边，我会保护好你，你肯定不会死，等我！”

声音自信沉稳，似乎无所不能，似乎连阎王都必须给他让道。

她缓缓地闭上了眼，一时间，百感交集，不知道该对他作何感想，时而冷酷，时而温柔，到底，哪一个是他？为何每每，在她绝望无助之际，又要给她浓浓的温暖抚慰？

为何，要如此地帮她？

为何，不让她同他的前两任妻子一般，就这样死去？

她死了，他也可以称心如意地再去找下一任妻子，那不是很好？

可是，她还是缓缓地启开了唇，低低地应了一声：“嗯。”

一时间，有酸酸的东西在闭合的眼中滚过。

电话挂断。

她依旧在粗喘不止，身体因为失血，越发地冷了，可是——

心，莫名地安心了不少！

铁四和铁五在手术房外站着等待，明明旁边有座椅，可是两人却偏偏不坐，虽然两个人面色沉着，看不出来慌乱、焦急的痕迹。但是，从两人站得直直的姿势，几乎是一动不动地盯着手术房，就可以看得出来，两人同时为手术房内的叶露担心着。

“冷哥！”

蓦然惊喜的呼唤，唤回了铁四和铁五的心魂！

两人齐齐转身，看到了冷阳，立刻迈开大步，迎了上去。

冷阳一身寒气，尽管面色如常无情，但是还是可以看得出来风尘仆仆。

“怎么样了？”他挑眉询问，冷色清寒的眸子直接对准那还在亮着灯的手术室，冰冷的唇线锋利得宛如刀线一般，带着极力掩饰的怒气和杀意。

铁四脸上闪过一丝愧疚：“冷哥，对不起，都怪我，没保护好嫂子，嫂子中了三枪，腿上的两枪应该不是很严重，就是肩上的那一枪，可能……会有些麻烦！”

冷阳抿抿唇，眸色变暗，刀刻一般的脸，落下了些许的晦暗之色，道尽了肃杀之气。

“我进去看看！”关于这件枪击事件的始末，他什么都没问，到达这儿的第一件事，他选择了先去看她！

此刻他的心中，没有什么能比她来得更为重要。

半路受命前来帮忙的“穆”立刻招呼了一下立在一边的护士。护士敬畏地上前，恭敬地说道：“先生，请跟我来！”

冷阳身上的那股强者的气势，即使他什么不用说、不用表示，就让护士下意识地对他表示了敬畏。

冷阳点了点头，回头看了眼铁四。

不用言语，铁四也明白什么意思。他冲着冷阳点点头：“冷哥放心进去吧，外面的事，就交给我了！”

冷阳拍了拍铁四的肩膀，跟着护士进入了急救室，换了消毒衣，消了毒，才进了手术室。

手术室内，医生正在有条不紊地动手术。

两个外科医生同时联手，一个处理肩部的枪伤，这个比较棘手；另一个处理腿上的两处枪伤，这个应该是没多大的危险性的。

冷阳静静地走进，步伐轻得宛如猫一般，尽量不打扰到医生的救治。

护士领着冷阳，绕到了手术台前，挨着叶露的脑袋。

站在这个位置，冷阳可以看到手术的全过程，冰冷的器械在她身上不停地游走，猩红色的血液从她娇小的身子冒出。他也有过重伤流血不止的情况，他的朋友手下也有过大出血的情况，这些，他都可以镇定自若，只是面对此刻的她，他忍不住地皱了皱眉头，心……小小地揪了一下。

有些疼！

苍白的面孔，没有了血色，看着，令人莫名的不快，闭合的眸子，没有生气地紧闭着，令他软弱地想到了不太好的画面——葬礼！

他的眉挑得更高了！

消毒口罩下的唇，越发地抿紧了！

这样的她，绝对不是他可以忍受的！

她的命只能是他的，谁都没资格跟他抢！

他会让动了她的人付出代价！

他的眼中闪过一丝杀气，但是很快就掩藏了下去。

似乎是感受到了那紧迫盯人的视线，叶露微微地扬了扬睫毛，缓缓地睁开了眼。

他的存在感太强，向来很难令人忽略，就连手术中的医生都不例外地看了他一眼，也难怪叶露能感觉到。

睁眼看见的是那冰晶一般的眼神，沉淀着化不开的寒，为此更加的晶亮迷人，她永远都不会错认！

他……来了啊！

睁着略微疲倦的双眼，她不错眼地看着他，黯淡的眼神，灰色的色泽，显得不太光彩，却别样地惹人怜爱。

他定定地看着她，眼睛几乎是眨也不眨。

两眼对视，久久难以分开，她看不出他此刻的想法。消毒口罩挡住了他大半的脸，她只能看见那双依然漂亮深邃的寒眸，那样的晶亮，简直比天上闪烁的寒星还要耀眼。她竟然还能从这闪烁的寒星中感觉到了迷离的温柔，明明如此遥远，却为何觉得那么的亲切，仿佛，她等待多年，痴痴地守望，就是为了这位于遥远星空中的寒星能回应地闪烁一下！

一眼——万年！

蓦然的感慨，飘荡在她有些空茫的脑海中。

两滴泪，竟然就这样静静地滑下她的眼眸！

如此的脆弱不堪，却为何偏偏要在他的面前展露？

还君明珠双泪垂，恨不相逢未嫁时！

为何会突然想起这句诗，为何心里又酸又痛？

为何，他要来？

为何，他要保护她？

为何，不用他的残酷和冷漠，让她一直憎恨到底？

为何，绝望无助的时候，能依靠的，还是他？

为何……

疲倦地闭上了眼，不敢再质问为何，也不敢面对那双慑人的魅瞳。

温热的触感，轻轻地搭在她的眼角，轻柔地抹去她眼角的泪珠，她知道那是他的指腹，冷硬中那点点温柔，会——醉死人！

可也——刺人得紧！

因为，她不知道，这样的温柔何时会化作刺骨寒风，冰冻她的骨髓！

她感谢他！

感谢他救了她！

虽然他表现得像是一个恶质的坏蛋，但是，他总能在最后关头及时地拉她一把，她感激不尽。就连此刻，躺在冰冷的手术台上，谁能知道她的心里是多么的绝望害怕，平生第一次上手术台，还是在被枪击中的情况下，身边连一个亲人朋友都没有，只是被迅速地送过来，迅速地被麻醉动了手术，周围，连个可以依托信任的人都没有！

独在异乡为异客！

而她觉得自己比那种境遇还要悲凉！

他能来，她真的觉得高兴！

但是，不能抑制地，心也在痛着，一抽一抽的，觉得委屈、觉得懊悔、觉得憎恨、觉得绝望……

冷阳轻轻一叹，看着她眼角的泪水越流越多，一时间，有种无奈的烦躁。她现在这样的结局，有一半，不也是自己刻意放任、漠视的缘故吗？好像是……让她恼了吧？

一点点地抹去她眼角的泪珠，以难得的耐心，她流下多少，他就擦去多少。那场面，宛如温柔的丈夫在疼宠自己受了委屈的小妻子一般，虽然双双沉默，但是无声胜有声，画面温馨得让人心疼、羡慕……

总算是有惊无险地成功做完了手术，推出了手术室，送入加护病房。门外守候的人，都大大地松了一口气。

冷阳坐到床边，捋了捋她额前的碎发，轻声低喃：“睡吧，你累了！”

她的眼皮子颤抖了一下。

他倾身，在她额前留下一个温柔的亲吻：“别怕，没事的。”

语调温暖如三月春风，显然不符合他一向冷漠的风格。

她低低一叹，氧气罩中的白雾因此浓了一下。

他却伸手，取下了氧气罩，在她讶异又有些害怕地睁开了眼看他的时候，轻轻地含住了她的唇瓣，轻柔地逗弄了一下，慢慢地挪开，重新把氧气罩归位。

“睡吧！”他揉了揉她的头发，语气温柔得不像真人。

在她重新合上眼之后，她听到他在她耳边说道：“你的命只能是我的，别人休想拿走！”

坚决果断，宛如虔诚的信仰！

她不知道他是以什么表情、什么心态说出这样的话，可是，没过多久，却沉沉地睡了过去，将所有的一切纷扰，自觉、不自觉地，都交给了他。

抚摸她脆弱得宛如要碎的苍白面孔，冷阳看不出心思的脸蓦然一冷，眼中浮现铺天盖地的冰芒，那是——他要反击的征兆。

掏出手机，冷阳沉声命令："晓，查一下金议员一家人，跟这起爆炸有关的任何情况都不要放过，尤其……要仔仔细细地调查金夫人！"

金宅

"老爷，你一定要为小瑞报仇啊！"

金夫人哭倒在金议员的怀抱里，哭得上气不接下气，哭得形象全无，好不落魄。原本是一位温柔美丽、气质高雅的贵妇人，让人见了心生亲近，如今哭得梨花带雨，令人好不心疼。

金议员皱着眉头，抱着金夫人，脸上风卷云涌、乌云越聚越多。

"我就说泽讨厌我们母子俩，肯定会对我们母子俩下手，可是你总说不会……不会，可是，呜呜……你看看，你看看，现在都变天了，小瑞没了，呜呜……那天要不是我突然身子不舒服没跟着上车，现在我……我也跟小瑞去……去了，我……我还不如就那样跟小瑞去了，省得现在白发人送黑发人，可是……"金夫人哀恸的眼中猛然闪过浓浓的仇恨，"我不能死，我必须要为我的小瑞报仇，我不能让杀了我的小瑞的人逍遥自在的，我要他血债血偿！"

金议员抿唇沉默。

痛失爱子，给了这位曾经叱咤一方的社会大佬沉重的打击。

他知道，他的大儿子恨小瑞，也恨珍，但是，他总认为血浓于水，这么多年过去了，大儿子在外面也历练了这么多年，也该长些见识、懂事了，不该再对已经过去的事情，如此的斤斤计较，因为，这种感情的事，谁也控制不了。

当初，在酒吧碰见金斯泽的母亲，逢场作戏，哪想到会珠胎暗结，当时他也没多想，心想自己反正也没个老婆，就娶了她。反正生下来的孩子，也得需要人照顾，还不如让他自己的母亲照顾来得妥当。

金斯泽的母亲，对他来说，没有什么特别的不同，就跟他以前碰见过的那些形形色色的酒吧女子一样，都是逢场作戏之后可以说分就分的人，她唯一不同的是，有了他的孩子，现在成了他的妻子。

可以想见的情况，他只负责娶了她，提供给她优裕的生活，其他的事情，她管不着，他照样在外面花天酒地，跟兄弟血拼、积极地扩展地盘！

谁知道，金斯泽的母亲是个死心眼的人，竟然爱上了他。也许，在她执意要守护肚子里的孩子，而不是选择把他打掉，就已经说明了她对他的那份浓烈的爱。

但是，爱上一个不该爱、也永远不会回应自己的这份爱的人，注定会痛苦一辈子。

金斯泽的母亲，就是在绝望的爱中，一点点地忧郁，一点点地枯萎，直至，生了重病，生命垂危！

而此时，金议员却猛然陷入了杨白珍的情网，对这个东方女子表现出来的温婉美丽、勇敢坚毅表现了狂热的痴迷，这是不同于以前任何的交往。金斯泽的母亲知道之后，在绝望痛苦中病情加重。她一生都希望自己的丈夫可以回头，注意到她这个妻子。她会用她所有的一切，努力给他幸福的，但是都到了这个时候，她几乎已经一脚踏入了鬼门关，他还是没注意到她，更甚至狠狠地戳破了她的梦，让她只能难堪地面对自己当初那可笑的坚持。

所以，她歇斯底里地在最后的哀叫痛哭中结束了她这寂寥的一生，余留下来的愤怒和怨恨，全部让金斯泽继承！

在金斯泽的母亲死后，金议员几乎是迫不及待地娶了杨白珍。就因此事，让金斯泽跟金议员大吵了一架之后，愤而离家。他再也不能忍耐这个让他失望透顶、让他母亲痛苦绝望的父亲了，也讨厌这个在最后给他母亲重击的杨白珍。他离开了这个家，走得很远，离开了这个国度，远渡重洋，在许多国家流浪！

谁也不知道他在国外具体做了什么，只是大略知道，他跟许多国家的大势力都有些交情，金议员苦口婆心劝他回来，只差给他跪下，才把金斯泽给劝了回来，接手他手中的所有势力。

金议员虽然对死去的妻子没有感情，但是对于这个大儿子，他却很爱，奋斗了一辈子，自己手头的东西，总是要给自己的儿子的。况且，这个大儿子聪明能干，行事作风，简直比自己年轻时候还要勇猛、果断、剽悍，能够跟那么多国家的大人物都有些交情，这可不是一个普通人可以做到的。金议员为他感到自豪，并且深信自己的势力要是交到了大儿子的手中，必定可以得到更好的发展！

可是，看看现在的情况！

简直是糟得不能再糟！

自己的夫人，怀疑自己的大儿子伙同别人谋害了自己珍爱的小儿子，而这个别人，正是自己万万不可以为敌的冷阳的妻子！

珍很早就担忧泽会因为仇恨对她和瑞下手，所以在他当初把泽从国外找回来的时候，她表示了反对和担忧。但是到底最后，还是同意了，因为当时自己劝她，说不会的，自己的儿子，他还是心里有数的，泽一定不会对他们俩下手。并且，他承诺了会保证他们母子俩的安全。

可是——

如今很多的矛头，都表明这件事是泽干的。从珍的猜测中，事情的发展，几乎可以串成一个剧本。

叶露勾搭上了金斯泽，答应帮金斯泽做事，假意说服金夫人和金斯瑞跟她一起去白园看梨花，但是金夫人因为不舒服，没有中圈套地一起去，只是计划还是按照原定的方案进行，于是金斯瑞被炸死了。

金夫人情绪激动下想杀了叶露为金斯瑞报仇，可是却被金斯泽拦阻，她灵光一现，指出了两人的奸情。

金斯泽怕事情败露，于是派人暗杀叶露。

整个金宅的安保工作都是金斯泽负责的，所以他很清楚哪块是防守漏洞，而叶露在她的房间里，差点被杀手打死，这当中，金斯泽最值得怀疑！

这一连串的变故中，叶露就显得万分的重要！

如果那个枪手打死了她，那么所有的事情，都随着她的死亡，而尘埃落定了！那个幕后黑手，假设就是金斯泽，就可以无后顾之忧了！

金议员眯了眯眼睛，珍的分析，不无道理！

他相信，在本市，还没有谁蠢到以这种方式来惹恼他的！况且，小儿子是被叶露给带出去的，如果没有她，那么……是不是这样的事情根本就不会发生？因为选举的事情，整个金宅加强了防卫，没特殊情况，小儿子本不应该会被带出去，但如今这个人是冷阳的妻子，就不得不卖她一个面子！这当中……是不是，有点什么？再有，她去白园，是不是太过凑巧了？凑巧得让人忍不住去怀疑！

说叶露和金斯泽联手，金议员半信半疑，而且那天晚上他们两个人赤身裸体地躺在床上的情形，他还记得的，不排除这种可能性！

但是，自己的大儿子会这么蠢吗？做出这样的事情，让自己最后成为箭靶子？

金议员心里是又气又恼又伤心又失望！

难道，泽真的是要辜负他的期望吗？

还有……

他猛地挺直了腰背，虎目闪过危险的光芒！

那位冷夫人，他得找她谈谈！

不论是谁，伤害了他的小儿子，他都得让那个人血债血偿！

哪怕，那个人是冷阳的妻子！

017

“冷哥，金议员来了！”

一人敲开了病房的门，走了进来，冲着冷阳低声说道。

冷阳点了点头，走了出去。

换进来铁四在病房内守候。

金议员看冷阳出来，面色不改之前的阴沉，看得出来，他是怀着怒气和怀疑而来的，这个怀疑的对象，不用说，是此刻在病房里躺着的叶露。

“冷夫人还没醒吗？”金议员询问道，“有些事，我想当面问问她。”

“她太累了，正在睡觉，你现在不能见她。”冷阳冷冷地拒绝，冰色的眸子，毫无畏惧地给他警告。

有句话，叫做强龙压不过地头蛇！

对于冷阳这样的态度，金议员平时肯定是不会多说什么的，但是现在他失去了他珍爱的小儿子，心里正不舒坦，冷阳的拒绝，让他自己觉得好像脸上被人打了一个巴掌一般，难堪至极。而这个人，还极有可能是自己的敌人！

“冷哥！”金议员似笑非笑，也丝毫不掩藏他身上的戾气了，“我尊称你一声冷哥，是因为我确实对你表示敬佩，可是，你现在的行为，让我心里非常的难过。死的是我的小儿子，他今年也才六岁，冷哥刻意为难，如此包庇尊夫人，这……”

金议员眼中闪过危险的光芒，那嗜血的样子宛如打算要大开杀戒的猛兽一般。如果谈不拢，他可以不惜一切代价也要跟冷阳斗争到底。

冷阳挑了挑眉，正要等待金议员说下去，铁四却走了出来。

冷阳微微转了转眼，不语却已经是疑问。

铁四低声说：“夫人醒了，让金议员进来。”

冷阳眸色一闪，看了眼情绪不稳、隐隐泄露杀意的金议员，想了想，点点头，说：“金，进去吧，别说我不给你面子！”

金议员跟着走了进去，他的随从想要跟进，却被聪明的铁四给拦了下来。金议员看了眼自己的手下，也知道事情的真相没查明之前自己不能太放肆了，于是喝令手下在外面守着，独自一人跟在冷阳的身后，走了进去。

叶露的眼睛睁得不太大，可以看得出她的疲倦，但是她眼中的神采，较之先前，好了很多。

看着冷阳身后的金议员，她眨了眨眼皮，因为自身中枪的状况，自然没这个能力起身相迎。

“有什么事，你就问吧！”冷阳在病床边坐下，冷色的眼，犀利地看着金议员，宛如秃鹫的眼神，让金议员心中一紧，不敢马虎！

“冷夫人，我的夫人怀疑你跟我的儿子泽勾搭，用汽车炸弹害死我的小儿子，对此，你有什么解释？”

金议员也不含糊，一开口，直接命中主题，给了叶露一个当头棒喝。

叶露微微一愣，对于金夫人如此的怀疑，她有些惊讶又有些不太惊讶了，她知道事情肯定处于脱轨中了，可是，她不能让自己也跟着脱轨，因为，她有她要保护的人！

她轻轻地眨了眨眼睛，倒是没有被金议员的气势吓到。即便他此刻面色如虎，有些狰狞，但那又如何？

金议员可以是豺狼，但是她身边有冷阳这个虎豹，何足畏惧？事到如今，冷阳要是任凭金议员在他的眼皮子底下杀了自己，估计他以后也不用混了！

冷阳在保护她，这是她刚得到的一个认知，虽然来得莫名其妙，但是至少可以做她暂时对抗敌意的盾牌！

她轻轻地喘了一下，回答道：“我不承认！”

声音很轻，但是却不抖！

金议员眯起了眼，暗想冷阳的妻子，估计也不是什么简单的货色，看来，这么问，是问不出什么的，他也只好厉声追击：“那我问你，你为什么要带小瑞到白园去？为什么要正好挑我和冷哥去矿场的这一天？你支开周围守卫的兄弟，把小瑞骗到了车上，这承认不承认？你身上还带着枪，这又是为何？”

叶露平静地看着金议员：“事情的经过，你的夫人和手下都是看在眼里的，无需我多说。我是什么身份，我自己清楚得很，我身上带把枪，又有什么稀奇？！”她四两拨千斤地淡淡回应了过去。

金议员没想到叶露会这么难缠，顿时有些怒了。他猛地站了起来，恶狠狠地看着她，说：“冷夫人，难道你不想知道是谁对你开的枪吗？难道，你一点都不想把那个谋害你的凶手给抓到呢？为什么你不配合我，把事情的真相说出来？我想，肯定没有人会无缘无故地对你开枪吧？夫人你肯定知道一些不为人知的秘密，所以有人急着要除掉你，是吧？夫人，我奉劝你，把事情的真相说出来，我知道，小瑞的事，肯定有你的一份，但是，你要是配合我、帮助我，我看在冷哥的面子上，可以对你既往不咎！”

金议员果然不是好惹的货色，言辞犀利，分析事情来条理清晰，次次点中要害，对叶露又是糖衣又是炮弹地威胁利诱着，而且还给足了冷阳面子。

叶露沉默不语，半晌，才淡淡回道：“我什么都不知道。”

如果她的敌人变成了金夫人，那么对于金夫人的丈夫，她有什么好透露的？！

金议员的脸皮抽了抽，更显得狰狞，那是他快要难以忍受的征兆。

冷阳微微凝眉，掉转头，看着叶露，冰冷的声音，宛如拷问：“我问你，你有没有跟金斯泽勾搭谋害金斯瑞？”

叶露心里一突，来了，终于来了，终于轮到冷阳质问自己了。这是一个异常精明的人，她提醒自己必须要更加小心谨慎才行！

“没有！”她的双眼澄清，无所畏惧地迎视冷阳冰冷的目光。

“那金斯瑞是不是你害死的？”

“不是！”

冷阳眯了眯眼，犀利的目光宛如X射线一般扫射叶露的脸蛋，似乎想从她的脸上看出端倪。

叶露尽管心里打突，但还是坚强得眼睛都不眨一下地任凭他在那琢磨。

冷阳神色一收，嘴角微微一勾，若有似无地笑了一下，却不知道他在笑什么，这让本来就有些担心的叶露有些心虚了，很怕自己被他给看出些什么。

冷阳回头看着金议员，淡色的双唇吐出铿锵有力的结论：“我的妻子说了，她什么都没干，金议员也听到了吧？”

明显的袒护！

金议员腾地站了起来，被激怒了。他看着冷阳，眼神凶恶，一脸的煞气：“冷阳，你欺人太甚了吧？！我的妻子要是杀了你的儿子，然后也说她没杀人，你能相信？你能忍？你把我金看成什么人了，三岁小孩吗？”

冷阳眯着眼，缓缓站了起来，等完全站定了之后，整个人就像是山一般的矗立在了那里。那份霸气，那份沉着，无人可挡，更无人可破！

他用自己的身体，为身后的叶露，撑开一个绝对安全的屏障！

“我的妻子说，她是无辜的，而我，相信我的妻子！”

如大山一般浑厚的宣言，一字字，一句句，就这么沉重而扎实地敲打在了金议员的心头，让他明白，面前这个已经像猛虎一样进入备战状态的男人，所说的一切，是不容置疑的。而你胆敢质疑，那么，迎接而来的必然是他的凶猛厮杀！

金议员的心中紧了紧，面上虽然不动声色着，可搭在腰间的手，却缓缓地动了一下。

电光火石间——

金议员只觉得眼前一花，一把冰冷的黑色枪支就对上了他的脸。那仅仅连一秒钟都不到，冷阳的速度快得简直像鬼魅！

“金，这种内斗的把戏，我想我们还是不要玩了！”

森冷的口吻里透露出来的危险，一如那把顶着他的枪！

金议员的脸色一下子变得难看，不用说，他也知道自己的举动已经被冷阳给看穿。他虽然已经从腰间摸出了枪，但是根本没来得及举起来对上冷阳，就已经被他先一步拿枪给顶着了。

冷阳根本就不低头看金议员握枪的那只手，俨然一切都在他的控制中的样子。金议员看着这样的冷阳——狂妄、自信、胆大、勇猛，沉默了片刻之后，不得不感慨他已经老了，长江后浪推前浪啊！

冷阳，这位年纪轻轻就被推上偌大的冷氏家族家主位置的男人，果然如传闻的那般身手不凡、高深莫测！

他收起了手枪，叹了一口气，重新在沙发上落座。

冷阳缓缓收手，重新在病床落座，把枪扔在了病床上。

金议员垂头丧气，似乎一下子变得苍老至极，打击很大。

这不值得冷阳的同情，他本来就是冷血的人，但是，既然这件事把叶露给牵扯了进来，他可以跟他结盟。

“金，金斯瑞的事情，我会帮忙的。”

金议员愣了一下，不太明白冷阳这葫芦里到底是卖的什么药，冷阳一心想要包庇他的妻子，现在说帮忙，这是帮的什么忙？！

冷阳从口袋里掏出了一个塑料袋，里面装着一颗子弹。他把它扔了过去，金议员一把接住。

“这是打入我夫人体内的子弹，我想，我们可以从这个子弹查起，应该有些线索！诚如你所说，有人想要杀我妻子，这是我所不允许的，我也希望可以早点把那个幕后主谋给抓出来。”

金议员看了眼子弹，又看了看冷阳，知道自己在冷阳这儿讨不了好，也只能先走一步算一步了。

他起身想要离开。

冷阳唤住他：“金，咱们是老交情了，我不想因为这件事，而让我们之间闹得不愉快。凡事讲求证据，你要是有证据表明这事是我妻子干的，我肯定给你一个交代。但是，你听好了，没有我的允许，谁都不准动我的妻子。”

说这话，冷阳身上的杀气浓重了一下，若有似无的血腥味也渐渐欢腾。

顿了一下，冷阳皮笑肉不笑地继续：“这句话，烦请你回去交代一下你的手下，我这人，是非常不愿意见血的。”

但是，嗜血！

金议员心中一凛，知道这既是威胁又是警告。

略微一想，冷阳说的不无道理，万一证实这件事真的跟冷夫人无关，跟冷阳闹僵了关系，倒是不值得了。

再万一……这是有心人士在背后操作，意图破坏自己跟冷阳的关系，那……

金议员猛地激灵了一下，愤怒的头脑一时间清醒了不少。他知道自己这次来得有些鲁莽了，但是也不能说一无所获，至少，他知道了这位冷夫人不若他原先想的那么简单，至少，冷阳对他的这位妻子，也并未像以前那般漠不关心！

他点了点头：“我知道该怎么做了！”

冷阳目送他离开，等门关了，脸色一下子沉了下来。

回头，他看着叶露，冷冷地笑了一声：“女人，你给我惹的麻烦倒不小！”

叶露毫无设防，当下心虚地缩了缩瞳孔，微微变了变脸色。待觉得这样不对，就赶紧勒令自己镇定下来。

冷阳身子一弯，就直接伏在了她的身上，过分帅气的脸，猛地一下子就展现在了她的眼前。但是，他还是很小心地没有压迫到她的身子，而是略微费力地半抬着。

她很想控制自己的眼神不要游移，但是面对他那紧迫盯人的眼神，还有冰冷的笑容，那一丝丝的邪气，让她心里直打鼓。

他还是继续看着她，似乎是打算让她主动忏悔，又似乎是在享受她战战兢兢的小样儿。

她的呼吸有些急促，胸口开始变得有些闷，肩头处的伤似乎又开始痛了，可能是麻醉的药效要过了吧？

冷阳见状，蓦然止住了笑容，身子略微抬高了一些，不再给她压迫，这让她能好过一些。

伸手摸了摸她的脸庞，冰色的眸子闪现一丝流光，低魅地询问：“心虚了？”

他异常轻柔地用修长的指头抚摸她的脸庞，有些痒痒的，也很温柔，温柔得有些异常，她消受不起，差点让鸡皮疙瘩都要出来了。

她抿唇，眼皮子颤抖了一下，逃避似的缓缓合上，不予搭理。

冷阳的眼神微微一冷，看着这个做缩头乌龟的她，心里蹿起了一簇火苗。

她却缓缓地扬起了睫毛，漆黑的眼珠子，一点点地在眼皮下闪现，羞怯宛如初次绽放芳华的小花。

“你要怎么对我？”小小声的，娇弱而又无辜的，又带着主动的示弱。

他讶异地挑了挑眉，嘴角不自觉地勾了一勾，对她现在的态度比较满意，至少比刚才躲避他的行为要满意多了！

他邪魅地看了她一眼，又把问题抛给了她：“你说呢？”

继续手上的举止，他开始不满脸颊上的肌肤接触，已经把手指伸向那洁白的脖子，在那光洁的脖子上来回逡巡，似乎她这个答案不满意，他就要学金夫人那样，一把掐下去。

她皱了皱眉头，没回答，小声地咕哝了一声：“疼！”

原来，他碰到了金夫人留在她脖子上的那十个指甲印上。

金夫人想掐死她那会儿，力气用得很大，留在她脖子上的十个指甲印，现在看着，还触目惊心，青紫色的一片，还有那凝固的血迹，令人看着有些不爽，又有些心疼。

他哼了一声：“谁让你不乖的？不是让你好好地休息吗？”

他走的时候，是怎么吩咐她的？！

不过，他却收了在她脖子上作乱的手指。

按下床头铃，他吩咐护士拿些消毒药水过来，再拿些疗伤药膏过来。

护士小姐的行动很是迅速，叶露看着护士小姐过来，故意用英语回答冷阳的问题：“你是打算打我一顿作为惩罚呢，还是打算一枪毙了我？”

她暗想在护士跟前，他应该不会变现的那样暴力吧？！

护士很诧异地斜睨了一眼冷阳，拿着托盘的手都有些不稳了。

冷阳在沉默，沉默中的他看上去很难令人亲近，更显得冰冷残酷，怎么看，怎么像一个随时会掏出枪杀人的冷面杀手！

沉闷的气氛让护士小姐觉得太过压抑，大气都不敢喘一声，冷阳只不过睨了一眼，护士小姐就惊吓得都快要从原地跳起来了。

“这……这是……药……”她的声音都开始结巴了。

“出去！”

冰冷的话，对护士来说，简直就是救赎。她快速地把药放在叶露的床头，急匆匆地出了病房，并发誓，下次再也不来这个恐怖的病房。

冷阳拿起托盘上的药，大略看了一眼，拿过消毒药水，开始慢条斯理地帮她脖子上的伤口消毒，神色淡漠，看不出他的心情。这个人，善于掩藏自己的情绪。

她的眼睛眨了眨，脖子受到了消毒药水的刺激，忍不住地“咝咝”叫了几声，呼痛。

他瞟了她一眼，没有多少温情，却偏偏还有那么一丝温情的继续，手下的动作，轻柔了不少。

她舔了舔唇瓣，咽了咽口水，小声地咕哝：“这个当作惩罚好不好，好疼的！”

这次说的是国语。

他没看她，却微微挑了挑眉。

她假意呼吸困难地喘了几声，光洁的脖子起伏很大，连带脖子上的经脉都突了起来，表现得异常脆弱。

他收了消毒药水，拿过一边的疗伤药膏，挤了一些，用指腹揉开，慢慢地涂抹，嘴里淡淡地回道："你中了三枪，也算是一个教训，就当作惩罚了！"

她眼中一喜，嘴角不自觉地在那窃喜地上扬了一下，后来惊觉自己似乎表现得太明显了，立刻勉强将心底的那份喜悦压了下来。

果然，怀柔政策对他是有用的！

"但你得把事情的始末告诉我！"他淡淡地瞥了她一眼，"还有，你那把手枪的事情！"

他没有给过她手枪，手下也不可能不经过报备就给她手枪，那么这把枪，她是从哪弄来的？可以肯定的是，出国前，她身上肯定没枪，这枪，一定是她在这弄到的。

冷阳犀利的提问，吓得她嘴都合不拢了！

犹豫了半天，才吭声道："我……不能说的！"

"你怕？"他的声音略一挑高，带了些嘲弄，"怕温烨磊重新把你那个朋友给抓回去？"

这话把叶露给吓住了。

"你……你都知道了？"

他不说！

她很快就觉得自己傻透了，他冷阳是什么人，怎么可能会不知道！可是他知道，却不帮她？！她当时那么求他，把他当成了救世主，可是他却不帮她！

心情一下子沮丧了、懊恼了！

对他，忍不住地就气了！

一想起当时的情形，她还是觉得胸口闷得慌，觉得自己很难堪，恨不得挖个洞把自己给藏起来。

"怨我？"他聪明得宛如可以透视人心。

她咬住了唇！

他的眼神闪了闪，觉得她还是一如既往的倔强。

"我当时问了你两个问题，你要是答出其中的任何一个，我都会帮你的！"

他淡淡的语调，听着，竟然像是轻轻的叹息。

她愣了一下！

开始回想，他那天到底问了什么！

你以为我是谁？

……

你以为你又是谁？

……

什么意思？这叫她如何回答？！

她茫然、愤怒！

她回答不出来，只是觉得当时说话又冷又无情的他，那带着淡淡讽刺的语调，让她感觉难堪，似乎是在故意提醒她，让她知道自己是多么的卑微渺小，又似乎是在提醒她自己对他来说，什么都不是！

她咬唇憋气的样子，落入冷阳的眼里，换来的是心底的一番自嘲。到现在，她还是没有明白这两句话的意思！

如果，她当时能回答你是我老公；又或者，我是你老婆，他都会帮她。因为，当她这么回答他的时候，她已经把他看成了她的丈夫，可以休戚与共，共同进退。

这样，即使她一开始有那意思报警好逃离他，又或者在这之前请他的朋友帮她查他的底细，他都可以既往不咎！

可是，她什么都没说！

就是到现在，这样简单的问题，她还是答不上来！

她还是在抗拒他！

眸色暗了暗，他微微敛眉，收手，将药膏拧上盖，放到一边。

“说吧，否则我很难帮你！”他的音调变冷，听着像是公事公办，“这里就你我两个人，你觉得温烨磊和我，哪个更可以让你信任？”

她愣了一下，对他突然冷淡下来的语气，有些微微的不适感。那原本在她脖子上轻抚，此刻却抽离的手指，都让她有股淡淡的失落感！

奇怪的感觉！

将脑中奇怪的念头甩开，对于冷阳的问题，她根本不用多想，就已经有了答案，肯定是他更让她信任的啊，这还用说！

这么快速地在心里有了答案，简直是让她大吃一惊！

什么时候起，竟然……竟然这么地相信他了？

瞪大了眼睛，她心里慌了一下，然后快速地整理心绪，回答他：

“他们说，要是……我泄露了计划，帅子就得……被抓回去。我……不是不想告诉你，我相信你，可是……”她静静地看着他，清澈的双眸宛如一潭静谧而美丽的湖水，“这次，你会帮我吗？”

些许的波纹在湖面荡漾，涟漪波动心湖，有着美丽的期待。

他淡淡地摇了摇头，“算了！”

表示了拒绝，因为是她先拒绝他的。

她轻轻一叹，一时间不知作何感想！

也是，算了！

这样的结果，她一开始大概也想到了，所以，再一次被打击了一下，也不是特别地难堪伤感！

自嘲地笑了笑，看着他，她露了一口漂亮的小白牙："不好意思，我不能说！"

他站了起来，看来对话到此为止。

"冷阳！"她唤住了他，"我有没有对你说过谢谢？"

他微微一愣。

不用他回答，她带着淡笑，暖暖地说了一声："谢谢！"

尽管他很可恶，但是她善恶分明，该感谢的，她都记在心里。谢谢他对她的保护，谢谢他对她的陪伴，谢谢他对她的袒护……

短短二字，宛如暖流，虽然戛然而止，但是确实让人感觉到一丝温度。

"休息吧！"

他迈步离开，语气中的那股冷淡倒是没了。

她淡淡一笑，闭了眼。

金议员拿着从来冷阳那拿回来的子弹，进行了追查。一般的子弹，都有它的出处，国内经手军火买卖的人，他大多认识，拿着子弹，一路追查，就可以查出到底是谁买了子弹。

可是，线索突然中断了！

因为——那个卖枪人，死了！

被人杀死在了自己的屋子里，用的是同一类型的子弹！

显然，这是一个非常聪明的杀手，把该想到的事情都想到了，杀了卖枪的人，自然就无从查到这段日子，这个卖枪的把枪弹卖给了什么人！

从金议员那得到这个消息，冷阳并不惊讶！

他把子弹给金议员，一来是确认一下他的猜测；二来，也是让金议员分散些注意力，冷静一下头脑，别鲁莽地尽想着去打叶露的主意。金议员现在的按兵不动，相信他的头脑大概是冷静了下来，应该不会随随便便去找叶露的麻烦。

让晓去查的资料，冷阳也已经收到了。虽然叶露没告诉他这一次她是带着什么计划来的，但是从得到的资料来看，他大概也可以猜到一些。有了这些，细节方面，就不用太追究了。

晓，是冷阳手下专门负责收集情报的。算是历任情报组织的头头，这只是一个代号，一代代地相传，谁登上这个位置，谁就成为晓。这就像叶露被称为"凤影"一般，也是代代相传的一个代号。

从清朝开始建立的情报组织，经过百多年的风霜雨雪，尤其经过了突如其来、令国人惊慌失措、无法防备、又屈辱万分的鸦片战争之后，晓手下的情报组织，已经不仅仅限于单一地收集国内的情报了，而是把触手伸到了国际！那场毁灭性的战争，让晓知道，掌握全球的资讯动态，是如何的必要。如今的晓，既是一个人，又是一个组织，具备了世界上一流的情报掌控能力。

资料上，金夫人的身份，冷阳倒是不太惊讶，事情发展到这个地步，他也大概可以猜得到。

只是资料上写的一笔她的秘密资金流向，让他冷寒的眸子，是眯了又眯，脸上的寒气，是重了又重！

Induprire，一种新近研制的秘药，服下后，可以让人短暂神志昏迷，状态宛如微醺的醉酒一般，这种药效倒没什么，使这种药价格高昂、奇货可居的是它接下来的另一种药效。服下这种药的人，十多分钟之后（依个人体质不同，时间略有差异），身体敏感的禁受不得一丁点的刺激，只要稍微触摸，就会忍不住地呻吟娇喘，状态，宛如中了高级春药一般，但是没有春药的副作用，也不会像春药那般丧失理智。这种药在欧美很流行，一问世，就受到了一些上流社会人士的喜爱，可以作为交欢之时的调情剂，增加情趣。

他的脑中想过那一晚，叶露全身粉红地躺在金斯泽的身下，娇喘吁吁，仿佛在情动中；他又想到，她说她没有对不起他，他毫不留情地进入了她，觉得在他身下虽然表现了微弱的抵抗，可还是扭摆着身躯不时地迎合他的她，简直犯贱到不行！

手上青筋暴起，手一握，手上的资料，立刻扭曲得宛如麻花，沙沙的声响，提前奏响了地狱的挽歌！

他的眼中冒过杀气！

金夫人！

那女人！

绝对不能放过她！

018

坐在房间里的金夫人，虽然面色平静，可是得意的眼神宛如即将丰收猎物的猎人。

窗边，吹过一阵冷风，她莫名地感觉到了寒意。刚要起身，却觉得身子蓦然一寒，那感觉好像是被一条冰冷的毒蛇给盯上一般！

靠着以前的训练，她快速地使自己镇定下来，同时眼角余光一扫，立刻扫到了目标。

冷阳！

是他？！

她略微转身，脸色立刻变冷，看着冷阳，表现了应有的敌意和冷漠。

“稀客！”她冷嘲。

冷阳缓慢地走了进来，那一刻，金夫人的身子猛然一紧，她感觉到了——危险！

那是一种说不清的直觉，靠着这种直觉，她曾经躲过很多次的致命袭击。

领着冷阳过来的保姆快速地退了下去，冷阳随手把门一带，门口，他的人，守在了门外，阻隔了一切。

这一切看在金夫人的眼里，立刻明白，来者不善，善者不来！

“很惊讶？”冷阳冷笑，毫不客气地拽过椅子，坐了下来。一袭阿玛尼的西服，衬托得他高贵不可方物，令人生畏。

金夫人挑了挑眉，毫不畏惧地重新落座，将一条腿搭在了自己的另一条腿上，姿态是对抗式的高傲。

“有点！”她冷声回道。

两人之间暗潮汹涌，虽然没有明刀明枪地争斗，但是刀光剑影也算是开幕了。

冰色的眸子锁住她，冷阳开口，音调鬼魅，带起一股阴寒之气：“我以为你是一个聪明的女人！”

“你想说什么？”金夫人皱眉，不客气的驳回，“如果你有事，可以找金谈，他马上就回来。”

她刻意咬重“马上”，主要的目的是希望他能马上离开。她不想跟他对上，也不想跟他对谈，这是一个劲敌，凭借她那么多年的经验，她很清楚，眼前的这个男人不是她可以惹的，也很有可能是她不能应付的。她可以很轻松地搞定叶露，但是对于这个龙组的当家，自即位起，就将龙组发展得更加威名赫赫的男人，她无端地感觉到威胁！

冷阳淡淡一笑，只是笑容没有丝毫的暖意，反而更加让人觉得胆寒。“放心，我不会打扰你太久的，在金回来之前，你我的对话，肯定已经结束了。”

“那你想谈什么？”金夫人双手抱胸，好不客气地询问，表现了应有的不耐烦。

“我想谈谈你对我妻子下药的事情！”

金夫人心里突了一下，但是脸上不动声色：“我不知道你在说什么！”

冷阳不再追问：“那好，咱们再来谈谈关于你和你那位情夫的事情！”

金夫人的心里，立刻掀起了狂澜，可是，她脸上还得继续装，装作无动于衷，只是这一次，她已经惊骇得说不出话来了，只能用一张面无表情的脸来应对冷阳。冷阳缓慢地伸手，探入自己的西装内，这个动作让金夫人身子一紧，猛然握拳，难道，这冷阳还真胆大到敢这样杀死她？！就在这里？！

冷阳盯着她，看着她面色一点点地苍白，手上的动作却依然慢条斯理。她就宛如他挑中的猎物一般，已经掉入了他事先设计好的陷阱里，他现在只不过在捉弄她，恶意地欣赏着她恐惧的姿态，她表现得越慌乱、越恐惧，他就越高兴。

想到她用她身经百战的聪明来设计叶露，他这还算是客气！

盯着冷阳的手，金夫人全身的肌肉都已经绷紧，一旦有什么不对劲，第一时间，她就该采取反击，现在，她就已经在思索，在他真的掏出那枪时，她该如何行动。

哪料到，冷阳从西装内抽出来的，竟然是一叠资料。

“啪！”冷阳将那一叠资料猛地拍到了金夫人的身上，让她措手不及，几乎是呆若木鸡地任凭资料砸在了她的身上！

“若要人不知，除非己莫为！”

白色的A4纸宛如漫天的雪花在金夫人的眼前飘落，她只淡淡地瞥了几眼，就感觉到一阵绝望！

怎……怎么可能？！

她明明都已经处理掉了啊！

怎么……怎么还会让人给查到了呢？！

这个冷阳，他到底是谁，难道他是神不成，竟然可以将一个人的过去查得这么仔细？！

“我本来不屑管你的事情，但是，你——”冷阳的声音一沉，“惹了不该惹的人！你以为，我冷阳的妻子，是可以随随便便地被人给耍的吗？”

金夫人一愣，他……他竟然会说出这样的话来？

她不可置信地看着他，不可能的，不可能的！

他怎么可能会这么在意叶露？！

她查过的，那个叶露，是个半路新娘，对冷阳来说根本就无足轻重。冷阳结婚那天，新娘子跑了，而她半路误打误撞地跑了进来，就这样嫁给了他！

他和她之间，根本就没有丝毫的感情！

况且，冷阳冷血，他那么爱他的第一任妻子，可还是逼死了她；她的第二任妻子那么爱他，可他还是不留情地杀了她；对这个半路冒出来的第三任妻子，才几天的光景，他能用上几分心？

况且，叶露——一个什么都不知道的大学生，一个只会被别人耍来耍去的人，一个一看就知道很好利用的人，他怎么可能会在意？！

心中开始慌乱，金夫人觉得自己好像一开始就走错了一步棋，所以现在的情况开始有些不受控制，并且似乎朝极其不好的局面发展，但是她还是力求稳定，不能自乱阵脚。

她微微扬起了脸庞，将四散在她腿上的资料往旁边推了一推，用适度的微笑，完美地掩饰了自己那一刻的慌乱。

“我不懂你在说什么，我一直把尊夫人当作是朋友，当然，那是在小瑞没出事之前；小瑞出事的时候，我一时情绪没控制住，对尊夫人做了无礼的事情，这我表示歉意，但是，我的儿子死了，我当时的行为并不过分，现在，我也只是对尊夫人表示了怀疑，并没有对她做出什么过分的举止！”

“没有？”冰冷的视线，宛如刀一般地朝金夫人切了过来，瞬间切开她的伪装。

“为了栽赃陷害，你设计我的妻子和金斯泽搞在了一起，故意给别人制造两人很亲密的假象，好为你接下来的计划做铺垫。为了驱赶金斯泽，你用自己的儿子做赌注，让我的妻子当替死鬼，成为谋害你儿子的棋子，到最后，一句污蔑，将大家的矛头指向了我的妻子和金斯泽，你一石二鸟，倒是好计，妄想一举消灭两个人，接着指派杀手来杀我的妻子，想把她的死，全部推到金斯泽身上。哪知，她命不该绝，被救了下来，否则，她死了，你所有的阴谋也该得逞了，金斯泽肯定没法在这个国家待下去，金非得把他给赶得远远的不可，凤组的人，也不可能会放过这个杀死凤影的凶手。而你，就可以高枕无忧了，你和你的情夫也就可以理所当然地接手金的势力了，我说得对不对，金夫人？”

金夫人镇定的脸色，开始龟裂！

她的唇瓣开始颤抖，她就知道，没杀死叶露，肯定是要出事的，但是她没想到，那个为了朋友甘愿冒险的叶露，这一次竟然会不顾朋友的安危，把所有的事情都告诉了冷阳！

她倒是小看了叶露，原来她也不是一个善心的女人！哼！

她低嗤：“我……不知道你在说什么！”

还是一概否认，哪怕她裤子包裹中的双腿开始抖动。

“既然叶露把所有的事情都告诉你了，我也没什么可隐瞒的。但是，你也不能就听信了叶露的一面之词。什么用药设计她和金斯泽，这是绝对没有的事情，那是她和金斯泽之间的事情，男女之间的吸引，非人力可为，跟我一点都没有关系。我只是把儿子交到她的手里，让她按照计划，把小瑞带出去，可是，她却跟金斯泽勾搭，没有把小瑞带到指定的地点，我的朋友在指定的地点等着接人，可是根本就没有接到小瑞，我的小瑞……”

金夫人的眼中闪过泪光，眼眶顿时红成一片。她愤恨地咬牙，几乎是怒不可遏：“我的小瑞，就这样，被活活地炸死了！”

“知道这个计划的，只有我和叶露，我的朋友都是受过专门训练的，绝对不可能出卖我，他们的主要任务就是接小瑞出去，这个计划中唯一的变数就是叶露！小瑞出了事，你说，这幕后黑手，难道不是叶露吗？”

冷阳眯了眯眼。

金夫人深吸了一口气，痛心疾首地继续：“小瑞是我的儿子，难道我还能眼睁睁地看着我的儿子去送死？我所做的一切都是为了他，他是我的希望，他是我的未来，我怎么会抹杀自己的未来、自己的希望？”

冷阳猛然睁开眼，眼中一瞬间闪过的杀气，立刻让金夫人闭嘴，并且害怕地退后了一步。

她不明白他这突然的变化。

冷阳站了起来，强大的气势，让金夫人不由自主地又往后退了一步。

“精彩，相当精彩！”好像是称赞，但是从冷阳讥诮的唇形中吐出来，更多的更是嘲讽，“口才果然了得。金夫人，国语有云：虎毒尚不食子。但又有语云：女人猛于虎也！这谋害自己的亲生儿子，让自己逃脱嫌疑同时又趁机搞死劲敌的戏码，在中国历史上，你也不是头一例，所以，你也没必要在我眼前做戏！”

一句话，就戳破了金夫人的自以为是！

金夫人觉得自己似乎一下子掉入了冰窖里，冻得骨头似乎都快要僵住了。他的思维敏捷、反应机警、头脑冷静，远远超过她的预想！

“你可知道，你最大的败笔在哪里？”冷阳似乎是好心地要给她解惑！

可金夫人已经无法做出应有的回应了。

冷阳只好自问自答：“你败在，你根本就不了解叶露这个人！她很喜欢孩子，喜欢到根本就想不到用这种残忍的方式来对待一个无辜的孩子！况且，你以为，在我掌握了你和你情夫的一系列暗动作之后，我还会相信你？”

为了巩固得之不易的至高无上的权利，牺牲自己的儿子来击败自己的竞争对手，这也不是什么稀奇的事情！

金夫人咬唇，“你……你就这么相信叶露？她可以背着你答应帮别人做事，以后，她就还可以背着你干出更多的事情，你可不要小看女人膨胀之后的欲望，更别忽视了那些蠢蠢欲动着想取代你的人！”

冷氏家族的家主，多让人垂涎的位置！

家族成员遍布诸国，资源多到让人根本都想不到的冷家，多肥的一块肉！

所以，稍有不慎，冷阳这个家主，就会从云端被人给踹下！

而如金夫人所说，在自己身边留着这么一个随时可能会爆炸的不定时炸弹，简直是自找罪受。

不得不说，金夫人挑拨冷阳和叶露关系的点，选择得非常好，但是，冷阳可不是一般人！

冷阳自傲地笑了笑，带着一丝欢喜：“我拭目以待！我倒是真的盼望她有这份能耐！”

“你——”金夫人几乎是不可置信地看着他，谁会在自己身边养一个将来会随时捅自己一刀的人？！

“好了，金夫人，事情到此为止。我给你一天的时间去处理后事，一天之后，我会把你现在看到的资料交给金一份，至于金会怎么处理，我想，你跟在他身边这么久，应该比我更心里有数吧！”

冷阳顿了一顿，冷酷地继续说：“我说了，你惹了不该惹的人！”

金夫人一下子腿软，一屁股坐到了床上，心一下子发凉了，她根本就不能想象金在知道事情的始末之后会怎样对待她，光是冷阳交出去的那些资料，金就不可能放过她！

抬眼，看着不留任何情面的冷阳，高傲的样子宛如自己是个控制了一切的独裁者，她不甘，不甘就此被他控制。她桀桀地笑了开来，“冷阳，我知道你很能，但是，撕破了脸，对大家都没有好处！”

兵行险招，既然事情已经到了无法挽回的地步，她就只能破釜沉舟了！

“你的妻子的的确确参与了对小瑞的谋害，她以为被炸死的那个孩子是个冒牌货，可是，那的的确确是小瑞，你说，金知道了事情的原委，他会放过叶露吗？”

冷阳猛然沉下了脸，为了她的威胁。

金夫人扬扬得意，“我的要求也不高，这件事，咱们就这样了结了。你不追究我，我不追究你，就当是一起意外，也……算是我求你，烦你卖给我一个面子！这份情，我以后奉还！”

能屈能伸，她也知道合理地运用低姿态才能更好地击破别人的心防！

可是，她显然低估了冷阳！

“我——最讨厌被人威胁！”他阴沉沉地说，冰色的眸子全然被黑暗所充斥，不留任何的余地。定死的目标，绝对没有饶过的道理。

他高傲地冷笑：“我的妻子，我可以保护。但是你认为，你的金，在知道事情的真相之后，会保护你吗？鱼死网破，你不妨试试看！如果，你不怕因此让你的国家蒙羞的话！”

说完，不给她反驳的机会，他就甩身离开，房间内的温度因为他的话，都似乎骤然降了好几摄氏度！

结局——已经为金夫人设计好了，她是不跳也得跳！

坐在床边，金夫人颤抖得宛如风中的落叶！

完了！

她要完了！

错了！

错了！

一着棋错，果然满盘皆输！

惊慌失措之余，是难以掩饰的愤怒和不甘！

可是，叶露，为什么她就可以这么好命？

为什么，她犯了错，却还可以得到他这样的保护？

与自己相比，她算得了什么？

近乎是疯狂地嗤笑，刻意拔高的笑声散播在空气中，连她自己都听着有些空洞无力！

奋斗了那么久，抛弃了曾经的信仰，更甚至，亲手……舍弃了自己的那份母爱，到头来，竟然还只能是这样的结局！

越笑，她越觉得苍凉！

只是疯狂地笑过之后，她抿唇，脆弱的脸庞重新武装了起来，坚毅，再度闪现在她的脸上！

她杨白珍，并不是一个输不起的人！

只是，叶露，你能输得起吗？

金夫人驱车前往叶露的医院，纵使叶露的病房外有人守着，但是这并不能阻碍她，冷阳说给她一天的时间，那么至少现在，她还没处于被彻底敌视的地步。

“可以单独谈一谈吗？”单刀直入，她直接开口询问躺在病床上的叶露。

叶露已经摘了氧气罩，病情算是在稳定中了。

看了眼金夫人，她轻轻地应了一声。

一旁的铁四很不赞同叶露的决定，他的神情是不愿意的。

金夫人冷冷地看着叶露，看着这个她根本就没怎么正经地放在眼里的对手，此刻一脸苍白，没剩多少血色地躺在病床上，虚弱是她此刻的代名词，如果……没有意外，此刻她根本就不应该躺在这里，而是应该躺在火葬场上了。

那么优秀的枪手都在她身上失误，难道……真的是她命不该绝？！

叶露淡淡地扫了一眼铁四：“出去！”

听着虽然虚弱，可是里面的意思却不容拒绝。

铁四眉头皱紧，他还是不放心叶露单独面对金夫人。

“我不想再说第二遍！”叶露再度开口，眼神有些犀利了，苍白的脸庞，竟然也出现一丝高贵不可侵犯的凛然！

铁四眼神闪了闪，终究在叶露的注视下点了点头。

金夫人的眼中闪过一缕亮光，有惊讶，也有一丝欣赏：“不怕我对你下手吗？”

叶露掉转视线，扬了扬眉，反问：“现在下手，你又能有什么好处？”

金夫人抿唇微微一笑：“你——不怕死！”是肯定，而不是疑问。

叶露淡然一笑：“是个人，怎么会不怕死？”答案似是而非，听不出来她心底是如何想的！

金夫人也没有深究的必要，她在一边的沙发上落座，姿态还是一如之前的高雅，看不出落魄、绝望。

“不对我的到来感到好奇吗？”她询问。

叶露只是淡淡地看着她，神情平静：“你不来，我也是要去找你的。”

“哦？”金夫人挑了挑眉，“找我做什么？”

叶露嗤笑：“明人不说暗话，金夫人你何必还要装呢？为什么想要杀我？为什么要污蔑我？我记得，原先的计划可不是这样的！”

金夫人冷笑，觉得叶露倒是很会做戏，不由地反讽了过去：“你不是比我更能装？冷阳明明把什么都查清楚了，你都跟他全盘交代了，还能不知道原因？”

叶露微微一愣，不明白这“冷阳把什么都查清楚了”是什么意思，心里微微慌了一下，但是——很快就又平静了下来了，她——是相信左翼的！

作为誓死效忠的手下，那么高傲卓绝的一个女人，绝对不会做墙头草——两面倒的。

“我什么都没有告诉冷阳！”

金夫人讶异了。她怀疑地看着神色平静的叶露，澄澈的眼神，一望就可以见底，看不出来说谎的意味。嘴边的讥诮，一点点地被淹没，淡淡的苦涩，在心底升起，伴着讶异和不可置信。

“你真的什么都没告诉冷阳？”

她的语气开始不稳，表情中开始出现一丝颤抖，那个样子，显得太过可怜。叶露不知道她为何会出现这样的表情，但是还是诚实地告诉她：“我什么都没告诉他。他向我询问过，但我还是没有告诉他。”

金夫人开始沉默，眼神中一下子闪过太多东西，时而明亮时而黑暗，连带脸上多变的神情，都可以看得出她此刻的心绪起伏。半晌，她微微闭眼，等再度睁眼时，脸色已经恢复了平静，静得宛如一潭幽闭的湖水，再难掀起涟漪。

“我——真的是羡慕你！”她自嘲地笑了笑，“你有一个好丈夫！”

如果……如果金能像冷阳一般，可能……可能她也不会走到今天这个地步。

叶露锁眉，立刻知道这当中，肯定有什么她不知道的事情发生了，是不是……冷阳去找金夫人了？

“他跟你说什么了？”急切的询问出口之后，她又觉得懊悔，自己竟然会如此轻易地受他影响！

不是都已经想好了吗？以后大家桥归桥，路归路，不再管他的事情的吗？也不再对他有任何的期待和指望！

可是看看现在——

她在心底轻叹，还是定力不够啊！

金夫人没有回答她，有些事情，没有必要告诉她，比起自己，她已经够幸福的了，没必要用自己的力量，让她更幸福！

年轻人，路还长着呢，慢慢磨吧！

金夫人冷笑，不能不说是有些幸灾乐祸。叶露和冷阳之间的互动，她看在眼里，怎么可能不知道这对新婚夫妻之间的暗涛汹涌、磨难重重？即使冷阳说要护着她，但是，两人想要幸福地走到一起，却并不是一件简单的事情，尤其，冷阳又是那样复杂的身份！

这么一想，她的心情就好了一些，神情也一下邪魅了起来。

“我来，只是想告诉你一件事！”

一件绝对让她一辈子寝食难安的事情！谁让她是她的帮手，一起促成了小瑞的死亡！

她特意放慢说话的速度，一字一句的，近乎是带着恶意欣赏叶露脸上的表情：“你以为车上被炸死的小孩是个冒牌货吧？我实话告诉你，你错了，那个是小瑞，是真真正正的小瑞，根本就没什么冒牌货，你——亲手杀死了小瑞，眼睁睁地让他在你面前被炸成碎块！”

叶露的眼眶以不可思议的幅度睁大，她的脸上已经没有丝毫的血色了。看着她呼吸急促，似乎一下子就要因为供氧不足晕厥过去的样子，金夫人的心中闪过一丝快意。

“不……不可能！”叶露急促地粗喘，才勉强说出话来，“你……骗我！”她瞪大眼睛，恶狠狠地看着她。“你骗我的，小瑞是你的儿子，说好了的，他不会有事的，他不可能死的！”

金夫人冷笑，一边笑，一边红了眼眶：“傻瓜！这是我一早就设好的局，你以为你能逃开吗？”

她又发出那种空洞得有些悲哀的笑声，边笑着边往外走。她来这，就是要告诉她这个事实，她要让她一辈子心里不安，她要让她一辈子都不能忘记小瑞！

自己死了，小瑞也会跟着在人的记忆中淡去！

但是，至少还有一个人，这个人，会一辈子记着她的小瑞，让他活在她的记忆中！

这——就当是她这个无良的妈，最后为她那个可怜的孩子所做的事情！

“慢着！”叶露厉声喝止，叫住了金夫人的脚步。

“为什么？”她愤恨出声，“为什么你要这么对小瑞？他是你的儿子不是吗？你到底想干什么？这样做，你能得到什么好处？”

金夫人嗤笑，不予回应，继续往外走！

叶露握拳，高喊：“你其实也没那么冷血对不对？！你其实也不想看到小瑞死对不对？那天在白园，你本应该做做戏地打算杀了我，可是你却真的下手了。你明知道我是杀不得的，你一杀我，凤组的成员必定会对你赶尽杀绝，可是你还是出手了，那是因为你那个时候已经控制不了自己了，你控制不了失去小瑞的愤怒，你控制不了失去小瑞的伤心，所以你打算杀了我，是真的要打算杀了我，甚至不惜把自己的命也交出去！你分明是那么的爱小瑞，爱到即使事先有了计划，可是事情真的发生了，还是失去了理智要跟我同归于尽。金夫人，告诉我，到底是因为什么事，要让你采取这种极端又悲哀的手段？”

金夫人的身子开始颤抖，落在叶露眼中的背影，上面两个蝴蝶状的肩胛骨起伏得厉害，但是，她还是一声不吭，依然在忍着。

叶露红着眼，咬牙，执着地非要得到一个答案：“金夫人，我不是在为自己求答案，我是在为小瑞求个答案，他不能就这样不明不白地就去了，他总该知道，他亲爱的妈妈为什么要这样残忍地对待他！”

金夫人身子一颤，猛然转过身，恶狠狠地看着叶露，脸上已经是泪两行了。

“好！你要答案，我就给你一个答案！一个女人，离乡背井，又跟枕边人玩无间道，得不到爱情，那就只能退而求其次，获得权力！

“你以为我残忍？如果不是被逼到这份上，我为何要这么残忍？你以为作为大佬的妻子很光鲜吗？你以为，我和金之间真能有爱情吗？我对金的接近，只是一个计划。我跟他的结婚，也只是一个计划。我为他生下小瑞，还是计划。

“虽然金比我大了很多，虽然他的儿子跟我几乎没差几岁，但是，这都不成问题。金是个出色的男人，雷厉风行的手段，白手起家的气魄，很能吸引人，我欣赏强势的男人，所以，我从没后悔遇见他！

“但是，爱情，那是最虚无缥缈、最不可能的事情，偏偏发生在了我的身上。

“对他有了占有欲，却发现，自己所处的位置，是多么的身不由己！

“他一个社会大佬，他要开辟地盘、他要做生意、他要带领一大帮手下，他就不可能不接触风月场所，他就不可能不跟别的女人牵扯！闻着他身上不同的香水味，一度，我都快要疯了！

“而我，却根本无法阻止！

“你要知道，他越强大，他的地盘扩充得越大，对我越有利。况且，我根本就不可能管得住他！嫁给了这样的人，这一辈子，爱情就已经是奢谈了！

“那么，我就不要了，不要这样的爱情了！

“注定得不到，我为何还要愚蠢地去追逐？！

“倒不如，用自己的能力，去掌握住权利，站在权利的顶端，为所欲为，只有这些，是可以永远把握的东西，也只有权力，才会一辈子对自己效忠！

“背着金，我几乎掌控了他手下一半多的势力。

“我苦心经营了那么多年的东西，到后来，却也要竹篮打水一场空！

“金要把他的势力交给金斯泽，那个前妻生的孩子，他有什么资格？他一早就去了国外，金手下的生意，他做出了几分贡献？金却毫不犹豫地要把生意转交，丝毫不顾虑我的心情，也不考虑这么多年来我的艰苦努力和默默付出。在他眼里，我到底算是什么？他明知道金斯泽对我的憎恨，可还是把我推向了风口浪尖！金斯泽要是回来，我还有什么立场？难道，我真的要接受到了最后真的一无所有的命运？

“不，不可以！

“我绝对不会把即将到手的东西给交出去。

“我在商量着如何除掉金斯泽的时候，小瑞不小心偷听到了我的计划。我知道他不是有心的，但是，我留他不得了，他知道得太多了，一个才六岁的小孩，口风能有多紧？一旦他说漏了嘴，我和……我就必死无疑！所以，他就成了棋子，不得不牺牲的棋子。”

金夫人惨淡一笑，眼泪迅速划过眼角：“他很可爱对不对？”

她恍惚地忆起了他可爱的笑容，他兴奋地在她身后叫她“妈咪”的样子，他讨好地拿着画好的画过来撒娇的样子……

那么甜美的曾经，而今，只能用更多的泪来陪葬。

“你要知道，女人有时候是可以很残忍的，即使那么可爱的孩子，还是能狠得下心去伤害的，哪怕你会伤心得睡不着觉，哪怕你会内疚得日夜不安，哪怕你会痛苦得恨不得拿刀把自己的肉一片片地切下来让自己痛苦不堪，可是，到最后，还是拖着伤痕累累的身躯，依然执着地活着，还要活得比以前更坚强——”

她顿住，已经说不下去了。

脸上纵横不断的泪珠，已经代替了千言万语。

“可你，原本没必要让自己活得这么痛苦的。”叶露看着她，不知道该不该跟她一起哭，眼眶模糊，却流不下泪。

“到头来，你只不过是放不下权势罢了！”如果她没有对权势那么执着，那么，这一切，可能就不会发生。

金夫人低低地呵笑，伸手，抹掉了那代表脆弱的泪珠，轻飘地回了她一句：“可能是吧！佛说，苦海无边，回头是岸，可是无岸可依，又如何回头？不能回头，就只能继续前进，纵使沦入阿鼻地狱，也甘愿自食苦果！但愿，你……不要步我的后尘！”

夹杂着禅语的话，包含了太多难以说出口的艰辛。

迈着蹒跚的步伐，她静静地离去。叶露在怔愣中，觉得……似懂……非懂……

心——却慢慢地在跟金夫人靠拢！

消息很快传来，金夫人——自杀了！

那样一个可以称得上风华绝代的女人就这样死了，带给人太多的不解和讶异！

金议员震怒！

他把他的怒火首先对向了一个人——叶露！

金夫人是在见了叶露之后自杀的，那么她到底跟叶露说了什么，或者到底叶露跟她说了什么，才让她采取了这么一种极端的方式？！

已经怒极的金议员，几乎是带着同归于尽的心，坐上了来医院的车子！

叶露，这个新上任的凤影，在他眼里似乎是放荡的女子，虚浮，不经得推敲，却偏偏跟他的儿子、他的妻子的死牵在了一起。到底，她有什么不一样的地方？到底，她有什么样诡异的能力？清纯的外表，时而妖冶的言行，是不是她用来迷惑人的表象？

他思绪连篇，讶异不解的同时，怒火也是节节拔高！

这一次，他将不再顾忌！

不管冷阳将作出何等威胁，他都不能放过她！

他身为W国雄霸一方的社会大佬，他也有他的荣耀和骄傲，他不能让冷阳这个外国人给压了下去！

金夫人的死，也算是在冷阳的意料之中，所以，金到达医院之前，他就已经来到了医院。

看着躺在病床上、神情有所触动的叶露，本来因为生病显得有些瘦的脸庞此刻因为苍白，看上去更为娇小了。

冰色的眸子，有些好奇地打量着她，冷阳心想她倒是比自己想象的要镇定多了。

“不怕吗？”他忍不住地询问。按理说，她是该害怕的，金夫人在见了她之后死了，十个人有十个人都会怀疑到她头上，金议员的即将到来，她可能小命休矣！

叶露沉默了一会儿，才轻轻地回了一声：“不怕！”

她只是感觉到了悲哀，为了金夫人的结局！

无论是什么人，听闻死亡，总是一件令人感觉难受的事情。

她想到，金夫人，那是一个多么美丽，又多么有能力的女子，可到头来却落得这么一个结局，回过头来看看自己，平凡又不在状况，只是一个临时拉过来的半路新娘，那么厉害的金夫人尚且如此，自己怎么能幸免？！

自己的未来，到底会是怎么样？

为什么，她觉得看不清了呢？为什么，又多了一分莫名的惆怅了呢？

“你……希望我死吗？”她很突兀地问他。看着他坐在一旁，镇定自若的样子，真是令人羡慕。这个太过优秀的男人，似乎从来都是运筹帷幄、充满自信的！

啊，不，不对，她见过他慌乱的表情，虽然只是一刹那，但是在婚礼上，有人要狙击她，他发现了，然后就出现了那样的表情。

他……似乎不希望她死，是吧？

果然，他摇了摇头，然后有些恶声恶气地说：“动不动就提死，不觉得太懦弱了吗？”

她咬了咬唇，不知道怎么的，明明他的语气不好，可是还是有一种想笑的冲动。

“喂，你会保护我吗？”既然已经被他说成是懦弱了，那就干脆懦弱地向他求助，谁让他看上去无所不能呢！

他狠狠地拧了拧眉，似乎有些不耐烦，可还是口气冰冷地给了她答案：“你是我妻子，保护你是我的义务！”

这话，一板一眼，听着，可真是毫无情调！

但她这一次，就没什么顾忌地笑了。

“喂！你过来！”

她招呼，他不应，斜眼睨着她，神情冰冷，眼神颇有不满。

不用说，她这种“喂”来“喂”去的态度，触犯到了他。

她没察觉，只是见他迟迟没动静，就又叫了一声：“冷阳，你过来一下！”

坐在沙发上的冷阳，这才动了一下，在她床边立定。

“把手伸出来！”

他挑眉。

她静静地看着他，平静的脸庞上只有那双黑亮的眼睛，在灵动着，在那里，她可以看得见她的倒影，异常的清楚，宛如镌刻在那眼底一般！

想到这还是一个病人，他终于大发慈悲地听从了她的命令，伸出了手。一边站着的铁四等人讶异地眼神一闪，但是什么都没说。

因为，没几个人敢用这种命令的口气跟冷哥说话的。

叶露伸出没有受伤、可以自由活动的左手，轻轻地拽住了他伸出的大掌，放在上面，轻轻地握住，低喃了一句：“好大！”

似乎她让他伸出手，就是为了说这句话。

冷阳眉头瞬间挑得老高，但是很快就恢复了正常。一只手而已嘛，她爱玩，就让她玩去。

叶露显然是有下文的，情况已经转变成了她难以应付的糟糕状态，她就应该能想到最坏的结局，也就是——死！

“我很喜欢星星的！”她拉着他的手，抬眼看他，望入他高深莫测的眼睛，黑得彻底，似乎会被吸进去一般，这一次，她异常认真地迎视了他的双眼，不躲闪，哪怕因此真的会被他给吸走灵魂。

“你一定要好好地对他！不管怎么样，孩子是无辜的……”

他脸往下一拉，猛然抽手！

她心里一紧，话一堵，脸上添了些她自己都不知道的忧伤、无措！细瘦的手垂在半空中，有种可怜的无助和不适！

“既然如此，你就该好好照顾他！”冷言冷语，别无分号，自然是冷阳说的。

他讨厌她一副要交代后事的表情，难道她认为他冷阳还保护不了她吗？

“别在这发傻了，等你伤情稳定了，我就带你回国。”

叶露有些懵懂，他话里的落差太大，语气和冰冷阴沉的神情也太过不一致，她真的没反应过来，后来花了一点点时间她才终于反应过来！

带她回国？

是……是认定了她肯定会留着命在吗？

疑惑的神情落在冷阳的眼里，顿时觉得她可真的是有点笨了！

懒得解释，他只是冷冷地命令：“待会儿金来了，你什么都不要说，他交给我应付就好了！”

这下子，她立刻就反应过来了，立刻乖乖地“嗯”了一声，几乎是如释重负，又有些窃喜！

金议员狠狠地推门而人，从推门的气势就可以看得出他巨大的怒火。

后头跟着金斯泽，神情略微不安和焦躁，看上去像是一头困兽。他是不希望叶露出事的，可是老头子已经被惹恼了，他要是在一旁规劝，后果只能是火上浇油！

“金！”冷阳淡淡招呼一声，不热络，但是也不失礼，恰到好处，一如平常的语调。他略一转身，向前走了几步，很巧妙地用自己的身体，挡住了躺在病床上的叶露的关键部位——那遭受流弹之后很容易有生命危险的部位。

金议员冷笑，语气根本就不客气了：“我的夫人在跟你夫人谈话完毕之后，回去就在房里自杀了，我很想知道，你的夫人对我的夫人说了什么！”

冷阳神色微敛，眼神一紧，犀利得宛如秃鹫，反问：“你认为，你的夫人会软弱到仅凭我夫人的几句话，就自杀？”

金愣了一下！

给他足够的时间反思之后，冷阳的口气蓦然一沉：“金，如果你对你的夫人还有那么一点爱意的话，这件事，就到此为止！”

金议员脸上的肌肉猛地抽了好几下，一下子恐怖至极，令人看了胆寒。那似乎是极大的怒气，又似乎是极大的压抑！

大家的注意力一下子全都转移到了他的身上，只要他有一丝异动，估计就得立刻擦枪走火！

这个接连遭受打击的社会大佬，谁也不能料到在他激烈的心绪波动之后，会采取什么行动！

两方的人马，都不由自主地抿紧了唇，手，悄悄地搭在了各自放枪的地方，盯着一脸高深莫测的冷阳，还有神色阴沉、一身杀气的金议员，大家都放亮了眼珠子在那严阵以待！

金议员的神色变了又变，每一次变化都让大家手心发汗，都觉得似乎马上就要开始火拼，到最后，大家大气都不敢喘一声。

这个时候，冷阳又开口，打破僵局：“金，小瑞说过，要画一张全家福送给我夫人！我想，我们之间的友谊，是一直存在的。”

金议员握了握拳，半晌，脸上的肌肉才停止了抽抽，只是神情还是令人畏惧的。他看了眼叶露，眸色深沉，看不出来他到底打算要如何对她，可是，他却说了一句话：“我的小儿子小瑞说他很喜欢你，我的大儿子泽说，他相信你！叶露，新上任的凤影，我领教了！”

说罢，他就走了！

有些莫名其妙地，就这样走了。

原本剑拔弩张的场景，好像根本就没发生。

金斯泽匆匆地往叶露的床上扫了一眼，无奈，只能看得见她半张脸，就只得跟着金议员匆匆离开。

这样的结局，估计没几人能够明白！

可叶露相信，挡着她的冷阳，至少是个明白人！

“金议员算是放过我了吗？”她疑问。

冷阳点点头：“好好休息，准备回国吧！”

“可是——”她略微往上提了提脑袋，不解极了，“为什么啊？为什么他就这么轻易地放过了我？”

刚才冷阳也没说什么啊，怎么就能把金议员给说退了呢？！

冷阳睨了她一眼，淡漠的脸上浮现了嘲笑；“你以为人人都像你这么笨吗？”

她瞪眼，冲向他！

想想，收敛了神色，因为，她有求于他：“是，我笨，那么能麻烦聪明的冷阳大人给小女子解释一下吗？”

腆着脸，挂着笑，也算是自我作践。

换来的，是他蓦然的抿唇，冷成了一条线，嘴角边的那一丝嘲弄，悄然无踪！

他瞪眼，看着她，似乎生了怒气。

她笑不下去了，合上唇，一言不发。

总觉得自己老是在自讨没趣，想了想，问了一声：“什么时候回国？”

有些冲的口气，还是可以听得出不满。她有些放弃地想：算了，能回去就行，管他七七八八呢！

他却答非所问，这时才回答她的上一个问题：“金是个聪明人，他夫人的事，他多多少少也知道一些的。”

一个独霸一方的社会大佬，靠着白手起家，岂能真的那么没警戒心？！如果不是刻意地忽视和放纵，金夫人怎么可能在他的眼皮子底下，掌握了他大半的势力。

“金进军政界，部分原因，是为了他夫人！”

能够让金在自己的妻子病危的时候，放下一切，疯狂迷恋的女子，他怎么会没放下爱情？在妻子病死之后，不顾那么多反对的声音和众多的质疑，强势地迎娶了金夫人这个异国人，这种感情，说是一时的迷恋或者头脑发晕，放在别人身上能说得通，但是放在阅遍欢场、经常拿生命做赌注的金身上，绝对是说不通的！

金，爱他的夫人！

不论这感情是深是浅，他很在乎她就是了！

他刚才那么说，让事情到此为止，是出声提醒金议员，这一系列的事情，都是他夫人的谋划，如果他还对她有爱，就应该立刻让事情停止，而不应该再继续下去，让他夫人蒙受大家的非议和侮辱。因为，继续查下去，不利的，只能是他夫人！

“为了他的夫人着想，金应该让事情到此为止。可是，金心有不甘，他的夫人就这样死了，他肯定咽不下这口气，他心里很愤怒，想找个垫背的，又或者说，很想找个出气筒，让他发泄一下。他，还是在犹豫着，放不放过你！我提起小瑞，说他要送画给你，一是让他知道，小瑞的死，绝对跟你无关；二是提醒他，人死了，但是生意还是继续要做的。金是个聪明人，他应该知道如何选择对自己更好。他目前的生意，还有今后的仕途，如果失去了我的支持，那绝对是他的损失！综合各方考虑，他不得不放过你！”

他似笑非笑地看着叶露，问：“现在，你可明白？”

她呆呆地点了点头，一时间，竟觉得复杂无比！

冷阳轻哼：“我说过，你这次给我惹的麻烦倒不小！”

可是，却听不出来有生气的样子。

她还是点头，显然他说什么就是什么！

脑中还是在反复分析冷阳的话，他虽然说的不多，但是她仔细一想，倒也可以领会很多！

心中，蓦然一紧！

这么说，金议员是……是在乎金夫人的喽？！

可……可金夫人，似乎……似乎不这么认为。

“得不到爱情，所以退而求其次，选择权势。”这是金夫人说的。

现在想来，觉得是那么的无奈和悲哀。

金议员为了金夫人进军政界，是为了不让她和自己的儿子发生冲突，还是为了免去那欢场的逢场作戏，不再让她黯然神伤？又或者是为了……

谁知道呢？

叶露轻叹！

“但愿……你不要步我的后尘！”

再想想金夫人的话，这一次，心真的开始发紧了！

斜眼看冷阳，不由地心情阴暗，是不是，身为大佬的妻子，最后……都只能是一个无奈的结局？！

怎么，就成了他的妻子了呢？她一时懊恼！

她在这边深思，落寞的神色，落入冷阳的眼中，让他的眼神暗了暗。

“你们都出去！”突兀的命令，铁四等人立刻服从。

等到人都走光了，他在病床上静静地坐了下来。

她反应过来就只有他们两人了，觉得无话可说，遂闭上了眼。

“对不起！”道歉，再度突兀。

房间里就他和她，看他的样子，也不像是那种会自言自语的人，那——这声对不起就是冲着她喽！

她睁开眼，一下子就陷入那两汪深幽幽的秋泉之中。

“那晚，我不知道你被下了药，所以，对不起！”

他娓娓道来，这一次，很有耐心、很详细地给她解释Indupriere。

她恍然大悟，但是却没有多少欣喜，只是心里轻松了不少。原来如此，原来不是她生性放荡啊！人都说醉酒后会显露人的本性，她很难接受，她的本性竟然会是那么的难堪！

他对她道歉，她感到惊讶！

她以为，他这样高高在上、主宰一切的人，是不会随随便便地对别人道歉，至少对于无足轻重的自己，既然已经被轻蔑了，就没必要道歉。

所以，她轻轻一叹：“其实，你没必要道歉的！”

他很坚持，深邃的眼眸紧紧地锁住了她：“对别人，我可以不道歉，但是，你是不一样的，对你，我必须要道歉。”

低缓的语气，带了一丝沙哑，有种令人欲醉的感觉。

她突然很好奇：“为什么我是不一样的？”那一刻心突然提了起来，差不多是吊在了嗓子眼上。

他沉默。

她着急，无缘无故地着急，疯狂地想从他的嘴里知道答案，忘了原先设想好的要对他的无动于衷。

那过分明亮的双眸，估计是取悦了他，他突然神情一柔，伸手，轻轻地捋了捋她的发角，轻声回道：“因为，你是我的妻子！”

独一无二的存在，所以，永远都跟别人不一样！

她愣在那，对于这样的答案，不知道该回应哪种表情。

他轻轻地伸出一指，轻轻地摩挲那略微发白的浅色唇瓣，触感，并未因为色泽的变淡而显得粗糙，还是可以撩动人心扉、令人荡起涟漪的柔软。

她微微地热了起来，不可自抑地，轻颤了一下。

他的眸色开始发暗，不算陌生的眼神，让她又慌又乱，下意识地想要偏过头拒绝，可是，不知怎么搞的，竟然呆呆地，任凭他吻上了她。

似乎那一刻，她的神经已经迟钝到了不能做出应激反应，可是，偏偏，那唇上的触感，在飞速中，传到了她的脑中！

脸红了！

脑热了！

眼晕了！

可还是看到了，他脸上浮现的淡笑，淡淡一抹，出现在那样好看俊气的脸上，杀伤力简直可以媲美一个原子弹！

仅仅两片唇的相贴，却可以产生那么多、那么奇怪的化学变化，真的很奇怪，不是吗？

如果说曾经的伤害，是因为一场误会，那……那……恨，是不是就变得有些无力了？不行，她开始发慌，没有足够的恨，那该怎么坚持那份离开啊？

慌乱的眼神，在他看来是一种羞怯，未尝不像一只可爱的惹人怜爱的小白兔。轻轻地摩挲着她柔软的发尾，冷阳在心里做出了一个决定——明天就回国！

019

有钱任性，办起事来，就是快速方便！

自己的飞机，可以随时安排时间走人。

冷阳说要回国，她就得毫无疑义地跟着他走，尽管，她现在根本就不能下床。

原本说好了只待三五天的路程，因为她，耽搁了许久，估计，他急着要回去处理那些被延误的事情。

看来，真的是给他惹了不少麻烦。

现在又比较麻烦的是，不知道该怎么走。她行动不便，开始惴惴不安地担心该如何上下飞机。难道，真的要在众目睽睽之下，被人推着轮椅走？！到时候上飞机，那个，被人扛着？想起这个情形，她恶寒了一下！

等办完出院手续，没发现轮椅，却被冷阳一把抱起，她忍不住地低呼。

来不及感激，下意识的反应是又羞又窘，然后又想到自己会不会很重，万一他半路抱不动怎么办。想到半路他停下来歇息的样子，她又寒了一次！

“放我到轮椅上吧！”她很小声地说，顾忌到有他人在场，不好让他失了面子。

他斜眼，几乎是鄙视的口气：“你轻得跟羽毛似的，还怕我抱不动你？！”

一下子就戳破她的担心！

她大窘！

随后释然！

既然他执意如此，算了，万一出丑，大不了她奉陪！

只是，这种被人抱在怀里的感觉，真的是乱七八糟得可以！

心脏也不知道为何，别扭地扑通乱跳，脸上烧得通红，根本就不敢抬头看人，觉得有些丢脸，只能把头深深地埋在他的怀里。可是，他身上那男性的气息，却又太呛人，她不想闻，很怕会熏倒，可是，又没法控制地吸入，搞得自己一会儿闭气，一会儿大喘，好像一个哮喘病病。

走出医院大厅门口没几步，就听到一阵刺耳的刹车声。

她没在意，光是对付此刻乱七八糟的心绪就够让她费神的了。

“叶露！”大喊声，显然唤的是她的名字。

她抬头，往声音传来的方向望去。

感觉抱着自己的双臂蓦然一紧，她看见的是金斯泽急匆匆地下车往她这跑。

有些奇怪金斯泽此刻焦急的表情，下意识地身子绷紧了一下，心里一突，难道，那个金议员突然反悔，打算再扣下她，不让她走？！

冷阳神色一冷，嘲弄：“还说没什么，你看你刚要走，他就来送行了！”听着有些怪声怪气。

她自然不解，但是总算明白了，看样子金斯泽是打算来送她。

这倒行！

只要不是要把她扣下就行！

眼看着金斯泽跑到近前，稍微喘了几口气，平顺了呼吸，看着窝在冷阳怀里的叶露，分外娇小、可爱。乌黑的秀发，漆黑的双瞳，白皙的脸蛋，配着冷阳那黑发黑眼，极其合适，所以很碍眼！

抓着冷阳胸口衣角的双手，也让金斯泽觉得有些不舒服！

可是，她是冷阳的妻子，他实在是没多余的立场来表达他内心的不舒畅。

看着叶露，他一时间添了无奈！

有一种可望而不可即的惆怅！

他不说话，叶露也不知道该如何说，两相沉默，互相对视，倒是有一种“盈盈一水间，脉脉不得语”的感觉。

冷阳冷眼看着两人，手一抬，叶露下意识地往他怀里缩了一下，怕被他给摔下。

冷冷地看了眼金斯泽，冷阳干脆迈开大步，直接走人。刚才停住等金斯泽，他已经够给他面子了。

金斯泽这才反应过来自己此行的目的，立刻急匆匆上前，要追上冷阳。那边轿车已经在那等待，小弟识相地已经打开了车门，等着冷阳进去。

金斯泽猛地蹿到了冷阳的前面，对着他怀里的叶露，几乎是很英勇又很挑衅地对叶露说：“我们一定还会再见面的。”

冷阳嘴角微勾，是个冷笑。

叶露不懂他的意思，礼貌地回他一笑，只是嘴角才微微咧开，冷阳身子一弯，就抱着她钻入了车里。

车门不客气地立刻关上，将她的笑容挡在了车内。

轿车驶离。

金斯泽眼神坚毅，斗志前所未有的昂扬！

轿车内，想到就这样要离开的叶露，开始伤感，想想这几天的事情，再想想金夫人太过出人意料的结局，她微微一叹！

金夫人的死，几乎是没有任何征兆的。

她至今不解，她为何要采取这种极端的方式。是因为金还是小瑞？又或者是金斯泽还是还是……

咬了咬唇，不应该会是冷阳吧？！

抬眼看他，却看见他冷冰冰的眼神，有些凶恶地瞪着她。

“累了？”她很愚蠢地问他，暗想自己这体重怎么也是在这摆着的，他一直抱着，怎么可能不累！

换来的，是他猛然低头，恶狠狠地啮咬她的唇瓣。

宛如发飙中的狼犬！

身上有伤，加上看他抱她一路也算不容易，她皱了皱眉，算了，由他去了！

心里，还是忍不住地抱怨了一下！

可不可以不要这么用力地咬啊？！

她这嘴唇也是肉啊，很疼的！

乘坐私人飞机回了国，然后直接被送到了闲爱医院。这医院，现在对叶露来说非常熟悉了，她几进几出，也算是常客了，只是这一次，轮到她成为了病床上的病人。

第一探望她的病人，意料之外，再一想，也算是意料之中。

冷涛！

为了救她，中了枪，一直在这医院养伤。

同样都是中枪的人员，病房也就不会隔得太远。

“你太逞强了！”冷涛叹息着指责，脸色较之以前，好了很多，可是神情有些疲惫，不知道是什么让他心烦费神着。

对于这样浓浓关心的指责，叶露是无措的，最后只能干笑。

冷涛在一边落座，行动起来看不出来有什么异常的样子，看样子，他的枪伤是好得差不多了。

叶露这才想起，她最后一次见他，是在听了他暗示性的告白之后，落荒而逃的。

一时间——

除了尴尬，还是尴尬！

于是，没话找话地再度将话题转到了他的病上：“你的枪伤好了？”

“已经没大碍了，你现在该担心的是你自己——”他皱着眉头，神情有些悲伤，口气听起来有些埋怨，“为什么要拒绝我的帮助？自己孤身冒险，挨了三枪回来，你以为好玩吗？”

她莫名心虚，被他越发严厉的口气给吓到。

看她沉默的样子，有些可怜，又有些无辜，他只好叹气。“好在你是跟冷哥同行，要不然，你怎么死都不知道！我听说你在W国的事情，都为你担心死了。如果不是我有伤在身，如果不是顾虑到冷哥，我真想到W国去，直接把你接回来。”

叶露心中一紧，看他神情激动，英气的脸庞透露着毫不掩饰的关心，言语中透着满满的真挚，再想想他上次的暗示，不知所措之余，有愧疚，也有感动。

多么的不可思议，这样一个年轻有为、肯定让很多女孩子为之疯狂的男人，竟然说喜欢她。竟然会为了她的安危，着急上火，发了脾气。

可是，冷涛，难道你不知道这是不可以的吗？

英挺的眉，高耸的鼻，性感的唇，帅气的脸，无可挑剔的身型，沉稳的气势，难以比拟的能力，多么优秀的一个人，多么的令人心动啊！

可是——

且不论，她心底已经藏了一个人，不能回应他！

就是她此刻的身份，根本就不允许的啊！

于是只能不好意思地冲他笑笑。

他挑眉，为了她此刻的态度，几乎是有些气急败坏了：“听到了没有，下次，绝对不允许你如此冒险地单独行动！你不考虑你自己，也得为担心你、关心你的人考虑考虑吧！”

完了！

听他的口气，她更觉得自己似乎有些罪大恶极了！

原本打算就这样稀里糊涂地混过去，就当他告白的事情根本没发生一样，等时间长了，这件事也就不了了之。但看看现在这情形，她……她要是再不明白地拒绝，只怕要误人误己！

叹了一口气，思索片刻，顿时觉得开始这样的话题真是说有多尴尬就有多尴尬。“冷涛……”

顿了一下，咬咬牙，只得继续，所谓快刀斩乱麻，就是如此。

“我已经嫁人了，你……你那天说的事情，就这样吧！你看你这么优秀，还愁……找不到如意的对象吗？”

冷涛愣了一愣，神色蓦然一冷，眼神开始显得阴郁。这猛然冷脸的样子，跟冷阳还真有几分相像。这两人，还真不愧是堂兄弟。

他这个样子，说真的，让她真的心脏缩了缩，这都是害怕冷阳的后遗症。

“喜欢不喜欢，你以为说说就能放下？”冷涛言辞讥诮，看着无措的叶露，猛然站了起来，那身躯是如此的高大，叶露突然有一种呼吸不过来的感觉，一时间觉得压力好大！

他缓慢地走进，宛如一头猛虎，深邃而专注的眼神，那是看待猎物时才有的。

他轻轻地伸手，很轻易地，就捏住了叶露的下巴。

她咬唇，脸庞微不可见地颤抖了一下。她从来不知道，原来冷涛也可以散发出如此骇人的气势，这才想到她嫁入的是豪门世家，而冷涛，也属于这个豪门世家。

“我看中的人，绝对不会让她逃！”霸气地宣称，不容人质疑和拒绝！

他的眼神异常的认真，太过认真了，让叶露根本就没有勇气反驳。

这两个堂兄弟，似乎都喜欢捏着人的下巴说话。娇小的脸庞就这样被捏在自己的手里，狂肆地宣示了对她的占有和追求，如今看着这张明明清秀，但是又令他百看不厌的脸庞，冷涛的神色温柔了一些，戾气一扫，看得出来，心情也好了许多。

美丽的眸子，乌黑亮丽，清澈迷人，在她的眼底看见了自己，宛如他已经落入了她的心头，这令他的心情又好了几分。

于是，他笑了，似乎很满意：“你不用担心你已经嫁人。凤影可以选择自己的情人，这一点，冷阳管不着的。”

她怎么能不惊愕？觉得他的话，简直犹如天方夜谭！

传入脑袋里的话，一时让她有些消化不良。她怀疑自己是幻听了，但是想想自己这二十年的成长史，似乎还没有出现这个病症。

口气，不由自主地变得结结巴巴。“你……你是说我……我可以……可以那个……那个，然后……然后毫无顾忌地……给……给冷阳戴绿帽子？”

冷涛点了点头，嘴角跷起的幅度更高了！

“所以，别拒绝我！我们在一起，没有任何问题！”

他似乎已经肯定了她必定会同意他的追求，继而跟他在一起。

叶露没想到这，她只是已经被这个消息给打击到快发蒙了！

“这……这戴绿帽子，怎么……怎么就成天经地义的了？”

忍不住喃喃自语，一时间，对于婚姻的忠诚和背叛的涵义，她开始重新审度，是不是自己以前的认知，根本就是错误的。

冷涛忍不住地低低地笑了起来，看她一脸难以接受的样子，觉得真是可爱无比。寻常人听到这个，不应该感觉到兴奋吗？她身为凤影，有了钱，有了权，男人会宛如蜜蜂看到鲜花一般蜂拥过来，任凭她挑选，这应该是一件值得高兴的事情，怎么到了她这，就这样让她觉得难以接受，似乎还受了严重打击的样子！

这样的她，岂能不令人觉得与众不同？

而手上捏着的这张脸，更显得熠熠生辉了！

粉嫩的红唇，宛如色泽最佳的水果，散发一种引人一亲芳泽的冲动。她喃喃自语，红唇一开一合间，更是惹人冲动，明摆着在邀请人的样子。况且，那甜美的唇瓣之下若隐若现的白牙，也可爱得让人蠢蠢欲动！

眼神蓦然一暗，心里有了渴望，他也不打算遏制。轻轻地低下头，暗想，先在上面盖个章吧！

“咔嚓！”

门把被拧动的声音，好巧不巧地就在这个时候响起。

冷涛皱了皱眉，但还是理智战胜情感，在第一时间松开了钳制她下巴的手。

“涛哥！你也在？”带着淡淡笑意的声音扬起，来人正是冷花。跟着他一起的，是冷玉。这两个人，一同出现的频率似乎挺高。

冷花扫了一眼站在叶露身边的冷涛，两人挨得很近，而在他突然推门进来时，那快速扫入眼底的两人不正常的神色，让他嘴角边的笑容蓦然一换，添了几丝暧昧。

“涛哥什么时候来的？”

冷花开口，那双爱到处放电的眼睛，故意在叶露和冷涛之间来回扫了好几下。

相貌温润儒雅，但是有时还是可以看得出隐藏的阴沉的冷玉冷冷开口：“涛哥，怎么不坐啊？你站在那，大嫂得仰着脑袋跟你说话，那得多累！”

冷涛闻言，波澜不惊，只是挪步回到沙发上落座，也不解释他刚才想做什么，似乎是满不在乎地打算好了，他们爱怎么怀疑就怎么怀疑，最好还能怀疑得更大胆些。

叶露没料到冷花和冷玉回来，说实话，她根本跟这两个人不熟，也只是在婚礼上见过一面。上次冷星生病住院，冷玉和冷花曾经过来探望，但是当时她睡着了，所以根本就不知道，这已经是她和这两人的第三次见面。

将冷涛刚才带给她的冲击放到一边，叶露收敛了心神，冲着两人笑了笑，说：“你们好！”

冷花和冷玉这才把集中在冷涛身上的视线收了回来。

冷花笑若春花，那双勾魂摄魄的桃花眼差点电晕了叶露：“大嫂，已经好多了吧？”

太过灿烂的笑容，让叶露一下子看呆了，愣愣地点点头，只觉得这个人，简直比电视上的那些青春偶像要好看上千百倍。如果他去演电视剧，保准收视率高的不得了！这冷家的基因，可真是太好了，出来的男子，都是帅哥级别的。

冷玉轻皱眉头：“大嫂，我们都挺担心你的！”清脆的声音，宛如大珠小珠落玉盘，动听至极，又不失高山流水的清爽之气。

叶露偏过头，看着冷玉，年轻的脸庞，就像她周围的同学一般，很常见，一时间觉得亲切，宛如看见了自己同系的同学一般。于是友好又感激地笑了笑：“谢谢，让你们挂心了！”

“你太逞强了！”他突然来了这么一句，很熟悉指责的口气，似乎刚刚就出自某人的口。

冷花点点头，也插了一句：“是太鲁莽了！”

呃？！

她眨了眨眼，脑袋蒙了一下之后，有些不解！什么时候，她沦为别大家都可以教训的地步？如此理所当然的教训口吻，似乎……不太对劲吧？

“下次这么危险的事情，大嫂还是不要再干了！”冷玉盯着叶露，神色冷冽，劝诫的意味有三分，剩下的就是全然的不赞同！

跟自己一样年轻的脸庞说出这样的话，听着，怎么那么不对劲！叶露觉得自己好像一下子就在冷玉的面前成了一个小女孩。这时，她突然特有冲动地想问问冷玉他到底多大了。

但是，也只是想想，还是等以后他落单的时候，再问问吧！

这两人盯着她，那宛如长辈看待犯了错误的晚辈的眼神，让叶露再度尴尬。

暗想冷阳这边的亲戚实在是不好应付！

一时冷，一时热，竟如冷阳一般，让人难以预料他什么时候会是风，什么时候会是雨！

有些头疼，可是又不能表现出来，冷玉和冷花的眼神有些紧迫盯人，似乎都打算用自己的眼神逼迫她臣服。

可是，臣服什么？

事情都已经发生了啊！

扫了眼一边坐着的冷涛，事不关己高高挂起，神色平静，哪里有插手的意思！

心里一时有种说不出的感觉，刚才还说着喜欢呢！

这种情绪一上来，就让她惊了一下，差点从床上跳起，她刚才想起什么了？他说喜欢，可这又怎么了，她干吗还真的上心了？

一时间，心又乱得可以！

冷花和冷玉入座，三个大男人坐成了一排，全都直勾勾地盯着她。宛如她是戏子，而他们是看客，专注的样子，似乎沉迷于其中。

叹了一口气，顿时觉得疲惫！

本来就是不太熟悉的人，也不知道该如何开口，还是尴尬！

想了想，也不能当作闷葫芦一直不开口，只好发问：“最近忙吗？”

“还行！”

“就那样呗！”

一个问题，两种答案，两种声音，还有一个冷涛，沉默不语。

于是，她只能客套地笑着：“你们来看望我，我真的是很高兴！”

三人同时眼睛一亮，亮度可媲美100瓦的大灯泡，害她差点闪瞎了眼。

“呃？今天没事吗？”拐弯抹角的，她想赶人！相对无言，太过无趣，她宁可睡大头觉！

“没事！”这次冷花和冷玉倒是异口同声，冷涛依然沉默不语，他是个病患，一直在医院待着，自然是没事的。

气氛僵硬，开始有冷场的趋势。

她差点想哀号，眉头一皱，计上心来：“你们跟冷阳关系很好？”

闲着没事，那就打听打听冷阳的事情。

三人沉默了半晌，微微地点头，迟疑那会儿，真的是让人怀疑，关系好与不好，还得需要思考？那么这“好”，估计也好不到哪去！

“那——跟我说说冷阳的事情吧！”她恬不知耻地想从外人口里得知，这也算是一个大好的机会！

哪知——那三人，猛然拉下来脸，个个都像别人欠了他们100万美元一样，眼神还颇为愤慨，好像她的问题侵犯了他们的隐私一般！

冷花酸溜溜地笑着说：“大嫂想知道冷哥的事情，何必问我们，直接问他不就得了。你们同为夫妻，关系如此密切，哪里还需要我们多言？！”

冷玉阴阴地笑了几声，似笑非笑的样子，算是赞同。

冷涛扯了扯嘴皮，不冷不热地说：“冷哥的事，没有我们置喙的余地！”

却不知道是谁，在不久前，还在说冷阳的事来着。

三人摆明了，不想说冷阳的事情，又或者……就是不想告诉叶露！

叶露也不是属于那种追根究底型的，他们不答，那她就换一个：“那，说说你们的事情吧！我只知道你们的名字，还真的不太熟悉！”

这下，三人的脸色转好了一些。

三人互相看看对方，好像是在考虑谁先开口比较好。

叶露好心地打破了他们的僵局：“冷玉，你先来说说你自己吧！”

冷玉蓦然一笑，因为她首先想知道的人是他。

一扫之前的阴沉，清爽的笑容出现在那张玉一般的脸上，真的是有一种邻家男孩的感觉，让他看起来更小了。

“我跟大嫂同岁，毕业于麻省理工大学，主攻计算机！”

叶露双眼顿时一亮，麻省理工啊，那可是超级名牌学校哎，精英中的精英的集中地啊，没想到他看上去年纪好小，竟然已经毕业了，而且，还是计算机专业的！

羡慕又崇拜的眼神，毫不吝啬地送给了冷玉。叶露禁不住地赞叹：“你可真厉害！”

冷玉得意地笑了笑，末了加了一句：“未婚，也没有女朋友！”

这突然冒出来的话，很诡异！

冷涛皱眉，冷花笑得很冷！

叶露有时候神经很粗，听了这话，很自然地笑了起来：“呵呵，你还小呢！”

后知后觉地想到他似乎跟自己同岁，而自己已经嫁了人，一时间觉得自己这话怎么说，怎么不对劲！

冷玉突然又冒出一句：“我喜欢大嫂这一类型的！”

冷涛视线宛如利剑，狠狠地射向冷玉。

冷花还是在笑，只是那笑怎么看怎么让人心头发寒！

叶露愣了一下，轻笑不止：“像我这样的，走在路上，一抓一大把，以你的条件，找女朋友，绝对没有问题的！”

显然，对于冷玉这突如其来的话，她没有丝毫的想歪。

末了，还冲他眨了眨眼睛，颇有些俏皮：“我保证！”

保证他可以很容易地就找到中意的女朋友！这样清爽的男孩，喜欢的女孩子肯定犹如过江之鲫，多得不得了的。

冷玉嘴角猛地耷拉了下来，有些气闷，只觉得挫败不已，难道，他暗示得还不够明显？

叶露不懂他为何突然神情黯淡，也不知道刚才是哪里刺激到了他，回想一下，也觉得自己刚才说的话，没什么不对，可他这个样子……

心中突然一凛！

难道……他……他受过情伤？！

呃，花季雨季的男孩，以他的条件，谈过恋爱，也不无可能！

顿时不好意思，不敢再多说，怕更加刺激他，立刻转移对象，换问冷花。

冷花笑了笑，笑容很迷人，很符合他花花公子的表象。

“大嫂，我嘛，浪子一个，平时摆弄些花花草草、瓶瓶罐罐，闲暇时最爱欣赏美女，我认为，女人都是娇艳的花朵，需要男人们好好爱护和灌溉，如果眼看着她们凋谢，那可是我们男人的罪过！”

“噗……”叶露脸上微红，忍不住地笑了出来。难得有人会这么冠冕堂皇地把泡妞说成这般的优雅美丽。

冷花看着叶露，笑得更加勾人心魄：“比如大嫂，就是一朵很美丽的花啊！”

叶露脸上的红晕扩大，当面被别人如此称赞，可真是不好意思，不过，他的嘴可真的好甜呀，女人不得被他迷得失了七魂八窍啊！

“谢谢！”轻声一说，不可能不羞涩。

本来有些苍白娇弱的脸庞，添了缕缕红彩，刹那间的那份稚嫩清纯中的羞涩风采，真的是让人有些怦然心动。

冷花眯了眼，眼神一下子有些炽热，心中涌过狂潮，男人狩猎的天性，开始蠢动！

“我是在哈佛学药理的，跟大嫂你专业很近，我想，有空，我们可以交流交流！”

冷花盯着叶露，醉人的眼眸散发淡淡水汽，有一种蛊惑的味道。

帅得有些惊天动地！

她点了点头，有冷阳这个大帅哥、大酷男在前，她也算是免疫了不少。

她学的是生物，的确跟药理有很大的联系。

“你现在在当医生吗？”她好奇地猜测。

冷花摇了摇头：“我怕我太招风，惹得医院尽是女患者，就没从医。现在帮家族做事，管理药物这方面。”

叶露又呵呵地笑了出来，这个人，太过自傲，这样的话，放在别人嘴里说出来，只怕显得流里流气，令人反感，但是从他嘴里说出来，竟然觉得是如此适合。他要是不这样说，好像他就不是冷花了。

不过，她真的没想到，他这样一个看起来很风流的人，竟然会从事那种严谨古板的药理学。

偏头，她望向冷涛：“那么，你呢？”

话音刚落，从门外冲进一枚小导弹！

“露露！”娇嫩嫩又憨憨的声音，熟悉得已经没法再熟悉，不就是叶露日思夜想的星星嘛吗？！

“星星！”叶露欣喜地猛然一抬身子，就要从床上爬起。

可是，身子一抬，那猛然发作的疼痛，让她倒吸了一口气，身子一软，又倒回了床上。

冷花、冷玉、冷涛身子一紧，都微微抬起了屁股。

还是冷涛速度快，先他们二人起来，快走到叶露身边，焦急地询问：“怎么样，没伤到吧？”

叶露摇头，顿时觉得丢脸：“没什么事，我忘了我身上有伤了！”

冷星已经跑到了叶露的床边，稚嫩的脸庞上，那淡色的弯弯眉轻轻地皱紧：

“露露？”

他疑惑，又有些担心，小孩子的智力有限，有些事情可能明白，却又表达不出来。

叶露送了一个大大的笑脸给他。

“星星，上来，让我抱一抱！”

星星个子矮，小脑袋才刚够到床板，不可能会爬上床。叶露把眼神微微一转，没来得及用她示意，旁边聪明的冷花已经站了起来，一伸手，轻轻松松地把星星给抱上了床。

咦？花叔叔竟然抱他？！星星讶异归讶异，但什么都比不上看见叶露带给他的欣喜！

“露露！”小家伙手脚并用地爬呀爬，小心翼翼地避开了叶露的身体，从侧边爬到了她的旁边。“露露！露露！”

宛如鹦鹉学舌一般，他一个劲地叫个不停！

太过思念了，让他一下子不知道该怎么办才好。只能睁着黑溜溜的眼睛，眨也不眨地、贪婪地盯着她看，恨不得，就这样挂在她身上了！

叶露失笑，心中涌过暖流，一时间，觉得什么都可以放下了。看见了他，仿佛就看见了天堂。

“星星！”她柔柔地呼唤，“过来，把脑袋靠过来，让我好好地看一看！”

小小的脑袋瓜，慢慢地靠了过来，白嫩的笑脸，因为激动，嫩红一片，可爱得像是小明星。

“啾！”偷袭成功，叶露抬头，志得意满地在他脸上偷得了一吻。

冷星呆呆地看着她，捂着被偷吻的脸蛋，呆呆的样子，当真是让人又怜又爱。这样好的机会自然不能放过，于是，又抬头，在他的另一侧脸上，印上一吻。

“好想你噢！”近乎是撒娇的低叹，叶露说得好不忸怩！

周围的三个男人，看着冷星的眼神，不无嫉妒。

冷星回过神来，眼眶蓦然一红，伸出白瘦的小手，猛地搂住了叶露的胳膊：“露露，我也好想你！”

小家伙把脑袋一低，靠在了她的脖子边，又蹭又钻的，一个劲地开始撒娇，不停拱动的小身板就像是不辞劳苦的穿山甲。

可爱得一如从前！

可是冷涛不得不出声提醒：“星星，露露肩膀上有伤，小心点！”

毕竟，他心里在意的就只是一个叶露。

星星闻言，立刻双手一僵，作势要收回手来，小葡萄一般溜圆的眼珠子，很担忧地看着他，漂亮又帅气的小脸蛋，出现了犯了错、快要哭的神情。

他很怕自己做错事，惹她不高兴，然后不理他！

看他这样，叶露心疼的得不得了，立刻出声阻止："不要，我要星星抱！"

没有受伤的手很自然地摸了摸星星柔软的小短发。她笑眯了眼："好久没见星星了，绝对要抱个够，就这么一下，我可不依。"

捋了捋冷星额前的秀发，又摸了摸光洁的额头，黑漆漆的双眸柔情似水地望着冷星："我要是疼了，就会告诉星星，星星不用怕会伤到我！我喜欢星星这样抱着我！"

说完，还调皮地掐了掐星星长了些肉的小脸颊。

冷星轻轻地笑了起来，黑亮的眼珠子，一闪一闪的，别提有多动人了！

不过，他还是很乖巧很体贴地稍微往旁边挪了挪小身板，短短的小手，还是很依恋地抱着她的脖子，把自己的小脑袋瓜，轻轻地靠在了叶露的脸庞。

香香的味道，是孩童稚嫩的体香，传入叶露的鼻子里，很甜，忍不住地拽住了他的小手，握着，换来的是冷星甜甜的笑容。

一边一站一坐的冷花和冷玉神色不定，"露露"？

涛哥竟然这样称呼大嫂？！叫得很亲密嘛！

瞅了瞅趴在叶露身上的冷星，小不点一个，也不知道是哪里打动了她，让她如此的开心，一来就将他们三个给撂在了一边，根本就当不存在了！

真是……有些羡慕！

这个小不点倒是好运！

冷花和冷玉均是有些愤愤不平地想着。

"一个人来的？"叶露皱着眉头询问，纤细的五指，异常美丽地开始在冷星柔软的发间跳跃。

"呃……"冷星哼哼着，摇着头，脑袋摇得像个拨浪鼓，眼睛弯得像是小月牙。

"是双阿姨带我来的……"

童言童语，容易让人心软。但是如果没有叶露温柔得快要掐出水来的神情配合，这三个可以称得上冷血的男人估计都得立马走人。

所以，冷花在床边坐了下来，也算是师出有名，因为他得看着现在在床上趴着的冷星。

冷涛既然已经到了床边，也就没有回到沙发重新落座的道理。干脆，也在床边坐下，防止冷星"伤害"叶露，不小心压到她伤口。

只剩下刚才被两人夹在沙发中间的冷玉，迟了两人一步，现在还只能坐在沙发上，所以，干瞪眼。最后不甘，站起身来，走到床尾观看。

这下子，还是三个男人六只眼，不过观看的对象，多了一个小屁孩！

尾随冷星而来的双阿姨根本没有立足的余地，站在一边，想要执行她照顾冷星的义务，被冷花抢先，只怕有些尴尬。

叶露扫了那所谓的双阿姨一眼。

三十多、近四十岁的样子，看上去很诚恳、很朴实、很亲切，像是一个爱孩子的人。从前没见过，看来是冷阳新聘请过来的。

对冷星，他倒是有些上心了。

为此，叶露很高兴。

“双阿姨，你好，我是叶露，星星要麻烦你多费心了！”

朴实的中年妇女连笑都带着一股妈妈一般的温柔味道：“哪里，应该的！”

原来这位就是太太，好年轻，感觉也很容易相处。

叶露也给双阿姨打了一个比较不错的分数，冷阳这次找来的人，可真的不错。

“星星，你可要乖乖的，别给双阿姨添麻烦啊！”

冷星噘嘴，一噘就老高，好像在生闷气。

“怎么了？”她点了点他娇嫩的唇瓣，取笑。

冷星闷闷不乐地咕哝：“我只要露露，不要双阿姨！”

叶露看了眼双阿姨，双阿姨尴尬地笑了笑。叶露心中有疑惑，暗想难道双阿姨让他受委屈了？

“为什么啊？”她询问，有些担心。

冷星一把把脑袋埋在了被子里，蒙着脑袋，声音显得闷闷的：“有了双阿姨，就看不到露露了，我要露露陪我，不要双阿姨！”

他错误地以为，露露是打算把他交给双阿姨，以后不理他了，这让他很难过很难过，可是又不能当着大家的面哭！况且，叶露一走就那么长时间，他那么多天没见，真的以为……以后不能看见他！又以为……他又要像以前一样，变成一个人了！

叶露失笑，不无心疼地说：“笨星星，想什么呢！露露自然会永远陪着你、跟着你在一起了！”

被窝里，传来很迟疑的，还是闷闷的声音：“真的？”

“那是当然，要不然我们拉钩！”

冷星这才磨磨蹭蹭地从被窝里钻了出来，两只眼睛，可怜兮兮地看着她，宛如即将要被遗弃的小犬，看得人心里一抽一抽的。

叶露伸手过来，他立刻紧紧地拽住了她的小手指，生怕她会跑了一般，黑色的眼珠子瞪得圆圆的看着叶露，气势很强劲，也很凶猛，眼神很固执，也很认真：“露露要陪星星一辈子的，不许你扔下我！”

霸道地宣称，跟他那霸道的老爸没两样！

看得其他三人，真是分外眼红！

但不能否认的是，叶露和冷星这一搭一唱，真是让人看得津津有味，让这三人有些流连忘返，不舍得离开。

原来，一个女人……也可以这么温柔的！

睨了眼偷着乐、不敢笑得太大声、太得意、太欢喜的冷星，三人一致的结论就是这小鬼，实在好运！

有了叶露的承诺，志得意满的冷星，乖乖地窝在了叶露的肩旁，小手拽着叶露的手掌，就不松开了。

扭过小脑袋瓜，他看着在旁边坐着或者站着的三个男人，乖巧又懂事地开始一言不发，心想露露可能有话要跟几位叔叔伯伯说。

叶露看了眼冷星，微微笑了笑，看向那三人。

“不好意思，让你们见笑了！”

三人摇头。

“对了，冷涛，轮到你了！”就差他还没有自我介绍了。

“没什么可说的，以后你自然就知道了！”冷涛饱含深意地看了眼叶露，“我下次再来看你吧，你大概也累了，好好休息！”

说着，他走上前来，伸手，竟然打算要抱起冷星。

冷星下意识地缩了缩肩膀，抿着唇，倔强又不快地用漂亮的黑眼珠子瞪着他。

冷涛解释：“露露的这边肩膀有伤，我抱你到那边，这样你就不会不小心压到她了！”

冷星听了，眼中的敌意立刻消去，反而乖乖地伸出双手配合。

冷涛轻轻一抱，就将他抱到了叶露的左手边。

“谢谢！”小家伙还是很懂礼貌，惹来叶露赞许的微笑。小家伙乐了一下，重新在叶露的肩头窝下，缩成一团的样子，像只小老虎！

冷花和冷玉看冷涛要走，自知二人再留着也显得尴尬，于是冷花开口：“露露，给我你的手机号，下次有事，你可以给我打电话，别一个人冒险！”

“啊？”露露惊讶了一下，下意识地感激，“谢谢你！”

叶露报出了一串号码。

冷花摇头，“不是这个，是另外一个！”

这个号码，她出国期间，他尝试打了几次，但是一直都是关机的。可是冷星却可以跟她联系上，就说明她还是有另一个手机。

叶露用以前那个手机是用习惯了，所以下意识地说出了那个已经用了两年的手机号。听他要小黑的号码，她略微迟疑了一下，因为左翼说，为了一些不必要的麻烦，手机号还是越少人知道越好。可是，如果她不给，倒显得她小气。

笑了笑，她说出了小黑的号码。

冷花拿出手机，输入，打了一个电话过去，果然，病房内就响起一串动听而优雅的手机铃声。

冷花满意地点了点头，另外两人不用说，也是在第一时间把她的号码给记了下来。

“露露，我先走了，下次再来看你！”冷花笑着说，笑得还是风流无比！

叶露点头，觉得有哪里不对劲，但是一时间又想得不太明白！

冷玉和冷涛也打过招呼说要走，三人都离开了病房好一会儿了，叶露才想到，自己的身份可真是一路直下，从大嫂变成了露露！

摸了摸自己的脸，暗想：果然还是太小了！

让他们叫自己大嫂，估计得别扭死了！

这个想法一闪而过，她也不追究了，称呼而已，反正都是在叫她，不用太在意。

冷星这个时候，终于有了说话的余地。

“疼吗？”他很担忧地看着叶露，脸蛋皱得紧紧的，宛如刚出炉的小包子！

叶露摇摇头：“不疼，现在不疼了。看到了星星，我更加不疼了！”

冷星扁了扁嘴，伸出小手，摸了摸叶露的脸蛋，圆溜溜的眼珠子定定地看着叶露，稚嫩的脸庞突然前所未有的严肃起来：“露露，我以后会保护你的！”

叶露呆了一下之后，蓦然失笑。

“你呀，还小呢！”

他嘟起了嘴，不高兴地辩驳：“我不小了，我已经四岁了！我可以保护露露的，而且，我会长大的，长得好大好大的，和爸爸一样的大，然后，我会好好地保护露露的！”

小小的脸蛋，这一刻，就已经可以看得出他本质的坚毅和顽强！

小家伙长大了，肯定也会是一个了不得的人物吧！

“那……谢谢星星了！”叶露捧住了冷星的小脸蛋，亲了又亲，“星星说要保护我，我可真高兴！”

冷星眉头皱得更紧了，黑亮的眼珠子一下子失去了光彩，脸上有了淡淡的哀伤：“如果……我再大一点就好了，露露……也就不会受伤了！”

说着，一滴圆滚滚的眼泪，竟然就这样掉出来了眼眶。

看得出来，叶露受伤的事情，让他伤心难过极了！

他要再大一点的话，他就可以陪露露一起出国，他就可以保护露露了。

叶露心疼地立刻伸手，去抹那眼泪：“别哭了，乖！星星会长大的，露露相信星星长大后会保护好我的！露露现在很好，所以星星别哭，要不然，露露也会哭的。”

冷星伸出小手，粗鲁地抹了抹眼角，哽咽着逞强：“我……我不哭！”

声音中，还是泄露了他的伤心。

她没有料到，原来——他已经对她那么上心了！

他还那么小，却想到用他那脆弱的小身板来保护他！

一时间，她感动得无以复加！

“其实，星星已经保护我了啊！你可是救我了一命呢！”

冷星睁着红红的眼睛看着她。

“要不是星星给我打来电话，我可能都已经不在了呢！”

叶露点了点冷星的小鼻子，将那天发生的事情，用缓慢的语调和尽量简单到可以让他听得懂的话说出来。

原来，那天救了叶露一命，及时打过来，让叶露躲过了那致命的一枪的电话，是来自冷星的。

事后，叶露查看手机，才知道的！

一时间，也不知道那是天意，还是如何！

叶露出国之前，跟冷星约好的，每天给他打电话，睡前给他唱安眠曲；冷星要是哪里觉得不舒服了，或者有别的事情，也别忘了给她打电话。实在是冷星那场急病，把叶露给吓到了。

那一天，窗外的狙击枪瞄准她的时候，冷星的电话就到了。

事后问冷星，好奇他因为什么事情打电话过来。

冷星支支吾吾，好半天才不好意思地说，想她了，觉得全身上下都不舒服，就想听听她的声音，所以就打电话了。

“露露是不是觉得我很麻烦啊？”冷星原地打了个滚，转过身子，双手托着脑袋，半趴着，歪着脑袋看着叶露，眼神有些忧郁。他怕自己没事给她打电话，让她讨厌了！

叶露失笑：“星星永远都不会是麻烦！”

如果没他的电话，那她才是真正的麻烦了，跟这个世界得说拜拜了！

冷星脸上扬起了大大的笑容，一时间云散雾开，阳光普照大地了。

“露露，你真好！”翻来覆去，也就这么一句会撒娇的话。

可爱的小家伙，拱着小身板在她身边蹭着，漂亮的眼睛宛如会说话一般，眼里是对她满满的喜欢，这样的他，让她恨不得把他藏在心里，好好地保护着，一辈子都不让他受到伤害！

心里，有了一个决定——为了冷星。

020

傍晚时分，冷星拿着小刀，笨拙地削着苹果，一觉睡醒的他，非得要贡献自己的那份爱心，为叶露削苹果。

“露露受伤了，我给露露削苹果！”

小家伙说这话的时候，很有气势，不容得叶露拒绝，大眼睛瞪得溜圆溜圆的，哪怕叶露敢说一声“不”，他都会霸道地坚持下去。

于是，在叶露轻轻地点头同意下，小家伙欢快地拿着可能会令很多小孩胆寒的尖刀，笨拙地捧着他两只手合起来都比不了的大苹果削着。

叶露深刻地体会到——小孩子，绝对不能一味地保护着，风风雨雨，是必须要经历的。

因为，冷星不是普通的小孩子。

他是冷阳的孩子，他身在黑道世家，未来，充满了不可预知的危机！

想想那个可爱的小瑞，身在豪门世家，他的父母尽管已经在尽量保护，可是，太过无知和天真无邪，最后的结局，真的是让人的心都会痛的！

星星——她必须要保护好他！

最好的保护，就是让他有能力自我保护！

如果想到刀子尖利，怕划伤他的小手不让他接触小刀，那么，他永远都学不会长大。作为冷阳的儿子，如果连一把刀都不敢拿，那么，横死——很可能是他将来的下场！

所以，冷星说要给她削苹果，她才没有拒绝，反而笑着道谢！

哪怕他的小手会因此不小心被划伤出血，那也是好的，一次出血、两次出血……次数多了，自然有自如地使用刀子的一天。

毕竟，这一点血，根本就不会致命，不是吗？

看着抿着唇、努力地抱着苹果削的冷星，叶露的嘴角泛起了疼爱的笑容。

星星，我会守护好你的！

很早之前，他就已经是她的责任了，甩不开，也舍不得甩开的责任！

门，轻轻地敲了几下，温笑的声音在门口响起，带着一股暖暖的笑意：“露露，是我，可以进来吗？”

古灵精怪的语调，明知故问地询问。

叶露大笑，眼角泛起了温暖的笑纹："笑笑！"回了国，她就通知了温笑，温笑上完了课，现在才过来。

温笑推开门，走了进来，一边走，一边不断地数落："好你个露露，一出国就给我来来个轰轰烈烈，人家出国，是吃好的、穿好的、玩好的，你倒好，一来就给我进了医院！"

看着躺在病床上的叶露，温笑毫不客气地送了她几个大白眼。

她只知道叶露住院了，没什么大事，却不知道叶露是挨了三枪，差点命丧国外。

"到底怎么回事？"温笑横眉竖目，很是凶恶地看着叶露。活蹦乱跳、鲜活的一个人出的国，回来却惨兮兮地躺在了病床上，身为她的好友，温笑一时心情愤慨。

"冷阳那个臭家伙是干什么的，竟然都没保护好你？！"

冷星抬头，抿着唇，黑漆漆的小眼珠子，静静地看着温笑，稚嫩的脸庞，让人觉得太过无辜！

温笑这才注意到自己的失言，人家孩子在这，这样说人家的爸爸似乎是不太好。

"星星也来了啊！"温笑伸手，摸了摸星星的脑袋瓜。

冷星静静地垂下了头，小小声地说道："我替爸爸跟笑笑道歉！"

语调落寞。

温笑惊讶得嘴都张圆了！

又尴尬！

又心疼！

"啊……这个……"温笑的伶牙俐齿一下子发挥失常了，对着冷星，说不出话来了。

叶露伸手，摸了摸冷星的脑袋瓜，冲着温笑摇了摇头，示意她不必说了。"笑笑，这不关冷阳的事，是我自己太粗心了，你可千万别错怪好人，冷阳帮了我很多的。星星！"叶露口气一转，跟冷星说话，"你爸爸很了不起、也很厉害，我特别崇拜他的，知道吗？"

冷星点了点头。

温笑也知道小孩子大多敏感，有些话，大人可以口无遮拦，但是听在小孩子的耳朵里，可能会产生翻江倒海一般的恐怖影响！

还好，叶露适时地纠正了冷阳在星星心目中的形象，要不然，惹得这对父子间有了疙瘩，倒是她的错了！

"星星，我一时口快，别把我的话放在心上，好不好？"温笑扬着脸，看着冷星。

冷星点了点头，继续削苹果。

“好乖！”

温笑称赞了一声冷星。

然后询问叶露怎么一回事，叶露摇头，说不能说。

温笑也就识相地不问了，既然叶露说不能说，那就必定有她的理由，不该她知道的，她就不应该追根究底！

好友之间，这种默契和认知是必然的。

“以后，多加小心！”虽然不知道是怎么一回事，但是温笑免不了谆谆嘱咐。

叶露点头。

“学校有什么事吗？”

温笑大概说了一下学校的事情，都是一些鸡毛蒜皮的事情，没什么重要性，可以轻松应付的。说出来，只是为了弥补叶露这些日子校园生活的空缺。温笑也说了一些最近发生的校园趣事，惹得叶露和冷星不时地轻笑。

冷星的苹果削好了，卖相很差，一个坑一个坑的，因为削的时间过长，苹果白嫩的颜色早就变成了黄里吧唧的一片，但是小家伙已经很努力了。看着太过丑陋、少了好多果肉的苹果，小家伙捧着，小脸绷得死紧，小手死死捏着，生了闷气，怎么看，都跟露露上次给他削的白白胖胖的苹果大大的不一样！

这样的苹果，他哪好意思拿出来给叶露，恨不得立刻把它扔得远远的，省得丢人现眼。

温笑一把抢了过来，一口咬下去，就砸下一个大大的牙齿印。

“哎呀，口渴死我了，这个先给让我吃吧！”

冷星冷着一张脸，默默地看了眼温笑，温笑冲他挤了挤眼，很是调皮！

冷星绷着脸，好似在怨怼，实则如释重负，又爬了起来，在床边拿了一个苹果过来，重新一屁股坐下，低下头削苹果的时候，却偷偷地笑了笑。

还好，不好看的苹果让笑笑给抢走了。这一次，他绝对要给露露削一个漂亮的。

温笑冲着叶露眨了眨眼，嘴巴努了努，意指冷星。小家伙倒是会装，无奈面对大人，还是可爱得稚嫩！

叶露失笑，摇头。

“你可别逗他！”

这个他，冷星在聚精会神地削苹果，自然不知道是在指自己。温笑懂，自然也不会出言调侃。

笑眯了眼，点了点头，温笑换了一个话题，说起了一个绝对令叶露惊讶的角色。

“露露，你说张明宋这个人欠不欠揍？！”

温笑的口气颇为愤慨，这让叶露好奇：“怎么了？”

温笑咔嚓一声，恶狠狠地咬了一口苹果：“你不是出国了嘛，手机也不带在身上，扔在寝室，彻底关机，张明宋这个家伙一天给你打了无数个电话，你一直关机，他就打到我这了。我可不想理他，他还不识趣，非得追问你上哪去了！你也知道你的借口在他面前肯定是说不过去的啊！”

叶露出国，对学校的解释就是家里有事，她得回去一趟，时间不定。这当中自有冷阳斡旋，根本不用叶露费心，校方只需配合就行了。

这个借口，拿出来唬唬别人是没有问题的，可是张明宋跟叶露可是同个地方的，她家里有没有事，张明宋一个电话过去，不就知道得一清二楚了？！

他得知叶露根本就没有回家，就急着打电话给温笑。温笑讨厌张明宋这个人，不愿意接，可是张明宋却宛如鬼上身了般，邪门得一个劲地地给她打电话，宛如催命鬼一般，让她真是苦不堪言。

最后无奈地跟张明宋说了不知道，可那小子却不信，非得追着她要人，没事就来堵她，用言语和眼神轰炸她，非得逼她把叶露的下落给交代出来，好像是她拐卖了叶露似的。

温笑现在还愤愤不平：“你说这家伙是不是犯贱？你不就是出去一些日子嘛，瞧把他给紧张的，又不是自己的老婆弄丢了，整天紧张兮兮的，都快要茶不思、饭不想了！明明自己那名正言顺的女朋友还在一边挂着呢！你都不知道，张明宋天天在我屁股后面打转，到晚上又电话不断，害得别人都要以为他要撇了他那女朋友许洁，过来追我了呢？这几天，我都吃了许洁好几次白眼了！我冤啊，实在是太冤了！”

温笑虽然说这话，听着像是在贬斥张明宋。但是如果她真的是对张明宋讨厌得不得了，根本就不会对叶露说起这事。因为，张明宋这样过分关心、焦急的行为，听在叶露的耳朵里，只会让叶露生了不该有的心思，那本来就已经有了的涟漪只会更加危险得泛滥而不可收拾！

不能说，温笑是被张明宋的行为给感动了，她只是——想给自己的好朋友谋求一个机会！

张明宋刚接触叶露的时候，两人的关系是多么的朦胧和美好，在一切都戳破之后，叶露伤心地恸哭，那滚烫的眼泪滴落在温笑的肩头，温笑至今仍然刻骨铭心。初恋，总是美好的！

叶露这个人虽然有理智，但又有些痴，还有些傻，她可以理性而明智地将对张明宋的感情压下，真诚地祝福张明宋和她表姐许洁。可是，她却固守着心里的那个人，拒绝别人进入她的心防！

所以，温笑讨厌张明宋，讨厌那个引诱了叶露的家伙。

可是，叶露出国一趟，张明宋的急切，她是看在眼里的。

张明宋一天十多个电话，有时甚至二十多个，宛如催命鬼一般，到后来，只要是一得空，就要在她身边宛如怨鬼一般地缠着她。张明宋在观察着她，想要从她那打听到关于叶露下落的蛛丝马迹，可是温笑她何尝不是也在观察张明宋？！

看着张明宋那绝对不是伪装的关切和焦急，她突然有了一个很大胆的领悟——难道，张明宋也是喜欢叶露的？！

这个想法一旦冒了出来，就再也难以遏制！

是！

是了！

如果不是对一个人上心，谁会这么积极地想要得知那个人的下落？一得知她下落不明，就焦急得坐立不安？！

现在想来，一开始，张明宋对叶露的好，怎么可能只是单纯的大哥哥对小妹妹的照顾？怎么可能只是因为所谓的女朋友的嘱托？！

当时，所有的人，见过张明宋和叶露相处的，都认为是张明宋在追求叶露，她可以是理解错误，叶露也可以是理解失误，难道，那么多的人都是理解失误，都是眼睛让眼屎给糊了？！

叶露的表姐，许洁，教育实习本来是为期三个月的，可是却匆匆忙忙地提前结束了实习回来，之后，再也没去那个实习单位，成天跟张明宋出双入对！可是在那之前，她似乎是跟张明宋闹了些矛盾，据说两人冷战了一些日子！

自然，这些都是温笑打听来的。

那么，是不是可以这样猜测，在张明宋跟许洁冷战的时候，他真的对叶露动了心？在许洁回来之后，不知道发生了什么，张明宋又回到了许洁的身边？

她想，要是自己猜测的是正确的，这倒不失为满足自己好友心愿的一个机会！

她想，冷阳太强、太厉害、太冷酷，前面又有两个老婆，还都短命死了。这样的男人，不适合单纯、又时而有些粗神经的叶露。再者，冷家的势力太复杂、太危险，不知道什么时候会发生的危机，对叶露来说，也太过残忍！

最最重要的是，冷阳这样的人，怎么可能会对叶露动心？那样的男人，有钱有势有貌，站在金字塔的顶端，几乎可以说是过尽千帆皆不是，再美的女人，估计在他的眼里都索然无味、一视同仁了。只要他招招手，什么样的女人不是手到擒来？叶露，他又岂会上心？

这样，对叶露，简直是残忍！

那么，叶露为何不能拥有自己的爱情？！

叶露以前是那么的喜欢张明宋，至今都没有放下，那么——

为什么有情人不可以终成眷属？！

只要能让自己这个好朋友开开心心的、得偿所愿，她觉得自己做什么，都是值得的！

所以，哪怕她以前是多么的讨厌张明宋，可是这一次，当着叶露的面，也不得不提一提。

至于叶露对此会怎么样，她只会支持！

听了温笑的话，叶露也是大大地愣了一下！

宋哥？张明宋竟然会如此地费神找她？听着，简直就不像是真的！

心，乱了几个节拍！

有些高兴，但又有几分苦涩！

他这样的行为，可真是会让人误会。

如果他们之间真的有那么点什么，她估计会觉得幸福得要晕了！

可是，偏偏他们之间干净得很！

咬了咬唇，她摇了摇头，低喃：“可能，他是有什么要紧事要找我吧？”

也只能这么想，因为，他可是有女朋友的，说好了，是当妹妹看的。

温笑看了眼叶露，不语，该说的，她说了。说过了，无论叶露做出何种反应，她总是支持的。

“行啦！”温笑从床上站了起来，将苹果核扔到了垃圾桶里，“我回去收拾收拾，明天把教科书给你带来。”

叶露一段时间不在，虽然没上课，但是教科书该看的还是要看看，要做到心中有数，回学校继续课程才不会云里雾里！

叶露顺便让温笑带一些英语资料给她，在W国她可是深受不精通英语的苦。当时她要是会说一口流利的英语，估计她和金斯泽之间的误会也不会产生了，那样冷阳也就不会……

当晚的情景猛地向她砸了过来，心里一痛，摇头一晃，真的不愿再想！

温笑点头应下，走之前，递给了叶露一张小纸条。

那上面，有一个电话，是温烨磊给她的，指明了，要叶露给这个号码打电话！

叶露知道，这一次的W国之行，她需要给温烨磊一个交代！

因为，任务没有完成！

小瑞死了，她没能把小瑞救出来。

对此，温烨磊和他所在的部门打算要做出如何的反应？

会不会因此责怪她没有完成任务？是不是因此拒绝兑现当日的承诺，从而让帅子再度进入监狱？

她的心中不可能是不担心的，W国的事情是结束了，可是帅子的事情，还没算是真正的结束呢！

看着空茫的一点，她的眼神蓦然一沉，如果她真的会处于弱势，那她也必须据理力争，因为——她没有错，她只是按照计划行事罢了！

帅子，绝对不能让他出事！

抬眼，看了一下一直坐在一旁的双阿姨，叶露笑了一下：“双阿姨，能麻烦你出去一下吗？我要打个电话！”

这事，绝对不能让外人知道！

双阿姨自然识相地什么都不问，她被雇佣过来，就知道了自己服侍的家庭是什么背景，不该她知道的，她还是把自己的耳朵堵得紧紧的。

点点头，双阿姨走了出去。

叶露偏头，看到冷星还在继续不停地跟苹果作战，不过在听到叶露让双阿姨出去，小家伙还是抬起头看了她一眼。

很好，这份警觉性值得嘉奖！

如果金夫人对待小瑞的态度是怕，怕他因为年龄小、嘴不严把机密给泄露出去，从而做什么事情，都尽量防着他、瞒着他，更甚至因为怕他泄密而对他动了杀机；那么叶露则是放开，无所顾忌地让星星知道该知道的，哪怕，星星的年龄比小瑞还要小上一些。

她要让星星跟她一起成长，尽她所有的力量，让他成长，以此来应付将来的种种灾难！

叶露伸手，想要拿抽屉里的手机。

星星停下了手中的刀，抱着削了大半的苹果问叶露：“露露，你要拿什么吗？我帮你！”

小家伙已经很有为叶露分担一切的意识了。

忍不住地露齿一笑，叶露指了指抽屉：“小黑，在抽屉里，我想要！”

小黑，星星是认识的，当时叶露给星星买手机的时候，互换手机号码的时候，对这个黑色的家伙，星星可是相当的熟悉。

身子一提，再一转，小家伙先把苹果放在了桌上，然后屁股一撅，身子微微往床侧倾斜了一下，白嫩的小手，慢慢地拉开抽屉，看见里面乖乖躺着的小黑，星星双眼一亮，伸手一够，就把小黑紧紧地抓了起来，递到了叶露的身边，可爱地笑着：“给！”

叶露接了过来，在他头上摸了一把，算是亲昵地道谢。

小家伙兴奋得掩藏不住那份可以帮助她的喜悦之情：“露露还要什么吗？”

几乎是上瘾了！

叶露摇头，失笑：“我现在就想吃你削的苹果！”

星星闹了个大红脸，不好意思地说：“我慢，露露再等等！”

“不急的！”

冷星抓过苹果，继续奋战。

按着纸条上的电话号码，叶露拨了过去。

接通了，她先自报家门：“喂，你好，我是叶露！”

那边的是一个低沉的男中音，听声音就感觉那个人应该是非常的严谨，有着一种受过专门训练的人身上特有的那股冷硬。

“你好，我是温烨磊的同事，专门负责跟你联系的，对这次W国的事情，做一个了结。”

这个人说话，也不打官腔，快人快语，直接进入主题。

“杨白珍的事情，我们都已经知道，对她的死，我们表示很遗憾。对于你的受伤，我们表示万分的歉意。在这，我先郑重地道一声‘对不起’，希望你能谅解！”

他的态度诚恳，一开场，就表示了歉意，这让叶露微微诧异。

于是，她回道：“受伤的事情，倒是没什么大不了，我总算是捡了一条命回来。我只是想知道，当初计划里说好了，你们的人会去把小瑞给接回来，为什么……杨白珍告诉我死的那个小孩是真的小瑞，而且验尸报告上也表明那的确是小瑞，你们就这样看着那样无辜的小孩被炸死，是不是……太残忍了？我可是一直相信你们会把小瑞给救出去的！”

叶露的语气多了愤慨，相信电话那头的人，也肯定能知道这一刻她的心情是愤怒的。小瑞被炸死，也算是叶露经手的，这种我不杀伯仁，伯仁却因我而死的心情，不是一般人可以忍受的，更有可能，让人一辈子活在这个阴影之下。

那边沉默了片刻，长叹一声，无论这叹息是有意还是无意，都是让叶露知道他们的惋叹和无奈。“我知道你心里可能不好受，发生了这样的事情，也是在我们的意料之外，我们也是难受的。我们的的确确是按照计划派出了人，在指定的时间地点负责接人，可是，杨白珍却给了错误的地点，所以，我们这边根本就没接到人。”

电话那边的声音是沉痛的：“我们也没料到，杨白珍会这样做。”

那边顿了一下，似乎是说不下去了，因为太令人沉痛了！

叶露在这边冷笑，如果她聪明，就该让这件事到此为止，按照他们那边的戏往下演，到时候说拜拜就可以了。

可是想到无辜的小瑞，那汽车被炸得碎片四起、火舌乱窜的情景，心里的那股火，到底还是没忍住。

“其实，杨白珍的事情，你们是知道一些的吧？”

近乎是鲁莽地质问。因为电话那头那人一开始的道歉，叶露更加证实了自己的猜测。因为他们心虚，所以一开始，就对她表示了歉意。

那边在沉默。

叶露紧紧地抓着话筒，嘴唇抿成了一条直线，神情冰冷。

那边沉默得竟然连呼吸声都感觉不出来。

“算了！”叶露叹息，现在质问这些，似乎也没多大的用处。

可那边却开口了：“是，我们是知道一些，但是……不是很清楚。”

叶露的身份特殊，他们再隐瞒下去，其实很没有必要，反倒是令人产生恶感！他必须要解释清楚，不能让叶露产生误会，因为，叶露是凤影，也意味，叶露的背后还有一个冷阳。W国的事情，结束了，但是也让很多人知道了叶露绝非之前所想的平凡中庸，也让人知道，至少到目前为止，冷阳对这个妻子，还是绝对关心的。

所以，那个人继续解释：“杨白珍发出那个请求的时候，我们有专门的人员受理，我们也调查了一番，这期间，也发现了一些不太合理的事情。考虑到她这些年来对国家做出的贡献，我们还是答应了她的请求，只是希望，一切没有我们所想象的那么糟糕。

“这次行动，变数太大，我们考虑过最坏的结果，就是可能要牺牲我们派出去的人。凑巧，这个时候，我们接到了关于你朋友的事情，又碰上了你。这不能不算是一种缘分。叶露，你可知道，我们为什么要放弃那些优秀的、经过许多磨炼的手下，而选择你吗？”

叶露深吸了一口气，尽量沉稳地回道：“我不知道！”

心里却忍不住气得半死，原来他们也知道最坏的结果就是她会死啊！可是，他们还是选择了让她参加！

可恶！她倒要听听他们是什么借口！

“因为——”那人的语气蓦然加重，一声声宛如铁锤一般直接砸入叶露的心里，“因为，你是凤影，我们知道，你肯定是不会出事的！”

声音是前所未有的肯定和信心。

叶露怔住了！

因为太过震撼了！

良久，她握着手机不动，脑海里，翻来覆去，就只有这么一句话！

那一刻，突然的心潮澎湃，是从来没有过的体验！

头一次，叶露感觉到，自己所继承的凤影，背后所代表的意义竟然是如此重大！

头一次，她认识到，她是凤影！

凤影，这两个字所树立的形象，竟然是如山一般的高大，巍峨壮丽、气势磅礴。

脑中下意识地闪过手机上的那只火凤，小小的形象顷刻间在头脑中放大，一时间，她竟然能感觉到凤凰浴火，烧红了周围的那片天，火一般燃烧的羽翼当空飞舞，肆意舒展，清脆的鸣叫声破吼而出，震慑四方！犀利的双眼看破尘世，散发着令人不敢迎视的光芒，孤傲地俯瞰众生！

凤……影！

她能明白，能够让电话那头的人说出这样的话来，绝对不是因为她这个人，而是她这个人现在所处的位置——凤影！

前代凤影的努力，赋予了这个称号令人不敢小觑，更可以称得上是敬畏的神圣。所以，他敬畏的是这个称号，而不是她这个人。他信任的也是这个称号，也不是她这个人！

凤影啊凤影！

心中蓦然豪情顿生，在胸中澎湃，一时间竟然难以克制！

她似乎看到高山之巅，寒风猎猎，一女迎风而立，脚踩山巅，高吟“会当凌绝顶，一览众山小”。

她似乎也看到惊涛骇浪之下，白浪扑岸激起千层雪之时，她面如心，心如镜，乘风破浪，直挂云帆济沧海！

百尺墙头，玉色的面庞，冷冽的双眼，洞悉一切之余，含笑回眸，樯橹灰飞烟灭也！

……

凤影！

凤影！

当初该是如何的豪情壮志，才能积累如此的威名！

自己现在坐上了这个位置，可真怕……辱没了它啊！

短短分秒间，心中已经是千回百转！

尘埃落定，只能叹她还是她！

“杨白珍的事情，是不是，可以算是结束？”她询问。

那边称是。

“那……帅子，是不是以后就再无瓜葛了？虽然计划有变，可是我很确定全部都是按照你们的计划行事的。”

“那是自然！”那人很快地答道。他们理亏在先，要是再不知好歹地刁难叶露，那就是他们愚蠢了。

叶露笑了笑，一时间觉得心口蓦然一松，这事，也算是成功了：“那……就说到这吧，我也得感谢你们的帮忙和体谅。”

叶露友好的态度估计得让那人刮目相看了，他的口气也一下子添了几分暖度：“哪里！是我们应该感谢你对我们工作的支持！”

叶露笑了几声，想要挂电话。

那人却还有话要说：“叶露！”

“嗯？”心里突了一下，连带手都抖了一下。她不由地害怕了，心几乎是提到了嗓子眼上，就怕那件事被他们发现！

“你……想不想加入我们，我们……很诚挚地想邀请你加入，国家……很需要像你这样的人才，这是为了国家、为了世界、为了共同的和平，你……愿意吗？”

叶露悄悄地松了一口气，慢慢地镇定下来。原来，他要说的是这事啊！

幸好，不是她担心的那件事！

细细一想，不由地愣了一下，他们……竟然会发出这种邀请？！

那边缓了一会儿，语气更加的和缓：“你好好考虑，再给我们答复吧。这突然之间，不好下决定吧！”

他在给她时间和机会，看得出来，他们也是非常想叶露能够加入他们的组织的。

且不论叶露的能力如何，单就是她所代表的身份，就值得重金拉拢了！

“不……”叶露顿了一下，还是坚决地当场拒绝了，“不了！”

想了想，继续说道：“我这人笨手笨脚的，干不了大事！这一次平安归来，主要的功劳还是得归功冷阳，这……大家就心照不宣了！加上，我若加入，对冷阳不好交代的，所以，只能辜负你们的好意了！”

那边叹气，倒是没有再强求，估计她这样的答复，也是他们事先可以预料到的。

“那好，再见吧！”

“再见！”

轻轻回了一声，电话挂断！

终于，她放下了心头的那颗大石，帅子——总算是不再有风波了！

这样的邀请，她决计是不会答应的。

为国效力，她也有这样的热情。

但是有金夫人这个前车之鉴，她又怎么可能鲁莽地答应？

这一次去W国虽然受了苦，但是，也算受益良多了吧！

一边的冷星已经削好了苹果，两手捧着，静静地瞅着叶露，等待着。

看着他，叶露的心里还是会抽紧的，因为，想起了小瑞！

不过——

她眯眼笑了一下，终于，可以安心地享受这个秘密了！

小瑞没死！

刚才她想挂断电话，却突然被那人叫住的时候，她还真的吓了一跳，怕精明的对方发现了她背后的小动作，没想到……

呵，看来，他们是没发现呢！

左翼办事，应该是可以让人放心的！

真好！

她很庆幸，自己相信了直觉！

更加庆幸，那个稚嫩的生命，还可以继续鲜活地存在着。

事情的起因，起源于一句话！

金斯泽无意间说的一句话！

还记得当日草地上，金斯泽和叶露围在小瑞身边，看他画画吗？

起先，金斯泽对小瑞的态度就很亲昵，并且非得拉着小瑞当她俩澄清事实的见证人！

等小瑞画完画之后，金斯泽颇为自豪地说了一句："我们的小瑞，将来肯定会成为一名伟大的画家的！"

当时，叶露就愣住了！

这样的话，是多么的熟悉。

当时，哥哥刘朋问她将来长大要干什么的时候，她说想要当老师。因为她羡慕老师可以挥洒自如地在考卷上批上红色的对号，也羡慕老师可以龙飞凤舞地在考卷上打上分数。她有幸被老师邀请帮忙批卷子，当时的感觉，可真是自豪。

所以，才会下意识地想要上师范院校，同时也想着，用自己的力量，贡献给莘莘学子，用比较酸的话说：当他们迷路中的指路灯！

当时，哥听了她的话，就很自豪地说："我们的露露，将来肯定会成为一名伟大的教师的。"

那口气，是多么的自豪，与与荣焉！

仿佛，她的选择，是他毕生的骄傲一般！

而金斯泽说这话，口气跟哥如出一辙！

这是装不出来的！

可是，按照她拿到手的资料，还有金夫人的说法，金斯泽恨他们母子入骨，怎么会用这种口气，对小瑞说出那样的话来？

而且，看金斯泽和小瑞相处，她是怎么都感觉不到那份恨意。是金斯泽太会做戏？可这跟哥相似的自豪口气，这……

这当中肯定是出了什么问题！

说出这样的话的金斯泽，必定是非常喜爱小瑞的。

矛盾，产生了！

多亏了她的细心和深思，避免了一场悲剧，从而有了，不为人知、瞒天过海的行动——

第一时间，她打电话给了左翼。

这个女人，一直用高傲的姿态，说明她对叶露的看不起和鄙夷。叶露虽然会觉得很生气，可是既然她身为左翼，肩负着辅助凤影的任务，那么她必定是有过人的才能！

况且，那自信而猖狂的神情，一直令她印象深刻。

所以，抛下一切的不愉快和成见，哪怕有可能再次遭受到左翼的奚落，叶露还是给她打了电话，说出了自己的疑点。

没想到，左翼的反应是出人意料的。

“叶露，你让我刮目相看了！”这本来该是叶露要对左翼说的话，可是左翼却在听了叶露的一番疑惑之后，先对叶露说了出来。

叶露微微地愣了一下，竟然没想到她会对她说出这样的赞美。左翼却在那边笑了，头一次，她的笑声是那么的飞扬动听，宛如钢琴在弹奏一般，一别之前那讥讽时的似笑非笑。

“这事，包在我身上了！”

左翼做事，果然雷厉风行，根据叶露提出的疑惑，她展开了一系列的调查，很快就把调查结果发了过来。

这——让叶露惊心！

当天下午，金夫人借着带叶露去做头发还有买晚礼服之际，带着叶露去看将要事发的地点，而叶露也借此，在换衣间，收到了左翼派人送来的枪——

那把在金夫人想要掐死叶露，突然出现在叶露手中，阻挡了金夫人当时那疯狂的杀机，令许多人讶异又不解的枪！

左翼已经大略估计到了危险，所以给叶露送了一把枪，给她自保，这是她帮忙的极限，能不能活下来，还是得看叶露她自己。

这把枪，叶露偷偷地在手上尝试了许多遍，一次次地尝试拔枪、收枪、射击，尽量地熟练，终于派上了用场！

把小瑞即将出事的地点告诉了左翼，派人查探的结果是令人惴惴不安的。

如果说接应的人打算要偷偷地来个鱼目混珠，把小瑞给偷出去，为什么事发之前，都没有人到那个地方探探地形？这毕竟是要救人，怎么能不小心翼翼？他们就不怕出个万一？

于是，叶露大胆地猜测，是不是金夫人，根本就打算让小瑞有去无回？！

又或者，温烨磊那边，对小瑞也是另有安排？

叶露想破了脑袋，都想不出来这当中到底有什么猫腻！只能在按照计划执行任务的同时，让左翼那边也派一批人来接小瑞，在一边随时待命、见机行事！

万一……

万一小瑞真的是被设计好要死的，那么，她就来个以假乱真，把小瑞给救出来！

汽车被炸飞了，之前，一直没有温烨磊方面的人出现，于是，左翼的人当机立断接手了换人的任务，在小瑞爬进汽车、合上车门的刹那，立刻从掏空的车底将小瑞拽到了下水道，同时换上来了一个已死的小孩，之后——

汽车爆炸了！

车里的小孩也被炸飞了！

骗人的最高境界，就是骗倒自己，并且深信不疑着。

金夫人是这么做的，叶露也是这么做的！

两者都深信不疑地相信被炸死的那个小孩是小瑞！

所以，当时叶露才会痛心到泪流满面，金夫人才会发狂到想要杀了叶露！

真的是一念之间，却生死有别！

不明白这当中到底是哪里出错了的叶露，只能战战兢兢地保守着这个秘密，什么都不能说，一说就都是错！

沉默着，睁着双眼，看着周围的人！

每个人——都是值得怀疑的对象！

验尸报告出来，她偷偷地松了一口气，“小瑞已死”算是过关了。左翼当时说让她放心好了，她会把后事处理妥当的。这当中，也包括在验尸报告上面动手脚，也包括在机场、火车站等交通要道被封锁的情况下，安全地护送小瑞出国，尽快离开这个是非之地！

于是，在众人都不知道的情况下，一架私人豪华客机护送三箱友人托管的物品起飞了，飞离了W国，小瑞，就在其中的一个箱子里。

等待金议员雷霆震怒，封锁全国交通，要追查那个杀叶露的杀手，务必要揪出那个杀手的时候，小瑞早就已经平安地离开了这个国家。

现在，事情大概是水落石出了！

如果知道是自己的妈咪要杀自己，小瑞只怕要痛哭不止吧？

幸好，金议员停止了对金夫人的追查，这至少可以让小瑞以后不会那么痛苦地活着。

只是，他毕竟失去了亲爱的母亲，连带亲爱的父亲和哥哥！

也不是没想过把小瑞送回到金议员的身边，可是——

小瑞要是回去了，必定会掀起轩然大波的！金夫人的事，叶露的事，温烨磊以及他所在的部门……这一大串的事再度扯出来，小瑞只怕……会更麻烦！

不如……就这样！

在另一个陌生的国度，重新开始！

等到长大，有这个心智面对这件事情了，还要不要认回爸爸和哥哥，那就是小瑞自己的事情了。

打开手机，经过一系列的条件验证，进入一个私密文库。打开文件夹，点击里面的一张图片，一张哭泣的脸，赫然跃入眼中！

哭泣着笑着的脸，你可见过？

透明的泪珠，静静地垂落在那双仿佛会说话的大眼睛下，那是一双什么样的眼睛？明明那么的清澈黑亮，可是却无助伤心到让人看了想跟着流泪。那大大咧起的嘴角，罔顾在其上流淌着的两行泪，露出了里面的一口白牙，笑着，却哭了。努力地想表示自己很好，所以要笑，要开心的笑，笑给担心自己的人看；可是，妈妈没了，爸爸没了，哥哥也没了，过去就只能是过去，对一个才六岁的幼童，除了哭，还能做什么？！

弱不禁风的胸口，挡着一张纸，双手捧着，偌大的纸上，只有五个字：露露，谢谢你！

这是她回国之后，左翼给她发过来的。

她不忍多看！

她担不起这声谢谢，但是，至少他能平安地活着，她能有些安慰！

合上手机，她长叹一声。

旁边伸过来一只小手，在叶露呆呆地注视下，轻轻地将小小的手指头摸上了叶露的眉间，慢慢地、轻轻地，又很执着地抚平她眉间的褶皱。

冷星抿着唇，绷着一张小脸，用那一双葡萄黑的眼睛，担忧地看着她，努力地想要为她分担忧愁的样子，真的是让人感动得要死！

拉下他的小手，娇娇嫩嫩的，漂亮得宛如藕荷，令人食指大动。叶露轻轻地亲了亲他的小手，冲着他笑了笑。

没事！

她还有他！

她还有星星要守护呢！

不能给小瑞做到最好，她会努力为星星做到最好！

第五章

嫉妒

隐约是爱·上

021

夜，最漆黑的时候，静谧的医院，更显得安静，白日里痛苦的、不安的、伤心的、悲泣的……大多都陷入了熟睡，归为平静。

昏黄的灯光下，一抹亮光，宛如白驹过隙一般，快速闪过。

今晚，叶露会得到一个赏赐！

左翼说的，如果她还有命回国，那么她就把冷阳前两任老婆的事情告诉她，算是嘉奖！

现在，她回来了！

夜深人静的时候，她想，该是到了兑现奖项的时候了。

电话拨了过去，接电话的左翼口齿清晰，不像是从睡梦中醒来的样子。

“等你好久了！”左翼猜到叶露今晚会打电话给她，所以根本就没睡，同时也在酝酿着，该如何对她说冷阳的那两个妻子的事情。

“说吧，我听着！”叶露也不废话，从这一刻起，她就是忠实的听众了！

冷阳的故事，宛如迷雾终于剥开一角一般，缓缓地在叶露的耳边上映！

听涵，冷阳的第一个妻子，对她，左翼说，冷阳是又爱又恨！

两人的结识，源于一场童话般的英雄救美。美丽可人的听涵在异国他乡，依然独领风骚，击败众多金发碧眼、胸大腿长的外国美女，受到无数人的推崇。一次夜半回家的时候，虽然有两个同行的护花使者，可她的独特美丽和魅力，还是受到了一伙夜半在大街晃荡的流氓的骚扰。护花使者虽然尽力，但是面对一伙成天拿打架当饭吃的混混来说，简直是不堪一击。眼看听涵就要受辱于那批流氓，关键时刻，冷阳经过，以一夫当关，万夫莫开之勇，将那些混混全部打趴在地。

缘分，就此开始！

听涵极美，叶露发誓，她从来没见过这么美的女子！

左翼发来的照片，一度令她惊叹，什么柳叶弯眉、烟烟秋眸、樱桃小口，等等，在她面前都会显得无力，怪不得，冷阳当时会惊为天人，立刻陷入情网！

这个女子，单从照片看，外形上已经是极美，一双会说话的眼睛，会让人的魂都被勾走，她总算明白星星那双漂亮的、每每让她看了不能自拔的眼睛是继承谁了！

这也可以说是一个温室中长大的小姐，一身的贵气，宛如优雅的公主一般令人仰慕！能够娶到这样的人，只怕是所有男人的梦想。

冷阳和她热恋，毫无意外地步入了婚姻的礼堂。

婚姻的一开始，是幸福得令人嫉妒的。

等冷阳接手了家主这个位置，慢慢地，一切发生了改变。

家主，不是寻常人可以担任的，要忙的事情，很多很多！一开始的磨合期，总是最艰辛的。况且，竞争对手太多了，冷阳容不得自己既然已经在这个位置，却被人给拽了下去。每个男人，都有他自己的骄傲。

他开始变得不常回家，变得经常失去了人影，可能，对听涵的电话，他也会因为过分的忙碌而不得不开始敷衍……

这天差地别的变化，对于新婚的听涵，只怕是不能适应吧！

之前的如胶似漆，到现在的难得一见，让她幽怨、愤怒，也让她患得患失，觉得自己是不是在慢慢地失去魅力。

于是，聪明的女人，想出了一个不知道该算是聪明还是愚蠢的办法。

听说，凤影可以自由地选择自己的情人。

为了让他嫉妒，为了让他恢复一如之前的在乎，她开始了跟其他男人的交往，起初，很有成效。冷阳回来了，陪了她好几天，她开心了，但是他又走了，又投入大量的工作当中。

她故技重演，他有过生气、有过愤怒，可是不舍得绑着她，大量的事情让他忙得焦头烂额，唯独不能回应她索要的温柔。

知道她这是为了气他，冷阳就没放在心上。她跟那些男人之间，清清白白，只是偶尔玩笑，不会有什么深入。

他很放心，男人，有时候，总会对自己的爱情有过分的信心。

听涵，也是如冷阳所想的一般，只是为了气气冷阳，好让他对她多在意一些，多花时间陪伴她！

但是，她的手段，似乎是选在了一个错误的时间！

男人有时候，总是事业大于爱情；又或者，已经拥有了爱情，开始放心地冲刺事业。

一个不甘寂寞，继续花名在外；一个无暇顾及，只能无奈纵容。

如果一直这样下去，那还是好的。

两个人都是彼此深爱对方的，等冷阳的事业牢固了，他得以清闲了，估计就能恢复之前的如胶似漆。

但是，意外总在计划之外！

听涵被强暴了！

不知道她是怎么认识的一个男人，在某一天，约她出去的时候，给她灌了药，强暴了她，在他之后，还有三个男人在那排队等待！

估计，那个男人是不知道听涵的身份吧，要不然，他绝对没胆量对她做这种事！

被轮奸，估计是女人最不能接受的事情，而且，还是在被下了药的情况下。

听涵，终于为她的任性和放肆付出了代价！

清醒之后的听涵，一度疯狂，恨不得杀了自己，被救下之后，沉默得宛如失了声。

冷阳在知道这件事后，放下手头所有的事情，发动所有的力量，用最快的速度找到了那四个男人，展开了一系列打击报复，最后，让那四人得到了应有的报应！

当时，那四个禽兽之中有两人颇有背景，通过种种手段，向冷阳施压，意图庭外和解，但是冷阳已经怒火攻心，疯了似的罔顾任何势力，一心除了报复，还是报复！

也就在那时，很多人真正地领略了冷阳的凶狠和精明！步步为营、层层算计，为了咬死对方可以连自己的命都不顾，而任何不识抬举地挡着他道的，他都会统统给灭了。这份凶悍和不要命，会让任何人都害怕！而那两个想要逃过制裁的禽兽的家庭，最后到底是折在了冷阳的手里。此后，彻底在权贵圈中消失！

也就是在那时起，冷阳的凶名，猛地攀上了一个新的高峰！

没有人再傻到去冒犯这个疯起来可以不要命的男人，同时，也是像魔兽一般凶残的男人！

解决了那四个禽兽之后，冷阳用最大的耐心和柔情来陪伴听涵，在当时家族内部政权依旧不稳、许多堂表兄弟虎视眈眈的情况下，放下手头的许多活，来陪伴她，帮助她走出阴影。

她——开口说话了，也会笑了。

日子，似乎可以回到从前；那令人厌恶的过去，似乎也可以就此忘记得一干二净！

可是，不一样了！

在冷阳再度忙得像个陀螺似的、将她冷落在一边的时候，听涵复出了，这一次，她成了名副其实的交际花！

可能是怨恨吧？

怨恨他就这样放下了她，把工作看得比她还重要！

怨恨因为他，让自己无端遭受了难堪的侮辱！

一辈子，都不可能忘记的侮辱！

曾经是那么高高在上、洁身自好得宛如公主一般的人，却被下作的男人，还是四个，给玷污了！

放浪形骸！

因为无法回到从前，所以就只能让自己堕落，彻底地堕落！

是否，只有这样，才能让自己得到一丝快感？！

因为，他在痛苦，她知道他在痛苦！

所以，她笑着让自己沉沦，让漫天的黑将曾经洁白的翅膀染黑，坠入地狱，远离天堂，用漆黑的双眼，控诉他曾对她的冷漠和伤害！

她用最极端的方式来伤害曾经一度最爱的恋人！

她若痛，则必定让自己爱的人比她更痛！

绿帽子，一顶顶地戴在了冷阳的头上！

在众人的奚落和嘲弄的眼神中，他沉默，在痛苦中沉默。

是因为觉得亏欠？算是在弥补？还是痛到已经没有心力去干涉？

他是强大的，身为冷家家主、堂堂龙主，多少人阿谀奉承、曲意逢迎，就怕得罪他，可是，他的女人，却可以随意地被别的男人上！一个男人，连自己的老婆都管不住，再强大，还不是被人看不起？！

冷嘲，宛如暗箭，一次次不留情地朝冷阳射来，几乎伤得他遍体鳞伤！

男人们激动着，争相追逐着听涵，似乎得到了她，就算是打压了冷阳。

你冷阳不是厉害吗？可是你的老婆，不还是被老子上？！

这估计是很多男人当时的想法！

这是男人恶劣的攀比欲，古来有之，哪怕，这种攀比是如此的不入流！

听涵，那是一只最美的花蝴蝶！

在飞舞中，扇动绚烂的风采，渐渐地走向末路！

在冷星两周岁的生日宴上，她将一大沓的资料砸在了冷阳的身上，冷笑着大喊着：“冷阳，你听好了，冷星不是你的孩子，他是个野种，他是个野种！你这个懦夫，我恨你，恨你……”

当时，冷星就在她的身边，无辜的孩子，因为她刻意的无视和冷落，都两岁了，还没学会走路，甚至话都不会说上几句。他就坐在阳台边，小小的身子掩映在栏杆下，不细看，都不像个人！

他睁着双眼，眼睁睁地看着自己的漂亮妈妈从阳台上跳了下去，瞬间飘落，风扬起那炫彩的裙摆，宛如翩跹的蝴蝶，可是只一瞬间，鲜红的血液从她的身体内冒出，顷刻间，染红了裙摆，蝴蝶，永远地停止了扇动！

阳台下，是众多的宾客，许多，都是冷阳生意场上的朋友！

这个生日宴，盛况空前，异常的热闹，是听涵亲自准备的。

她再一次地选择了残忍，这一次，她的利刃除了冷阳，又多刺向了一个人，她的儿子！

野种两个字，伴随着砸向冷阳的那一沓表示身份证明的资料，在宾客中传遍，深刻地刺在了冷星瘦小到几乎可以一下子掐断的身板上。

宾客抬眼，只看见疏疏落落的栏杆间，一双白到近乎透明的小手，握着栏杆，漆黑的眼珠子，没有光彩地镶嵌在那大得有些过分的眼眶中，巴掌大的脸庞，没有丝毫的表情。

这是一个野种！

是冷氏家族，也是龙组最大的耻辱！

遭受家族的质疑和逼压，冷星必须要被赶出冷家，任其自生自灭，可冷阳偏偏留下了他，提供温饱，其他的，不予过问。

境遇，宛如一只狗一般。

但至少比流浪狗要好上太多太多！

听涵走了，给了两个对她而言都该是至关重要的男人重创之后，她倒是走得很干脆！

凤影，不能长期无主！

冷阳没得选择，他必须还要娶妻。

这一次，他忠心的部下毛遂自荐，愿意当他的妻子。

慕倾，冷阳的第二任妻子，那是一个坚毅勇敢的女子，可以说是一位不让须眉的巾帼，可她——还是死在了无声的爱情里。

听涵，是绝美而饱含剧毒的罂粟花，让人爱上，就宛如中毒一般，永远无解。

她夺走了冷阳最深的爱，和最深的恨，以一个胜利者的姿态，离开了这个世界。

慕倾，是值得人欣赏的。

不单单是左翼，凤组的许多成员，都因为慕倾的继任，而感觉到了希望，都自发地向她靠拢。

听涵，虽然也是凤影，但是她与左翼的第一次见面，就闹得非常不愉快。左翼这个家伙，喜欢嘲讽人，就如她第一次见到叶露一般，她会用她特有的嘲讽论调，来观察或者说评估这个凤影到底值得她付出几分忠心。

听涵拒绝了左翼，或者说她是拒绝了整个凤组！

她的高傲，一点也不输左翼，所以她不需要一个高傲得跟她不相上下的女人在她身边指手画脚。

所以，左翼对她没多少的忠心。

这不是古代，不再是迂腐地认为谁在凤影的位置上，就要彻底地忠心于她，更甚至把命都贡献出去。刘阿斗的故事，绝对不可能在这个时代重复。

所以，听涵被轮奸的时候，身边才没一个凤组的成员负责保护她。

前因后果，环环相扣！

事发之后，左翼感到歉意，其他的凤组成员估计也会有些感伤！那是对凤影的感伤，而不是对听涵这个人！

所以，慕倾的上任，着实让凤组成员热血了一把，感觉，时机来了！

慕倾，是个很适合当凤影的人。她拥有很好的身手，冷静的头脑，和处事不惊的态度，以及跟随冷阳多年而积累的处事经验。

她的英勇和果敢，让凤组成员都相信，可以带领她们创造一个时代，在那么长时间的没落之后。

凤组的许多人，寄予了慕倾很高的期望，并且，尽全力地辅佐她。

可是，慕倾却爱上了不该爱的人！

女人，会因为爱而发狂，当真是一点都没有错！

冷阳是个极品男人，很容易让女人爱上，尤其，他虽然对慕倾没有爱，但是因为慕倾是他的妻子，他还是在尽一个丈夫的义务照顾她、关心她！

这份爱护，来自这样一个优秀的男人，慕倾处在妻子这个位置，爱上冷阳，几乎是没有任何的悬念。况且，慕倾本来对冷阳就是崇拜而又爱慕的！

可是，冷阳是没有爱的。

等慕倾发现的时候，已经晚了！

她已经深陷爱的旋涡里，不能自拔，所以，爱到尽头，发现无路可走的时候，就只能转为恨！

恨他那么的过分，连一点点爱都不施舍！

恨他在她已经身陷囹圄时，而他还事不关己！

太爱，所以太恨，只希望将这个人，尽快从自己的眼前抹去！

在一边对冷阳的位置虎视眈眈的冷枫，也就是冷阳的四堂弟，趁机对慕倾发动了强烈的追求。无所谓爱与不爱，慕倾接受了冷枫，运用凤组的力量，还有冷枫手头的一些势力，暗地里动作着，当然，这当中还有别的男人，女人到了最后，最大的本钱，似乎也就是身体了。可以利用的力量，慕倾能利用的，当然会利用上。

与龙主对抗，不是那么容易的！

所以，不能急，要慢慢来，才有获胜的可能！

可是慕倾却等不及了！

筹备了一年多的时间，在一个她认为是冷阳防守最弱的时候，发难了！

也——输了！

与冷阳对抗是不明智的，他远远比常人想象的还要难以扳倒！

这一场赌局，虽然冷阳受创，可是凤组大败，损失惨重！

因为慕倾的不听规劝，强行急躁出击，导致了凤组许多无谓的牺牲，右翼伤心失望之下，带着部分凤组成员出走，许多凤组成员也相继退隐！

留下左翼，在风雨飘摇之中，坚持着已经延续上百年的对凤影的守护！

“所以，叶露，别对冷阳动心，那会——杀了你自己！”

叶露沉默了良久，良久，才轻轻地回道：“不会的……”

声音很低，但也很坚决！

金夫人、慕倾，她们的教训，血淋淋地摆在那，她不会那么蠢的，明知山有虎，偏向虎山行！

只是，突然觉得，冷阳——有些可怜！

W国的那晚，从金斯泽的房中被狠狠地拽了回来，他愤恨地看着她，骂她跟她们一样下贱，原来，指的是这个！

那晚讨厌的回忆，再度占据脑海！

心，再度疼了起来！

不会的，她不会对他动心的！

她的目标，只有一个——就是离开他！

他固然可怜，可她……更无辜啊！

自由于她，宛如空气于水，她必须要离开他，追求那份重若生命的自由。

“可否请你帮一个忙？”

“说！”

“能帮我找一位武术教师吗？我想学点防身术！”

不想死得那么无声无息，那就得学会保命！

左翼惊讶地挑了挑眉，在叶露看不见的时候，无声地笑了一下，说：“可以！”

“叶露，你知道吗？其实你一开始根本就不值得期待！

“可是，我突然发现，也许，奇迹会发生在你身上也不一定！”左翼在心里这样想着。

冷阳一回国，就失去了踪影，不是他对叶露不闻不问，而是因为在W国的延误，如今回国之后有许多事情急着等他处理。所以，在他忙得几乎快要昏天暗地之后，才终于得空去医院看望叶露。

紧赶慢赶，他都没怎么睡觉。

也不知道对于自己一回国就撇下她不闻不问的情形，她会不会在暗地里腹诽不已。

据手下说，冷涛、冷花和冷玉都去看了一趟叶露，倒是让他有些意外，不记得叶露跟他们的关系什么时候进展得这么好了，这三人，也不是那种善心人，一听有人受伤就会去探望的那一类型！

眼中闪过一丝冷光，希望他们别蠢到搬起石头砸自己的脚！

有冷枫这个前车之鉴摆在那里，他们做事应该不会这么的鲁莽！

冲着门口守卫的手下点了点头，推门进入了病房。

病房内并不如他所想象的那般安静，稚嫩的童音，咬舌不清地吐着“ABC……”，偶尔间杂熟悉的轻柔的纠正发音的声音，将近傍晚，阳光很淡，透过窗户，洒进来，映在两人身上的时候，为两人添了几分暖色，看起来，都像是令人忍不住想抱住的小暖炉一般。

“咦？冷阳！”

叶露的惊诧声让他略有不快，好像他的到来是多么的不可思议似的。

叶露确实感觉有些不可思议，这个家伙，一回国，就搞失踪，用冷涛今早的话来说——“我要是冷阳，就绝对不会不闻不问地就把你一个人扔在医院里！”

冷涛说这话是愤怒了一些，但是对于大略了解了冷阳的婚姻史的叶露，也不可能生气。身为冷家的家主，大忙人一个，也不能指望他会抽空来看自己，况且，自己对他来说，也不是什么特别的人。

她想，拖了那么多天的工作一下子向他压了过来，这个大忙人，估计是已经把她给忘了！

这都快黄昏了，他还是没有出现，看来今天估计他是不会来了。

没想到，他竟然来了！

呃，神色看起来有些糟糕，眼眶中充满血丝，是……没休息好吗？看样子，是忙坏了！

“你怎么会来？”

冷阳挑了挑眉，不快地反问：“我为什么不能来？”

叶露微微一笑，也觉得自己这样问好像是有些失礼：“我是说，你的事情都忙完了吗？害你陪我在W国多待了那么多天，给你造成了不少的麻烦吧？”

冷阳微微惊讶，他本该为她的体贴和宽容而感到高兴，至少不用应付女人歇斯底里的无理取闹和不谅解，可是，她体贴了，他又觉得心里有那么点不是滋味！

她就……一点都不埋怨他吗？

是不是心里根本就没他，所以就无所谓？

他的脸色黑了一下，口气毫无起伏地回了一声：“这不用你操心。”

听上去，就像是不乐意她打听他的事情一般。

叶露自觉讨了一个没趣，也就不再追问了。

只是拍了拍冷星的小肩膀：“星星，下去给你爸爸倒杯水去！你爸爸口渴了。”

这父子关系，可一定要好好地培养！

冷星歪头看了眼冷阳，点了点头。

双阿姨站起来，抱着冷星下了床，冷星迈动小短腿，朝饮水机进发。

叶露招呼冷阳坐下，眼神示意的是沙发，冷阳像是没看见她的目光，却听进去了她的话，直接在床边坐下。

他的气场太过强大，靠得太近，让叶露下意识地绷紧了肌肉，然后，再缓慢地放松。

冷星抱着大串的一次性塑料杯桶，短短的手指头笨拙地抽出来一个，踮着脚尖，伸长了胳膊，接了大半杯的水，小心翼翼地捧着，身形略微不稳地捧到了冷阳的面前。

举高，看着冷阳，红嫩的小唇动了动，迟疑地叫了一声“爸爸”，声音很小，好像是在试探一般。

冷阳挑了挑眉。

自己的不愿意搭理，导致这孩子看见自己，也像是看见怪兽一般，尽量躲着。今天，倒是胆子大了一点嘛！

睨了一眼含笑鼓励冷星的叶露，不用说，肯定又是那个女人搞的鬼了！

冷星看冷阳好像是没有生气的样子，心里稳了，胆子也就大了一些，于是把水再往前凑了一下，说：“爸爸，喝水！”

这次，声音大了一些。

白嫩嫩的脸庞，头一次，以面对面的姿势，如此清晰地在冷阳的面前展现。

冷阳盯着他，冷星不畏惧地直视着他，大大的眼珠子，乌亮亮的，透着倔强和隐约的渴盼。

伸手，接过水杯，一饮而尽，很像是古时候壮士的敬酒！

冷星轻呼了一口气，只觉得自己好像完成了一个特别艰巨的任务一般。他还是太小了，不懂得隐藏自己的情绪。

回眸看了叶露，看见她向他竖起了一个大拇指，冷星知道，那代表是“好样的”的意思，那是赞许，顿时眼里闪过笑意。

忍不住地，又想往她身边凑，可是上床对个头太小的他来说，是一项艰巨的挑战。他扭头看双阿姨，旁边却突然横出来两只手，他只觉得身子一轻，就被人给凌空抱了起来。

他咬唇，这一次，没有惊呼。

因为上次爸爸说过，作为冷家的孩子，是不可以动不动就惊呼的，遇事必须要沉着冷静，所以，他虽然心里慌了一下，但是脸上还是很沉着的。

不用回头，他能知道，抱着自己的人，正是爸爸！

好……奇怪啊！

爸爸又抱了他呢！

那边叶露已经笑开，似乎已经把这两人的互动看作是天经地义一般。“冷，呃……阳！”

她换了一个比较亲昵一些的称呼，这样一来，似乎关系拉近了一些，也算是比较好说话吧，将来更可以为冷星多谋求一些福利！

如此的称呼，让冷阳也只是不习惯了一下，没开口纠正，随她去了。

她笑着看他，忍不住地想要对他得意地显摆：“阳，你知不知道星星可聪明了呢！”

他淡淡地看着她。

她算是习惯了他这个不爱说话、不爱搭理人的样子，也就自顾自地把自己的发现告诉他：“我刚才教星星二十六个英文字母，没想到，才那么一会儿，他就学会了。你说，他是不是很聪明？我告诉你，我以前教过一个小孩，二十六个字母，他可是花了三天，都没整明白呢！”

那骄傲的口气，就跟全天下爱子心切的父母一般，就是这样的表情，阻止了冷阳打算放开冷星的念头。

手改变原先的意图，轻轻一揽，就将打算往叶露爬去的冷星揽入了自己的怀里。

小小的星星，窝在冷阳的怀里，宛如小熊依偎着大熊一般，笨拙中透露着朴实温馨。

冷星怪不好意思地抿紧了唇，小家伙一旦紧张，就会学他爸爸一般，用一张冷冷的脸，来掩饰心里的那些乱七八糟，不给外人看好戏的机会！

可是，那泄露心绪的、不停地眨呀眨的睫毛，也太可爱了一些！

“阳，你要不要听一听？”叶露很期盼地看冷阳。

冷阳点头。

冷星在叶露的示意下，继续用面无表情来掩饰紧张，慢慢地背诵二十六个英文字母。

个别发音还是有些小缺陷，但是背诵得相当流利！

叶露听完之后，比冷星还像一个急切讨赏的孩子：“你说，星星是不是很聪明？”

她双眼熠熠发光地看着冷阳。冷阳觉得那双眼睛，真是该死的漂亮极了，心里软了一大块，口气也傻瓜式的带了一点骄傲：“冷家的孩子，本来就聪明！”

不是明着表扬，但是他能说出这样的话来，也算是不容易。

叶露立刻把他的话翻译了一下：“星星，听到了没有，你爸爸也夸你聪明呢！”

冷星抬头，乌溜溜的眼珠子只看见冷阳冷峻的下巴。

感受到他的视线，冷阳点点头。

冷星这才笑了起来，笑出了声。

头一次，在冷阳的怀里，放肆了起来。

孩子，是一种敏感而又可爱的生物，他们不大会记仇，谁对他好，谁对他坏，凭着某种莫名的感觉，他就能察觉出来。

他感觉到，现在的爸爸，没有以前那么让他害怕了，他很想亲近！

叶露看冷阳的面色还算好，就提了一下她的想法：“我想让星星去上幼稚园，就是我们学校附属的那个，那算是本市最好的了，我也可以就近照顾他。你看星星都四岁了，也不小了，寻常的孩子，有些两岁半就开始上幼稚园了，星星必须要上了，要不然，远远落在了别的小朋友后面，这可不大好！呃，你觉得怎么样啊？”

冷阳喜欢叶露拿这种事与他商量的口气，感觉像是老夫老妻似的，所以点了点头，说：“这事，你看着办吧！我会派人打好招呼的。”

顿了一下，他接着说：“以后星星的事，你琢磨着要怎么办就怎么办！我事情忙，有时候会顾不到他，你就多费心！”

听他的口气，好像是完全把星星交给她的意思，这让叶露欣喜，这不正中她下怀？她正估摸着，该怎么跟他提另外一件事呢！

好了，这下也就不用说了，反正他说她看着办就行了！

太好了！

“这两天，你觉得怎么样？”他问起她的伤情。

“嗯，还好！”

“冷涛他们来过了？”

她点头。

他瞄了一眼桌上的鲜花，一共三束，花瓶中一束，桌上摆着两束，看似很随意地问：“这花是他们三个送的？”

还是点头。

“喜欢？”

再度点头。

他眯了眯眼，肯定不是同叶露一般的快乐。

叶露突然想到了一个问题，所以就问了，因为通过刚才的一番交谈，感觉他心情似乎还算不错。

“阳，凤影……真的可以选择自己的情人吗？”这其实是一个不该问的问题！

所以，话一问出口，立刻打碎了平和的表象！

冷阳神色顿时一沉，眼神跟着一冷，看着叶露，双眼如刀！

她竟然会问出这样的话来！

是谁让她动了这个念头！

冷涛？

冷花？

冷玉？

还是……那个心底人？

一时间，怒不可遏！

熟悉的要被背叛的感觉，爬上他的后背，让他只觉得周身一凉。

一看他这个样子，叶露就觉得大事不妙！

而就在这时，温笑敲门进来，身后，跟进来了一个张明宋。

022

没看见沙发上坐着人，温笑以为房里只有叶露，所以很直接地就说：“露露，张明宋非得要跟过来看你，真是讨厌死了！”

张明宋？！

要死了，叶露莫名地开始心虚，他好死不死，干吗这个时候来？

不知为何，她竟然扭头看了眼冷阳，只见他挑着眉头瞪了她一眼，偏过头，看张明宋。

她心里一提！

更加的心慌，有些不知所措！

莫名其妙的心绪。

所以，看见跟在温笑背后走进来的张明宋，放在往常，叶露该是欣喜的，可是今天的第一个反应，还真的有些想避而不见。

但是，这是绝对不可能的。

“宋哥！”打了一声招呼，叶露都快要苦笑了。

张明宋在看了她一眼之后，显然不把注意力放在她身上，而是偏头看着冷阳，仔细地端详着，似乎想要透过表象把他的本质给看透一般。

而冷阳也眯眼端详着张明宋。

恍惚间，竟然觉得两人之间的视线仿佛在空中碰撞，激出好几下闪电，有些剑拔弩张！

“你是——”

张明宋毕竟还是一个没进入社会的青嫩小子，虽然也算是一个优秀的人才，但是哪能比得上冷阳。

跟冷阳的对视，时间久了，必定是他处于下风的。张明宋感觉到了跟自己对视的男人不简单，那身上的王者气势，只有那种特别成功的人才会具有的。

露露什么时候认识了这样的人？

而且，他怀里抱着的那个小子，怎么那么眼熟？仔细一想，不就是上次跟在叶露身边，卖拼图时候的那个小孩吗？

冷阳冷着脸看着张明宋，根本就不予搭理，反而把目光投向了叶露，看她如何回答。

张明宋见此，也掉转视线，盯着叶露，阳光帅气的脸庞此刻，也盖上一层阴云，有着强自压下的不快和怀疑。

温笑见这架势，就知道张明宋来得真是太不是时候了。

若不是自己下课的时候被他给堵了，这个家伙也不知道从哪得知的消息，知道叶露回来了，缠着她，非得让她带他来看望露露。她被他缠得不耐烦，根本就无可奈何，只得领着他过来了。

现在，可真是不妙！

温笑差点想抚额叹息了！

这……

虽然冷阳对露露可能是无心，但是也算是她正牌的老公，希望……不要出事才好啊！

不过……

她眯了眯眼，多瞧了冷阳几眼，呃，他这个样子，好像……也不是对露露无动于衷嘛！

嗯，值得好好观察！

温笑识相地保持沉默。

这下，叶露糟糕了，在这房间里的所有人都睁着眼睛等她的答复呢。冷阳虽然什么都没说，但是视线压迫人啊！

想了想，既然以前的借口还在，那么干脆就欺骗到底吧！

清了清嗓子，她无辜地说："噢，那是我表哥！"

"表哥？"张明宋很怀疑地看着冷阳。

冷阳似笑非笑地看了眼叶露，眼神冰冷；偏头看张明宋，那更是眼里含霜，宛如十二月冰雪！

虽然不太清楚叶露从哪冒出来的这么一个表哥，但是张明宋还是笑笑着伸出了手："你好，我是张明宋，露露的……好朋友，请问你贵姓？"

知道了他的名字，张明宋也好回去问问许洁，许洁身为叶露的表姐，对这亲戚关系，肯定是很清楚的。

冷阳收回了视线，根本看也不看张明宋，更别提搭理他。

张明宋只能尴尬地抬手在半空中，感觉这个男人一如感觉上的不好惹，也觉得他那根本就不把他放在眼里的态度真的是令人不爽！

叶露急急忙忙地开口，化解尴尬："宋哥，他叫冷阳，性子冷，你坐啊！"

张明宋顺势收了手，压了压不快，在床边落座。

"怎么回事？"他皱着眉头问叶露，自然指的是她的伤情。

叶露干笑，搬出早就想好了要应付寝室人的借口："没什么事，不小心摔了一跤！"

张明宋立刻心疼了："怎么这么不小心？！"

"这个……"她不好意思地笑着，"这个……走着走着，就摔了，我……我也是没办法的……"

他无奈地叹气："你怎么这么马虎，幸好只是摔到了，下次，可不能再这样了！"虽然好像是在责骂，但是那浓浓的关心也是洋溢而出的。

她点头。

“摔到哪儿了？”他眉头深锁，凑过身子来，打算看看。

叶露轻轻地躲了躲，斜眼看了一眼在一旁的冷阳，很怕他会发飙。

已经害了一个帅子了，她可不能再害一个宋哥！

张明宋见她躲，顿时神色一暗，坐了回来。

听到叶露说她只是摔了腿和肩膀，他还是觉得心里堵得慌。“这事，为什么要瞒着我？”

难道他和她之间，已经陌路到了需要隐瞒的地步？！

叶露开始沉默，觉得在他的注视下有些难堪，她……又有什么借口可以大张旗鼓地通知他，说她住院了？！又不是那种关系！

“觉得也不是什么大事，所以就没说！”她故作轻松地笑了笑，“听笑笑说，你急着找我，不知道有什么事情？”

她不提还好，一提，张明宋就有些火了。

“你怎么关机了？还一关就这么些天，你知不知道我打了很多电话给你，别人说你家里有事回家了，可是我打给伯母，说你根本就没回家，我都快要担心死了，就怕……就怕你要出事！”

更怕，她跟某个不知名的小子跑了！

因为，不久前，温笑还说她想男人了，想找个男朋友，他不可能不把她的突然失踪跟这个联系起来。一想到某个他不知道的男人把她给拐跑了，他根本就是坐立难安！

原来，她是摔跤住院了啊！

咦？

张明宋突然觉得不对劲，就是她摔跤，也没必要把手机给关了啊？受伤又不是什么大不了的事情？而且——

他猛地扭头看向冷阳，这个突然冒出来的男人！

心里，突然有了不好的预感！

“这些天，你一直都在住院？”他沉着脸问，死死地盯着叶露。

果然看见叶露脸上的迟疑，张明宋俊脸一拉，恼了：“露露，你是不是一直跟他在一起？”

他指着冷阳，气愤的样子，宛如一个妒夫！

知道张明宋是生气了，可是叶露实在是不明白他为何生气，以一个哥哥的立场来说，这气氛是不是太过了！

冷阳也算是她“表哥”啊，又不是野男人！

她点头承认，半真半假地说道：“这些天我都在表哥家住着！”

张明宋差点要怒骂她干吗要随随便便地跑到一个男人的家里，还一住就这么多天，连电话都不开机。

但是话到了嘴边，他就恢复了理智，知道这样的话，他是问不得的。

只能强压怒火，质问："为什么不来上课？"

叶露顿了一下。

张明宋盯着她，坚定地说："露露，我知道你不是那种会荒废学业的人！"

所以，到底是什么原因，让她竟然学会了逃学？！

冷阳看着这两个人，一问一答，宛如看一场闹剧。

冷笑着，他松开了手，拍了拍冷星的肩膀："给你妈妈倒杯水，你妈妈渴了！"

然后，把他放到了地上。

冷阳绝对是故意的，他可没那么好心，让自己的老婆当着自己的面跟别的男人纠缠不清！

一句话，搅乱了本来就已经泛起了波纹的湖面。

妈妈？

冷星呆了呆，立刻就领会了过来，爸爸说露露是妈妈呢，冷星乐了，欢快地去倒水去了，不顾大人们表情的诡谲！

叶露瞪眼，瞪冷阳，恨不得在他身上瞪出来一个窟窿，恼恨这个唯恐天下不乱的男人，不……臭男人！

张明宋惊讶地瞪大了眼，不可置信地把视线来回在叶露、冷阳、冷星三者游移。

在冷星捧着水杯真的走到了叶露的身边，抬高手臂递到她的面前，说"露露，给你"的时候，张明宋几乎是面如死灰！

妈妈，她竟然成了妈妈？还是一个这么大的小屁孩的妈妈！

叶露无可奈何地接受，又不能冲冷星发火，只能暗恨那个卑鄙地利用无辜小孩子的冷阳！

张明宋的脸色难看得宛如丧偶一般，叶露自知大势已去，猛地仰头，将一杯水灌到了嘴里，可是却觉得嘴里的苦涩分毫没有散去。

心——疼得厉害！

这个曾经爱慕过的人，以后，再也没有可能了吧！

也好……也好！

"露露，到底怎么一回事？"张明宋咬牙切齿地问，看着叶露，那伤心失望，真的是让人不忍。

"我……"叶露想解释，可是却发现开不了口，一开口，只怕会落下一地的伤心泪。

“阳，麻烦你出去一下好吗？”她想单独跟宋哥谈一谈，他不能在这，她受不了。

冷阳冷笑一声，快如流星，起身离开。

温笑、双阿姨、冷星也被叶露给请了出去，房间里就剩下了叶露和张明宋。

叶露捏着水杯，犹豫着，该从何说去。

张明宋在窒闷而压抑的空气中，烦躁得宛如困兽。他来回走动，也让叶露烦躁不堪，不堪回首的往事，一涌上心头，就是让人有苦难言的酸涩。

张明宋扒了扒自己的头发，以恨铁不成钢的眼神看着叶露：“你……你是不是给人家当情妇了？”

他也知道，学校里有些女生被人包二奶，对外的称呼也是“哥”什么的，但是，他怎么都不能想象，露露竟然会沦落到这个地步！

叶露睁圆了眼睛，几乎不能相信自己耳朵听到了什么——情……情妇？！

他……他是这么看她的？！

她这样的表情落在张明宋的眼里，以为那是被他揭穿事实的惊讶，他心里的火，猛地蹿烧了！

愤怒的大火一下子烧掉了他的理智，他几乎是口不择言地开骂，骂她不知廉耻，骂她自甘堕落，骂她辜负了他的期望。

“我一直都以为你是一个纯真的女孩子，可是，你真是太让我失望了。当别人的情妇，那是人干的事情吗？你这样的行为，和出卖肉体的妓女又有何区别？你爸妈辛辛苦苦地养你，供你读书，难道就是为了让你拆散别人的家庭，委身在男人的身下吗？那个男人有哪里好？不就是有几个臭钱吗？让你犯得着这么下贱地巴上去？还……还给别人养孩子？为了他，你……你竟然连学业都不顾了！你……你真是太让我失望了！”

这有多久了，她把那个孩子带到学校卖拼图的时候，是不是就已经开始了？！竟然这么久、这么久了！那戒指，戴在手上的戒指，肯定也是那个臭男人给她买的！

可恶，有几个臭钱就到处糟践人！

想想，他就恨不得杀了那个该死的男人，也恨不得狠狠地打这个躺在病床上的女人几个巴掌，把她狠狠地打醒，让她睁大眼睛，好好地看看这个世界；让她用她的脑子，好好地想想她的未来！

“出去！”叶露已经忍不住开始颤抖了，愤恨得牙齿都把嘴唇咬出了血。他竟然这么说她，他竟然这么看待她，原来，在他眼里，她竟然是这样一个角色？！是不是，长期以来，他都是这样看她的？

“出去！”叶露激动地大喊，伸手，指着门口，大喝，“你给我出去，我不想看到你。马上、立刻，消失在我眼前！”

她不想看到他，不想跟他吵！

出去！

不要看到他！

她不想知道原来自己曾经喜欢过的男人竟然是如此的不堪！

张明宋看着这样的叶露，更加的怒不可遏！

恼羞成怒了吗？

他说的有什么不对？

几个大步上前，他猛地掀开了被子，在叶露的怒视中，猛地一把拽住了她的胳膊：“跟我走，离开这里，我不准你再跟那个男人接触！”

他的力气大得出奇，快要把叶露的胳膊给拉断了，右肩膀上的伤本来就很严重，被他这么不知轻重地一拉，叶露痛得脸上都冒出了冷汗，一张脸顿时扭曲得不成样。

“放开我，我不走，你放开我！”

左手立刻抓住了床沿。叶露忍受住剧痛，就是不顺着张明宋的意！

张明宋见状，更是施加了力度。“放手，你给我放手！”

叶露痛得都快要抽搐了，她感觉到肩膀上有撕裂的动静，伤口可能是裂开了，汩汩热流，缓慢地溢出，纱布，一点一点地被浸红！

叶露咬牙，气得全身发抖，死死地抓着床沿，她冲他大喊：“张明宋，我命令你，给我放手，给我放手！”

“咔嚓！”门骤然一响！

纵使病房的隔音效果不错，可是房间里闹出了不算小的动静，冷阳怎么可能感觉不到？！

冷阳宛如旋风一般地闪到张明宋的跟前。张明宋只觉得眼前一花，胳膊就被狠狠地钳制住了。

他定睛一瞧，很好，是那个臭男人！

“放手！”他火大地冲冷阳大喊，眼神凶狠得宛如恶狼，恨不得冲上去，一口就咬断这个该死的男人的脖子，竟然这么糟蹋他的露露！

冷阳阴着脸，眼中闪动的是嗜杀的光，猛然一扭——“嘎嘣！”

骨头脆响的声音，冷阳几乎是毫不费力地就扭断了他的胳膊。

“啊！”

刺耳的哀号声立刻响彻整个病房！

张明宋拽着叶露的手，立刻松了开来，他的手脱臼了，动不了了，巨大的痛苦，让他的脸庞失去了血色，一阵的扭曲。

叶露心里一紧！

可是想想他刚才的表现，只能咬唇，憋着气，什么都不说！

冷阳拽着他，直接拉了出去，张明宋突然遭受剧痛，短时间内，失去了作战反应，竟然就这样被冷阳给拽出了病房。

病房外，冷阳一个狠厉的右勾拳，狠狠地砸中了张明宋的脸颊，立刻让张明宋的嘴角见血！

冷阳残酷冷绝地喝道："小子，记得嘴巴放干净点！"

他刚才骂叶露的那些，冷阳怎么可能没听见？！胆敢这么骂她，活腻了他！

转头，吩咐在门外驻守的手下："以后没我的吩咐，不准让他进来！"

手下诺诺称是，见老大脸色不好，心里都提了醒！

整了整衣角，冷阳甩身走入病房。大门"砰"的一声，闹出很大的动静，看得出来，他现在的火气不小。

"女人，我是不是太宠着你了？"他勾唇笑着看叶露，可是眼神冰冷，没有丝毫的温度！

紧绷的身形散发出来的戾气，让叶露害怕地以为他会冲过来揍她一顿！

"嘎！"

门被撞开，声音不大，虽然撞门的冷星已经很用力了，但是小孩子的力气有限啊！

他像是一个火车头一般地撞了过来，小腿是如此的短，但是这会儿跑起来可是一点都不含糊，几乎是眨眼间，他就跑到了冷阳的脚边。

平地一声怒吼，出自冷星的口。

"爸爸，不准你打露露！"

小家伙的脸鼓胀得宛如气球，双眼瞪得大大的宛如灯笼，双手立在身侧，握成了拳，努力地瞪着冷阳，只要他一有不好的动作，小家伙好像就会冲上来跟他拼命一般！

这个时候，本来是很严肃、很令人惊恐的时刻，可是，被冷星这么一搅局，叶露心中的害怕和担忧，突然就不翼而飞了。

"扑哧……哈哈……"忍不住笑了出来，没笑几声，就"哎哟"了一声，原来是伤口又扯到了，这一下，疼得她开始龇牙咧嘴的！

冷阳皱着眉头看冷星，冷星气呼呼地迎视，毫不畏惧地用自己的小身板跟他对抗着。

眼中闪过一丝满意的色彩，不过冷阳还是很中肯地批评了一下冷星："想要保护她，你还弱着呢！"

单手，他就轻轻松松地拽住了冷星的衣领，冷星蹬蹬腿，扑棱了两下，但是反抗太过微弱，可以忽略不计！

冷阳一把将他给提了起来，狭长的眼眸，跟那个圆乎乎的眼珠子对上。

冷星不甘示弱地挣扎着，手脚并用地想要挣脱，在冷阳看来，只是可笑的手舞足蹈，弱得很。不过，冷星的气势很令他欣赏。

拍了拍冷星涨得通红的小脸蛋，他嘴角微微一勾："勇气可嘉，但是必须要量力而行！"

冷星不大懂这句话是什么意思，不过聪明的脑袋瓜还是死死地记住了这两句话。

冷阳手一转，就将冷星给抱在了怀里，嘴一撇，似笑非笑地问："还有，你哪只眼睛看到我要打她……呃……露露的？"他还不习惯用如此亲昵的称呼叫叶露。

边说着，边往叶露走去。

冷星别扭地摆了摆身子，感觉自己好像被爸爸玩弄了一般，有些不高兴地扁了扁嘴。不过，爸爸的胸膛好大呀，肩膀也好宽噢，他伸出小手，摸了摸，又比量了一下，有些羡慕地比量不止！

轻轻地将冷星放在了叶露的病床上，冷阳按下了床头铃。

冷星恋恋不舍地把小手从冷阳的肩膀上抽离，手脚并用，宛如一只小动物一般朝叶露爬去。

"露露！"清澈的大眼睛关切地看着她。

叶露回了星星一个笑容。

抬眼看冷阳，尽管不能准确地猜到他心中所想，但是相处了一些时间，大概也知道，他是没有那么生气了。

但是这家伙说话还是不留口德："那就是你看上的人？！你也太没眼光了吧！"

明摆着看不起张明宋。

这是赤裸裸的嘲弄！

叶露咬唇，恨恨地瞪着他，笑吧！笑吧！你就笑吧！

她很想大声地嘲笑回去，你看上的女人也不怎么样嘛！

个个不都背叛了你，离开了你？！

但是——

这样的话，她绝对不会说的！

揭开别人的旧伤疤来刺激他人，真的是有些残忍！

发不了火，就只能自己跟自己生闷气。

"哼！"她撇过脑袋，不看他。

领子，被谁给动了一下。

她本不愿意搭理，可是感觉到自己的病号服领口好像被拉开得越来越大，眼看胸脯都要露出来了，她不能不采取自保的行动。

扭头，修长有力的指头正很自然地拉开她的衣领。

“干……干吗？”红着脸，她怒瞪着冷阳。

伸手，就要把自己的领子给拽回来。

冷阳伸手，挡了下来。“别动，我看看你的伤！”

白皙的皮肤在他的眼底显露，连带形状完美的胸脯都露了一角，她一时间别扭得不行，虽然知道他可能纯属是关心，但是这样大白天地被扯开衣服让他看着，可是头一次！

“你……你不是叫了护士吗？”

她支支吾吾地暗示他可以放手，待会儿护士可以帮忙！

他邪魅地笑了一下：“我是你丈夫，你有什么好害羞的？”

深邃的眼眸为了胸口那露出一角的大好风光而暗了几分。

有一种渴望，想亲吻而上！

身子闪过一阵燥热，他想到，他已经好长时间没跟她亲热了！

得问问医生，她身上的伤对做那事妨不妨碍。

“流血了！”冷星凑过了脑袋，看到伤口，不高兴地说！

小手焦急地伸了出来，拉开她的衣领，仔细地瞅着，越瞅，脸色就越不好看。他很伤心地看着她肩窝下方的伤口，白色的纱布已经红成了一片。

“流了好多血！”

冷星的无心之失，使得叶露的衣服领口被拉得更大，白嫩的胸脯几乎是露了一半，连带上面嫩红色的一点，也挺俏地绽放在了冷阳的眼前，让他的眼眸暗了又暗。

倒是白白便宜了他！

叶露羞得恨不得找个地洞给钻进去。

想伸手把衣服给拉拢，可是恶质的男人却紧紧地拽着她的胳膊，不让她动弹，右手根本不敢动弹，怕一动，就会牵动伤口，让血流得更多。

“放手！”她闹了一个大红脸，有些恼羞成怒了。

凭白送到他面前的美色，他岂有主动放弃的道理。所以，他咧嘴很碍眼地笑着，就是不放手，眼睛则放肆地盯着她的胸部。

这绝对是恃强凌弱！

推门声骤响。

她心里一慌：“有人！”

要是被人看到这个样子，她还不如一头撞死！

冷阳挑眉，身子微微一转，挡住了她，进来的是护士，还有跟在后面的温笑和双阿姨。

“护士留下，你们俩都出去！”他沉声命令，挑着的眉头，是习惯了发号施令的高高在上。

刚刚冷阳揍张明宋的那一拳头，至今仍然让温笑印象深刻，只怕张明宋回去肯定得鼻青脸肿了。她是明白了，这个男人绝对是头猛虎，惹不得！

好汉不吃眼前亏！

叶露拼命地使眼色，但是碍于邪恶势力过于强大，温笑还是打算来个视而不见，反正露露有星星护航，应该是没什么事！而且，刚才冷阳怒气冲冲地进房间，也不是没拿露露怎么样嘛！

温笑对冷阳多了几分好感，他打张明宋那一拳，也让她暗暗叫好，谁让他说话那么的不留口德的！

所以，温笑很潇洒地走了出去，罔顾叶露那拼命求助的眼神。

双阿姨跟着往外走。

房间里，只是多了一个护士。

“她伤口迸裂了，你给她重新包扎一下！”冷阳下了指示。

护士点点头。

冷阳是她老公，护士也不避讳，直接把衣服一掀开，看了一眼，就要把原来的贴布往下撕！

叶露有苦难言！

冷阳兴味地在一边旁观！

叶露的脸红得要滴血了，又羞又恼，恨不得一脚把他踹出去，可是又没有这个实力，无可奈何之下，眼一闭，干脆来个眼不见、心不烦！

护士眼观鼻、鼻观心，完全无视这房间内的诡谲气氛，只是勒令自己做好本分，别惹得旁边那个男人不高兴就行！

胸口包扎完毕，护士伸手，慢慢地扣上病号服的纽扣。

冷阳凉凉地凑了一嘴，似乎还没过瘾：“护士，看看她腿上的伤吧！”

“冷阳！”叶露猛地睁开眼，羞恼地失声大叫，因为磅礴的怒气和恼意，漂亮的胸口扬起美丽的弧线，起伏不断。

“看看是为了你好，以防万一！”他表现得好像彻底是为了她！

可他明明知道，要想看她的腿上，势必要退下裤子的，而裤子底下，她根本就什么都没穿，连保底的内裤也没有！

护士在一边凑嘴：“看看也好，免得伤口发炎！”

她是完全站在冷阳这一边的，谁叫她是靠冷阳吃饭的呢！

叶露瞪着冷阳，时间越久，眼里难堪、委屈的泪花就越多，扑闪扑闪的，让人怪有罪恶感的，心里也泛起了一层层的怜惜。

“好了，我不看总可以了吧！”他微叹，表示妥协。

一边的护士，总算是有些明白这两人在闹什么别扭了，蓦然脸一红！

可能是新婚夫妻吧！

护士猜测了一下，立刻拉下叶露的裤子，查看了一下伤口，很好，没出现出血的现象，应该是没有什么事情。

把裤子拉上，对冷阳禀明了情况，护士退了出去。

走出病房的时候，不知怎么的，护士突然有想笑的冲动。

真是一对可爱的夫妻啊！

“怎么这么容易害羞？”病房内，冷阳继续调侃，“又不是没见过！”

“冷阳！”叶露快要发飙了，恨不得冲上去咬他一口，被张明宋惹出来伤感，片刻的工夫，就被冷阳给赶走了，现在，她的心里只充满了对冷阳的熊熊怒火，呃……当然，里面也有羞恼的成分！

冷阳在一边坐了下来，捏住叶露的下巴，这个动作，他已经熟练得不能再熟练了，然后——

俯下头，难耐地亲了上去。

被勾起的欲念，可不是那么容易就消下去的，不能畅快地攻城略池，也得需要来点开胃小菜当作弥补。

他的动作迅猛而又剽悍，几乎在贴上她唇瓣的刹那，坚硬而火热的舌头就敲开了她的唇瓣，迅速地钻入其中，开始见缝就钻，在里面狂扫一通！

她微弱的挣扎，根本就没有被他放在眼里，心里想做就做，根本就容不得她拒绝。

什么东西，敢打她的主意？！

他心底哼了哼，想到那个让她伤了心的臭小子，心里就忍不住地开始发狠！

恶狠狠地，啮咬着她的唇瓣，逮着她的香舌，就开始围堵夹击，恨不得，就这样一口吞了她，又恨不得，一把压倒她，撕了她的衣服，直接上了再说！

任凭她再怎么挣扎，也要贯穿到底！

让她只能在他身下，呻吟哭啼，告饶哭求！

让她知道，他是她什么人！

看她以后还敢不敢胡思乱想！

激情的拥吻，让她连偷空呼吸的机会都没有，疲软地跟着他的步调走，恼恨他可恶到令人羡慕的肺活量，自己则因为缺氧，身子发软之余，脑袋一阵阵地晕眩！

几乎要窒息了！

拼命地推他，可他依然不为所动，抓着她不放，淫靡的口水顺着两人交缠的唇齿滴淌了下来。

她“呜呜”乱叫，化推为打，握着拳头，敲打他的胸口。

她快呼吸不过来了，要死了，他难道想杀了她啊！

一边的冷星起先是不解，然后是好奇，再然后看叶露涨得脸蛋通红，又激烈地捶打冷阳，好像很痛苦的样子，立刻从床边爬了过来，伸出小手，死命地拽冷阳的胳膊。

“爸爸，爸爸，放开露露，放开露露……”

小家伙一边拽着，一边焦急地喊着。

冷阳狠狠地最后横扫了一下战场，才从叶露的嘴里退了出来。

叶露“呼哧、呼哧”地大口喘气，暂时连指责他的余力都没有！

冷阳斜眼，看着还拽着自己的冷星，暗沉沉的眼神，还有未能完全退去的欲望，不能随心所欲地跟着欲望走，被人给打扰了好事，眼神自然看上去吓人了！

“大人亲热，小孩子别插手！”冲着冷星，他的口气都带着不快。

可冷星是坚决要保护叶露的，尽管觉得爸爸有些不高兴，可他还是跟他杠上了！抿唇，他怀疑地看着冷阳，说出了自己的心得：“可是露露不喜欢！”虽然声音奶声奶气，但是不无道理。

“露露很难过！”他大声地说出自己的发现！

“你懂什么！”冷阳嗤了一声，“这种事情，等你长大了，你就知道了！”

思想太过前卫的爸爸，差一点就直接要给自己的儿子上一堂生理卫生课了！碍于叶露在一旁，想想，还是算了！

小家伙觉得爸爸在强词夺理，他觉得自己眼睛看到的，还有分析的，都很对。所以，他伸手，拽了拽叶露：“露露，你是不是很难过？”

叶露大喘着，说不出话来，但还是配合地点了点头。

冷星歪头看着冷阳，抿着唇，什么都不说，但是黑亮的眼睛圆鼓鼓地在那瞪着，在告诉冷阳：爸爸，你错了哦！

冷阳哼了哼：“难过？”

邪魅地低喃，浓浓的质疑之后带着不得不令人心里打突的不怀好意。

再度捏起叶露的下巴，他重新低下头，伸出舌头，轻轻地舔了舔她娇美红艳的唇瓣！

灼热的呼吸，迎面扑来，她微微战栗了一下。

他邪邪一笑，开始慢条斯理地，一下又一下的，用滚烫的舌头，轻舔她的唇瓣，片刻之后，她颤抖得宛如风中落叶……

这种温情脉脉的举动，不是他的风格，也不像是他会做的，但是，却最容易打动叶露。

唇瓣上宛如被细微的电流给袭击了一般，她很想反抗，表示自己的不愿意，无奈一来，他把她的下巴捏得过紧，二来，因为燥热，她全身软绵绵的，没多少力气。

所以，只能很无奈地任凭他非礼。

轻轻地放开了捏着她下巴的手，冷阳的脸上有着得意洋洋，冲着冷星，说：“怎么样？看到了吧？”

调侃的语气，真的是令人很不爽。

“哼！”叶露觉得羞涩、窘迫之余，还是哼了哼。

冰冷而邪魅得视线立刻又打在了她的身上。“怎么，不服气吗？”

看他的神色，大有她要是表示抗议，他就再来，非得让她臣服不可的意思。

叶露又不是傻子，明白跟他对着干，最后吃亏的肯定是自己，所以，也只能低下头，一语不发。

冷星年纪小，虽然很聪明，可是……有很多事情，还是在他目前的理解力之外。

点了点头，表示了对冷阳的赞同，可是，冷星忍不住地皱了眉头，觉得……好怪哟！

小小的满足了一下的冷阳，眯了眯眼，表示要睡觉。一回来就马不停蹄地工作，累得他够呛，等晚些时候，他还有应酬，借此机会，睡一个小时，也算是休息。

这样的冷阳，不能不说，是令叶露另眼相看的，心里也多了一分对他的好感。

没想到，他百忙之中，还想到要抽空来看她。其实，他可以把她撇在一边，不管不顾的。

看来，他真的如左翼所说，是个尽责的丈夫。

对她如此，只怕又是什么丈夫的职责吧！

这个男人，有至高无上的权势，可是在某些方面，可真的是蛮传统的！

他躺在了床上，所以她可以肆无忌惮地打量他，因此也可以看得更加仔细了。他的脸色，真的好差，偏向暗灰，向来都是意气风发的他，如今看来那张帅气的脸上充满了疲惫，眼角下那淡淡的阴影，看了，有些……碍眼。

“喂！”忍不住地开口。

躺在床上的人没有动静。

她又喊了一声：“阳！”

他低低地“嗯”了一声。

“晚上你必须要出去吗？”本来不该管他的事情，但是管不住自己的嘴巴，还是问出了口。

他微微地睁开了眼，看着她，他睡在跟叶露的病床并排的床上，右侧躺着，一睁眼，就可毫不费力地把叶露尽收在眼底。

她这样的问题，是让他又好奇又很感兴趣的，难得她过问他的事情。

“有些事要处理，拖不得！”

“可是，你不应该是……是一个大老板吗？”她采取了一个比较委婉的称呼。

“所以……”冷阳示意她继续往下讲。

“所以，你没必要凡事亲力亲为啊！”

冷阳挑了挑眉。

叶露自顾自地抒发己见：“我觉得，一个优秀的老板，没必要把什么事情都揽在自己的身上。你手下不是有很多人吗？你可以把一些事情交给你信任的手下去办，即使一时间没几个可以信任的手下，你也可以慢慢培养嘛！我觉得，一个老板搞得自己跟个四处跑腿的小弟一般累的话，就是蠢了。老板呢，就是负责动动脑子，把事情交代给手下去办的。人的精力必竟有限啊，你什么事情都自己干，那肯定会累得死去活来的，而且，效率可能还不怎么高。喂，你知道过劳死吧？”

叶露很严肃地看着冷阳。

“上次那个很有名很富有的公司老总不就是过劳死嘛！那个人多年轻啊，身家上亿啊，你说说看，这一过劳死，不就什么都白费了吗？人生在世，难道真的还是人为财死啊，多不值得！况且，你都已经那么厉害了，还犯得着为了钱把自己的命给拼上吗？！

“所以我说，不是至关重要的事情，你就交给手下去做吧！你看你都这么累了，星星看着很心疼的。你不为自己着想，也该为星星着想嘛！万一你不小心玩完了……”

冷阳的脸一下子就变得很危险，那挑眉的样子，凭生一股戾气，好像对叶露如此看轻他表示极大的不满。他冷阳，岂是那么容易说死就死的？！

叶露咽了咽口水，还是不太能应付他那一脸骇气的样子，但是，她还是……勇敢地把话说完：“你总该为星星着想嘛！孩子还小嘛！”

近乎是抱怨地咕哝了。

上次看报纸，看那个年轻的总裁过劳死，她惊叹他那样的身家竟然会发生那种事之余，就是有些为他留下的那个年幼的孩子伤心。孩子还那么小，就失去了爸爸，在一个大家族中，该如何生存啊？！

寄人篱下的日子，她又不是没尝过，可真是不好过！

所以，看到冷阳都这么累了，还出去谈生意，她就忍不住地咕哝了这几句。

冷阳看着一脸严肃的叶露，突然觉得这个女人，还是……可爱得很！

虽然她口口声声说是为了星星，但是，对他说出这样的话来的，也只有她了。

无论是为了什么，这话是从她嘴里说出来的，他听了，很受用。

她所说的，他不是不懂，只是在经历了慕倾的背叛之后，下意识地，很多事情，都开始亲力亲为了。

这倒有点像是一朝被蛇咬，十年怕井绳了！

他冷阳，什么时候，变得这么放不开胆子了？！

疑人不用，用人不疑！

看看他，倒是退步了！

起床，他轻轻一笑："女人，我突然发现你还是有些脑子嘛！"语气像是嘲弄，又不太像。

叶露在心里低骂了一下：狗眼看人低！

冷阳则拿出手机，往外拨号，交代了一下今晚的事情。

最后的结论是——今晚不走了，就在这住下了

啊？！

叶露突然觉得自己是搬起石头，砸自己的脚！

他要住下，那多别扭啊！

冷阳径自睡下，咕哝着让叶露晚饭的时候叫他。

一下子把肩膀上的负担给卸了下来，他落得轻松，所以很快就陷入了睡眠，平稳的呼吸声很快就从他的胸口传了出来。

看得出来，他是很累的，所以才能这么快就睡着了。

温笑走进来的时候，看到冷阳连睡觉都一副目中无人、高高在上的样子，真是又佩服又敬畏，又觉得有些牙痒痒！

这样的男人，竟然会跟露露绑在一起，简直就像是奇迹！

"嘘！"叶露示意她小声。

温笑点头。凑到叶露的身边，翻出她带来的课本，轻声地交代了一下学校的课程进行到何种程度，她就回去了。

待在那儿，也是叨扰。

冷阳这么一个特级危险人物在那躺着睡，她哪里有开口说话的余地。

万一那个家伙脾气一上来，给她像给张明宋一样来个一顿好揍，她也不用出去见人了！

而且，她在心底咕哝了一声：怎么感觉就像是她打扰了露露他们一家子呢！

温笑撇撇嘴，觉得自己这个想法有够莫名其妙的！

023

圆日西沉，宣告着白天的终结。

冷阳被叶露招呼着醒来，房里已经亮起了灯，看看窗外，已是漆黑一片，抬手看表，呃……已经8点多了！

怎么这么晚了？！

“洗洗脸，吃饭吧！”

叶露的病床上，可以推拉专供吃饭的平台上已经摆好了饭菜。

看了看三碗米饭，冷阳皱了皱眉头。“你们还没吃？”刚睡醒，又加上过度疲惫，声音异常的沙哑。

“嗯。我想还是等你醒了我们一起吃比较好。早先的时候，给星星喝了一杯牛奶，他也不饿！”

看他睡得那么沉，叶露不忍心那么残忍地在他睡下才一个多小时就叫醒他，所以就多等了他几个小时。6点多的时候，本来该是吃饭的时间，叶露给星星喝了一杯牛奶，暂时顶顶。

洗了一把脸，冷阳的精神就好多了。在床边落座，接过叶露递过来的筷子，盯着眼前的那碗白米饭。冷阳觉得哪里不对，又好像没什么不对！

他们三个，聚在一起吃饭，也算不上是第一次。

但是这一次，明显跟以前有所不同。

说哪里不同呢，他又说不来个所以然。

是灯光没有家里的那般明亮？还是因为是在病房？还是因为她理所应当、一脸闲适的神情？

对了！

就是这个神情！

有些不对！

她绝非表面上看起来的那般柔顺，他知道她的性子也有刚硬的一面，狠起来，估计也会像只小野猫一样，拿尖利的爪子毫不留情地挠向敌人！

强迫式地让她嫁给了自己，他知道叶露对他颇有微词，不……可能是又怨又恨，很多时候，在跟她对视中，他可以看见她眼中强自压抑的不甘，可是，随着时间的慢慢流逝，她……似乎变得淡了，呃……整个人都变得淡了起来，让人看得不太清，又变得柔顺了几许，就像现在一般，仿佛她是认命了一般！

可她不用他的钱，给她的金卡里唯一的一项支出，就是挂在星星脖子上的那个手机。那个样子，感觉有些泾渭分明，似乎是刻意要划清界限一般。

可是，他给予的，她又不客气地接受。

比如，柜子里为她量身而定的衣服，她也会穿，但是，绝不会花钱往柜子里添置别的衣服，一向是有什么就穿什么。

又比如，她住院的医药费，她绝对不过问，而不是完全划清界限一般地坚持自己付费！

有点矛盾，所以……让他觉得难以把握，呃……或者说是难以掌控！

跟她差不多大的女子，若是有了她这般的遭遇，突然嫁给了他，要么就该是欣喜若狂，肆意地挥霍他的钱，做一个悠闲、不为柴米油盐烦心的阔太太，要么就是坚持那种学者式的清高，不屑他的臭钱，对他冷若冰霜！

呃……还有，可能是像那些爱做梦的小女生一般，幻想什么不切实际的爱情……

他突然顿了一下！

爱情？

瞟了她一眼！

他顿时摇头，觉得简直是天方夜谭！

他不指望她爱他，她也不可能会爱他！

爱情，那是年少轻狂的游戏，他玩过一次，不想再玩，也玩不起来。

爱情这东西，一旦看透，便会觉得索然无味，再也燃烧不起激情！

如果她识相，那就别忤逆他，就这样凑合着过一辈子！

他看她还顺眼，也厌烦了再去找一个妻子，可能……下一个，还没有她让他觉得那么有趣！

可不是有趣嘛！

叶露右手受伤，只能换左手拿筷子，可是这么多年来一直用的是右手，突然开始用左手，那是怎么使，怎么不习惯！

筷子已经遭到了抛弃，叶露只好左手拿着勺子一边扒饭，一边又得拿勺子勺菜！

那个样子，笨拙得就跟个小孩似的，一旁的星星，就是很好的旁证！

星星以前也没人教，也是一个不太会使筷子的人，只是在叶露的连连督促之下，他开始学着用筷子，但是到底使用的时间没那么长，所以用起来，也是笨拙得很，半天也夹不上菜，只能是右手筷子，左手勺子，两手并用地吃饭。

看着两人同时拿着勺子在那勺菜，咬着唇，憋着一口气，眼睛瞪得大大的，看着菜就像看着阶级敌人一般的那个样子，怎么看，怎么别扭，怎么滑稽！

这个时候，如果有人说这两人是母子，估计也没几个人会怀疑！

两人跟饭菜是奋斗得面红耳赤，平时这两人凑堆，倒是没什么，谁也笑话不了谁，慢条斯理地，把菜给拨到碗里，直到吃饭结束。只是今天多了一个冷阳，叶露心想着培养父子感情，张罗着冷阳一起吃，现在，倒是给自己添了不少麻烦。冷阳在那拿着筷子，吃的是风生水起，而她在一边苦战半天，才能用勺子舀到一点菜沫，面对冷阳时而瞧过来的眼神，尴尬、羞恼、不好意思等负面情绪，该有的，总是有一些的。

横空伸过来一双筷子，上面赫然一块鲜嫩的鱼肉，就贴着她的唇瓣，在半空中悬着。

"张嘴！"金属一般冷感的声音，抬头对上的是冷阳深邃的眼眸，灯光下，帅得要发光的脸庞，乍然对上，很容易让人头晕目眩，冲击力过强，不亚于一颗洲际导弹了！

她眨了眨眼，让自己的晕眩不那么严重，之后恢复该有的惊诧，他……他给她夹菜！

微微启开的红唇，在他看来是顺从，那鱼肉，就很自然地往她嘴里塞，她不由自主地把嘴巴张得大一些，鱼肉很优雅地落入了她的嘴里。

轻轻咬下，酥软可口、鲜嫩无比，倒好像是头一次感觉到了这鱼肉的真正滋味！

脸……微微地染了一点粉，觉得更加不好意思了。

那边，冷阳夹着几条肉丝，塞入了冷星的嘴里，这同样是个用勺子奋战半天，也吃不了一口菜的主！

冷星睁着圆溜溜的眼珠子，一闪一闪地看着冷阳，好像他是个新鲜人一般，两旁的腮帮子在不停地鼓动，跟嘴里的肉丝奋战着。

"自己扒饭！"

冷阳冲着冷星命令，口气很恶劣，似乎在掩饰什么。

冷星乖乖地拿勺子扒饭。

冷阳虽然是看着冷星说这话，叶露怎么听，怎么觉得他好像也是在说她一般，于是，赶紧拿着勺子，舀了饭，往嘴里塞。

饭还没来得及咽下去呢，冷阳又筷子夹着菜，已经送了过来。

狠狠地咽下，对上他看不出情绪的脸，她张嘴，他送入，她闭嘴，他已经抽离。

那边，冷星宛如嗷嗷待哺的小鸟一般，已经把嘴张得大大的，在那等着了，黑溜溜的眼珠子滴溜溜地围着冷阳打转，像个讨糖吃的娇娃。

叶露突然觉得自己就像是在鸟巢中孵育下一代的雌鸟一般，张着嘴，就等着在外面捕食的雄鸟把捕到的食物塞到她嘴里。

一时间——

额头黑线了一下！

莫名心虚不止！

可还是把嘴张口，把再度送到嘴边的菜给叼了过来。

她现在可是病人哎，手又动不了了。

这么一想，她倒是可以心安理得了。

不是有句话说：周瑜打黄盖，一个愿打，一个愿挨嘛！

她可没强迫他，是他自己送菜过来的。

于是，她一口，星星一口，偶尔夹杂着冷阳快速地给自己的一大口，一顿饭，晃晃悠悠着，结束了。

饭后，舒畅地躺在床上，她感慨了一下：

看不出来，原来冷阳有做老妈子的潜质，服侍得她和冷星都是舒舒服服的！

小家伙经此一出，对冷阳的亲昵是宛如被点燃的运载火箭一般，嗖嗖地往上升，此刻，正欢欢喜喜、无所顾忌地趴在他的怀里，小手捧着他的大掌把玩着。

旁边射来一道冷光，不用猜，也知道是谁。叶露无辜地冲冷阳嘿笑了一下，暗想自己也不过就是在脑里想想，难道冷阳他就知道了？

不过也是，让他堂堂的冷总裁、龙主去做老妈子，实在是对他身价的大打折扣。

于是，更加无辜地笑着，不自觉地带了一点讨好。

“阳，喝水不？我给你倒！”算是对他刚才喂菜的礼尚往来！

“免了！”他哼了哼，把冷星放到一边，自己去倒水去了，然后，把第一杯递给了她。

她简直是受宠若惊般接过，觉得今晚的冷阳，有点诡异，好得……太过火了！

鼓吹着，让冷阳抱着冷星在一边睡下，他虽然皱了眉头，表示了不耐烦，但还是顺了叶露的意思。黑暗中，叶露和冷星大眼对小眼，均是傻兮兮地笑着，眼光流转之余，也都是惑人的幽迷之色。

照这样看，冷阳和星星，应该很快就可以成为一对正常的父子。

心情颇佳的叶露眯眼睡下。

却不知道，被冷阳揍了一拳回去的张明宋，哪能就这样善罢甘休！

张明宋被他讨厌的男人揍了这么一拳，还弄得胳膊脱臼了，这口气，他怎么可能咽得下？！

更为重要的是，叶露还跟那个臭男人在一起，他怎么想，怎么不舒坦。

虽然觉得自己当时在病房里说的话可能有些太直白，也可能有些伤到叶露，但是他一直觉得自己是在为叶露着想。

她才多大啊，就被一个男人包养，这要是传出去，对她影响多坏啊，要是有心人士再趁机兴风作浪，叶露就是被退学也有可能。

况且……

张明宋狠狠地握了握拳头，眼中闪过一抹凶光。

露露，一直纯洁可爱的露露，怎么可以被那个男人糟蹋？！

有些事情，当它不发生，可以不在乎，但是一旦发生，就悔不当初！

这就如张明宋对叶露的占有欲，他喜欢她，喜欢的程度，远远超过普通的朋友！

是，他一开始是抱着无聊的心态亲近这个同一个小镇出来的女孩子。

当时跟许洁闹了冷战，所以，把许多的心思都放在了她身上。他承认，他一开始有些卑鄙，打算借跟露露的亲近，故意刺激许洁。

他张明宋有才有貌，又不一定非许洁不可。

接触久了，就不由自主地沦陷了。这个女孩子，在某些方面单纯得像一张白纸，特别容易相信人，遇到事情，总是会乐观地想到好的一方面，有时候感觉她是在得过且过，但是有时候又感觉她是看透世俗，高远得像一位智者；你若对她好，她便一股脑地对你好！

在她身边，感觉很温暖，很幸福！

那种淡淡的感觉，让人晕乎乎之余，感觉幸福也会细水长流一般。

如他所愿，许洁从朋友那得到消息之后，快速地赶了回来。

一番长谈之后，他放弃了叶露。

他有自己的前途，她也有她要走的路，他并没有爱她到了非她不可的地步，所以，放手，和许洁共同邀请她出来，开玩笑地说，自己只是受许洁所托，所以才那么照顾她。

明明看到她那一刻的面色是如此的糟糕，那强忍悲痛的眼神，他不敢多看，几乎是心虚地躲了她好久。

她的身边一直没有人，所以，他才可以做到淡然处之！

可是，在听说她打算找男朋友，忍不住地开始着急上火。她是他的，怎么可以再去找别的男人？！

一旦脑里出现这个念头，就怎么也忍不住地给她打了电话。听她说她没那个意思，才放下了心思。

却——没想到，她竟然被人给包养了！

可恶！

他把她奉若珍宝，他都没动她，那个臭男人凭什么动她？

不行，绝对不能把她让给别的男人！

也许，男人真的需要情敌刺激，才会真正地承认自己的情感！那种怕她被别人给抢走的恐惧，逼得他不得不正视自己的心。

张明宋自认潇洒，自认对叶露那些暧昧的情感可以随着时间的流逝而放下，但是这强自压抑的情感，在这一天，全部爆发了。

他发现，自己做不到，做不到对叶露无心。

那种强烈到把叶露给抢回来，把她锁在自己的身边，再也不容许别的男人觊觎她的心情，让他烦躁地在寝室里走来走去。

寝室的人早在见到张明宋糟糕的样子的时候，就给许洁打了一个电话。那是一个对爱情充满了谋划的女人，同寝室的这一行人，在她有意无意的接近中，几乎都站在了她这一边。

听到楼下说许洁找，张明宋莫名的有些愤怒！

现在，他特别不想见到她！

当初，如果……如果不是她的阻挠和威胁，他和露露……早就在一起了，哪会出今天这样的事情。

露露一直都是那样的乖巧有分寸，又怎么会让人给包养了，竟然连别人的孩子都给接收了？！难道……

他心里一堵，顿时觉得大痛，难道是自己伤害露露太深，所以她对爱情失望透顶，所以……所以就打算糟蹋自己？！

想到这，他的脸色一下子就变得难看了起来。

张明宋不下楼去接许洁，自有他同寝室的男生下楼去把许洁给领上来。

看见张明宋那脸上青中带紫的一团，许洁惊呼，修饰得异常漂亮的眉毛皱得死紧。

“怎么回事？”她伸手，轻轻地摸了摸张明宋的脸颊。

张明宋轻轻地回避了一下，这让许洁愣了一下，心中有些不快。

“到底怎么了？”她的声音顿时一沉，音调一提，很明显生气了，“让人给打了？”

看那个样子，就知道是给人打的。

张明宋不说。

许洁扫了一眼他的室友，脸上微微一笑：“可以麻烦你们出去一下吗？”

在寝室的两人点点头，很配合地把空间留给了两人。

“谁干的？”许洁心疼地看着张明宋。

她的心疼不是装出来的，他也知道她的的确确真心真意地喜欢他。张明宋见此，心软了一下。

“没事，你别问了。”

许洁家有个能干的老妈，在本市有些势力，张明宋还不想借助许洁的手用那么暴力的方式对待那个臭男人，怕……惹得叶露不高兴！

“你回去吧，我躺躺，累了！”张明宋下了逐客令。到底也是一个优秀的有能力的男子，这么一说，也是很有气魄的感觉。

许洁咬咬唇：“我这才刚来，你就赶人家走？”

张明宋没这工夫安慰她，自顾自地在床上躺下！

许洁看了他一眼，心里再有不快，也不能在这个时候忤逆他的意思，替他掖了掖被子，就退了出去。

聪明的女人，绝对不会在他烦你的时候再在他身边晃悠，自讨没趣。她想知道的，自然可以从别的渠道打听到一些眉目。

在走道里晃悠的张明宋同寝室的那两个人，就可以套出许多话来，再加上校园生活，几乎是没什么秘密，张明宋这些天的举动，稍微打听一下，就可以得知。

愤愤地咬牙，许洁的眼里漫起来一片大火！

又是叶露！

为什么，她对他那么好，他还是放不下叶露？

一个家世普通得不能再普通，长相平凡得不能再平凡的丫头，到底哪里勾住了他，让他念念不忘？

她许洁，难道还比不上一个叶露？

脑中闪过许多念头，她本能地警戒起来！

她可以阻断两人的姻缘一次，也可以再阻断第二次！

张明宋，你只能是我的！

许洁自信而傲慢地笑了，眼中闪过冷光！

024

张明宋不是莽夫，也不是那种嗜好暴力的人。

所以，他没有以眼还眼、以牙还牙地找人揍冷阳一顿。

因为，这不是解决问题的根本方法，也不是上上策。

他找了一个人，一个在叶露的生命中有着极其特殊地位的人——刘朋！

叶露可能因为恼恨他一度抛弃她而不愿意听他的话，但是刘朋的话，她是不能不听的。

他相信，以刘朋关心露露的程度，知道露露的事情之后，绝对不可能袖手旁观。

果然，刘朋一接到张明宋的电话，就急急忙忙地请假出来了。

这还了得，这绝对不行！

他亲手护着长大的露露，怎么可以让她走上这样一条不归路？！

找到了叶露所在病房的楼层，刘朋开始踌躇，犹豫不决地来回踱步，不知道见了露露该说什么话！又怕自己到来，会让露露觉得难堪，这样的事情，总是不好启口的……

他总觉得露露不会这么糊涂，该做的，不该做的，她应该能心里有数。可是张明宋说的……

这……

在病房门外踱步半天，搞得守在病房门口的两个黑衣小弟都开始注意到刘朋了。刘朋想自己在这瞎想也不是办法，深吸一口气，拼了，就冲着门口的那两个黑衣大个走了过去。

自然而然，经过张明宋这么一出，冷阳下了严令，不得让陌生人随意进出。刘朋立刻被拦了下来。

看这两人的架势，刘朋心里更加惴惴不安，也不知道露露是惹上了什么人，好像是个大人物的样子，这……万一不好跟那个男人断了关系可怎么办？

刘朋虽然为人忠厚老实，但是到底也是在社会上打滚的，也算有些见识，一看这病房外站着两位壮汉，自然心里响了警铃，知道男方肯定是非富即贵，总之——不好惹就是了。

经过通报，刘朋才得以进入病房。

叶露很好奇刘朋的到来，她和刘朋的关系好到已经达到一个境界，就是她和他一个月不通话，甚至一年不通话，两人见面，也不会有任何的生分，只要对方把话放下，都可以为彼此赴汤蹈火、万死不辞！

刘朋竟然会找到她这里来，这真的是够让叶露惊奇的，况且，这个时候，他不是应该上班的吗？

“哥，你怎么知道我在这儿的？你的工作，没事吗？”

叶露拍了拍自己身边的床铺，示意刘朋坐下。

刘朋拍了拍屁股，看了看自己脏兮兮的、因为修车不可避免沾染上油渍的裤子，摇了摇头，说：“不了，我还是站着吧，别弄脏了！”

叶露扑哧笑开。

立刻拉过一旁好奇地睁着大眼睛看着的冷星，介绍了起来。

原来，这就是那个男人的孩子啊！

刘朋仔细地打量了一下，心里有些喜欢，感觉这个小孩长得好，看着真的让人莫名喜欢。

于是，冲他笑了笑。

冷星是个聪明的孩子，自小的遭遇让他特别会察言观色，他感觉到露露看到眼前的这位叔叔特别的高兴，而且露露还叫这位“叔叔”哥哥呢！

那他就是“舅舅”喽？！

“露露，叔叔是舅舅吗？”

叶露点了点头，很讶异星星竟然会这么想。

他……他一直都叫她名字，她还一直以为……他从来没把她当作妈妈这样的角色看待呢！

于是，露齿一笑，点头称是。

冷星眼睛亮了亮，仔仔细细地盯着刘朋看着，打算要好好地把舅舅记在心里。这可是露露的哥哥呢！

“舅舅！”冷星眯眼笑着，很开心地唤了刘朋一声。他对露露这边的所有亲戚都不由自主地感觉亲切，因为，那都是露露的亲戚呀，是跟露露一样的呢！

小孩子最会一竿子地认人了！那是幼稚又可爱的想法！

刘朋被这一声“舅舅”给叫蒙了，不由自主地应了过来，本来，他就挺喜欢这个白白嫩嫩、眼睛圆乎黑亮的小孩，他这一声“舅舅”简直就是叫到他心坎里了。一时间，竟然觉得有些歉意，来得太急，竟然一时间也没什么东西可以送给这小孩的。

想伸手去摸摸那个小孩子的头，赞一声好乖，又怕自己这长年累月跟机油打交道的手弄脏了人家小孩的头发。

叶露在一边轻笑：“哥，你看你，星星又不是外人，这可是你的外甥，你爱怎么摆弄就怎么摆弄，不把他欺负哭了就行！”

刘朋憨笑着，摸了摸头。

冷星看着这个跟周围的那些伯伯（冷涛、冷花等）全然不同的刘朋，觉得好不一样，也好亲切噢。

“舅舅，你要喝水吗？星星给你倒！”小家伙勤奋好学，对什么事情都很有积极性，这不，他学会了来人就给人倒水，倒上了瘾。

刘朋讶异眼前的这个小孩的乖巧懂事，点了点头。

“那……舅舅抱我下去！”小家伙也很会套近乎，逮着机会，自己就往刘朋身边靠拢了。

刘朋这下子也不怕自己这手脏不脏了，伸手，就一把抱住了星星。小孩子的身体，软软的、嫩嫩的，让他有些怕不小心给捏碎了，一时间，触动蛮大的。看着躺在床上，笑得很恬淡和温馨的叶露，更加觉得难以启口。

看得出来，露露对这个小孩，特别的喜欢。

伸手接过星星捧过来的水杯，只用单手，就轻轻松松地把冷星给抱到了床上，惹来冷星羡慕惊叹的眼神。原来，这个舅舅力气这么大呀，跟爸爸一样厉害呢！

喝下一口水，压了压慌乱的心神，刘朋把自己从张明宋那得知的讯息，以尽可能柔和的语调缓慢地说了出来。

末了，刘朋问她："露露，张明宋说的，都是真的吗？他很担心你，我……也很很担心你，所以就请假过来看你了！"

叶露没想到张明宋竟然会打电话给哥，可能是因为……关心吧？可是，这份关心，她实在不敢多加揣测啊！

昨天的事，她今天想想，觉得自己做得有些过了！

自己话没说清楚，也不能怪宋哥那样怀疑，尽管……那话现在想来，还是觉得那么的难堪和伤人，但是，宋哥也被冷阳给扭伤了胳膊，而且，据温笑说，宋哥还挨了冷阳的一拳，下手不轻，嘴角都出血了。

冷阳身经百战，估计那一拳，够让宋哥好受的。

宋哥没有因此恼恨她，反而还打电话给哥，让哥过来劝她，这……这心意还是好的，值得让人感动！

他到底还是关心她的！

只是这关心，真的是要不起啊！

轻轻叹了一口气，知道事情隐瞒不下去了，叶露就全盘托出。

刘朋惊得——

手中的水杯都拿得不稳了，差点让里面的水给溅出来！

结婚？！

露露竟然结婚了！

苦涩，在顷刻间，盈满心头！

原来，那个他从小护着的妹妹也到了该结婚的年龄了啊！

早该想到会有这样的一天，早该想到这么优秀的她值得一个也很优秀的男子爱，郎才女貌的令人羡慕，但是，突然听到这个消息，心——还是不能控制地受到了打击！

痛……得厉害！

终于——要把她给交出去了啊！

微微垂下眼眸，将眼里的伤心遮掩住，水杯里的水轻晃着，荡起一圈圈的波纹，半和着心痛，竟有一种忍不住要落泪的冲动！

刘朋啊，刘朋，这不挺好的嘛！

你以为自己是谁啊，你可是一个汽车修理工啊，一个干粗活的，你怎么可能配得上身为大学生的露露呢！

“哥……你……你是不是不高兴呀？”叶露哭丧着脸，心里有些苦恼和懊丧，她也不想隐瞒这个一直疼她到了骨子里的哥哥的，可是……她的婚姻实在太过诡异了，她怎么说得出口。

刘朋惊了一下，立刻摇头，大大咧嘴，用笑容藏住心里的痛。

他怎么能伤心呢？

这是好事啊！

露露嫁了人，这可是好事啊！

这说明露露找到了她的幸福，这不是他一直盼望的吗？

以后，一个男人会好好地照顾她，让她快快乐乐地生活着，这是多好的事情啊！

抬头，刘朋继续笑着，很憨厚的笑容，虽然心里还在抽痛，但是他是真心地为叶露感到高兴。“露露，我不是不高兴，我是太高兴了，这下好了，你找到了你的另一半了，哥……哥实在是太高兴了！”

叶露跟着笑了起来，没敢说自己是被逼着嫁给冷阳的，怕让哥伤心，她知道哥一直是希望看到她开心、幸福的。

抽了抽鼻子，在他面前，她总是很难藏得住自己的心绪，将突然涌上心头的感伤压了下去，她也觉得自己接下来说的话好假，可还是得说，为了让他放心。

“嗯，阳对我挺好的！你瞧！”她举起了手，指了指手上的钻戒，“漂亮吗？他买的！”

刘朋连说漂亮，脸上的笑容很安慰。露露好像是嫁给了一个有钱人，那么以后的生活应该是没有什么问题的，这样，真的是很理想。他总想着，他的露露是值得最好的，她肯定会找到属于自己的幸福，如今果然——

真的很好，很好！

刘朋笑得有些满足，只要露露好了，他也就真的满足了。

做哥哥的，看到自己的妹妹有个可靠而幸福的依托，还有什么不满的呢？

想到了张明宋，他不由地疑问：“看来张明宋是完全误会了，可是，他怎么会那么想呢？”

“我……不想让人知道我已经结婚，哥，你也知道我还在上学呢，结婚的事情传出去，影响可能会不好！”

刘朋点点头，想了想，说：“那……我回去对张明宋说，还是说那冷……冷阳是你表哥吧！”他一时间，对冷阳这个名字，还是记得不大准。“你是不是不愿意让他知道你结婚啊，你们还都是一个学校的？”

因为叶露说不想在自己的婚事在学校公开，所以刘朋才想到了这。

叶露点了点头，觉得心头的一块大石，放下了。

太好了，以后不用欺骗哥了！

要不然，以前每次见哥，都怪有负罪感的。

“他的孩子？”刘朋指着冷星。

叶露点头。

“蛮可爱的。”刘朋笑了一下，笑容真诚，“看得出来，他挺喜欢你的。”

冷星立刻握住了叶露的手，点了点头，还很严肃地对刘朋保证：“舅舅，我会保护好露露的！”

刘朋瞪大了眼，看着他人小鬼大的样子，哈哈地笑了起来，一时间房间内都是他浑厚的笑声。冷星从来没听过这样爽朗的笑声，他发现，他喜欢这个舅舅！

这个舅舅，真的跟伯伯们不一样呢！

两人聊了一下最近的近况，反正刘朋这假也请了，他就想留下来见见冷阳，怎么说也是自己的妹夫，自己宝贝的妹妹一辈子要患难与共的对象，他不看看，心里没底。

叶露大概也明白刘朋的心思。

只是对于冷阳会不会来，她心里有些没底。今早冷阳走的时候，也没说他要来。参照他以前的记录，这会儿来的可能性，实在是不高。

但是，他今天必须得来啊！

自己算是冷阳的妻子，生病住院，冷阳要是一直不出现，肯定会让哥以为自己跟冷阳的婚姻生活不幸福。

这可不行！

“哥，我给阳打个电话。他事情忙，今早刚走，得忙到晚上。他这人，一忙起来，就会忘了时间，我催催他，让他早点回来，你俩也可以见见面，聊聊。”

刘朋立刻摆手，善良温和、惯于体贴人的性子，总是不愿意给人制造麻烦。“别，我这不要紧，可别耽误他的正经事才好！我反正也没事，就在这慢慢等，等他忙完了再见面吧。”

“不行，你可是我哥哎，才不让你等他呢！”

叶露做了一个鬼脸，笑着，给冷阳拨了一个电话，暗暗祈祷，冷阳可一定要给面子，别今天不来了啊！

“喂！”

“啊，阳！”叶露的轻笑声，很有感染力，电话那头的冷阳听起来声音也没那么冰冷。

“我哥来了，你今晚能早点来医院吗？我想让你跟他见见面！”

拜托，叶露焦急地祈求，你可一定要答应啊，拜托了，拜托了……

那边顿了一下。

叶露的心里更加的七上八下，可是又不好在电话这边明着求冷阳，毕竟刘朋在一边听着呢。

谁知道，冷阳的回答绝对是让叶露惊诧的：“我马上过去！”

“啊？”她惊诧地睁圆了嘴巴。

那头电话已经挂断。

“他说什么？”刘朋询问。

叶露看着手机，也觉得一时间有些不可思议，上苍对她未免也太好了，冷阳难得如此配合的。

“他说，他马上就过来。”

刘朋轻轻地笑了起来，看来，这个妹夫对露露很好！

露露的一句话，就让他放下手头要忙的事情，他真的很重视露露！

真的，很期盼见到他！

必定，是一个特别优秀的男人吧！

闻名不如见面，刘朋简直有些难以相信，出现在自己面前的这个人，竟然会是露露的丈夫！

太……太优秀了吧！

刘朋是在本市一家很有名的汽修厂干活，那些开着各式各样名车过来的人，很多都是一副事业有成的样子。可以说，他也算是见过世面的，见过许多大人物，看人，也能大概看出那人有几分能耐。

而冷阳，绝对是他见过的所有人当中，最令他有冲击力的一人。

这个人，穿着跟其他有钱人一样的西装，可是这西装套在他身上，就是令人感觉是如此的不同。那一身的气势，睥睨万物，这绝对不是钱可以堆积起来的；冷漠而犀利的眼，可以看得出这个人是个特别精明强悍的人。高大的身形，不怒而威的神色，充满力量的身躯，整个人宛如蓄势待发的猛兽，令人不由自主地在他面前降了气势，落入下风。

这——绝对不是一个普通人！

他看着冷阳，手心竟然都冒了汗！

赶紧就着自己的裤子，擦了擦手心，刘朋伸出了手：“你好，我是刘朋，算是露露的哥哥，虽然不是亲的，但是我一直把露露当作是自己的亲妹妹看待！”

冷阳伸手回礼，修长有力的五指，与他交握。

刘朋这个人，冷阳是知道的，对叶露来说，这个人意义非凡，而且，在叶露的人生中，他扮演着非常重要的角色，一度是寄人篱下的叶露唯一的依靠。

所以，得知他来了，冷阳就直接过来了。

这个人，值得自己为他这么做。

“很高兴见到你，我是冷阳。”

两人握了握手，冷阳伸手，请刘朋在一边落座，他也跟着坐了下来。

两人客套了几句，互相知会了自己的背景。

叶露也是第一次才知道，冷阳原来还是一个集团的总裁。

一开始，刘朋询问冷阳是干什么的，叶露的心都忍不住地提了一下，很怕冷阳直接来一句——黑社会大哥，这估计得让哥难以接受。没想到，冷阳竟然报出了另外一个身份。

龙旋集团的总裁！

怎么听着莫名的熟悉？

刘朋的眼睛都瞪大了，自己的这个妹夫，果然是个大人物！

关于龙旋集团，刘朋听得不少，是本市赫赫有名的集团，几乎可以肯定地说是在本市排名第一的上市公司，全国排名必定在前十之内。名下的产业，是说也说不清，涉及金融、餐饮、房地产、建筑等，在别人以为龙旋集团就是干这些的时候，过段时间，又会在别的产业冒出龙旋的名字。总之，这是一个实力永远不会被外界看透的集团。

据说，龙旋集团的主要投资还是在国外，中国，那只是老根据地罢了！

不过，龙旋集团的总裁向来都是神龙见首不见尾的，外界也从来没刊登过他的照片，没想到，这个人物，今天竟然在他的面前出现了。

为什么刘朋会对龙旋集团这么了解？那是因为龙旋集团下属的汽车产业，是刘朋一直奋斗的目标。龙旋集团产业遍布全世界，汽车产业的技术是直接跟世界接轨的，生产设计的汽车是往世界各地销售的，在那里，绝对可以寻到最新、最全面的技术！

所以，对于龙旋的消息，刘朋是下意识地多几分关注！

“久仰、久仰！”

刘朋看着冷阳的眼神，充满了敬佩。

没想到，他年纪轻轻，就是这样厉害的集团的总裁了！

其实，这还只是冷阳的一个身份罢了，如果把他的其他身份说出来，估计刘朋得惊呆了!

冷阳微微一笑，这是头一次，叶露看见冷阳这样的笑容，客气而又疏离的、生意场上的笑容，而不是对着她的时候冷冰冰、大多面无表情的样子。

“我的身份，还请你不要往外说！”

刘朋点头：“那是自然！”

他绝对不是一个多嘴的人。

看着冷阳，刘朋觉得很欣慰，但是欣慰之余，不可避免地担心了。

“冷阳啊，这……”他有些迟疑，“有些话，我……可能说得不中听，但是……但是事关露露，所以……还望你海涵！”

冷阳睨了一眼叶露，叶露也是很疑惑地看着刘朋，不太明白他想说什么。

“请说吧！”冷阳感兴趣了，也想听听从这个哥哥嘴里会说出什么关于自己妻子的话来。

刘朋清了清嗓子，面色一换，立刻变得很严肃，无所畏惧地迎视冷阳，那个样子，宛如一个长辈即将要教训晚辈一般。

这个刘朋……

冷阳也开始认真起来了，说实话，普通人面对他的时候，没有人是不敬畏的，甚至有些人说话都得打战、冒汗。他以为刘朋这个普通的汽修工，处于劳动中下层的人，也没什么胆色，可是他现在这个样子，倒真是让他另眼相看了!

看来，自己有些与众不同的妻子，认的哥哥也有些与众不同嘛!

冷阳算是因此对刘朋有点欣赏了。

刘朋能对冷阳说什么?

自然是不管说多说少，都是为了叶露。

“冷阳，露露呢，她是我看着长大的。她这个人呢，绝对不是我自夸，她是个好女孩，绝对值得一个好男人的……”

叶露一听这话，突然有了不好的预感，难道……哥打算把自己的底都透露给冷阳?!

简直太不好意思了。

可是，看刘朋的神色，叶露又知道自己此刻就是开口，也阻止不了，只能红着一张脸，不好意思地听刘朋在那说着。

“露露呢，性格方面，我就不多说，我只想说，她是个体贴人的好女孩，在以后的日子里，你跟她相处，就会慢慢地发现她更多的好的方面。她做得一手好菜，可以说出得厅堂入得厨房，绝对会是一位贤妻良母。虽然有时候她会有些迷糊，但是她是属于那种小事糊涂大事不糊涂的那一类型，生活中，她有什么不好的地方，还请你多多包涵。是个人，总是会有缺点的，我相信你肯定也是知道这一点。实话说，露露嫁给你，你又这么优秀，我真的是衷心地为露露感到高兴。可是——”

刘朋语气一转，皱了皱眉头，“不是我偏见，这个社会中，那些有钱的人，不好好对待自己妻子的事情，也是屡见不鲜的。我……真心的希望，你——能真心地对露露好。她真的是难得一见的好女孩，可能有些人会觉得露露嫁给你是她的幸运，可是，在我看来，你能娶到露露，也未尝不是你的幸运。十年修得同船渡，百年修得共枕眠。成为夫妻，本来就不是一件容易的事情，你们能够走在一起，是你们的缘分，珍贵异常，请你务必要好好珍惜。所以，请你好好对待露露，拜托了！”

说着，刘朋竟然从沙发上滑了下来，双膝往下一探，就要给冷阳跪下。

“哥，你干什么啊！”叶露失声尖叫，焦急地要从床上下来。

在刘朋的双膝即将接触地面的时候，冷阳猛然双手，一把拽住了刘朋的胳膊，这一拽，竟然使得刘朋动弹不得！

刘朋也是一个力气大的人，可是自己说被拽住就被拽住，这个看上去都没有自己壮实的男人，这一身的力气，真的是好吓人！

“别这样！”冷阳略微起身，把刘朋强行给拽了起来，“露露是我的妻子，我对她好，那是应该的。我答应你，对她，我会尽到一个做丈夫的职责。”

刘朋笑了笑。他也知道其实自己说这话，没有半点的威胁力，带着祈求的语气，他堂堂的集团总裁，能不能听进去也是一回事，但是，看着面前的冷阳，淡漠脸庞中的那抹坚毅，不知怎么的，让刘朋觉得，这个男人，是那种一诺千金的人。

就像是……就像是……

对了，就像是电影里面演的那些有胆有识又有义气的侠客一般，为了曾经的诺言绝对会拿生命来守护。

“谢谢！”刘朋伸手，激动地握紧了冷阳的双手，“我……就把露露交给你了。”

冷阳点点头。

叶露松了一口气，躺了回去，看着这样为她着想的刘朋，特有想哭的冲动。

从小到大！

哪次，不是哥在拿他那片真心在为她谋划？！

哥啊，哥啊！

今生，该如何报答你啊！

两人再度坐下，聊了一会儿车子。刘朋惊讶冷阳竟然对汽车这方面的知识掌握得这么多，不愧是一个大集团的总裁。

冷阳也挺欣赏刘朋的。

职业不分贵贱，刘朋在自己的专业领域，有着扎实的知识功底，虽然念完初中就辍学了，但是他所掌握的知识，一点不比那些本科毕业的汽车专业人员少，而且，他所掌握的更多、更精，更能很好地与实际相联系。

这是一个踏实肯干、愿意琢磨、不好高骛远的人，冷阳一向欣赏这样的人。

两个人也算是聊得热络，一直都没冷场！

最后，刘朋算是安心地走了。

叶露对冷阳表示了感激之情。

“阳，哥是我很重要的亲人，你能来跟他见面，真的是很感谢你！”

她知道他事情忙，能够立刻赶回来，她真心感激。

冷阳嘴角一勾，意味不明的，那是惯常在叶露面前出现的神色。“你这个哥，倒是比那个张明宋要好得多了。女人，你看人的眼光，还是有那么一点的。”

“啊？”怎么又提张明宋了？难道……他知道哥是被张明宋给劝来的？！

一时间，有些惴惴不安。

“女人，刚才的话，我不是开玩笑的。”冷阳站了起来，高大的身躯站着就像一座山，令人踏实，“你是我妻子，我会尽到丈夫的职责。但是，有一点，你必须给我记牢了！”

叶露微蹙眉头看他。

“你这身体要是背叛了我，我就再也不管你！”

脸上不知道该是红还是白，这个男人，总是可以大刺刺地说出让人觉得羞耻的话。

什么叫做身体背叛他啊？！

“听到了没有？”阴鸷的眼睛，不错眼地盯着她。冷阳说这话，绝对不是开玩笑的。昨天在张明宋找上门来的时候，他就该说这句话了。

叶露还能怎么着，只能是点头。

生怕她不明白这句话的重要性。冷阳进一步告诉她弊处：“我若是不管你，你犯下的事，就只能你自己负责。譬如金议员的事情，他想抓你，你就绝对不可能活着回来。也就是说，你就是有了困难，哪怕别人打你，或者要杀你，我都不会插手，我这样说，你可明白？”

叶露咬唇。

为了他口中所描述的情形，有些难过。明明还没有发生，但是想想，还是觉得有些接受不了。

点头，除了点头，没有别的选择。

冷阳算是满意地眯了眯眼，如此一来，她该是会乖乖的吧？

咦？不对！

叶露蓦然睁大了眼，想到了一个很严重的问题。

“喂，阳，我……我要是不小心被人给那个了呢？”

冷阳挑眉。

叶露生怕他不明白一般，立刻补充：“就是被……被人给强……强了啊！你……你也打算不管吗？要是那样，是不是太过分了啊！”

她身在凤影的位置上，有前面两任的例子，谁知道将来她会遇见什么样的意外，他一句话就判了她死刑，那她将来的安全哪里还能保障。

虽然想到被人强暴心里觉得别扭，但是……但是冷阳那么爱的听涵都能发生这样残忍的事情，那么她……她可能也会……也会……

这事，也总是要考虑到的！

“不可能！”冷阳一把否决，口气变得不快，“我绝对不会让你出事的。”

这样的事情，他绝对不会再让它发生第二次。

叶露忍不住嘀咕：“得了吧，你我又不是连体婴，这样的事情，谁能保证！”

对他的话，表示严重的质疑。

冷阳火了，怒气几乎是控制不住：“我说了不会让你出事，就不会让你出事！”

叶露吓得不敢再说，只是在心里嘀咕，干……干吗这么大火气啊！

比谁声音大啊！

看她一副小媳妇的样子，冷阳气得够呛！但是，让臭男人在她一丝不挂的身体上动手动脚，绝对不是他可以忍受的！

妈的！

这事必须要赶紧解决！

“你等着，我出去一下！”

“喂！”叶露唤他。

他说走就走，哪是叶露可以叫得住的！

撇嘴！

空荡荡的房间，可真令人不好受。

幸好，还有一个星星陪她。

“星星！”拉长的声音，有些可怜兮兮，冲着四岁的小孩，她忍不住地开始撒娇。

伸手，拉过他，抱住，轻轻地蹭了蹭。

冷星乖巧地被她抱着，眉头却皱得死紧。露露和爸爸在说一些他不太明白的事情，他虽然不太懂，可是，好像是露露有危险！

好讨厌！

自己要是快点长大就好了，这样，就可以好好地保护露露了！

一只手表，是冷阳再次回来所带来的东西，也是他所谓的保护。

里面有报警装置，一旦她按下表盘一侧的扭，发出去的求助信息会在第一时间被冷阳的人给接收到，只要时间来得及，她应该是可以保障安全的。

多看了冷阳一眼，叶露淡淡一笑，摸着手表，心里微微一柔，这算是……他贴心一面的吧！

“谢谢！”

虽然一句谢谢不足道尽她对他的感激，但是除了谢谢，她真的不知道还能说什么了。

冷阳哼了哼，表现得很不屑她的感激似的。

她眼神蓦然一转，既然这东西这么好，那么……

“喂，给星星也弄一个吧？”好东西不嫌多嘛，反正他那么有钱，干吗不给星星一个？！小家伙可是她的宝，不好好保护着，那怎么行？！

冷阳睨了一眼冷星。

小家伙抿着唇，倒好似对这东西一点也不感兴趣一般，冷漠的脸蛋，也有着特有的倔强和不屈服，脸上一点讨要、祈求的表情都没有。

“喂！”叶露拉长了声音，不满地看着冷阳。他知不知道他迟疑的样子，可是很容易伤小孩子的心的。

冷阳点头，低低地应了一声：“知道了！”

只是还站在那不动，没有一开始为叶露弄这个东西的时候那么热心。

虽然叶露感激他，但是他对冷星表现的态度，让她不满那又是另外一回事了。

谢归谢，怨归怨，叶露一向分得明白！

很想对他的态度来一场即兴教育，让他明白何谓父子天性、何谓父子亲情，但是——

算了！她低低一叹！

这对父子之间还夹着一个听涵呢，又岂是她这个外人可以插进去的！

“我这个先给星星吧！”她折中地想到了这个办法。

“星星，来，把手伸出来。”

冷星扁嘴，毫不犹豫地把小胳膊往背后一缩，摇头，严肃地拒绝：“不要。”

那是用来保护露露的，他才不要呢。

跟他爹一个倔脾气，叶露又好气又好笑，顿时觉得小家伙倔得可爱无比。

无奈只能自己动手！

伸手，要把冷星的胳膊给拽过来。冷星虽然个子小，但是心里憋着一股劲，别说，叶露要强硬地把他紧紧藏在背后的胳膊扭过来，还真的有些费劲！

“星星，把手伸出来！”叶露的声音中多了一点威严，看着冷星，神情很严肃。

“不要！”冷星嘟起了嘴，把脑袋转到一边。

叶露挑了挑眉：“星星！”

冷星闷不吭声，拿着小身板背对着叶露。

“为什么对他那么好？”冷阳很突兀地询问，之前看着两人的互动，眼神就一直闪啊闪的，诡谲莫名。

叶露愣了一下，一下子没能明白他在说哪个“他”。

冷阳目光一转，看向了冷星。叶露差点被他给气得背过去，他怎么能在冷星的面前这样问啊，小孩子都是很敏感的。

气呼呼地瞪了冷阳一眼，说：“我喜欢他，就想对他好，怎么了？”

“为什么喜欢？”他追根究底！

“喜欢就喜欢，哪里还需要理由！”

“那——”他顿了一下，淡漠的表情那一刻突然多了一抹说不出、道不明的生动，“你也可以喜欢我！”

既然她可以对从来没见过面的星星这么好，那么她自然也可以对他那么好，这是相同的道理。

唰唰唰！

叶露的脸，猛然羞红，宛若过了水的鲜虾！

“你……你……”

说他唐突？说他不要脸？说他自大？……似乎怎么形容都有些奇怪！

“你……”半天说不出话来，可是被他这样看着，倒也不能显得自己太弱势了，“你……是不是受了刺激啊？”

他的眼一眯，眼中蓦然冷光闪过，让人的皮肤都感觉一股凉飕飕的寒意。

如果叶露的手没有受伤，估计这个时候她得用双手互搓手臂来驱赶那突如其来的寒意了。

“喂，你不去忙你的事情啊？”她想赶人，这个冷阳，似乎有些不对劲啊。

冷阳也自觉失言，确实好像是有些莫名其妙了。刚才看着她一味地为星星着想，毫不犹豫地为她讨手表，在他没立刻兑现承诺的时候，竟然又想到马上把自己的表给星星。

对此，他有些羡慕，突如其来的羡慕！

他竟然羡慕起了那个小不点？！

哼！

什么乱七八糟的！

他神色一冷，如她所愿，转身走人。

挥一挥衣袖，不带走半点云彩！

只是卷起一股冷风，扇的床上的两人大气不敢哼一声！

等他终于走出病房，叶露才松了一口气，心这才允许让它开始作乱，一下下，都失去秩序地乱跳。

想到他理所当然地要求“你也可以喜欢我”，明明是那么冷漠的人，为何会说出那种像小孩子撒娇的话来？！

那个……

只是他随口说说的吧！

可是，为什么会心慌呢？

她慌什么啊？！

对上冷星乌黑的大眼睛，澄净的样子宛如一方明镜，似乎可以将她的心情照得清清楚楚，连带她心底那自己都看不清的东西似乎都可以显现出来。

她收了眼神，掩饰一般地摸着半边脑袋干笑，有些多余的解释：“那个，你……你爸爸可能脑袋发晕了！”

怪了！

她干吗要心虚地做多余的解释？

还好，冷星还没学会一句话，否则，他就可能会想，露露这样，是不是就叫——此地无银三百两啊？

025

惊讶！

着实是惊讶！

只是在婚礼上见过一面，突然套上了干爹名义的王董事长，竟然亲自来医院探望叶露来了，跟随他一同来的，还有她所谓的干哥，也就是王董事长的儿子，王锋。

如果不是王董事长自报家门，估计叶露早就忘了这一家人。

这世上有许多人情世故，尤其是在中国，虽然说是一表三千里，但是，平时还得小心联系着，因为一不小心，你就可能有用得着这些表亲的机会，尤其，这个表亲还是一个位高权重的人物的时候。

这样的道理，叶露怎么会懂？

平时，就是自家那些拉拉杂杂的亲戚，她都不见得乐意走动。更何况这个在婚礼上认来的干爹和干哥。

她很有自知之明，当时王董事长之所以认她做干女儿呢，也是为了帮冷阳更好地做掩饰。

她以为，以后，她跟这家人就再无瓜葛。

可是，人家这亲自送花、送礼品上门，让叶露惊讶之余，莫名地有了些微的感动。

生病住院，有人带着诚心来看望自己，那总是会感动的。

这份关系，怎么舍得拒之门外？！

所以，笑眯眯地请二人坐下，尽管这一声干爹、干哥叫得很是拗口，叶露还是叫了，谁叫冷阳的谎言是说在前面的。

王董事长很尽责地发挥着他干爹的角色，询问叶露身体如何，又谆谆嘱咐她以后千万要小心等等。那个干哥王锋也时不时地打个腔，看得出来，两个都是强势的人，可能早就习惯了众人高高在上的目光和巴结的神色，如今，放下在人前的傲气对叶露和颜悦色，真的有些令叶露受宠若惊。

几乎都是这个干爹在询问叶露的近况，叶露根本就不知道这王董事长的底细，不好发问，所以只能他有问，她必答。

王董事长还嘱咐叶露有空多回家坐坐，一副完全把叶露当作自己干女儿的样子，让叶露只能尴尬地应下。

这……这王董事长这么的不见外，不知道……是不是因为冷阳的关系？！

对了，也只能是因为冷阳！

她是什么身份，只是因为身上多了一个冷阳的妻子的桂冠而显得有那么一点不俗罢了！

不过，看着王董事长那真诚的神色，她一时觉得过于卑劣，人家好心好意地来看你，干什么把人家想得那么下作！

“你好好休息吧，我公司里还有些事，得和你哥一起回去处理。”

短暂的拜访宣告结束，叶露也没什么好挽留的。那些掌管公司的大人物，手下供着千张嘴吃饭，根本没有寻常人想象的那么轻松，这一点，叶露很能理解。

轻笑着，目送两人离开，并且保证有空一定“回家”坐坐。

其实，在跟王董交谈的过程中，好几次，她想问问那个还未曾谋面的干姐姐，那个——王雪俐！

自己就是顶替这个人上来的，对这个名字，她是绝对的印象深刻。

这一次，她没来！

她很好奇，为什么当日她没参加婚礼。那不是一早就商量好的吗？她怎么会临阵脱逃了呢？她就不怕冷阳一怒之下，让她以及她的家人好看？

再说了，她逃婚，到底是为了什么？

是为了逃开冷阳这个人？还是……想要追逐自己的幸福，不愿意嫁给冷阳这个因为利益而结合的丈夫？又或者，她已经有自己的意中人，迫于家庭压力，答应嫁给冷阳，可是到了结婚前夕，还是大胆地去追求自己的真爱了……

许多的假设，在叶露的脑中闪过，每一个假设，几乎都可以成为一个剧本！

可叶露到底没问！

这可真的是一个尴尬的问题！

她顶替了王董的女儿结了婚，也不知道王家人对她的态度到底是真的如表面的那样，还是气得要死。

算了，不想了，无论如何，她都已经嫁给冷阳了，又哪里管得过来他人的态度！

倒是左翼，在事后冷嗤着评价：“无事献殷勤，非奸即盗！”

她却不知道自己这儿，能有什么好让王家父子图谋的！

算了，不想了，走一步算一步！

叶露出院的那天，冷涛也跟着出院了。

冷涛帮叶露挡的那一枪，虽然差点丢了性命，但是被救回来之后，毕竟在医院待了那么长时间，也早就好得差不多了。他也算是一位人物，其实在伤势不恶化的时候，他就该出院去忙他的事，而不该像一个娘们一样在医院里继续赖着，这不该是一个热血男子会做的事情。

只是凑巧，他想要出院的时候，叶露进了医院。

所谓近水楼台，他改变主意，就在医院继续蹭着了。跟叶露一样是枪伤，自然所住的病房也就是同一个楼层了，他去看叶露倒也方便。一来二往，很方便联络感情。

叶露出院了，他也没有在医院再待着的必要了，所以，同一天，他踩在叶露的后面，办了出院手续。

冷阳吩咐，叶露在家继续养伤！

自那个莫名其妙的午后之后，冷阳再度忙得像个陀螺一般，经常是见不到人影。

见不到人也好，要不然，叶露也觉得……有些尴尬！

总之那个下午，就像是有什么东西打入了她的身体一般，让她每每想起他，就好不自在！

既然可以走动了，她一早谋划的事情，也该办办了！

星星上幼稚园的事情，也不能再拖了。

拖一天，就是耽误星星一天。

想到星星都这么大了，才去上幼稚园，这乍一去，她很担心星星被别的小朋友欺负了！

所以，在家复原的同时，她又教了星星一些基础的英语、数学和语文，至少这样星星一去，不会差得太多。有些垫底的东西，底气总是可以足一些的。

小家伙啊，是个自尊心强的家伙。

现在的小朋友啊，可不比当年了，因为环境和家庭的影响，有意无意地，都有了攀比之心，这种攀比之心，有时候，影响是很恶劣的。

小家伙本来入学就晚，年纪也比那些小班的孩子大，不事先学点东西入学，只怕很容易受到别的小朋友的嘲笑。

冷阳打过招呼，星星的入学根本就没任何问题。幼稚园的园长见了叶露那个热情啊，就不用说了，见了星星，一个劲地夸乖，笑容满面，其他的老师，也对冷星热情有加，这让叶露心里稍微放心了一些。这么大的幼稚园，那么多的小孩子，而老师们数量有限，星星能有老师们的特别照顾，总是好的。

况且，幼稚园里还有一位叶露的高中同学——千妮。高中毕业之后，她直接报考了幼专，靠着家里的关系，寒暑假总是在这实习，虽然还没算是正式毕业，但是最后半年，就已经开始在这D大附属幼稚园里上岗了。同一个地方的，又是曾经的同班同学，怎么说，也是得要关照的。

把星星交给幼稚园，叶露还是比较放心的。

来的路上，有一个不太好的场景。

一个看着也就三岁左右的小男孩抱着一位爷爷的腿哭，嘴里说着“不要！不要”，那个爷爷无奈地柔声问：“幼儿园不好吗？”

小男孩一个劲地哭喊：“爷爷，我要回家，我要回家……”

老爷爷可尴尬了，看着自己的孙子，估计也没办法，嘴里翻来覆去也就那个问题：“幼儿园不好吗？幼儿园不好吗？……”

旁边来了一位老奶奶，笑眯眯地对那位老爷爷喊：“你啊，可不能心软啊，这可是为了孩子好啊……”

叶露偏头看了眼星星，小家伙抿着唇，小脸蛋绷得紧紧的，什么都没说，更没有学那个小男孩一般哭着不愿意离开家去幼稚园。可是，叶露突然心疼得不行！

孩子突然离开那个温暖的家，到一个陌生的地方，从此再也没有大人跟前跟后地伺候，再也没有一声叫嚷，大人就立刻脚不着地凑过来……

那个小男孩的反应，才是一个正常孩子的反应吧！

可是，星星……

从小的境遇，没有受过应有的温暖，所以，连撒娇都有些无能为力，更别提体会那种家人宠他疼他的温暖情怀！

握紧了星星的手，牵着，一言未发地越过那个还在哭着的小男孩。

后面，男孩的哭声不断。

如今，看着星星在老师的介绍下，融入幼儿园小班，她的脑中似乎还想着那个小男孩的哭声，看着星星那张看似面无表情的脸，心里紧了一阵又一阵，那张故作无所谓的脸庞下，是否……也藏着一个如同小男孩一般哭泣的灵魂？

趴在窗户边，偷偷地观望，叶露虽然把星星送来了幼稚园，虽然有各位老师的真诚相待，但是这是星星第一天上幼稚园，她到底放心不下。

小班的孩子都是不点大的豆丁，虽然老师在上面教儿歌，可是屁大的小孩，还不大懂事，而且还爱动，大多都摆弄着小身体摇来晃去，时不时地左右爬来爬去，要不然就是拿着眼睛好奇地张望着新同学——星星。

不得不说，星星的长相在这些孩子当中是显眼的，有种鹤立鸡群的感觉。

小孩子可爱，不算什么！

小孩子漂亮，也不算什么！

小孩子聪明，更不算什么！

但是若是在一群小孩子中突然多了一个酷酷的小帅哥，那副酷样子，甚至比他们一向最崇拜的爸爸还要酷，那你说，小孩子的目光，怎么能不放在星星的身上？！

对于这个后来的新伙伴，孩子们有着前所未有的好奇心，不时地把视线往他身上投射，更有些几乎是木了一般地盯着他瞧，嘴巴一张一合的，也不知道到底是在唱歌，还是在随便瞎哼哼。总之，在叶露听来，这儿歌唱得真的是水得可以，乌拉乌拉，断续无章，歌不成歌、调不成调。

冷星坐在那儿，挺着小身板，双手端正地放在膝盖上，一看就跟别人不一样，人堆里，绝对是最显眼的，面无表情，抿唇冷眼看着台上老师的样子，威武得像一名武士。可是那冷冰冰、无杂色的眼珠子，过于冰冷了，不像是一个小孩子会有的，这个样子，倒是把他爸爸的样子学了大半。

教儿歌的老师看冷星这个样子，表情不自然了好几次，总觉得这个小孩子的气势有些吓人，她教了那么多孩子，可从来没见过这样的！

不愧是园长交代了要特别照顾、绝对不能怠慢的孩子啊！

冷星很不高兴！

他不喜欢这里，他觉得，台上的老师，样子太傻了；周围的伙伴们更傻，一个个流着口水，一脸呆呆的样子，他不喜欢。而且老师唱的歌一点都不好听，根本就比不上露露给他唱的歌曲。他不愿意学，也根本就不屑。

所以，就只能抿着唇，看着台上的老师和台下的那些小伙伴嘴巴一张一合的，周围闹哄哄的，都是高低不齐的孩子声。他皱起了漂亮的眉头，看着他们，好像在看着小丑。

如果不是露露的希望，他才不要来幼稚园呢，一点都不好玩。

可是——

星星咬了咬唇，慢慢地松开了眉头。

露露说，在幼稚园能学到好多有用的东西，这些东西，可以帮助他长大的。他想快点长大，好早点保护露露。

而且，露露说，幼稚园有好多跟他一样大的孩子。露露还说，他可以在这里交到许多小朋友。如果他运气好，可以交到那种一辈子的好朋友，那样的朋友会是生死之交噢，这是很难得的。露露又说，他很需要这样的朋友，这样的朋友会一直帮助他的。

露露给他讲了一个小故事，就是古时候的太子在还很小的时候，皇帝，也就是太子的爸爸，会给太子挑选一些小伙伴陪太子读书、玩耍，这些人当中，跟太子关系好的、又很能干的人，将来会成为太子的好帮手，帮太子治理国家。

露露说，这就是从小培养自己的势力。毕竟一个筷子很容易折断，但是许多筷子绑在一起，就不容易折断了。里面的道理就是，一个人的力量，到底还是薄弱的。

所以，他一定要忍的。

星星狠狠地吸了一口气，开始平心静气。等着，他一定会在这里找到好帮手的！然后，一起保护露露！

眼眸子转了转，他开始在这一群哼哼唧唧的小朋友中找自己可能的伙伴，转着、转着，突然就让他发现了窗外的叶露！

他的眼睛猛然一亮，仿佛突然有某种鲜活的力量注入他身体里一般，让他整个人都鲜活了起来。嘴巴一张：“露露！”

低喃声流泻而出，被歌声给瞬间淹没。

叶露虽然听不到，但是从他的嘴型也大概能明白他在说什么。

把食指放到嘴边，她做了一个噤声的手势，然后指了指老师，又指了指周围的小朋友，示意冷星跟着学。

冷星皱起了眉头，做出一脸的苦相，摇着头。

叶露失笑，无奈地做出一脸的凶相。

冷星扁扁嘴，嘴巴开开合合，跟着台上的老师哼哼唧唧了起来，那不甘不愿的样子，看得叶露直摇头。

在窗外站了一会儿，叶露就到门口的长廊座椅上坐下了。

腿上还没好利索，站得久了，也挺累人的。

轻轻地捏了捏腿，她做了几个深呼吸缓了缓，抬头，却望见那不速之客，正倚在圆柱旁，不错眼地盯着他。

他怎么会在这里出现？

叶露都怀疑是不是张明宋会灵异了，怎么她在这里，他都能知道？！

可看他的神色，一脸的阴郁，化不开的愁，让她不由地心微微一紧，他总是阳光开朗的，也更是神采飞扬的，他这个样子，她还从来没见过呢！冷阳的那一拳，打得不轻，至今，张明宋的脸上，还是隐隐约约地可以看见那至今仍没有化开的瘀青。这让他看起来，整个样子显得更加糟糕了！

当日，肯定被打得很疼吧！

“Hi！”叶露这一声招呼打得心里发苦，为何看着他，有一种恍如隔世的感觉！

张明宋神色一暗，他……站在这已经好久了，可她却到现在才发现他。

冷阳命令手下不准让张明宋靠近叶露，张明宋根本就没机会见到叶露，即使到了病房，肯定是远远地就被那些健壮的手下给打发了。等叶露回了冷宅，张明宋更加无从得见了。

好不容易打听到叶露今天会送那个男人的儿子来幼稚园，他一早就在这等着了，他想单独跟她谈谈，所以一直在旁边守着，等着她落单。看着她笑得那么温柔地牵着那个男人的孩子，根本都不是亲生，却将一腔柔情赠送，到底，那个男人有什么好，让她那么上心地对他的儿子？！

她站在窗外，翘首看着窗内的样子，那个样子，简直就像一个担心儿子的妈妈一般！

这样的神情，不该……不该这个时候出现的！

这样的神情，应该是属于他的，应该是属于他和她的孩子的！

不能允许，她被另外一个男人占有！

难以忍受！

他以为他可以放下她，但是，错得太离谱了！

放不开她！

想到这辈子再也没有机会碰到她，想到她会为另外一个男人孕育下孩子，甚至没名没分都安心地认了的样子，他开始发狂！

怎么……怎么会沦落到这个地步！

他总是在自欺欺人，骗着自己可以放下这段感情！

一个男人的生命中，总是会有很多女人，也可以有很多的感情，失去了一份，还有下一份可以填补。但是，忘了，人这一辈子或许会爱上许多人，但只有一个会是永生难忘的，如果错过了那就永远错过了。于是，追悔莫及，懊恼不已，心痛不休、淌血不止！

他——不能犯这个错误！

抓住她，不能松手，这是他最大的心声。

她没注意到他，这让他略微情绪低落了一下，提了提心绪，他微微一笑，走近。虽然脸上还是有着淡淡的瘀青，但是温暖的微笑，还是她记忆中的阳光。

于是，她也跟着笑了起来。

“我是专门来找你的！”他直接表明了来意。

叶露点点头，看他那个样子，她大概也能猜到。

“坐吧！”他站着，她还得抬头，这样怪累脖子的。

张明宋在她身边坐下。

叶露本来想对那天冷阳打他的事情道歉的，但是，心念一转，就打算把那件事放下，本来那天的事情就挺让人难堪的，这一提起来，就是自找没趣了。

张明宋微微叹气，决定开诚布公：“刘朋，是我打电话给找过去的。你……那位不准我见你，我没办法，才……才让刘朋去找你。我回来想了想，也觉得自己那天在病房里对你说的话，有些重了， 你那天生气了吧？”

叶露沉默。

张明宋又长长地叹了一口气：“你的性子，我还能不知道？怎么会做这种糊涂事，怪……只怪那天……那天我被怒火冲昏了大脑，一时间口不择言，就说出了这样的话。其实，你……是被那个人强迫的吧？”

叶露惊了一下，但还是把嘴巴抿得紧紧的，一言不发。

张明宋摸了摸自己的右侧脸颊，苦笑：“那天那个人，打了我一拳，那可真够疼的，还有只一下就把我的胳膊给弄得脱臼了，我想了想，估计那人也是个练家子，肯定是打人打习惯了的。加上病房外面站着的那两个人，一看，也大概可以猜到是那种专门训练出来的。所以，我回来之后，反复想，就想你应该是有不得已的苦衷，所以……所以才跟在了那个男人的身边。

“我原本指望刘朋去探望你，能从你口里得知一些内情。我那天太冲动，成事不足，败事有余，错过了了解详情、帮你的机会。可是刘朋竟然打电话告诉我，说那个人真的是你表哥！那个笨蛋，都不知道怎么办事的。那个人分明就不是你表哥，他还能上当受骗！刘朋这么一说，我就知道你肯定没把事情的真相告诉他，所以，我今天就过来了。”

张明宋果真聪明，看事情，自有自己的一番见解，而且都很精准！

叶露倒也忘了，自己眼前的这位，自小可是有天才儿童的称谓的。其实，不是哥笨，而是她这么吩咐哥办的，其实真正笨的，应该是自己。

宋哥这人，只要有些微的蛛丝马迹，绝对可以顺藤摸瓜，大概把握住事情的全局！

可是，她的事情，他管不了、帮不上，也没这个义务。

“宋哥，谢谢你挂心，我的事，你就别管了。”

“这怎么可以？”张明宋气急败坏地看着叶露，“我绝对不会把你交给那个男人的。”

这样的激动和愤慨，看看，怎么不令人生出别的心思？！

“宋哥！”叶露微微一笑，尽量让自己脸上扬起的笑容看起来可以明媚些，“我很好，真的，事情没有你想的那么糟糕。所以，别再为我的事情费心了，好吗？”

水色的眸子，还是像他一开始与她接触时候的温柔美丽，脉脉温情在里面流转，可是，以前那张娇俏地冲着他笑的脸庞，已经不复存在了，现在她用着像以前、可是不是以前的笑脸，笑着说让他别再管她！

怎么可能？

他怎么可能不管她！

他……他爱她啊！

刹那间，冲过脑中的念头，让他整个人宛如被雷给击中了一般，一时间，僵在了那里，可是，很快，他就觉得全身一松！

他怎么这么笨！这么笨！

不是喜欢，而是爱啊！

所以，遇到她的事情，就开始乱了分寸；所以，即使说是把她当作妹妹照顾，可是还是有意无意地在她的面前出现，就想见见她，就想在她冲他笑的时候，他也回她一笑；也有，不自觉地，想要让她不能忘记他的想法。

因为爱，所以才不能放弃，所以才不能放手。

以为爱，所以必须要占有，所以必须要永久！

“不，我不可能不管你！”他坚定地摇了摇头，她的事，以后也就是他的事了。他认清了自己的心，就不能放开她！

这种想要独占的心情，这种想要天长地久的渴盼，这种单是看着她就觉得春光一片明媚的欢快，怎么能让他放开她？！

叶露深深地皱起了眉头，她觉得自己已经把话给说得够明白了，为什么，他还是不愿意袖手旁观？！就算是一个哥哥对妹妹的爱护，那……那是不是也过了？毕竟……也不算是真正的亲兄妹。毕竟，她和他所谓的兄妹情谊，也不过那短短的几个月。

他可知道，就是他这种过分关心的心情，才让她产生了不该有的想法？！才让她那么努力地想放下他，可是却偏偏不能成功地放下？！

咬了咬唇，罢了！

今天就把话说开了吧！

叶露想到了一个好办法，绝对可以把他给吓退，也可以保证以后他不会再出现在自己的面前的好办法。

只是，用揭开自己伤疤的方式来击退他，真的是——痛上加痛啊！

"宋哥！"她把目光投向了地面，不再看他，才能比较容易地把那痛心的话当作借口说出来，"知道我为什么不想让你管我的事情吗？"

张明宋愣了一愣，但是很快眼中闪过一丝欣喜，难道，露露打算把她和那个男人的事情告诉他了？！

"那是因为，我喜欢你！"

张明宋狠狠地愣住了，她的话不在他意料之中，可是却又算是在他的意料之中。

"我在大一那个时候，就喜欢你了！可是，后来才知道你是许洁姐的男朋友，我是不可以喜欢你的，我一直都想放下对你的喜欢，一直努力着，但不是很成功。所以，你别再管我的事情了，好吗？你这样关心我，会让我很困扰，也会让我产生不该有的期待，可是这种期待又是不允许的，这让我很痛苦。宋哥，你若真的是为我好，就请以后别再管我了，最好，以后也别再见面了。你也应该知道，看着自己喜欢的人牵着别的女孩子在自己面前逛来逛去，这是很痛苦的。我求求你，行行好，放过我好吗？你去找许洁，把那些我不需要的关心也都给她，你和她那么般配，你俩就好好地地过，行不？"

叶露说得很卑微，祈求的语气，她自己听着，也觉得难堪不已。但是，这种方法却很有效。有了女朋友的他，面对一个对自己别有用心的女孩子，也会下意识地要回避的吧！这样，他就能离她远远的。

说清楚了，他也可以把他那些多余的关心给收拾起来。

她虽然说着有些心痛，但是，还好，总算是把自己这份初恋的心情说了出来，也算没有埋没了这份感情。

其实，她早该说出来的，这样，才不会一直憋着，觉得遗憾、觉得悔恨、觉得痛心，这样，才能尽快放下啊！

她没有抬头看面前的张明宋现在是什么表情，但是大概也会猜到他的表情肯定是很惊诧，又很尴尬的。

“你走吧！”她低低地说。

不想看他现在的表情，所以走吧，就这样消失在她的面前，让她一个人独自缅怀一下这份略微酸涩的心情。

“露露，抬起头来！”张明宋没走，他根本就不能走，叶露是完全想错了，他激动，他高兴，他快乐，独独没有尴尬。

他觉得，此刻的自己，幸福得好像要升天一般。

大概可以猜到，她是喜欢自己的，可是，经过了这快一年的时间，他有些不大确信，怕这份一开始的喜欢，随着时间的流逝，已经变淡。现在，他亲耳听到，她说她喜欢他，说在努力地放下他，可是，不太成功！

这代表什么？！

代表她心里还有他！

代表，她还喜欢他啊！

张明宋那惊喜的声音，绝对是令叶露意外的！

心里七上八下，不明白在她说了这些话之后，他怎么还不走，还那么的……呃，喜悦？！

不得不抬头，不是出自她自己的意愿，是因为她久久的迟疑，张明宋已经略显急切地伸手，捧起了她的脸蛋。

“露露，我也……我也喜欢你，真的！”

张明宋说这话的时候，脸微微地涨红了，眼睛熠熠发光。叶露微微仰视着，觉得那张脸，竟然异常的迷人，就像以前他在篮球场打篮球，而她在一边坐着看他精准完美地射入三分球时的表情一般。

而他吐出来的话，更让她的脑子一下子轰鸣了起来。

喜欢？

是喜欢吗？

可是……怎么可能？

喜欢？

怎么会是喜欢？

脸，宛如被火烧着一般，立刻烫了起来。双颊边，那温热的手掌，此刻宛如烙铁一般，她觉得他手贴着的那块，温度高到似乎都可以烤肉了，心跳加速，几乎到了失控的边缘。

张明宋几乎是着迷一般地盯着捧在自己掌心的这张脸，娇艳粉红，宛如荷花池中盛开的藕荷一般的美丽动人，温润的双眸，此刻楚楚可怜的样子，宛如小鹿斑比一般，平添了几分风姿，心中，蓦然染上了热意。

激动的心在鼓噪，亲下去，这张脸，是你的，眼前的这个人，也会是你的，亲下去，是你的，所以亲下去，不用顾忌，因为，这是你的。

所以，他亲了下去。

轻轻地贴上，那美妙的感觉，让他觉得自己好像一下子被电流给击中了一样，那种酥麻的感觉从尾椎骨一路往上冒，立刻觉得自己整个身体都酥了！

她——却惊了！

唇上的触感，那么轻，可是却又是那么敏感，几乎就在他贴上她唇的同一时刻，她就惊醒了！

再也无法在那种质疑和欢喜交杂的心湖中神游下去，猛然伸手，几乎是想也不想地，推开了他！

那一刻，闪入脑海中的冷阳的脸，让她莫名的心慌！

她从来没被除了冷阳之外的其他人吻过，唇上落下吻的时候，那种不同于他的触感，让她下意识地反抗。这张唇，似乎已经习惯了那个冰冷邪魅而又霸道的男人，似乎也习惯了那淡淡暖意中带着微冷的温度。

张明宋被她这一推，神智有些回笼，立刻放下了捧着她脸的双手，自觉刚才有些孟浪了！

可是，心中却不后悔，反而，又多了一些得逞的满足感！

她突然想到自己现在可是坐在幼稚园的长廊里，幼稚园就开在她学校里，随时都有可能会有学生经过，甚至在这学生中，可能会有认识她的人！

有些心慌地转过脑袋，往四周瞅去。

为什么心慌，只是因为，她和他的亲吻，名不正、言不顺！

因为，他现在对外的女朋友，是许洁，而不是她！

就这么快速地一扫，还是能看到周围三三两两的学生，但是好像都没往她这瞅。她继续扫视着，突然——

停在不远处的那辆黑色轿车里的那张绝对不容错认的脸，就这样硬生生地、不容她抗拒地闯入了她的眼帘！

半摇下的车窗里，寒着一张脸看着她的，是——冷阳！

一种灭顶之灾似的感觉，很快就击垮了她。

她觉得自己就像是一下子就掉到了冰窖里，原本因为一层羞意蒙上粉色的脸蛋，立刻变得煞白煞白！

脑中，猛地闪过诸多疯狂的词汇：……龙主……杀妻……凤影……死亡……抓奸……背叛……

“露露，怎么了？”张明宋担心地推了推她。

“啪！”惊吓中的叶露，飞快又狠厉地给了张明宋狠狠一巴掌，那巨大的声响，估计连远处坐在车里的冷阳，都可以听得到！

不可以，不可以让冷阳伤害到宋哥！

脑中突然闪过的念头就是：冷阳是骄傲无情的，他看见他的妻子被别人给亲了，他一定会对那人下手的，宋哥根本就不是他的对手……他警告过她不许背叛他的，他会对宋哥不利的……

不行，不能让冷阳对宋哥下手！

打张明宋，狠狠地打他，表现得她好像是无意间被他给冒犯，所以要打他一巴掌惩戒回去。

不能让冷阳出手，绝对不能让他出手！

张明宋难以置信地瞪大眼，看着叶露，捂着自己被挨打的右侧脸。冷阳给的瘀青尚未彻底消去，而今，她又雪上加霜，给了他一巴掌。

“你走，你给我走！你既然有许洁了，就别来招惹我！我警告你，我最讨厌别人脚踏两只船了！”

掌心隐隐作痛，都说打别人多痛，自己这手也会有多痛，因为，力的作用是相互的，作用力和反作用力是相等的。她能够感觉，宋哥此刻的脸，该会是如何的痛！

可，她又能如何？

她身不由己，她已经不是自由人了，做什么事情，都不能随心所欲了啊！

他现在说喜欢她，又有什么用？！

晚了！

已经晚了！

“走啊，你走啊！再不走，难道还要我再给你一巴掌不成？”

叶露脸色煞白，这句话，喊得有些声嘶力竭，听着，宛如刀刮过心一般。

这突如其来的变化，一下子让张明宋蒙了！

他不明白，刚才一切都不是挺好的吗？明明，他和她互相喜欢，心意相通的啊！

“露露，你……”

“闭嘴！”叶露高喝，阻断了他要出口的话，“你再不走，我可要我的男人出来赶你走了！你也不想再被他打得鼻青脸肿吧？”

叶露说这话，心都在淌血。她知道自己这话说得有多么的侮辱人，听着好像是她在瞧不起张明宋那副任人宰割的孬样。可是，谁能知道，她这样说，都是为了他好？

张明宋总算是从叶露的话中听出了些端倪，顺着叶露的目光一看，他就看到了那车里坐着的熟悉的面孔，刀刻一般无情的脸庞，没有一丝正常人该有的暖意，冰冷的眼神，就是隔那么远，都能感觉到他身上的那股令人害怕的寒气！

叶露趁机挪步，躲到张明宋侧旁，躲过了冷阳的视线，作势推张明宋离开的时候，低低地出口祈求："宋哥，求你，快走吧！"

猛然间，张明宋也有些做贼心虚，那个心情，就好像自己和一个有夫之妇偷情，却被她的丈夫当场给抓到一般。

于是，他深深地看了叶露一眼，大踏步离开。

他不能逞匹夫之勇，给露露制造麻烦，他已经为自己一时的头脑发热付出过不能探望她的代价，这一次，绝对不能再这么鲁莽了！

因为，他不知道对手的底细！

他得等，等明白那个男人到底是什么身份之后，才能英勇地出击，把她给抢回来。

叶露没有看着张明宋离开，她把目光对准了冷阳！

头一次，对上那冰冷充满寒气的脸，她害怕，却又不怎么害怕。

心境——一阵悲凉！

两样对视，同样是黑色的眸子，宛如两个黑色的磁石，以为可以交接，却不料是相互排斥着的。明明两人相隔不过百尺，却感觉——隔着天涯！

长长地吸了一口气，感觉到胸口都痛了才停止，憋着，缓慢地吐出，开始一步一步地朝他走近。

"你怎么来了？"平淡的语气，随意地询问，宛如刚才什么都没发生一般。

他也很配合，只字不提刚才的事情："星星第一天上幼稚园，我来看看。"

那么，他来了有多久了？

看见了多少？

又知道了多少？

双腿有些发软，心已经开始发凉，日头又有些晃眼，她略微摇晃了一下，差点都站立不住！

定了定神，绕过车的另一边，她拉开车门，钻了进去。

有什么事，还是在车内解决比较好，外面人来人往，她丢不起那个脸！

他什么都没说，看着窗外，一身的冰冷，让人觉得难以亲近。

他迟迟没有什么表现，她懒得猜测和等待，身子一软，靠在了后座上，闭眼，打算休息。

他猛然转身过来，让她立刻睁大了眼睛，戒备地看着他。

终于打算要教训她了吗？

他伸手，抽出放在后车位窗边的纸巾，粗鲁地在她唇上狠狠擦过："擦擦，脏死了！"

嫌恶的语气，可以瞬间把人给刺透！

将纸巾狠狠地扔在了她的脸上，他扭过身子，继续冷脸看着窗外，宛如窗外有什么异常动人的事情在上演一般。只能从那微微眯起来的眼睛里，可以看出，那没有完全掩藏住的狠绝！

几近是颤抖地伸手，她捡起他砸给她的纸巾，轻轻擦着，屈辱，宛如浪潮一般，汹涌而来！

脏！

他嫌弃她脏！

她被亲了这么一下，他就说她脏！用那么嫌弃、不入眼的语调说她脏！

听涵跟那么多男人交际，他怎么不说她脏？慕倾有那么多入幕之宾，他怎么也不说她脏？他亲过那么多女人，怎么也不嫌他自己的嘴脏？！

咽下苦涩和悲伤，慢慢地将嘴仔细地擦了一遍，将纸巾缓缓地放下。

“还没擦干净，继续！”冷漠的声音命令着，却根本就没看她一眼，依然瞅着窗外！

车内的司机，两眼正视前方，仿佛什么都没看见，什么都没听见，就当自己是个木头人。

可是叶露知道，司机是什么都听得见、什么都看得见的。

面对第三者的在场，他冷漠的命令，她不能抗拒的难堪，不止是多了一倍！

重新拿起纸巾，再擦！

在她再度松手的时候，他冰冷的声音又继续了：“再擦！”宛如金属一般，没有温度！

她深吸一口气，这一次，绝对不手软，发了狠一般地擦拭自己的红唇，直到——缕缕鲜血从那被用力擦得红肿的唇瓣溢出，她却还是像没看见一般自虐地擦着。

他不就想看她这样吗？！

行，她绝对配合！

“够了——”口气平淡得就像凉白开一般，没有愤怒，更别提什么疼惜！

果然，要见血才可以！

叶露冷嘲，放下了纸巾，任凭那鲜血在唇上聚堆，散发触目惊心的美！

闭眼！

如果无法出声抗议，那么至少还有选择沉默的权利。

安静，一直很安静！

她在安静，他也在安静。

这份安静，就像是暴风雨前的宁静，压抑、窒闷，让人觉得快要呼吸不过来了。

她给了张明宋一巴掌，她也不知道冷阳还会不会想到要对付他！

再一想，自己也只不过是被人吻了一下，而他的前两个妻子都跟男人上床了，自己这个，似乎也只是小菜一碟，入不了他大人的眼。

但是，她以为她把自己的嘴唇擦破，就算是这件事情的了结，那么显然，她是大错特错了。

当晚，躺在冷星的床上睡得好好的她，却被他给突然抱走，她突然意识到，惩罚，还没有真正结束。

这个男人，果然恶劣得一如她的想象！

“我伤还没好。”怕吵醒冷星，出了卧室她才不满地低喝。

他冷淡地撇唇：“无妨！”

于是，她更加知道了，大势已去。

被放在了床上，她也不挣扎了，躺着，就当自己现在已经死了，是一具不会做出反应的尸体了。

她实在不能明白，一个人，他可以白天那么冷酷地对待你、侮辱你，为何，却又会在深夜，对你做那么亲密的事情！

既然嫌弃她脏，为何还要碰她？

是，她很在意，很在意白天他对她的那份嫌弃！

是，她对他有怨恨，从一开始就怨恨，怨恨他让她陷入这种进退两难的境地，失去了一个普通学生应该拥有的美好而张扬的青春，那么早就被一个人给捆住，还不是她希望的那个人。这份怨恨，虽然随着与他的相处，感觉到他偶尔的善意而慢慢地淡下，但是，一直存在着，只需要某个契机，就可以爆发，新仇旧怨，一起涌上心头，以压倒性的胜利，战胜对他的那些零星的好感。

他俯下头，她知道他要干什么，但是即使是再肮脏的嘴唇，也有拒绝人的权利，躲开！

他一把捏住了她的下巴，冷声嘲笑：“怎么，还想着为他守身如玉不成？”

一片黑，房间还是没开灯。他的眼很冷，很亮，是像星星那种的亮，再亮，可是也是没有温度的。

他有的是力气让她臣服。

男女天生的不公平，让她可以躲避他的吻一次，却躲不过第二次。

他在她唇上轻舔，一开始表现得很是温情脉脉，但是她知道，那只是假象，身上的这个男人，最会用温柔的假象来骗人了，他的本质，是万年的寒冰，而且，还是那种周身布满了冰芒的寒冰！

果然，他突然凶猛了起来，狠狠地啮咬了她的唇瓣，本来就没愈合的伤口，顿时又开裂了，腥锈味，立刻传入她的口中。

出血了！

她的脑中闪过这个念头，那个讨厌的男人宛如贪婪的小兽一般，凶猛地舔舐着她唇上的鲜血。

愤怒，无奈地愤怒！

挺尸状的念头改变，伸出食指，化为黑山老妖，指甲不算很长，但是也足够在男人的背上划出一些血痕。

他让她见血，她也不会让他好过！

于是，他的动作更暴烈了，动作更加迅猛了，偏偏，有时候，又会展现那伪装的温柔，双重夹击，务必要她丢盔卸甲。

显而易见，他是一个调情高手！

所以，被吊着，不上不下，想要高潮却不能高潮，想要退却热情他却还在那边不允许地煽风点火，身子一阵空过一阵，饶是她信念坚定，也禁不起这层折磨。

“说，我是你的谁？”不让她得到解脱，就是为了这个问题的答案。

从一开始的咬唇不出声，到后来的终于出声回答，答案却都被他否决，老公不对，孩子他爸不对，大哥不对，夫君也不对……她都快要被他折磨疯了，十个指甲，已经在他身上划了N多道血印。恨得牙痒痒的，只觉得趴在自己身上，气喘吁吁，大汗淋漓，蓄势待发，分明也在受着欲望折磨的他，却就是不给她个痛快的男人，简直是个变态！

“你……你到底想要什么答案，说……你说啊！”她怒了，用情事来逼迫人，太卑鄙了吧？！

他估计也快忍不住了，好心地，但阴阳怪气地给了她一个提示：“答案，就是你上午说的！”

叶露忍不住地在心底咒骂：这个死人，这个变态，这个臭男人，她就知道，小肚鸡肠得爱斤斤计较。白天在手下面前表现得宽容大方，晚上就来床上对付还在受伤的她！

没人性！

该挨千刀的！

但是，上午她说什么了？

……

你再不走，我可要我的男人出来赶你走了……

Shit！

“男人……哈……我的男人……”

话刚落，他阴阴地笑了一声：“恭喜你，答对了！”

同一时刻，凶猛地进入了她，疯狂地攻城略地，容不得她多想，就只能随波逐流……

一晌贪欢，他宛如一个怪物一般，神清气爽地走了，她却累死在了床上，已经彻底失去了对时间的感觉，巨大的疲惫，是上等的温床，让她即使雷声在耳，都不能醒过来。

日落西山，她才醒来，可是一天就已经这样过去了，她根本就没有出这个大宅院的机会。

对此，他估计是满意的。

她已经无语了，想起他，就恨得咬牙。

原因无他，腰酸背痛，她能忍；双腿虚软，下床走路就像瘸子，她也能忍，可是，她就是不能忍受那满满一脖子的吻痕，这让她怎么出去见人？！

“臭男人，你是属狗的啊！”

在当天晚上，吃了饭又睡了一会，精神刚刚才振奋了一点的她，又被他压在身下做某种剧烈的热身运动的时候，她立刻下了一个决定，无论如何，她明天必须要走，回学校寝室去，她绝对不要跟一个凶猛的、毫无节制的野兽待在一起。

他只规定了她周六周日必须回来，她明天走，他也不能对她怎么样！

不用她自我提醒，第二天，她还是要走的。

因为，有人来找她了。

一个绝对意料之外的人——许洁！

THROBBING
LOVE

上册

豪门绝恋

半路新娘（下册）

THROBBING
LOVE

古默 著

中国出版集团
现代出版社

目录

第五章

嫉妒

026

接到许洁的电话的时候，叶露的心里，咯噔了一下！

想起了那个吻，想起了张明宋昨天的话，心里，闪过不好的预感。

她不愿意去见许洁！

在得知许洁和宋哥是一对儿之后，她从来没想过要拆散她和宋哥，也从来没想过插足两人之间，更从来没干过破坏两人感情的事情。

只是偶尔，会这样幻想，如果天意安排，许洁和宋哥没有了缘分的话，那么希望，上天能给她一个机会，让她可以陪在宋哥的身边。

可是，她不得不去！

也许，是宋哥说了些什么；也许，是听到了什么。许洁既然专程叫她出来，那必定是有要事相谈的。也好，她也可以就此表明立场。

虽然宋哥对她说了喜欢，但是现实这么残酷地摆在面前，她还不至于被一句随口而出的“喜欢”冲昏头脑！

喜欢，缘何而来，从何开始？

她还是她，原来的叶露，没多少改变！

不变的容貌，不变的性子，他一开始没有动心，现在，又怎么动心了呢？

原以为，当他说他喜欢自己的时候，她会欣喜若狂，可是，欣喜是有的，可却没到“若狂”；原以为，当他亲她的时候，她会幸福得晕过去，或者脸红到不知所措，可她却下意识地推开了他……

时间，缓慢地流逝，有形无形，在改变着什么。

她当时下定决心，要慢慢地放下他，是不是，这种放下，已经开始奏效了。

既然从来没有真正得到过他，那么也就不怕失去。

对宋哥和许洁，她还是一如既往地祝福。

找了半天，才在一个抽屉里找了一条丝巾，将脖子给围了起来，庆幸的是，此刻不是三伏天，穿着衬衫围着丝巾，绝对不会成为别人眼中的异类，又可以巧妙地将那新鲜度不同的吻痕给遮盖起来。

见面的地点，是一家咖啡厅。

叶露不习惯让人等，一般的约会，总是会尽量早到一些。这一次，也是提前了十多分钟来的咖啡厅，可是许洁已经坐在那儿了。

也许，许洁真的非常着急要见到她。等人，向来不是她的风格。

随便点了一杯十多元的咖啡，对这种苦涩的滋味，叶露一向感官比较迟钝，感觉不出来高尚到了哪里去，所以，十元、二十元、乃至成百上千元的，在她眼里看来，咖啡还是咖啡。

两人略微寒暄了几句，许洁直接进入了正题。

这个娇娇女，惯于处于发号施令的位置，习惯了先发制人，让人只能竖着耳朵，乖乖听从。

“露露，咱们也算表亲了，亲戚当中，我也是真心喜欢你这个表妹的，所以，明人不说暗话，我就直接扯明了——张明宋，我是不会放手的。”

“我——”

许洁挥挥手，阻断了叶露的话。“你什么都不用说，先听我说，等我说完了，你还有什么要说的，再说不迟！”

还是那种不容人反驳的态度，叶露点头。

“宋跟我说分手了，我大概猜到，他想跟你好。”

说着，不动神色地睨了叶露一眼。

叶露微微惊愣，没想到，宋哥竟然会如此的雷厉风行、断然做出决断，心中慌乱，没有全然的欣喜。

“我更可以告诉你，你大学刚进来的时候，宋对你就挺有好感的，如果没有意外，你们甚至有可能发展成情侣，可是，你知道，为什么宋会放弃你吗？”

叶露摇头，心中震惊，却又不能表现得太明显，她……根本就不知道，原来还有这样的过往，宋哥当时不是说……他只是把她当做妹妹照顾呀！

许洁低笑，泛着一股冷嘲：“那是因为，我和你比起来，我的可选性更大，所以，他选择了我，放弃了你。爱情和面包，是两码事，男人和女人相比，女人会更重视爱情；男人则会更重视面包。我本来就是他的女朋友，我有能干的父母，无论在学术上，还是在创业上，我都可以给他莫大的帮助，可以让他少奋斗个十年！你要知道，现在这个社会，不是说有才能就行的。最重要的，而是人脉。他和我交好，对他的未来，是大有好处的。所以，即使他对你有那么些感觉，他还是决定放弃了你，对你的说法，就是像小妹妹一般的疼爱。

“我只想说，他可以为了自己的前途舍弃你一回，就可以舍弃你第二回！

“他现在可能一时冲昏了头脑，说要跟我分手，但是他要是真的跟你在一起了，等心中的热情熄灭之后，肯定会后悔。露露，我相信你也是个聪明人，这当中的利害关系，你也该是明白的。我也不怕你把宋给抢走，只是有些讨厌，注定是属于我的人，中间却因为别的女人离开我。况且——”

许洁顿了顿，“况且，男人嘛，大多都有一个通病，就是有处女情结。”

说完这话，她故意停顿了一下，眼神犀利地看着叶露。

叶露抿唇，眼神微微变冷，挺直了身板，无畏地迎视许洁。

许洁，遗传了她那开公司的妈妈的精明，做什么事情，都是滴水不漏的。张明宋竟然敢跟她提什么分手，她绝对不允许。她看中的男人，绝对不会让他逃离她的手掌心。说什么不怕叶露抢，那只是场面话，她绝对不会给叶露抢张明宋的机会！

只是让她感觉奇怪的一点就是，她聘请的私家侦探，竟然查不出叶露那个相好的底细，只是摇头把钱退还给她，末了，劝她事情到此为止，别再追查下去。

听这话，估计叶露相好的那个男人不好惹，那么，她暂时还是不惹好了。

那就——直接从叶露这边下手得了！

许洁也是一个精明人，没有叶露和那个男人的具体资料，她还是可以凭借着这些蛛丝马迹掀起一番风雨的。

说叶露不是一个处女，那只是她的一个大胆猜测，一个不经常回寝，又失踪一段时间的人，还跟一个男人牵扯在一起，就很容易让人联想到这。

况且，叶露今天脖子上带着丝巾，尽管遮得严实，但是许洁是什么人，经常跟在她妈妈身边应酬，跟个人精似的，有了怀疑，再那么细细打量，还是让她瞅见了一枚吻痕！

加上叶露不反驳的态度，她几乎是完全肯定了。

于是，她笑了，胜券在握地笑着。

“露露，男人虽然说不在意什么处女不处女的，但是我可以告诉你，再大度的男人，心里其实还是在意的。等你们在一起了，他心里总是会有疙瘩的，一旦你们之间有了矛盾，他也会下意识地揪着这个不放，更会借此来打击你、指责你！所以说，你和宋，不适合的！我来，只是想让你认清这个事实，还有，别在我和宋之间搅和了。”

实话说，许洁的这个神情，叶露看得很不顺眼，尽管，许洁很多话都说得很对，尽管在来之前，叶露也想好了，也准备表达自己不会参与她和张明宋的事情。

但是，此刻看着许洁那志得意满的神情，她——改变主意了！

盯着面前的咖啡杯，叶露一口也没喝。心里已经够苦，没有必要再用这个东西让自己苦上加苦。

“你……为什么不找宋哥谈？”叶露不做回答，反而把问题推向了许洁。“正如你说的，宋哥可以为了前途放下我一回，就可以放下第二回。那么，你直接找宋哥谈不就行了！”

许洁心里冷冷一笑，这个丫头，倒是不笨。

找宋谈？

她哪里会这么笨！

她以前找宋谈过一次，必定在他心中留下了一些不好的印象；这一次，宋明确地提出了分手，她再去威胁宋，那么岂不是让自己在宋心中的形象一落千丈，必定惹得他反感，这样下去，即使得到了宋的人，又有什么意思？

所以，必须在叶露这边下手，让叶露主动跟宋分开，没有叶露在一边兴风作浪，宋肯定会回到她的身边的。这三年来的感情，又不是作假的，宋又是一个重感情的人！

许洁这是打着如意算盘了。

所以，对于叶露的提问，许洁沉下脸，表示了自己的不高兴。“露露，我是因为看在咱们亲戚一场，我又确实喜欢你，我才来找你谈话，而不是找宋。如果找宋，大家撕破了脸，对谁都不好看。你说，我和宋之间，你是不是彻头彻尾的第三者？整个大学的人谁不知道，我和宋是一对的？你这样横着插进来，你说大家会如何看我？如何看宋？再……如何看你？你也不想自己在大家的眼中变成卑鄙可恶的破坏他人感情，甚至是自己表姐的感情的第三者吧？我找你，就是想把这件事私下里了结了，不想闹得太大。宋现在只是一时头脑发晕，等他冷静下来，我们又会恢复如初，何必要把事情闹大！况且——”

许洁脸色微微一变，立刻严肃了起来：“露露，你实话说，从你进了大学，我这个做表姐的，有没有照顾到你？我爸爸有没有照顾到你？如果没有我爸爸，实话说，你认为你能进到现在的实验室？”

叶露偶尔去帮忙的实验室，就是许洁爸爸名下的。叶露学的是理科，能提前到实验室练练手，对将来是有很大的好处的，要是自己再独立完成什么实验，将来考研啊、出国啊，更是不成问题。

按理说，叶露才大二，要想进实验室是不容易的，但如果实验室的老板认可、喜欢这个学生，那么无论这学生是否毕业，也都是可以进实验室的。

许洁这样说，分明是说叶露能够进实验室，不是自己有本事，完全是靠她爸爸的帮忙！完全是靠走她爸爸的后门！

叶露听了，怎么能受得了这种侮辱？！

“许洁！”咖啡桌下，叶露的拳头，已经悄悄地握紧。她一直都不知道，原来自己能够进实验室，在别人的眼中，竟然是如此的难堪！

这也是叶露头一次不客气地直接叫许洁的全名，而不加一个姐字！

“我自己有几斤几两重，清楚得很！你和你爸爸的帮助，我——很感激。”

叶露咬牙说出这“感激”二字。

当时许洁带她到她爸爸的实验室，一声笑谈，让她进实验室跟着学习学习，她想机会难得，反正自己闲着也是闲着，也就答应了。当时，她没怎么在意，就一锤定音，进了她爸爸的实验室，没想到，那一时的不在意，会沦为今日的话柄！

深吸一口气，强压下心中升起的怒火。

“但是，以后，不需要了！”

她不会再进那个实验室了！

这种帮忙，以前她还觉得蛮庆幸，现在，被许洁这么一说，叶露只感觉到一阵阵难堪和恶心。

“对你和你爸的恩情，我以后会报答回去。但是，你和宋哥的事情，与我无关，你不用也没必要来找我。很遗憾，这件事，我不能跟你达成共识。我还有事，再见！”

叶露直接站了起来，推开椅子，就走了出去。果断利落的样子，真有几分许洁那当公司总裁的妈妈的气势，一时间令许洁侧目，她还从来没见过这样的叶露，又或者，她根本就没有真正地了解过叶露！

可许洁岂能让这个自己一向认为处在自己脚下的叶露爬到她的头上来？！

敬酒不吃吃罚酒啊！许洁也猛地站了起来，怒气腾腾地伸手要去抓叶露，同时，向前倾的身子撞了咖啡桌一下，桌上的咖啡杯因为剧烈震动也不由地晃了几下，最终失去平衡，倒了下来，乌黑的咖啡，快速地在桌面上画起地图。

“叶露，你别走——”许洁厉声命令，她得和她好好谈一谈。

叶露淡淡地扫了一眼她那漂亮的雪纱纺淑女裙，“小心咖啡，沾你腰上了！”

许洁低下头，立刻就看到自己白色的裙腰上几条碍眼的暗褐色。

“啊！”她新买的裙子，许洁心疼不已！

叶露猛地一收手，就挣脱了许洁的纤手，大步往外走。许洁看看自己的腰间，又看看拦不住的叶露，不由愤恨地一屁股坐了下来。

眼中，闪过一抹恶毒的光！

叶露，我给过你机会，是你自己要来惹我的，那就别怪我了！

气呼呼地从咖啡厅出来，叶露的目的地，自然是学校了。

可是黑幕降临的时候，冷阳的电话，却又不得不让她返回了。

“女人，回家！”

“不要！”她毫不犹豫地抗拒。

“你以为你脖子上都是那玩意儿的鬼样子能回寝室见人吗？”他打的就是这个主意。

叶露愤恨地猛地一脚踢飞了一边的石子，石子飞得不太远，她自己的脚倒被震得发疼。

冷阳说得很对，她现在这个鬼样子，确实不能回寝室去。到晚上一洗漱，脖子上面的东西一露出来，不就什么都暴露了。

无可奈何，她回了冷宅。

坐在沙发上的男人，一脸的冷淡，但是热乎乎的饭菜，很快就摆了上来。

“警告你，我是人，不是神，禁不起你这种大神级别的天天这样玩。所以，今晚，别再来骚扰我了！”

她气呼呼地冲他大喊。

冷阳眼皮子都没抬一下，自顾自地吃着。

这种大人之间的事情，小孩子家家的冷星听不懂，叶露说得也不顾忌。

看冷阳那不屑搭理她的样子，叶露很是愤懑。

本来今天她就有点火大，他又表现这样一副死人样子，“啪！”

把筷子一摔，叶露把饭碗一推，气呼呼地说了一声：“不吃了，我回学校去！”

“啪！”冷阳猛地一拍桌，“噼里啪啦”！饭桌上的碟啊碗啊，全都晃了一下，冷星刚伸出的筷子，都没够到菜呢，见此，识相地缩了回来。

绽放一个冰冷的笑容，冷阳绝对不是开玩笑地说：“你今晚要能走出这家门，算你厉害！”

威胁，赤裸裸的威胁！

强权，令人憎恶的强权！

看着那张令人胆寒的冰脸，叶露还能作何感想，自然是乖乖地坐下去，拿起筷子继续吃饭。

“在你伤好之前，一直都要在家里住，不准在学校过夜。总之，我要看到你每天晚上都在这里。”

绝对的得寸进尺！

叶露有种冲上去揍冷阳一顿的冲动！

他这绝对是在限制她的人身自由！

“当初说好了，我只需要周六周日回家就行，你这是出尔反尔，说话不算话，传出去，你也不怕手下笑你？”

哼，想用激将法来对付他！冷阳冷哼一声，轻轻松松地回了过去：“现在情况不一样，你受伤了。我说的是到你伤好为止，这是为了你好，并没有违反我当初的诺言。”

“可我想回学校去！”

冷阳挑眉，手一甩，就看到那两只筷子，一前一后，分别插入了那两条首尾呼应的鲫鱼的眼睛里，几乎是分毫不差！

“我的话，你有什么异议？”冷冷地看着她，这个时候的冷阳绝对比屠夫恐怖了不止百倍。

叶露再度屈服于强权暴力，努力把因为过分惊吓中而瞪得老大的眼睛恢复原状，摇了摇头。

冷阳哼了哼，取回筷子。

扭头一看，叶露看到冷星的眼中是满眼的崇拜！

入夜，令人讨厌的臭男人再度爬上了她的床，叶露深知这个男人的恶习，所以哄完冷星睡觉之后，就自动地回了自己的房间，省得男人来找她的时候把星星给吵醒。

重申了一遍：“大神，请你手下留情！”她就双眼一闭，认命了！

其实，她很想把那“大神”两个字，改为“禽兽”，但是还没这个胆量！

哪知，今晚这禽兽很安分，只是在她脖子上咬了一口，做了一个记号之后，就抱着她安稳地睡下了，不久之后，她甚至都可以听到他平稳的呼吸声！

怪了去了！

禽兽今天不禽兽了？！

叶露可不会蠢到拿这个问题去问冷阳，惴惴不安了一会，生怕身边的禽兽只是在养精蓄锐好给她来个致命打击，最后，她还是不敌睡意，睡了过去。一夜，相安无事，就是噩梦连连，梦见自己被一条巨蛇给缠上了，那条可恶的蛇把她缠得死紧，还用湿滑滑的舌头舔她，让她无从反抗，憋了一肚子的气。

一大早，虚火上升，口干舌燥，起来找水喝，发现自己被某人给抱得死紧。某人不知廉耻地用双手双脚缠上了她，甚至还拿半个身子压着她，一点都不想想她还是一个伤没完全好的伤员！

果然是恶人一枚！

027

旷课许久，身体稍微能动弹，叶露赶紧拿着课本去上课。

冷阳有钱，那是冷阳的钱。

冷阳有势，那是冷阳的势。

新时代的女性，可以不结婚，但是不可以没有自己的事业。没有自我谋生能力，将来绝对会被老公给压得死死的。万一婚变，那就等于灭顶之灾，你就等着看自己是怎么死的吧！

所以，功课绝对不能耽误！

学分，绝对要搞到手！

毕业证，绝对要领到手！

一脚踹开冷阳之后，她还要凭着那薄薄的一张毕业证书吃饭呢！

好长时间没来了，同学之间关系生疏了不少。

所以，赶上大课中间休息的时候，比较亲近的同学纷纷凑过来问东问西，联络一下被搁置的感情。

叶露笑着呼应，一来一往，说得热火朝天。

不知道是不是错觉，叶露感觉好像是丝巾被动了几下，可是围着她的人太多，她没怎么往心里去，想着可能是让人不小心给碰到了。

可是脖子上那乍眼的东西到底是不能出来见人的，所以，她不放心地时而碰碰自己的丝巾！

“啊！”

某女惊叫，叫声凄厉，引得眼球无数，教室里至少八成的人，都把目光朝某女射来。

某女指着叶露的脖子，特别单纯地问：“露露，你脖子怎么了啊？”很有装单纯的嫌疑！

丝巾，在几双黑手的动作下，悄然地被揭开了，叶露全无防备，很多双眼睛，宛如雷达一般，迅速地扫视叶露的脖子。

某女此时做了一个很经典的动作，跳开一步，翘起兰花指，指着叶露的脖子，大喊了一声：“吻痕！”

然后满脸娇羞地捧住了脸。

没有人顾得上为她的动作而恶心，看着叶露的眼神，从一个个雷达变成了精密分析仪，捕获影像之后，立刻在脑中生成了解析。

一时间，各种猜测纷纷四起，鄙夷的眼神，只怕很快就要接踵而来。

突如其来的变化，让叶露一下子失去了应有的反应，不，都这样了，她还能做出什么反应？！

解释，就是掩饰！

她突然领悟过来，她的丝巾，是被人故意给解开的。

这，是故意想要让她难堪呢！

她感觉到，她似乎是掉入了一个陷阱，一个绝对让她众叛亲离的陷阱。

狼狈地抓过丝巾，不用看了，她只是扫了那么几眼，就看到大家怪异的目光。有时候自诩纯洁的人们，会用最不纯洁的想象，把一件本来一般般的事情想得罪恶万分！

抿着唇，慢慢地把丝巾重新系好。

你说她现在该如何？

愤怒，那是有的！

惊慌，也是有的！

逃走，那是迫切想的！

可是，没用，都没用，事情发生了，不是她逃避就可以了事的。

重新为自己的脖子围好了保护层，她就没那么慌了。

沉着一张脸，学着冷阳冷眼看人的样子，她慢慢地扫过那几个在她侧边站着的女生。对她的丝巾动手脚的，肯定是在那些女生之列。

冰冷的眼神，绝对有震慑的作用，那猛然强大的气势，让几个少不经事的女生或是垂下了头，或是眼睛乱瞟，不敢看她！

人不少，就可以看出不是无心之失了！

心里更加可以肯定，这绝对是一个一早就计划好的计谋。

她心里刚有一个念头，旁边冒出来的女声更是刮过来一阵飓风。

“哎呀，叶露，大家都说你这么多天不露面是跟一个男人在一起了，不会是真的吧？你那脖子上，真的是吻痕吗？别不是什么大虫子咬的，让人给污蔑了！”

此女，是她们系最三八的女人，最喜探人隐私然后满世界喇叭去，个性又发骚，叶露一向不愿意与她亲近。

此女够狠，先一步出声，把叶露想要掩饰的借口都给堵住了，就算温笑她们想要帮叶露，也被她给堵得死死的。她都这样说了，叶露和温笑等几个同寝好友再出声，谁会相信那是大虫给咬的？！

所以，冷阳，你可真是害死我了！叶露在心里忍不住地咒骂一声，果真，挨上他，就没好事！

这个时候，多说无益，还不如秉持沉默是金的原则。

但是其他人显然不愿意就此放过她，又或者，这根本就是一场预谋。

“听说是被富二代给包养了啊……”

“那天我亲眼看到她从一辆高级轿车上下来再往学校这边走，心里还觉得奇怪，怎么她好好的车子不坐，非得在距离学校那么远的地方下车，再一路走过来，原来是要打掩饰啊！”

“我也注意到了，她现在全身上下，都是名牌呢，那个价格，啧啧……说出来得吓死你们！”

“……都这样了，那肯定是被包养了啊……”

“就不知道对方长什么样了……”

“啧，估计就那样呗。不是糟老头子，就是有啤酒肚的，有那稍微不影响市容的，估计家里也是有只母老虎的……”

“说了是富二代了，哪那么糟糕了！”

“切，富二代就更是糟糕了，玩女人就跟换衣服似的。图个新鲜，没了新鲜，立马就踹人！”

“还有啊，玩的女人多了，身上都不知道有多少脏病呢……有些还会传染呢……”

“……艾滋！”

眼瞅着大家越说越热闹，越说越离谱，到最后都扯出艾滋病来了，叶露真是不能忍了。

“老师，上课时间早到了吧？”

不能冲一干同学发火，因为她一张嘴没法和那五六十张嘴斗。即便是加上她的室友，也斗不过。更何况，她不会把自己的室友给拉入战斗圈！

所以，能暂时平息这骚乱的，就只有上课了！

被叶露冷眼看着，迟迟没宣布继续上课，看上去也完全是在看好戏的中年女老师，一听这话，就赶紧轻咳了一声，宣布“开始上课”！

宛如打了鸡血的男男女女们，不甘不愿地回到了原先的座位，叶露暂时得到了安静。但是这节课，跟以前一上课大家就睡到一大片不同，嗡嗡嗡的，到处都是低低的议论声，热闹得简直让人头疼！

果然，这样的花边新闻，总能让大家热血沸腾！

“露露，怎么办啊？”旁边推过来一张纸，上面铅笔书写的大字是温笑浓浓的关心。

怎么办？

叶露苦笑，凉拌呗！

摇摇头，拿过一边放着的铅笔，叶露在纸上写了几个字：我也不知道，让我想想，别担心。

这样的字眼，并不能让温笑的眉头舒展。但她还是点了点头，拿过橡皮，将纸上的铅笔给擦去，这就是温笑的贴心。

大学的座位不是固定的，都是好友或者一个寝室的人挨着坐一起，叶露这一个寝室的人，纷纷拿担忧的眼光看着叶露，叶露冲她们摇了摇头，她们只能抿唇，坐在一边不做声。不过大家把叶露夹在中间，一脸严肃，把朝叶露投过来的异样的眼神一一给瞪了回去。

令人感动的真情！

有她们保护，叶露感觉轻松不少，但心里又很清楚地意识到，这事有些棘手。

如果这件事处理不好，只怕……她会被大家疏远，甚至，都不能在学校继续待下去。众口铄金、积毁销骨，她可不敢小瞧了这些流言蜚语的威力！

对于男女关系，学校管理并不严格，一向是睁一只眼闭一只眼，但是，如果因为男女关系造成了恶劣影响的，学校也不可能坐视不理，该处分的肯定会处分，甚至会让学生退学！

再者，叶露也不想看到因为她的事把同寝室的姐妹给搭进去，弄得她们也被大家疏远！

事情若真的进行到了那一步，那真是太糟糕了！

她有一种感觉，那就是——她被人针对上了。同学们现在已经把她给说成这个样子了，她隐隐觉得，如果她不想出什么办法来解决，事情很有可能朝最糟糕的状况发展！

那么，现在能够解决这件事的办法，似乎只有“公布自己已婚”这一事实，虽然这也会导致一些同学远离自己，也会引起一些非议，但至少，她的形象不会被扭曲得太厉害，而一些莫名的或者恶意的诋毁，也会得到遏制！

唉，真没想到，她如此辛苦地瞒着已婚的身份，到今天，却要由自己把这件事给说出来！

想了想，她打开手机，给冷阳发了条短信。

不一会，冷阳的电话就打了过来。

叶露叹气，真是拿这个霸道惯了的男人没办法了。

“干吗？”冷冰冰的询问，口气很不耐烦，可能是叶露打扰到了他。

她表明此刻她遇到的麻烦，暗想他到底见过世面，又是一个聪明人，或许能帮她想出一个好办法。

但显然这个男人喜欢粗暴而直接的方式！

“还能怎么办，直接告诉他们你已经结婚不就得了！”他在电话那头冷哼着。

这样的结果，是他乐见所成的。他巴不得叶露昭告天下人她已经结婚了。搞笑！他冷阳的妻子，还需要藏着掖着？现在好了，早就该这么办！

那些对她蠢蠢欲动的毛头小子，早就该识相地滚一边去！

“没有别的方法吗？”叶露小心翼翼地问。

“没有！”冷阳回答地非常利索。“女人，我告诉你，一下课，你就把你结婚的事情公布了。这件事，不能拖，一拖，就得出事，到时候，你就是有千张嘴，也说不清楚。”

“哦。”

“还有，找你的教学秘书帮你作证。你一个人的话没有说服力。”冷阳顿了顿，突然声音一冷，冷得都透出邪性来了：“女人，你是不是让人给整了？”

怪物！叶露惊讶得不得了，他……他怎么会知道？聪明也不是这么个聪明法吧！

“好……好像是吧！”

“笨！”那边冷阳毫不客气地开骂。“待会瞅准了是什么人跟你对着干，以后慢慢收拾回来！”

叶露不吭声。

冷阳扯了扯嘴皮子，泛起一个绝对没有温度的冷笑：“女人，以德报怨，那是蠢人才会干的事。”

好像是看透了叶露会心软放过那帮人的样子。

叶露的脸涨得通红，冷阳分明是把她划为蠢人那一列了。

“行了，我知道了！挂了！”

“等等，教学秘书我通知就好了，你说话没分量！”

“嗯。”

“别担心，再不济，就别上学了，没什么意思的玩意儿，回家相夫教子得了！”

冷阳说得邪魅，心里暗想早就该这么办了！他又不指望她将来工作赚钱养家！

叶露气急：这个自大的家伙！懂个屁！

一下就挂了电话。

哼，想迫使她在这个学校混不下去，没门！

走着瞧吧！

抬手看了看手表，离下课还有十分钟左右。叶露不能在下课之后把大家给叫住，这帮学生，一下课就宛如出笼的小鸟，绝对会在一瞬间消失得无影无踪。那她也就不用玩了，等一会儿，肯定是谣言满天飞了！

保守起见，叶露高举着手，向老师示意。课间的那一幕幕，授课老师都是看在眼里的。她这么多年在学校中打滚，大事小事也是见过一些，一看叶露这样，就立刻停止了讲课，询问道："同学，有什么事吗？"

叶露站了起来，客气而又礼貌地请求道："老师，我想耽误你几分钟时间，可以吗？"

老师略微迟疑了一下。

叶露神情真挚地看着老师："老师，我想利用这几分钟说一件事，这件事可能会对我的人生起到非常关键的作用。"

叶露落下重话，老师也不是不明事理之人，点了点头。

"谢谢老师！"

叶露从座位上走了出来，来到讲台边，站好，下面黑压压的面孔，大家都张着大大的眼睛，颇为兴奋地看着她。这一刻，她觉得自己好像是小丑，而下面看似热切实则内心冷漠的同学们则都是等着看她出丑的看客。

她微微地笑了笑。先用一个笑容，放松自己的心情，也压下大家的兴奋！

"同学们，有一件事，我瞒了大家好久了，一直想说，可是总是不好意思说。但是今天，可能是掩瞒不下去了——"

话微微一顿，下面的学生个个伸长了脑袋，聚精会神地看着她，她能看见，那个很三八的女生——王彤，在下面歪着一张嘴，看好戏似的冷笑。

叶露挑衅地冲着王彤笑了一下，缓慢地举起了自己的左手。"那就是，我结婚了！"

左手无名指上，硕大的钻石在钻戒上闪烁着，散发着冰冷而耀眼的光芒，坚硬的钻石无声中证明了更为坚硬的事实！

"啊——"教室里一片轰响，很多人都难以置信地张开了嘴，惊讶地看着叶露。

"之前有同学看见我手上的戒指，就问过我是不是结婚了，我一直都没承认。因为觉得怪不好意思的，也怕因为自己结婚了，就会被大家疏远，所以就一直瞒着没说。但是刚才发生的事情，让我觉得很有必要把事情的真相给说出来。是，前段时间我是跟一个男人出去了，但那是我老公，我老公去国外要办一些事情，要我跟他一起去，所以我就跟过去了。至于我脖子上的这些，大家都是成年人，我相信我也就不用多加解释了。”

叶露话音刚落，底下就传来几个女生梦幻的羡慕声：“哇，结婚了啊……好好哦！”

这些才大二的学生们，个个都处在向往爱情的年龄，叶露这么一说，她们难免羡慕。

可是，还是有人见不得别人好的。

“骗人的吧？”底下传来小小声的质疑声。唯恐天下不乱的人，这世上也是多的是。

好在叶露早就做好了防备。“这事，学校是知道的。我知道我一个人在这说可能有些人不信，就是我拿来了结婚证书给大家看，估计也有人会怀疑是假的，所以，我请教学秘书过来帮我证明一下，有他的证明，我想大家肯定没什么好怀疑的，他现在应该在路上了，一会儿就到。”

搬出了教学秘书，那大家还有什么好说的，此事，肯定就是事实了呗！

但是，王彤岂能就这样甘心放过叶露？有些人的性格是属于睚眦必报的，王彤就是这一类人。

事情起因很早：那还是在刚上大一的时候，当时他们系的一个男生看上了叶露寝室里的老四孙研，对孙研展开了疯狂的追求，正当孙妍犹豫不决的时候，王彤横插了一杠子进来，主动贴上了那个男生，一来二去，就跟那个男生成了男女朋友。

世上没有不透风的墙，那男生和王彤的事情，一下就传到了叶露寝室。

这算什么？

孙研虽然嘴巴上说没什么，却也因此难受了好几天。

气愤中的叶露她们，第二天在路上碰到王彤的时候，忍不住地说了几句，王彤也不是一个善茬，叶露她们才说了几句，她就开始大声地回骂，骂得那个难听。两方不欢而散。

王彤和叶露她们寝室的梁子，也就这样结下了。

王彤和那个男生交往不到一个月，就戏剧性地分手了，是那个男生主动提出来的，王彤不从自己的身上想原因，老怀疑是叶露她们寝室的人捣鬼了。

于是，这梁子结得就越发的大了。

好不容易逮到了这么一次机会可以教训叶露她们，王彤岂能放过？

王彤冷笑了一声，薄情的唇上有种令人讨厌的诡异。

“叶露，你说你结婚了，大家就相信了？你说那个男人是你老公，跟你结婚了，但实际是怎么样的，又有谁知道？”

叶露猛地沉下了脸，“王彤，你这是什么意思？”

叶露同一寝室的其他人，也猛地站了起来，怒瞪着王彤。寝室老大李珍一向是寝室里的老大姐，又是寝室长，因为年龄比较大，所以做事总是很有分寸，一向秉持着“以和为贵”的思想教育寝室的这几个小妹妹。可是这一刻，李珍终于忍不住了：“王彤，你别在这信口雌黄，我是可以告你诽谤的！”

“啪！”

王彤猛地拍了一下桌子，站了起来，她平时交好的几个朋友也跟着站了起来，挑衅地看着李珍一行人，给王彤壮胆。

叶露狠狠地瞪着王彤。

王彤得意地自顾自地往下解说：“喏，我们台上站着的叶露小姐，这位据说是已经结过婚的同学。有一天我可亲眼看见这位家境一般的叶露小姐，竟然从一台奔驰车上下来了，还冲着车上不知名的男人笑呢。后来啊，叶露小姐上下学，都是坐私家车来的，却每次都不敢让车开进校门，都是在离学校还有一定距离的地方下车再走进校门的。更有意思的是：那些车，都不是同一个品牌的。看来，我们的叶露小姐，遇着的个个都是大款呢。你说，要是你老公知道你这么给他戴绿帽子，他会不会气到吐血？”

就在叶露快要被这个讨厌的女人气得发疯、准备冲上去甩她一嘴巴的时候，教室的门，猛然被推开了。

“好帅！”不知道是谁的惊叹声，带着梦幻般的感叹。

“我想，我绝对不会是你口中所说的戴绿帽子的男人！”

掷地有声的话，宛如一把锋利的剑，瞬间劈开由王彤制造出来的黑雾！

冷阳踩着大步走了进来，冰冷的视线，宛如锋利的匕首，对向王彤。王彤震惊于这个男人那种成熟的俊美的同时，感觉自己在这样的视线中似乎快要窒息了。

028

自信而又冷漠的脸庞，黑而深邃的双眸，冰冷而危险的视线，胸有成竹的气魄，高傲的暗黑气势，属于令人望而生畏的类型。深色的西装，完美地展现他坚实匀称的肩背，没有一丝褶皱的西装裤也不能掩饰那劲壮修长的双腿，那一股顶天立地的男子气概，彰显出他绝对是一个不容忽视的优质男人，在座的这整个一个系的男生们，没有一个可以出来跟他相比。

冷阳！

他竟然来了!

熟悉的不能再熟悉的宛如金属一般没有温度的声音，让叶露惊诧地转身看着他，“你怎么来了？”

他的神出鬼没，再度令她感觉到匪夷所思!

冷阳身后，那中年的教学秘书一个劲儿地拿手擦汗，冷汗层层!

冷阳伸手，不容置疑地一把将叶露搂了过来。

叶露几乎是踉跄着，摔到了冷阳的怀里，冷阳很满意地将她搂住。

性感而薄的双唇微微启动，冷阳冷傲地扬了扬眉：“介绍一下，我是露露的老公。”

声音不高，也没有任何的装腔作势，就这么随随便便的一句话，却自带着强大的气势，一股莫名的强大压力向台下众多学生迎面扑来。

“露露结婚的事，按照我的意思，是不要藏着掖着的。可露露不愿意，怕说出她已经结婚的消息之后，和同学们处不好，也担心因为我的身份，使得大家的友谊不再单纯。她既然这么想，我就答应了她。只是看来我的沉默，倒让她受委屈了！”

森冷的目光扫视了下面一圈，看得一多半的人吓得学鹌鹑状，把脑袋往双肩埋了之后，冷阳才一下调转目光，盯上了王彤。

“这位同学，你刚才说谁戴绿帽来着？”

似是询问的口吻，却充斥着浓浓的危机。似是只要你点头应下，那么这头他就能一口咬上来，要了你的命!

冷阳无形之中流露出的煞气，简直让人噤若寒蝉!

王彤也不例外，她现在又慌又怕地只知道摇头了。

但冷阳是不会就这么放过她的。

“我家里车多，让司机轮着开车送我老婆上下学，你有意见？”

王彤惨兮兮地拼命摇头。

“我老婆不爱招摇，所以在校外下车，可是碍到你了？”

王彤还是摇头，吓得整个人都开始哆嗦了，只因为冷阳整个人看上去是越来越恐怖了，那双无情的眼，看上去是越来越黑了，黑得像是个无底洞，能一下子把人给吞了似的。

便是其他还没有被冷阳的怒火波及到的学生们，都再次绷紧了身子，尽量缩小自己的存在感!

冷阳最终重重地冷喝了一声，口吻极其严厉!

“没凭没据，就敢胡说八道，还干的是陷害人的事，这位同学，回去等我的律师函吧。恶意诽谤他人，你就等着上法庭吧！”

上法庭！

王彤只觉得天都要塌了！

不——

她在心头尖叫，只是那声音出了她的嘴，却微弱得犹如将死之兽最后的哀鸣。惊恐的泪水，迅速跑出了她的眼眶，模糊了她的视线。在她眼里，面前的那个男人，猛地就高大了起来，高大得仿佛一座山，可以瞬间碾压了她；又高大得宛如一尊魔神，可以轻易就掐死她！

她到底惹的是什么人物！

她真的是怕了！

“不……不要……”

如果真要坐牢，她这辈子可就毁了。

围观的同学，也吓得齐齐变了脸色，又惊又怕地看着冷阳。

而站在冷阳身后的教学秘书，对于此种情况，竟然不说半个字！

不，他也不是什么都没做。从一开始，他跟在冷阳后头进来，那脸上，就一直在冒汗，他也不停地在做擦汗的举动！

冷汗涔涔的？

是被吓成这个样子的吗？

要知道，以前这位教学秘书给人的印象，一直都是带着点高高在上的志得意满的样子！

但现在，看他弯腰屈膝的样子，似是恨不得将自己降得一低再低，低到对方满意于他的谦恭，而不会寻他的麻烦一样！

叶露的男人，到底是怎样恐怖的身份啊！

很多脑子转得快的，或者见过一些世面的，猛然就明白，叶露的老公，绝对是个大人物！

也就是说，王彤这是踢到铁板了！

或者说，之前嘲弄过叶露的人，也都踢到铁板了！

王彤这下要被起诉了，甚至要去坐牢了，那么其他人呢……

一时间，不少人自危了起来，更是不自觉地把目光投向了叶露，心里暗暗带着期盼。

能想到让叶露救场的，王彤也算是一个！

这个女人平日里嘴上不饶人，脑子也还算是转得快，一下就将祈求的目光投放在了叶露的身上。

“露露，对不起……你……大人大量，别……别把我的话放在心里，行不？同学……一场……不……容易，你原谅我，行吗？我……我知道我就是个大嘴巴，是个……嘴上没有把门的，我……我这臭嘴……我……我道歉！”

说罢，抬起手，狠狠地扇了自己一个大嘴巴子！

要说，人在感受到危机的时刻最容易爆发出潜力，王彤可不就是爆发了。

话说舍不得孩子套不了狼，这会儿，她要是舍不得打自己、骂自己，那她真可要吃官司了！

她打了自个儿一巴掌之后，见叶露没动弹，就又狠下心来，再扇了自己一个大嘴巴子，再次抬眼看叶露的时候，大有叶露不答应，她就再这么继续扇下去的架势！

她这样子，倒是让叶露有些看不下去。而且，她也从未想过要让事情严重到打官司的地步。所以，在众人殷切的目光中，她微微拽了拽冷阳，轻轻地摇了摇头。

“别这样！”她低低地说着。

冷阳冷冷地眯着眼，看了她足有十几秒，才收了目光，大发慈悲状地看着王彤道：“行了，既然露露替你求情，那今日这事就这样算了，只是——”

他猛地沉了下脸，周身开始煞气腾腾。

“绝对没有下次！”

说完，他厉眼一转，扫了一下其他人。

大家立刻知道，这话，既是对王彤的警告，也是对他们的警告！

这个男人那惊人的霸气，以及那强大的自信，实在是让人心惊！

此后，必定不会再有人犯傻地去和叶露过不去！

王彤得了这话，宛如得了特赦，连说了几声感谢之后，再不敢多言半个字，生怕又说错什么话！

如此，叶露的事情算是解决了。冷阳偏头看了一下站在他后方左侧的教学秘书。

“老孙，你来吧，我这边没事了！”

然后拥着叶露，就朝一边站去了。

教学秘书老孙再度擦了一把额前的冷汗，恭敬地冲冷阳点了点头，整了整心情和神色，走上讲台，又轻咳了一声之后，习惯性地开始了讲演。

“同学们，静一静，静一静……”

教学秘书对这些在校生来说，绝对是个大人物。他一开口说话，众人即刻将视线转移到了他的身上。

“是这样的，我们国家规定，大学生到达法定年龄，那是可以结婚的。叶露结婚的事，今天我就做个证明，跟大家说一声。事实上呢，学校是不大鼓励大家结婚的，大学主要还是学习的地方，趁着年轻，还是该多学一些知识、多交一些朋友的嘛！况且，你们毕竟还是太年轻了，说结婚，真的是言之过早。两个人在一起要面对的事情还是很多的嘛，譬如买房子啦，将来的工作啦，还有孩子的教育，等等，这不是光靠两个人有爱就可以解决的，但是——”

教学秘书话锋一转，“我呢，也不是老古董，咱们作为知识分子，是要跟时代共同进步的嘛！如果你们谁觉得自己有这个信心和能力能够面对将来结婚的种种，那我还是恭喜加支持的！”

底下就微微起了点笑声。

教学秘书摆了摆手，底下又静了下来。

“我现在来说说刚才的事情，好在事情圆满解决了，所以我这也就不批评谁了。我只想以一个过来人的经验对大家说几句：大家十年寒窗苦读，考进咱们学校，着实不容易，能够成为同学，那更是天大的缘分，我衷心地希望，大家能够彼此友爱，珍惜这份难得的缘分。出了社会，你们再想拥有这份单纯的同窗之谊就很困难了。我更希望，几年后、十几年后、更甚至几十年后，同学会上见面，大家可以谈笑风生，缅怀旧情；而不是彼此尴尬，相对无言！”

“好！”后排的一个男生猛地一声吼，下面附和一片，掌声也开始哗啦啦地响起。

不愧是教学秘书，说起话来，就是号召力十足，打动人心。

教学秘书微微一笑，冲着一边站着的任课老师说了几句，示意她可以继续原先的课程！

在掌声中，教学秘书离开教室，冷阳拉着叶露也一起出来了。

“老孙，刚才真是谢谢！”

“哪里，哪里！”

教学秘书很是客气，心里暗想只要别惹眼前这个人生气就行。

别过冷阳，老孙就走了。

冷阳拉了叶露，急匆匆地往楼下走。

“怎么了？”叶露是不解的，她还打算等温笑她们出来呢！

可她忘了，她身边的冷阳，可是一个超级聚光灯。他往这一站，等下课铃一响，那些爱看热闹的学生，不得把他们给围得里三层外三层啊！

冷阳就是考虑到这，拉着叶露就下楼往车里钻。在他钻入车子之后，下课铃打响了。

“我得回去，其他还有事要处理呢！”

“打电话告诉她们去D酒店。你们现在回寝室，是打算让人看八卦吗？”

冷阳考虑得倒是周全。在人情世故方面，叶露那就是完全一个生手了，听了冷阳的话，觉得简直有理极了。

“多亏你提醒！”

名贵的轿车慢慢地开走，二楼靠窗的和叶露同一个系的学生完全可以看得见这一场景。

“哇，真的是高级轿车啊！叶露好像嫁了一个不得了的人呢！”

“你看，还有专门的司机呢！”

司机还专门下车，护送冷阳和叶露双双上车！

其他人闻言，也往外探了探，顺着别人的手指，看到了那远去的轿车。一时间，同学们对叶露的讨论完全盖过了对董萍的！

谁让冷阳是个绝世的大帅哥呢，又貌似有钱有势的样子！

轿车里，叶露给李珍打了电话。李珍觉得冷阳说得很有道理，应了好，携董萍等人一起去D酒店去了。

D酒店就在D大边上，走路到那不会超过十分钟。

冷阳带着叶露先到那的，开了一个房间，先进去了，李珍等人在叶露的再度来电中得知了房间号，就直接到房间去了。

关了房门，这下就不用担心有什么好事的人来偷听了！

李珍拽了拽叶露，以眼神睨了睨冷阳。

现在，唯一的外人，就该是冷阳了。

叶露会意，看着冷阳，颇有歉意，但是也还是决定把他给拉出去。

“阳，对不起，麻烦你出去一下好吗？”

对着冷阳那看不出情绪的淡淡目光，不知怎么的，突然让叶露有了罪恶感。

冷阳瞅了一眼叶露，冷嗤了一声，“这可是你说的！”

说罢，走了出去！

出了门，轻轻地把门微微地带上，但是没关。

她小心翼翼地解释，声音很低，带着一丝歉意：“阳，你可别生气啊，你也知道，女孩子家的事情，那个……你是个男的，在一旁听着，怪……怪难为情的。”

冷阳哼了哼。

叶露伸手，拽了拽他的袖子。换作之前，对待冷阳，叶露早就不客气地把他赶出去了，可是，现在，连她自己都没发觉，对他，她对他，渐渐地失去了惯常的冷漠，这种不自觉地撒娇讨好的样子，如果现在有一面镜子，叶露自己都要被吓到的。

看着叶露巴巴地看着他的样子，冷阳本来心情是不太好的，这种被别人给赶出去房间的记录，还是第一次。他冷阳是什么人，人们巴结都来不及，哪里被人赶过？如果……如果她们不是面前这个小女人的室友，他……他还真不管了！

“进去吧！”语气听着也没那么不快和冷了，反而还挺和蔼的。

叶露看着他，神色平静，仔细看的话，似乎还有那么一丝得意，奇怪，难道这个男人被她给气疯了？

她也知道，眼前的这个男人是个习惯被人伺候和讨好的主，如果这还是古代，他就是不容让人拒绝的帝王，按理说，她让他出来，他该生气的啊！

怪了。

“那……那我进去了！”她惴惴不安，总觉得好像哪里怪怪的。

冷阳撇了撇嘴，随意地靠在了门边的墙壁上，即使这样看，还是那样的潇洒不羁。

她多瞅了他几眼，见他好像真的没有生气，就推开门进了房间。眼下，还是室友的事比较要紧。

回了房，寝室姐妹不用多说，五双眼睛，齐齐看着董萍，董萍自知今天必须要有个交代，就开始慢慢地把事实的真相说了出来。

她们不知道，原来自己一直称作姐妹的董萍在贫困线挣扎着、努力着、奋斗着。可她们，还算是姐妹呢，却根本就什么都不知道，也没在她最需要帮助的时候，给予她帮助！

从农村出来的大学生，本来就要比别的大学生要困难一些的。董萍家里就很典型了，考上了大学，却没有足够的钱来支付那笔高昂的学费，幸好，现在还有一项叫做助学贷款的政策的，学费方面倒是不用愁了，毕业之后，再还上就是了。可是，大城市里面，哪项不要消费，董萍家里人好不容易出了一个大学生，她妈妈倒是一个有点见识和骨气的人，就是要砸锅卖铁，也要把这个大学生给供起来。东借西凑，凑了生活费，让董萍上了大学。

头一年，靠着乡里开的那份特困证明，董萍领了一份特困补助，算一算，能有上千，挺不错的，还上家里借的债，董萍的生活过得也算不是那么艰苦，所以，当时同个寝室的人知道董萍是农村出来的，但是没想到她家会是那么的困难。

而第二年，已经在大学里打滚了一年的学生，个个都开始变得精明了，瞅着那份特困补助眼红的人纷纷提早下手，明明家里不贫困，却还是靠关系在家里办了个特困证明。这可是白得的上千元哎，不拿白不拿！于是，一下间，系里的特困户就多了起来。当然，这事一开始都是不知道的。

等到那特困补助的名额下来的时候，上面竟然没有董萍的名字，寝室人有些傻眼。细一看，那些所谓的特困生，感觉平日里不像贫困的样子，有些根本就是靠学生会干部的身份拿到那钱的，更为气人的是，那些所谓的特困生，拿到那份特困补助没几天，竟然跑出去买衣服的买衣服，买手机的买手机……简直是大肆挥霍！

这算什么特困生啊！

人家董萍拿到了钱，可是把钱掰开一分一分花的，这还不算，她还自己出去做家教挣钱呢，平日里，根本就是连买一件衣服都舍不得。

这些拿这些特困补助的人，简直是太缺德了！

却不知，没了那笔钱的董萍，几乎连吃饭都成了问题。她以为今年也能拿到特困补助，所以今年从家里来的时候，她根本没管家里人要半分钱，就是那刚交的寝室费，她都是找人借的，打算等特困补助发下来，再还借寝室人的钱。

咬咬牙，董萍打算一个人慢慢扛，不跟家里人说了，她还有两份家教维持着，慢慢赚，再多接几份家教，还是可以把钱给还清的。

可是，有句古话，叫作祸不单行！

董萍的爸爸从山里往家里挑菜的时候，不小心摔了一跤，腿当时就给摔断了。因为家里没钱，没舍得去市里的大医院，只找了乡下的赤脚医生医治，结果病情就被耽搁了，非但腿没治好，反引发了感染。没有办法，赶紧将人送到了市里的人民医院，一检查，得马上做手术，可手术费得要差不多五万块钱。

她上哪去弄这么多钱？

该借的人，都借过了，有些欠债都没还清呢，家里的亲戚朋友肯定是借不到了，那还能找谁借呢？实在没有办法了，董萍才将事情跟温笑说了，温笑本来是打算上完课在寝室里跟叶露她们一起商量的，没曾想又出了叶露这档子事情。

“这可怎么办？”

年龄小，又是独生女的孙研，受不了这种现实的残酷和帮不上忙的无奈，忍不住地掉了眼泪，哽咽了起来。其他人见着，也跟着红了眼眶。

叶露在无措地差点也要跟着掉泪的时候，突然想到了一个人，然后这泪，就生生地止住了！

猛一跺脚，她转身就朝门外跑。

门外那尊大神级别那么高，难道还帮不了忙？

不过就是不知道，他走了没有！

打开门，叶露饱含期待地寻找。门口一侧，还是斜倚着墙的那个人，形象猛然间亮堂了起来，也高大了起来。只是，那面无表情的侧脸，低垂着，额前散落下来的几缕乱发，竟然给人一种……落寞的感觉！

不知怎么的，她这心就有点疼。但很快，她的心绪就被被董萍的事给全占满了。

冲过去，她一把拽住了他的胳膊。

“阳，帮我，这次，你一定要帮我！”

他微微抬头，脸上没有笑，所以讥诮声才听着这么那么让人觉得惭愧：“怎么？

不要我了，就赶我走！要用到我了，就来找我了？女人，在你心中，我是不是就只有被利用的价值？”

“我——”叶露一时间说不出来了，饱含期待的眼神，一下子暗了下来。她突然觉得——自己似乎有些过分了。

“对不起！”讪笑地垂下了头，可还是抓着他的胳膊不放，抓得很紧。

抬头，忍不住地撅起了嘴，“阳，原谅我啦！你不会这么小心眼的，对不对？”

摇了摇他的胳膊，她讨好地扬起了一个乖巧的笑容。

左翼说的，对付冷阳，绝对不能硬碰硬，以柔克刚才是王道！

经过W国的事情，左翼跟她亲近了不少，偶尔会传授她一些经验。

冷阳撇过头，不理她。

淡漠的侧脸，看不出他有任何想帮忙的痕迹。

叶露颇为着急，一时间也蛮后悔刚才把他请出来的，可是，那是女孩子家的私事，他一个大男人在里面待着，确实是不好嘛！

咬咬唇，看他没有丝毫软化的迹象，她就地小声咕哝了一下，“那……那算我求你好不？我……我再欠你一次好不好？”

反正都已经欠了，再多欠一次也无所谓了！

冷阳看她一眼，抬步就要走。这个女人，不给她一点教训，还真当他是招之即来，挥之则去了！

“喂！”她拽住了他，无奈力气太小了，都快要被他给拖着走了。

一时情急，她猛地上前，用整个身子抱住了他。

“喂，你干吗这样无情啊？”

“放开！”他冷冽地命令。“我还有事！”

她心里害怕，但还是鼓起勇气抱着他，“不放！我的事情比较急，你先帮我！”

说罢，快速转到她的身前，伸出双手，踮起脚跟，以几乎半个身子挂在他身上的姿势，强势地搂住了他的脖子，让他和她面对面，离得很近的互相注视着。

这份举止，亲昵十足！

她又眨了眨她那双漂亮的杏眼，很是无辜，又有些娇俏地低低求他：“喂，别这么小心眼嘛！我都说我错了啊！”

冷阳故意留下来，就是因为知道眼前这个小女人肯定有求于他，他作势要走，也只是想刁难刁难她，让她长个教训。

现在，那张白嫩的脸，俏生生地绽放在他的面前，仅仅是那双眼波流转、不住讨饶的双眸，就够让他心情大好。

他突然觉得眼前的她，真是可爱无比。

“想让我留下，可以，亲我！”趁火打劫，故意刁难了，再加上最后一句：“直到亲到我满意为止。”

听着，就能感觉那语调中的“邪恶”。

叶露为了要留住他，本来半个身子已经挂在他身上了，原本还不觉得这个姿势有什么不妥的，可是他这么一说，顿时觉得自己的姿势实在太暧昧了。

脸上飞上几朵红云，她立刻放开了他。

他饶有意味地看着她，觉得不趁此机会把刚才被赶出门的不爽找补回来，实在有点说不过去。

“你不干啊！行，我走！”

抬脚就走，可真是一点都不含糊！

“哎，别！”叶露急急忙忙地拉住了他，心里别扭无比。“这……这哪里是说亲就亲的……”

总要有个准备什么的嘛！

哪知，他却很利索地低下头，在她唇上宛如蜻蜓点水一般地印了一下。

“这还不容易！”淡漠的口气，分明就是对她刚才说的话的有力驳斥。

叶露这下子，连耳朵都开始见红了。

这里是走廊，人来人往的，所以她很是心虚地拿着圆滚滚的眼珠子四下打量，果然，就看见不远处一个好像是要开门的人，正拿眼往她这儿瞅！

这在D酒店出入的，很有可能都是学校里的人，万一，以后在校园里碰见了，多尴尬！

“这……这里不方便……”她略微降了一点音调，几乎是贴着冷阳的胸膛说的，“那边有人哎……”

有人？冷阳自然是知道的，可是他岂会在乎？再出格的事他都敢做，就在门口接个吻，还能不好意思了？

“坏水”在他心里沸腾，今天就是想看眼前的这小女人出糗。她越是不愿意，他就越想这么做！

叶露是估计错了。冷阳自然不是一个斤斤计较的人，但是，偏偏，他偏就喜欢对叶露斤斤计较。

因为，每一个让他可以对她斤斤计较的机会，他都不舍得放过，尤其是在这种小女人有求于他的情况下，无论他要求什么，小女人都会乖乖地配合，这绝对让他心情大好、心里舒畅！

故作冷漠的语调，带着没法商量的语调。“就在这，没得商量。给你一分钟时间，不要就走人！”

他完全相信，她绝对会为了她的朋友，答应这对她来说着实难为的提议。现在这一分钟，他只需要看她最后的挣扎就好了。

“10……9……8……”他开始倒数。“……3……”

她在那咬唇，羞红一张脸，简直比那水蜜桃还要水润粉嫩，果然，这个其实心里已经同意，可是还是要磨蹭到最后一刻才答应的小女人，轻轻地咕哝了一声：“好啦，我同意！”

她往四下瞅了瞅，偶尔会有一两个经过，一不小心，就会被人看见。

她把他拉到墙边，打的主意就是：他的身材高大，她也只到了他的胸口，那么，是不是可以用他的身高替她遮掩一下呢？

于是，她贴墙站立，拽着他，拉到身边，心窝里那颗慌乱的心，跳动得宛如雷鼓。

“把头低下！”叶露小声地咕哝，双眼小心翼翼地打量周围的情况，宛如一个要偷食的小松鼠。冷阳的眼中，难得地展现出一丝笑意。知道这是她最大的让步，所以乖乖地低下头。

她微微踮起脚尖，颤巍巍地凑过唇去，亲了一下。蜻蜓点水一般。

冷阳皱眉看着叶露：“就这样？我可是说要亲到我满意为止的！”

这个叶露自然是知道的，可是，她根本就不知道，该如何亲吻才能令他满意。

之前跟他亲吻，一向都是她跟随他的步伐，每次都是被动承受。这么主动，她还是第一次。

豁出去了！

伸出纤细的胳膊，洁白的双手挽在他脖子上，将他的脸往下拉，轻柔的唇瓣，宛如最上佳的丝绸，轻柔地吹拂在了他的嘴上。

双掌在他的脖子后交叉，这样更加不自觉地把自己的身子往他的身上靠拢，一切，都凭着本能，把唇瓣贴上，一点点地摩挲，总是会的。然后，伸出舌头，把他的唇当作棒棒糖一般的，一下又一下地舔着、吸着，幼稚地……宛如小孩。

这个吻，委实拙劣得可以。

吻技虽然拙劣，但却是全情投入，几乎是把满腔热情都放在了他的身上，他不喊停，她就不敢停止。

而让冷阳决定要采取主动的，是不远处那打开又猛然合上，可却显然没合严实的门！

那门缝里，有一双眼睛在偷窥！

怀里的叶露太过集中精力了，虽然一开始担心被认看见，但是全情投入之后，反倒没有心思注意周围的一切。冷阳则不然，虽然只是那么几秒钟的时间，但却足够他洞悉一切了。

张明宋！

很好！

巧得不能再巧了！

连天公都在作美！

冷阳的眼中闪过一缕算计的冷光，小子，就让你看明白了，这怀里的人，却不是你小子可以幻想的！

叶露的本意是想借着冷阳的身高把自己藏住，冷阳这下可不能如她的意。悄悄地伸手，趁她不注意的时候，搂上了她的细腰，微微一转，她虽然略微有所感觉，但一门心思都在吻上，并没在意，只希望能够一次就能成功，别再来第二次了。

所以，冷阳带着叶露再次调好的角度，正好可以让某个躲在门口偷看的有心人士，看着叶露是如何地主动抱着冷阳的脖子吻他的。

这跟张明宋主动去吻她，却被她躲了过去的吻，一点都不一样。

张明宋怎么都想不到，竟然会在酒店看到这样的事情。

露露，竟然会这样主动！

嫉妒，宛如疯狂生长的草，迅速地占满心头！

原本以为她是被强迫的，可是现在——

眼中闪过痛苦之色，他的露露，是他的啊，怎么可以，这样吻另一个男人？

与此同时，一下课就灰溜溜跑掉的王彤，找到一个无人的角落，拨了一个电话。

“怎么样？”

电话那头是慵懒的女音，轻描淡写的样子似乎是胜券在握了。

王彤支支吾吾了半天，才沮丧地说她失败了。

“什么？”电话那头传来高分贝的女音，隔着电话，都可以感觉到她的不满和愤怒。

王彤缩了缩肩膀，一五一十地把事情的经过说了出来，最后摸着脑袋，也是颇为颓丧地说：“都怪露露那个老公，本来计划挺顺利的，可是都被他给打乱了！许洁啊，露露他老公到底是什么人啊，看上去特有钱、特厉害的样子！”

或许，比许洁她家还要有钱？

许洁也是愣了一下，侦探社的人说不能继续，让她也别查，难道就是因为这个原因？

想了想，她问：“王彤，他有没有说他叫什么名字？”

有了名字，她就好拜托妈妈去查查看！

“没有。”王彤这才想起来，那个人从头到尾都没提过自己的身份。

许洁眉头深锁，在考虑自己现在该怎么办？

这边，王彤提着嗓子，小心翼翼地询问。“许洁啊，那个……那个香奈儿的包包，我……我还是还给你吧，你看，我这事情都没有办成……”

许洁听了，眼中闪过一丝嘲笑，王彤这样的人，她根本是看不上的，对她来说，只是一枚可以利用的棋子。眼下王彤明明想要个半死，却故意这样说的口气，真令她反胃！

不过，也好，越是这样的人，越容易用钱打发！

“不用了，说好了是送给你的，那就是你的了！”

“啊！谢谢！”王彤尽力掩饰着自己内心的欢喜，说真的，那近万元的包包，让她还给许洁，她还真舍不得呢。而且，她都拿着包在好几个朋友面前显摆了，突然间没了，也不太好解释！

“王彤，这事，就这样吧。别跟别人说我找过你，连我送你包包的事，你一个字都不准给别人说，明白吗？”

如果那个男人是个厉害人物，她就应该适可而止，别偷鸡不着蚀把米！

许洁是聪明人，这当中的一些利害关系，她自然是知道的。

王彤立刻恭顺地应下，实则心虚不已，这个……这个……她好像是跟她朋友说了一嘴说这包是许洁送的，这个……应该是没事的吧。大不了，她回去让她那朋友保密呗！

总之，她不会蠢到这个时候，跟许洁说这件事。

许洁挂了电话。

王彤今天打了败仗，好在，还有一个来自许洁的近万元的包包作为补偿，她也不算太吃亏。

电话那头的许洁，有了莫名的烦躁，她突然有了非常不好的预感。看来，得去找妈妈商量了！

029

吻到一半，突然被压在了墙上狂吻一通，叶露虽然不明白，但还是乖乖地配合冷阳。

他的力气很大，紧紧地压着她，几乎是让她难以动弹，冰冷的墙面贴在背后，而胸前紧贴着的是他炽热的胸膛，一时间有种冰火两重天的错觉。

被吻到双腿虚软，失了力气，软软地瘫在了他的怀里，顾不得多喘息，她急切地询问："你满意吗？"

拜托，一次就行了，可别再来第二次了。

冷阳微微一笑，说不出来的动人，他很少笑得这么阳光，这么满足的样子！

看着这个笑容，叶露感觉大脑空白了一下，这刹那间，他说的话，仿佛就像远处传来的美妙的歌声一般。

"勉强还行吧！"嘴上这么说，心里其实满意得不得了。那个偷偷摸摸的男人最好识相地离开，就此划清界限，否则——

他眼中一冷，他可不会轻易地就放过他！

他从来都不是慈善家！

想起那个男人，心情就变得不好，于是，就忍不住伸手拍了拍叶露有些羞怯的脸蛋："女人，你的技术太烂，最好再练习练习"

说着，搂着她往房内走。

叶露敢怒不敢言！

拜托！

练习，找谁啊？！

找他，她疯了啊！

找别人，她想害人啊！

臭男人，得了便宜还卖乖！

两个人的身影，相拥着进入了房间，看着，竟有些夫唱妇随的味道。看着已经合上的门，这才从隐藏的门后闪出身来的张明宋，气得都快要疯掉了！

开房！

她和他竟然开房间！

该死！

张明宋狠狠地拿起拳头砸向墙面，引得拳头隐隐作痛，却浑然不觉！

该死！

该死！

心里揪紧得快要发狂了！

张明宋红着眼，死死地瞪着房间的门！

可——终究什么都做不了，只能颓丧地握着拳头，带着满身的伤和怒，离开！

她身边的男人，他——惹不起！

这就是，他最悲哀的地方！

这世上，不计代价地帮忙的人，几乎都快要赶上珍稀物种了！

在叶露跟冷阳表明董萍的情况，冷阳心里做了一番计较，小事一桩，他出马，有点杀鸡用牛刀了！

之所以留下来，等着让叶露来求他，就是让她感激他。

感激，对很多人来说，都是很管用的良药，很容易让对方对你死心塌地，不会对你心怀二心。

他不想放弃任何一个让她依赖他的机会！

这个女人很有趣，他看着也觉得挺舒服的，不想看着她走向末路，也不想看着她如前两位一般那么快地在他生命里消失。

如果可以，他希望，他可以和她天长地久，这一辈子，就这样走下去。

哪怕她和他之间没有所谓的爱情火花，平淡如白开水！

解决完生意上的事情，不用心烦该去哪里，知道家里有个人在等他，这种感觉是前所未有的美好。

她有点小心思，但是都在他可以应付的范围，掌控起来，不成问题！

失去了她，下一个，可能就没这么好了！

所以，得花点心思养着，别这样就没了。

听完她和她寝室人的一阵叽里咕噜，他提出了他的条件。“帮忙可以，但你得答应我一件事！”

叶露心中一喜，果然，他几乎是无所不能的。

“你说！”她双眼明亮得宛如双眸，熠熠生辉的样子，让人有把她给藏起来的冲动。

他轻轻地抚了抚下巴，故作沉吟的样子——他是故意这样的，就是想吊吊叶露的胃口。

叶露有些心神不安地看着他，看他这样，暗想，待会儿他无论提出什么条件，自己一定要全力以赴。

“条件其实也不难，你——退了寝室，以后，就在家里住！”

没有外住的机会，就不会接触一些乱七八糟的东西。下了课就往家走，更不会让一些没头没脑的小子给盯上。退了寝室，自然而然地会跟同系的人疏远，这样，以后她可以依赖的人，就只能是他了，也就不会生出别的心思。

叶露急了！

什么？这怎么行啊！

原本一周得回去两天，她就不愿意，现在得一年到头地回家住，还……还退了寝室！

不行！

她下意识地摇头！

这是跟她共同住了两年的寝室姐妹，她们之间有着深厚的友谊，怎么可以就这样断了？

退寝室？

她不要，她还要一直住下去，一直住四年，直到因为毕业，无可奈何地各奔东西为止！

冷阳冷着眼，坐在一边的椅子上，冷漠地看着她，任凭她在那思想斗争，就这么冷酷地坐着，一言不发。

他只需要一个答案，她怎么为难，不在他的考虑范围之内。

叶露寝室的人也有些着急，冷阳这么一说，很显然是想把露露跟她们分开。

董萍更是心中有愧，是不是因为自己的事，所以……所以露露他老公，才想到把露露给接回家去住啊！

眼泪没忍住，又掉下几滴！

“露露，我的事，你就别管了。当初咱们寝室六姐妹可是说好了的，就这样一起过四年的！因为我，让你搬走，这算什么事情？我绝对不许！”

叶露扁了嘴，伤感之下，也忍不住掉了眼泪。

冷阳皱眉，嘴唇抿成了一条线。

叶露在冷阳身边蹲下，趴在他腿上哭，什么都不说，却比说任何话都管用。冷阳心中开始烦躁。打湿他裤子的眼泪，那热烫的温度，让他的脸色暗了又暗，眼神中凝聚了狂躁的风暴！

该死的，这个女人哪来那么多的眼泪？

缩成一团的样子，宛如可怜的小媳妇，他哪里欺负她了？

冷阳周围的气场很骇人，一般人不敢靠近，李珍作为老大，这个时候，也只能顶着狂风暴雨前进了。

“这位……呃，冷先生——”

冰冷的视线，只那么一眼，就让李珍自动噤声。

妈呀！这个男人到底是从哪里冒出来的，目光都可以杀人了！

这个时候，也就温笑可以承受得住了。

心里打了一遍腹稿，温笑才敢站出来，“冷……冷妹夫啊……”

冷阳的目光里杀气更盛了！

温笑一看套近乎不行，赶紧改了口：“冷阳，呃……露露毕竟还是学生嘛，你不让她在寝室待着，其实，对她是很不好的，对她和我们系的同学相处，也是很不好的。露露她……一开始想要掩瞒自己结婚的事实，不就是为了不被同学们疏离嘛，现在她结婚的事情公开了，你再不让露露在学校住，这不是让她跟同学们的关系越来越疏远吗？”

冷阳神色微动，但是面上的表情依旧冷峻！

温笑只能顶住压力继续往下说，“而且，你也知道我们学生物的，平日里都是有些实验的，有时候还安排在晚上，等实验完已经很晚了，那时露露再坐车回去，特别折腾人的，第二天还得起个大早赶回来，真的是太累了。所以，有个寝室可以住，有时候事情忙了，露露也可以在寝室住下，这样也就不会很累，对不对？你也不忍心看露露这么累的，对不对？”

冷阳皱了皱眉，面上有所松动。

温笑再接再厉：“冷阳，我们也能体谅你的难处，那个……毕竟你跟露露才新婚嘛！可是，算是我们求求你，毕竟我们跟露露共住一起的时间也就只剩下两年了，你们还可以待在一起一辈子嘛！我们这个寝室的人，都是情同姐妹的，露露走了，我们很不舍的。我们不想让露露就这样退出我们寝室，所以，很希望，你能让露露留在寝室，拜托了！”

“是啊，是啊……”

其他几个女生也赶紧附和了一下，齐齐拿一双双泪汪汪的眼睛看着冷阳。

开玩笑，露露是她们寝室的小妹妹，怎么能说让人带走就带走呢！

冷阳不是一个温情的人，温笑的话，他可以一只耳朵进，另一只耳朵出，可是，叶露哭得让他有点心烦！

这个女人，一向是心里不愿意了，就喜欢拿眼睛来瞪他，这样默默地哭，什么话不说，倒还是头一次。硬碰硬，他有绝对地把握可以让她服软，可是，她这样一副柔柔弱弱、逆来顺受的样子，还真让他有些没辙！

不用说，他也知道她心里是不愿意的。

这个女人，以往的表现很清楚地说明，她根本就不太愿意回家！

算了，还是不要把她逼得太急了，免得她狗急跳墙！

他自己为自己找了一个合理的借口，其实归根结底，就是受不了她此刻的眼泪！

“别哭了！”

他提了提腿，趴在他腿上哭着的叶露，声音小了一些。

抽抽鼻子，她抬起了头，

两双眼睛，宛如兔子一般地红彤彤的，可怜兮兮的样子，不排除当中有几分演戏的嫌疑。可是她不说，他又从何得知？

“你不用退寝室了。这样，你一周可以有两天时间待在学校，一二三四五，你自己看着办！周六周日，无条件，必须回家。”这就跟以前正好相反了，以前，露露是只用在家里待两天，现在呢，露露是只能在学校待两天。

这对冷阳来说，已经是很不可思议的宽容了！

感觉事情有转机的叶露，立刻尝试讨价还价了。“三天，给我三天吧，学校里有好多要忙的事情的！”

看着顺竿子往上爬的叶露，冷阳猛地再度沉下了脸，一下子，又变得异常的阴冷残酷，让人看了心里发毛。

“一天，你只可以待一天！”他残忍地往下杀价！

敢讲价，他绝对会让她知道什么叫做血本无归！

叶露呆了呆，立刻感觉到自己的行为完全是“虎口拔牙——十足找死”，于是急忙改口：“两天就两天，别改了，别改了！”

如此，此事就这样定下了。

条件谈好，董萍的事就很好解决了：冷阳用叶露的名义，借给了董萍十五万块钱，为了不伤董萍的尊严，说让董萍能还得起钱的时候，按银行利息连本带利地还。董萍知道冷阳这么做，其实都是看在叶露的面子上，立刻就识趣地接受了他的好意。

叶露在一边乐得够呛，直夸冷阳是个好人，天大的好人，狗腿的样子，让董萍忍俊不禁。可冷阳就能一直保持那面无表情的样子，高高在上地看叶露，而叶露还能腆着脸一直奉承，真是……一对天生的冤家！

有些羡慕！

尽管这个男人看上去有些冷漠，对叶露也没什么脉脉温情的举动，有时候看上去又感觉似乎很危险，但是，对叶露，他可真的是极好了！

仅仅是因为她是露露的朋友，仅仅是因为露露的请求，他就这么地帮忙，如果说，他心里没有露露，董萍她——打死都不相信！

另外一边，张明宋焦躁地说是困兽也不为过。

想起叶露在走廊上对冷阳的献吻，只要他一想起来，心里就窝火得不得了。

本想着当下就给叶露打个电话过去，让她出来。

可是，许洁的一个电话，让他改变了注意！

“宋，露露结婚了，你知道吗？”

张明宋微微一愣，“你……说什么？”

她不会又编什么谎言来骗他吧！

许洁故作惊诧：“怎么，你不知道！我以为你是知道的啊！”

“你把话给说清楚！”张明宋勉强压抑自己的心里的着急。

“哦，刚才露露的老公来学校了，露露坦白了她结婚的事实，挺震撼的一件事呢，据说露露的教学秘书还出来为露露作证了呢！我挺好奇的，露露那个对象是谁啊，怎么从来没听露露说过啊？你见过吗，知道他的名字吗？”

或许可以从宋这打听到那个男人的名字，这样也好到妈妈那问问看，到底是不是一个大人物！

张明宋拿着手机的手差点不稳了，说起叶露的老公，他脑中下意识地闪过那张冷漠无情，带着戾气的脸庞。

“你……没说谎？”

许洁不高兴了，“这种事，有什么好说谎的！行了，看你这样，就知道你也不知道。宋啊，我不想多说，你那天跟我提分手，我觉得难以接受，现在，我更加难以接受，露露她一个有夫之妇，你打算跟她在一起，算什么？是露露引诱了你吗？她为什么要掩瞒你她已经结婚的事？她知不知道自己在干什么啊？到底是她不知廉耻想脚踏两只船，还是，宋，你打算要破坏别人两夫妻间的感情？”

张明宋不语，这个消息对他来说，太震撼了，他几乎是愣在了那。

许洁冷哼，说出了她这一通电话的最主要目的：“宋，分手的事，我不答应！我觉得你现在太过冲动，等过两天，等你冷静了，我再找你谈一谈。我们可是有三年的感情的，这不是在过家家，我也绝不相信什么你对我已经没有感觉的话！露露已经是有老公的人了，你别干蠢事，早点醒醒吧！”

说罢，许洁挂了电话。

嘴角微微一勾，她的眼中闪过一丝冷意：张明宋，我是绝对不会放过你的。我许洁想要的，就绝对不会罢手。

叶露，你一个已经结婚的人，竟然敢跟我抢男人？

暂且先忍下这口恶气，等弄明白那个男人是什么身份，再慢慢对付不迟！

这边张明宋听了这个可以说是惊天噩耗的消息，自动先忽略许洁最后的那几句话以及那坚决的口气。他开始坐不住，开始疯狂地打电话，想要验证这个消息的真假。

这世上本来就没有不透风的墙！

很快，张明宋就知道了事情的始末。

联想到他之前见到的那一幕，他现在非常肯定，那个一直出现在叶露身边的男人，就该是叶露的老公！

可是，为什么露露没跟他说她已经结婚了？

不，露露这样做，肯定是有什么原因！

她不止是瞒着自己，也瞒着她的那帮同学们，她是不想让别人知道她已经结婚了的，如果今天不是因为发生了这件事，估计她还是会掩瞒！

对，事情就是这样！

露露就是不愿意让别人知道她已经结婚，因为，她不想跟那个男人绑在一起，因为，她喜欢的是自己。

她是被强迫的！

她怕那个男人！

他知道，幼稚园长廊中她给他那愤怒的一巴掌，见到那个男人的时候，苍白色的脸庞，都说明她害怕那个男人！

那个男人，出入跟着穿西装打领带的保镖，肯定是非常不好惹，且容易让人怕。

无论如何，露露是亲口对他说，她喜欢的是自己！

冲着这，她就不该会跟那个男人结婚。

对，肯定是那个男人强迫了她！

张明宋几乎是一厢情愿地如此断定！

来回踱步，想了许久，他掏出了手机。

熟悉的和弦音乐奏响，冷星歪了歪头，他是熟悉这个音乐的，这还是他和叶露一起挑出来的。“露露，电话。”

冷星以为是冷阳打过来的，很是兴奋地叫着叶露。

冷阳没有那么悠闲，作为一个拥有太多产业的老总，事情总是数也数不完的。刚处理完董萍的事情，他就坐车走了。而叶露则和室友继续商量着今后董萍要走的路。

叶露拿过一旁的包包，去拿手机。

冷星好奇地问：“是爸爸吗？”

冷阳今天给他介绍了一个新朋友，他很高兴，莫名地希望这个电话是冷阳打过来的。

一看来电显示，叶露微微地皱了眉头，是宋哥……

说喜欢她的宋哥，可是面对抉择，又放弃过她的宋哥……

迟疑了一下，她还是对着企盼着的冷星摇了摇头，冷星扁了扁嘴，不再说什么。叶露把电话接过来，语气尽量表现地一般。“喂！”

“露露，我想跟你谈一谈。”

想起许洁，想起今天刚刚公开的婚姻，叶露微微一叹：“谈什么？”

“谈——你的结婚，谈谈你和我！”

是该做个彻底的了结吧，但是那匆匆的一巴掌，事情还没有结束呢。

瞄了一眼董萍等人，叶露觉得不方便在此说话。

“明天吧，明天10点咱们在西雅图咖啡厅见面聊好吗？”

张明宋很急，等不了明天，“露露，今天不行吗，我有很急的事情要跟你谈，我等不了明天。”

拖一天，就是多一天的煎熬。

他现在就像是热锅上的蚂蚁，根本就是坐不住地团团转。

可是，叶露今天的时间，并不空闲，忙完了董萍的事情，她势必是要带星星回家去的，她总不能带着星星去见张明宋吧！也就只有等到明早的课上完之后，她才能有时间见张明宋。

“真的这么急吗，我今天没空。”

张明宋打断了她，“拜托，露露，我等不下去了！”

乞求的声音，听着是让人不忍的，尤其，他很少这样求她的。

算了！

这该是最后一次的私人会晤了，就答应他吧。

自己的初恋，就彻底地画一个休止符吧。

拜托温笑他们先帮忙看下星星，叶露就去赴张明宋的邀约了。星星有些不乐意，他不愿意离开叶露，按理说，整个下午，露露都是他的！

这种不高兴，直接表现在小家伙的脸上，不快乐的脸蛋，微微嘟起来的嘴唇，含着淡淡怨怼的双眸，幽幽地，就这样不错眼地看着她。

“露露要去哪儿，我跟你一起去！”小家伙很坚持地拽着叶露的胳膊。

叶露轻笑，“不行的，我要去见一个人，星星不可以去的。”把他的胳膊轻轻地拉开，“乖，我一会儿就回来。”

星星扁了扁嘴，即使再不情愿，还是把胳膊给松开了，但是脸蛋上的不高兴，还是在那昭然若揭着。

叶露无奈地摸了摸他的脑袋瓜。

也不明白，对于自己的离开，他今天怎么表现地这么不高兴。

想了想，回来的时候，给星星买点吃的，哄哄他吧！

西雅图咖啡厅就位于学校附近，出校门再走十来分钟，就到了。

张明宋是半跑着过来的，一走进咖啡厅的时候，还有些气喘吁吁。

叶露看着眼前这个俊逸阳光的男子，当日，他好像也是带着那一身爽朗至极的阳光色彩，悄悄地走入了她的心里。

现在回想，就仿佛做了一场梦。

在这场梦里，她笑过，也哭过，今天，好像要梦醒了！

两人各自点了一杯咖啡，叶露轻轻地笑了起来，尽管心里做了几分猜测，还得故作无知地笑着问他：“什么事啊，这么急！”

张明宋在沉默，急着跑来让他一路心情激荡，得需要沉淀一下，才能好开口。

散发着淡淡咖啡香的咖啡杯伴着袅袅白烟送到了两人的跟前，两个人都没有动，因为彼此都记得对方喝咖啡是不喜欢加糖的。

这份感知虽然还在，但是仅仅因为这曾共同的认知，是不会泛起情感的涟漪的。

“说吧，那边还有人等着我呢，我是真的有事！”

有人等？

张明宋挑了挑帅气的眉毛，是……她老公吗？

实在是不愿意提起那个男人，可是，这个明显不能忽略的庞然大物阻隔在了他和她之间，却是他和她之间不得不解决的。

“露露，你结婚的事，为什么……不告诉我！从头到尾，为什么，一直要这样让我误会你！”

他远比其他人要更早一步见过那个男人，更有很多的机会得知露露和那个男人的关系，可是，露露，为什么你什么都不说，还……让我误以为你是那个人的情妇！

“你……是被强迫的吧！”他大胆的猜测。

叶露深吸了一口咖啡香，真是一股迷人的香味呢，很苦，可是又让人忍不住地愿意尝试。

“宋哥，强迫不强迫，对你来说，很重要吗？即使我说我是强迫的，这又能改变什么。我结婚了，这是一个事实；你也有自己的女朋友，这更是事实。你说你喜欢我，我也喜欢过你，可是，过去了，真的都过去了。”

“不——”张明宋倔强地回避，眼睛深深地看着叶露，“没有过去，你若是强迫的，我……绝对不会让你和那个男人在一起。”

叶露不由得嗤笑了起来，这个男人，他到底知不知道自己在做什么。许洁的话，她一直是记着的，他为了自己的前途可以放弃她，有一就会有二，他现在表现得对她很是痴狂，谁能知道这份热情可以持续多久。

话挑开了说吧！

说没有怨，那是不可能的。

原来，当时的那份初恋并不是自己自作多情，原来，他也投入了感情，可是，他在她不知道的时候，放开了这感情。留下她一个人自责不已，怎么能这么不知羞地自作多情了呢！

那么多次无声的眼泪，那么多次无声地悔恨，总以为是自己的错，但后来却发现事实是……

他将那份情的所有错都留给她一个人承担，是不是……有些残忍和过分了呢？

“宋哥，你凭什么说这样的话！难道，你还真的打算从我老公身边把我夺过来吗？”因为怨气，让叶露的口气，开始变得不太好。

张明宋点了点头，竟然是毫不犹豫。

“你说过你是喜欢我的，我不要把你交给别的男人。”

“为什么？”她犀利地看着他。“喜欢我，还是爱我？”

“我——”他略微迟疑，轻吐一口浊气，蓦然一笑，“露露，我爱你！”

终于是抛开一切，真诚地面对自己的内心了。

他发现，原来，这一声我爱你，说出来，并不是很困难，心里，前所未有地觉得轻松。

“其实，我早就应该说的。露露，我爱你，很早的时候，就爱上你了。可是，那个时候，我还年轻，不懂。可是，不晚，一切都可以重新开始，我爱你，露露，所以，我不要把你交给别的男人！”

他笑得异常阳光，明明，咖啡厅的光线并不是很明亮，可是当他这样咧嘴笑着露出那一口白牙的时候，阳光，似乎又恩赐一般地照亮了他的脸。

他那自信满满的样子，不知道从何而来，可当他那般的笑着的时候，那个帅气的令人心动的张明宋，再一次，以耀眼的身姿展现在了她的面前。

她的心微微一动——那是很久之前的怦动。熟悉的感觉，从久远的记忆中苏醒，激荡着今日颇为复杂的情潮，但一切，再也没有当初的那份纯然的欢喜。

是他已经不是他？

还是她已经不是她了？

“你……知道自己在说什么吗？”

“我知道！”自信肯定，又是全然欣喜的。

“那——为什么要放弃我？当初，为什么要放弃了我，说我只是妹妹？”

这样的放弃，她怎么可能会介怀？

张明宋愣了，带着阳光笑容的脸庞，僵住了，并迅速地落上了阴影。

“你……”

“我都知道了！”

张明宋在沉默，神色痛苦。她知道了，她竟然什么都知道了？

叶露看着他，心中开始发痛。

“都已经到了这个时候，你——不该再来纠缠我的。你大四了，前途和学业已经摆在了你的面前，你应该选择对你有利的一方，你当初可以放弃我，这次，更应该放弃我的。更何况，我已经结婚了。我的丈夫，不是你惹得起的，我离不了婚的，我和你，已经没有再在一起的可能。

“宋哥，该结束了，我和你，本来在幼稚园长廊上就该做个了结的。谁知道，拖到了今天。以后，我们桥归桥、路归路吧。

“我没多少可悔恨的，只是有些遗憾，遗憾当初看上的你，没有我想象的那般好！”

该算是她眼拙吧！

所有还在期待中的幻想，都随着许洁对事实真相的揭露，幻灭了。

她微微起身。

他出手快如闪电，一把拽住了她。

“露露，别走！”他几乎是乞求一般地看着她。“听我说，至少，你该给我一个解释的机会！”

男人默默乞求的眼神，令她有些不忍。

可是，话到了这个份上，又有什么好说的。

似乎是看出了叶露的去意坚决，张明宋忍不住地站了起来，不顾他们两个人有可能会成为这间咖啡厅的焦点，强硬地站在她的面前，将手搭在了她纤细的双肩上，微微用力，把她按了下去。

“露露，拜托，给我一个解释的机会吧。”

叶露叹息，坐了下来。

“宋哥，长话短说吧！”

张明宋心下黯然，看露露今日这略显冷淡的态度，他就该知道肯定是发生了什么，看来，是许洁找她说了吧，要不然，她怎么可能会知道？

许洁她，还是不愿意放弃吧？

他……今日要是不放弃，是不是，许洁也会把矛头对向叶露？！

可是，他真的不愿意放开她。

她最后那句话，说遗憾当初看走了眼，让他的心都痛了，他怎么可以让自己以如此不堪的形象，留在她的心中？

不由得苦笑，华丽动听的辞此刻都失去了亮丽的色彩，不知道该说什么，所以，只能一股脑地把自己心里的那点话说了出来。

“露露，有句古话，你应该听说过吧，先立业再成家。男人，总会把事业看得很重的。因为，男人承担着养家糊口的责任，没有自己事业的男人，有什么能力去养家，给自己心爱的女人提供遮风避雨的地方？没有自己事业的男人，更会觉得在自己女人面前抬不起头。这就是男人跟女人的不同，男人总想着要开创一番属于自己的事业，也总希望着功成名就。

“所以，一开始，我……放下了你！

“我知道自己很卑劣，可是我对你，是情不自禁的，和你在一起，很开心，没有负担，我喜欢看着你笑，看着你窃喜的样子，甚至，你偶尔的蹙眉，在我眼里，都是别有一番风味。我当时，隐约滴知道，我对你的感情，已经变得很危险，但是我没想过住手，我想，那就这样吧，这样下去，未尝不可。我喜欢这种感觉，为什么要停止？

“可是，我那个时候糊涂了，忘了自己已经有一个女朋友，忘了，不该如此地放纵自己！等许洁突然出现在我面前的时候，我开始发慌，我觉得，我好像是喜欢你了，不是那种很单纯的好朋友关系，也不是那种亲昵的哥哥对妹妹的关系！

“在许洁面前，我心虚，我烦躁，更甚至，我想……逃避她！她大概是听到了什么，所以匆匆赶来。她跟我说了很多，她是一个很理智又很精明的人，她不单单谈我们之间的感情，还谈将来。她有一位优秀又能干的妈妈，经营着一家大公司；她也有一位优秀又德高望重的爸爸，独立带领着一个实验室，是学校的科研带头人。无论是我一毕业就开始创业，还是毕业之后继续在学业上深造，许洁，她都是我最好的选择。你该知道如今这世道，并不是有能力就行的，我虽然有能力，但是有能力的人可是比比皆是的，最重要的，还是人脉。许洁的妈妈，在本市有一定的影响力，有她的帮助，我可以少奋斗十年。许洁的爸爸，在学术界有一定的威信，更可以在保研出国方面给我以帮助。

“选择了许洁，我的将来，几乎可以说是一帆风顺的。所以，我想，我该放下你。

“当时我以为我可以放下对你的感情，因为，我和许洁交往的时间比你久，我对你，可能是一时的情狂，等挨过那段时间，应该就能放下你。男人，总是会更理智地选择对自己更有用的那条路，所以，当时我放弃了你。

“时间慢慢地流逝，我试着慢慢地放下你，我想，这该是没有问题的事情，时间可以造成隔阂，也可以将炽热的情感冷却。可是，我又不能阻止自己去见你，总是有意无意地在你身边转悠，能看到你，就心情愉快。我明知道自己那样的状态很不对劲，可还是没有往深处想。说不敢，倒不如说是害怕，害怕自己打破这种平衡，更害怕你会因此躲开我。我知道你是一个善良的女孩，我当着你的面，放下你，跟许洁在一起，我若抛开她，又跑来跟你在一起，我简直不敢想象你会如何地看待我！

“于是，一天一天地，我就这样拖了下去。明知道该远离你，可就是不由自主地迈着脚，往你身边凑过去！就这样一直装傻着，因为我没有危机感！直到，你的身边出现别的男人，我发现我不能装傻下去，我忍受不了，每天宛如有什么东西在挠我的心一般，搞得我坐立不安，我根本不能忍受有别的男人在你身边转悠，更别提，代替我的位置，进驻你的心里。

“嫉妒，让我发狂，所以，在病房里，我才忍不住地想带你走。

“其实，在温笑开玩笑地说你戴戒指是因为想男人了的时候，我就知道，我错了。我急急忙忙地打电话，当时就是在刺探，说什么要介绍别的男人给你，那都是骗人的。我当时几乎是理所应当地想你会是一个人，一直会是一个人，男人这种生物，怎么会出现在你的身边。

“你的身边一直没有别人，这让我觉得理所应当。可你的身边真的出现了一个男人，我慌了，想了很多，也醒了！我真的是蠢了，我当时怎么会放开你！我就像鬼迷了心窍一般，醒来之后，追悔莫及。露露，我真的是错了。但是，人都有犯错的机会。请你原谅我这一次，我绝对不会放开你第二次了！

“我喜欢你，我爱你，我的心清清楚楚地告诉我，我一早就不该放开你，你就是我这一辈子要找的那一半。露露，原谅我，这一次，我真的不会放开你了。我会永永远远地抓住你的，真的！”

他说得很诚恳，可是叶露不知道自己该不该相信他。

这，不是重要的。

最重要的事，她不会答应他的。

因为，她的丈夫是冷阳。

更因为，她已经结婚了！

“宋哥，我结婚了，你忘了吗？”

张明宋再度愣了。

抚摸着手指上的钻戒，冰冷的感觉，直接钻入心里，一阵阵滴发麻。

“晚了，宋哥，我不会和你在一起的，真的，已经晚了。我的丈夫，他……很厉害，你能明白吗，你若再跟我纠缠，你失去的，也许不仅仅是前途，况且——”

叶露顿了顿，“我——不想给我的丈夫戴绿帽子！他……”有些可怜。

最后几个字，淹没在嘴里，没说出口。

这种自己心里想想的话，还是别说出去的好。说他冷阳可怜，估计传出去，都该让人笑话。

可是，那个遭受了两任妻子背叛的男人，自己要再那么对他，是不是太残忍了？而且，一个妻子，不管怎么样，该是对自己的婚姻忠贞的。如若，自己另有所爱，也应该是堂堂正正地走出这段婚姻之后，才自由地去追求。

“你爱他？”张明宋有些尖锐地问她，他莫名地心慌，看着面前的叶露，没有因为他的话而出现狂热的神采，那有些置身事外的淡然，这让他联想到了不好的地方！

叶露微微一愣，爱？

下意识地摇头，不可能，她怎么会爱他？那个男人，是不可以爱的！

张明宋松了一口气。

可是叶露的意思，又很明确了，她想结束这份喜欢，因为她不想背叛婚姻，也因为她有一个恐怖的老公！

多么的矛盾，不爱那个男人，却不想背叛那个男人束缚她的婚姻！

张明宋终于想到了一个比较严重的问题：“露露，你……还喜欢我吗？”

不敢说爱，因为在他这么对她之后，他已经没这个信心会从她那得到肯定的回答。只要，她还是喜欢他的，那么，他就会努力地让她爱上他的。

叶露在迟疑，喜欢，她是喜欢宋哥的，可是，这世上有很多喜欢啊，喜欢不同于爱，她不知道，自己的这一份喜欢，现如今，到了何种的程度。

他想要的那种喜欢，她在犹豫着，自己能不能把那等值的喜欢给他！

她想不明白，转念一想，又觉得已经没有必要。

“宋哥，问这个，已经没有意义了。”她淡笑，落入张明宋的眼睛里，莫名的一阵的心痛。

她似乎已经认清了现实，因为人妻身份，更不愿意与他纠缠下去了，可是——可是，他舍不得啊！

错过了她，他该怎么办？

心里一阵阵地发慌，绝望，一点点地浮上心头，他的心里在呐喊：不能错过她，不能错过她……

这个声音是如此坚定和疯狂，所以，他很唐突又很执着地抓住了她的手。“露露，我……不要放开你！”

他低喃，情绪已经慌乱，一滴热泪，竟然就这样从眼中溢出，溅落到她的手上——烫伤了她。

他——竟然为她落泪！

她看着他，忘了抽回自己的手，只是怔怔地望着他的脸，望着自己手上的那滴透明的泪！

她看见他笑了，眼角还有没掉落下来的泪水，带着拨开云雾的阳光笑容，眼睛晶亮亮的仿佛闪烁的星辰一般。

“露露，我们私奔吧，离开这里，到一个没有人的地方，重新开始。”

说着这话的他，像个大男孩似的，脸上有一股天不怕地不怕的气势。

叶露想笑，可是却笑不出来。

心中，有一块地方柔软了下来，宛如被温柔的海浪吹着一般。

他能对自己说出这样的话，也算是……算是真心一片了吧！

可，他们不是演戏啊，私奔，怎么可能啊！

“你不要你的前途了？这么辛苦，就是为了拿那个大学毕业证，你就不要了？没了那证书，你将来怎么谋生？”

私奔，哪里有这么容易的，她还没有说的是，哪怕她跑到天涯海角，冷阳都能把她给找到！更何况，她的家人，还摆在那牵制着她呢。

张明宋摇了摇头，他似乎已经做出了决定。“没关系的，这些东西，我都可以不要。我有能力，我也不怕吃苦，我相信，以我的能力，肯定可以开创自己的一番事业的，这只是时间早晚的问题。我已经想好了，我自己的前途，还是我自己来开创好了。这一次，我绝对不会再为自己的前途，放开你了！”

他说得异常的坚定，让叶露也恍惚地觉得，他该说的是真话！

可这，真的能是真话吗？

是他自己说的，男人最看重的是事业！

摇了摇头，心中微微动摇之余，还是下意识地表示拒绝。

张明宋焦急地握着叶露的手不放。

“露露，你是不是怕你老公不放过你啊！这样吧，我们出国吧，你老公再厉害，也不可能把势力伸到国外的。我们随便找一个小国家定居，世界这么大，他就是寻遍千山万水，也不可能找到我们的。”

叶露的心中微微一动。

张明宋兴奋地继续往下说：“我们可以找个依山傍水的落后地方，盖一间小房，再种些花草的，就你我两个人，我们一起……”

“你是认真的吗？”叶露蓦然开口打断。

张明宋收了兴奋的口气，很认真地点了点头。

“那好，我给你三天的时间，你好好冷静冷静。这三天，你要是后悔了你今天说的，你都可以给我打电话，从此，我们就一刀两断，就只是普通得不能再普通的同乡人。如果，过了这三天，你还是坚持要跟我私奔，那你什么都不用做，也不用给我打电话，第四天，我会直接到机场去等你，从早上8点开始，我会一直等到11点，我等你三个小时。到时候，咱们随便上一架可以离开的飞机，直接走人。”

“真……真的？”张明宋几乎是不敢相信了！

叶露点了点头。

“宋哥，你回去，务必要想清楚了，我走了！”

她起身。

他轻轻地拽住了她，轻笑，竟好似他得到了这个世上最珍贵的东西一般地，笑得如此满足。“露露，谢谢你！”

叶露深深地看了眼前这个大男孩，慢慢地走出了咖啡厅！

为了那滴滴落在自己手上的泪，她该给他，也给自己一个机会的！

030

三天后

如往常一般，叶露送星星去幼稚园，然后出了校门，直接打车去了机场。

三天中，张明宋没有打来一个电话，今天，就是约好一起私奔的一天。

叶露根本就是一身轻，没有任何的行李，完全不像一个要出国私奔的人。

如果说这是她对冷阳的障眼法，那就错了，她根本就没想过要出国，冷阳的实力，她已经不想去挑战了。她不觉得自己有这个能耐，可以逃过冷阳。她更不可能没心没肺地丢下自己的家人，就这样跑掉。

可是，为什么还要答应张明宋呢？

因为，她很想证明自己没有看走眼，她真的很希望，自己当时看上的人，没有那么的不堪，她更想推翻许洁之前的话。

张明宋说，这一次，他不会再放开她！

那么，她想看一看，到底，他会不会为了名利，再度放开她？

三天时间，不长不短，但是应该够一个聪明的人，想明白其中的利害关系。

三天了，他没有给她打一个电话。

她在略略不安中等待，心情忽上忽下，每一个电话响，总会有些心慌，就怕在期盼中等来失望。

今天，虽然无论如何，注定了是要一刀两断的结局，可是，她真切地希望，她是带着美好的回忆，带着那断掉的一半走的。

机场的大厅，不是很拥挤，但也人来人往。叶露坐在靠门的椅子上，心中有些七上八下地翻搅着，眼皮子突突地直跳，有种不太好的预感。

她不时地搓手，或者做深呼吸，心情莫名地有些紧张，感觉就跟要上考场差不多。抬手看表，时间已经过了八点，这就代表，接下来的每一时刻，宋哥都可能出现在她的面前。

想到这，心情更加的紧张，心里明知道这是一个结束，可是还是像真的会私奔一样地紧张着。

如果，他真的会，她真的会感激他的，并且一辈子记住这个人。

这个自己用最真挚的初恋情怀看中的男人，曾经抛弃自己所有的一切，要跟她在一起，她还有什么不满意的！

她等，时而翘首以盼，勉强按捺住翻搅的心，耐心地等待着。

电话，猛然一阵作响！

她咯噔一下，忧——大过喜！

这个时候，来的任何一个电话，对她来说，似乎都不是一个好消息。

难道，宋哥真的要在最后关头说放弃？

音乐，还在不顾他人心情不留情地奏响着，她深吸一口气，为了自己这不愿意面对的心情觉得嘲弄的同时，毅然从包里拿出了手机，定睛往屏幕上看去。

心——提了上去。

冷阳！

有一种不好的预感！

可又觉得自己又不是在干什么对不起他的事，勉强心安了一下，接了电话。

“在上课？”淡漠的口气听不出来有什么不对劲的地方。

她小小地“嗯”了一声，有点心虚，所以，话都不敢多说。

那边直接挂了电话，一句话都不说。

叶露迷惑地拿着手机，不明白他这是怎么了，打电话问什么上课不上课，这可不是他的风格。这个男人，向来没有什么紧急的事情，是不会给她打电话的。今天这电话，简直是太反常了，就好像他是中邪了一般。

皱眉思索，不知不觉地，把大半的心思，都落在了冷阳的身上。

他是不是有什么事情要找她啊，看她在上课，所以挂了电话？

不对啊，他什么时候这么体贴了？

上次他还不是我行我素地在她上课的时候，直接就把电话打了过来！

难道，他是良心发现了，觉得自己以前的行为不对，所以今天，就收敛了许多？

不明所以的她，看着手机，犹豫着，要不要把电话给打回去！

万一，他有什么要紧的事要找她，耽误了，可就不好了！

可是，他能有什么要紧的事啊？

犹豫间，还是拨通了冷阳的手机号。

“喂，冷阳！”

“你不是在上课？”声音冷冷的，感觉比刚才要冷的多了。

她觉得他可能真的有什么事要找她，这口气都有些不对。“啊，哦，我没事，你有事要找我？”

“上课不是应该要专心吗？”他显然没话可说，还在以指责的口吻对她撒着莫名的怒气。

她语塞，觉得自己有种自作多情的感觉！

“那……那我挂了！”一时间，心里有种酸酸的感觉。

“等等！”那边的口气很是不快。“女人，你没什么要跟我说的吗？”

“没……”她本来就是想打电话问他的，他没什么可说的，她又有什么好说的。

那边的话音戛然而止！

电话挂断了！

她拿着电话，又愣了一下。

仔细想着刚刚发生的这些，怎么想，怎么不对劲！

他干吗那么刻意地强调她在上课啊？

难道……

脸色微微地白了一下，难道，他已经知道自己没有在课堂上？

不……不能吧！

要是这样，他干吗一声都不说？

可是如果不是这样，他干吗要给她来这么一个莫名其妙的电话？

他……他到底想干什么啊？

有些抓狂地搔了搔头，她变得烦躁！

不好的预感，越来越强烈！

她几乎可以肯定，冷阳刚才给她打电话，绝对是带有某种目的的，那个男人，绝对不可能无缘无故地给她打电话的！

张明宋迟迟不来，这让她更加烦躁了，不好的联想，开始在她的脑中作乱！她想到，冷阳发现了她和宋哥的事情，所以，对宋哥下手了，把他扣下，把他给抓起来，把他打得半死，或者，直接挖坑把他给埋了……

丰富的想象力，可以让她想到很多糟糕的结局。

抓在手心里的手机，都已经染上一层薄汗了，可是她还是没有拨出电话给张明宋。

她等，无论如何，她不会给张明宋打电话，她等，等到最后一刻，她只能等他的电话！

不来是不安，不安是煎熬，煎熬是折磨！

都已经九点多了，怎么还不来？

叶露开始频频看手表，任凭心里开始掀起惊涛骇浪，还是固执地守着当日的那个等待的承诺！

等，就是等到最后一刻，她也要亲眼见证自己的初恋是如何结束的。

在电话再次响起的时候，整个世界，似乎都安静了！

等她手都不抖，镇定地按下接通键的时候，她自己也感觉到诧异，似乎，这样的结局，她一早就可以猜到！

果然，他还是要放开她的。

“喂！”听不出悲欢喜乐的一声招呼。

电话那头是长久的沉默，所以，她也跟着沉默，只有彼此的呼吸声，在电话间流淌。

压抑的哭泣声，是谁的？

她摸了摸自己的眼角，没有泪水，不是她的啊！

她困惑地四下环顾，可却没有在周围发现有谁在哭的样子！

那么，是谁在哭？

难道，是她的心在哭不成？

难道，她都可以神通广大到可以听到自己心底哭泣的声音？

“露露……”

男人沙哑的声音，伴着悲凉的哭泣声，从手机里传了出来。

原来——是他哭了啊！

哭什么！

她都没哭，他在哭什么！

她笑，笑得很苦，很悲凉，可就是没哭！

一个男人会怎么哭？

她很难描绘，不是抽泣，也不是号啕大哭，断断续续，时有时无，宛如闷雷一般，低沉而又压抑，可是她的眼前，分明浮现那张略显的白皙的俊脸，那双明亮的宛如阳光的双眸中，不断地溢出透明的雨水，不是冷的，是烫的，就像那天，那滴滴落在她的手上，差点要烫伤她的泪珠。

还能说什么，这已经是最好的结局了。

至少，他值得她的那一份喜欢！

从他断断续续地忏悔中，她得知了今天的结局。

他再一次地放开了她，可是，不是为了名利，而是为了——家庭！

他是家里的独生子，怎么可以走？

许洁，再一次成功地留住了他！

他说，他不会再跟许洁在一起了，他留下来，只是因为自己的父母！

爱情真的不是人生的全部，为了爱放开一切，真的太过自私啊！

“对不起……对不起……”

道歉声，宛如悼词！

哭泣声，宛如挽歌！

她挂了电话！

微微的叹息，淹没在轰隆的起飞声中……

偏过头，看着窗外那架白色的大鸟在空中划过，转瞬间，消失在了眼前。

永别了，我的初恋！

一滴破碎的泪，滑落眼角，滚烫的温度，冰冷的哀光……

走出机场，两人迎了过来。

黑色的西装，黑色的西裤，黑色的鞋，异常熟悉的装扮，熟悉到让她心里了然的同时，也掠上了冷。

“嫂子，冷哥的命令，跟我们回去吧！”

默默地毫无反抗地跟着那两个人上了车，等待她的，会是什么？

那个莫名其妙的电话，其实已经是冷阳对她的警告了，她知道了，可是又能做出什么表示呢？难道还能抛开一切，回去吗？

既然当初做出这个决定，那么可能会面对的最坏结果，她也大概做出了猜想！

可是，她再怎么做了心理建设，她也绝对没有想到，她所面对的，绝对要比她想象的，要糟糕好几倍！

下巴被捏着，修长的五指捏得她很紧、很痛，似乎想这样在她的脸上掐出一个洞一般，让她分外敏感的感觉到了他的愤怒。

“你想逃开我？”冷阳阴戾滴看着她。

暗沉的眼睛里，积聚着一股风暴！

可惜，他的独裁和高傲，让她没有办法消灭他的这股怒火。

她能说什么，她能告诉他，她去机场，只是为了彻底地了结那份初恋的感情吗？她为什么要对他说，他又不是她现在的恋人，她哪里需要交代自己的感情去向，她也不能指望说出这样的话，会让他获得一份好心情。

唯一可以说的是，“我没有！”

这是事实，对他，她已经很顺从了。也许在他眼中，她还是桀骜不驯的，但是，相较他之前的那两位老婆，她真的对他已经够好了。

他的脸上又挂上了嘲讽的笑。她猜，他还是不信的。

“女人，我是警告过你的，这是你自找的！”他残酷地看着他，眼中闪过一片血色。如果目光可以杀人，她想，自己身上只怕已经出了几个血洞了。

“冷阳，我没走，不是吗？”她无奈滴叹气，明明下巴被他狠狠地捏着，都感觉到难忍的痛意，她本该害怕，可还是不知死活地反驳着，挑战他的耐性和怒火。

他猛地狂吼：“你以为我会让你走！你以为你能走得了？要不是张明宋没来机场，你以为你就不会走？”

“我没想过走，真的！”突然有些累，她的口气中带了一些疲惫。

对面英俊的脸庞，毫不掩饰他的那份怒气，可是她看着，却有一种想要晕的感觉，觉得有些不真实，不敢想太多！

心里，有了一股毛意，不是怕他，而是怕……无形中，在滋生的某些东西。

这东西，她发誓，她曾经以最大的怨恨发誓，永远都不会碰，永远都不会让它发生的。

“你……想怎么样？”不愿意多辩驳，只求他放过她，让她一个人好好静一静。

她的态度越平静，他就越愤怒，他几乎有一种冲动，就是狠狠地打面前这个人几拳，让她知道，他并不是好惹的。如果她是个男人，他肯定揍下去了，把她揍得半死，让她一个月都下不了床。可她是个女人，还是他老婆，他不能打，打不得！

可该死的，他对她已经够好了，可她却还是一次次地跟他对着干！

果然是对她太好了，让她不知道天高地厚了！

收敛了怒气，恢复了一脸的冰冷，他又是那个冰冷的、令人敬畏的冷家大当家——不会讲任何的情面，谁惹了他，谁就该付出应有的代价！

“把她带下去，关个三天，再放出来！期间，不准任何人跟她接触！”

忠诚的属下，严格地遵从他的命令，请她走人。

关？

他打算要把她关起来？

似乎，比她想象的要轻松许多。

下巴被松开了，她被带走。

这座房子，竟然还有地下室，她从来都不知道！

当那扇厚重的铁门被打开之后，她愣了。

四四方方的一间，也就十多平方米，里面空空如也，没有任何多余的东西，入眼，只是一片又一片的灰白色。

“夫人，请进去吧！”

她走了进去，连询问的机会都没有，铁门，就被关上了。

黑色，迅速的降临，没有一丝光！

她这才想到，她刚才并没有看到什么灯光之类的东西，走廊上可以流泻进来的光，也已经被那一扇铁门跟挡住了。

全然的黑色，几乎是伸手都不见五指，她……似乎很久很久，都没见过这样的黑了，又或者，这样的黑，她还是从出生到现在，经历的头一遭。

起先，她还是站在那的，在适应这片黑，也在进行着心情上的缓冲！

他要把她关在这个黑漆漆的房间里，关上三天，做惩罚！

果然，是他会做的惩罚！

黑暗，会让人下意识地恐惧，她尽管学过哲学，知道唯物主义，但是抱歉得很，这些唯物主义的观点，不能驱走她脑中的鬼神论。这样的黑，让她开始有了不好的联想，然后，觉得全身有些发冷。

她努力地搓了搓胳膊，都没驱赶走胳膊上的鸡皮疙瘩，那不仅仅是因为寒冷，还有……惧意！

说过的，她怕黑，她也那些妖魔鬼怪，尤其是鬼！

黑色让她的思想几乎要脱缰，她那些狂野的想象力，会把她给逼疯的。

猛然摇了摇头，将脑袋里那些不健康的东西给甩出脑袋。

站着，只是让她觉得自己的目标会变得更加大了，所以，她摸索着，靠着墙边，慢慢地坐了下来，缩成了一团。

好了，后面靠着那面厚实的墙壁，她能感觉到安全了一些，身体不是全然地暴露在黑暗中，她也觉得暖和了一些。

真的……要这样在这个地方待上三天吗？

心头染上一股闷气，开始烦躁！

她讨厌这个地方，太黑了，也太暗了！

眼睛在这个地方已经失去了功用，索性闭上，轻叹一口气，分外灵敏的耳朵，都可以清晰地听到自己的呼吸声。

有一种失落感觉袭上了心头。

她觉得一早给冷阳拨电话的自己，简直就像是一个傻瓜。人家根本就是在刺探她，可是她还愚蠢地担心他是有什么要事，着急忙慌地给他打电话，生怕耽误了他。

呵呵，只怕他当时在算计着该怎么惩罚她呢！

自己这个笨蛋！

真是天大的笨蛋！

更笨的是，在不知不觉中，她已经把这个男人看得很重了，简直……就是无可救药的笨了！

明明知道这个男人的本质是冰冷的，温柔只是表象，可是，就是那偶尔闪现的温柔，让她不知不觉地尝到了甜头。

总以为，是自己的努力，所以把宋哥给放下。

可是，当自己勇敢地说出三天的承诺之后，她才明白。

原来，是因为，在很早之前，当自己被他给强硬地娶到手，宣誓了占有，那个时候起，她就开始了放弃。

灵肉的交欢，一次又一次，因为是在夫妻的名义下，所以，就显得合理，所以，不知不觉地对他敞开了心。

怨恨，是抗拒的阻力，她会想各种各样可以怨恨的理由来怨恨他，这样，才会排拒他，这样才不会迷恋上他。

这个男人，简直是太优秀了！

如果，不找理由来讨厌他，她根本就会输得一败涂地，甚至可能得交出命来！

她明明都那么努力地讨厌他、忽略他，也警告过自己，可总是很糊涂地向他靠拢，出了事情，也总是下意识地要求助于他。

这样一个男人，他的一句话，就可以让大家心甘情愿地臣服；他的一句命令，就可以让大家无条件去执行；他的一个手势，就会让大家严阵以待；他的一个眼神，都可以让大家不敢动弹。如果他想，那么只是三言两语，他就可以将她从生死边缘给救了回来；如果他愿意，他就可以满足她任何的要求。在她看来那些跟登天一般的事情，在他眼里，可能就是举手之劳。

这简直是一个能干得不能再能干的男人！

任何人都喜欢强者的，都喜欢自己可以依靠的那位可以强到为她阻挡狂风暴雨。

这样一位优秀的男人在身边，不动心，几乎是很难很难。

她不是一个傻瓜，也不是一个会钻牛角尖的偏执狂，所以，即使在讨厌着他的同时，也可以看得很清楚。

是，是他强硬地娶了她，可是，又是他赐给了她富足的生活，如果她想，她这一辈子几乎都可以像米虫一般地生活下去。

是，是他使的手段吓了家里人，可是，又是他用她们一家子就是花三辈子都花不完的钱，替她尽到了应有的孝道。如果没有他，她可能都不能让父母没有任何负担地过完余生。

是，是他霸道地要绑住她，可是也正是因为他，她走出了情感的误区，断了那份早就该断，可是总是难以舍下的朦胧恋情。

是，帅子的事，他不帮忙，真的有些过分，但是，理智地想一想，她也有错，谁让是她把帅子给扯了进来。最后，到底还是他把她从W国给救了回来。就连在W国的那场强暴似的侮辱，都……都被他最后的相救和道歉给消磨得差不多了。

以前，她还有个挡箭牌，告诉自己喜欢的是宋哥，所以，自己是安全的，怎么样，都是不会喜欢上他的。

可是，那么决绝地选择了跟宋哥的结束，挡箭牌一下子就没了！就宛如一下子拨开了云雾一般，那些不想看、不敢看的，突然，都出现在了眼前！

她……在意他！

远远比她自己想象的还要在意！

所以，他把她关起来，她觉得难以忍受，她觉得不开心，她觉得他太过分了，三天啊，他竟然要打算把她关在这个房间里，待上三天，乌漆麻黑的，一点都不考虑她的感受，就让她待上三天！

冷酷，从头到尾都是他的本性，所以，在他认为她是犯了错，可以这样毫不犹豫地惩罚她，把她像个犯人一般地关起来！

她在意他，甚至会为他了他慌神；可是他却可以一直无动于衷地保持着自己的冷酷和独裁，与他自始至终置身事外的清醒相比的自己，岂不是很笨？

笨蛋！

自己这个笨蛋！

“呜呜……”

忍不住掉出了眼泪，在无尽的黑中，她压抑地抽泣着。

她觉得，自己真的是一个彻头彻尾的笨蛋！

有些人，是不可以碰的。

左翼说：别爱上他，那样，你会死的。

当时，她是怎么回答的，说不会的，永远都不会。

笨蛋，这才多久，你就让他走入了你的心。

他一惩罚你，你觉得受不了，就觉得伤心难过，这样的你，可如何是好？

笨蛋，以这样的速度，岂不是没过多久，你的心里就是满满的他了？

笨蛋啊！笨蛋！

她低低地哭着，不知所措地擦着眼泪！

越想，越是伤心，越伤心，就越想哭，眼泪，越擦越多！

冷阳说她笨，果然，她是笨的！

第六章

惩罚：女奴游戏

031

屋外另一角，星星下了幼稚园，发现今天来接他的不是叶露，就奇怪地询问，司机说不出所以然，他就打电话给左翼。

左翼知无不言，言无不尽，把什么都告诉了他。

星星一听，这还得了，立刻不怕死地跑去找上了冷阳。

“爸爸，你干吗要把露露关起来？”小家伙气呼呼地瞪着冷阳。

冷阳一个冷眼，恶狠狠地扫了过来。

“没你的事，一边去。”他现在火气大着呢，谁跟他提那个女人，就是在捋他的老虎须！

“不要！”星星大叫了起来。“我不准你把露露给关起来！”

不准？

冷阳眼神一眯，那是他要发怒的征兆。

这小屁孩跟在那女人身边没几天，就开始放肆了，毛都没长齐，就开始跟他叫板！

他现在的心情很不好，听了这话，就要大声斥责，可心念一转，顿时产生了一个很邪恶的念头。

“我告诉你，你的露露她想逃走，所以，我把她给关起来了，当作惩罚！”

这小子不是天天跟在那女人身边打转嘛，看他经历了这事，还要不要像个跟屁虫似的跟在那个女人后面！

“骗人！”冷星气呼呼地瞪着他，“露露不可能会逃走的，说好了，她要陪我一辈子的！”

一辈子？

冷阳莫名地心头蹿起了一股火，“什么一辈子，你这么小，懂什么一辈子！她随便说说，你还真的信了！傻瓜，她不要你了，她打算要走了，你以为你是谁？”

做父亲的，这么打击自己的儿子，简直是太过分了！离间露露和冷星感情，更是过分！

冷星闻言，吧嗒吧嗒地流下了眼泪，喃喃自语：“你骗人，露露才不会这样呢，我们说好的，她才不会这样的……”露露跟别人是不一样的，她不会就这样一声不响地离开他的，骗人的，骗人的……

透明的泪，宛如小溪流似的，流了冷星一脸，这让冷阳的心头火去了一些。

自知说的有些过分，但他也只是哼了哼。他一向不负责把说过的话回收回来。

“出去，一边哭去，别来烦我！”

冷星擦了擦泪水，不出去，反而跑到了冷阳的身边。

“爸爸，把叶露放出来！”小家伙自己有自己的一番认知，任凭冷阳怎么说，他还是想到要把叶露给救出来。“露露肯定不是故意的，你可怜可怜露露，把她放出来，爸爸，求你了，求你了……”

冷星摇着冷阳的大腿，含着泪水的眼睛可怜巴巴地看着他，默默乞求着。

冷阳忍不住地开始发飙。

“你让我可怜她，那谁来可怜我？该死的女人，想从我身边逃走，没门，想都别想！关她三天，是便宜她了！放手！”

从一开始就忍着的怒气，这下子，在冷星面前彻底爆发了！

冷阳瞪着冷星，眼神凶恶，杀气腾腾，正常人看到他这样，早就该腿软了，要不连声讨饶，要不该灰溜溜地夹着尾巴走人了！

冷星一开始也被吓住了，但是想到叶露，心中又有了勇气，愣是挺了挺胸膛，无所畏惧地摇了摇头，不服气地拿着那形似冷阳的双眸瞪了回去！

大眼瞪小眼，短时间内，哪里分得出胜负！

冷阳猛地伸手，一把就拎起了冷星的领子，像提兔子似的，起身，就要把他甩出门外。

冷星立刻伸手，双腿离地的时候，这么用力一蹬，就撞到了冷阳的身上，小手紧紧地抓住了冷阳的肩膀，更“嗖嗖嗖“的，趁势紧紧搂住了冷阳的脖子，像一只无尾熊一般地抱住了他，赖在了他身上。

“爸爸，那里好黑的，露露会害怕的，她会讨厌你的，呜呜……我不要露露讨厌爸爸，我要露露跟爸爸在一起，我要露露喜欢爸爸……呜呜，我不要露露讨厌爸爸……”

紧要关头，星星使出了杀手锏，说出了左翼贡献给他的那一番说辞！

很有效地，冷阳往外迈的步子，顿了一顿。

上了几天幼稚园，冷星的脑袋瓜子也开始灵活了不少，见此，又开始大哭大闹：“爸爸，求你了，你就放露露出来吧，露露没说要走的，露露还说下午要教我学习的，爸爸太坏了，把露露给关起来了，呜呜……还不给她吃东西，呜呜……露露会饿坏的……呜呜……三天好长的，露露会饿死的……呜呜……我不要我的露露死啦，我要露露好好地陪我和爸爸啦，呜呜……”

冷阳恶声恶气地问：“她真的说下午要教你学习？”

星星点了点头，为了救露露，他才不介意撒个小谎呢！

冷阳眯了眯眼，口气恶劣地嗤笑：“傻瓜，她是骗你的！”

“才没有呢！”冷星反驳回去。“露露从来都没骗我，一次都没有！”

一次都没有？

冷阳眯了眯眼，迈步，一把将他从肩上给拽了下来，摔下，关门。

“小子，记好了，犯了错，那是必须要受到惩罚的。”

冷星打了一个滚，从地上爬了起来，傻眼了，他觉得他有点说动爸爸了，可是为什么还是被踢出了门呢？

“咚咚咚……”冷星不依地开始敲门、踹门，无所不用其极！

冷阳这边开始收拾桌上的文件，没过一会儿，开车回公司，把冷星给留在了家里，任凭他折腾去，彻底地隔绝了他的骚扰！

冷星气愤地瞪着那张开走的车子，小脸气鼓鼓的，都快成了一个包子！

却不知，就是他最后那话说得太中声中气了，才把冷阳给气住了！

什么叫作一次都没骗过！

自觉刚就被叶露给骗了一次的冷阳，听了这话，能不发飙嘛！他是那女人的丈夫，而这小子，撑死了也只是她丈夫的儿子，和她没有半点血缘关系。他都和她那么亲了，她却反而和这小子这么亲，还一次都没骗过他！

这让他哪里能咽得下这口恶气！

而不知道自己不小心闯了祸的冷星，在等了一个晚上，都没等到冷阳之后，就窝在冷阳的卧房门前，迷迷糊糊地睡着了。第二天早上，他是在自己的床上醒来的，一醒来，就吓得蹬蹬蹬地往冷阳的卧室跑，他怎么睡着了啊！

啊，完了，爸爸不会走了吧！

推门，动不了，没人吗？

问保姆，保姆说他爸爸昨晚回来了一次，然后又走了。

冷星气坏了，拿起挂在脖子上的手机，就开始拨冷阳的号，可是没人接电话。

扁了扁嘴，冷星有些伤心。

歪了歪头，他找到了管家。

“管家，我要找爸爸！”意思就是让他派人送他到他爸爸的公司找冷阳。

管家慢悠悠地开了口。“星星啊，冷哥已经出国去了！”

“什么？”冷星尖叫，瞪眼看着管家，仿佛他是罪魁祸首一般。

管家咳嗽了一声，感觉冷星这瞪人的样子，真是有些冷哥的威力。

“那个星星啊，冷哥走之前留了一句话，你要不要听啊？”

冷星点了点头。

“冷哥说，你可以给太太送瓶水去！”

这不是冷阳在妥协放水，还是什么？

三天三夜的暗无天日，让人不见光，还独处一室，为的就是让人精神崩溃，没有那个胆量再犯错误接受这种惩罚。一旦冷星送水去，让叶露见了光，那惩罚的效果，可是会大打折扣的。

冷星一听管家这么一说，立刻跑没影了！

干什么去，自然是弄水去了。

什么水？

矿泉水？

不行，那个多没营养！

打开冰箱，找出里面最大桶的矿泉水，把里面的水给倒掉，然后把牛奶一瓶瓶地往里面倒！

星星想，露露说的，牛奶是最补的，他要多给露露带一些。

管家在后面看着，眼睛是一亮一亮的，看着以前默默无闻，就像影子一般存在的冷星，现在忙里忙外的，可真有意思，让他想起了还是小的时候的冷阳。

为什么他要跟着星星呢，因为，星星要去看露露，还得他帮忙啊。

管家领着冷星下地下室，又命令看门的手下开了门。

叶露缩在墙边，躺在那，脸色苍白，神情萎靡，糟糕得不行！双眼紧闭，一副失去了生气的样子，让冷星看了，差点要哭出来了。

扁起了嘴，抱着老大一瓶的牛奶，冷星红着眼睛，就朝叶露奔过去了。

“露露！”他哭着嗓子叫唤，推了推叶露。

叶露在黑暗里沉沉浮浮，根本就不知道今夕是何夕，但是这么快就见到了光明，她还是诧异了一下！

这么快，三天就到了！

想着，她慢慢地用手撑着要爬起来，冷星赶紧放下牛奶，搀扶着叶露。

眯了眯眼，适应了一会儿突如其来的光亮，才看清了冷星的小脸。看他眼中含泪，心疼不止。

“谁欺负你了？”

冷星摇头，赶紧把牛奶推到了叶露的跟前。“露露，给你牛奶。你饿了吧，快喝吧？”

叶露摇了摇头，一来不太明白状况，二来她还不是特别饿！

往外一看，看见了管家，还有一个熟悉的把她领进来的面孔。“三天到了吗？”

那人摇头。

管家接嘴。“冷哥允许星星给太太你送瓶水来！”

水？

叶露看了一下，身边的明显不是所谓的水！

冷星这才有些得意，“爸爸没说什么水啊，所以我给露露送来了牛奶水，这个好，比水好！”

叶露心下感动，抱着冷星，亲了又亲。

让这个小家伙费心了！

她感觉过了好久，可是一直都没什么可吃的，还想着，是不是冷阳打算不吃不喝地让她关三天呢，没想到小家伙送吃的过来了！

转念想了想，问：“是不是星星去求爸爸了？”

管家的话，让叶露听出了些端倪——“允许”，显然一开始是不许的。

星星本来不想说的，可是又不能对露露说谎，就点了点头。

“露露，爸爸说你要离开他、离开我，你不会的，对不对？”

叶露摇头，“我怎么可能离开星星呢！”

冷星笑眯了眼，“我就知道，爸爸还说你在骗我呢！爸爸才是在骗人呢，哼，我才不信呢！”

冷星嘟囔了一下，皱了眉头，“露露，爸爸好像很生气呢，昨天他还吼我了呢，我觉得，爸爸好像有些伤心呢！”

伤心？叶露微微一怔，心微微波动了一下！

他……他会伤心吗？不可能吧！

他会生气，但是怎么可能会伤心？

“露露！”冷星拽了拽她，“你给爸爸打电话吧，告诉他，你没想走的，好不好，这样，爸爸应该会把你放出来的。我不要露露被关在这里！这里好黑的，不好！”

冷星皱着眉头，评头论足的样子，惹得叶露失落的心又飞扬不少。

可是，叶露摇了摇头，没用的，她说过的，可是，冷阳是不会信的。

冷星很郁闷地窝在叶露的怀里。

管家在一边提醒：“星星，可以出来了！”

冷星冷下了脸，漆黑的眼眸显露不高兴的时候，是跟他爸爸相似的寒：“不要，我还有话要跟露露说呢！”

管家柔声劝道：“星星，这水都已经送完了，你就出来吧。”

冷星头摇得像个拨浪鼓，反正爸爸已经出国去了，他才不要管呢，抱着叶露的胳膊，冷星恶狠狠地瞪着管家，用跟冷阳长得很像的脸，威逼着管家。

管家擦了擦额头的细汗！

心里微微一叹：算了，冷哥下了这样的命令，未尝不是在给自己台阶下，给太太得以减刑，否则，太太就这样被关三天，乌漆麻黑一片，也挺受折磨的。冷哥昨晚又急急忙忙地出了国，估计也是打算睁一只眼闭一只眼。

管家自小在这个家服务，揣摩冷阳的心理，还是有几分心得的。

叶露有些担心星星，怕冷阳怪罪下来。

冷星凑到叶露的耳边，跟叶露咬耳朵，声音虽然很小，但是掩饰不了喜悦和得意，告诉她，冷阳出国去了，所以，没人可以管他了！

就是因为冷阳的这个命令，叶露才得以松了一口气。星星在她身边蹭了足足有一个多小时，才依依不舍地离开了叶露，这一个小时的重见天日，还有小家伙暖暖的童言童语，给了叶露继续面对黑暗的勇气。

那个男人，又在她认为很冷酷的时候，温柔了一次！

重新陷入黑暗，她觉得自己整个人好像在在拉锯一般。

想要远离那个冷漠的他，可是又有些留恋那个温柔的他。

做不到全然的厌弃，更做不到飞蛾扑火般地投入。

这是一个无法抉择的选择题，一直到她从这个囚室出来，她都没能做出选择。

可是，心却再一次地偏向了他。

她不怨他把她关了起来，可是，真的是警告自己，别，别再放纵自己了，自己现在已经很危险了，可千万别踏上前任的后路！

慕倾的例子，在前面摆着呢！

金夫人的死，还没正经地冷却呢！

你不该傻到，又看上一个心里有人的男人！

傻子啊！

警告你，别再做傻事了！

在黑暗中，叶露一次次地这么跟自己说，她放出来的时间，早了一些。

这三日不见天日的惩罚，不得不说，一开始势头很足，也很吓人，可是落到最后，到底还是底气不足了。

说是要关三天，可实际上，也就关了两天多一点，在第三天的一大早，露露就被放了出来，刚回了卧室躺着，涌进来的，就是几个身穿白大褂的医生，做了一番检查，一瓶生理盐水，不管三七二十一，先挂上再说。

看着医生们鱼贯而出，声称只是营养不良，好好补几天就没问题。点滴一滴滴地滴入身体内，叶露没忍住笑意！

对于自己的这一次惩罚，有些无语，最后还得请动医生，感觉有点有钱没处花的嫌疑。

出国去了的冷阳，也在她出来的当天回来了。

叶露听说了，心里警告又警告，告诉自己切记要保持距离！

她倒是过虑了！

不用她保持距离，冷阳先保持了距离。

饭桌上，再也没有了他的身影，他几乎是以公司为家了！

晚上，再也没有那个人会不顾她的挣扎，强硬地来骚扰她，抱着她，蛮横地压着她入睡了！

他表现得很清楚了，他不愿意多跟她接触。

从他回国至今，已经三天了，可是，她和他，一句话都没说过，连见面，都是屈指可数。

她应该感到高兴，这样的发展模式，正是她所需要的。如果照这样一直发展下去，她会一直很安全。

可她，却偷偷地躲在被窝里又哭了一次。

她大概明白，这还是冷阳的惩罚，他的惩罚，没有结束，可能，会持续一辈子的。

如果，她一辈子都不能逃开他，她已经感觉到，自己这一生，几乎注定了是悲哀的灰色调。

在她和他之间，掌握主动权的，永远都是他。

他高兴了，就可以陪她玩玩，赏赐给她一些温柔。

他若是不高兴了，就像现在一般，可以不理不睬，当她不存在一般。

她感觉自己对他来说，就是一个玩具，玩与不玩，都是他说了算，端看主人的心情是如何了，真是有够可怜和郁闷的！

她为了自己此刻的身份感到了悲哀！

哎，冷阳，你可真够残忍啊！

对别人，其实，他是更残忍的。

许洁几乎是哭着给叶露打来的电话：“露露，拜托你，救救宋吧！他对你真的是真心的，你不能眼睁睁地看着他被毁啊！他是一个这么优秀的人，这样对他，怎么可以啊……”

叶露几乎不怎么想这个人了，因为已经是一刀两断了，因为已经打算要放下了，当从机场离开之后，对张明宋接下来的事情，她自然地选择了忽略，也不会再想。

可她似乎忘了，冷阳选择把她关起来作为惩罚，对于张明宋，他怎么可能会不采取行动！

因为与校外人士打架的罪名，张明宋被处以了最严厉的惩罚，直接开除学籍，退校处理！

张明宋一向是一个很谦和的人，跟别人斗殴，据说还是他先动的手，把别人打伤，几乎有些令人难以置信！

许洁一听到这事，几乎是想都不用想，就知道谁是幕后主谋。

之前，她找上她妈妈，用了点关系，知道了叶露的老公是何许人物，然后被她妈妈警告，不许再去招惹叶露，但饶是如此，警告还是晚了。心情极度不爽的冷阳，直接就将许家一锅端了。

首先是许洁。当时教育实习的时候，她提前从实习单位回来，靠着她爸爸的关系，瞒天过海，现在被人给捅开了，被学校处以警告处分，还被罚要去实习单位，补完实习缺失的那些日子。

其次是许妈妈。许妈妈公司的业绩莫名开始低迷了起来，出货量、进货量急剧萎缩，资金链开始显露各种问题，时间一久，只怕要出大问题，乃至破产。

再有就是许爸爸。对于许爸爸，冷阳下手没太狠，因为毕竟叶露在他的实验室待了那么久，也算是有些承蒙他的照顾，不过许爸爸今年要申请的几个基金项目，肯定一个都不会被批准通过！

冷阳这雷厉风行地一出手，几乎是让许家人仰马翻。许洁后悔了，但这世上就没卖后悔药的！

当日种下的因，苦果就得自己尝着。

但这次张明宋出了这样的事，她真的是忍不住了。对张明宋，许洁到底是一往情深的，而女人为了爱，总会豁出去的。

自家现在境况不妙，帮不了这忙，她思来想去，就给叶露打了电话。

她求叶露放张明宋一马，当日张明宋没去机场，是她阻止了他，让叶露有什么事情，就冲着她来。她还以为，是叶露故意在对张明宋下手呢！

叶露苦笑不止，这一系列的事情，她都被蒙在鼓里。刚从那地下室出来，这三天她一直在卧床休息，补充营养，哪里知道外面已经天翻地覆！

冷阳不是想对她视而不见，当她不存在吗，现在做这些，又算是什么！

“许洁，放心吧，宋哥的事，我会帮忙的。我想跟你说，你别误会，我跟宋哥之间，已经没有任何瓜葛了。我这一次帮忙，只是纯属因为这事可能是因我而起。”

许洁微微一愣，在那头流泪道谢。

“露露，谢谢你！如果可以，我想求你，拜托你去求求冷阳，麻烦你替我妈说说话，让他放过我妈的公司吧。是我对不起你，你让他冲着我来好了，别为难我妈，我妈根本就什么都不知道的！”

叶露叹气，头有些发疼了，一并应承了下来。

“许洁，你妈的事，我应了。但是这事了了，我和你们家的情分，也就到此了。以后，我不欠你们家，你们家也不欠我，我们也算互不相欠、互不相干了！”

这已经算是许洁在占便宜了，她连声道谢，两人之间，无话可再说，只能是挂了电话。

叶露应下了这两件事，帮张明宋，还有许洁她妈，她自己是一点本事都没有，肯定得求人！

求谁？

冷阳？

不可能的，这些事，显然冷阳是在瞒着她做的，而且，他现在的表现，就是在告诉她，他不愿意见她。她去求他，估计只能是让他气上加气，更加地往死里打击了。

于是，又试着向左翼求助。

“不行！”左翼这么一说，就几乎是一锤定音了。“我们是不会跟主人对着干的！”

于是，叶露又明白了，自己还是没那个实力，可以让左翼为她做这件事。说什么不会对着干，那只是表面上的话，能干而又优秀的慕倾，怎么就能做到？自己技不如人，怨不得别人！

想了想去，也只能想到了那个人——冷涛！

真的不愿意欠他这份恩情，可是，真的无路可走了！

最近叹息的次数，似乎也多了起来。

唉！

打了电话，约了冷涛。他的欣然应约，让她很感激。恐怕也只有他，让她有那么一点自信不会被拒绝吧！

032

优雅的小包间，是冷涛指定的。静谧的空间，对面含笑而坐的男子，精明的脸盘，透着一股温柔，让她心中涌过几丝羞愧。

似乎，也只有她有求于他，才会打电话给他。

“不好意思，把你找了出来！”

冷涛微笑着摇头。“饿吗？”

她摇头。

冷涛失笑。“我看你啊，好像怕我把你给吃掉似的。我还没吃饭，陪我吃点吧！”

她干笑，他说对了，她一想到吃饭得花上一个小时左右，觉得时间实在是太漫长，这么长的时间，她不知道该如何跟他面对，还真想推了饭局。

冷涛如此要求，叶露有求于他，只能点头。

侍应生拿着菜单下去，叶露表明来意，把事情的大体状况情况说了一遍。

“你……可以帮我吗？”她深深地望着他。

他挑眉反问她：“这事，为什么不去求冷哥？”

叶露心里发苦，要是可以求他，她早就求他了。“他……不会答应的，没用的。”

冷涛的手指轻轻地在桌面敲打，好像在思考的样子，微微皱紧的眉头，看得出来，事情在他看来，应该是有些棘手的。

“露露，你要知道，跟冷哥对着干，是很冒险的！”

叶露咬了咬唇，这一点她自然是知道的。

沉默了一会儿，她还是别无他法地恳求冷涛：“拜托你了，我真的想不到还有谁可以帮我。我想来想去，就只能想到你。拜托了，以后我会报答你的。”

冷涛敛下眉，跟冷哥对着干，是有些难度，可是，以他的能耐，这事，也不是不可以解决。重要的是，这是一个难得的机会，他应该好好把握的。

于是，故意深锁起了眉头，表现得好像是很为难的样子。

叶露盯着他的脸，心里七上八下，也不由得焦急了起来，很期望能从他的嘴里听到“同意”这两个字。

冷涛的唇动了一下，她紧紧地盯着他。

“这事，不太好办。”

叶露点头，是，是不太好办。

“但是，全力试一试，应该还是可以的。”

“真的？”叶露欣喜地看着他，太好了，太好了，果然找他是对了。

“不过，你得答应我一个条件！”

“你说！”她应下得很爽快。

那张性感的唇瓣一张一合，说出来的话，效果宛如打雷一般。“跟我交往！”

叶露只觉得脑袋轰了一下，眼前突然白了一下。

交……交往？

不……不行！

不可以的！

这边她才刚跟宋哥断了，这……这边又跟冷涛纠缠，她傻啊，干吗总是要让自己处于这种尴尬的处境。

嘴唇开合了几次，表现了可怜的颤抖。

她是想拒绝的，必须要拒绝的，可是该死的，她还很清楚地记得，她是来求对面这男人的，更该死的，她知道，如果她就这样拒绝，她可能会毁了一个人！

叶露现在这个表情简直是太可怜的，小脸煞白的样子，宛如下一刻就要马上晕倒一般。那仿佛哭泣的脸，宛如他说的话，会害死她全家一般。

“这么难以接受吗？”冷涛忍不住地皱起了眉头。“难道，我就这样不入你的眼？”

略微失落的声音，听了令人不忍的。

叶露本来就知道冷涛说过喜欢她，她来找他，已经是大大的不合适了，他如此一说，她心中有愧！

摇头，“不……不是这样的……”

“那你是为什么？”冷涛打破砂锅问到底。据他所知，她跟那个张明宋应该是完了，那么，她现在犹豫什么？

他怎么也算是黄金单身汉，长相也是万人迷类型，多少女人在他后面追着，他提出交往，她没有丝毫的欣喜，怎么还害怕得说不出话来了。

“这个……”叶露拿过一边的茶杯，一饮而尽，心中生了不少的勇气。

“是不是……是不是我不答应你的条件，你……你就不打算帮忙！”

冷涛不语，这让叶露心里更加没底。

可是，她还是必须要把给说清楚。“冷涛，我……我不知道冷阳的前两个妻子给你什么印象，但是，我不想脚踏两只船。你这样的好男人，不用愁以后碰不到好女人，绝对比跟我这样一个已经有老公的女人交往要好得多的！我不是自己贬自己，但是我真的不是一个特别出色的女人，我很普通，也很无趣，可能我的某些方面让你产生错觉，但是你若再了解我一点，你会发现，我实在是放在人堆里，可以让人立马忽略的那个。冷涛，我觉得你是一个好人，不该被我这种有夫之妇辱没了你的名声。所以我来拜托你。求求你，算我欠你一次，以后，我一定会努力地还你的，求你了！”

求人的时候，最是尴尬了，那种羞耻地想要哭的感觉，是最让她讨厌的，如果，他不答应，她觉得，自己可能会因为羞愧和无助而哭出来。

冷涛大约知道，自己的要求，对她来说，真的是太过困难了。这个女人说她普通，可知，哪有几个女人会面对他的追求，把自己形容得这样不堪。只为了让他放弃她。

她是有自知之明，但是，她又不太明白，她已经不一样了！

现在即使把她放在人堆里，即使她被人群给淹没，但是一旦喊出名字，她立马就可以脱颖而出。

“露露，你啊，太单纯了。你要这样跟着冷哥，会苦一辈子的。”

叶露垂下了头。

“你还小，不想拥有一份真正的感情吗，不想跟自己爱的人幸福地生活一辈子吗？冷哥，绝对不可能给你这些的。你就打算，就这样跟他相敬如宾地过一辈子吗？”

叶露的头垂得更低了！

“冷哥的身边从来不乏漂亮的女人，他不会爱你的。你得随时面对别的女人取代你的位置，你也得随时面对不小心触怒了冷哥最后的命运。他的两个老婆已经……难道，你就不害怕吗？”

“别……别说了……”叶露忍不住地开始颤抖，冷阳是个什么人，她很清楚，她将会面对什么样的命运，她也明白。拜托，不要说出来，她大概清楚就好。

“露露，我喜欢你，我才跟你说这话。我不想看着你一个好好的女孩子，就这样冷冷清清地让岁月带走了你的青春。冷哥不能给你的，我可以给你。这还是我头一次尝到了心动的感觉，你到现在还不相信我对你的心意吗？你是不是认为我以前跟你说的都是假的？露露，我可以对天发誓，我对你，都是真的，我也拜托你，稍微考虑一下我的心意吧。我不小了，我都三十了，我很清楚自己要的是什么！”

“别……别说了！”她不想谈感情的，别强迫她。

冷涛不依不饶，他等得已经过久了，现在她找上他门来了，他没必要仁慈、退让下去。

“露露，考虑考虑我吧，我并不比冷阳差的……”

叶露猛然抬头，有些豁出去地大喊：“我已经结婚了！只要我还是冷阳的老婆一天，我就不能出轨！”

冷涛勃然大怒，好一个为婚姻忠贞的老婆！

“那就离婚，离开他，一个不爱你的男人，你还守着她干吗，犯傻啊！”冷涛冷酷的时候，自然可以让人的心都发冷的。冷家人，继承的都是相同的血脉，冷家骨子的寒，冷涛又怎么可能没有！

被冷涛这么一带动，叶露也有些控制不住情绪。“我不可能离婚，冷阳不可能会放开我！”

他说过，她一辈子都别想逃开他。

冷涛咧唇冷笑，眼中闪过冰冷的光芒。“他不放过你，那你不会推翻他吗？把他推倒了，那你不就可以为所欲为了！”

推……推翻？

叶露惊诧地看着冷涛。

冷涛一点也不掩饰他眼底的那份狂热，“为了你，我会帮你把他从家主的位置拉下来。这样，你就是我的了，我们就可以名正言顺地在一起了。”

叶露猛地站了起来，靠椅猛地被推开，发出刺啦的刺耳声音。“你……你疯了！”

“我没疯！”冷涛站了起来。“我好不容易找到一个让我心动的人，难道就这样放弃？你若爱冷阳也就罢了，我可以发扬一下高尚的品德，在一边祝福你俩。可是，你根本就不爱他，他更是根本就不在乎你，出了事，你还要反过来求我，你说，就这样，我怎么舍得把你交给冷阳？

“哼，如果我是你老公，我根本就不会让你如此受苦，更不会给你求别的男人的机会，也不会让危险找上你，更甚至，在你生病的时候，根本就不会离开你的身边。我告诉你，冷阳根本就没资格做你的丈夫，他根本就是在糟蹋你！”

他这是指责冷阳在叶露中了枪伤的时候，把她一个人扔在了医院。

往事浮上心头，叶露心里一阵发痛。

有些事，她是不愿意想的，因为多想无益。

可是，现在站在她的面前的这个男人，口口声声都在对她诉说爱的衷肠，冲冠一怒，也都是为了她。冷阳跟他一比，就像一个恶棍一般的令人心寒。

她在巨大的反差产生的痛中战栗，嘴唇都快要咬出血了！

冷涛转了出来，一把握住了叶露的肩膀。“露露，我们在一起吧。相信我，我可以的。只要我们一起努力，冷阳是可以被打败的。”

打败冷阳？

不，叶露摇头！

这样的场面，叶露她想一想，都会心痛的。

冷阳是理所当然的王者，他注定了高高在上，她根本就无法想象，他落魄地被人给拽下那个王者的位置的模样。

“不……我……我不是为这事来的。”

现在这个话题太危险了，是不可以的，偏题了！

“我是来问宋哥和许洁她妈妈的事情的……”

叶露挣扎了一下，伸手，想要拽开冷涛的胳膊。

冷涛的手，偏偏拽得很紧，不松开叶露瘦小的肩膀。

“让我亲一下，露露，亲一下，我就帮你！”

他改了一个条件，一个看上叶露很容易就可以做到的条件。

叶露愣了，这一次，她再也无法开口了。

静默地看着冷涛，他那深邃的眼眸中，藏着某些东西，是她没有勇气迎视的。

一个吻而已，一个吻他就可以帮她了啊。

为什么不答应？

没道理不答应啊！

这可是只有他可以帮她的忙啊！

所以，她颤抖地闭上了眼睛，也只有在心里反复地告诉自己是在癞蛤蟆吃天鹅肉，是在用牛粪糟蹋了他这一株名草，才能心里好受一些。

炽热的触感，快要把她烧死，她在他健壮的双臂中扑簌簌地颤抖，可怜得宛如一触就要碰落的枯叶。不敢大力地呼吸，不熟悉的体味，她下意识地抵抗，怕闻多了会中毒而死。

他狂热地把可爱又可恨的她，压向了自己。娇弱的身躯，拥入怀中，是绝对令人难以想象的美好感觉！火热的唇瓣，深深地渴求着她嘴里的迷津，还有唇上的那宛如蜜一般的甜美。英俊的脸庞，染上了不可自拔，有股冲动，想要这样抱着她，吻一辈子。

难舍难分地放开了她，就怕太过炽热的感情会吓到她。靠在自己脸庞的那张粉红色的脸蛋看上去漂亮极了，这是因为他而起的。他的脸上，扬起了一个满足的笑容，微笑的幅度，表现的是最迷人的一面。

她偏过头，根本无法面对他此刻的表情。只能抖着略微红肿的唇瓣，哆哆嗦嗦地说着：“我们说……说好了的，谢……谢谢你，我……欠……欠你……两次！”

甩开他的胳膊，她宛如受到惊吓的兔子一般，落荒而逃！

“喂，你答应陪我吃饭的……”

略微沙哑的男音剩下余音袅袅，那只慌慌张张的小兔子，早就已经逃出好远！

冷涛摸了摸唇瓣，嘴角泛起一抹笑，很是满意，可眼神却很冰冷。

猎物已经落入射程，他不会罢手的！

冷阳，走着瞧吧！

叶露知道，冷涛已经为她打开了一扇禁忌之门，危险但似乎又充满了光明。

那是一个很大的诱惑，对以前的她来说，可能是求之若狂的，但现在，她犹豫！

又或者说，她不舍得！

她叶露何德何能，犯得着为了自己，毁了一位优秀的人才。

在她看来，冷阳就是一个人才，就是一个英雄。

或许，她有英雄崇拜主义，每一个英雄的诞生是不容易的，不能让她这个连红颜祸水都称不上的小女子给毁了。

所以，沉默着。

她自己关了那个潘多拉的盒子，就当作，那一天，根本就没听到那骇人听闻的建议。

可显然，现实又一次地提醒了。

避而不见的男人，出现了，却是带着满腔的怒气朝她冲过来的。

用愤怒的声音吼走在她身边待着的星星，关上大门，他已经在咆哮了。

“你答应他什么了？你用什么迷惑了他，他为什么要帮你？”

冷阳愤怒地跨在了床铺上，一把压倒了坐在床上的她，骇然地用手捏住了她的脖子，捏得死紧，只要她的答案激怒他，他都有可能就这样掐死她。

他在咆哮，他在愤怒，难道她也是一个木偶人不成！

她也是有怒气的！

“冷阳，你想干什么？”

能够让他这么一个大人物兴师动众地夹着雷霆之怒过来找她，她用脚趾头想一想，也该知道是她拜托冷涛的事情。

冷阳喷火地看着她，冰冷的眼神，此刻燃烧的是夹着冰的火焰。“我想干什么，女人，我只想知道，你想干什么？”

好，问她想干什么！

如果不是他干了什么，她有必要干什么吗？

叶露猛地用胳膊一撞，狠狠地撞开了冷阳的胳膊，用最大的努力，使劲地扬起了脑袋，尽管她现在整个身子被他压着，但是她还是尽可能地表现她的不屈服和骨气！

“你问我干什么？好，我告诉你！我跟宋哥完了，结束了，早就结束了。我不想再拖下去了，我觉得你可怜，我像个傻瓜一样地觉得不能对不起你，像个笨蛋一样地想跟你好好过日子，于是，我就跑过去跟他断了。你把我关起来，我不怨你，这是你和我的事情，可是你偏偏要把宋哥给扯进来，我都不想再跟他再有牵扯了，你现在把他给赶出来学校，你让我怎么办，你不是存心让我对不起他吗？不是存心让我一辈子都没法跟他断得干净吗？我能怎么办，我就只能把他给再弄进学校去了！许洁她是害过我，可是她是我的表姐，她们一家帮过我。我不能忘恩负义，只记得人家的坏，就忘了别人的好。你说，我能不想办法帮助他们吗？”

冷阳略微惊讶地看着叶露，许洁他是不多费心思的，他在意的只是那个臭小子张明宋，这女人是什么意思，已经跟那小子一刀两断了？

心里一口火还是憋着，“那你为什么不来求我？干吗要去求冷涛？”

叶露愤恨地看着他：“我求你，你会同意？”

冷阳冷冷地哼了哼，“不可能！”

惹了他的人，岂有放过的道理？

“呵呵，看看吧！你根本就不会同意，那我干吗要求你！”叶露笑得荒凉，眼神却还是异常明亮地瞪着冷阳，眼中透着一股哀伤决绝的味道。“冷阳，你知不知道你很讨人厌啊！你是我老公，可是出了事，我却只能去求别的男人？冷阳，你到底想要什么啊？我都快被你给逼疯了！”

话不言假，叶露真的觉得自己快要被这个男人给逼疯了！

哪有他这样玩人的，一会儿对她好像很好，这会儿冷漠起来，就可以把她当作不存在似的摆在一边不理不睬！

干吗啊！

不喜欢，那就从一开始不理不睬得了嘛！

干吗还要来管她的事情啊！

一行眼泪，忍不住地从那异常晶亮的黑眸中滑出，那坚强中闪烁的脆弱，动人心弦！让冷阳已经打算要冷酷以对的心，微微地软了一块！

“走开！”叶露狠狠地撞了一下冷阳，觉得将自己的伤口展露在眼前这个男人面前实在是太过狼狈了，她挣扎着要从床上爬起来。

冷阳却不同意地再度将她压倒，她气得够呛，宛如一头燃烧熊熊斗志的小兽一般，不驯服地瞪着他。

流着眼泪，眼中燃着火的剽悍样子，这才是真正的她，让他有些心痒难耐。

但是，这女人竟然去求别的男人，那个向来不管他人生死、一向立场保持中立的冷涛竟然出手帮她，这让他想起很久以前，冷涛就嘱咐过他，让他好好对待这个女人！

冷涛对这女人很上心嘛！

对了，结婚那个时候，这女人好像就已经跟冷涛认识了的样子！

该死的！

这个认知让他很是不愉快！

贴着她的唇瓣，冷阳阴狠狠地问：“你答应冷涛什么了？”

她哼了一声，扭过了头。

他伸手，又一次地捏住了她的下巴。“告诉我！”

“凭什么要告诉你？”

“真的不说？”他扬起了手，似乎打算要采取暴力。

她讽刺地看着他，“怎么，又打算打我吗？你打啊，打啊！”

她是豁出去了，把脸愣是向上方挪了挪，挑衅一般地把白嫩的侧脸对向他的手掌。“狠狠地打，我要是求饶一声，我就立马撞死在你面前！”

她这威胁的话说的是掷地有声，绝对不是说着玩玩的！

该死的男人，不是讨厌见到她，不是一直躲着她吗，干脆弄死她得了，省得碍了他的眼！

说来说去，叶露就是恼恨他躲着她！

“你——”冷阳这个时候要是能打下去，他就是疯了，这个女人，显然是爆发了，今天好像是吃了十吨炸药一般，他要是撞上去，他就是找死！

那咬牙切齿提死的样子，还真的打算视死如归了！

还哭了，真够烦的！

扒了扒头发，他松开了对她的钳制，从床上下来。

她干脆就不起来了，没有了一开始的挣扎，毫无防备地躺在那，逆来顺受的样子，好像是任凭他糟蹋了。

明知道就不该心软，明知道就不该对她好。

可是，看她这个样子，想起她刚才的控诉，他就管不住自己的心。

“女人，张明宋和许洁，我……我放过他们！”

见叶露正眼都不带看他一眼，他伸腿，踢了踢她的腿。“听到了没，别装死！”

“不是说不会放过他们吗？”叶露躺在床上，还是冷哼，还是正眼都不看他一眼。

冷阳额头的青筋抽了又抽，得了便宜还卖乖的女人，该死的放肆！

他几乎有些气急败坏了。“女人，我告诉你，这种窝囊事，我还是头一次干。要不是你是我老婆，我懒得理你！我警告你，不论你答应了冷涛什么，这件事，与冷涛无关，张明宋和许洁的事，是我放过他们的，我会让事情恢复原貌的，你和冷涛之间的交易统统作废，听见了没有？”

叶露这才正正经经地抬眼看冷阳，眼神很是怪异，宛如面前站着一头史前怪兽，明明该是一头凶猛的，可是突然发现，这怪兽竟然是——吃草的？

诡异的妥协和好心，竟然发生在了冷阳的身上？

“看什么看！”冷阳用狂吼掩饰他那不坚定的立场，转身就走人，走了几步，有些不放心地回头，恶狠狠地落下话：“你敢勾搭冷涛，我就抽死你！”

叶露一声不吭，还是拿怪怪的眼神，继续盯着他。

他的步伐沉稳有力，挺拔的身躯，携带着怒火，一身的戾气，宛如一头嚣张的喷火龙，看哪不顺眼，他就往那喷火，烧死他们，可是，为何叶露有种错觉，觉得他就像一只斗败的公鸡呢？

莫名的，她的心情飞扬了起来！

哟，说要抽死她呢！

转了转眼睛，想通了些什么，脸上的泪痕都没干呢，她却窃笑出了声。

说要抽死她？

喂，臭男人，你舍得吗？

一把从床上蹿了起来，拿出手机，想了想，还是忍不住地笑了笑，心里宛如抹了蜜一般，前一刻还气得半死，对于他打算忽略她的举止愤愤不平、伤心失落，这一刻，仿佛所有的厌恶都已经成为了前尘往事。

心里甜滋滋的，竟然连冷星从门外跑到她跟前都没发现。

“露露，你怎么哭了，爸爸欺负你了吗？”

“啊？”叶露这才看见他，立刻抹了抹眼角还没有干的泪珠，看着眼前这张形似冷阳的脸，觉得亲昵万分，不由得伸手抱在了怀里。

“没有呢，我是太高兴了。星星，告诉你，你爸爸很好哟！”

很好？

冷星不大懂，不过好像是因为爸爸，所以露露变得很开心。刚才露露一直都闷闷不乐的，害他好担心。现在好了，只要露露变得开心就好了。

“爸爸跟你说什么了啊？”星星好奇地问。

叶露笑眯了眼，“没什么啦！”

哦，那就代表露露不打算说，要把这当作小秘密了。星星聪明，自有自己的一番见解。

叶露抱着星星亲了又亲，心情实在是不错。“星星啊，下午带你去见一位武功大师，可以教你武功的哦，这样以后啊，你就不用怕别人欺负你了，等你学好了，你会成为跟你爸爸一样厉害的人！”

跟爸爸一样？

双眼猛然一亮，冷星拽了拽叶露，“露露，那是不是说我就可以保护露露了？”

小家伙心里念念不忘的，就是要快快长大、快快变强，保护好他的宝贝露露。

叶露愣了愣，连连点头。

漂亮可爱的小嘴微微上扬，掩藏不住的笑意在冷星的嘴角边展现。“露露，我一定会好好学的！”

然后，再也不让任何人欺负露露，就是爸爸也不可以！

叶露自然不知道冷星此刻的心思，但是有星星这几句，就够她乐的了，一直“宝贝、宝贝、我的小星星”地叫个不停，惹得星星羞红了一张脸，躲在叶露的怀里，怪不好意思的。

稍后，叶露打了一个电话给冷涛，自然是一阵的道歉，让他不用再帮忙了。

其实，说不让冷涛帮忙，但是叶露也知道，冷涛肯定是已经着手在帮她了，所以，冷阳才会察觉，才会跑来对她发怒。说来说去，就是人家冷涛已经颇费了些心思了，人力物力的，可能都已经发动了，她现在叫停，让他收手，肯定得给他造成麻烦。这种半路叫停的行为，总归是不太好的。

不过，想想，她怎么都是让他占了一次便宜，那就……那就算是对他已经帮忙的补偿了。他一个大男人，应该不会跟她一个小女子斤斤计较的。

实话说，她实在是不愿意欠别人人情。

冷涛，她已经欠了他一次救命之恩了。

这一次的帮忙，就让她稍微赖皮一点，就这样消了这一次的恩情吧！

况且，冷阳好像不愿意她和冷涛牵扯，那就……那就少些联系吧，省得那暴龙又开始发火！

电话那头的冷涛稍微一想，就大概明白。

既然如此，他必定是不会让她为难，此事，就这样作罢！

只可惜，就这样错过了一个大好的机会！

事情，本来开始有转机了，可是，却被冷阳给破坏了！

他倒是低估了叶露在冷阳心中的分量！

可恶！

放下电话，冷涛不由得沉下了脸，手指轻轻地敲打桌面，他陷入了沉思。

这个叶露，虽然单纯，少经世事，但是某些方面的执着真的是让人痛恨，难以攻陷啊！

他都已经这样地表明心意了，可她显然没怎么动心！

怎么办？

是不是该采取些别的行动？

033

叶露之前拜托过左翼，给她找一名武术教师，教习她武功，学点防身术，对于她此刻所处的地位，总是好的。

但她提出这个请求，最重要的，还是为星星打算。

冷阳看上去很忙，对星星又不是很上心，她在猜想，可能是因为星星的妈妈，那个听涵的缘故，让冷阳不大愿意搭理星星。想想在自己来之前，星星被忽略了这么些年，她也知道，可能这父子间的某些问题不是那么容易就解决的。

冷阳以前说过的，星星的事情，就让她看着办好了。

那她自然得为星星的安全着想了，她可不想星星成为第二个小瑞！

前些日子她因为受伤，好不容易好了点，又被冷阳给关了起来，饿了三天，虽然有星星给她送的牛奶，但是她可不敢多喝。你想啊，那么一件空空如也的房子，连个基本的上厕所的地方都没有，也就是意味着，她要是想上厕所，就得就地解决，这种随地大小便的事，不是她一个受过正统教育的学生可以忍受的。所以，她就忍啊忍，宁可让自己饿得只能躺在地上喘息，也不愿意多喝牛奶一口。一想到，她被放出来的那一天，还得被别人看见她的排泄物，她还不如一头撞死得了！

所以，花了几天在床上进行营养补充之后，终于选择在了今天，叶露吩咐左翼把那位武功师父给请了过来。

星星睡了一个午觉之后，叶露把他叫醒，领着他上练功房了！

正好冷阳不在家，他的练功房，叶露和星星就可以利用上了！

进了练功房，入眼的是一个长得精瘦的老者。仔细一看，虽然此人上了年纪，但是精神饱满，特别那双眼睛，竟然异常地炯炯有神，鬓旁的那些白发，不但不显得老态，反而给人一种仙风道骨的感觉！

叶露的脑中突然闪过的是武侠书上写的世外高人！

第一直觉，左翼领来的人，肯定是不简单，指不定是什么世外高人呢！

立刻领着星星恭恭敬敬地上前，向那位老者恭敬地问好，冷星也非常懂事，喊了一声“爷爷好！”

那位老者不客气地扫了一眼叶露和星星，点了点头。

左翼在一边介绍，这位老者就是冷家专门的武术教师，级别最高。

叶露更加对眼前的这位老者恭敬有加。

老者开了口，声音洪亮如钟，看得出来是武学深厚，老当益壮啊。

“叶露，左翼说你自己开口要学武的，这一点，我很是欣赏。但是你必须要明白，学武不是过家家，必须要认认真真地跟我的步伐走。如果你只是贪图一时的新鲜，那么恕我现在就告辞，别浪费你我的时间了！”

叶露轻笑，这个老人快言快语，她喜欢这样的性子。

“既然师父都这样说了，那我也打开天窗说亮话！师父，我没怎么学过武，平日里也就看别人耍弄的。但是我知道，学武这东西，应该是越早学习越好，孩童的时候，应该是学武的最佳时间。你看我现在都已经二十了，更是过了发育的年龄了，我也自知自己现在学，已经晚了，估计也没什么大的成就。所以，我让左翼请你过来，主要是为了我身边这孩子！”

叶露把冷星给推了出来。“我主要是想你好好地教他武功，师父你也该知道我们这样的家庭，这孩子自己没个护身的本事，很容易会出事的。所以，这孩子的事，我想拜托师父。”

老者重新打量了叶露和冷星，眼神犀利，眼中的眸色猛然亮了一下，瞬间归于一开始的平淡。

“你这话的意思，是打算让你身边这小孩，做你的继承人？”

“继承人？”叶露疑惑出声。

左翼有些惊讶，但又觉得叶露会做出这样的事情，实属正常。

“露露，左老师这一门算是我们历代的专属武术教师，他们的武功代代相传，历来只负责教导凤影，还有凤影所属意的继承人。被凤影看中的继承人，将来，是有极大的可能成为下一届的家主的。所以，继承人向来都是……凤影的亲生儿子，这就比如现在的家主，你的丈夫，他就是被他身为凤影的母亲指定的。你确定，你真的要星星当你的继承人吗？”

话落，左翼特意地瞄了一眼叶露的肚子。

叶露被她这么一瞅，下意识地把手往肚子上搭了一下，脑中晃过一张自己大着肚子的画面！

一张脸，轻染了红彩！

随后，有些不好意思地把手放下。

星星垂下了头，乌黑的脑袋瓜朝天，抿着唇，一言不发地沉默着，拽着叶露的小手，在听到左翼说亲生儿子的时候僵硬了一下，随后就有些泄气一般地无力了起来。

左老先生在一边搭话：“我看今天就先这样吧，你回去也好好想一想要不要用我，我先走了！”

冷星的事，他大概也清楚，估计是眼前的这位凤影还不知道继承人是怎么一回事呢，就带这小孩来了。

“不……不用了！”叶露立刻叫住了左老先生。“师父，今天就开始吧，他叫星星，是我属意的继承人，以后，烦劳你多费心了。”

“露露……”冷星低着脑袋，拽了拽牵着叶露的手，小小声地，很是压抑地摇了摇头。“露露，还是不要了……”

他不是露露生的小孩，没这个资格的！

叶露蹲下了身子，笑着捧起了星星的脑袋。“想什么了，我知道我的小星星是最棒的，做我的继承人真是最适合不过了。怎么，星星不愿意吗？”

叶露故意皱起了眉头，很伤心地看着星星。“不会吧，星星你真的不同意啊，啊，我现在好难过好难过的……”

冷星连连摇头，着急地直摆手：“不是的，不是的……”

叶露立刻展露笑容，“那就好，咱们就这样说定了，以后啊，你可要好好跟师父学武功，将来啊，要跟你爸爸一样厉害！”

左翼很冷静地出声提醒：“露露，你可得想好了。继承人的事，一旦决定，就是不容改变的。你将来要是生了孩子，可就没这个资格了！”

叶露抱住了冷星，很平静地看着左翼。“左翼，星星就是我的儿子。我相信他，他将来必定会非常优秀，绝对不会输给他的爸爸。他就是我中意的孩子，我对他的爱意，绝对不会因为将来有了别的孩子而改变。即使我将来有孩子了，我相信星星这个哥哥，也会很好地照顾好弟弟妹妹的，弟弟妹妹也会很喜欢、很敬重星星这个哥哥的。”

偏头，对着冷星笑。“对不对，星星？”

冷星的眼中浮动着泪光，拿着小手匆匆忙忙地擦了擦不小心掉落下来的泪珠，点了点头。

露露真好，一直以来都只有露露对他最好了，努力地为他着想，他会很努力地学习的，他会一辈子保护好露露的，他绝对不会让露露失望的。

流着眼泪的眼中，闪动的是不属于孩童的坚毅光芒！

叶露摸了摸星星的头，起身。“这事，就这样吧！”

左翼微微一笑，这个凤影，又让她有些刮目相看了！

这份处理事情的果断气魄，真的令人激赏！

她赞同叶露的话，星星这些日子的表现，她也都看在眼里，相信好好培养，将来肯定会成为一个让人敬畏的霸主。

“既然凤影都这么说了，那么左老，你就好好地教导少主吧！”

左翼改了称呼，头一次称呼叶露为凤影，称呼冷星为少主。

左老点了点头，这个小孩虽然走路不是特别稳，但是骨骼清俊，是个可造之材。

左翼托着下巴眯眼笑着，看着冷星。“那么，露露，以后我会安排人对星星进行专门教育的。”

叶露大喜，这自然最好不过了。要不然，她一个人在这边瞎忙活，感觉也有些不对劲的样子，怕耽误小孩子成长。

“左翼，真是太谢谢你了！”

左翼低低一笑，这还是头一次，她在叶露面前真诚地笑出了声。一下子间，她脸上的冷傲消去不少，听着笑声，看着眼前的这个优秀女子，叶露头一次发现，这个左翼竟然蛮年轻的样子呢，而且，真的是漂亮极了，褪去了那一贯的冷傲，这么笑的时候，竟然是如此的妩媚多娇！

“左翼，你可真漂亮呢！”心里想着，嘴上不小心就把心里的想法给说了出来。

左翼竟然破天荒地在叶露的面前脸红了。

但也只是那么一下下，掩饰一般地咳嗽了几声之后，左翼就恢复了她惯常的那冷傲表情。

可是就那短短时间的破功，也够叶露和左翼之间拉近不少距离了。

左老先生教了一些基础的热身动作，就先行离开了。等下次叶露和冷星准备好各自的练功服之后，才算是正式的开始。

冷星上幼稚园的时间，势必要改了，因为上午一般才是最佳的练武时间，看来以后，他都得下午才能去幼稚园了。

回房的路上，星星窝在叶露的怀里，被她抱着走，红着小脸蛋，一个劲地对叶露说：“露露，你真好，你真好……”

一看就知道，心中欢喜，却不知道该如何表达的样子！

叶露低笑不止！

快到门口了，星星拽着她细长的头发，很严肃地说：“露露，我一定会照顾好弟弟妹妹的。”

小脸蛋通红通红的，好像是鼓起了天大的勇气，像宣誓一般的诚挚！

叶露笑了，弟弟妹妹还没出来呢，小家伙这样严肃的样子，好像已经是看到弟弟妹妹了一般。

脑中，浮现了小小的一团肉球，小胳膊小腿，咿咿呀呀缩在包裹里，乱动弹。

柔情顿起，又平添了几分羞涩。

一个她和冷阳的孩子呢！

说不出来心里涌动的是什么感觉，只是觉得脸好烫好烫！

连带肚子那块，都觉得有些异样！明明那里平坦一片，什么都没有嘛！

摇了摇头，暗笑自己都想到哪里去了。

自己还是学生呢，结婚也就算了，要是挺着一个大肚子上学，岂不是被人笑话死了，只怕，又会成为动物园里的珍稀动物被大家给观赏了！

不过，有些心动呢！

一个自己和冷阳的孩子，那个……万一有了，也……也算是不错啦！

这个……心情猛然一好，连带思维都有些狂野了。

等叶露稍微冷静了一下之后，暴汗，觉得自己好像是中了邪一般，竟然想到了这么远！

之后，翻看了一遍冰箱，她就拉着冷星出去购物了！

今晚，她打算自己下厨了！

为了冷阳对她的好，她觉得，自己应该回报些什么！

心里掩藏不住的，带着一些甜蜜的猜测是，那个冷冰冰的男人，应该是对自己有些不一样吧？

那样冷酷的他，一再地帮她，容忍她，又对她妥协，是不是可以说明一些问题呢？

即使对她发火，好像最多也只是恶声恶气的威胁哎！

如果……好好相处，是不是……呵呵……

应该能组成一个温馨的小家庭吧！

而这——正是从小缺少家庭关爱的她最渴望的！

冷星还是头一次来这种大型超市啊，虽然蛮不好意思的，不过，耐不住叶露的软言诱惑，他还是坐上了那种小孩子专门坐的购物车。

瞅着旁边也有一个孩子被妈妈抱着做到了购物小车里面，他心里也乐滋滋的，他也有妈妈的，他的露露是天底下最好的妈妈！

两个人一起努力，买了满满两大包东西回家去了。

如果叶露以为她和冷阳之间的不是冷战的冷战结束了，那她就错了。

想到这还是她第一次在冷阳面前露手艺呢，她立刻有些紧张地给冷阳打了一个电话，暗想怎么说也得通知他及时回家啊，要不然菜凉了，可就不好吃了。第一次露手，可不能让人留下坏印象啊！

冷阳接了电话，叶露支支吾吾了半天，才颇不好意思地奔了主题：“喂，你今天几点回家啊，我做饭给你吃！”感觉就好像是在讨好似的！

贴着电话的脸蛋，都开始不自觉地发烧了！

岂知电话那头的他，当头就泼她一盆冷水。“不了，我很忙，得很晚才能回去，直接在这吃了。”声音冷冰冰的，没有她想象中的欣喜。

啊！怎么这样！

她一下子觉得失望不已。

可是，他还有话说呢：“女人，这种小事，以后别给我打电话了！告诉你这号码，是让你有紧急事情救急用的。没事，别来骚扰我！”这话说的，又冷又酷，一点情面都没有，简直把叶露当成是比陌生人还陌生人！

一下子就被他给撂了电话，叶露的心里，一下子空荡荡的。

刚刚一直酝酿着的欣喜和紧张，一下子跑没影了，有些无所适从感！

一时间，觉得自己刚才的表现，就像一个小丑一般令人贻笑大方！

不自觉地嘟起了嘴巴，脸蛋也耷拉了起来，宛如弃犬！

冷星仰着小脑袋，“怎么了？”

可以跟露露一起做菜，小家伙特别地开心，都已经坐在小凳子上，帮忙露露洗菜了！

叶露微微一笑，算了！

这种期望越大，失望越大的事情，她又不是没经历过！

他不想吃，还有一个小星星捧场呢！

这样一想，心情就能好一点。

“爸爸说有点忙，那我就做菜给星星一个人吃！”

“好啊！”星星随口应道，低下头，继续洗菜。

叶露咬了咬唇，看着流理台上的一大堆菜，犯了愁：一下子买了好多呢，两个人怎么能吃得完呢！

心情又开始恶劣了一下！

可恶！

臭男人！

以前难道不忙吗，那时候都回来吃饭的，现在怎么就忙到不能回来吃饭了！

说到底，还不是不想看到她！

叹气！

还以为事情有转机了呢，原来，又是她这个傻瓜在这自以为是了！

果然，她特意把今晚的饭菜做得很晚，还是没等到那个男人回家来。

星星捧着饭碗，吃得整张小嘴油腻腻的，几乎是雄心勃勃地要把整个桌子的饭菜都消灭干净！

这说明她的手艺还是不赖的。

晚上躺在床上，因为今天晚上某个男人的真的缺席而烦心的某个犯傻的女人又开始找自己的原因：是不是他以为自己做菜不好吃，所以不愿意回来吃啊？

要不，明天让冷星故意在那男人面前晃悠一下，说自己做的菜还不赖，肯定不会难吃到让他吃不下去就是了！

但是——

想了想，她还是打消了这个计划！

好糗的！

这算什么啊！

好像她在他面前故意显摆一般！

忍不住地踹了踹被子！

真是讨厌！

算了算了，刚被踹走的被子又重新被她拉了回来。

睡吧！

不管了！

……

过了一会儿，某女烦躁地翻了翻身。

臭男人！

真的是气死她了！

太不给面子了！

……

又过了一会儿，某女又翻了一个身：

哎，好烦！

……

一晚上没睡好，起来后，发现那个早出晚归的男人，再度地跑没影了。

镜子里自己的那两个黑眼圈，无疑是在大声地嘲笑自己！

摇了摇头，罢了，上学去了！

可是坐到了车上，手又控制不住地拨了电话出去，她很希望能改善现在这种形同陌路的关系！

“喂，你今天几点回来啊？”

“有事？”不变的冷漠。

她心理承受力还算强，没有因此就打退堂鼓，还是坚强地把话说完：“你……要不要尝尝我做的菜？”

“没空！”几乎是没任何思考，脱口而出的拒绝，末了就是很不耐地斥责：“女人，警告你，下次你再这样无聊，我就不接你的电话！”

电话再次由他撂下！

她一忍，再忍！

干笑把手机从耳朵边放下！

然后，越笑越大声，宛如自己刚刚听了一个好玩的笑话，因为，如果不笑，怕自己会哭！

车上还有司机呢，哭出来，多丢脸，让人看了笑话！

所谓拿热脸贴人家的冷屁股，大概就是说的自己吧！

真是傻瓜！

大学的课堂，老师在台上照本宣科，千篇一律；学生在底下昏昏欲睡，不知今夕是何夕！

上课中，叶露突然发出惊人之语：“笑笑，你说我去买一本做夜宵的书怎么样？”

温笑惊诧地看着叶露，仿佛她脑袋上突然又长出了另外一个脑袋一般，压低了声音，她悄悄询问：“露露，你没事吧？怎么突然想到这个？”

叶露愣了愣，掩饰一般地回道：“哦，就是突然想到了，随便问问！”

随便问问？温笑古古怪怪地看着叶露，随便问问，那也是因为想到了什么才能问的啊！

胳膊碰了碰叶露，暧昧地冲叶露挤了挤眼，“喂，打算要做贤妻良母啊？”

不愧是温笑，一下子就能猜到事情的本质！

“什……什么啊！”叶露极力狡辩，无奈脸上的红晕已经出卖了她。

温笑了然地笑了笑，果然如此啊！

“行啊，下课之后，我陪你一起去书城逛逛。”

声称只是随便说说的某人，竟然没有任何犹豫地就点头了。

温笑偷着乐，对于某女的家庭发展，期待有加。要想抓住男人的心，先得抓住男人的胃，学好一门厨艺，肯定是大大的好的！

叶露心里想的是，既然他忙到没时间回家吃晚饭，那么，她就尝试做夜宵吧，他总是要回家睡觉的，那她就有机会向他赔礼道歉了。

她和他，这样算是冷战吗？

如果是的话，是不是只要她退让一步，首先示好，再赔礼道歉，就能恢复如初啊？

叶露是真的想维持和睦的家庭关系的！

如果自己一直没这个能力逃开他，去寻找自己想要的还不知道至今在哪里的幸福；那么换一个角度想，是不是可以奢求，自己想要的幸福可以从那个一直令她不敢觊觎的冷酷男人身上获得啊？

毕竟，她已经是他妻子了啊！

毕竟，他对她好像不错的样子！

再努努力，幸福可能就可以抓到手了！

所以，想试一试！

嗯，就这样决定了，试一试吧！

不得不说，冷阳这一次放过张明宋和许洁的举动，给了叶露太多不该有的想象和期待！是不是飞蛾扑火，脑袋一头热的她，现在，只怕没这个心思想到这一点！

照着刚买到的《教你做100种精致夜宵》，叶露尝试了几个晚上，可是一直都不是特别理想，这种怕被嫌弃的心情有些战战兢兢的，很是令人讨厌。

桃花谢了，校园里一片的绿意，没有了那代表旖旎色调的花瓣漫天飞扬，飞扬的心，也沉淀了不少，入鼻，只有那一片浓浓的绿，让人的心，在……不知不觉中沉淀了下来。

因为那一场可算是纵容一般的妥协而发热的脑子，在经过冷阳还是一如当初的避而不见之后，开始慢慢地发冷。

为什么烦躁？

自然是在怀疑自己现在做的这些，是否有意义！

即使多次在询问自己这个问题，但是，有句话叫做“不试试看，怎么知道？”，所以，她还是一直坚持着。

今天，莫名地接到了王董事长，也就是所谓的她干爸爸的电话，说要接她到家里坐坐。

想起上一次她受伤住院，那个干爸爸和干哥哥都来过医院看她，当时她也曾答应过如果有时间，到“家里”坐坐，现在人家打电话过来了，她真的不好推辞。

只是，有一种莫名的直觉，让她怀疑事情可能没那么简单。

034

王家

王锋有些焦急地踱步，几次看着端坐在沙发上的王董事长，欲言又止。最后，还是很不放心地又问了一下："爸，你说那个叶露会答应我们的请求吗？"

王董事长瞪了自己儿子一眼："什么那个叶露，她可是你的干妹妹！记住了，以后别随随便便地叫人家叶露，要称呼她为妹妹，或者露露。"

"可是，我们毕竟才跟她见过没几面，这个干妹妹的关系，还是冷阳硬套上去的，我们这样贸然地拜托她，我觉得，她不大可能会答应！"

王董事长闷声不响，沉着脸，一脸的不高兴，半晌之后，才吭了声："上次露露住院的时候，我们不是专程去看过她嘛。她就算不承认，我们也是以看干女儿的名义去看她的。我看那个小妮子不是那种冷血爱计较之人。算来算去，我们对她来说，怎么也不算是陌生人，她肯定会帮忙的！"

本来自己那女儿雪俐的事情，他早些日子就该开口请叶露帮忙。可是当时他跟叶露实在是生疏，乍一开口请求帮忙，实在是说不过去，还不容易成功。所以，当时特意带着儿子去医院看望了生病的她，套了套近乎，这一次，说动叶露，也不是完全没有希望的！

哎，谁让自己那女儿在婚礼上逃跑，得罪了冷阳，冷阳要不是看在那个临时认过来的干女儿的分上，他们王家估计早就被冷阳给弄垮了！

那个不懂事的女儿逃婚也就罢了，还敢到国外惹事，真的是气死他了！哎，早知如此，当初就不该再生这个女儿！

真的是气死他了！

"先生，叶露到了！"保姆领着叶露到来。

王董事长热情地站了起来，招呼叶露坐下，保姆立刻送来鲜美的瓜果、茶点过来。

两人客套了几句，聊了一下各自的近况。

瞅着这一次见面的又是这个干爸爸和干哥哥，没见到那个所谓的干姐姐，叶露虽然觉得怪异，但是不愿意多事，没问。

王董事长无奈之下，自己挑起了话题："露露啊，你姐姐的事，你听说了吗？"

叶露微微一愣，暗道糟糕！

听着干爸爸的口气，就知道事情不妙。

以不变应万变，叶露诚实地摇头，姑且听之。

王董事长叹息一声，一下子全身的精气神都丧尽，在叶露的眼里，就成了一个普普通通的，为自己的女儿愁断了肠的老头子。

"露露啊，实不相瞒，今天找你来，就是要请你帮忙的，你那姐姐啊，哎，实在是运气太背了，哎，怎么会那么倒霉呢！"

王董事长简略地讲了一下，那位王雪俐到底是怎么一回事。

当日，不知怎么回事，她莫名其妙地逃婚了，当时王董和王锋双双都不知情，到了婚礼上，事情才败露的。两人立刻派人去找她，花了一些日子，得知她跑去旅游去了，目的地不明。又过了些日子，王家突然收到了一封来自N国的信，那是一封求救信，信上的笔迹，正是王雪俐的。

原来，王雪俐怕自己逃婚被冷阳给抓回去，就故意挑了许多国家旅游，今天可能她在墨西哥，明天她就可能跑到古巴去了，这家伙四处乱撞，像个无头苍蝇一般，撞着撞着，就跑到了N国。跑到N国也没什么问题啊，关键是她很倒霉地顶撞了这个国家的酋长，也就是N国的首领。长得很是貌美的王雪俐，当下就被那酋长给掠到他的后宫去了，作为顶撞这个国家的最高统治者的惩罚，酋长宣布，这个王雪俐正式编入他的后宫，成为他的女人了！

王雪俐用重金收买了宫内的仆人，发出了这封求救信，王家试图交涉，但是在N国酋长最大，他属意的女人，不想放手，谁也别想忤逆他。

王家试过用钱，但是人家酋长不在乎那点钱，不干！

无可奈何的王家，就想到了叶露，今日请来了叶露，就是拜托叶露这件事的。

“露露啊，爸爸求求你，救救你姐姐吧。只要你能救出你姐姐，条件随你开，我们会尽量满足你的条件的！”

叶露微微思索，立刻就提出比较关键性的问题：“干爹以为我能救出姐姐？”

自己是哪些方面让他有这个信心的？！

王董点头。“露露，你是凤影，我们觉得，由你出面，那个酋长应该会卖你几分薄面的，我们再给那个酋长送份厚礼，雪俐的事，应该是可以解决的。”

凤影的面子，难道就这么吃得开？

叶露表示怀疑，可是又不能在这两人面前说，对于凤影，她知道的实在不多。她现在已经是凤影了，在这两人面前表现得一无所知的样子，不是自己在创造给别人看不起的机会吗？

敛眉思索，这事，只是王家的一面之词，她不好现在就答应，自己一个人，也做不了这种主意。

“干爹，你认为如果我出面，有几分救回雪俐姐的把握？”

“这……应该有八成吧！”

叶露想了想，微微一笑。“干爹，这事，能让我回去好好想一想吗？”

王董心中一凛，这个干女儿不是个蠢材啊！没有贸然地现在答应，事情就变得有些棘手，她这一回去，极有可能会出事。但是，他又不能把她逼得太紧。

王董站了起来，握住了叶露的手，紧紧拽住，眼角落下了老泪一行，必要时，必须要以情打动人，“露露啊，雪俐的事，我真的是拜托你了。我知道我们交往的时间不长，有些生分，可是请你看在一个父亲关爱女儿的心情上，务必要施以援手。”

王董老泪纵横！

叶露心中微微一动，敛去笑容，只能表示自己尽量努力，退了出来。

哎，这世上的儿女，无论长到多大，注定是要让父母操一辈子心的！

当初问左翼关于王雪俐的事情，左翼当时就说“没死，就是太得瑟了一些”，看来，左翼当时就了解了一些王雪俐的情况。

所谓的得瑟，估计当时王雪俐就已经得罪那个酋长了。

王董事长现在才来找上她，大概是黔驴技穷了吧！

这事，还得找左翼商量。

叶露聪明的地方，是不会把自己看的太高，对自己的认知，还算清醒。

“左翼，这事你怎么看啊？”

左翼眯眼，仔细地打量了叶露一番，嘴角边带上一抹笑。“露露，你是不是有些心动呢？”

面对左翼，叶露没什么可掩瞒的，当下说出实话。“为人父的，这份为自己儿女的心情，我表示理解，所以，能帮忙，尽量是要帮忙的。”

“不是就这样吧？”左翼很期待地看着叶露。

叶露微微一笑。“左翼，你也太聪明了吧。我那点心思，你是不是都猜到了啊？”

左翼笑而不语。

叶露说道：“这第二嘛，我是为我们这凤组考虑的。干爹说酋长看在凤影的面子上应该会放人。这凤影，似乎有些薄面。但是据你所说，这凤影的面子似乎是让在我之前的前两位败得差不多了，右翼似乎也是因此愤而出走。那我就想，既然我处在了这个位置，我就尽量对得起凤影这个称号吧！”

这凤影，可是多少位英才女子的心血凝集而成的啊！就这样一直败落，该让多少人抱憾！

左翼还是在笑，看了叶露半晌，才不笑了，发出感叹的一声：“只怕还有一个理由吧！难道，你不是因为冷阳吗？”

叶露怔愣。

“凤影最初的职责是为了辅佐龙主的，你是想，帮助冷阳，对不对？”

叶露耸了耸肩头，真的是什么都瞒不过左翼呢！

左翼再叹。“露露啊，你知不知道你在干什么？对冷阳，你在玩火，你可明白？”

叶露点头。

左翼却说："不，你不明白，你要是明白的话，你就不会让自己往火坑里跳。你只听说过冷阳爱听涵，但是，你没见过他是如何爱听涵的！你要见过他的爱，你肯定就不会这么愚蠢了！"

叶露又愣住了。

"以为，冷阳对你很好？"左翼笑问，挑眉，不是讥讽。

叶露再度点头。

"他啊，对你的好，根本就不及对听涵的十分之一。甚至对慕倾，他都能比对你好一点。当然，那是在慕倾没有背叛他之前。"

叶露的身体微微发冷，这样的话，她听了，有些难以承受。

左翼能明白她的感受，所以无奈地摇头："冷阳看上去冷酷，但是对他的每一个妻子，他真的是没的说的。这样的人，会让享受他那一份好的人不由自主地心动，你……对他有感觉，是很自然的。

"我说这话，可能打击到你，但是，出于我对你很有好感，还有出于我是你的手下，我自当奉劝你，别陷得太深，如果可以，应当及时抽身。当然，我这只能是建议，你肯定也有你自己的想法，如果你不想罢手，那就全力以赴地去试一试，呵呵，这世上，未尝没有奇迹。"

本来很沉重的话题，经左翼这么一说，竟然带了一丝游戏的玩味，让人轻松不少。

叶露轻笑着点头，算是记下。

冷阳的事，不能急，她得多花些时间，好好想一想的。

"左翼，说说吧，这件事，你认为我该怎么做好？"

左翼眼角一勾，眼中闪过一抹兴奋地光芒。"那还用说，自然是答应了。这事没什么危险性，你只是当一位中间人，说说就可以。哪怕事情不成功，也算仁至义尽，于我们，没什么损失。事情成了，自然最好，也算是我们凤组的一份功劳了。"

叶露点头，左翼分析得极是，她相信左翼，既然她这么说了，她照做就是。

左翼拍了拍叶露的肩膀，眼中带了一丝诡色："别忘了，收取佣金，我们凤组可不是白给人干活的。"

叶露惊诧地张大嘴看着她。

左翼挑眉，一本正经地瞪着叶露："我们凤组也是人，没有钱，哪能生存！交情归交情，但是生意归生意，出任务，自然得收钱。价钱嘛，我回去算算，然后跟你一起去找王董谈判去！"

叶露惊诧过后，亮出了白白的手心。

“干吗？”左翼奇怪地看她。

叶露露齿一笑，笑得明媚动人：“别忘了把我那一份给我！”

这回轮到左翼惊诧了！

这叶露，学得也太快了吧！

两人对视，心中各有所想，然后，双双笑出了声！

这已经不算是两人的第一次合作了，但是，两人都可以猜到，这次合作，应该是很愉快的！

冷阳的夜宵，就这样被搁下了！

已经和王董谈过的左翼，确定了叶露出发去N国的时间，到时候，干哥哥王锋会陪同前往，领回王雪俐！

明日就要出国的叶露，看着自己的手表转过11点，转过12点，转过1点，那个为了事业异常拼搏的男人，伴着两束汽车灯光，进了冷宅。

坐在漆黑的房子里，外面看不见屋内，屋内却可以清晰地看见外面，叶露坐在窗边，看着冷阳下了车，看着他慢慢地踱步进了屋子。

等待，大约算计着他会多久之后上床。

然后，起身，往他的房间走去。

推开门，没有刻意地放轻力道，所以，咔嚓声，拧动把手的动静，应该是蛮明显的。

房间内，黑漆漆的一片。

看来，他已经把要处理的事情处理完毕了。好了，这样，他就应该没借口，赶她走了。

“冷阳！”轻轻唤一声，是让他知道，进来的是她。

他应该没这么快就睡了吧！

没动静，是已经睡了呢，还是懒得搭理她？

没必要多想，反正她今晚肯定是要跟他谈一下的。

在床边坐下，他还是没动静。

“喂，睡了吗？”她轻声地问，还顺势推了他一下，他没回应，她又推了好几下。

他身手那么好，叶露相信自己这么一推，他肯定是惊觉地醒了。可是他还是一动不动地躺在那里，那就只能是装睡了，那就只能说明，他不愿意搭理她。

“唉！”她微微一叹，不能掩饰地感伤。黑夜给了她最好的保护色，她没有必要掩藏自己的心绪。

“冷阳，别生气了，好不好？我知道我错了，我道歉。本来打算跟宋哥讲明白，一刀两断之后，跟你好好相处的，可是，谁知道，现在的样子，还不如没断那时候呢！喂，我还没告诉你我和宋哥之间的事情吧，你别嫌烦，我说给你听！”

娓娓道来，温柔的声音，宛如轻吟的夜曲，这一次，叶露把那段充满着苦笑哀乐的感情说得非常的平静，宛如是在讲一个故事一般，而她只是说书的局外人。

“所以说，我和宋哥根本什么都算不上，我还在期待着开始的时候，他已经宣告了结束。他想要开始的时候，我已经决定了结束，蛮好笑的，对不对？这好像都不能算是爱，之所以执着着，只是一种缅怀，好像是因为这是我第一次对一个人，有了点心动的感觉。我这个人很念旧，有时候又有些执着的傻气，所以就一直想着、念着，等到嫁给了你，没有了再执着下去的理由，自然，也就放下了。那天，去机场，是因为跟宋哥有个三天之约……”

……

“所以，无论宋哥来不来，我都不会跟他走的，结束了，就是结束了。我告诉你，我这个人虽然有时候很倔强的，但我决定要破釜沉舟的时候，就是十头牛都不能把我拉回的。那天，我可是什么都没带的，只是逃了课去机场而已，所以，你就别生气了。你责怪我把我关起来，我就不计较了，谁让我当时没把话说清楚呢，是我活该。

“可是去求冷涛，我那是逼不得已的。我被你关了三天，乌漆麻黑的，又怕黑又怕鬼，心里肯定得怨你。你不分青红皂白地就把我关起来，哪有这样的。等我出来了，你又不见人，你以为我不知道你是故意在躲我啊！那我就生气了啊，我当时都快要气坏了，我觉得你好像是在把我当玩具一般，心情好了，就陪我玩玩，不高兴了，就把我撇一边。你看过玩具总动员没有，玩具遭到主人的丢弃，也会伤心的啊。况且，我还是个正统的人类。我当时很伤心。

“想到去求你，可是你都生气到要把我关起来，我去求你，不是找死嘛！你要是嫌我碍眼，再把我关个十天半个月，那我不得疯了啊！所以，我就去求冷涛了，你以为我愿意去求别人啊，我告诉你，求人感觉一点都不好受，得面带笑容，别人说什么就是什么，一个劲地赔不是，附和人家，还得战战兢兢地看人脸色，生怕不小心人家就不高兴不答应了……”

叶露说着，不自觉地皱起了眉头。想到那个吻，不会蠢到把这个说出来。

“最后，我就说欠冷涛一次，他就答应了。事情就是这样了。我还以为你答应放过宋哥他们，就代表咱们可以好好相处了呢！没想到……”

叶露停顿，不语。过了半晌，擦了擦不小心掉落下来的泪珠。

“本来要做饭向你赔个不是的，但是你好像很忙。其实，我做饭也不是太差的，星星说很好吃的。后来我又想给你做夜宵，你总是那么晚回来，应该会肚子饿吧，可是以前又没做过，总怕做得不好，让你笑话。喂，跟你说，我明天早上，哦，不，现在都过了午夜12点了，那就是今天早上了，就要坐飞机到N国去了，干姐姐王雪俐在那里出了点事，要我去帮忙带她回来。我也不知道要在那里待多久，喂——”

叶露推了推他，“等我回来之后，我们和解好不好？我错了，我赔礼道歉，你也不要这么小气嘛，不是说宰相肚里能撑船吗，你不是比宰相还要厉害嘛，你可是龙主哎，更应该大度点嘛！

“喂，你不说话，我就当你同意喽！说好了的，等我回来之后，你不许再躲我哦！你要敢躲我，我就告诉所有人，说你说话不算数，到时候，就连星星都会笑你的！喂，那就这样说了，我走了啊！”

最后看了他一眼，叶露站了起来，转身。

才迈开一步，手就被人给拽住了。

那人很用力！

她回头，眼中才闪过那两点寒星，就狼狈地倒了下去，哦，不，被人给拽了下去。

没来得及低呼，就已经被人给压在了身下，唇瓣才刚启开了一下，就被炽热的柔软给封住了！

宛如狂风暴雨一般，唇瓣被疯狂地撕咬，那突如其来的热度，炽热的宛如火山爆发一般。

久违的男性的体味，见缝插隙一般，疯狂涌入她的鼻子，一时间，无所适从地任凭身体虚软了下来，任凭脑袋空白着，承受那暴烈但又甜蜜的亲吻。

冷阳狠厉地摩挲了一把她的唇瓣，看着距离自己不过几寸的有些呆呆的脸庞，还有未能及时消去的泪水，他微微皱眉：“女人，你哪来的那么多眼泪？”

声音中染着情动的沙哑，异常地蛊惑人。

唇与唇，几乎是可以说是贴在了一起，他说话吐出的热气，几乎都喷在了她的唇瓣，那是灼热得让她快要燃烧起来的温度。

男性的身躯，不用细看，也能想到该是如何的精悍漂亮，微弱的月光从窗户内流泻进来，给室内带来了朦胧的亮度，这个向来习惯身着一条底裤的男人，几乎是密不可风地贴在了她的身上，让她忍不住地粗喘了一声，呼吸间，也是灼人得似乎可以烤一个荷包蛋的温度。

突然被他给压在床上，是她绝对料想不到。

可是这样的结果，未尝不是很好啊！

所以，忍不住地嘟起了嘴，刻意掩藏那份欣喜，有些羞涩又有些羞恼地回道：

“我哪里知道，眼泪就这么不听话地流出来了嘛！”

他不安慰，反而勾唇一笑，性感极了：“你现在的样子很漂亮！”

虽然不大愿意看见她落泪，但是在此处落泪那又是另外一回事了，让人看了更有把她虐哭的冲动。

叶露下意识地瞪眼，这个男人竟然会说出这种可恶的话。给他一点阳光，就开始得意地灿烂，真讨厌！

可是又想到现在可是好不容易有和好的转机啊，立刻很勉强地收了已经开始瞪的神色，换上讨好的笑容。

那一瞬间，太过僵硬的转变，平添几分俏皮可爱！

讨好的笑容，更是让人看了赏心悦目，心中热意翻腾！

结实的双手，难耐地在她身上忙碌地游走起来，沿着身体曲线游移的双手，诱惑一般地做着暗示：“女人，你今晚是故意来引诱我的吗？”

暧昧的低语，伴着他那不老实的大掌直接掀起她的睡裙，钻入其下，一把贴上那柔软宛如羊脂一般的肌肤。那感觉，简直令人心魂荡漾，令他忍不住地手下微微用力，几乎有些贪恋地摩挲那细嫩的皮肤。

有些痛，又有些热，叶露下意识地反驳。“不……不是……”

他轻轻地别过头，轻咬她那小巧可爱的耳朵，慢慢地啮咬，灼热的呼吸扑在那敏感的耳朵上，让她忍不住地低喘。

可能是太渴盼跟他和好了，也可能是被什么鬼魅给上身了，她改变主意，几乎是很挑衅又很诱惑地借了他的话反问：“我……我要是来诱惑你的，你……你会怎么样啊？！”

脸蛋分明红的可以去跟红虾媲美了，一看就知道此女嫩的可以，但是就是那羞涩中含着娇媚春色的双眸，简直可以让冷阳的身体就此燃烧起来！

什么话都不说，他直接用行动来表示了自己的反应。

性能良好的大床在可怜地震颤，发出吱呀吱呀的声音，今晚，注定是一个疯狂的不眠夜！

几乎是没怎么睡觉，一直在她身上的忙碌的冷阳，给叶露的错觉，他似乎是好像要把这些日子给落下的份额，在今晚都给补回来。

似乎终于得以休息才刚躺下，就被他给叫了起来。

“呜……不要了……拜托，好累……”她在那意识迷离地低喃，是下意识的反应，这样的话，她今晚都不知道说了多少遍！

可似乎每次都效果不佳，反而惹得身上的男人更加冲动地要她！

“不是要坐飞机吗？”再一次证明他怪兽体质的冷阳，摇了摇困得可以在三分钟内立刻睡过去的叶露。

大脑还是在罢工状态的叶露，摇了摇头，纠缠着被子，就要把自己给裹起来，好进入美梦一场。

无奈的冷阳，下床，进浴室，放好热水，一把将她抱了起来。

就这样，她还睡得像头猪一般！

就连被放入温水中，她也只是咕哝了一下，如果不是冷阳扶着她，估计她被整个人泡在水里，都能呼呼大睡。

半睡半醒，打着小小呼吸的她，看上去娇小脆弱，又很可爱。

冷阳也跟着踏入浴缸，抱着她，开始清理彼此身体。一晚上的放纵，那股浓浓的情欲味道，简直呛得吓人，如果不梳洗一番，出去，估计就得让人侧目。

今晚她竟然会跑来主动认错，还把她自己的那些底料都给抖了出来，简直让他难以置信！

心情，立刻宛如坐直升机一般，嗖嗖地往上升！

如果他还是一个热血少年，估计得大喊一声：简直爽死了！

听她宛如一个认罪的小孩一般，一五一十地交代自己的罪证，那副可爱，带着一点抽泣的音调，听着委委屈屈，令人心里宛如被羽毛给拨动着一般，痒痒的，恨不得立刻把她拽过来，直接压倒！

可是又不得不耐着性子，等她爆料完毕。机会难得，她自己送到他的面前，自然要冷酷地一装到底了，这样，才能心情大好地享受最后的美味大餐！

饿了那么多天，他自己都不知道这么渴求这具柔软温暖的身体，所以，几乎是不受控制地在她身上驰骋，看着那张因为激情难耐泪流满面的脸，更加欲火焚身地要拉着她一起坠落到底！

这份热情，宛如强自被冰雪给压抑住的火山熔岩一般，一旦出现了缺口，火热的岩浆势必要喷发！

本来他都打算好了，要给这个女人一个教训。对她太好，以致都让她开始身在福中不知福。所以，故意疏远她，冷落她，他冷阳又不是非她不可，她愿意找外面的男人，她就找去，他不管了！

他甚至想到，如果就此形同陌路，也不是不可！

估计这正是这个女人巴不得想要的，他就当作成全她，成全自己。

可是这个女人——

巴巴地打来电话，说着拐弯抹角的话，让他回去吃饭，她要做饭？

有些心动，但是不得不故意说些不耐烦又冷漠的话！

哼，他冷阳岂是那小小的讨好就可以改变立场的？

在他毫不留情地拒绝之后，这女人又偷偷摸摸地在厨房弄些小玩意，晚上口渴拿些喝的东西的时候，那没有完全散去的油烟味，还有那倒在垃圾桶里没有完全被遮掉的半成品，都可以让他很轻易地做出一些联想！

这个女人，要搞什么鬼？真的……打算要讨好他吗？

于是，更加地早出晚归，势必不让她见到自己。猜想着她在一边急得团团转，望眼欲穿地想见他一面的样子，就有一种报复得逞的快感！

低下头，恶意地捏了捏她挺俏的鼻子，让她不得不在他的骚扰之下，回笼一些意识。

“干吗啦？”涣散的眼神伴随着因为困意摇晃着的脑袋，很无神地看着他。

“女人，你真的觉得你错了？”不放心地询问。

在这种时候还拿这种问题来骚扰一个极度渴望睡眠的人，这个男人，绝对是恶质得可以！

叶露点了点头，瞌睡得话都不稳了，他说什么，她就回答什么，几乎是说话不经过大脑了：“对啦，好困的，阳，让我睡一下，拜托……”

咕哝着，往他的怀里钻，溅起一小片的水花。

娇躯在抱，白嫩的身体简直可以媲美那些妖精故事中的专门在野外水湖中引诱旅人的精怪，他知道她是无心的，可是身体又是一阵难以抑制的火热，看了看手表，时间足够的。

来一次鸳鸯浴，也算是一个不错的尝试！

“干……干什么？”

他低魅地一笑。“女人，记好了，这一次，可是你求我，我才答应跟你和好的。”

死要面子的家伙，务必要让对方明白，绝对是她先开口服软的，他只是看她可怜，好心地答应罢了！

她“嗯”了好几声，这个时候，谁会有心思去记这些注定要被忘掉的话啊！

甜蜜的低喘，伴着水花四溅，在浴室中飘荡……

迷迷糊糊地被他吃干抹净，迷迷糊糊地被他抱了出去，迷迷糊糊地让他帮她穿上衣服，又迷迷糊糊地被他抱着上了车，天色尚早，叶露为了避开不定时可能会早起的冷阳，挑了一个绝对能够避免跟冷阳碰上的时间点准备出发去机场。

五点钟，天边微亮的时候，叶露被冷阳打包，上了车。

左翼在一边坐着，看着窝在冷阳的怀里还呼呼大睡的叶露，实在好奇这个女人昨天晚上干什么了？

不过，她不是在跟冷阳冷战吗，什么时候和好了？

摸了摸自己的下巴，左翼又看了看还在打瞌睡的叶露，眼中闪过一丝兴味！

不简单嘛！

有句话叫做——夫妻吵架，床头吵，床尾和。

看来，说的很在理嘛！

不过看叶露睡得这个样子，好像三天三夜没睡的样子，真的是让看的人都觉得有些不忍心了。

“冷哥，要不把飞机的时间改一改吧？”

“不了，就让她一路睡过去吧。等睡醒了，她也就下飞机了！”

……

“左翼，出门在外，你多看着她一点，她懂得不多，有些方面太嫩了！”纵然口气淡漠，可还是难掩关心。

左翼自然听得出来，心下欣喜之余，很严肃地回道：“这你放心，我会照顾好她的。”

于是，迷迷糊糊地被推上了飞机，直到醒来，叶露还挺惊奇地从左翼的口里得知，距离飞机降落，也就只剩下半个多小时了。

如果左翼的眼神不是那么暧昧，她想应该会更高兴的。因为只要半个小时，就能着陆，怎能不令人欣喜！

035

男人，总以为可以用爱情俘虏女人，可知，爱情虽然是女人一生重要的主题，可是聪明的女人，绝对不会让自己成为爱情的奴隶！

没有工夫参观N国的景色风情，救人如救火，叶露和左翼直接朝王宫奔去。

“什么，你已经把王雪俐送人了？”

叶露差点要失声叫出来，后来怕失礼，才没有把自己的惊讶表现的太明显。

酋长对待叶露的态度还算和蔼，解释了一下，他这边来了一个贵客，那个贵客看上了王雪俐，所以他就把王雪俐送给那个贵客处理了。

这位酋长把王雪俐抢过来已经有一段时间了，这新鲜味也是尝过了，觉得已经没什么味道的人，自然就可以很豪爽地送人了。

“白先生正在我这做客，如果你想要王雪俐，你可以跟白先生说。”

酋长看上去很热情，也很好心，给叶露指明了一条明路。

后来，叶露才反应过来，一个可以强抢民女，不把人权放在眼里的酋长又怎么会好心，他故意给她指条明路，只是一个阴谋的开始罢了。

白先生，很年轻，虽然是金色的头发，可是竟然是黑色的瞳孔，有些像西方人的深刻面孔，可是肤色不像是西方人，倒有些像东方人的黄皮肤！

亚裔？

这是叶露的猜测，后来的交往也证实了叶露的猜测，这位白先生确实有中国人的血统，还有英国、瑞士、意大利其他三国的血统，确实够混血的！

所以，他才能长得那么吸人眼球，俊美得简直是赛过那些电影明星！

漆黑的眼眸，深邃且又犀利，还透着一股浓浓的东方神秘，镶嵌在那雕刻分明的脸庞上，简直有些巧夺天工的感觉，那高高的薄削鼻子，透着高傲和自负！

又是一个不好惹的男人！

作为凤影，一个好处，可能就是可以接触各种各样平时绝对很难接触的俊男美女。

“你好，白先生。”叶露微微一笑。

一个亲切的笑容，作为初次见面的招呼，真是再合适不过了。

左翼微微诧异，白　布朗，他怎么会出现在这里，这个同样背景复杂，几乎可以说是纵横欧洲市场的商业巨子，神出鬼没，很让人头疼的。之所以头疼，是因为这个人有一个不太好的恶癖，就是爱寻欢作乐，至于对象，则是人、动物不限了。只要他看上的，他绝对会非常“耐心”地好好玩一把。

她的脑中突然闪过了一个念头，那就是——这可能是一个陷阱！

左翼打量了一下温和地笑着，一派绅士风度的白，目前还没看出什么危险性，如果待会儿他表现得不是那么恶质，那么，倒是可以陪他玩一玩！

看了一眼自信满满的叶露，左翼不打算出声提醒。

她该给自己的这位凤影好好锻炼和自我表现的机会！

白很感兴趣地打量着叶露，他事先见过她的照片，显然，本人要比照片上来得更加漂亮，他比较喜爱那跟他相同颜色的黑眸中透出的那明媚的亮色。这个女人，能让金（金斯泽）印象深刻，显然还获得了他的好感，相信玩起来，应该是非常有意思的。

“你好，请问你是……”故作不知，是因为白还不想在叶露面前透露自己一早就谋算好的意图。

“哦，我是叶露，来自中国，冷阳的妻子……”

“啊！”白表现得很是诧异和欣喜，打断了叶露的话，直接开始用汉语说话了，看来他的中国血统，让他并没荒废汉语。

“原来是亚洲龙冷阳的妻子，鼎鼎大名的凤影啊！幸会幸会！我是白　布朗，你可以直接叫我白，我的朋友们都是这样称呼我的。”

直接用汉语交谈，自然是方便叶露的，因为英语毕竟不是她特别擅长的，做不到如讲汉语一般地夸夸其谈。

“好啊，白！”叶露微微一笑，不多赘言，直接表明来意。“听酋长说，他最近把一个女子赐给了你做女奴，那个女奴可是叫王雪俐？”

白点头。

“那是我的干姐姐，所以，冒昧地想求白先生帮帮忙，放了我那姐姐，我的家人都非常地想念她，我想带她回国去，至于对你造成的损失，我们会做相应的补偿，不知白你是否能答应我这个请求？”

白皱眉，故意表现得很为难。“这个女奴我很中意的，这给了你，不太好办啊。”

他斜眼看叶露，把这个问题又退给了叶露，打算看她怎么办。

叶露微微皱眉，继而淡笑。“白，如果你需要女奴的话，我相信，别的人也可以做得出来的。我希望你能卖个面子，大家交个朋友，以后，有什么事，咱们也好互相帮忙嘛！”

白把头微微降低了一寸，作势思考。

“如果白你有什么条件，可以提出来，我的家人会尽最大的努力来达成阁下的条件的。”

白摇了摇头，眼神微微一转，在叶露的身上扫了一圈，才开口说话：“我可以卖凤影你一个面子，王雪俐那个女奴我是可以交给你，可是没了她，我身边就没一个可以伺候我的女奴了。实话说，我这个人是很挑的，这里别的女奴我根本就看不上眼，没个人在身边伺候，我会觉得很麻烦，除非——”

白笑眯眯地看着叶露，这个人即使笑着，但是还是不改他脸上的那一份犀利，慵懒之中显现的那一份精明，更是让人不敢小看。

叶露还是淡笑着看着他，因为觉得自己于他没什么危险性，所以她就无须害怕，更无须敬畏地看着他。

白眼中的趣味更加的浓厚了，“除非啊，你做我的女奴！”这才是白的最终目的！

这个新上任的凤影，不知道尝起来滋味如何呢？他玩过的东西很多，独独遗憾的是，没玩过冷阳的老婆，那个老是抢他客户的男人，这一次，他倒是可以让他尝一尝看，自己的老婆被别人玩弄，更甚至抢走的感觉！

叶露冷笑，这个人简直是痴人说梦！

她岂会因为救王雪俐而把自己给抵出去，当她是傻子啊！

沉下了脸，虽然达不到令白感到敬畏的地步，但是自然有一份凛然不可侵犯的傲气。

“白先生可真是会说笑。看来，白先生是打定主意不打算放人了，我也就不在这浪费你我的时间了。白先生，告辞！“

一边的王锋变了脸色，难道自己的妹妹就要不回来了？

可是叶露此刻的身份不一样，她是凤影，是来帮忙的，他根本就没说话的余地。

左翼扮演好了身为叶露跟随的角色，叶露变脸要走人，左翼自然也是毫不犹豫地转身，跟随叶露的步伐而去。

“等等！”白叫住了叶露。笑话，他好不容易可以捉弄一下这凤影，岂有就这样放过的道理。

不过这个凤影的性子好倔强啊，谈不拢，就要走人！

玩味地一笑，这样耿直的脾性，可能才够味。

“凤影，你若想走，也得听完我的话再走啊！”

叶露停步，转过神来，双手抱胸，淡定地望着白，这个姿态，别有一番利落的魅力，清新少女姿态中那一份稚嫩的高傲，更有一番令人心动的滋味。

白的眸色微微一暗，快如疾风，转瞬掩藏了起来。

低低一笑，与发色形成鲜明对比的眸色散发着魔媚的幽黑色彩，这个男人，自有自己那份独特的蛊惑人的魅力。

“凤影，我的意思是让你做我十日的女奴，用十天换你姐姐的一生，我想，这个交易，应该是很公平的。”低沉的声音带着丝丝笑意，不会令人反感，反而听着觉得舒服。

叶露沉吟，听上去，这个条件倒是可行，偏过头，往左翼瞟了过去，左翼微微地点了点头。

白眯了眯眼，多看了左翼一眼。

左翼面无表情地看着白，终于到了她发挥随行秘书的作用了。“白先生，我们凤影可以答应你的条件。可是，这个女奴必须是普普通通的女奴，你该知道我们凤影的身份，凡是涉及色情、暴力等违法犯罪的行为，我们是坚决不答应的。”

白低笑，深邃的眸子流过鬼魅的色彩。“那是自然！”

左翼嘴角一翘，神情中是满满的自信和自负。“那好，一旦白先生你做出什么逾矩的行为，我们凤影和你的交易就作罢，并且立刻带王雪俐回去。”如果这位白不识好歹，她们凤组绝对有这个能力把小小的王雪俐带回国去。

“可以！”白很爽快地同意。

“我想那些书面协议，我们就不用写了，直接口头承诺就可。白先生和我家凤影都是有身份的人，都不是那种会出尔反尔的人！”

左翼这说的话，给双方都涨了身价，也为叶露铺好了完美的退路。

如此，十日的女奴生涯，该是熬一熬，就可以很快过去的。

叶露微笑地点头，对左翼的应对能力表现了高度的欣赏和佩服！

“那么我也有一个条件！”白带着一丝玩味地笑意说道。

“请说。”

白瞄了左翼一眼后，双眼直勾勾地缠住叶露。“叶露，在你做我女奴的期间，你的身份只能是女奴，要一心一意地伺候我，我不希望你的身边跟着一些不相干的人。”

他要玩的是凤影，自然不能让她的身边人来打扰了。

叶露看了眼左翼，自信地互换了一个颜色，很镇定地回道：“可以！”

如此，握手，谈判成立！

从明日开始，她就算是白的正式女奴了，左翼自然不能跟随左右了，两人接触的机会，只怕就只能是叶露晚上回房休息的时候了。

从左翼那，叶露也了解了白这个人，这个男人爱玩，但还是有些分寸的，那她就奉陪罢了。

只是——好不容易跟冷阳和好了的，这下子，还得在这拖十天啊！

打个电话吧。

“喂，阳！”

“嗯。”这一次语气没有之前的不耐烦和冷漠了。

“我要在这大概待上十天呢！”

“没谈拢吗？”

“嗯，不是……”叶露大概把情况说了一下。

“要是觉得讨厌，那就回来吧！”

叶露窃笑，他叫她回去呢，可是还是要装得很苦恼。“那王雪俐怎么办啊？”

“我会想办法的。”

她忍不住地笑出了声，心里特别地爽。

“阳，谢谢你。我还是先试一试吧，不行，再找你帮忙！”她可不要被他给看扁，以为她就只能是成事不足败事有余，白这事，她绝对会努力到底的。

那边口气和缓了一下，“行，你自己看着吧。”

“哦。”抓着手机，她还想说点什么，但是又别别扭扭的，不知道该如何继续。

“女人！”

“嗯？”

“出门在外，自己小心点。”

“嗯。”继续笑。只是一句淡淡的关心，却直接钻入人心底，让人的心窝暖暖的。

“好好休息吧！”

“哦。”

那边没了声音，她笑了一会儿，觉得有些空落落的，情绪一下子低落了起来。这不是她第一次出国，可是，身边却没了他！

也少了那种可以下意识地求助的踏实感！

抱着手机，不由得开始发怔……

作为女奴，要干什么，叶露不是很清楚，但她想主人说干什么，她听令就是，这样一来，就显得很轻松。

才十天不是吗？

“女奴，给我倒杯茶来！”

当上凤影的主人的第一天，白把一个主子应该享受的好吃懒做、茶来伸手、饭来张口，表现得淋漓尽致。

“女奴，扇子继续！”

N国气候本就炎热，赶上入夏，那天气更是可以活生生地把人给蒸出一层油。

白悠闲地躺在软榻上，享受着人工扇出的徐徐微风，好不惬意。相比较而言，叶露倒真是新一代的农奴了。摇着大扇，涨红着脸，身上已经汗流浃背了。幸好，她每天都不忘了锻炼身体，前些日子左老教了她几招养生拳，她才能在这种炎热的天气中坚持住。

她是彻底明白了，这个白绝对是玩人的。

明明各种去热设备都很充足，空调、电风扇都应有尽有，他非得递给她一把不知道从哪掏出来的羽扇，让她在这边费劲巴拉地扇着。这羽扇漂亮是漂亮，可是看在叶露的眼里，倒好像是高傲的孔雀开着屏在嘲笑她一般。

她忍不住地提出了意见，其实，用空调和电风扇应该是更凉快一些。

白淡淡地扫了她一眼，眯眼笑着的样子，十足的不安好心。

“女奴，你记好了。女奴的本分，就是主人说什么，你就做什么，绝对不要违抗主人的命令，并且也不要对主人的命令有所质疑。”

叶露受教了，点头称是。

算了，不就十天嘛，她就当免费体验N国古代生活了！

多划算，人家还包吃包住的！

这么一想，叶露心中凉快许多，扇起扇子来，也觉得游刃有余。

“女奴，用力点，风太小了，你想热死你家主人吗？”

“是，主人！”叶露微微一笑，用力了一些。

……

“女奴，太大力了，小一点，你想让我感冒啊！”

“是！”叶露咬牙切齿了一下，声音还得装地很柔顺，心里开始腹诽：这么热的天，他要是会感冒，那绝对是他人品有问题，连老天都看不过去要惩罚他！

……

“女奴，再给我泡一杯茶来，记住，我要室温的。”

两个小时之后，叶露才捧着茶姗姗来迟！

暗忖着，这个人估计得发飙吧！

一进屋，感觉一股凉气迎面而来，房内的空调，显然已经打开了。预料到可能会生气的某人，听到她的脚步声，慢悠悠地放下了正在看着的资料夹，缓缓地从床上爬起，优质的丝料从他身上滑落，不小心泄露了麦色的漂亮肌肤还有迷人的锁骨，慵懒至极的样子，哪里有丝毫的愤怒。

脸上的坏笑，说明某人正在充满算计地得意着。“女奴，我是让你去泡茶，不是让你去采茶！你看看你都出去多久了，足足两个小时。我告诉你，偷懒可是要接受惩罚的。”他以为叶露是受不了他的气，所以估计借着泡茶的名义，跑到一边偷懒去了。

叶露不慌不忙地解释，以不变应万变。“主人，你先别生气，听我解释。为了泡好主人需要的茶，小人可说是东跑西颠，差点跑断了两条腿啊！”

“哦？”白来了兴致，“你倒是说说看，你是怎么的东跑西颠的？”

“报告主人，主人你说茶是需要室温的，所以我特意去借了一个温度计过来。你要知道小人在这人生地不熟的，又不会说这里的话，根本就沟通不了，小的废了好大的劲，指手画脚地跟别人比画了半天，差点就要中暑在太阳底下的时候，终于跟一个人给沟通上了，借来了温度计。小的特意量好了温度，才把茶给主人你送过来的。主人，请喝茶吧！”

叶露笑眯眯地端着茶杯走了进来。

白眯了眯眼，不问真假，自有验证她的办法。“女奴，我要的可是室温。现在这室内的温度是23摄氏度，你这茶，可不合我心意。”

“啊！”叶露不好意识地故意扭头看了看空调，不无讽刺地说：“原来主人你把空调打开了啊！那主人，小人再去泡一杯吧！”臭男人，刚才怎么就不见他打开空调呢，耍着她玩很有意思嘛！

不过，眼珠子一转，怒气一消，借着泡茶的名义，她不就顺便又可以随便逛逛，偷偷懒！嘿嘿……

白岂能再让叶露称心如意，她心里打得什么鬼算盘，他岂能不知？所以，一句话，就毁了叶露的如意计划。

“女奴，限你十分钟内再泡一杯茶过来。主人我等得十分不耐烦了，都快要渴死了，你要是超了十分钟，主人会十分生气的，后果嘛……”

白咧嘴，露出整齐的白牙，阴森森的一笑。

想要故意刁难她是吧！叶露早有准备，既然只有十分钟，她也就懒得再下去了。直接放下茶杯，掀开茶盖，宛如变魔术一般从袖子里抽出一个温度计，直接插入那茶杯里。

“主人，我们就直接等茶凉了好了。你放心，这温度，绝对让你满意！”

叶露挑衅又得意地看了眼白。

白又有话说：“女奴，我怀疑这茶水太脏了，不能喝！”暗指她那温度计，太不卫生。

叶露恭顺地回道：“主人，你该相信小人的技术，这温度计，绝对是干净的。主人如果真的希望小的再下去泡茶，小人不能肯定，下次这茶水再端上来的时候，能比这干净！”

这绝对是威胁，反正他看不见，她就是往茶里吐口痰，估计他都不知道！

白故意多看了叶露两眼，直接挥开叶露的手，端起茶，一饮而尽，温度——不温不火，刚刚好！

这个游戏不好玩了，看来得换下一个了！

如果白想看叶露服软，或者怒意爆发地想拂袖而去，那么，他肯定是不能如意了。

这个顶着凤影的身份的女人，真的是让他有些惊奇和兴趣盎然了。

据他所知，这个女人没有任何可以值得人特别注目的家世，是芸芸众生中可以随意踩死的小蚂蚁。

这样的女人，会接下他的提议，他是意料之中的。

可是她如今这逆来顺受的样子，让他有些刮目相看。

虽然她家世平凡，但是怎么说，她现在都已经是凤影了，而且还是冷阳的妻子，显赫的身份，应该赋给她高人一等的自尊和高傲。这种为人奴的事情，她怎么可能忍得下来，何况，更多的时候，他是故意刁难他，想看她出丑。

要说，第一天刁难她，她能忍下，是因为事情才刚开始，可是如今这都已经过去四天了，一半的时间都快要过去了啊。期间，她几乎是全然地恭顺，让她干什么就干什么，偶尔的斗智斗勇表现出的不驯服，还都在让他无话可说、无错可指的范围。

端茶送水，已经是他玩腻了的把戏。

喂饭喂菜，她手到擒来，似乎很有经验的样子，服侍得他实在挑不出什么毛病来。

捶背捏腿，笨拙得可以，终于可以挑刺了，限她通宵熬夜去学艺去，明天来展露才艺，次日，那女人进展神速，那一手按摩的功夫，达到了差强人意的地步。

一晚没睡，趁她不注意在那打瞌睡，一脚踹过去，还能嬉皮笑脸地连连道歉，声称下次不敢。等他转身的时候，却继续在那打起了小瞌睡，再一脚踹过去，又是痛心疾首地承认错误，再一次……又一次，到后来，都不忍心再提脚踹她了。

那些小姐贵妇们，哪个不是碰一下就大呼小叫的，他都踹她那么多次，她还能当作没事人一般，自己的力道自己是知道的，这个女人，皮糙肉粗不成！怪异地多看她几眼，只是更加地觉得，这个女人的皮肤，真的是相当的白嫩精致！不自觉的，在那看上去剔透的肌肤上多逗留了几眼，有些后悔这次来这没带个白里透红、娇嫩嫩的美女随行。

切瓜、削皮，一开始还能挑剔她手艺不好，弄出来的西瓜、苹果、葡萄等简直是不能入口。看着她在那跟一堆瓜果奋战，一张手弄得黏湿湿的，噘着嘴似怒非怒的样子，越看越觉得好玩。心里开始琢磨着，她要是愤怒地爆发，他该用哪种方式惩罚她呢，呃，不能太重了，毕竟是凤影，还是冷阳的老婆，以后还是有合作的机会的嘛，可是，又不能太轻了，机会难得，不好好戏弄一番，不是他白的风格……

他正蠢蠢欲动，越想越兴奋的时候，那边那个女人已经喜滋滋地端着一个小盘走过来了，白的发亮的磁盘里，可怜又可爱地躺着六个褪了皮、裸奔着的葡萄。

“主人啊，在我们中国，可是信奉六六大顺的。瞧，我给你剥了六个葡萄，主子先尝尝看、解解渴。”

他正琢磨着，该如何适当地发表她的嫌弃好打击她，她已经捏了一个透亮的葡萄递到了嘴边。

“主人！”期待的脸庞，那一抹笑，以艳阳做背景，竟然让人的心一下子觉得凉爽了起来。

谁能拒绝那真诚的一笑。

不是顶美，可那笑容里的温度，不冷不热、不咸不淡，正是最自自然然的、最能入人心窝的。

他——喜欢！

所以，无从挑剔，看着她越来越得心应手地扒葡萄皮。

窃笑不止的样子，不知道是想到了什么，让人心情大好。

于是，打算就此放过她，反正弄个女奴在身边，就是让自己爽的嘛！

心痒难耐，总觉得十天太过匆匆，晚上逼着她给他擦脸洗脚，洗脚要掌握火候，细细地洗，慢慢地洗，这在很多人的眼里，可能是一种屈辱，不知她是怎么想的，还可以笑眯眯地蹲在那，将水换了一遍又一遍，直到等到他喝令停止为止。

晚上躺下一会儿，又觉得心中痒痒的。

唤人把她叫了起来，让她去做夜宵去，不是很饿，但是忍不住地想要压榨她。

原本想着，这女人要是厨艺不佳，可以借此让她熬夜锻炼，想到她一个晚上来来回回就是为了他弄吃的，他才觉得平衡一些，睡觉，也踏实多了。

一觉醒来，发现她正在一边趴着睡。

心中忍不住地乐了一下，好你个女人，让你去做夜宵，你竟然敢趴在这睡觉，这下子，看我怎么惩罚你！

可是她却很无辜地声称："我做好宵夜，回来看主人睡得好香，就没敢叫醒主人，在桌边趴着了，心想主人要是醒了饿了，唤小人一声，小人就立刻下去给主人做去！"

这可能是她在狡辩，但是想到这可能是真的，再一联想到这也未尝不是她的体贴，所有的算计，自动胎死腹中！。

重新做的夜宵，当作了早点，滋味不错，令人怀念的地道中国味！

……

如此这般，越想刁难，怎么越发现这个女人的不太一样。不止一次，冒过把她拐过来当自己一辈子的女奴的念头。既然这么会伺候人，不放在自己的身边享受，未免太过可惜。

那也只是偶尔想一想。

瞄了一眼在一旁站着的低眉顺目的她，又看了那一盆今早送过来的水仙花，微微一笑。

"女奴，走，抱上那盆水仙，我带你去见一个人！"

"哦！"叶露听命而动，上过去，抱起那一小盆的水仙。今天房间里突然多了一盆水仙，她还特地看了一眼，看来是要送人的啊！

"见过酋长的后宫吗？"白询问。

叶露自然是摇头，听这意思，难道，他要带她去后宫逛一逛？

"待会儿去见一位妃子，王妃喜静，别惊扰她！"

叶露微微一愣，脑中突然闪过一个很敏感的念头——不会是有奸情吧！

看白提起那个王妃，口气不自觉地温柔，真的很有可能！

不过，不知道那王妃长得什么样呢！王妃呢，想一想，就令人兴奋！

闯庭过巷，似乎走了很久，才终于见到了王妃，即使那位女子一身长袍地包住自己，同时白纱遮脸，但还是难以掩饰那份国色天香。

绝对的大美人！

叶露在心里低叹，在白的示意下，捧着水仙花上前，放在了一边。

美人儿微微一笑，笑声竟然是说不出动人，好像在歌唱一般，那瞳眸微微一转，竟然是说不出的勾魂。

如果说刚才叶露远远看见她的时候，觉得她像一朵酷日炎炎下的清雅白莲，令人沁人心脾；那么此刻微笑中的眼波流转，真的是把那朵白莲给妖化了，宛若妖精似的勾人心魂！

这就是让白刮目相看的女人！

很特别！

乖乖地立在一边，叶露听着白和那位王妃闲话家常。两人说的是N国语言，听不懂，她只能宛如看皮影戏一般地看着两人，好在两人都是美人，所以哪怕看着两人嘴唇翻动，也很是赏心悦目！

两人谈了没多久的时间，白就起来告辞，带叶露离开。

等出了院子，白才笑眯眯地问叶露。“女奴，你觉得这位王妃怎么样？”

貌似心情很好的样子。

叶露几乎是想也不想地回答：“像一朵水仙花似的。”

白感兴趣地点头，“为什么这么说？”

叶露耸了耸肩，“主人，你不是给王妃送了一盆水仙过去嘛！”

原本以为那王妃像白莲，但是后来又看到一边的水仙还有院子里那么多的水仙盆栽，叶露立刻明白了，这个王妃，喜爱水仙，用水仙来比喻她是最适合不过了。

孤芳自赏的清泠，是否可以这样比喻？

白赞许地看了眼叶露，轻轻地问：“她很美，对吗？”

不知道是何意图的询问。

“喜欢？”叶露不懂，却可以反问，说喜欢，声音却是讥诮，着实是不敢苟同他会是喜欢。

白的唇边扬起一抹邪魅的笑容，玩味地看着叶露。“怎么，难道我不可以喜欢她吗？”

“你可以喜欢，但是不应该。”

“为什么？”

“你对她根本就无心，为何要扰人清梦！”

“你怎么知道我对她无心？”白颇为好奇。

“我在你的眼中，你的脸上，看不出那种情动的热情。”冷漠的，很像冷阳。位于高位的人，估计都有相似的特质，所以，总是很恶质地施舍温柔，将周围的人迷惑住的时候，潇洒地脱身而去。

那朵孤芳自赏的水仙花，因为他而绽放绝美的芳华，与她极力掩饰的喜悦相比，他的温柔更显得伪善！她因为听不懂他们两人的交谈，所以可以更加专心地注意两人的神情。

突然，她的心中有一抹刺痛。是否，自己如这水仙，他如冷阳？

她和冷阳的相处，可能本质上也是如此！

想到这，心情开始变得恶劣，没由来地看白不顺眼。

白开始哈哈大笑了起来，笑声爽朗，他还是头一次在叶露面前笑得如此的豪放不羁。看着叶露，他宛如看着一个小女孩：“女奴，你懂什么？还情动的热情呢，这种东西，哪能是随随便便就可以用肉眼看得出来的！还是，你的老公对你的情动让你印象深刻？”

这话很是讽刺，叶露的胸腔因此一阵阵地紧缩，痛得紧。

露齿一笑，她忍不住地反唇相讥。“主子打算要拔下那朵水仙吗？”

“怎么，不可以吗？”

“水仙被你拔了，那还是水仙吗？”

白淡笑，不多说。

叶露哼了哼：“主子在打算着把那水仙弄到手之后，一脚踹开吧！”

白脸色微微一变，“女奴，你逾矩了！”

“哦，是吗？”既然已经逾矩了，那就不在乎再来几句更逾矩的。“主人，恕小的直言，你还是别毁了她，因为一时的恶趣味而将女子的一生葬送，这种残酷的游戏，还是别玩了！”

白冷笑，好个伶牙俐齿的不驯丫头，“我只是纯属欣赏罢了，怎么可能毁了她？”

“别说笑了！”叶露嘲讽地看着白，大家都心照不宣的事情了，亏他还说得出口。

白沉下了脸，“女奴，你在气什么，主子的事，什么时候轮到你多嘴了。你这样的愤愤不平，是不是……”邪魅的一笑，有些得意地沾沾自喜。“女奴，你该不会对主人我……动了不该有的念头吧？”

“哈？”叶露宛如听到了什么天方夜谭，放肆地笑出了声。“呵呵……主子啊，我看你才是水仙花啊，自恋得可以！”

“女奴，注意你的言辞！”

叶露正色，捂住嘴，强力忍住那种嘲讽的笑，但是眼神是瞒不了的人，那种不屑的眼神，惹得白更加的不快。

“女奴，你的不驯是我生平仅见！”

“多谢夸奖！”故意忽略他嘲讽的语气，把这当作赞扬！

白徐徐地眯起了眼眸，看上去有一丝令人不敢放肆的威胁。

叶露立刻闭嘴，止住笑容，把脸上所有的一切的表情都收了起来，就留下一幅恭顺的木呆呆的表情。

天气酷热的连一丝风都没有，两个人各据一方，一主一仆的关系，却是无声的对峙。

白蓦然出声：“女奴，带路，回去！”

叶露转身迈步，往来路走。

“不是这边，是反方向！”

往那水仙王妃那块去？叶露有些不解，他这是要去干什么啊！

叶露在前面领路。

到达目的地之后，那位王妃见了去而复返的白，显然有些惊诧，抹去了那一身的清冷，温柔地冲着白笑，嘴巴开始一开一合。

白不知道跟那位王妃说了什么，王妃的脸色猛然一白，神情是不可置信的，白挂着温情的笑容偏头冲着叶露笑，叶露没被电到，倒是起了一身的寒气，那位王妃也跟着偏过头，看着叶露的眼神，是不能令人错认的冰寒，难掩怨恨！

尾随着只说了寥寥几句就走出来的白，叶露几乎是急不可耐地拽住了白。

“你跟她说了什么？”

她看那个王妃虚弱得都快要晕过去了！

“哦。”白暧昧地笑着，“我告诉王妃，我的女奴不想我再接近她，所以，以后我都不会来看她了。女奴，我这样做，你可满意？”

满意？叶露更加地恶寒一片，她总算明白为什么刚才那个王妃要那样怨恨地看她了！

“女奴，我对你好吧？”白还不知羞地向她讨好。

她觉得，他绝对是故意的。冷笑，她生气地看着他，“主人，你对小的的好，小的真是不敢恭维！小的觉得，主人你这是把小的往火坑里推！”

白笑眯眯地看着她，心情似乎因为她的愤怒而变好了。

这种把自己的快乐建立在别人痛苦上的恶质男人！

叶露一看见那张英俊的脸庞上挂着的碍眼笑容，怒从心中起，本就不是正正经经的女奴，哪里要用的着受他的窝囊气。

“主人，你真是一个彻头彻尾的混蛋！你有千万种的方法可以跟她断绝关系，但是你混蛋地把我牵扯了进去，让我平白无故地承受了一个女人的怨气。更混蛋的是，你果真如我想象的一般混蛋，把人当作玩具，任意搓圆捏扁！简直混蛋之极，是我生平仅见！”

想玩就玩，想不玩就不玩，多么的恶劣！

让她想起不愉快的往事，一并借着怒气骂了出来！

怒骂平地起，白惊奇地看着叶露。这还是头一个敢在他面前大声骂他的女人！

绝对新奇的体验！

看着这样一张因为怒意涨红的脸，炎热的天气逼出来的汗水，晶莹地挂在那嫩红色的脸庞上，气鼓鼓地脸颊宛如藏了两个小气球，可爱又滑稽。

白不怒反笑，哈哈地笑出了声！

叶露撇嘴，“疯子！”

骂得心口一窝的火，伸出手，扇了扇，觉得脸蛋似乎都快要烧起来了，心热，脸更热！

莫名其妙的人，骂他，他还笑得这么开心。

“喂，女奴！”他大笑着，轻佻地用手挑起了她的下巴，“做我一辈子的女奴吧，主人我会好好对你的！”

白贝一样的牙齿，在强烈的光线中招摇撞骗的闪烁，淡茶色的火热薄唇挂着性感的笑容，一点点地靠近，企图一亲芳泽。

日头再猛，叶露也不会因此晕头。

伸手，迅速而强势地挡住了他慢慢靠近的嘴。“主人，你逾矩了！”

义正词严的话，坚定得不容置疑！

顷刻间，一身的桀骜不驯展现得淋漓尽致。

那漆黑的深眸透射出来的不屑的冰冷，让他更加兴味十足。

“女奴，你没有感动吗，我为你，可是放弃了一个倾国倾城的美人！”

白收回了轻佻的手。

自觉危机已经解除，叶露放下了手，翻了翻白眼，“主人，请别说这样的话。我并没有强迫你，你放弃，那是你自己的意思，与小的无关！”

“你可真无情！”

叶露无所谓，随他怎么说！那水仙王妃对他来说只是一个玩具罢了，他想不要就不要了，休想让她欠下他人情。

白天还表示自己为失去了一个大美人而伤心，可是到了晚上却抱着另外一个女人在那里翻云覆雨，这种男人的喜欢，的的确确是分文不值。

晚饭之后，白故作可怜地引诱：“女奴，我今天为了你可真是伤透了心。为了赔偿我的损失，今晚陪我如何，我保准让你一辈子难忘的！”

这个男人只差没皮没脸地向她炫耀他的技术很不错了！

说得那么好听，还不是想拐她上床。

叶露毫不犹豫地拒绝，附带赠送白眼两枚。

没过多久，一个女人突然出现，宽大的长袍掀开之后，里面那暴露的衣着，简直让她都觉得脸红。

打扮得像个妖姬的女人，扭着水蛇腰，穿着暴露的半透明的服装，娇滴滴地贴着他的身躯轻蹭！

这个男人，今天真的要办事？

不由窃喜，太好了，那么她今天不就可以结束工作，回去好好地睡觉了？

白和那女人吻得是难舍难分，叶露聪明地想悄悄退下，这种时候，还是不要出声，主动退出的好。她防的就是那个男人的变态举止，可是她的所有举动，都被白给察觉，她快要跨出门口的时候，被白给叫住了。

“女奴，留下，一边伺候着！”

满脑子的黑线，让她留下？

有没有搞错？他们在这嘿咻，让她站在一边伺候，疯了，伺候个什么啊！

看着他们上演春宫倒是真的！

无奈地仰头翻了翻白眼。“主人，小人不喜欢看春宫！”

白笑得很淫荡，也很邪魅。“女奴，你要乖乖听主人的话！”

哦，叶露明白了，估计这人有暴露狂倾向吧！

低着脑袋，可以控制自己的眼睛不往令人尴尬的地方看，可是，着实不能控制自己的耳朵。

那边发出的动静着实不小，搞得站立一旁听令不能走的她一阵的冷，一阵的热，难受极了。这是她到这来之后，接受的最大的酷刑了！

混蛋！

忍不住地低声咒骂，声音很小，只有她自己能听得见！

然后，她尽量使自己超然世外，脑袋中开始想些七七八八的东西，转移自己的注意力。突然之间，她想起了小丸子，想起了里面的一集动画片，大概是讲老师家访的，记得应该是很搞笑的，可是看得时间距离现在有些久了，一时间，有些想得不太清楚了。

于是，聚精会神地开始想着，那集动画到底是怎么回事，旁边那激动的撞击声和吟哦声，开始变得遥远，宛如路边汽车跑过的声音，宛如路边摊贩吆喝的声音……

啊！

想起来了！

那集小丸子和她姐姐同天搞家访，同居一室的两姐妹赶紧收拾他们脏乱的屋子，以求给老师好印象，等小丸子费了大力气把自己乱七八糟的东西全部塞到一个包裹里放到她爷爷的房间寄存之后，却发现她的老师最后根本没来她的房间参观。感觉遗憾又很缺心眼的她，很快就忘了姐姐的老师也搞家访这一事，很快就把那个塞着乱七八糟东西的包裹从她爷爷那里拿了回来。包裹抖开之后，乱七八糟的东西，重新散落在了两姐妹的卧房各处，后来，粗神经又贪吃的小丸子又把精心给老师准备的点心都给吃了！

然后，小丸子姐姐的家访老师来了，可点心却没有了，齐齐尴尬的小丸子母亲和姐姐，只能匆匆带着老师去小丸子姐姐的房间参观，以期可以重新在老师那里取得好印象，可哪里想到，在母女二人非常自信且乐滋滋地打开他们以为的“已经收拾好”的房间之后，却没想到，看到的却是垃圾满地的状况，顷刻间，小丸子的姐姐和母亲，包括家访老师，都满脑袋掉黑线了！那场面，不能不说太凄惨，简直比秋风扫落叶还惨。欲哭无泪的姐姐，在老师走后，愤怒地敲小丸子的头，很不淑女地又打又踹……小丸子那独一无二的嘴角一抽的尴尬表情，以及顶着黑线在角落里画圈圈种蘑菇的苍凉的背景……

“扑哧！”叶露忍不住地笑出了声！

分心盯着她的白，隔着薄纱，望见那朦朦胧胧的笑靥时，诡异地熄火了！

女子在刹那间高昂的尖叫，将叶露从自己的小世界唤了回来。

惊觉自己竟然在笑，立刻掩住了嘴巴，偷偷地往薄纱那块瞄了一眼，就对上薄纱后面一双染着熊熊怒火的双眸。她惊地垂下了头，一言不发！

情事显然已经停息，白推开身边的女人，对那女人不知道说了什么，那个女人披上长袍，犹如来的时候一般，快速地消失了。

“女奴，过来给我擦身子！”低哑的声音不悦地响起，带着没有完全褪去的情欲，

叶露刚吁了一口气，心想太好了，事情终于结束了，她也就可以解脱了。但白的话，立刻打断了她的肖想，让她抗拒地瞪大了眼，凭什么，这个男人太过分了！

“主人，你难道想违反规定？”她心有不快。

“我有违犯规定吗？帮主人洗澡，不是女奴的工作吗？我又没叫你陪我上床，

根本就没触及色情范畴！女奴，快点过来，别惹主人不高兴，否则，今晚你就别想睡了！”

白说得在理，她也找不出什么可以反驳的理由。

看来这个白，又想玩弄她了！

以为她不敢吗？

叶露咧嘴一笑，怕什么，不过是男人的躯体罢了，她一个学生物的，还用得着装矜持吗？

一点也不扭捏地按照正常的步伐靠近，床上的男人赤身裸体地坐在那，只一眼，就知道身材极好。

旁边的水盆一直备着清水，取过毛巾，拧干净，开始擦。顺着漂亮的肌肤肌理，从前胸到后背，从腰腹到下半身，哪怕感觉到那男人似乎起了欲望，也刻意尽量心不慌脸不红地继续手上的动作。

“主人，好了！”吁了一口气，她笑眯眯地抬眼看他，仿佛她刚才是在替一个小孩子擦身体一般。

“女奴！”白的声音听起来沙哑地宛如风琴，暗沉沉的眼眸宛如一张细致的网，密密麻麻地向她飞扑而来。“觉得我的身材如何？”

这个变态暴露狂！

叶露在心底狂骂一声，强压心底的恼意被他这么一问一逼，涌上心头，直达脑海，熏红了半张脸。

对面的男人笑得很玩味。

这个臭男人，绝对是故意想看她出丑的！

可她偏不让他看笑话，嘿嘿一笑，她有些花痴地舔了舔嘴巴，似乎在留恋什么：“主人，不好意思啊，其实，小人觉得，小人的男人的身材要比你好多了！”

眼前的男人的脸，立刻宛如被数十层阴云覆盖一般，阴沉了下去。慢慢抿起来的唇，似乎预告了山雨欲来风满楼！

握紧了手里的毛巾，叶露浅笑着，挑衅地看着白。

这个男人被他这么奚落，只怕是要动怒吧！会不会对她出手呢！

叶露一点都不害怕，只要这个男人敢对他出手，就是违反约定，她就可以立马收拾东西，带着那王雪俐走人了！

“出去！”好似在极力压抑愤怒。“今晚不用你伺候了！”

叶露如释重负，虽然不是她脑中所想，但是也该高唱一声哈利路亚！

太好了，可以去睡觉了！

把毛巾往脸盆里一甩，她脚步轻快地走出了房间。

房间内的男人，嘴唇越抿越紧，眼中的怒气越来越沉。

许久，男人离开床。

健美的身躯在微弱的灯光中闪烁着美丽却又妖异的光泽。

他打出去了一个电话！

“奥，把请帖都发出去，两日后，我要在这里举行拍卖会！”

冷阳，咱们就在这会一会吧！

第七章

夺爱

王　者　之　心

036

夜晚，炎热得让人狂想冲进冰冷的泳池中再也不爬出来。

本来天气炎热就让人心情不爽，现在，看着摆在自己面前的衣服，叶露的脸色不由得扭曲了一下。

“给……给我的？”

白点了点头，笑容好看是好看，也帅得可以让很多女人为此前仆后继，死而后已，可是在叶露看来，太过欠扁！

“我不要！”她毫不犹豫地拒绝。这样的暴露装让她穿出去，她疯了啊，！

她的反应可以算是在白的意料之中，所以根本就不在意，“女奴，注意好你的身份。主子说什么，你就要乖乖地服从！”

“可我凭什么要穿这种衣服？主人，虽然你不爱听，可是我严重怀疑你的心理是不是有点那个什么，要不要，我给你去请个心理医生过来！”

此话，显然是暗示他心理变态了。

果然，白变了脸色，紧紧挑挑眉，就让叶露知道这个人在生气。“女奴，明早，我要看到你穿着这衣服出现在我的面前。否则，你的抗拒我可以视你违约。”如此，她的前期努力算是白费！

一个只知道威胁的男人！

无可救药的恶质！

叶露无可奈何地捧着那金光闪闪的衣服，心里已经把他给骂了半死！

在左翼的帮助下，试穿了一下这套衣服，意外地合身。

嘴角抽搐了一下，果然是游遍花丛的人，竟然单凭几眼，就要比她本人还要了解她的身材！

“这钱啊，可真不是好赚！”忍不住地感慨！

想到王董那么大方地提供的那笔酬金，心里总算是可以安慰些。

实话说，这衣服还挺漂亮的，白也没算是太过分，她这衣服是典型的N国舞者裙，绸缎的衣衫上金光闪闪，穿上去，很能显现一个人的身材。

对着镜子那么一转，暴露的白皙的肚皮在镜子中晃动着妖娆的身段，洁白玲珑的小腿，随着开衩的裤腿，若隐若现中，展现迷人的诱惑之姿！

似乎可以令男人疯狂！

左翼打量了一下，很中肯地说：“蛮漂亮的！”

叶露咕哝了一声，抚了抚裙摆：“漂亮是漂亮，但是穿出去，真的是太考验我以往的承受力了。”

左翼微微咧嘴。“这还是小意思呢，比起那种刀里来、火里去，这应该是简单多了。想想那些穿着泳装在沙滩上走来走去的美女们，你肯定就好受了。”

叶露略微想了想，对着镜子又打量了一番，不由得同意左翼的这个观点。

将衣服脱下，小心地叠好。她有些好奇，为什么白突然要把这衣服给她，难道明天是什么特殊的日子吗？

“左翼啊，明天是这里的节日？”

左翼极其聪明，一听这话，就明白叶露想问的是什么。

“明天白要举行一个拍卖会，有很多大人物要来。我看啊，他可能是要带你这女奴去见贵客。十天的女奴，时间有限，他得争分夺秒地玩个尽兴！”左翼自有自己的一套信息网。

叶露猛地觉得心头一凉！

一屁股坐在了床上，她大概有些明白了。“是阴谋吧？是白一早就算计好的阴谋吧？”

“大概吧！”左翼回答得模棱两可。“你不用担心，白是个聪明人，他不会对你做出什么出格的事情。你可以把这当作一个锻炼的机会，跟他玩玩。如果换个角度，谁玩谁还不一定呢？”

左翼说的有些莫测高深，叶露拄着下巴，略一思索，良久之后，漆黑的双眸猛然一亮。“说得对！”

左翼看了眼叶露，满意地笑了笑。

次日一早

叶露穿上漂亮的肚皮舞裙，套上一张借来的面纱，披上也是借来的一身长袍，在左翼的挤眉弄眼中，挥了挥羞恼的小拳头，雄赳赳气昂昂地出发。

只可惜，天公实在不作美，天气闷热得可以，她不若本地出生的N国人，可以一天到晚围着长长的长袍在大热天里走来走去。等她到达白的房间的时候，她已经热得气喘吁吁了，一张脸因为热意涨得红彤彤的。

一身把自己包得像个粽子一般的装扮落入白的眼中，让他惊诧地失声问道：“女奴，你在干什么？”

叶露喘了喘，拽了拽外面裹着的长袍：“主人，我冷！”睁眼说瞎话，说的就是她。

所以白很不客气地哈哈大笑。他真的被这个女人给逗乐了！但是，她有招，他也有招！

“女奴，你这点小心思，主人我心好，可以容忍你一下。但是待会儿陪我去见客人的时候，我不要在你身上看见这一身难看的长袍，还有那面纱！”虽然他是带着笑说的，但是谁都知道，他的话是不容许质疑的。

叶露可以在长袍上让步，她本来就没寄希望于这长袍，但是面纱必须要留下。虽然这面纱是半透明状态，但是到底也是布，有它挡着，至少可以产生朦胧的错觉，她可不要一点都不掩藏地就被那些大人物给看了过去。万一以后跟那些大人物碰面，她还要不要脸了？

“主人，凡事要为别人留条生路，也是为自己留条后路。我今天这一身装扮，必须要有个面纱做搭配！”

叶露很坚定地看着白，执着的目光在告诉白，她绝对不妥协！他最好别把她给逼急了，狗急跳墙，她未尝不会这么做！

白盯着她看了半晌，才挥了挥手，“算了，女奴，过来给我擦脸。”

白说要带她去招待几位贵客，能在白的眼中称得上贵客的，那么必定是雄霸一方的人物，身家背景必定是不一般的！

跟在白的身后慢慢踱步的时候，叶露有了一丝不好的预感，想起白之前那诡异的笑容，心里有种说不出来的不安。

“女奴，快要到了，这是我容忍的极限了！”白转身，盯着叶露还披着的长袍，努了努嘴。

到了这时候，叶露再没什么借口。微微一笑，大大方方地拽下长袍，挂在手上。

白的眼中闪过一抹惊艳之色，怪异地瞅了她好几眼，害得叶露都以为是不是自己在闷得快要透不过气来的长袍里包得太久，所以露了不该露的。

低头一看，也没觉得什么不对啊。

可是，为何白的眼神还这么怪异？

“主人，是不是……小人有哪里不对劲啊？”

就算是说“一语惊醒梦中人”也不为过，白立刻收回了在叶露身上凝滞不去的视线。

意味不明地哼了哼，他抬脚继续往前走。

以只能自己听到的音量，叶露也跟着哼了哼。

腹诽道——

怪人！

正所谓，无知也是福！

叶露很庆幸，她以往的身世可以让她和那些所谓的大人物隔缘，这样，大家见了就不尴尬，

进了一个精致的院子，一打眼，花团锦簇，大红绿紫的鲜花当中，是几个不熟悉的面孔，不禁心中欢喜，再好不过，再好不过了！

只是喜悦才刚掠过心头，眼珠子再那么不偏不倚地就转动了那么一下下，蓦然映入眼底的那个人，让她全身都紧绷了起来！

冤家啊！

他怎么也在这里！

为……为什么他什么都没告诉她？

处在陌生的国家，不可能不想着他。在到这儿的第一天晚上，她打给了他一个电话，此后，两人再无联络。

她矜持着，又或者说是在跟他较着劲，明知道，可能最后输的人还是她，但是她还是不服输地要试一试！

凭什么每次都得她给他打电话？

在这待了七天，等了七天，他一直都没打电话，糟糕极了，让她想起了那座宫殿里深藏着的水仙王妃和白！

她有时候会忍不住地想，是不是她不给他打电话，他就可以一直不给她打电话！

古语又说：一日不见，如隔三秋！

她和他七日不见，她想着他，那他呢？

无解！

现在，他不可思议地站在了她的面前，没有任何的通知，算是给她的惊喜呢，还是只是礼貌地应某人的约前来？

对上那深邃的眸子，她没有感受到特别的热情。白说得真对，区区一双肉眼，岂能看得出喜欢还是不喜欢？当日她之所以可以那样大胆地指责白，只是认定了白是在游戏人间罢了！

“女奴，愣在那干什么？”

白的话敲醒她一时迷离的神志。叶露回过神，快走几步，跟上白，之后，亦步亦趋地跟着白。各种暧昧的视线，放肆地在她身上逗留继续，她身上一凛，突然想到，现在不是想这些乱七八糟的东西的时候！

白把她带到这，她算是白的女奴，而冷阳也在这里！

这……

不好的预感，更加浓重了！

不能让人把她和冷阳联系起来，这会让冷阳丢脸的！

这样的念头，才刚闪过，胳膊就被人猛地一拽，最后被拽到了人前。

抬头一看，正是白。

叶露不语，瞪着白，哪怕这已经算是一个女奴对主人的不恭敬。

“呵呵，介绍一下，这是我的女奴——凤影！”

当下，四下哗然。凤影这个称呼，对于这些大人物来说，可是分外熟悉。本能地，他们纷纷看向了冷阳。大家都是大人物，各自有各自的一方势力，对冷阳，他们没有必要表现那像仆从一般的恭顺，所以，他们的眼神或是带着好奇，或是带着嘲弄，或是带着幸灾乐祸！

冷阳微微地皱起了眉头。

白的脸上闪现出了一抹恶作剧得逞的笑。

叶露几乎是立刻领悟了白的某些意图！

“呵呵……”

清脆的笑声宛如夜莺啼唱，打乱了那鬼魅的气场。叶露掩住自己的嘴，白嫩的胳膊挡着自己的唇形，似乎是显得害羞，但是修长微卷的睫毛轻轻闪动着，又显得不无妩媚，有着浓郁的N国情调，宛如一个道地的N国女子。

“主人，你可真爱说笑，小的是没有名字的，什么时候叫起凤影来了？”

该死的白，竟然打算这样玩弄她？

哼，她会乖乖地任凭他玩才怪！

大家的眼睛齐齐转向叶露，叶露故作可爱无辜地又眨了眨眼，水色的眼眸在扑扇着的睫毛映衬下，很有诱惑力！

白不慌不忙地应道：“女奴不喜欢这个名字吗？喏，这位先生！”

白伸手一指冷阳，“这位先生的妻子有个称号叫凤影，她跟你长得很像，我以为，你会喜欢！”

面对众人戏弄的眼神，叶露放下白如玉的胳膊，一本正经地摇了摇手。“主人，实话说，小的一点都不喜欢你取的名字，一点创意都没有。”

叶露毫不犹豫地给了白一个冷钉子。她的不驯，让在场的几位男士更加的侧目。

白对她近乎是纵容的，没有立刻训斥她。

因为，该说的话，他都说了，尽管叶露否认，但是在场的几位，应该都心里明白了。

白的目的，就是让大家心里有个底，他身边的这个女人，是怎样的身份！这样，才好进行接下来的游戏。

几位客人看好戏一般地落座，冷阳则沉默地宛如失了声一般，眼神冰冷得宛如冬天的冰柱。

“女奴，给我的贵客们倒酒！”白的心情高昂。

叶露微微眯眼，眼中闪过一丝犀利且愤恨的光。她没去看冷阳现在是如何表情，因为他的沉默，已经是对她最大的折磨了。

愤怒之极，反而也就不气了，叶露微微一笑，恭敬地点头，接过精致的酒瓶，缓缓从白的身边走下，往下面的席位走去。

席位是按照以前的宫廷宴会排列的，作为主人的白坐在正中央的最上方，而客人则分坐下方的左右两侧。

有些暴露的肚皮舞裙，将叶露美好的身材展露无遗，几位客人的目光几乎是不知收敛地带着恶意的放肆！尤其是那洁白柔嫩的看不出一丝赘肉的肚皮，还有那匀称迷人的小腿，更是惹得大家的目光火热一片！

这算是白故意想侮辱她，还是，他要借她来侮辱冷阳？

显然，答案是后者了！

叶露该庆幸自己还有一层面纱当作保护，所以，才不会羞愤地立刻结束那女奴的交易，赏白一个巴掌，转身而去。

左翼说得对，谁玩谁还不一定呢！

迈着轻灵的步伐，叶露宛如一个轻盈的舞者一般，飘落到客人的面前，慢慢地斟满酒杯。然后放下酒瓶，用细长如葱的手指捏住酒杯，送到了那位客人的面前。

看上去精明而又强悍的中年男子，面对那妖娆的身段和朦胧中仍然可以看得出精致的面孔，有那么一丝的心笙荡漾。因为，如果坐实了猜测，这可是冷阳的老婆。现在，这女人，可是当着冷阳的面，在给他敬酒，以一个女奴的姿态，这可是无上的享受！

但显然此人得意得太早。

“啊！”

此人伸手接酒杯的时候，最恶俗的桥段发生了，叶露故意把手松开了那么一下下。酒杯还未等被接手，就坠落了下来，随着一声“当啷”脆响，溅起的酒红色的液体，就这么扑洒在了男子浅灰色的西装上。

桥段是恶俗，但是实用就行。

叶露故意惊诧地瞪大眼，嘴里说着言不由衷的道歉的话：“对不起啊，先生，你没事吧，我……我不是故意的……”

故意不故意，无从查知，但那个人的得意必定是烟消云散了。

叶露也不去看那人是什么脸色，反正她已经道歉过了。她直接拿起那倒在桌上的酒杯，干干脆脆地把酒杯里残余的酒倒掉，重新拿起酒瓶，倒满。

“尊贵的先生，请喝吧！”

然后拿起酒瓶，转战下一桌，不顾身后那位中年男士难看的脸色。

下一桌的男士绷着一张脸，眼中有一抹厉色，似乎对她刚才的表现，很是不满。

她像是害怕一般地腿抖了一下，身子失去平衡的前倾，同时手跟着一扬，酒瓶里的酒就这么被恶意地朝那个男人泼洒了过去！

尽管那个男子反应灵敏，但还是不幸地被泼到了一些。

花了一点时间保持住平稳的叶露，慌慌张张地凑到男子的面前。“哎呀，先生，你没事吧，先生，我……我刚才脚软了一下，对……对不起啊……”

现在，谁都知道她是故意的了！

白猛地一拍桌子，站了起来，一脸怒容，大声训斥：“女奴，注意你的言行，你逾矩了！”

叶露转身，收了那伪装的慌张，面色平静地看着白。而那徐徐眯起的眼，完全没遮拦地将她对他的轻蔑给传达了出去！

白的眼中闪过危险的光芒。他的权威岂容她挑衅！

看来，他得让这个女人好好看看他的手段。但是，他还没来得及出手，叶露就一下变脸，冲他怒目而视的同时，双手猛地用力，狠狠地将捧在手里的酒瓶给砸在了地上！

“啪啦！”

是令人心惊肉跳的脆响！

她傲骨铮铮，放肆地冷哼：“主人，我想，逾矩的是你！我只是你一个人的女奴，可不是所有人的女奴！”

字正腔圆的英语，铿锵有力，句句入耳，不容听错。

她的身影是纤细的，甚至因为装扮而显得很是婀娜，但此刻，那诱人的身姿，猛地就多了一份宛如翠竹一般的劲拔和清冷，让人不由自主地被吸引。而那双点漆般的黑瞳，此刻熠熠生辉着，简直是明亮得让人不敢直视！

红色的美酒，在地上疯狂地扩散，宛如鲜血一般汹涌着、飞奔着，蹿起了阵阵醉人的酒香！

但酒香，人却更香！

望着这个迎风而立的女子，本来怒意腾腾的白，奇异得心口一松，不气，反倒心情变得更好了。

这个放肆的女奴，用那不恭敬的举止让他在客人面前失了面子。

但是那句话“我只是你一个人的女奴”，真是让他中意极了。

嘴角微微一翘，招了招手：“女奴，过来，你就专门服侍我吧！”

叶露抬脚一迈，小心地越过地面上破碎的玻璃片，跪坐在一边。拿起一边候着的仆从重新递过来的酒瓶，给白倒上，恭顺的样子，仿佛刚才的一切好像没发生过一般。

底下的宾客眼神闪了闪，看着叶露的眼神有些怪异。

叶露怎么可能没察觉那投射在自己身上的眼神，但是谁管呢！

不用白吩咐，自有几个侍者上前，把刚才叶露造成的混乱地面打扫得干干净净。

叶露偷瞄了冷阳几眼，见他冷漠的神情一如往常，心里不知道该是高兴，还是该惆怅。

白此次邀请大家来，主要是为了他的拍卖会。

前些日子，他手下的矿上，出了一块非常大的粉钻，今日，他就是拿那粉钻当作压轴戏的。

拍了拍手，一早就恭候在一旁的一位中年男子，提着一个手提箱走了进来，最后在白的身边站定。

叶露刚才跟着白走过来的时候，见过那个男子一面。

白哈哈大笑起来，心情看起来相当好。“今天我们几个难得聚在了一起，我这边有个宝贝，想让大家看看！”

“哦，你说的莫不是你最近挖到的那珍贵粉钻吧！”说话者，正是刚才被叶露泼到酒的那位。此人在经过恶意的难堪之后，还可以谈笑风生，不愧是站在顶峰的人物，让叶露刮目相看。

白点头。“正是。”

中年男子在白的示意下，把手提箱放在了白的桌上，打开箱子，叶露探头一看，不由着迷。

躺在箱子中的粉色钻石，在深蓝色的背景衬托下，更显得那粉色的纯真、甜美，宛如少女的梦一般。

硕大的那颗粉钻作为吊坠，一颗颗的小粉钻，向两侧分列开来，宛如恭敬的女卫兵在列队守卫着女皇一般，没有别的多余的装饰，那些粉色的钻石，就像天然维系在一起一般，典雅，而又高贵。

简直是漂亮极了。

“大家可以上前看一看。”

于是，几位宾客纷纷离座上前，面对那漂亮的粉钻，眼中均闪过惊诧的神采。

“这项链，肯定是价值连城！”一人感慨。

白微微一笑，神情不无得意的。“这项链上的粉钻，可是目前世界上最大的粉钻。我手下的精英们，花费许久，以尽量不破坏这钻石原来面目的情况下，完成了这条项链，的确，应该是价值连城的，这也是今年以来，我最满意的一件作品了。”

一人不无慨叹地摇了摇头：“这要还是原钻就好了，做成了商品，只怕，会少了销路！”

白摇头，“你这话可说得不对，做成项链，是我特意的吩咐。这个样子，貌似会将主顾局限在女人身上，但是，有眼光的都该知道，戴这项链的虽然是女人，但是买这项链的，可不仅仅限于女人。为了讨好心中的女士，我相信，这条项链的销路，肯定会很好。”

围观的几人点点头。

“我把这条项链叫做王者之心，大家以为这名字如何？”

“呵呵，贴切，简直是太贴切了。”被泼了酒的那位男士笑出了声，看来也是对那条项链非常喜爱。“这么一颗粉钻，是目前的粉钻界之最，当得起王者这个称号，至于，之心嘛……”

此人暧昧地笑了笑。

白接过了话，徐徐道来：“在座的几位，哪个不是王者？买下这项链，将它赠送给的那名女子，自然就是王者的心头肉、心上人了！我想，再倔强的女子，都得感动得一塌糊涂。女奴！”

白突然叫到了一边着迷地观赏着的叶露。

叶露回头看白。

“女奴，你说，如果一位男士把这王者之心送给你，你有什么感觉？”

这个问题，真的有点难倒叶露了。

不过，想想白的目的，还有他没有说完的话，叶露立刻就有所领悟。

眯眼笑了笑，双手捧着脸蛋，脸上扬起了梦幻一般的色彩啊。“主人啊，要是有男人把这项链送给小人，小人一定会死心塌地地爱那个人一辈子的！”

“哈哈……”

白领头先笑了出来，这正是他最想听到的答案了！

其余几位男士也为这回答，或深或浅地笑了起来。

“怎么样啊，诸位？有这个意愿的，可得好好准备。我可得警告你们，这个项链可是价值不菲，价高者得之。”

几位宾客目光闪动，似乎心中已有定案。

叶露恍然大悟，原来这条项链是打算要来拍卖的。

她还没参加过拍卖会呢！

今晚有机会，或许可以跟着白进去长长见识！

心念一动，她不由拿眼角余光去瞄冷阳，却不料他正往她这边看来，她慌得赶紧收了视线，很怕自己那点私心被冷阳给发现了。方才说那话，她一是顺着白的心意，二也未尝没想过兴许冷阳就会把这条项链买下来送给她。对这条项链的喜欢，她其实并没有到一定拥有的地步，但是，如果冷阳舍得花天价买那项链给她，那不就说明，他心中有她？

这可是一个王者送给自己心爱女人的心意啊！

只是这么一想，她心里就有些激动，所以，才会不知羞地说，谁要是送给她，她就会死心塌地地爱他一辈子。

这样的念头，可真是傻啊！

看来，她对那个男人的感情是越来越深了，这都开始忍不住地想招好逼着男人做回应了！

这样不好！

但，却忍不住心存希望，希望他能买下。不是为那项链，而是为了项链所代表的含义！

不敢奢望他亲口说爱，但是有时候真的好想他能有所表示，哪怕只是一种暗示！

之后的时间，叶露明显有些心慌意乱了。好不容易迎来了晚上，她和白提了一下，白就答应了她一同前往的请求。更值得高兴的是，她无需再穿那套肚皮舞裙了。

金碧辉煌的拍卖厅装扮得高贵典雅，叶露跟着白进来没多久，就找到那个心中想找的人。

冷阳那样的人，即使身处异地，即使周围帅哥美女川流不息，他还是可以鹤立鸡群。

很想过去打声招呼，正如她下午很想跑去见他一面一样，可是，又怕自己的女奴身份让他尴尬，所以，只能强迫自己不要去跟他碰面，最后干脆，连电话都不打，免得生事。

现在，依旧如此！

这场拍卖会准备得很充分，拍卖的东西很多，而且还很珍贵，大多是属于过了这村，就没这店这种，尤其是最后的压轴物品——王者之心，更是将拍卖现场推向了最后的高潮！

拍卖师一将王者之心介绍完毕，下面就开始一阵的燥热，底价从一百万美元开始起拍，每次加价为十万，举牌者数不胜数。

叶露忍不住地把视线往冷阳那边转。这一次，她没太多顾忌，哪怕这样的举动落在别人的眼中会产生点什么，她都可以安慰自己，就让别人认为自己是在犯花痴好了。

但无奈的是，她看了他那么多次，他却一次都没看她。

她看到周围好多人热情在那举牌，可他还是淡定地坐在那里，似乎趣味不高。

失落，宛如夜河里的水，以一种让人发颤的冰凉，缓慢而坚定地袭上她的心头。

“女奴，你想要它吗？”

不用白特别指明，她也知道他指的是什么。只是明明她心里喜欢着，但面上却表现出了不屑：“只是石头罢了！”

她岂会让自己的心思被白看穿。身边的这个男人过于恶劣，指不定会利用这个机会狠狠地嘲笑她、捉弄她。所以，不能给他留有机会！

“这可不是普通的石头！”白意味深长地说。

“那又能如何？”

“你可是说过，谁买了给你，你就会死心塌地爱那个人一辈子的！”

“呵呵，主人，你还记得啊。”她极力表现自己的惊诧。“我还以为自己一个区区的女奴，说的话，就只能是耳边风呢！”

有时候，白的聪明是很讨人厌的。他以一种似乎已经将她看穿的口吻，带了点嘲弄地对她说道：“你的心情看上去很不好，是怕自己说的话，被某人当成耳边风吗？”

白并未特指，但叶露就是知道，白指的就是冷阳！

一时间，她说不出话来了。

“可惜啊！”白突然感叹。“可惜我是主办方，要不然，我就可以把那王者之心买来送给你了。”

搞笑！

白说这样的话，叶露根本信都不信！

耸耸肩，她继续投入到众人狂热的拍卖中。

突然，拍卖师的一声喊叫，让她全身一震。

“29号，29号一次！”

这个时候，举牌者，也就剩下十多人了，估计是到了最后的真正角逐时刻。可叶露很清晰的记得，冷阳的牌子，就是——29号！

他打算要买吗？

叶露心中不可抑制地涌过欣喜，不由得偏头打量了他一眼。漂亮的灯光打在他的身上，让他看上去还是那样俊美无俦，周围的那一张张模糊的面孔似乎只是为了衬托他而存在一般。

“哼！”

白在一边冷哼，又不知道是谁碍到他了。

可这不妨碍她的心情。

真的，她很高兴。

哪怕冷阳举了几次牌子之后就不举了，她还是很高兴，这还是可以说明，他动过心思的。

最后项链是以567万美元的价格被一位神秘人士给买走的。对方没有亲自到场，只是委托他人参与了竞拍。

567万美元的价格，着实不低，但是白却表现得不是很高兴的样子，只有在那些结束了拍卖的人过来向他祝贺的时候，他才会勾起唇角，露出点笑，但即便如此，跟在他身边这么多天的叶露，还是可以感觉他笑得言不由衷。

眼见着拍卖已经结束，其他人上来找白攀谈，话里话外透露着要去寻欢作乐的意味，叶露就觉得没意思，也觉得时间不早了，就拽了拽白，申请下去睡觉。

“女奴，你是猪吗，成天就想着睡觉？”

白的口气宛如吃了几吨炸药一般，喷得糊里糊涂的她心里生了火。

他这话说得也太损了！

于是，她咬牙凑到他耳边低吼：“搞什么，就算我是女奴，你也不能不要命地来压榨我吧。你跟朋友去寻欢作乐，拉我做什么？”

“谁说我要去寻欢作乐？”白瞪眼看他。

叶露拿眼撇了撇就站在一边的几个人，这当中包括本国的几位王室。某人可是刚刚答应好的。

白自知失言，于是又瞪了她一眼。“不过是举了几次牌而已，看把你给乐的，傻瓜，果然是一个猪脑袋，只是意思意思，就能让你乐不思蜀！”

这个人在说什么啊！

叶露怀疑这个人是不是今晚神经紊乱了。

“算了，下去吧，看着也碍眼！一副傻样！”

这下，她更加可以确定这个人神经错乱了。

难道是今晚的拍卖不理想，所以让他气得失去理智？

算了，反正又不关她的事。

他一允许，她立刻宛如兔子一般地蹿了出去。

后面那个人瞪着她，巴不得把溜得比风还快的她抓过来大卸八块的表情，自然是被她给远远抛在了身后。

叶露兴奋地直接跑回了房间。

“喂，左翼，你猜那条项链卖了多少钱？”

“567万！”

叶露惊诧左翼的消息灵通，无奈地耸了耸肩头，小声地嘟囔：“没劲，我还想对你来一场现场转播呢！”

左翼眯眼一笑，这世上很少她想知道而不能知道的事情。

“今晚白也算是赚得个钵满盘溢，估计心情大好吧！”

耸了耸肩头，叶露扯下面纱，卸了长袍，卸了鞋子，“谁知道呢？他们这种人啊，经常是喜怒不定，瞅着像高兴，又不像高兴。”

“我还以为他是心里高兴，所以这么早就把你给放回来呢！”

“不是，他要跟一些大人物出去喝酒，我看着没意思，就跑回来了，还被他训了一顿，这人的脾气可真怪，真不好伺候……”

小声地抱怨了着，她脱了衣服，换上睡衣，开始洗漱。

之后，她跟左翼又闲扯了一下拍卖会的事，不过左翼表现得好像她也亲自去过一般，叶露就觉得没意思，稍微聊了聊，就睡过去了。

夜里睡得正舒坦着，她就觉得自己好像被什么东西给压着了，弄得她不舒服极了。

她试图翻个身，动不了；试图把压在自己身上的东西给挥走，可是无奈还是动不了。

怎么了？

她迷迷糊糊地想着，又突然就想到了三个字——鬼压床！

瞬间，寒气就从脚底直接往上蹿，让她感觉全身都冷了起来，也僵硬了起来。

她连大气都不敢出了。想睁眼看，又怕自己看到什么受不了的东西，会被活活吓死！

犹豫着，害怕着，她感觉有什么像手的东西，正在沿着她的身体曲线游走。

她的心怦怦地狂跳了起来，又冷又热，又急又怒。

完了！

完了！

鬼压床了！

谁……谁来推醒她啊！

叶露记得别人说过，如果碰到这样的事情，只要旁边有人把她给推醒就没事了。

对，镇定一点，镇定一点，还……还有左翼，没事的，没事的！

嘴巴微微移开，她努力发出了呻吟。

“左……翼……”

暗想一直都表现得很警觉的左翼这一次可要配合啊，快点把她从噩梦中推醒啊！

哪知，她才发出了声，嘴巴立刻就被疑似唇瓣的东西给堵住了！

妈呀！

她……她竟然被鬼给亲了！

还……还把舌头伸到她嘴里来！

可恶！

气得怒火滔天，她反倒不害怕了，本能地两手蓄势待发，猛然睁开眼，只见到自己身上一个模糊的黑影，刻不容缓，她立刻伸手，往他的脖子上够去，务必要一次性到位，让这鬼死了再死！

但气势汹汹的手才刚伸到一半，就听到一个熟悉的咕哝：“女人，你的警觉性好低！”

按照她这样，都可以死上一百回了！

手僵在了半空中，她有些不可置信地问：“冷……冷阳？”

因为过分惊讶，不自觉地开始结巴了！

冷阳离开那软嫩的唇，看着她，皱眉：“女人，敢情你是现在才知道是我？”

叶露无语，点头不是，摇头也不是。

一看她这表情，冷阳岂能不知。忍不住地低下头，狠狠地咬了一下那柔软的唇。

“痛！”她低呼。

“你还知道痛？”他心里冒起了一串火，怒斥：“睡得跟头猪一样，来了人都不知道！今晚不是我，你岂不是让人给占了便宜？”

这是今晚叶露第二次被人说成是猪！

这口恶气，对象是白，她能忍了，谁叫她是女奴！

但是是冷阳，她可不能忍。

“说我是猪，那你就是下三滥，半夜偷偷摸摸地摸进别人家的房子，还对别人动手动脚！”

“女人，是你警觉性不好！”

“哼，是你自己像只怪兽一般，能力太强了，我要是会发现才怪呢。你不能用你的变态的标准来衡量我！”

“我怪兽？我都压到你身上半天了，你还没察觉，你说你是不是迟钝得像猪？”

“啊！”叶露低吼，“气死我了，不准你说我是猪！”

她猛地挣扎，但显然跟他不是一个水平的，他轻轻松松地就可以压得她翻不了身，而她充其量，就只能是在他身下扭来扭去罢了，鲜活得像一头搁浅的鱼，虽然活蹦乱跳，但下场注定是悲剧的。

于是，不小心，她就碰到了一处——。

身子一僵，她的脸上一阵火热。抬眼，却又被那双暗欲氤氲的眼眸给锁住。

他缓缓地伸手，在黑夜中，轻轻地抚摸她的脸庞，从额头，到眉角……到下巴，慢条斯理地，宛如她是一件精致易碎的陶瓷品一般。

她起先羞涩得不知所措，微微挣扎，却只是惹来了他更加霸道的压制。想到自己目前的窘境，还有他一开始的恶劣行径，她眼光一转，抛却羞怯，恶作剧地微微分开了腿。他几乎是趁隙而入，修长的腿直接挤入她的双腿中。她微微抬起了双腿，丝质的睡袍不堪重力，缓缓地沿着白皙的长腿脱落，白嫩的双腿宛如妖娆淫靡的蛇一般地缠绕在了他的腰间。

他倒抽了一口冷气，全身的肌肉瞬间紧绷，喷在她脸上的呼吸都立刻灼热了起来。“女人，你……”

她眨了眨眼，伸出光滑得仿佛丝绸一般的手臂，沿着他紧绷的肌肤，缠绕住他的脖子。

诱惑一般地笑着，微微地夹紧了腿，让自己的小腹更加地往他腰间靠拢。

“喂，色鬼，本小姐今晚要榨干你！”

雄心勃勃的信誓旦旦，虽然妖媚得还不到火候，但是足够令冷阳欲火焚身了。

低吼一声，他凶猛地俯下身，暴虐地啮咬她的唇瓣，贪婪而凶狠地横扫她的口腔，同时大掌也不停歇地，以凶狠的姿态直接撩开她的睡裙，直袭柔滑得仿佛豆腐一般的肌肤。

即使被凶猛地亲着，她还不甘示弱地偷得空隙，得意地低笑，用着含糊不清的声音宣示着自己的成功。“喂，你……你……可是……承认自己……是……个……色鬼……了……”

这个时候，冷阳哪有心思理会这话，自然忙碌地在她身上点火，恨不得一举倾入，狠狠地埋入那柔软甜蜜的腹地。

……

一夜荒唐，早上，她是被左翼给推着叫醒的。某男犹如昨晚来时一般，悄悄地走了。面对左翼脸上暧昧的笑容，叶露起先是尴尬地不知道怎么办，后来突然想到一个很严重的问题！

她……她和左翼一个房间，那……那不就说她……她和冷阳昨晚……昨晚……

“左……左翼……”她的脸庞红的宛如要滴出血来了，又臊又急。

“嗯？”

“我……那个昨晚……你……”

“哦，你说昨晚你和冷哥啊……”

“啊！”叶露哀号一声，拉过小薄被，将自己卷了起来。让她死吧，简直是太丢人了！什么都被看到了，什么都被听到了，丢脸死了，让她死吧，让她死吧，丢人啊，丢人……

左翼低笑，看着叶露把自己裹得像一个茧一般，还是一个活蹦乱跳的处于不断扭动中的茧，一时玩味，觉得有些理解冷阳的情难自禁。

于是，很好心地对她说：“行了，我昨晚被冷哥支出去了，没在房间。”

那个茧稍微地停止了胡乱扑腾，层层包裹的被子缓慢地一点点地掀开，里面冒出一个大红薯，呃，不，冒出了叶露臊红的脸。

对上左翼取笑的脸，她轻咳了几声，慢悠悠地掀开被子下床，力持镇定。当然，如果她不要偷偷摸摸、遮遮掩掩地换衣服，估计效果能好一点。

对着镜子梳头的时候，她觉得好像镜中有亮光闪过，皱了皱眉头，仔细地往镜子里看去，叶露很诧异地发现——

她的耳朵上竟然多了两只耳钉！

咦？

怎么会呢？

她明明没有耳钉的啊！

伸手摸了摸自己的耳朵，果然原本光滑无一物的耳垂上，多了一个突起物，不用怀疑是镜子或是自己眼睛的问题了。

她确确实实地戴了耳钉。

耳钉一闪闪的，看上去好像是钻石，深蓝色的，样子简单典雅，没有多余的雕饰。那两颗深蓝色的钻石镶嵌在那珍珠色的耳垂上，宛如广袤无垠的土地上的两抹静海深蓝，无声中，蓝光摇曳，似是欲语还休，温柔而多情，澄净而美好！

好美啊！

叶露几乎是一下子就喜欢上了这耳钉！

她原本就是有耳洞的，但是很少往上面戴东西，只有怕耳洞快要堵的时候，会戴上一天、松松。以前总寻思着便宜的耳钉不经戴，碰了水又很麻烦；贵的耳钉买了又显得很奢侈，所以干脆就不怎么戴了。

奇怪了，这耳钉是谁给她戴上的？

皱眉！

左翼探过了脑袋，兴味地说："哦，不错，不错，'柔情似水'，以稀有的蓝钻打造而成的，意指以涓涓细流的关怀，守护着深沉宛如大海一般的深情，暗喻那隐忍的难以说出口的爱恋。这是昨晚上的拍卖品之一，奇怪，怎么会出现在你的身上呢？"

左翼故作很疑惑地看着叶露，只是那拖着下巴端详的姿态，分明是想看叶露的笑话。

叶露脸上刚下去的红，又以缓慢的姿态爬上了她的脸，她虽然极力克制，可是却无法阻止。

她想起来了，昨晚迷迷糊糊的时候，好像有什么东西，扎在了她的耳朵上。耳垂上好长时间没套耳钉，所以当时刺痛了一下。仅仅一会儿的工夫，她当是他又恶劣在咬她，没理会，继续睡得昏天暗地。

那么说，是他喽！

这个猜想，让她浑身即刻宛如火烧一般地燥热了起来。瞄了一眼左翼兴味的脸，大有她不表示，她就不放过的样子，叶露就撇了撇嘴，白了她一眼。

"看什么看！"

虽然样子有些凶狠，但到底还是底气不足！

左翼耸了耸肩，转身离开，但低喃的声音随着空气的波动带着戏谑仍然不放过她："嗯，你说，这人生地不熟的，又初来乍到的，会是谁在搞暗恋呢？昨晚还没有的啊，会是谁呢，难道是半夜……"

"左翼！"叶露羞窘地大叫。

"哈哈……"左翼无耻地开始哈哈大笑。

叶露气呼呼地瞪了她一眼，打算忽略她的存在。

只是在左翼走后，她忍不住地摸了摸那对"柔情似水"，然后嘴角就越来越往上翘！

喜不自禁！

想起他昨晚热情进出时的低喃：“你今天真美……”，她一时脸热得快赶上沙哈拉沙漠了。

赶紧伸手，往自己的脸上扇风，希望可以降低些温度，但她脑中不由得动了一个念头：唔，回国之前，去买两套肚皮舞裙吧，嘻嘻……

037

真是奇怪，叶露一早跑去白身边伺候，竟然没在房间里找到他的人。凝眉一思索，她不由心头一乐。心想这可不怪她了，是他没在自己的房间等她，她正好可以借此偷偷懒。昨晚都没睡够呢，好困！打了一个呵欠，她跑到桌边，径自睡下。

拜学校里经常趴着桌子睡觉的磨炼，她趴着没一会儿，就睡着了。

时光飞梭，转瞬即逝，迷迷糊糊中，她感觉有什么东西轻轻地掠过自己的唇瓣，一阵的痒，于是抿了抿，皱起了眉头，蹭了蹭脑袋，希望甩开那恼人的折磨。

扰人清梦的东西似乎离开了，然而没过一会儿，她就被人给一脚踹醒了。

椅子被白狠狠地踢了一脚，她在酣梦中受到惊吓，几乎快要弹跳起来了。

怎么了？

怎么了？

四下环顾，就见到背着光之下，白的脸庞阴沉沉的，宛如鬼魅！

叶露倒抽了一口冷气，立刻站了起来，等再睁大眼仔细一看，白的脸色是阴沉，但是没有一醒来的那种恐惧感了。

这估计是昨晚留下的后遗症，有些疑神疑鬼了。

先偷偷地摸了摸自己的嘴角，确认自己嘴边没有什么可疑的液状物，她才恭敬地垂下脑袋，站立一旁。

“主人有什么吩咐？”

白哼了哼，好像是在外面受了气回来一般，开口就不是什么好话。“跟头猪似的，这么会睡。真不明白，冷阳到底是看上你什么了？”

又说她是猪？

叶露心头火起，但压了压！

算了，忍一时风平浪静，随他说去吧。

于是，猫着腰，腆着脸，打哈哈：“是，是，是，主人说的是，主人说的是！”

打不还手，骂不还口！

白瞅着这样的她，愣是憋了一口恶气。

“哪来的耳钉？”

叶露脸上一笑：“我男人给的！”

过分明媚的笑容，简直比外面的太阳光还要耀眼，生生地撞击白的心理防线。

“哼，不过是一对耳钉罢了，看把你给乐的！”

“嘿嘿，这不是代表一份心意嘛！”

“哼，真够吝啬的！我还以为他会送你那条王者之心呢！”

“这……送东西贵在真诚，贵贱与否，不太重要了，中国有句古话，不是叫做礼轻情意重嘛！”

白眯了眯眼，冷嘲：“他就不怕别人拿着那项链来把你抢走，你可是开口说谁拿那项链来就对对他死心塌地的。他这是太过自信呢，还是根本就没把你放在心上。”

见不得某人好的白，开始见隙插缝地找茬了。

兵来将挡水来土掩，叶露摸了摸头，干笑：“当日那话是笑谈，当不得真的，况且小的身份卑微，也没几个人会跟小的较真，呵呵……”

“傻瓜！”白低骂，语气不自觉地带了一点恨铁不成钢的意味，不令人反感，反倒是给叶露一种感觉，好像他是在担心她一般。

咧嘴一笑，叶露很自然地走了过去，帮他脱下西装，拿到一边挂了起来。天气热，在房间里，白一向习惯是穿白衬衫的。然后又倒了一杯凉茶递了过来。

“主人，喝茶吧！”

白伸手，接了过来，喝了一口，放下。

“女奴，过来给我捏捏背！”

白大爷一般地占据了叶露刚才坐过的位置，叶露立刻乖巧地过来给他捏背，经过这几天的强力训练，她的手下功夫是节节攀升。

白微微闭眼，表现得很舒服的样子。

“女奴，准备一下，下午陪我去打猎去！”

眯眼望了望外面炽热的眼光，叶露直觉地摇头，“主人，可不可以不去啊，我不会打猎，而且外面又很热！”

白脸色一沉，破口大骂：“你还真当你是猪了啊，就知道每天待在笼子里圈养着，大门不出二门不迈……”

“主人，我去，我去还不行吗？”什么人啊，一言不合，就开始骂人，哪来那么大的火气。

“哼，你就感恩吧，跟我打猎可是天大的福分！”

“是！”她不会傻得在眼下这工夫跟着他对着干。“谢谢主人。”末了还得感激涕零，什么世道啊！

某男哼了哼。“右边再往下点。”

叶露立刻把手往下一点，某男的脸色这才好看了一些。

可是打猎！

叶露真是大叹晦气！

这么热的天气，在飞虫乱窜的草原里跑来跑去，像个傻子似的，太阳的温度可以直接把人当作羊肉串烤了，而且还是不用翻来翻去的那种，直接站在那就可以了。

疯了！

在白看不到的地方，叶露颓丧地耷拉下来了脸。

真不想去啊！

无奈地在自己身上抹了一层又一层的防晒霜，叶露又费了好大的力气，弄来了一顶草帽，以防万一，还弄来了一些杀虫药、防虫剂、去蚊虫叮咬软膏。

坐上越野车，在草原上一阵地乱闯，随行的还有几个男士，都一脸兴奋的样子，估计身体里的野性都在蠢蠢欲动了。叶露扶着越野车的一角，把满肚子的憋屈硬生生地压回肚子中。

罪魁祸首在那嚣张地嘲笑：“女奴，看看你是什么样子，真快像猪了！”

她憋屈地缩成一团，因为生气，一张脸鼓得涨涨的样子，加上头上戴圆帽子，盖了大半的脑壳，腰间背着放药的小包，里面装满了东西，显得鼓鼓的，他蜷成一团，确实有那么一点成粉嫩小猪的趋势，还是烈日烘烤下的一头烤乳猪！

叶露愤恨地瞪了他一眼，要不是现场只有她和他懂汉语，其他人都听不懂，冲着他那口无遮拦的侮辱，她一定冲过去，狠狠地踹他一脚！

太缺德了！

太过分了！

估计是叶露的视线太毒辣了，也估计是她脸上的怨气太重了，某人笑了一会儿，也就不招惹她了，只是用手拍了拍她的圆帽子，嘱咐道；“待会儿，你跟在我们后面看着就行了，别随便乱跑。”

她哼了哼，一言不发。

头顶上的阳光太毒辣了，她觉得自己抹着的防晒霜，肯定是抵挡不住了，于是，更加的憋屈了。

车上的几个人开始跟白聊了起来，用N国语言，叶露听不懂，她现在就像是一摊水，感觉自己都快要被太阳给融化了！

好不容易到达了目的地！

一群男人宛如野兽一般地车上蹦了下来，眼神精光熠熠，个个凶狠得宛如恶狼！

“喂，你打算打什么啊？”

拽了拽白的袖子，她好奇地询问。

豹子、驯鹿、犀牛、河马、猴子、兔子，还是松鸡、飞鸟啊……

“狮子！”

哦，狮子啊！

某女点了点头，表示明白，然后，被太阳晒晕的脑袋瓜终于很迟钝地消化了接受的消息。

狮……狮子？

叶露瞪大眼睛，咽了咽口水。“你……你再说一遍，你是来打什么的？”

“狮子！”白淡悠悠地说。“女奴，你该不会被吓趴下吧？”

“胡……胡说！”

叶露嘴硬地不承认她刚才一想起狮子，心里就突突了好几下，连汗毛估计都要竖起来了。

白见她这样，就眯眼笑。

“行了，一会儿待在车上，别乱跑，保准你安安全全！”

这次，叶露没再嘴硬，而是选择了沉默。

参与打猎的男人好像要展现他们的勇猛，竟然舍弃枪支，直接用长矛、短刀等最原始的攻击来猎狮，行为举止真的可以称得上是疯子，可是，从另外一个角度来说，他们这群人不得不说得上是剽悍。

远远看着以白为主力的这群人跟雄狮拼搏，那场面，绝对是惊心动魄的，叶露的心都提到了嗓子眼，自己也不知道到底该是为了那头狮子担心，还是该为白担心！

“好残忍……”喃喃自语着，看着雄狮在被白狠狠刺中脖子的刹那发出的属于王者的嘶吼，叶露忍不住地别过了脸，不忍再看。

终于，狮子被白等人最终制服，嘶喊不再。

负责开车的人，驱车带着叶露靠近，最后齐齐下了车。

那边白扔下雄狮，一边用毛巾擦着额头的汗，一般朝她走来，等走近了，戏谑道：“女奴，你可真胆小，我还想让你看看我英勇的雄姿的，可是我的朋友说你吓得根本就不敢看！”

叶露咬唇，不搭理他，有些赌气的成分。为了一时的娱乐，猎杀一头狮子，不是很残忍吗？

白仔细地看了眼叶露，叹气：“女奴，行了，别一副死人脸了！这边王室的传统，每年都会预留出一头狮子贡献给王室成员围捕的。我不猎杀，这狮子也会被别人给猎杀的。况且，弱肉强食，本就是自然界的生存法则。我可是费了好大劲，才从酋长那讨来捕杀这狮子的权利的，都跟你说了，你跟我捕猎是你的荣幸，笑一笑吧，别弄得好像是我在害你似的！”

叶露只能是牵强地笑了笑。她知道白说得有些在理，但是心理上还是有些不能承受。这种活生生的杀戮，对她来说，还是太考验了！

见跟随白的那些人开始围着狮子的脑袋忙碌，叶露不明白，指着他们问：“他们在干什么？”

白笑得很神秘，“一会儿你就知道了！”

叶露看了看，就转过了脸。她看出来了，那些人在拔狮子的牙！

很血性，很残忍！

她看着都觉得牙疼！

不如不看！

一会儿后，有一个精悍的男子双手捧着一条黑绳项链，朝奉一般地朝白走了过来。叶露看到刚才被拔出来的牙齿，已经处理完毕，被串在了黑绳上。

正中央的，是狮子最厉害、最尖利、最长的那颗用来猛然咬猎物的牙齿，分列两侧的是两颗小牙。

白接过了项链，对那人低语了几句。叶露听不懂，只看到那人点点头就退下了。

“女奴，过来！”白喊她。

“干吗？”叶露有些有气无力，懒懒地往他身边凑了凑。

白解开项链的扣子，往她的脖子边凑。

叶露下意识地把脖子往后躲了一下。

“干吗？”她忍不住地用怪异的眼神看他。

“主人给你的赏赐，接受就是了！”

“可不可以不要？”

白的脸色又是一沉，恼怒地看着叶露。“不知好歹的女人，就你话最多。”

叶露灰溜溜地摸了摸鼻子，有些惊恐地看着所谓的赏赐，想想伸头是一刀，缩头也是一刀，就一伸脖子，把脑袋凑了过去。

白将项链戴在了她的脖子上。

象牙色的狮牙坠在她白皙的脖子下，擦过肌肤，似乎还留着那狮子的温度，白端详片刻，对此表示了满意。

“在这里，狮牙是勇者的象征，还可以避邪，戴着，别拿下来。”

“我倒觉得我可能会平白无故地承受那头狮子的怨气，辟邪，够呛吧，我不招惹怨灵就不错了！”她忍不住咕哝，尽管那狮牙项链蛮漂亮的，但是对他的无端示好，她只觉得头皮一阵发麻！

他拿眼瞪她，恶狠狠地瞪她，咆哮几乎是从牙缝里硬生生地挤出来的。“不解风情的女人，我从来没见过像你这么蠢的人！”

叶露瞪眼，火大，又说她蠢！

但看着他，又敢怒不敢言！

一气之下，她转身走人。

“你去哪？”

“我累了，我要上车休息。”

无奈地看着她的身影远去，白挫败地抚额叹息：“猪！”

跟猪一样傻，跟猪一样冥顽不灵，跟猪一样愚不可及！

蠢死了！

笨女人！

王宫里很热闹：听说酋长的贵客今天跑去猎狮子了，只用刀枪，就把那狮子给制服了，又听说那位俊美得好像神一般的男子还给他身边的女奴现场制作了一条项链。

叶露回来没多久，就被一群探头探脑的N国女子给围住了。她们个个拿眼睛盯着她脖子上的项链，眼神大多是嫉妒的，还有些是怨恨的。

白时不时地跑到N国来，这里有他的产业，来的时候，他大多是居住在酋长的王宫里。此人有钱有势且不说，长得还那么的俊美，他估计是这个王宫里那些豆蔻年华的少女们所有春心荡漾的对象了！

向来一视同仁的白，竟然给一个女奴那么大的恩赐，估计，叶露是成为这些女人的公敌了！

叶露一看这些女人的架势，哀叹：白，你确定这项链是辟邪的吗？为什么，我才刚戴上没多久，就平白无故地招来了那么多的怨恨！

赶紧躲回房里，越想心里越毛，最后还是决定，把那项链摘下来、放起来。她还想平平安安地离开这个国家呢！

但是这头她才把项链给摘了，那头罪魁祸首咆哮了：“项链呢？”

看他神色太恐怖，叶露气急无奈地解释：“收起来了。”

“干吗收起来？”白挑着眉毛询问。

“这……”她犹豫了一会儿，扯了一个小谎：“戴着不舒服！”

白猛地劈过来一声吼：“什么不舒服，一个项链罢了，你龟毛个什么劲！”

叶露即刻瞪眼，有些惊叹白这半个洋鬼子，竟然还知道“龟毛”两个字！

白却把叶露的瞪眼看作是她的不驯，于是气得不轻。

“礼轻情意重，不是你今早才说的嘛！怎么，嫌弃主人送你的东西不贵重，所以不屑戴！”

“哪里，哪里！”叶露头痛，眼看白越来越不满，越来越觉得今天那头狮子估计是把怨气都往她身上撒了。

她是何其无辜，只不过被拉过去围观了！

她觉得她倒霉透了！

叶露一服软，白就顺着竹竿蹭蹭往上爬，他沉声下令：“既然你这么说，那就回去戴上。我警告你，那项链的价值一点不亚于你那耳钉子，更甚至不亚于那王者之心。我亲手给你弄的，你还敢给我挑三拣四。再不宝贝着，小心我对你不客气！”

这算是严重的威胁了！

叶露再不奉承着，她估计今晚又不能睡个安稳的好觉了，这个男人，有千百种稀奇古怪的办法折磨她。

“主人，小人受教了，小人回去就戴上！”

“现在就回去，戴好了再回来，快去快回！”

实在是不情愿，一路咕哝抱怨着戴着项链回来，才见他满意地点了点头。

“戴上了，一辈子不准摘下来。”

她点了点头，不加辩驳。算了，十天的女奴没剩几天了，就忍忍吧！

服侍着他洗漱完毕，他很恶劣地命令她给他暖被。

窝在被窝里，她近乎是咬牙切齿。

多么恶劣的一个人，这么热的天，还要别人给他暖被窝！

从密不透风的被窝里钻出来，身上都出了一层的细汗，心窝口燥热，回去猛地灌了几杯凉茶，才觉得凉快了一些，冲了冲身子，舒服多了，躺下。

拿着英语原文书，翻看。

左翼从外面转了回来，捧来了一个大西瓜，还是冰镇的。

叶露双眼一亮，“左翼，爱死你了！”

两人一起啃着冰凉爽甜的西瓜，顿觉得一身的暑气消去不小。

扯了扯今天发生的一些事，想着再熬个两天就可以解放了，叶露顿觉得精神大振，躺在床上，都难掩兴奋之情。

今天似乎特别热啊，即使房间里有空调，叶露还是觉得燥热无比，明明才刚洗了澡，为什么还这么热呢？热的，就连喘息，都有些困难！

懒洋洋的，动都不想动了！

过了一会，胸口憋闷，难受无比！

叶露费劲地转了转头，想看看那这屋里的空调到底是给调到了多少度，怎么会这么闷热呢。

左翼还在浴室冲澡，叶露就想自己爬起来看，但却发现自己竟然连起来的力气都没有！

试了几次，还是如此，她突然有了不好的预感，胸口的憋闷宛如心脏病突然一般，更是让她眉头深锁。

“左翼……左翼……”就连呼喊，都显得有些有气无力了。

好在，左翼警觉性高，听力又好，叶露的呼唤声不高，但还是被她给听见了，她披着浴袍，从浴室冲了出来。

“怎么了？”

她一看叶露，就锁紧了眉头。

叶露的脸蛋潮红，额头冒着细汗。虽然衣服下的状况不明，但是从她脸上的表情看来，她现在很不正常。

叶露有些困难地喘息：“左翼，我……有些……不太舒服，好……热，好像……有些不对劲……”

左翼立刻伸手，摸了摸她的额头，温度好高，难道是热感冒了？

翻了翻她的眼皮，看了看瞳眸和眼白，又撬开她的嘴巴，看了看舌苔，再看了看她的耳后和指甲！

心神一凛。

左翼愤怒得直想杀人！

妈的，谁给她下毒了？

左翼立刻拿来随身携带的药箱，拿出抗毒的普药，再拿来了一根未拆封的针管出来，抽出药水，直接往叶露的胳膊里注射。再往她嘴里塞了六颗药，暂时把她身体里的毒性给压住，这边又开始一边打开手机，一边往冰箱跑去。

电话是打给白的，他算是这里的地头蛇，叶露既是他的女奴，又是他的客人，她出了事，他也是有责任的。

捧着牛奶，她搀扶起叶露，撕了封口，急迫地命令：“喝！”

叶露费力地捧着牛奶，双手颤抖着，使劲地往嘴里灌，能喝多少是多少。

白的电话通了之后，左翼立刻干净利落地自报家门，说明叶露中毒之事，让他立刻赶过来。

白也没时间想为什么左翼会知道他的号码，立刻焦急地打电话叫人，自己飞快地从床上爬起，随便地套上长裤和衬衫，边走边穿戴，同时继续打电话。

不过片刻，叶露的中毒，惊动了王宫内的医官，也惊动了酋长！

满头大汗的酋长在来的路上，心脏吓得都不听话地扑扑乱跳了！

他想起了那不得不令人心惊和心畏的凤影死令：除了龙主之外，谁敢对凤影不利，对凡涉及此事人员，凤组将严惩不贷！

他又想到昨天好不容易见上一面的那条亚洲龙冷阳，想到那个男人冷酷的身影，无情的冷眸，还有那个男人那一系列的血腥往事，越发地大汗淋漓，腿都差点因此软倒，可是还不得不拼命地往前跑。

阿拉啊，你可千万要保佑那凤影没事啊！

等他快跑到的时候，救护车已经载着叶露奔往医院了，酋长钻入轿车，立刻打电话，下令本市最好的医生全部立刻赶往医院，进行救治。

王宫里的医官的医术是大家有目共睹的，已经相当精湛了，而且王宫里也有专门的医疗设备应付不是严重的病，而那位凤影中毒需要急送医院，肯定是事情不妙了！

正如酋长所猜测，医官也判断叶露应该是中毒，但是大概是中什么毒，他还真的看不出来。当机立断，立刻送往大医院看看。

经过检验得出的结论，让守在急救室外的一干人等心寒。

“不查的暑热”，一种很古老的N国毒药，能够使中毒者全身发热、冒汗、胸口憋闷，产生诸如中暑的症状，在炎热的酷暑下此毒，最不容易令人防备，会令中毒者在悄无声息中死去，也令周围的人无从察觉，以为是酷热难忍，所以死去。

在古代的时候，这是一种杀人于无形的毒药，据闻某一代的王妃得到过此药方，曾经用此除过几位跟她竞争的王妃，事发之后，酋长震怒，下令此药为禁药，严禁配制，现在，这个药方，也只有一些极其特殊的从事医学方面研究的优秀人才才有机会接触。此药初时发作缓慢，配合炎热的天气，中毒者只会麻痹大意地以为是天热的缘故，等待药物扩散全身，就来势汹汹，可以在半个小时内要人的性命。

叶露呼救得及时，左翼又很及时地给她注射了能够稍微延缓毒药发作的针剂，送医也勉强算是及时，总算是无生命危险地熬了过来，只是从手术室推出来，她不可避免地陷入昏迷。身体内的残留的余毒，还需要靠她自身慢慢地消化排解。

白的怒气，此刻是无人敢挑战的。

隔着一扇玻璃，看着加护病房的床铺上那张苍白色的脸，想到这个女奴差点就从这个世界上消失，还是在自己的眼皮子底下发生的这种事，他狂躁愤怒地有摧毁一切的冲动！

“怎么回事？”沉着一张脸看着左翼，他的眼中透露着不加掩饰的阴戾，这才是他的本性，一个横跨欧非两个大陆的令人闻风丧胆的军火商，而非平常露在别人面前的那副英国贵族的嘴脸。

左翼神色冷冽，看白的眼中也无一丝的暖色，因为，不排除叶露的中毒不是跟他相关。

“事情还在调查当中，我已经要求酋长封锁了我和叶露共住的房间，一开始，我也严格控制进我们屋的人员，我想，先从我们的屋子开始查起，当然——”

左翼冷笑，“我很希望白先生能够配合，因为叶露也有可能是在你的房间中毒的。我在这毕竟是外乡人，办事碍手碍脚，放不开。我希望白先生能够帮忙，给我调派一些人手。”

“没问题。”白立刻应下，左翼不说，他自己也会派人彻查此事。

不查的暑热，这种毒药要想进入叶露的嘴里，势必要融入水中，综合药效发作的时间，一来白的房间有可能，二来厨房有可能，三来就是左翼和叶露共同的房间了。

可以排除叶露在路上喝了什么不干净的东西，因为出门在外，左翼特意嘱咐过她一些细节问题，比如非信任之人的东西，拒绝接受，尤其是吃的东西，她身为凤影，有这个资格拒绝一切她想拒绝的东西，不必看人脸色。叶露虽然经历的不多，但是非常谦虚好学而且还受教，左翼可以肯定，她的话叶露必定是听进去了。

而白、左翼、叶露三人，只有叶露中了毒，如此一来，可搜查的范围又缩小了一些。

有了酋长和白的配合，很快就得到了结果。

有人在叶露落脚的那间房里的茶杯里下了毒，而且，还是在左翼离开房间之后，在茶杯里下的毒。否则，现在跟着倒下的，也该有左翼一个。又或者，左翼如果不小心倒下了，一旦毒发，封锁现场，叶露可能就不会倒下了。

应该也就是左翼出去拿西瓜的那会儿空当，毒药就被下到了茶杯里！那么，那个时候，是谁招呼她去拿那个冰镇西瓜的呢?

左翼的脑中出现了好几张微笑着的面孔。寻踪查去，倒在房间的床铺上，一动不动，失去了呼吸的N国少女，让这件下毒事件，变得扑朔迷离了起来。

那名少女也是中了“不查的暑热”，桌上放着的水杯里还有残余的毒药。

据闻，该少女暗恋着白，白带叶露去猎狮，亲自为她佩戴上珍贵的狮牙，让那名少女嫉妒之余，不惜对叶露下毒手，怕事发吃罪就畏罪自杀了。

这似乎是一个合理的解释。

可是，真的会是这样吗?

那这名女子上哪儿弄来这毒药的，这可不是普通人就能弄到手的!

再追查下去，也没得到什么有力的证据，只是一些似是而非的猜测罢了。

左翼怀疑那名N国少女是那名幽兰王妃指使的，叶露到这里来，最大的仇家，也就是那名幽兰王妃了。而且，那名王妃对那位死去的少女的一家人有过恩德，那名少女为了感恩，极有可能会那样做。

王妃身为酋长的老婆，家世在这个国家也算荣耀，不是一个可以轻易动的人，除非有确凿的证据，才可以揪她出来进行审判。

难就难在没有确凿的证据，所以一时间，还不能动她！

“是吗？”三天后，醒来的叶露，躺在床上，听着左翼的分析，嘴里低喃，心里只能慨叹果然是有因必有果。

当日她随口对白指责，说他混蛋得让她莫名地承受了一个女人的怨恨。

当时，她一时见景生情、心绪波动，起了帮助那名女子的心，让白别再作弄那名女子，岂料，反倒是为自己惹来灾祸。

白风流倜傥的时候，是有让女子喜欢的资本，怪不得那名王妃恋恋不舍。她的好意，那名王妃只怕不能领受。她身居深宫，独处一方，不屑那位跟白相比必定逊色太多的酋长的恩宠，以水仙自居，日日夜夜的期待，就是白兴起之时的探望。白突然表明断绝关系，肯定令那王妃深受打击。

当日她离开之前，那王妃怨恨毒辣的目光，令她至今记忆犹存。

叶露一叹。

“算了，左翼，事情就这样吧！”

左翼低语：“其实，只要你想，我们有办法报复那个王妃。”

叶露摇了摇头。“如果真的是她，这一次，就算是我还她了。如果不是她，就这样害了无辜的人，我心里会不安的。”

左翼紧绷着的脸这才松开。“就知道你会这样说。”

所以，她才没有把那王妃给弄死，而是特意等到叶露醒来处理此事。

“我睡几天了？”

“快三天了！”

叶露咧嘴，低笑。

左翼也跟着笑了起来，一切，尽在不言中。

三天已过，意味着叶露不用再去当那劳什子的女奴了！

“左翼，办理出院，咱们立刻走人！”

她既然清醒过来，就说明她已经无碍了，是非之地，还是早走为妙。

左翼应是，才走到门口，却被叶露给叫住了。

“左翼，你……有通知冷阳吗？”

她不由自主地有些期盼。生病总会让人脆弱的，得知中毒的时候，身体不能自主的感觉，让她害怕不已，多么的渴望他能在她身边。

左翼的身形微微一顿，迟疑片刻，才回道：“我通知过，但是……似乎他有事在忙，无法抽身！”

这其实只是左翼的猜测，这三天来她一直致力于查叶露的中毒事件，她通知了冷阳，但对他的行动，不太关切。按照常理推断，他该是飞往这边探病的，毕竟叶露也曾一度生命攸关。可是，他没来！

待会儿应该问问那边的人，是否冷阳那边出了事！

感觉好像有些不太对劲！

他竟然没来？叶露的眸光暗淡了下来。“行了，你去吧。”

叶露的声音透着沮丧，左翼不忍见她如此，忍不住安慰：“冷哥给我打了好些电话，询问你的病情，我想他可能是听说你没什么大碍，加之那边事务缠身，所以顾不上你吧！”

“嗯。”叶露牵强地笑了笑。

左翼推门而去。

叶露脸上的笑容却挂不住了。盯着天花板，她长长地叹息了一声。

“三天呢！”

她躺了三天，而他也就忙了三天吗？

忙到无暇顾及，应该是很忙很忙的吧！

扯开笑容，再笑！

别多想了，可能真的是很忙吧！

门，突然被推开。她惊了一惊，略微欣喜地偏头一看！

难道，说曹操曹操就到？

来人落入了眼中，她的欣喜也退却了。不是他！

“你来了啊！”

白点了点头。“听说你醒了，我过来看看，怎么样了？”

白在她身边坐下。

“没什么事，挺好的。”

白有些歉疚，“实在是不好意思，我也不知道会出这样的事情。”

叶露摇了摇头，“这种事非人力可以控制和预料，你也莫要自责。”

白敛眉。“事情，左翼都已经跟你说了吧？”

叶露点头。

白轻轻一叹，半晌，才说道：“你醒了就好！”

叶露附和着笑了起来。“是呀，真好呢！”

白见她经历如此变故还可以笑得一如当初的乐观和阳光，不由打趣道：“女奴，你可够笨的，喝杯水都可以让你躺进医院！”

叶露闻言，更加笑得不可自抑。

“主人，今天几号了？”

几号？

白愣住了，这几天为她的事着急上火、劳心费力，他哪里还能记清楚是几号？

恰在此时，左翼推门进来。“露露，手续都办好了。”

叶露抬眼，“左翼，来得正好，你告诉他，今天几号了？”

左翼领会，回道：“19号！”

叶露古古怪怪地冲着白挤眉弄眼，即使脸色苍白也不能掩去那一份亮人的客人。“主人，听到了吗，今天可是19号哦！”

白略微迷惑的脑中，迅速地闪过什么。

叶露掀开被子，翻身下床，拍了拍白的肩膀，笑容可掬。“主人，游戏结束了呢！”

那苍白色的脸庞上盛开的宛如雪莲花一般的笑容，以雷电之姿迅速地射穿白的心，他轻微地颤抖了一下，头一次，惊讶了、愕然了！

结……结束了？

时间到了？

怎么可能？

就这样结束了？

叶露缩回了手，撑着床沿，套上拖鞋，拿过左翼递过来的衣服，躲到卫生间换了起来。

左翼在一边提醒：“白先生，根据交易，你该放人了。我们凤影坐今晚的飞机走人。”

今晚？

这么快！

叶露的速度很快，不给白任何缓冲的机会。

白看着从洗漱间走出来，换装完毕的叶露——扶墙而立，轻喘着，以那样羸弱的姿势，温婉地笑着。笑容淡淡，仿佛一切，在她那双透彻澄净的眼中，都可以成为轻易抹去的过往云烟。

他的心，突然痛了。

心里有个声音在响起：没有结束，没有结束……

不由走过去，朝她伸出了手掌，“叶露，交个朋友吧？”微笑着，以最动人心魂的笑容。

那可以令无数女子失魂的笑容，却偏偏不会让她失神，她坦然地伸手，与他交握，低语：“可以！”

两个字，很淡，却可轻易地让他的心微动。

他的眼中闪过一抹狩猎的光，同时心里做出了一个决定：

女奴，相信我，这不是结束，这只是一个开始！

038

叶露坐上了归国的飞机，一路昏睡着，犹如来时一般。

如果不强迫自己睡过去，她怕自己不能压下心底的兴奋。

十天，也不过是十天而已，如今结束了，还是没有感觉到时间短暂宛如昙花一现，依然觉得，还是漫长，家里的他和星星，现在怎么样了呢？

分外想念！

下了飞机，告别连连感激的王锋、王雪俐，叶露坐车回家。

天色尚早，左翼选的好班机，到达地点，才是本地的四点多，即使到了家，冷阳还没上班，更甚至都有可能没起床。

她故意没打电话通知，想来个惊喜。

天边白亮不断冲击黑雾，整片天地一点点地亮了起来。淡蓝色的天空上，飘着几缕云，宛如白缎飘扬，漂亮极了。打开车窗，清新之气，迎面而来。

眼角一眯，叶露笑着，深深地吸了一口气！

还是这里好啊！

她可终于回来了。

N国，可真不是人待的地方，简直是热死她了！

回了家，果然如她所料，大、小两个男的都没起床呢！

“太太，要为你准备些吃的吗？”管家闻声而动，关切地询问。

叶露摇了摇头，“还是照以前的点来吧。”

说完，踩着轻快的步伐上了楼。身后，管家的神色有些复杂，张开了嘴似要说些什么，但到底什么都没有说。

走到冷阳的卧室门口，叶露心念一转，嘴角边不由得扬起调皮的笑容，宛如小偷一般地轻轻地拧开门把，推门，慢慢地探头进去，查探了一番，很好，床上有一个突起物，证明那个人还在酣睡当中。

踮起了脚跟，踩着脚尖，她轻轻地将门给推上，几乎是没任何声响。

蹑手蹑脚地一步一步地走了进去，目标，就是床上睡着的那个人。

她可还记得，某人那天晚上不屑地嗤笑，说她警戒心低得像一头猪。

嘿，如果她成功地把他压倒，那么，必可以扳回一局！

走到近前，特意绕道他的脸旁，她几乎是屏息着看他的睡脸。那张脸，棱角分明，简直是造物主的杰作，因为不常看到，所以每看到一次，就觉得晕眩一次。

怎么会有人长得这么帅呢！

书上常说，一日不见如隔三秋！

她觉得，其实是有些道理的。

往他身上扫了一下，她在想，她要怎么扑上去才好呢？

想了想，干脆就这样压上去好了，把他压成了肉饼，想象着他成为肉饼的样子，笑声很轻易地流窜了出来。她警觉地立刻掩嘴，回头，却对上了那张兴味的脸。

深邃明亮的眼眸里，哪里有丝毫睡意的样子，更不像刚睡醒的样子。

“女人，我真为你的将来担心，你就连搞个小侦查都不能成功，果然是太笨了！”

没有人会在偷偷摸摸地闯进别人的房子之后，冲着目标之物走神还傻笑的。

叶露有些沮丧了，被他那么一说，弄得她真的好糟糕似的。

但是，不服输的个性，又让她很自然地争辩。“我哪里有你说的那么差，我刚刚进来的时候，你就没发现啊！”

冷阳不屑地冷嗤：“就你那动静，你一进来，我就发现了。”

“说谎！”叶露气呼呼地看着他。

他不屑地斜眼看她。

那神情太刺激人了，一言不发的样子，弄得他好像不跟小孩子一般计较似的。

叶露大受刺激，蹬了脚上的鞋，按照原先的计划，一把朝他扑了过去。

“喂，你以为你比别人强就了不起啊！”说不过某人的家伙，开始无理取闹了。

以恶狼扑羊之姿，扑到了冷阳的身上，叶露沾沾自喜，感觉自信心又回来了。真是超级爽的。这其实还得归功于冷阳的乖乖配合，不反抗！

扑在他的身上，脸靠得特别近，呼吸，都可以交融，里出外进，彼此共享。心中忍不住地冒出了幸福的泡泡，嘴角边的笑容已经不受控制地扬起，像个傻妞似的。

“嘿，我回来了！”

一大清早，就可以享受这样明媚的笑容，即使被压，冷阳也该是享受的。

伸出手，轻轻地撩开掉落在她额前的碎发，低问：“身体好了吗？”

声音不自觉的轻柔，带着刚睡醒的沙哑性感，好听极了。

叶露享受一般地眯起了眼，宛如一头慵懒的小猫一般，忍不住地爱娇地蹭了蹭他的胸口，轻轻地咕哝：“好多了。”

“太不小心了！”说是这样说，他的语气倒是没太多的责怪。

叶露笑笑地抱怨。“我又不是故意的。我告诉你，当时我吓死了，左翼说我中毒了，一脸凝重地给我打针的时候，我的手都抖了，后来还喝了好多好多的牛奶，喝得我肚子都涨了，难受死了，可还得拼命地往嘴里挤……”

这样说着，她还有些后怕。那令她恐惧的经历，在他面前，她忍不住地有了宣泄的冲动。

冷阳听着，眼中闪过冷光，绝对的零度冰点。

他略微翻身，她就顺势从他身上滚了下来。他侧身，拉过被子，盖在她身上，将她拥在了怀里。

“困吗，睡一觉吧！”

叶露小脸耷拉了下来，“我是在飞机上睡过来的，一点都不困啊！”

她有些小小的沮丧，他难道不想跟她说点什么吗？她可是大难不死归来哎，他怎么一点都不担心呢！

她有些气闷地瞅着他。那清澈的眼眸饱含委屈的水汽，幽怨的样子，没能让让冷阳心里愧疚，反倒是勾得他心里痒痒的。

“不困？”冷阳这一问有些多此一举。

叶露摇头，眨了眨眼睛，无声地在告诉他：咱们聊聊天吧！

“真的不困？”他又问，再度确认，声音有些诡异，可是叶露没听出来，还是摇了摇头。

他邪魅地笑了笑。“那——我们来做一些容易发困的事情吧！”

对某些事情比较迟钝的某女，迟疑着还没来得及点头，在某男直接开始对她的衣服拉拉扯扯的时候，才后知后觉地觉得大事不妙。

“我……我不是来干这个的！”

这话说得多么有歧义，多么的令人遐想，即使她没什么，也够让他联想什么了！

……

本就虚弱的身体经不起折腾，大战完毕，不困，也得困的。

蜷缩在他的怀里，叶露宛如新生婴儿般地轻喘着，没有困到沉入睡乡，但是意识也有些朦胧，身边温热的身躯，让她觉得很是安全。

可她忽略了，此时此刻，天一亮，家里还隐藏着一个不确定的不安定分子。

“咚咚……”门外似乎有人在跑动着，叶露迷糊地想着，仅仅是想想而已，没有付诸行动。

然后，中声中气的一声吼，伴随着大门被猛然被推开。

“露露！”

惊喜的声音，绝对地……吓人！

吓到叶露了！

露出的是冷星可爱的小脸，几日不见，那张小脸越发得神采奕奕、白里透红了！

别误会，叶露怎么可能会害怕冷星呢，关键是，她现在是什么状态啊，什么都没穿，跟冷阳窝在一起啊！

一想到这，她的脸蛋就涨成了猪肝色，焦急地拼命把被子往自己露在外面的身上拽，这么一拽可好，她自己是裹住了，可是冷阳就没东西盖了啊！

“啊！”她低叫，立刻分出一些被子往冷阳的身上挪！

“啊！”又是一声惊叫！

越慌越乱的后果，就是她一惊一乍地顾得了这头顾不了那头。

冷星瞪大圆溜溜的双眼，好奇地看着才刚归国的叶露“兴致盎然”的表演着，不明所以，但是很有意思！

冷阳摇头，实在是看不下去了，伸手，一把就将她搂入了怀里，制止了她的手忙脚乱，低头命令：“星星，出去。”

冷星眨了眨眼，歪了歪头，问：“为什么？”

冷阳挑眉，为了儿子的反驳，“她要穿衣服！”

“哦，那我给露露拿衣服！”随时准备着要帮露露的星星，自然是热情地要当他的小助手。

说完，他开始四下打量，翻找叶露的衣服。

叶露的衣服在哪里，都在地板上四散着呢。

别的先不说，内衣，内裤，这些贴身的东西，之前都被冷阳给随手拽下就扔了出去，七零八落的，散在各处，冷星笑眯眯地就要去捡！

“星星！”叶露缩在冷阳健壮的胸膛里哀呼，羞得抬不起头来了。往常她也不会这样的，但是现在这场景，不由得让她有了羞耻感！

难为叶露的脑袋都快要烧起来了，星星要是再不走，估计她可能会原地挖个洞，把自己埋个一千年再出来见人了。

冷阳松开了她，直接掀了被子出来。在她的低呼声中，直接光裸着身躯下了床，一手揪住冷星的衣领，拎了出去，关门。

门外，冷星很委屈地对着那扇桃木色的大门噘起了粉嫩的小嘴！

打扰了父母两人的他，还在愤愤不平着，爸爸真是太过分了，力气大就了不起啊，总有一天，他也要超过爸爸，然后轮到他把爸爸从房间里赶出去！

房内，某男对还窝在床上探头探脑、不好意思从被窝里钻出来的某女，扬起了兴味的笑。

“女人，你要再学蜗牛，我可不能保证门外的小子还能不能冲进来！”

叶露涨红着脸，将被子卷了卷，从床上蹭了下来。

“看也看光了，摸也摸光了，用得着害羞成这个样子吗？”

“冷阳！”某女恼羞成怒地大吼！

她可不是面前的这个暴露狂，可以不穿衣服还神情自若地走来走去。

门外的冷星瞪大了眼睛，身子形成作战状态，拿着小手开始怦怦地敲门，嘴里的声音虽然稚气未脱，但还是很有气势的。“爸爸，不准你欺负露露！”

这种警告，太嫩了，冷阳置若罔闻！

反倒是那小子一大早就来打搅他的好事，让他邪火突生！

诡异的视线往叶露的身上扫，让她下意识地缩了缩身子。

冷阳朝她走近了几步！

某种感知危险的生物本能，让她惊呼了一声，转身就躲入浴室，“砰”，拉上浴室的门，落锁！

冷阳看着叶露那还四散在地板上的衣服，暗想即使她躲在里面，也没什么衣服可以置换的，出来不还得裸奔，不还得落入他的魔爪！

冷色的眸中闪过一丝笑意，他忍不住地小声地低斥了一声：“笨蛋！”

尾音袅袅，温柔之余，浅溢着宠溺。

在得知自己生命垂危，但是冷阳并没有赶来看她的时候，叶露就知道有什么在悄然改变，但却故意忽略了它的存在，所以，面对面的时候，才会那样的伤人！

搂着冷星坐在沙发上聊天的时候，一个带着淡淡笑意的温柔女音蓦然在她的身后响起。

“你就是叶露吧？”

从来没在这个房里听过这种声音，所以叶露很快就回头，即使惊诧，但还是有礼地微微一笑。

“你是？”

天哪，这个世界上竟然会有如此美丽的女子。鹅蛋似的脸盘，如此的光滑细致，似乎连汗毛都没有。就连漂亮的杏眼，都是温润似水的，别提那挺俏可爱的鼻子，菱形嘴，染上笑意，让人黯然销魂。微卷的秀发，堪比芭比娃娃一样的精致迷人。那漆黑亮丽的深色发丝，妖娆地披在她的脸侧，宛如魅惑之神一般，可是眼前的这个女人，分明是如此的高贵、迷人、清纯！

这是一个天使与恶魔的集合体，就是女人看了都会为此疯狂的那种！

在这样的清晨，伴着欢喜的心情见到这样的女子，叶露怀疑自己，是不是见到了传说中的天使！

美，美得无法想象！

这个女人，是她所能见过的，最美丽的女子！

那女子微微一笑，伸出的手，是如此的白嫩细致，宛如雕刻一般。

“你好，我是听淑，听涵是我姐姐，冷阳是我姐夫。”

叶露的神情，在顷刻间僵硬！

听涵，那是她永远不敢触及的梦！

也是永远摆在她和冷阳之间的巨大壁垒！

她无法攀越，更甚至连这个勇气都没有！

在她有这个勇气对冷阳说出这个名字前，她已经有过太过深刻的认识，旁人一再地告诉她，听涵是她永远不可逾越的存在，而今，她的妹妹，落落大方地站在了她的面前，落落大方地提出了这个名字。

看着眼前的这张脸，叶露高兴不起来！

因为，她感觉到了差距！

很大！

大到，让她感觉到了恐惧！

伸出手，她尽量克制颤抖，轻轻地跟听淑的手，握了一下。

听淑笑着，绕过沙发，来到叶露的身边落座，末了，伸手，摸了摸冷星的小脑袋瓜。“今天起得好早啊！”

冷星竟然没有躲避，还冲她露齿一笑。

那一刻，叶露说不出的心中酸楚。

这个孩子，从来只会不吝惜地对她笑的，对旁人，一直是学他爸爸一般的冷漠的，而今却……

干涩地笑了一下，她微微转头，欲开口，只是入眼的粉红色，在刹那间，刺痛了她的眼睛！

王……王者之心！

她突然间感觉到，欣喜，正在以光速从她的身上剥离。

这项链为什么会出现在她的身上！

“好……漂亮！”干涩的开口，不好的预感，在她的脑海中来回地蹂躏，宛如钝刀在磨刀石一般地来回撕磨。

眼前的女子扬起了一个很淡的笑容，很温柔，也看得出来很满足。“呵，姐夫给我买的，的确很漂亮，我特别喜欢，它的名字叫王者之心，蛮有意思的。”

听淑不是在炫耀，她的口气很平淡，宛如她得到的只是一件布偶一般，但是就是这种平淡，才能更加感觉出她的幸福。因为她认为这是理所应当，没什么好特别的。

但是只有叶露知道，不一样的，怎么可能是一样的。

记得当初她表现得宛如花痴一般，对周围戏弄她的男子们说：谁要是把这项链送给她，她必定会对那个人死心塌地，一辈子誓死不渝地爱着。

她也不知道自己的话落在别人的耳朵里会是什么样子，有些人可能会认为是笑谈，有些人可能会当真！

而她自己知道，当时她是如何地克制自己的目光不要往冷阳身上瞧去。

私下里，她还是希望着，他会把她的话放在心上。

不是她在乎那项链，因为她不是那种贪慕富贵之人，她渴求，是因为白说的，这样一条价值连城的项链，谁舍得花大价钱买下来，就说明那个女子在那人的心中的意义非凡。

所以，命名王者之心，因为那人是王者的心中所属，所以才会不惜一切代价，只为博美人一笑。

她要的，是他为她做出证明的那份心意。

拍卖会上，他举了牌子，她欣喜，哪怕他没买。白笑她像个傻子，又没买，至于高兴成这样吗？可是白不懂，她以为，这是一个开始，是她和冷阳可以开始的象征。

左翼说，叶露，别爱，否则你会生不如死！

左翼也说，我毕竟不是你，决定还是看你，你若想要陷下去，那我祝福你！

于是，她选择了下陷。

想试一试，已经占据了很有利的地利——他的妻子身份，那么她想，努努力，应该是可以到达幸福的彼岸。

他没买这项链，她也想这东西华而不实，那么贵，买来做什么，他有这份心就可以了。那“柔情似水”戴在她耳朵上的时候，她告诉自己，这东西可比那项链好多了，暗自欢喜。

哪怕生死一瞬，从病床上爬起，还很欣喜地想着赶紧回家吧。

可是，不该，不该让这项链出现在眼前这个女子的身上！

他不该，不该买的！

为何要买？！

拍卖会上，他不是没有买吗，为什么，还要把它弄来，然后，戴在了另外一个女子的身上！

这——让她情何以堪！

脸庞，在顷刻间失去了血色，眼中有什么东西在涌动，弄花了她的眼，但是，不可以，不可以让那东西出来！

很丢脸的！

不可以让那东西出来！

“你没事吧？”旁边的女人轻轻蹙着眉头，看着她询问。“脸色好难看！”

这个女人，竟然连蹙眉都这么好看，自己跟她一比，简直要比到南极去了。

摇头，叶露努力地扬起笑容，也不知道自己这笑容是否扭曲，顾及不得，想到自己是从何而来，她顺水推舟地回道：“可能是刚坐飞机回来，还没适应，所以身子不舒服！”

“那你要不要回房躺一躺？”

“不了，我在这坐一坐就行了。”

“星星，过来，别坐叶露腿上，她人不舒服！”

听淑冲冷星招手，叶露只能眼睁睁地看着冷星仅凭这个女人的一句话，就从自己的腿上爬了下来，乖乖地走到她身边，任凭她抱了起来，蜷缩到她的怀里。

那一刻，有什么东西，在崩塌！

“你的脸色真的好难看，吃完饭，去躺一躺吧！”

听淑的口气表现像个女主人，这让叶露的头疼得更加厉害了。

甩了甩头，敲了敲脑袋，对上听淑有些惊诧的眼神，叶露也知道自己的行为估计不淑女极了，淡淡一笑，不做解释！

这是一种可以敲走脑中烦躁的方法。

叶露在心底自嘲，她怕什么！

她还是冷阳的老婆，她还是这个屋子的女主人，她还刚从自己丈夫的被窝里爬出来，她怕什么，她有什么好害怕！

不过一条项链而已，她何必将它看得那么重！

自信，重新流回她的心底。

镇定地扬起笑容，以一个女主人的身份询问听淑：“不好意思，我刚回来，没有接待你。听淑，以前怎么没见过你？”

“哦，我以前在美国留学，刚毕业，两天前，才跟姐夫一起回国的。”

“跟冷阳一起？”叶露微微皱眉，心再度开始乱了。

听淑看上去有些不好意思：“我月前邀请你和姐夫去参加我的毕业典礼，姐夫说你有事要忙，不能过来。”

毕业典礼？叶露从来没听说过！

可是，时间是月前！

叶露的心中又凉，那么长的时间，他从来没说！

她不忙，一点都不忙，只是有段时间在跟他冷战，但是，除了冷战那段时间，他还是有很多的机会可以告诉她，但是没有，他没有！

心已经开始叹息。

算了，不想了！

她刚才什么都没听到，就当作什么都不知道！

“听淑你是学什么的，回国打算要干什么？”

“还没想好呢，我是学经济的，呵呵，如果姐夫不嫌弃，我是想跟在姐夫身边好好学学的，谁让姐夫这么厉害呢！”

听淑的语气染上了俏皮，低下头，她摸了摸冷星的小脑袋瓜。“最主要的是，我想多陪陪星星。以前是上学没时间，现在我回来了，应该是好好照顾他的。现在除了姐夫，我就剩星星这么一个亲人了，这是姐姐唯一的孩子，我想好好地抚养他长大！”

叶露失笑，如果可以，她想狂笑！

这个女人是什么意思，她打算从她的身边把星星抢走吗？

把这个家里，她唯一觉得会不变的温暖抢走吗？

拳头悄然握紧，又怕听淑会看出自己心事一般，立刻警觉地松开拳头，可是，心揪痛得厉害。

看着相拥着的一大一小，她觉得太过刺眼，实在是不忍目睹地别过了头。

“叶露，以后还请多多指教了。在这里叨扰你和姐夫，还真是怪不好意思的。”

叨扰？她……她这话是什么意思？

“你……你要住这里？”叶露大大的惊诧了！

“是啊！”听淑的回答很理所当然，笑眯眯地看着她。“多多指教了！”

该死的理所当然，碍眼极了！

叶露几乎是说不出话来了。

“冷阳他……同意了？”

“嗯。”

叶露的脑中警铃大作！

“你……这些天都住在这里？”

“嗯。”眼前的女子还是笑眯眯的。

叶露觉得自己的头又痛了，拜托，别笑了，笑得她头痛死了。

“你家里人——”叶露暗骂自己笨，听淑刚刚不是说她已经没有别的亲人了嘛！

听淑疑惑地看着她。

她只能硬生生地改了口。“你觉得这家还……还住的习惯吗？”

“挺好的！姐夫陪我一起买的家具，装修的房子，头一天晚上是睡得不太习惯，不过第二天就好了。在这里，又可以跟星星在一起，我觉得很开心！”

甜蜜的小女人的面孔，再一度毫不留情地刺伤了叶露。

她笑得有多开心，叶露的心就有多痛。

她——在床上躺了三天，在异国他乡恐惧着会就此没命，颤抖地拼命往自己的嘴里塞牛奶，是那么的难受与害怕，可是没有后路地拼命往下喝，手都颤抖地几乎无法动弹，可他却去参加另外一个女人的毕业典礼，去接那女人回国，去陪她买家具，去陪她装饰房子……

当她昏迷地躺在冰冷的床上，他却在做这些事情！

很忙，他的确很忙，忙到，无法抽身来看她！

“姐夫，起来了啊！”

甜蜜的女音，宛如魔音，让她痛苦！

在叶露之后才洗澡的冷阳，自然比叶露要晚些下来。

闻着自己身上清新的沐浴香味，叶露突然有一种恶心的感觉！

她突然在想，那样的肉体纠缠，算是什么？

在看到他把手搭在听淑的头发上，轻轻地揉了一下之后，温柔地询问“昨晚睡得好吗”的时候，她实在没忍住那股恶心的感觉！

“呕——”

急急忙忙地伸手，她捂住自己的嘴巴。

“怎么了？”

焦急询问的却是让她觉得和对方一比自己实在是很难堪和落魄的听淑，而那个一向很冷漠的男人，还是很冷漠，只是拿眼看着她。

叶露摇头，脸色苍白，到此为止，所有的欣喜，都化成了泡影。

“抱……抱歉！”

掩嘴，她飞速地起身，匆匆地往二楼跑，一到卫生间，猛然“哇”的一声，吐了出来，趴在厕所边，吐得天昏地暗，吐到全身虚脱无力，吐到眼泪横流！

最后，实在没什么好吐的，就蹲在厕所边干呕！

一双小手，悄悄地伸了过来。她缓缓地抬头，呆呆地望着那张小脸，其上担忧的眼神，毫不掩饰，真挚地——让她落泪不止！

他比他爸爸要好，至少，她可以看得懂他，而他爸爸，她从来就没看懂！

只是凭着一腔热情，在那勇敢地横冲直撞，遍体鳞伤不敢称，只是，心——痛了而已！

冷星的小手，轻轻地擦去她嘴角边的赃物，问：“很难受吗？”

叶露点了点头。

星星，你不知道我有多难受，你永远都不知道我有多难受！

他凑了过来，在她的额头落下了一个吻，笑着安慰她："亲亲，就不难受了！"

她跟着笑，一笑，就又觉得又想吐。

"帮我……接一杯水！"

她现在虚弱得动都不想动！

水杯盛着水，很快就送了过来。

她接了过来，喝下，漱了口，连做了好几个深呼吸，才能压下心里的那阵呕吐感。

"星星，出去吧！"这里太脏了，她自己瞅着都觉得难以入眼。

"不要，我在这里陪你！"

"去找你的小姨吧，让我一个人静一静！"他的小姨不是很疼他吗？他也愿意跟她亲近，这不是很好？

冷星摇头，抓着她的裤脚不松手。

"不要，我就要跟露露在一起！"

执拗的神情，绽放在跟那个人相似的脸庞上，叶露悲喜交加！

起来，将马桶冲洗干净，她慢慢地漱口，刷牙，一遍又一遍，再慢慢地洗脸，也是一遍又一遍。

什么，都可以随着流水冲走！

抬头，望着镜子的那张脸，她微笑。

没关系，她还是叶露！

虽然眼眶红肿了一些，但是没关系，她还是叶露。

过一会儿，连眼眶里的红肿都会消去。她，还会是叶露！

既然已经选择了这条路，那么她就坚定地走下去。

曾写在日记本里的话，浮上心头：

这一次，我想真正而又放肆地爱一场，哪怕结果注定了是要失去！

这一次，开始和结果都不重要，我只要过程，哪怕这次爱会把我往死里整！

这是她对左翼当日提问的回答。

这也是她自己做出的选择。

快乐而悲伤地爱着，她已经能猜到最坏的结果，不外乎是一拍两散，不外乎是天各一方，不外乎是人鬼有别。

走到房间，拉开抽屉，抽出里面的一本不起眼的小本本，翻开，拿起笔，她重新在那两句话下面加了一句——

只是，这爱，永远都不会说出口！

写好，反复地把这三句话看了几遍，合拢，重新放回了抽屉里的一个永远不会被人注意的角落。

回头，她对一直跟在自己脚边的冷星笑了一下。

“星星，让我抱一抱！”

撒娇的口吻，仿佛前尘尽，也扫去了冷星眉角的忧郁。他伸出了娇小的双臂，浅笑着，被叶露给一把抱起。

她低下头，低语：“星星，你比你爸爸要好！”

冷星的眼神很疑惑。小孩子，再聪明，又能懂多少，况且，这还是一个启蒙很晚的小孩子！

叶露抱紧了他，眯眼，仿佛做梦一般地笑了起来。

你啊，至少会在我难受的时候，冲过来看我，这一点的，就比你爸爸强！

你啊，至少可以在我难过的时候，让我抱一抱，可是你爸爸啊，我连抱都不能抱！

“你小姨……是不是跟你妈妈很像？”

“……嗯。”

她深吸了一口气。那么，她明白了！

镇定地走下楼的时候，美丽的女子，人如其名，淑女般地站在那巧笑伶兮。

“你来了啊！”

叶露点头。

偏头问冷阳。“不吃饭吗？”

听淑代他回答。“姐夫正在等你呢！”

叶露牵着冷星的手，往餐桌走去。

“你没事吧？”淡漠的声音，飘着缕缕关怀。

这个男人宁可选择事后来这么一句，也不会选择当时追随她而去。

叶露淡笑着解释：“可能是坐了一晚的飞机，所以有些不舒服，现在已经没事了。”

四人落座。

听淑拿过一边的色拉，往面包片上涂抹，递给了冷阳，冷阳接了过来，默默地咬了起来。

这种不知道是什么时候培养起来的默契，在这个时候，两人都觉得没什么不妥！

听淑、听涵和冷阳的历史，早在叶露到来之前，这是叶露不能插入的话题，她也不想开始这个话题自寻难堪。

听淑又为冷星抹了面包，递给他。

小家伙不知道是察觉到了什么，竟然拒绝了。反而重新拿着面包片，递给叶露。“露露，帮我抹沙拉！”

听淑咬了咬唇，似乎有些难堪，但是就是一瞬的工夫，又表现得很不在意的样子，神色如常地吃自己的。

冷阳的冷眼扫来，让叶露觉得如芒刺在背！

冷星这样的举动，是否会让他觉得是她挑唆了冷星，让他故意与听淑为难？

想了想，她还是接过了冷星递过来的面包片，慢慢地、均匀地为他涂好，递到了冷星的手里，又特意放柔了声音，说道：“慢点吃！”

没关系，随冷阳怎么想，她只求问心无愧！

冷星笑了一下，接过面包片一下一下宛如兔子吃草一般地啃了起来。

“你身体不舒服，今天在家里休息吧！”冷阳如是说。

叶露点了点头。

“听淑在这边没有熟人，你要是得空，带她出去逛逛也好，让她熟悉熟悉周围的环境！”

她咬着面包的动作微微一顿！

奇怪，他不是带她去买了家具等吗，为何不再抽空自己带她去玩呢？

歉意地笑了笑，她找到了一个非常合理的拒绝借口：“不好意思，我学校里马上要期中考了，近期我想我没有时间。如果听淑不介意，等我过了期中考，我再带你去逛一逛，可好？”

听淑笑着拒绝了。“叶露别费心了，你还是安心准备期中考吧。姐夫，你也别费心了，得空，我自己出去转转就行了。不过，姐夫啊——”

听淑的神情变得俏皮起来。“我要是转着转着到了你公司，顺带去里面参观参观，你不会介意吧？”

“怎么会！”冷阳笑着看她。“随时欢迎！”

“哈，姐夫，太棒了，说好了，可不准反悔！”听淑俏皮得像个邻家女孩。

叶露发觉自己有些食不知味。冷阳是不常笑的，可是现在，他可以如此轻松随意地想笑就笑。

听淑，你好大的魅力啊！

没有听从冷阳的吩咐去休息，叶露直接回了学校，拿着书本，开始摘抄画重点以应付即将到来的期中考。当晚，在宿舍睡下，次日，也是在宿舍住下。

在宿舍那小小的陋室里，她觉得很安心，她不想回去面对听淑那张脸！

左翼发给她的资料，更让她没这个信心。回去了面对冷阳和听淑，她不知道自己会不会崩溃得再度眼泪横飞！

冷星说，听淑跟他妈妈像！

但是，她低估了像的程度！

明明不是双胞胎，可听淑和听涵这两个人，竟然会相像到这个程度。虽然不是一个模子刻出来的，但是至少也是九分像的！

听淑，这个以前跟在听涵和冷阳后面的跟屁虫，以前也仅是有些地方像听涵，但后来当真应了女大十八变这句话，上了大学之后，四年之间，成为了另一个听涵！

相似得实在是令人惊心！

多年没见，她大概可以猜到冷阳见到突然酷似了听涵的妹妹听淑之后，是如何的惊诧和震撼，又或者，还有那汹涌的狂喜。

所以，一掷千金，一条项链，成为了毕业礼物。

所以，有求必应，因为要安排她住下，抛下了身在异国一度生命垂危的她。

在她茫然地不知应对的时候，沉重的期中考已经压了过来，她无暇他顾，只有捧着书回去，躲在房间里，成天就是浑浑噩噩地背书。本来平时就是落课甚多，这个时候背起书来，更是困难重重，一边理解，一边翻看别人的笔记，一边往脑子里烙印，稀里糊涂地，过了一天又一天，考了一科又一科！

等从最后一科的考场里出来的时候，烈日当空之下，她才恍惚地感觉到，夏天似乎已经来临了。

人世间，又是一次沧海与桑田的变迁！

听淑已经进了冷阳的公司，跟着秘书科见习，两人大多是同进同出，几乎是可以称之为“夫唱妇随”。

令人不快极了。

“你的脸色可真是有够难看的！”温笑摸着下巴，啧啧地看着叶露。“我看这估计是你上大学以来最为惨痛的一次考试了！”

叶露眯了眯眼，收回了瞭望天空的目光，摸了摸自己的脸蛋。“真的有那么难看吗？”

其实她自己也感觉自己的脸蛋凹陷了不少，也才十多天的工夫，怎么会憔悴成这样！

温笑点头。“你啊，赶紧回去补补吧，我都怕你风一吹就倒了！”

叶露笑了，好朋友之间的调侃总会让她心情愉快。“还说我呢，你自己也不是一副面黄肌瘦的样子。”

“那我也比你好看！”

深吸一口气，温笑拍了拍叶露的肩膀。“走吧，回去商量商量，集体去吃顿好的。丫的，这考试，还真不是人干的事，折磨死我了！”

叶露在心里否定，不，考试不是最折磨的，温笑，你忘了，这事上，感情可比考试要折磨人多了，如你，如我！

我本来已经跳出了一个牢笼，但是，又傻傻地跳进了另外一个牢笼！

但——

言败，不是她风格！

熬过了期中考，叶露可以有很多的时间陪冷阳和听淑慢慢地玩。

那个文雅又不失俏皮的女子，可以很轻易俘获许多人的心魂。这样一个漂亮的女子，追求者肯定如过江之鲫，可是至今，她还是云英未嫁，成天跟一个男子进出，还同住一屋，叶露不得不怀疑，她是否是对冷阳有所图谋。

冷阳知道不知道，有没有察觉，这不重要，叶露也不会笨到拿这个去问冷阳。

她爱她的，与这两人无关！

是夜，她摸进了冷阳的房间。

这个男人的警觉性极高，叶露已经深有体会，也不特意放轻脚步，直接大剌剌地推门、关门，朝他走去。

走到床边，魅惑地一笑：“嘿，我考完试了，你要不要跟我玩相扑？”

不用她明说，他该懂的，都是懂的！

所以，她被狠狠地拽到了他的床上，身上的衣服宛如跟他有仇一般的，被他纷纷撕碎，她娇滴滴地笑了起来，惹得他更加的难耐。

封了她的唇，有些急进地爱抚她的身躯，她低喘、吟哦、轻叹：还好，还好，她还是可以引起他冲动和兴奋的，还好，还好……

事后，趴在他的身边，他不赶她走，她自然是赖着不走的。

“最近忙吗？”即使两人都累得几乎不能动弹，她还是忍不住地想跟他说些什么。

他低语：“忙的是你吧，成天把自己锁在房间里！”

“我那是在备考！”她怨怼地辩驳。“考不及格，我就等着交钱补考吧。这种事情，来一次就行了，傻瓜才会让自己来第二次！”

“你就是爱给自己找麻烦！”

她愤愤地抓过他的胳膊，想要惩罚他。张开嘴，用牙齿比对着，该咬哪里好呢，试探着用牙齿贴着他的肌肤，蹭了蹭，他的肌肤很硬，轻碰了一下，感觉硬邦邦的，像石头，要是咬上去，估计他什么事都没有，反倒害得她自己牙酸。想了想，她还是选择了放弃，因为真的是舍不得就这样咬下去。

放下了他的胳膊，缩回了手，找了一个好位置，她轻轻地闭了眼。

有些无奈，她和他，似乎真的没什么好说的！

因为，没有什么共同的语言。

“不打算咬了吗？”他主动开口，打破沉默。

她心中不快，口气也就跟着不好。“谁要咬啊，硬邦邦的，跟石头一样，不好玩！”

低笑声，刹那间流泻，但是是如此的不可思议，竟然是从他的嘴里发出来的。

她惊奇地看着他，原来，自己无意间的一句话，也可以让他这样笑的。

“你……”

抬着脑袋，看着他，纤手已经忍不住地摸上了他的脸，轻触那带笑的嘴角。本该询问他为什么笑，但是觉得这个问题好像是太愚蠢了，于是话到嘴边改了口。

“你笑起来，可真好看，我喜欢！”

她能感觉到，手指下微翘的嘴角，在一点点地收拢。

叶露有些生气，这个人，该笑的时候不笑，不该笑的时候偏又突然笑了。

“喂，我说喜欢，难道你不高兴？”她几乎是有些恼怒地责问。

这个男人要是敢否认，她马上就冲出这间房间，再也……不，今晚就不回来了！

他不承认也不否认，只是抱紧了她。略显粗粝的手掌心搭在她纤细柔滑的背后，那近乎是酥麻的触感，让她好一阵不自在。感觉好像是他一碰她，就会让她化成一摊水似的，怨气，也不知不觉地散去不少。

为了打破尴尬，叶露又问了一次：“你很忙吗？”因为他刚才还没回答她呢。

“嗯，有点忙！”他是听出来了，她很在意这个答案，否则不会在这么短的时间内问第二次。

“你的公司叫什么名字，在哪里？”

叶露感觉到搭在自己后腰的大掌似乎猛然一紧，而黑夜中，那晶亮的双眸，也微微地眯了起来。难道，他不高兴她过问他的事情？

“女人，难道你以前一直都不知道？”恶狠狠的声音，推翻了叶露的猜想，貌似这个人是生气了，可是好像是气她——以前的懵懂无知！

她只能无辜地看着他，什么都不敢说，怕刺激他！

他恶狠狠地凑了过来，在她圆润的肩头咬了一口。微微的刺痛，让她怕疼地往后缩。似乎这样，他才心情好了一点。

“龙旋集团，出去随便问问，就能问到它在哪里！”

“那我可以去你公司玩吗？”

冷阳的眼睛再度眯了起来，他这么一个大公司，旁人想进来都难如登天，这个笨女人竟然说要去玩?

一看他这样子，叶露自知自己失言，“我……我是去参观，参观，不是去玩！”

“没什么好参观的！”他冷淡地拒绝。

她心里气个半死，怎么听淑就可以逛着逛着去里面参观，她就不可以?

“喂，你是不是不想我去你公司啊?”

冷阳皱眉。

叶露憋气，心里又开始痛了起来。

真是要命!

这个男人简直太可恶了!

她后悔了，她刚才应该狠狠地在他胳膊上咬上一口的!

他却突然开口：“怎么突然这么想了呢?”

他没有明确地拒绝?

叶露似乎又感觉到了希望，事先想了一些理由加上临场应变，撒娇的话很自然地从她的嘴里冒了出来：“我这不是想多了解你嘛！你总是不在家，一天都见不到你的人影，好不容易等你回来了，可是天又晚了，要睡觉了，一天都难得能跟你说上几句话的，真是有够郁闷的。我要是可以去你公司，那样我就可以去找你了啊，你那么忙，我就是想见你也方便啊，实在不行，我就是在你身边陪陪你也好嘛！”

越说，叶露越觉得自己的话像是深闺怨妇了!

“我很忙的……”冷阳如此说，似乎要拒绝。叶露觉得丢脸丢大了，都这样说了，人家还是不给面子。

但是，冷阳在停顿了一会儿说：“所以，我没多少时间可以陪你，但你可以来找我！”

坐过云霄飞车吗?

叶露觉得自己此刻的心，就像坐云霄飞车一般，忽上忽下的。

这么说，他是同意了!

“在公司里，公私分明。我先警告你，你来找我，不许搞特权，不许用自己总裁妻子的身份颐指气使！”他冷声命令。

即使声音再冷漠，也不会打消叶露的积极性。

“知道啦！”她笑得像偷腥的猫。“我只是去看你，哪来的机会搞特权啊，多没劲啊！”

她更高兴的是，终于打入了敌人内部，哪怕听淑和冷阳同进同出，她还是可以有机会插入这两个人中间!

在她不知道的时候，冷阳的嘴角也弯了一下。

一个女人，开口闭口地都是为了他，相信没几个男人会不高兴的！

039

既然得到了冷阳的允许可以去他的公司，叶露自然在琢磨着，到了他的公司，应该做些什么呢？

家里已经不是一个舒心的地方，试想，本来只能是有一对夫妻和他们的孩子的组成，却偏偏多了一个外人，在房子里逛来逛去，谁能受得了。

跟听涵相似的容颜，在这个家里或多或少地造成了一些震撼。

有些一直在家里做事的保姆，看见听淑，全都毕恭毕敬的，宛如她是女主人在世一般。

即便不是把她当作听涵的替身，但是风言风语，她也可以听到一些。面对听淑和冷阳之间的现在和将来关系的猜测，听了只会让叶露不快。

不是叶露她没有同情心，听淑她举目无亲，听淑想好好照顾她的小侄子，这些，她都能理解，但是，这个女人，正在慢慢地一点点地侵占她的位置，她不是傻瓜，还可以笑眯眯地拱手相让。

听淑已经霸占了这个家的厨房，在她忙于期中考，精力交瘁、黯然神伤的时候。等她重整心情，打算继续奋斗的时候，这个厨房，已经没有了她的用武之地。

不得不说，听淑的手艺着实是高，菜色做得是又好看又美味，叶露都惊奇了，这个一直在国外待着的女人，竟然可以把中国菜和外国菜都做得那么地道，那能耐，估计就连饭店的大厨都不能比过她。

看着她做出来的一盘盘的成品，就连自家聘请来的厨子都赞不绝口，叶露近乎是放弃了为自己爱的男人下厨的念头，因为，她丢不起这个脸！

关公面前耍大刀，她也太不自量力了！

她在想，这个听淑，应该是故意的吧！

哪有一个外人霸占别人家厨房的道理！

她一个在国外受过高等教育的人，难道连这点基本的常识都不知道？

就算她不知道，那么那天晚上她背题背得烦躁，借此随便吃了几口摔了碗筷直接上楼，那是她头一次很直接地表明对听淑所做的举动不满，她总该是有所察觉的吧！

家里的女主人不高兴了，她何以第二天还可以大大方方地再度进入厨房？

她才不信听淑愚钝呢！

周围的人都夸她冰雪聪明，她还能跟在冷阳的身后办事，这样的人，就算不是人精，也肯定是一个聪明人！

那么，可以假设听淑在跟她作对！

也可以假设，她这么做，是因为喜欢冷阳！

可是，听淑难道不知道，她和冷阳是不可能离婚的。

他们唯一可以分开的理由，就是其中一个人死了，那么另一个人，就可以追求自己的自由。

寝室的老大李珍经常放在放在嘴边的一句话就是：女人何苦为难女人？

尤其是在经过了王彤的恶意刁难事件之后，李珍更是常常把这句话放在了嘴边。

叶露觉得有理。

其实，她觉得难以忍耐，最大的罪魁祸首，应该是冷阳。

如果不是他的听之、任之、淡漠之，那么什么事情都不会发生。

如果不是冷阳心里没有她，那么何故她要如此患得患失？

他若心里有她，那么家里就不会多了一个女人！

如果他心里有了她，那么他就不会做出一些容易让人误解的举动，更甚至，让听淑进了他的书房，那对她来说，是禁地，她从来不被允许进入。

所以，当那天晚上，看着听淑从书房里出来，对她浅浅一笑，关切地询问“怎么还没去睡啊”的时候，她有种角色在置换的错觉，客人和主人的置换！

她以为她被允许去冷阳的公司，已经是一种小小的胜利，哪知听淑又赢了她一大截！

真是有够窝囊！

当时的心情，真是有够糟糕的。

但是，又没有理由给听淑脸色看，只能灰溜溜地捧着果盘回房！

回去思来想去，很鲁莽地下了一个决定，所以，才有了第二天的行动，去冷阳的公司！

可是，要找什么借口？

难道，真的像以前说的那样，就仅仅是看他一眼，然后巴巴地再坐车回来！

这种浪费时间、一无所成的行为，第一时间遭到了她的撇弃！

思来想去，她想到了一个很好的主意，那就是送饭到冷阳的公司！

他中午不回家，极有可能是在公司解决的，12点下班，中间有一个半小时的吃饭休息时间，她早一点出发，可以给他来个“惊喜”！

她汗了一下，希望这个惊喜不是她一推开办公室门，里面一个半裸的女子慌张地从他的身上爬下来！

想到这，她嘴角忍不住地抽搐了一下！

她应该没倒霉到这个份上吧！

不过，她还是决定不事先给他打电话了！

不得不说，她有那种偷偷摸摸想要抓奸的感觉，希望，到时候她什么都不要看到啊！

饭，是可以送的。

可是她忽略了一个很关键的东西——饭盒！

家里不兴给人送饭这一套，所以根本就没有现成的饭盒给她盛饭菜。

短时间内，她又不可能马上去弄个饭盒来。

而她又非常想、特别想在今天去冷阳的公司一趟。

所以，她改了主意，直接去找冷阳吃饭去。

他那么有钱，就让他领她出去撮一顿好了！

坐上私家车，她略微有些兴奋地期盼着，因为这还是她头一次到他的工作场所。

一下车，面前那数不清到底是几十层楼，高得好似要将天给扎破的建筑物，着实是让叶露惊叹了一把。叶露尝试去数，但很快就眼晕了。罢了，直接进楼。

大厅特宽敞，一进门能看见的就是面带微笑的招待员。

“你好，请问你找谁？”可能是看叶露面生，女招待微笑地向她询问。

叶露先在心里确定了一下自己没找错地方，才笑着上前，“你好，我是叶露，我找……”

“啊，夫人你好！”

那女员工似乎是知道她一般，立刻变得更加的热情和礼貌。“总裁吩咐过，夫人你请跟我来吧！”

那个女招待从服务台后面走了出来，一脸笑容地领着叶露往前走，一直到了电梯前。“夫人，你坐电梯，一直到五十六层，总裁的办公室是出了电梯直走就能看到的。”

女招待的热情让叶露感觉到窝心，立刻道谢踏入了电梯。

光可鉴人的电梯，映照出了叶露的脸。她在猜想，肯定是冷阳特意吩咐过的吧，她点了点头，心里暗道：不错，不错！

微微一笑，期间电梯开开合合，一些一眼看上去就很精英的人来来回回，一进来看见叶露，都诧异了一下。

实话说，叶露刚从学校上完一二节课回来，衣服都没想过要换，一身学生的装扮，在这尽管对穿着不严格要求的龙旋集团里，还是显得另类了一些。那浓浓的清新之气，随着电梯门的打开，迎面扑来，难怪别人多看她一眼了，暗想，是不是多来一个工读生了！

叶露只能眼观鼻、鼻观心，面对众多好奇的目光，尽量岿然不动了！

终于到达了她想要到的地方，心里才紧张了没多久呢，她就被外面的秘书给拦了下来。

“你好，请问你找谁？”秘书怪怪地看着这个做学生打扮的人，太嫩了，怎么会在这里冒出来！

“你好，我找冷阳，我是他妻子！”

秘书惊诧地看着她，这么年轻？

是听过总裁的老婆好像蛮年轻的，没曾想，看上去真的好小啊！跟她们这些天天妆容裹面的比起来，她的素面朝天，不得不让人感觉到稚嫩！

不过，蛮漂亮的，充满了青春的气息，年轻可真是好啊！

可是，夫人来的可真不是时候。秘书歉意地看着叶露：“不好意思，夫人，冷总他出去了！”

他出去了？

叶露愣住了！

她想了很多，甚至也想过几个很糟糕的画面，就是没想过他可能会不在！

这下好了，她的粗心，害她没扑到人！

糟糕透了！

她急急地询问：“他什么时候回来啊？”

“这……”秘书迟疑了一下。“可能得吃完饭吧！”

叶露郁闷了，吃完饭，那不就是代表他得赶上下午一点半上工的时候才能回来。亏她特意早点过来找他，现在距离十二点还有半个小时，可他却早早地退班了。

这还忙？

简直是气死她了！

“他一向这么早去吃饭的吗？”叶露皱眉。那么是不是她下次还得来得更早一些才能堵到他啊！

秘书犯难了，可是面对这总裁夫人，她又不好说谎，迟疑着，有些话到底该不该说呢！

“怎么？”叶露皱眉，略有不快，因为她发觉秘书是一脸的难色。

秘书决定要实事求是了。

“夫人，是这样的，冷总一般是过了十二点才下班，最近听淑刚回国，冷总可能是带她熟悉环境去了，所以早了一些下班！”

叶露躁动的心，一下子就静了下来。

原来，他果真是抽出时间带她去熟悉环境去了。

“那他是和听淑一起去吃饭的吧？”

秘书点头。

叶露感觉到刹那间，有什么东西，狠狠地掐了她的心脏一把，疼痛至极。

好极了！

简直是好极了！

她来找他吃饭！

他带听淑去吃饭！

简直是好极了！

那一刻，她的脸色变得很难看。

秘书见状，感觉似乎有些不妙，赶紧好心地建议：“要不，你给冷总打个电话吧！”

叶露摇头，深受打击的她，没办法在这个时候以这副失魂落魄的鬼脸去面对那两个人，也没办法去面对司机、面对行人。

“我可以到他办公室等他吗？”她轻轻地询问，每发一个字，都干涩得紧。

秘书想了想，最终点了点头，领着她一路进了总裁办公室！

叶露推门进去，关上门的刹那，身体沿着门板缓缓地缓落，心——揪痛得厉害，痛得她根本没力气站着。

蜷缩着，将头埋入双膝间！

有什么东西要不受控制地从眼角滑落，她立刻仰头，深呼吸着，安慰自己：没事的，不就是吃饭吗？有什么的，饭有什么好吃的！谁稀罕了！可——为什么，她会如此清晰地记得，他一次都没带她出去吃过饭！

酸涩的泪珠，到底没忍住，哪怕她高昂着脑袋拼命阻止，还是从她的眼角，凄楚地落下……

糟糕，她怎么又流泪了！

手忙脚乱地要将眼角的泪珠擦去，却只能是越擦越多。

她告诉自己，不可以哭，绝对不可以哭！

这只是一件小事呢，为一件小事哭，这像什么样子！

不可以哭，绝对不可以哭！

从地上爬了起来，她开始又蹦又跳！

解决悲伤的一个好办法，就是装疯卖傻地手舞足蹈，用别的行为来代替哭泣。

又是原地高抬腿跳，又是慢跑，又是伸伸胳膊、抬抬腿，又是拍脸，又是咧嘴，好一阵忙活，那悲伤终于被她赶走。

“好咧，叶露，好样的。绝对不可以哭，让人看见了，不得笑死了。不可以哭，警告你，不可以哭，你丢不起这个脸的……”

嘴里小声地咕哝着，脸上拼命地扮傻笑，脚下不停，沿着办公室，做小幅度地慢跑，不过一会儿，因为运动，脸庞还红润了不少！

拿出包里的小镜子，照了照，不错，刚才那落魄的鬼样子已经不见了，又是一个活蹦乱跳的叶露。

好极了，就是这样！

就应该这样！

再想想那两个人一起去吃饭的事，也就没那么难受了！

更好了！

“哼，吃吧，吃吧！你们就吃吧，最好能噎死你们！”

有些恶毒地诅咒着，在冷阳的办公桌前，叶露停了脚步，好奇地探头去看！

臭男人平时都在干什么呢？

仔细一看，一大堆密密麻麻的英文，让她脑袋下意识地晕了一下，再细一瞅，好像是讲什么产品分析的，专业词汇太多，看得不是很明白，她瞄了几眼，没这个兴趣再继续下去。

干脆绕到他的桌前，眼睛像雷达一般地瞄来瞄去，都没让她看见什么感兴趣的东西。

好枯燥啊，都是一些看不懂的线表等等，难为那臭男人还得一份又一份地看下来。

钱啊，真是不好赚啊！

感慨一下，她不感兴趣地挪步，开始打量起这间办公室。

干净、利落，没有人气，果然是他冷阳的风格，冷冰冰的，感觉又亲切，又有些讨厌！

看得越多，她这心里就越不是滋味，最后干脆推门出去，打算去外面逛。

一出去，她就发现刚刚外面有好几个秘书的，现在就剩下了一个，而且不是刚才跟她说话的那个。

那漂亮秘书见叶露要走，赶紧站了起来。“夫人，你要走吗？”

“哦，我去外面走走！你忙你的吧！”

那位秘书见叶露进了电梯，才坐回了原来的位置。

电梯里人来人往，飘着一股饭香味，叶露忍不住地摸了摸自己有些扁扁的肚子，感觉自己好像也有些饿了。旁边一个清俊的男子很是诧异地看着叶露不雅的举动，叶露后知后觉地反应过来，立刻尴尬地摸了摸脑袋，在下一次电梯门开的时候，钻了出去。

倒不是她觉得不好意思地想要躲人，而是她突然想到，这个时候，大家都去吃饭了，这就意味着，各个楼层的人都很少，而她就可以很方便地参观参观！

于是，她开始在各个楼层瞎转悠。

因为此时人少，也因为叶露长得一副乖学生的样子，更因为她没做什么出格的行为，还因为这个大楼的保安做得非常的出色，闲杂人等，很难进入，所以，留在办公室办公的人，虽然对这个探头探脑的学生模样的人感到好奇，但是都没对她产生什么不好的怀疑，所以她的参观之旅，一点都没受到影响。

只是，一趟厕所之旅，让她又郁闷了一下。

都说，企业的厕所，正是八卦的最好地方，也是各种小道消息的绝佳来源。

她只不过是上一趟厕所，就让她听到了不愉快的消息，至此，她的屁股就生了根，没从马桶上拔起来，一直听到那些女人终止那个讨厌的话题为止。

某甲："你说A是黄金单身汉啊！呵呵，他那样的还是小意思了，咱们公司比A好的黄金单身汉可多着呢！"

某乙：对啊，谁不知道，咱们公司的黄金单身汉是这个市的所有企业中最多的，呵呵，尤其是我们的那几位高层，个个英俊多金，多少女人眼巴巴地看着呢，都恨不得一口给吞了。

嘻嘻……（一片哄笑声）

某丙：可惜啊，咱们都近水楼台了，偏偏得不到月。听说那些高层都秉持着兔子不吃窝边草的原则，唉！

某乙：那可不一定哦。

某丙：怎么说？

某乙：知道秘书科新来的那位大美女吗？

某丙：哦，知道啊，简直是太美了，还喝过洋墨水，可有才了，一来就直接进了秘书科，简直是羡慕死个人。嘿，据说她还是总裁的小姨子呢！

叶露立马被钉死在原地，放弃了从厕所出来的举动。

竖起耳朵，她仔细地听外面的动静。

某乙：嘻嘻，这自古以来啊，小姨子和姐夫，可是很容易出事的。你知不知道那个美女秘书啊，可像她姐姐，就是我们的第一任总裁夫人。据传，总裁对她特别关照，同进同出呢，中午甚至跟她一起吃饭呢！

某甲、某丙：真的假的？

某丙：哇，又酷又冷的总裁跟她一起吃饭，那她不得快乐得晕死过去啊！

某甲：就是就是！

某乙：哼，你们以为她是你们啊！

某丙：这事该不会是假的吧？你说的真的是总裁吗？

某乙：还能有假？上头传下来的，我可不打诳语！

某丙：你说是秘书科？

某乙轻笑，神经兮兮地又说了一句：据说，他们住在一起呢！

某甲、某丙惊叫：咦？！骗人！（声音里充满了得到惊天密报的惊喜！）

某乙得意地笑着。

某丙皱着眉头问：“不是说总裁有老婆的吗？她老婆不管啊，还是她老婆不跟他一起住啊？”

某乙：嗯，这个我就不太清楚了，不过，听说总裁的老婆……

“嗯哼！”一个女音蓦然插入。

三个人的话音戛然而止。

那个打断三人的女音好像是很有分量的样子。

“在公司私下议论上司的事情，是不允许的。”那个女音如此说道，那三人继续沉默。

那个后来的女音又说：“听说总裁夫人今天来了，似乎还在公司逗留，你们说话都给我小心一点！”

三人似乎都倒吸了一口气，很快，厕所就变得很安静，那四人都走了。

叶露愣愣地坐在厕所上，心里是麻麻的痛！

上班时间快到了，厕所里人来人往的，冲水声不断，叶露回神过来，借机从厕所钻了出来，有些失神落魄地坐电梯回了顶层。

没想到去楼层参观散散心，都能遇到这么晦气的事情。

倒霉！

冲着秘书点了点头，她再度钻入了冷阳的办公室里窝了起来。

肚子有些饿，难受极了。

但是她又不想走，几乎是憋着一口气，在等他回来。

终于，在快到一点半的时候，冷阳和听淑从电梯里踏了出来。听淑嘴角边带着淡笑，似乎心情很好的样子。

秘书急急忙忙地迎了过去，低语：“冷总，夫人来了，等你好久了！”

冷阳皱眉，脸色微敛，“她什么时候来的？”

“好像是11点多的时候。”

冷阳的眉头都快皱成川字形了，点了点头表示明白，挥手，让秘书下去忙去，自己迈入办公室。

听淑垂头，回到了自己的秘书位置。在公司里，公私分明，她必须要尽忠职守，才不会惹来别人的反感。

推门，冷阳就看见蜷缩在沙发上的那一团，看上去特别的小，怪可怜的样子。

叶露听到动静，眼角一扫，就看到了熟悉的身影，撇了撇嘴，又累又饿又深受打击，让她懒得搭理他！

冷阳关上门，来到她的面前。

虽然她是闭着眼睛的，但是从她的呼吸他可以听出来，她没睡。

“来了怎么没给我打电话？”

叶露哼了哼，要是她打了电话，估计今天就没这么好玩了！

“吃饭了吗？”

他又一次命中了她的伤心事，扁了扁嘴，她微恼地翻了身，用黑乎乎的后脑勺面对他。

然后，她就听到冷阳走开的声音，还有打电话的声音：“蔓，打个电话定份午餐，给夫人的！”

叶露气恼地将脑袋扎入沙发里出了声：“我不饿！”

任谁都可以听得出来她声音里的恼意！

偏冷阳能不温不火地继续着谈话：“订一份日本料理吧。”

之后，他挂了电话，开始处理公务。

叶露原本期望着他能过来安慰安慰，哪怕不安慰，也得问问她什么时候来的啊，找他什么事情啊……

可是他却一句话都不说，简直是气死她了！

坐在办公桌前，俊则俊矣，但是冰冷得不像个人！

什么公务这么紧急，难道他就没时间跟她说几句话吗？

越想，越觉得委屈！

越想，越替自己不值！

算了，人也见过了，就当是印证了她以前说的话好了，真的只是来看看他！

吸了吸鼻子，她疲惫地翻过了身，从沙发上坐了起来。

“喂，我走了，不打扰你了！”

冷阳从文件上抬起了头，目光森冷地盯着她，宛如剑：“先吃饭再走！”

冷冰冰的声音，让她听了更加难受。“我不饿，不想吃！”

她拎起包，真的打算要走了！

她今天累了，不打算再战斗下去了，等她回去休息休息养足了精神，明天再继续。

冷阳猛地一拍笔，“女人，站住，别忤逆我！”

叶露冷嗤："我就是不吃，你管我啊！"

冷阳面无表情地盯着她看了一会儿。那个样子，让她莫名地有了惧意。

他重新拿起拍在桌上的钢笔，冷漠地最后看了她一眼，冷嘲："身体是你的，你不爱惜，是你自己的事！你想走就走吧！"

说完，埋首于公文中，竟然真的不打算理她了！

叶露委屈地都快要哭了！

她不吃，还不是因为他！

可恶的臭男人，她真恨不得拎起手里的包包，一把冲过去，将他暴打一顿。更想学学那书上所说的泼妇，用那射程可以长达三丈开外的口水，狠狠地骂他个狗血淋头！

但——考虑到实力悬殊，她放弃了这个打算。

但是心里的郁闷，哪能这么容易就消散。她又无奈又气闷地拿手里的包包出气，愤愤地将包包给摔在沙发上，又一屁股坐了下来。

对，他说的对极了。

身体是她自己的，她没道理为他和那个女人，让自己饿肚子！

气闷地坐了一会儿，她气饱了，也累了，厌趴趴地倒在了沙发上，眯眼等待所谓的日本料理。

冷阳用眼角的余光打量着她，看她安分了下来，就收了目光。

过了一会儿，日本料理送了过来。

叶露从沙发上爬了起来，看着那一大盒鲜美的日本料理，盛在木质的盘子上，看起来就很有食欲，放在平时，她肯定冲过去笑眯眯地大吃特吃，但是眼下，她心里有些不是滋味。

搞了半天，她巴巴地从学校赶到他的公司，好像就是为了吃一顿日本料理似的！

天知道，她怎么会落魄到这个份上！

鲜美的日本料理在她眼里失去了颜色，她懒懒地拿起筷子，夹起了一块鱼片，放在了嘴里。似乎没了心情，就连吃饭都显得没有味道。百无聊赖地启动嘴巴，也不知道自己在吃的什么，没意思极了！呆呆地看着那漂亮的拼盘，她觉得自己今天来这里，简直是失策、太失策了！

"不好吃吗？"

不知道什么时候，冷阳竟然已经站在了她的面前？

她忍不住地瞪了他一眼：用不着他狗拿耗子多管闲事！

那有些微红的眼角，让冷阳深锁了眉头。

“是不是一个人吃没意思？”

叶露哼了哼：“要你管！”

冷阳瞄了瞄，筷子只有一双，正被叶露握着，他转身，往一边的休息室走去。

洗了手，他走了出来，在矮脚桌边席地而坐。“我陪你一起吃吧！”

叶露下意识地反攻、嘲讽：“你都吃饱了，还吃什么？”

冷阳冷哼：“吃饱了就不可以再吃吗？”

一直保持冷漠的脸庞让叶露直觉地认为他是来跟自己作对的。“喂，只有一双筷子，你来干什么，难道，你还想跟我抢筷子不成！”

“笨！”

冷冽的一声，传入她的耳朵里，简直是奇耻大辱。

她觉得自己简直是受够了。

“冷阳，我警告你……”

“女人，吃料理，不一定非要筷子的，用手其实也别有滋味。”

冷阳没有温度的话直接盖过了她的吵嚷，似乎根本就没这个兴趣听她说什么，自以为是地往下说，叶露看他把忽略人发挥到最高境界的样子，简直没法跟他匹敌，自觉不如，败下阵来。

冷阳拿起生鱼片，蘸了料，递到她的嘴边。“张嘴！”

那酱料都已经贴着她的唇了，她本想赌气地不张开嘴，可是冷阳固执地不松手，大有她不吃他就这样一直举着的态势，她无奈地张开嘴，让生鱼片塞入了她的嘴里。

“生鱼片，蘸料吃比较好入口。”

他没有嘲弄叶露刚才直接拿着生鱼片往嘴里塞的行为，这让她心里好受一些。

果然，这一次吃起来，比她刚刚要吃的，美味多了。

冷阳自己也往嘴里塞了一块，叶露见他也吃了，心里稍微别扭了一下，等他再次送生鱼片放她嘴里的时候，她顺势从沙发上滑了下来，也席地而坐了，琢磨着，也就不跟他怄气了！

见风使舵，顺势而为，是她现在的首要手段！

“喂，我不太会吃这个哎！”她别别扭扭地来了这么一句，给自己找了一个台阶，实则是在告诉他，她是因为不会吃这个，而他会吃这个，所以，她才改口让他陪她一起吃的。

冷阳不语，淡漠的神情没有出现别的波动，只是自顾自地拿着蘸好酱的生鱼片往她的嘴里塞。

叶露手里的筷子，几乎都可以成为摆设。

终于再度派上用场的时候，却是成为了叶露的一根指物棍。

“阳，我想吃这个！”已经习惯某人送食给她的某女，用筷子指着诱人的寿司，毫不知耻地说道，一点都没察觉自己的行为是多么恶劣。

不知不觉地改了称呼，从“喂”到“阳”的改变，表示着她的怒气已经消去得差不多。而这，她也不知。

冷阳难得好脾气地没训斥她，淡声回她：“先多吃点鱼片，这东西腥，吃完了最好喝点大麦茶再吃寿司，否则，寿司会不太好吃的！”

冷阳将鱼片递到她的嘴边，不像之前那样完全送进去，叶露不太懂为什么发生变化，干脆就着他的手咬了一口，然后很惊愕地看到冷阳把剩下的，直接扔到了自己的嘴里，咀嚼，咽下。

她一下子，瞪大了眼。

这个，要不要告诉他，他刚才吃了她吃过的啊！

不过转念，有些恶毒地想：哼，她才不要告诉他呢，就让他吃她的口水得了！

一次，　　两次，三次……

总会有那么间隔的一次，她吃一半，他吃剩下的那一半。

看着他如常的淡漠神色，冷漠的双眸几乎是不为所动的清冷，她突然明白他应该不是不小心的！

那么——他是故意的喽！

脸颊悄悄地红了一片。

为了这种亲昵的举止就觉得心笙荡漾的自己，简直是让她鄙视不已！

可是没办法，她现在心情好爽啊！

喝着大麦茶，吐了一口浊气，咬着那修长的手指送过来的寿司，她只觉得这日本料理果然是如传说中的那般美味，今天总算是不虚此行！

咚咚咚——

敲门声，响了几下。

秘书推门进来，怀里抱着一大沓的文件。看见席地而坐正在吃的两人，她愣了一下。冷阳不为所动地把寿司塞进叶露的嘴里，叶露睨了那秘书一眼，鼓着腮帮子，吃得我行我素！

秘书诧异地瞪大了眼，不过长久的历练让她很快就恢复了常态。

“冷总，这些文件是需要你过目的！”

“放到桌上吧！”

秘书把文件放到了桌上，转身离开，冷阳出声吩咐：“蔓，如果不是特急文件需要我立刻签字的，就先别送过来，我现在有事忙不开。”

秘书恭敬地称是，多看了叶露一眼，才带着惊诧和震撼走了出去。

这个……向来冷酷得似乎没有温度、也速来无情得要死的总裁，竟然说“喂夫人吃饭”是一件忙不开的事，还让她不是特急文件就别送过来，天哪，这还是那个冷总裁吗，这……这还真是太长见识了！

那边叶露转了转眼珠子，瞅了瞅冷阳，又瞅了瞅此刻已经关上的那道门。眼睛一眯，弯如新月，这个臭男人，算是在讨好她吗？

仔细看他，还是不显山不显水地淡漠，只是手上动作不断，眼神专注地盯着寿司就着蘸料摆弄着，仿佛那是唯一可以吸引他注意力的宝物一般。

一张开嘴，她将那摆弄好的寿司给叼了过来，对上他平静的双眸，凑过脑袋，亲上去，将那还有一半留在嘴外的寿司强硬地往他嘴边塞！

他的眉毛高高挑起，眼神有些莫测高深。

她也学他，挑眉，不服软地咬着寿司顶着他的嘴巴，漂亮的眼眸闪着晶亮的光，迎视他。

她赌，他即使不愿意顺着她的意思来，也应该不会随手赏她一巴掌！

他咬了过去，唇瓣轻轻地刷过她的红唇，神色间有那么些不自然。

“女人，吃饭要乖点！”

他的低斥现在已经没有任何效力，叶露吃着寿司，眉眼弯弯，对他笑了起来，温情至极，宛如春风——和煦得不会令人心生任何反感。

这样的游戏，多玩几次，她有些乐此不疲，至少她可以确定，那个听淑，是绝对没这个能耐跟他玩这种游戏的。

现在，大概也只有她才有这个权利。

她要玩，但他显然有些难耐。

她看到了他那清冷的眸色在一点点的变暗、变深，那已经是很危险了，但她继续乐此不疲。

怕什么！

他是她老公，她是他老婆，天经地义的关系，她怕什么。

“女人，警告你，你在玩火！”他闷声低哼，修长的手指每次都忍不住地在她唇瓣上多加逗留。如此多余的举动，可以看得出他的情动。

叶露舔了舔水嫩嫩的嘴巴，不怕死地挑衅：“我就是在玩火，你能奈我何？”

也就是在这个时候，叶露才有一种特别有成就感的感觉！

她觉得，在这个时候，只要她想，好像就可以把他拽在手里，让他乖乖地跟着她走。

简直是特别能一扫之前的那窝囊气！

挑衅的后果，是他耐着性子、一忍再忍地将她喂饱之后，在她舒服地摸着小肚子像个傲娇的波斯猫一般慵懒而又略显妩媚之时，扑上去，疯狂地卷着她的舌头狼吻。

她吃饱了，喝足了，所谓饱暖思淫欲，正好赶上血气上涌，心情振奋之极，所以不知死活地推波助澜，不退反进，惹得某男低吼不止，躁动不休，很疯狂……

她该庆幸冷阳一早嘱咐了那秘书不要随意打扰他，否则，此时随便进来一个人，都得尖叫一声甚至几声，让那桃色的谣言立刻传遍这个公司，以后，她也就没这个脸再来这了！

幸好，冷阳有“先见之明”！

大战一场，累得一动都不想动的叶露被冷阳抱着进了一旁的休息室去休息。叶露咕哝着埋入被窝里，在门被冷阳轻轻带上之后，眨了眨眼，轻轻地合上。

说真的，她搞不懂他！

还好，她的直觉一向还是准的！

这个男人太难懂了，她还是凭着直觉做事比较好。

冷阳从休息室出来之后，从电脑里调出了办公室内的监控录像，选择快进，好删除刚才的桃色银幕。如今这黑客层出不穷，不乏超级高手，他可没兴趣让自己成为中靶的对象。只是跳着跳着，突然就很好奇，于是在时间停在了11点钟多的时候，他的速度明显慢了下来，然后，她的身影开始出现，倒回、快进，看了几次之后，他放下了手里的鼠标。

他看着她推门进来，身子宛如无力一般地滑下，脸上哀伤的表情宛如世纪末日一般，埋首于双膝中的姿态，可怜的宛如被抛弃的小孩。不过一会儿，眼泪从她的眼角滑落，那高昂着的小脑袋是那么的倔强，却偏偏，阻止不了那脆弱的泪水。她不知道想到了什么，宛如一个小女孩一般，手忙脚乱地擦着泪水，嘴里嘟囔着，扶着门板站了起来，咧嘴笑着，在办公室又蹦又跳，就是不想让自己哭……

他看着，眉头越皱越紧，那一抹“川”字，都可以夹死一只蚊子了。冷色的双眸不停地闪烁，最终出现深深的动摇。

伸手，在话机上停顿了一下，他按下了按键。

“冷总！”对方恭敬等待。

“蔓，以后夫人若是来找我，你要在第一时间通知我！”

“是。”

挂机，他把录像倒回，重新看了一遍，最后，只能是轻轻一叹。

040

叶露睡醒的时候，时间也不早了，想到星星快要放学了，她应该去接他，她就赶紧从休息室里钻了出来。

看见冷阳，她有些不好意思地摸了摸脑袋。很奇怪，方才脱光光地跟他贴在一起都没那么的不好意思，现在事情完毕了，她倒是有些后知后觉地觉得自己之前的行为真的有些大胆了！

“嗯哼！”轻咳一声，她斜眼看他。

他果然从文件里抬起了头，以眼神询问。

她指了指手表，“我先走了，星星快要放学了，我去接他！”

“先坐着等等，一会儿我跟你一起走！”

诶！

她惊诧了——他说一起呢！

聪明地将微微张开的嘴巴闭合，她表现得很是平静地点了点头，其实心里是乐坏了！

克制着不原地蹦起来，她迈步在一边的沙发上落座，其实心里喜滋滋的。

她拿起包，在里面抽出点资料看了起来，但突然她想到她刚才就是在这沙发上玩的双人大战，于是屁股就有些坐不住了。

脑袋一热，脸上似乎快要冒红。

偷瞄了他一眼，看他没注意。她挪了挪屁股，犹豫再三，还是决定把资料重新塞回包包里，然后从沙发上站了起来，绕着办公室慢慢踱步，装作好像是参观这个办公室的样子。

冷阳抬头看她，她有些心虚地解释：“嘿，我随便看看，你的办公室我还没怎么见过呢！”

已经看过录像的冷阳也不揭穿她的谎言，在她绕了一圈又一圈之后，他终于把手头重要的文件给处理完毕。剩下的一些，可以带回去慢慢看。

“走吧！”

叶露赶紧去拎包，回头看冷阳把资料往公文包里装，想了想，往他身边凑了过去。

“阳，你不觉得你的办公室里缺少了什么吗？”

“缺什么？”不冷不热的搭话。

“嗯，你不觉得办公室里应该多一些植物吗？那样看上去能舒服一些，也能亲切一些。”

他扭头看她，“你有什么主意？”

“我啊！”叶露摸了摸下巴，笑嘻嘻地指着办公室一角说：“我觉得呢，应该在那里放一盆大大的吊兰，嫩绿色的叶子垂下来，很漂亮的，而且吊兰还可以吸收有毒气体，对身体很好的，你一天坐办公室，有吊兰陪着你，很不错的，有益身心健康呢。”

“你看着办吧！”他淡淡说。

这么说，他是不反对喽！

“那我把吊兰拿来，你不准把它给扔了！”

冷阳点头，拿起公文包，拍了拍她的后脑勺，“走吧！”

叶露很自觉地伸手挽住了他的胳膊，看着那角落，虽然那里还什么都没有，但是她似乎已经看到鲜嫩的吊兰在那挂着的样子。那个样子，仿佛，她打入了他的领地，在他的领地占据了一角。更妙的是，她想到了一个绝妙的借口，以后来看他，她就可以说是来看她的吊兰宝贝的。

真是相当不错！

高兴地挽着冷阳的胳膊，出了门，叶露骄傲得像一只公鸡，斜眼看着听淑那有些变色的脸庞，叶露笑得开心，更加亲昵地抱着冷阳的胳膊。

嘿，看吧，看吧，随便看吧，看得见吃不到！

“冷总！”

熟悉的让她不快的声音，让叶露嘴角边的笑容差点挂不住了。

冷阳停住了脚步，转身看着他。

眼睁睁地看着听淑带着淡笑走近，叶露的心中又刮起了秋风。

这个女人，难道就不能多给她一些可以自我娱乐的空间嘛！

果真，她悲哀的预感又灵验了。

听淑走到近前，低低地唤了冷阳一声“姐夫”，有些俏皮，叶露记得，某人说过，在公司，他是公私分明的，那为什么，可以允许眼前的这个女人攀亲带故。

“今天我去接星星吧。”听淑笑眯眯地说。

“我们正打算去接他。”冷阳解释。

听淑表示了讶异，“啊，我以为你和叶露是有事要出去顾不上星星呢，那……那我还是不去接星星了！”

她表现得有些失落。冷阳好像是见不得她这个样子一般，立刻邀请她一同前往。“一起走吧！”

听淑犹豫了一下，但最终点了点头，笑着回去收拾东西去了。

叶露觉得自己的心都在滴血。

于是，忍不住地小声咕哝：“她这样算不算是早退？”

这可是在违反公司纪律哎！

冷阳表现得很淡漠。“跟我一起走，就不算是早退！”

失败！

叶露收回了挽住冷阳胳膊的手，觉得有些没趣！

她似乎是用自己的肉体换来些温存，可惜那温存是有时效的，现在，正是已经过了时效。

她的倾心交付，抵不过人家的柔柔一笑，真是太过失败了！

郁闷啊！

低叹，转身，她去按下电梯的键！

那红色的按键照耀在她白嫩的脸上，她微微抿紧的唇瓣，眼里透露了一丝犀利的锋芒。

她不打算玩了！

没必要把自己弄得这么痛，不是吗？

转身，她嘴角一翘，不是讥讽，却又是讥讽，不是赌气，却又是赌气；“喂，冷阳，我突然想起来我还有事，你和听淑去接星星吧！”

他看着她，眸色暗沉，有一种隐忍的感觉。

听淑踩着轻快的步伐走了过来。叶露盯着电梯升上来，开门，率先踏了进去。

听淑似乎没察觉到叶露和冷阳之间的怪异气氛，语气轻快地笑谈：“姐夫，星星要是看见我们三个去接他，肯定得乐坏了。”

叶露沉默，也不打算开口纠正听淑，告诉她，她不打算去了。

得意吧！

女人，你就得意吧！

电梯快到一楼的时候，叶露按下了一楼的键，听淑“咦”了一声，似乎有些惊讶。

叶露闻所未闻，看着门开，毫不犹豫地迈步要往外走。

她本可以走得很潇洒，也可以走得利落干脆的令人羡慕，可是，他却不许。

只那么一伸手，他就拦住了她。

她，被他给拽了回来，拽入了他的胸膛。

他微微低下头，当着听淑的面，在她的额头上落下了轻轻的一吻。

她惊诧地瞪大眼睛。

他顺势将她圈在怀里，低下头，在她耳边低语：“乖，别闹，我是特意陪你去的！”

门打开的时候，她被他怀住的一幕，就这么落在了等候着电梯的一众男男女女的眼中。他们惊诧得嘴都合不拢了，半晌，才好像恢复了声音一般：“总……总裁好！”

根本就不整齐的声音，恰如其分地映衬着叶露波澜起伏的心绪。

抿唇，她将脚缩了回来，转身，埋入他的怀里，同时胳膊穿过他的下腋，抱住了他的腰，最后，有些委屈地将脑袋深深地扎入他的胸口。

他没有拨开她。

等待电梯的人动也不敢动，敢在众目睽睽之下对总裁如此嚣张的人，他们是不能够得罪的，也没这个胆量迈步进入打扰。

所以，谁都没动，看着电梯门被关上，看着红色的按钮下降，指示为地下一层。他们的脑中有很多狂野的猜想，但是谁也没这个胆子，当众议论他们的总裁。

不过，可以预见，没几天，相关的八卦会在洗手间流传吧。

“你打算要做鸵鸟吗？”地下一层到了，出来，就是公司专用的停车场，冷阳低下头，看着扎在自己胸前的叶露，声音无法保持冷漠。

她小声地咕哝了一下，从他的怀里拔了出来，再度地伸手，挽住了他的胳膊，想想，不甘心地伸手，去握他的大掌。

他的手，是干热而温暖的，不同于她掌心的柔软，他的掌心是厚实而坚硬的，这就是一个男人的手，跟她的是不一样的，那么的有力，有一种令人安心的感觉。

他随她而去。这种放任而导致的儿女情长，竟然可以让他容忍得了，简直是难以置信的。

叶露的心里，这才舒服了一些。

尾随着两人的听淑，看着手拉手的两人，向来柔和的眼眸，终于头一次不顾场合地出现了一抹怨怼！

这个叶露，没有她所想象的那么好对付，所以，她不能再这样一直旁观下去了。

“你要知道，你是永远比不过我姐姐的！”赶上周六，她不用上班，听淑拦下叶露，终于表现了她与之前不和谐的行为。

叶露冷眼看她，讥笑：“怎么，不继续装下去了？”

“装？”听淑嗤笑，“我在装什么，我根本没装，我只是在告诉你一个事实罢了。你别那么蠢，自欺欺人下去。”

“怎么，你这是在为你死去的姐姐抱不平？”

“是，又或者不是！”听淑露齿一笑。“我只是想告诉你，你永远都赢不了我姐姐。如果我想，你也不会赢得了我。”

叶露沉下脸，这个女人，终于说出了自己的心里话了吧。狼子野心，想夺走冷阳是吧？

哼了哼，叶露瞪了她一眼：“听淑，注意你的说辞，在这个家里，我是女主人，你可给我看好了！”

“女主人？”听淑哈哈大笑，“你还真是有够自我安慰的。你若是这个家里合格的主人，那么试问，姐夫可否将你介绍给他的家里人？”

叶露呼吸一滞，这个女人，总是有本事来打击她。“你想说什么？”

“我说，你连去见冷阳的家里人的资格都没有！你和他结婚时间也不短了，他根本就没打算带你去见他的家里人。在这个冷家，你几乎是不被承认的。婚礼上胡乱撞进来的新娘，有几个人会正眼瞧你。你是不是一直都感觉良好着呢，连这基本的觉悟都没有？还沾沾自喜着呢，我真是没见过像你这样大脑迟钝的人了。”

“你想打击我？”听淑的脸上那恶意的笑，让叶露的眼睛眯了起来。“你以为我会在乎。冷阳不介绍他的家里人给我，也不带我去见他们，我乐得悠闲。你不知道，现在夫妻最幸福的就是过二人世界吗？”

臭女人，想要击垮她，没门！

冷阳没带她去见家里人，又怎么样，她还不乐意去见呢！

听淑咬唇，看来这叶露比她想象的还要抗打压一些。但是，这样一个小女子，她听淑还教训不了了？

诡异地扬了扬嘴角，她冷声：“哼，只怕你这二人世界也不长了!”

叶露怪笑，“听淑，我可以明白地告诉你，任凭你怎么说，我是不会受你打击的。你要是长本事啊，你就去把冷阳给抢过去。但是我必须要警告你，我和冷阳是不能离婚的，你自己看着办，你打算怎么抢冷阳？”

听淑也跟着怪笑了起来。“我还以为那种盲目地忠诚于婚姻的女子，现在会很少见，没想到，你竟然也会是那种人。我真是长了见识。哦，对啊，冷阳这么有钱，没有爱也没关系不是吗，你只要有大把大把的钱可以花就行了吧？”

叶露哼了哼，不置可否。心里难受，也不会在她的面前表露。这个女人，在她面前叫嚣有什么用，以为她会就此被她打败，继而退让吗？

笑话！

“没事，我可不奉陪了！”出来看看花，撞上她，真是有够讨厌的。

叶露转身欲走，听淑在她背后轻轻地落下一句：“叶露，跟我来吧，让你看点好东西！”

叶露犹豫。

听淑挑衅："怎么，不敢吗？"

"有什么不敢？"叶露接下她的挑衅，尾随在听淑的身后，最后来到冷阳的书房门口。

"叶露，站在这别动，好好看清楚，你的好日子，可是要到头了！"

听淑推开了书房的门，径直朝冷阳走了过去。

书房是叶露的禁地，她不被允许进入，加上听淑的话，她更加的把自己的脚控制在书房外面。

"阳！"听淑突然改了称呼，娇柔地让人心神波动，面对着冷阳，脸上扬起了甜蜜的笑容。

晨曦照射在她的身上，缕缕金阳宛如金粉挥洒在她的身上，她一身白衣，黑而卷的长发拖在背上，曼妙的身姿，宛如从阳光中走出的仙子一般，又宛如从神秘之地闪现出来的女神。

叶露清清楚楚地看到，冷阳那向来淡漠的眼神，变得迷茫，神情也开始有些恍惚。

听淑一步又一步地靠近，脸上的笑容从来没断过，她来到他的身边，屈下柔美的身段，美丽纤细的双臂，揽住了他的脖子，主动地把红唇凑了过去。

他没有拒绝！

在微微的失神之后，他搂住了她的细腰，轻轻地回应了起来，低喃了一声："听听……"

如此地温柔，让叶露只能狠狠地咬唇，才能努力地克制住自己！

"阳，我喜欢你……"

听淑慢慢地，一下一下地亲吻冷阳，吻上他的额头，吻上他的眉毛，吻上他的眼睛……

顺势，坐到了冷阳的腿上。

冷阳轻轻地搂着她，有些迷离地看着她，修长的五指宛如不受控制地抚摸着她长而微卷的秀发，嘴里轻柔的低吟着"听听"，仿佛是进入了最美丽的梦。

叶露握手成拳，这个向来警戒高的男人，竟然连她站在门口这么长时间都没察觉，可见自己果真是渺小，可见这听淑……哦，不，这听涵确实了不起！

猛地将拳头砸向了书房的门，砰然巨响，惊动了这一对吻得缠绵悱恻的鸳鸯。

冷阳从迷梦中醒了过来，终于注意到了站在门边的叶露，也注意到了坐在自己腿上的听淑。

听淑的脸上没有一丝慌乱，反而更加大胆地将自己的头埋在了冷阳的胸口。

"阳……"她低唤道，侧背着冷阳的脸上，红艳艳的唇以微笑的幅度放肆地嘲笑着叶露。

“让她走！”叶露的眼睛都红了，瞪着冷阳，神情坚决。“让她走——”

她吐字异常清晰，清晰到她可以拿自己的生命做起誓，眼前那该死的男人肯定是听得一清二楚。

可他只是面无表情地看着她，竟然连一丝偷情被她察觉的慌乱都没有，还是那么莫测高深地看着她，淡漠得让她的心，一点一点地失温。

楼道上，是什么风在吹，应该是夏风的不是吗，可是她为什么，感觉到了巨大的寒气，毫不留情的袭击了她，让她仿佛是身置在冷冽的寒风当中。

“冷阳，放开她，她不是听涵。她是你的小姨子，你放开她，让她离开这里！”

她固执地盯着他，不惜说出那个让她永远不想提及的名字好让他清醒。

听淑抬起了头，柔软的双手捧住了冷阳的脸，眼中浮上了了泪光，口气是无助地可怜兮兮。“阳，别让我走，让我代替姐姐照顾你吧，我只有你和星星这两个亲人了。姐姐是爱你的，我也是爱你的，我会连同姐姐对你的那份爱，一起爱你的。阳，别赶我走，求你……”

晶莹的泪珠，娇弱地沿着那张精致完美的脸滑落……

冷阳看着听淑，神色不定，他推开了她，转头看叶露，叶露感觉到希望，不由自主地将双手交握到了胸前，做祈祷状。

可是冷阳动了动唇，却又把她打入了冰窖。“听淑没有别的亲人，我有责任照顾她，还是让她留在这里吧！”

叶露身形一晃，咬唇，低吼：“冷阳，你确定吗？你确定要留下她？她动机不纯，你知道不知道？”

冷阳沉默。这短暂的沉默，让叶露感到了窒息，也感到了绝望，因为，她在他的脸上看不到动容的神情。

“她，不能走！”

他如此说！

听淑站在那里，笑得像个胜利女神！

叶露几乎要咬碎一口白牙，愤恨、无奈，如此地落魄不堪，已经没有任何的尊严可言！

她把眼睛睁得大大的看着冷阳，有些卑微地乞求着：“如果说，你让她留下来，会让我很伤心很伤心，那么，你是不是可以让她走？”

冷阳皱眉，闷声解释：“她只是我的小姨子！”

叶露忍不住地吼了回去。“你要是把她当作是你的小姨子，你就不会吻她！”

听淑低低一叹：“叶露，姐夫那是把我看成了姐姐，他爱我姐姐，并且答应会爱她一辈子，他只是错误地把我看成了姐姐，所以吻了而已。这一点，你不是很清楚吗？你不是不相信姐夫爱的是姐姐，所以让我来试探姐夫的吗？你现在这么说，弄得我倒是里外不是人了！”

“听淑你——”叶露愤怒地看着她，几乎气得说不出话来了。好一个会算计的女人，好一个伶牙俐齿的女人，她总算是看清楚她温柔美丽的天使外形背后的恶魔羽翼了。

冷阳微微皱了眉头。

听淑充满柔情的声音淡淡地继续：“姐夫，我也不想憋了，在这儿，就把话都说开了吧。我归国的本意呢，一来是想好好地照顾冷星，尽到我这个小姨的责任；二来，我也不否认，想代替姐姐好好地照顾你，姐姐走得早，而我一直都很仰慕姐夫，所以，我只是很真心地尽我所能做到照顾。至于所谓的非分之想、夺人所爱，我是不会想的。

“我知道姐夫爱的是姐姐，这辈子就爱她一个人，我自觉没这个能力让姐夫爱上我，况且，姐夫已经娶妻了，我没理由搅乱姐夫的婚姻。姐夫顺了我的心意，把我接到这里，让我可以更好地照顾星星，代替已死的姐姐对姐夫你尽到一份关心，我很感激。

“可是，叶露似乎从一开始就对我抱着某种敌意。在这个家，正经算起来，我是一个外人，我只能少说话，多做事，希望叶露能早点消除对我的莫名敌意。可是，似乎我做得越多，叶露对我越怨恨。

“刚才叶露对我说，说我在姐夫你面前故意晃来晃去，分明想破坏她和姐夫你的感情，让我识趣地赶紧走人，别逼她不客气。这话我就不爱听了，我知道她是凤影，手段自然是高超，可是难道我来照顾我的小侄子是来受她的气的？所以，我就不客气地顶撞了叶露，我告诉她，我根本就不可能破坏姐夫你和她的感情，因为姐夫你爱的是姐姐，对她，本就没多少感情。姐夫你只是心好，对她尽到丈夫的责任罢了。我又从何来的破坏？我只是承蒙姐夫对姐姐的情意而照顾我罢了，根本就无从破坏！

“我承认，我当时是太生气了，所以对叶露说了这样的话。可是她一个堂堂的凤影，用那样的话来威胁我，将来指不定会用某种不为人知的手段来害我，我觉得我有必要及时作出反击。所以，我就带她来找姐夫你，做了一些唐突的举止。我实在是气极了，目的只是要让她看清楚了，别无聊地敌视我！没想到，我反倒是中了她的计！她竟然是故意激我，借此逮着我和姐夫亲吻的举动，好有借口把我从这里赶出去！叶露，实话说，我觉得你很卑劣！”

听淑侃侃而谈，这话说来，竟然是不慌不忙，一点都不犹豫。

说叶露设计好，倒不如说是她事先设计好了！

叶露恍然大悟，她中计了！

她竟然栽到了这个她觉得厌恶的女子的手上！

冷阳看她的目光，正如听淑所料的一般，多了几丝寒气！

怎么，连他都觉得她是一个这样会谋算的人？连他也认为，她是在绞尽脑汁地想要赶走她？

是，她是看听淑不顺眼。

可是，是谁让她看她这么的不顺眼了？

一开始，乍见到那个像天使一般美丽的女子，她几乎是下意识地在惊叹中想要去亲近。

那种人对于美丽东西的自然喜欢，让她也一度想，要是可以跟这个美丽的小姐交往，那该是多么的幸运。

可是，是谁，让她一点点地把这好感抹去！

是谁，一来，就给她当头一棒，打得她头晕眼花，无所适从，几乎是落魄地选择了逃亡，封闭了自己。

一次次，她振奋起来，可是一次次，都因为这个女人，一次次地消沉下去。

她哪里有对不起听淑！

从头到尾，说对不起的，都该是她听淑！

可是，即便她想要发誓，那又如何？

她有何必要？

要是为了一个不相信自己的男人，还为了一个已经明显要对付她的女人，她发这种誓言，到底有何必要？

轻轻地咧嘴，她自知此时的自己，必定是笑得苍凉。

但是，她有她自己的骄傲，即使在最落魄的时节，也必须是骄傲地可以笑的。

在那个女人面前，以卑微的姿态乞求，她自己都不允许！

她只在乎他！

所以，她只要一个答案！

"冷阳，以你对我的了解，我问你，听淑的话，你是信还是不信？"

冷阳在沉默。

叶露的心，也在沉寂当中，一点点地坠落。

听淑在一边文雅地笑着，这个女人，似乎是有十足的信心，事情会朝着她所希望地发展。

叶露看着听淑，看着冷阳，几乎是嘲弄般地笑了一笑。

"今天这事，就到此为止！"

冷阳最后如是说，似乎是没有拂任何人的面子，可是，这样的话，宛如是大力的一巴掌，狠狠地甩在了叶露的脸上。

冷笑着，她捏紧了房门的把手。

她可以狂躁地用力踹门，或者可以摔门而去，闹出惊天动地的动静，以表示她的愤怒和不满。

可是，突然发现，所有的一切都显得没有了意义。

心已经成空，所以，连带躯体都显得有些麻木。

她在这两人面前闹腾，岂非是自取其辱。

所以，最终，也只能是一声平淡的诉衷。

“受教了！”

转身离开，她知道此时的自己，在她们的眼里可能是落败的公鸡，更有可能是一个一无是处的小丑，面对如此，还可以忍耐心中的怒火，只怕要被他们给嘲笑死了。

可是，不是越愤怒，也越表明自己被攻击得越深嘛！

一步步地离开，将身后的一切抛下。

这场爱情游戏，她想，自己应该走出来了。

她想，自己应该可以值得最好。虽然冷阳是她见过的最优秀的男人，但是就是因为他太优秀了，所以才可望而不可即。她应该明白自己的身份，更应该认清楚她和他的云泥之别。

有句话怎么说，有些人只能是适合观赏的！

显然，她只能带着浓浓的欣赏和艳羡来观赏冷阳，这样的男人，她没这个能耐让他跟她一起过日子。

实在是芸芸众生中的她，太过平凡和普通，羁绊不住那站在云端的天人。

可是，放下岂是那么容易！

午夜梦回，魂牵梦萦之际，从来都是期盼着，能够折下那高枝，从来都是希望他能是自己命中之人，从来都希望可以举案齐眉、共白首！

立在自己房门前，手已经搭在把手上了，可是心中开始空落落的。

她感觉，有一种似乎是亘古永存的孤独，侵占了她的身心，让她在一阵阵的凉意中感到了绝望，也感到了烦躁。

她需要做点什么，来驱走那可以将她淹没的巨大失落。

所以，她掉转身，进入了运动房。在跑步机上疯狂地跑了不知道多久，直到力气用尽，再也跑不下去了，她才气喘吁吁地下了跑步机。脑袋已经在高压的运动中被放空了，她都开始有些享受这种空茫的感觉了，但是阴魂不散的女人，却立在她回房必经的路上，似乎是在刻意等她。

她不想理她，打算直接越过。从书房出来，她和听淑，注定了不可能成为朋友。

但错身而过的时候，却听到听淑有些得意地冲她低声道："叶露，活人是永远比不过死人的。"

她没有回应，只是脸上扬起了嘲讽的笑容。

活人永远比不过死人，比的是在那个人心中的分量，因为难以挽回，所以才显得弥足珍贵！

可是如果她不在乎了，那么，那个早已作古、动弹不得的死人，怎么可能比得上她这个可以活蹦乱跳、随心所欲的鲜活人？

冲澡出来，手机里有好几个未接电话，打开语音信箱，原来是王雪俐打电话要找她，约她出来谈一谈。

正好，她也想出去散散心，可是又不知道该去哪里，王雪俐这电话真是太及时了，叶露收拾了一下，立刻就出去了。

看得出来，相较之前，王雪俐的气色看上去好多了，精致漂亮的脸蛋，也红润了不少。

这是一个美人胚子，虽然是比不上听淑的，但是绝对可以列入美人一列的。

也是，这可本该是嫁给冷阳的人呢。

上次匆匆地把她从白那里救了出来，因为生病，两人几乎是没有交谈，今天坐在这里谈天，倒还是第一次。

"你看上去好多了！"叶露由衷地说道。

王雪俐微微一笑。"以前是年少不经事，随着性子胡来，经过这一出，长大了，也懂了事，呵呵……"

看得出来，她已经走出了在N国的阴影，就连笑声，都听着让人跟她一起愉快。

叶露心想自己从家里走出来，真是一个正确的决定。

"上次的事，真的是太感谢你了。"

叶露抿唇淡笑："不用太客气，别忘了，我可是收了你们家的钱的。"

王雪俐淡笑着摇头，"那不一样，我的事，是有钱也不能解决的。我心里明白，这事啊，主要还是靠的你！"

叶露眨了眨眼，取笑道："喂，你叫我出来，不会就是要对我说这些让人酸掉牙齿的谢词的吧！"

王雪俐对叶露不熟悉，上次在飞机上她几乎跟叶露没怎么交谈，只是看她上了飞机没多久就开始埋头入睡，以为她是生性高傲之人，不愿意搭理人。今日一见，才发觉这第一印象果然做不得真，眼前这个女子，性格真是爽朗。她本就因为这事，对叶露心存感激，见她又是如此容易相处的性子，心里对她多了几分好感。既然如此，她就没必要这样委婉了。

“实话说，我今天找你来，也就两件事，一件是想当面向你道谢。呵呵……怕酸掉你的大牙，我也就不多说了。二来呢，我想找你说说当日我逃婚的事！”

叶露神色一紧，当日逃婚之事，这似乎是已经很久之前的事了，她现在提起，叶露本能地感觉到了不寻常。

“你是不是感到奇怪，我为什么会选择逃婚？”

叶露配合地点头。

王雪俐低低一叹。“当时，我还是太稚嫩、太自我了，习惯了我行我素。良好的家世，让我习惯了随着性子来，用比较通用的词来形容，当时的我是个娇纵的大小姐，是被父母宠坏了的。

“我们这种有钱人家的婚姻，大多是利益的结合的。当时我的父亲对我说，我未来的丈夫是一个不能得罪的人，有钱有势，相当的不得了，我能嫁给他，简直是烧香拜佛都求不来的好事。

“我无所谓，父母从小娇惯着我，什么事都让我随着性子来，但是我知道，只有我自己的婚姻，是做不了主的。既然我未来的丈夫这么的好，可以在我婚后提供我大肆的挥霍，让我高枕无忧地玩过这辈子，那也没什么不可以。

“我见过冷阳，那个人很酷很帅很迷人，但也令人感觉到危险和恐怖，实话说，我有些怕他，尤其怕他的那双眼睛，太冷了，但是，这不妨碍婚姻的正常进行，我也从来没想过要逃。

“然后，某一天，我听到了一些传言。说冷阳是个冷酷无情的人，说他看不顺眼的人，他会毫不犹豫用比死更残忍的手段折磨人。也有说他的手段是如何残忍，那庞大巍峨的帝国大厦，充斥了罪恶。

“还有人说，他的性格里有暴虐因子，心理变态得宛如杀人狂。最有力的证据，就是他的亲近人了，他的两个妻子，都没活过两年，第一任妻子在众多宾客面前，被逼着跳楼了，死前，嘶吼着我恨你；第二任妻子，据说是他的得力手下，仍然被他……

“朋友们战战兢兢地打电话关心我，问我该怎么办？活不过两年，那么干吗要嫁给他，世上的男人又不是就只有他，嫁给了别人，也可以很舒心地活着。

“流言的力量是很强大的，我不知道当时传到我耳朵里的那些东西有几分真，几分假，也不知道到底是夸大了多少倍，但是我的确是知道冷阳的妻子都命不长，所以，我怕得不得了。一得空，我就向人打听冷阳的事情，得到的，都是负面的、暴力的、血腥的、残酷的。有时候，想想，我的身体都发冷。我害怕我可能不经意的行为触怒了他，在我浑然不觉的时候，被他给一枪打死。

“于是，我想逃，可是又不敢。

“父亲说的，这婚姻不是儿戏，一旦定下，就是更改不了的，你就是不愿意也得嫁！所以，我就没逃，一边害怕着，一边自我安慰，告诉自己，有些事不能当真的，我们王家也不是随便让人欺负的。所以，应该是没事的。但是，最后，我还是逃了。

“促使我逃跑的，是一封邮件。上面写着冷阳的第二任妻子慕倾在死之前，已经买好了杀手，谁嫁给冷阳，谁就得死。婚礼，也是葬礼。也就是说，那个杀手会在婚礼上对我下手。

“那份邮件，在十分钟后自动销毁了，我害怕极了。

“我一想到我会在婚礼上被枪击中，我就怕得睡觉都不安稳，甚至经常梦到自己穿着婚纱被枪给打死。我感觉到自己被人监视了，那是一种感觉，我没法说清楚。我试着去查看是谁在监视我，但是一无所获。我只能感觉到那种毛骨悚然的感觉，越来越严重，越来越清晰。我都怀疑，我是不是有些神经质了。

“这事，我没有告诉家里人，因为他们肯定会像之前那样用各种理由来安慰我，劝我放宽心，什么事都没发生，因为，他们已经认定了这桩婚姻，这是不容改变的。所以，我只能自救，然后，在婚礼当天，在我父兄最不察的时候，我逃了。

“当时的我，真的是太天真无知了，总以为，哪怕我逃跑了，也没什么事，大不了，被我父兄禁足一些日子，根本就没想过我父兄会因此惹来多大的麻烦，这个，我就不多说了。

“其实，现在想想，当时所有的一切，好像是有预谋一般的，在某一天，各种各样的流言，突然向我袭来。那些平时也不见得多要好的朋友们，哪怕只有一面之缘，似乎都乐于关心我的安危，津津乐道地将她们所知道的关于冷阳残忍的一面向我说来。跟我关系比较好的几个朋友，更是纷纷劝我退婚，有些更鼓动我逃婚。而今，尘埃落定，回头再看看这些留言、这些朋友们，觉得就好像是一场可笑的戏。

“当我深陷N国的时候，有几个朋友关心过我的生死？她们之前表现得一副为我着想的样子，愁容满面，个个都积极地为阻止我的婚礼出谋划策，现在看来，都模糊得令人不敢辨认、不敢回想！”

叶露皱眉，她是可以理解王雪俐的。

王雪俐低低一叹，尴尬地笑了一声：“我好像是说着说着就向你发出感慨来了，呵呵，你可别介意。”

叶露摇了摇头，“没，我觉得我受益匪浅。”

“呵，听你这么说，我觉得很高兴。其实，如果论起攀亲带故，咱们勉强还是可以搭上干姐妹的关系的。我不敢高攀，也不敢恭维这种关系可以真切到哪里去。但是，我记你的恩情，感谢你在我懦弱而自私地逃了之后，给我的家族带来的庇佑，如果不是你的及时顶替，我们家只怕要招来灭顶之灾了。也感谢在我身陷囹圄、几乎就要客死在异乡的时候，你对我的救助。所以，在我想了很多之后，我决定要找你。

“我想把我在逃婚之前经历的一些事告诉你，可能这些东西对现在的你来说是无关紧要的，但是告诉了你，你心里也能有数，至少可能对于某些危机，能做到及早防护。

“我大胆猜测，当时应该是有人不想我嫁给冷阳。虽然说好像是慕倾买通了杀手要杀新娘，虽然后来的确婚礼上也的确出现了枪杀的事情，但是，也不排除这当中有别人借那慕倾来做事。我总觉得，当日发生在我身上的那些事，好像是别人预先设计好了似的。那个慕倾再能耐，也是不可能做到未卜先知的。

“所以，如果我的猜测是正确的话，那么应该有一个非常厉害的幕后人。我觉得你不像，我父亲说你是误打误撞地闯入婚礼成了新娘的，这一点，我也相信。所以，你自己以后要当心些，小心驶得万年船，因为，做冷阳的妻子，的的确确不是那么容易的。”

听完这话，叶露的心中掀起了滔天巨浪，显然，王雪俐今天带给她的消息，真的是让她预料不及的。她大概猜到可能王雪俐是因为害怕，或者是因为心里有人所以逃婚了，没想到，里面还有那么复杂的过往。

诚如她所说，如果她的猜测都属实，那么，这将会是一件很恐怖的事情。

当日，左翼告诉她，狙击她的那个人已经死了，那是一个杀手，只负责收钱杀人，到了她这，线索就断了，无从查起。

而按照王雪俐所说，显然，在她逃婚的过程中，有很多人都发挥了作用，能够调动那么多人，绝非一个简单的杀手可以做到的。

也就是说，幕后黑手依然逍遥在外。

“真的是太感谢你了！”如果没有她，叶露心想自己肯定要错过很多东西，也可能会在将来稀里糊涂地中招。

王雪俐微微摇头：“应该的，但愿这些都只是我的猜测，也希望你吉人天相，可以化险为夷。”

叶露低笑，眼前的这个女子，果真如她所言，长大了不少。

记得当初左翼是如何批评她的，说她就是太得瑟了一点，而今，她成熟了。今天来找她说这一番，只怕她是经过深思熟虑，觉得对她又有帮助，才过来的吧！

这个女子如此记恩，真是令人赏识。

“既然姐姐都已经说我们是干姐妹的关系了，我也不好拿乔，姐姐你以后若是有何难处，我若能帮忙，自然是尽力的。如果不介意，叫我一声露露吧！”

王雪俐眼角一弯，也不扭捏了，落落大方地接受了。“那好，露露，以后就叫我俐俐吧，我家里人都这样叫我！”

“俐俐！”叶露淡淡含笑，轻声唤道。

今天，她失去了，也得到了！

有失有得！

人生似乎就是一个如此的大循环。

所以，失去了觉得痛悔，得到了觉得高兴，都是人之常情！

但，别较真！

得失人生嘛！

所以，冷阳，我会尽快放下你的。

第八章

设伏

步 步 惊 心

041

叶露和王雪俐两人絮叨良久，最后一起离开。

一出咖啡厅，店外那白衣而立的男子，很难不令人注意。

路人的纷纷侧目，他都可以泰然自若，习以为常得令人忍不住多看他一眼。

初时，叶露只以为自己是眼花了。

在N国，她已经受过太多那个恶质男子的戏弄，现在看到白衣造就的衬衫，恍惚之时，想起那个令人捉摸不透的男子，还是下意识地暗道庆幸，总算是只有十天的主仆关系。

但是，这世上所谓的眼花，有些时候，都是在自欺欺人。

叶露细瞅下来，大概可以确定自己没有认错人，尤其那个人竟然对她微微一笑，顷刻间，仿佛上千瓦的电力袭来，让她自知不好。

这个向来神出鬼没的人，竟然会来这里了。

不太妙的预感！

挥手告别了王雪俐，目送她开车而去，甩头，叶露朝与白相反的方向急速而去。

没走几步，身后就传来戏谑的声音：“女奴，你这行为，真是太令人心寒了。才几天没见，你就这么冷淡啊！”

叶露权当自己已经耳聋，继续往前走，希望他见此，可以识趣地走自己的路，可是显然白的脸皮够厚，也容不了别人这么不给他面子。

“女奴，赶着去投胎啊，走得这么急！”冷声嘲弄着，叶露的一只胳膊已经被他给拽住。

不是很紧，但是却被他很有技巧地握住，动弹不了。

回头，叶露翻了翻白眼，无奈地叹气：“实话说，我真的打算忽略你的存在，可是，你的不识趣打乱了我的计划。”

白眯眼一笑，没有被她的冷淡和疏远惹恼，在N国这些天，他大略可以摸清这个女奴的性子，有时候，她会干脆得让一贯厚脸皮的人，都觉得有些难以接受。仿佛这个世上真的没什么可以让她惧怕的东西，所以，可以放肆地口无遮拦、畅所欲言。

白耸了耸肩膀，一副痞子样。“没办法啊，我这次是专门为了你而来，怎么可以让你走呢。嘿嘿，小女奴，要唐突了，以后多多指教吧！”

她哼了哼。“都说了，我讨厌你把人当作玩具的样子。你要玩，可以，别来惹我，我不想奉陪！”

“火气蛮大嘛。”白挤眉弄眼，恶意刺激她：“家里闯入了一个跟你抢人的大美女，也难怪你一副更年期提前到来的样子！”

叶露微微一愣，没想到他随便说说就可以刺中要害。想到这人的身份，如果他有心，还真的很难有他不知道的。

显然，他是有备而来的喽！

哼了哼，叶露撇嘴：“你这人说话的口气真臭，一点都不留口德。”

什么更年期提前到来，形容得也太恐怖了一些。

白收了手，无辜地把手一撇：“难道我形容得不对吗，我看到你，就只能想到这个形容词！”

叶露狠狠地瞪了他一眼。“自己知识水平有限，就别出来乱现，会让人看笑话的。”

“如果能够博得佳人一笑，我甘愿做小丑！”

此人无赖起来，真的是让人觉得又好气又好笑，偏偏他又长得俊美无双，更是有些让人拿他没办法。

街上的人纷纷拿眼睛瞅着他们俩，他愿意成为供人赏玩的小丑，她可不愿意。

扫了一眼他刚才靠着的那辆车，时尚的银灰色，因为他这个驾车的主人，少了冷感，多了些狡黠的意味。

她突然想到了可以用一种动物来形容这个男人——银狐，看似文雅高贵，实则狡诈多端，必要时，可以撕破那温雅的表皮，暴露野蛮凶残的天性。

一个不可多得的珍稀物种，不知是她幸运还是倒霉，碰上了他，貌似，还被他给盯上了。

“你的车？”

白点头。

“你若是想跟我谈谈，那么就麻烦找个幽静的地方，大街上，实在不是一个适合聊天的地方。”

白有礼地伸手，“那么，小姐，请上车吧！”

他提前往车门边走，一点都不担心叶露会趁势拦车走人。

打开车门，白侧身而立，扬着迷人的笑容看着叶露，破碎的阳光透过叶子的间隙洒在他的身上，很帅，也很令人心动，旁边的许多女子都看得失了魂，忘了走动。

她想，如果这个人的个性不要那么恶劣，倒不失为一个会令人趋之若鹜的金龟婿。

“叶露！”白扬了扬眉，眼中闪过一丝流光，很是绚烂。

叶露低应了一声“嗯？”。

“中国有句古诗是这么说的：落魄时节又逢君！见到我，你可欣喜若狂？”

她又愣了一下！

落魄时节！

心中微微刺痛，她没好气地驳回：“就这么点穷墨水，你也好意思穷显摆！”

低头，弯身，钻入了车里。

车门被轻轻地关上，门外的男子嘴角含笑，不知道他是在高兴什么。

白转来转去，果真找到了一个僻静的地方，古色古香的茶道馆，木质的建筑，雕栏画栋，仿佛是回到了泥土气的古代，令人不觉得心中一片平静。

叶露淡笑，冲着为她开门的白调侃道：“我刚才还以为你打算要绑架我呢！”

因为一路行来，他们几乎是穿越繁华地道，到达了僻静之所，跑车所经过之处，越来越荒凉，很难不让叶露这么想。

白故作伤心地看着她。“女奴，不会吧，在你心中，我就只能是这样的人？”

“难说！”

叶露毫不客气地回他，一脚踏出了车门，看着那幽雅宁静的茶馆，很中肯地表示了自己的欣赏。“很棒的地方。”

白的脸上闪现得意。“那是自然，我请你，保证让你满意！”

穿着一身复古的白袄荷叶裙的女侍者，浅笑着，引着两人走了进去。落座之后，叶露不得不打击白的积极性。

“咱们长话短说吧。我下午还有课，一会儿还得吃中午饭，没多少时间。”

白看她的眼神颇为无奈。“女奴，能不能不要说这么扫兴的话。我怎么说也不是一个无名小卒，请你喝一杯茶，难道也不给面子吗？”

可是，她根本就不要他的奉承和恭维，他的权势再大，也不是她感兴趣的东西。

所以，她淡淡地诉说一个事实；“白，你的分量还没重到让我为你逃课。还有，别叫我女奴，我已经不是你的女奴了，游戏结束了，白，不是吗？我有名字，你可以叫我叶露。”

眼看着他的脸色一点点地阴沉了下去，叶露没有觉得害怕。她知道他不能拿她怎么样，她也不愿意配合他继续玩游戏。

显然，叶露的话，让白的心情变得不好。

情场上，他几乎是无往不利的。出色的外表，享用不尽的金钱，可以翻江倒海的权势，为他提供了良好的诱饵，只要他想，无论是什么样的美人鱼，他都可以钓上来。

而眼前的这位，显然目前对他没有一点的遐想。

不是她在欲擒故纵，而是她真的对他没别的意思，这让他感觉气闷的同时，想要征服她的心，更加强烈了。

所以，他扫了阴沉，用一贯的和煦四两拨千斤地拨回了叶露的话。“我只是想请你喝杯茶聊聊罢了，别紧张，露露。”

仅仅是喝茶？

叶露又不是笨蛋！

她和他又不是交情匪浅，如果今天是她的好朋友邀请她出来，她绝对不会推辞，也绝不会怀疑，会欣然应邀的，可是——他？！

叶露摇了摇头。“行了，白，我又不是你生意场上的对手，也不是那种想着要害你的人，咱们明人不说暗话，何必拐弯抹角。想必你也知道我只是一个很普通的学生，没这个智力跟你周旋，也没这个心力跟你斗智斗勇。实话说吧，为什么来找我？有什么地方需要我，不妨直说。上次你遵守承诺，放了王雪俐，我欣赏你重诺的这一点，也很乐意在我能力范围内出一点力。说吧，找我什么事？”

“露露！”白抚额叹息。“我简直要叹为观止了。你有时候迟钝愚笨得像一头猪，但是有时候，你的犀利简直让我惊叹！”

“谢谢夸奖！”

“可是，为什么你非得认为我是有事来找你，而不是因为爱慕你，所以想接近呢？”

叶露撇嘴，无奈地苦笑。“白，我自己有几斤几两，我还不清楚？我不认为，刨除冷阳赋予我的这些，我的自身条件可以吸引你这样的人。”

白不赞同地皱眉，“你不要对自己这么没信心。露露，相信我，你很棒的。我见过的女人不少，但是你真的挺棒的，这绝对不是假话，我可以发誓。”

“行了！”叶露不自觉地嘴角一勾，微微一笑，因为没几个人会讨厌别人的赞美的。“信你了。说吧，到底是什么事啊？”

既然叶露这样干脆，白也不打算婆婆妈妈地让她笑话了。

“是这样的，这次过来，我想跟冷阳谈几笔生意，我的主战场是在欧美，对于亚洲，尤其中国这个大国，我很想试一试能不能在这分一杯羹。你要知道，中国的经济在迅速崛起，在这里，可以挣钱的机会是巨大而无穷的……”

白简略地提了一下他的想法，末了说道：“所以，我想得到冷阳的支持。”

叶露沉吟了一下才道：“生意场上的事，我不是很清楚。但是我知道凡事总是先来后到、先到先得。在做生意方面，在中国这块土地上，你已经在冷阳后面，你想要起步，真的是有些困难。更何况，强龙压不过地头蛇，你这外来客，绝对是敌不过冷阳的。更何况，你以为，我会帮助外人，对付我的老公吗？”

“露露，没必要把事情说得这么严重吧！我和冷阳又不是传说中的一山不容二虎，我们只是合作的关系，通过互相扶持，达到互利共赢的关系。现在这社会，有竞争才会有进步，我的到来，也不能不说是给冷阳一个进步的机会。而且，即使不是我，也可能会有别人进来。这世上，竞争无处不在，永远都不存在独赢的局面。”

“这些，我不懂的！”叶露连声推辞，不愿意搅进来冷阳的事情，那是她下意识的抗拒。

茶香飘逸，随风浓郁，淡淡的茶香，随着女侍者白面绿底的婀娜身姿飘了进来，令人赏心悦目。女侍者优雅地跪坐着，将那木质的茶杯轻轻地放在了茶几上，五指青葱，很是可爱。

“客人请用！”

女侍者的声音也是柔柔的，一如这暖人心的茶。

女侍手托着托盘，缓步离去，脚步轻得宛如猫一般，小心翼翼地，仿佛怕打扰这一室的宁静。

叶露莞尔一笑，这样的地方，真的只能适合宁静的！

刚才被打断的话题，又继续了下来。

茶室内，茶香四溢，徐徐飘荡着，两人之间的气氛也没那么紧张了。

白微微一笑，轻声建议：“喝喝看吧，我个人觉得，这里的茶泡得很好，入口绵厚浓郁，令人心旷神怡。”

“呵呵，我总觉得不可思议，你这样的人，竟然会弄这么文雅的东西。”

白冲她眨了眨眼，“这世上，绝对没有恒定的法则。尤其人这东西，永远都不要以为你可以看透。”

叶露想了想，点了点头。

说得很对！

她就从来没看清过他人，就连她自己，她也不敢说，她能看透！

对面端坐的男子，果真如他的传说一般，令人觉得厚实精彩、富有内涵！

举杯，浅浅地抿了一口，叶露虽然不大懂茶，但是她喜欢这味道，淡淡的苦涩，伴着口齿间的缕缕清香，感觉一下子神清气爽了。

“真是好茶！”她赞叹。

白也喝了一口，眼中含笑。“有你这话，总算是没白带你来。”

放下茶杯，两人继续刚才的话题。

“我不知道我有什么可以帮你的。”

“呵，其实我是想让你在冷阳面前为我美言几句，劝冷阳不要给我太大的阻力。我相信，我和他的合作，可以将利益进行最大化。我也相信，以冷阳的能耐，不会窝囊到连接受我的挑战都不敢。”

其实，如果冷阳拒绝与他的合作，他也可以开拓中国市场，但是有冷阳挡在那，他的前路必定是曲折不堪的。聪明人做事，是会选择用最小的代价达到最大的效益。

叶露很是好奇，白凭什么以为她的话可以这样有效，他是因为什么得出这样的结论的，如果说他这样下结论是因为她是冷阳的妻子，可是，他知不知道，她和冷阳的关系，已经是如履薄冰了。各奔东西，极有可能是将来的结局的。

抿了一口苦茶，清凉之气钻入心底，她的心宛如明镜，一片的安宁与淡然。“这事，我恐怕不能帮你。”

她无法对他解释她为什么不能帮，她和冷阳的夫妻关系再不济，也没必要对外人提及，这种丑事，只要自己心里明白就好了。

对于叶露这样的回答，白似乎没有太惊讶，也可以说，他似乎是预料到了。这个男人，既然查到了她的家里已经来了一个美丽温柔的听淑，顶着冷阳深爱的女人的面孔，占着冷阳的放纵，让她疲惫无力。那么，他自然也应该清楚这一点的。

如果不是对这个人有些了解，叶露会怀疑，这个人是故意借要她帮忙的名义来打击她、看她笑话的。

“但我会尽力的。”她继续说道，然后将茶杯里的茶一饮而尽。

成与不成，与她无关，但是她会把他的意思带到的。

白的神色一柔，“有你这话，我还求什么呢？”

伸手，执起茶壶，他要为她斟茶。

叶露伸手一挡。“不了，我还要留着肚子吃饭呢。如果没事，我想走了，我下午的的确确有课。”

白放下了茶壶，很是自然地说：“那就一起吧，正好我也肚子饿了！”

叶露怀疑地看着他，“我可不可以说不？”

白失笑，“露露，别这么吝啬。来者是客，我在这地方人生地不熟的，你就不能请我吃一顿啊？”

“哈，人生地不熟？”叶露强烈鄙视他，“你要是人生地不熟，你能摸到这么一个好地方！”骗鬼去吧！

白无辜地嘟囔；“这地方是我朋友介绍的，我的的确确是人生地不熟。美女，别这么小气嘛，大不了算你请，我付钱！”

叶露提包站了起来。“算了吧，请你吃一顿饭的钱我还是有的。走吧，外乡人！”

看在他请她喝了这么好喝的茶的分上，她还是可以请他吃一顿的。

“希望你能喜欢过桥米线！”如果不喜欢，那么只能是算他倒霉了。

白皱了皱眉，不太明白她口中的过桥米线是什么东西！

但是，总算是没让她溜走！

这个小女子有时候滑不溜丢地像条泥鳅，他若不抓紧点，还真的容易让她逃了呢！

今天本是周六，冷阳在家，她、星星和冷阳，可以难得地聚一聚，只是无奈的是她燃不起回家的热情。

那个家里，让她一直放不下的，只怕就只有那个孩子了。

打了电话给星星，告诉他，她中午不回去吃了，晚上可能要很晚回去，别人可能不在乎，但是这个自己一直照料的孩子，可能会担心她的安危。

她也不知道自己的不回去，落在冷阳和听淑的心里，会做何解释。

认为她这是赌气？还是做戏？还是别的……

随便了。

带着白到了一家她常去的那家过桥米线，这种好吃又经济的东西，一向都是学生族的最爱，看着白一副白领的样子，却可以泰然自若地卷起衬衫袖子，融入这市井小民之中，倒是令人刮目相看。

如此美味，饶是吃过无数山珍海味的白，还是竖起了拇指称赞，说以后一定会常常吃这种食物。

饭后，两人分道扬镳。

下午，叶露有一个报告要听，听完之后，是一堂实验课，那原本是周三晚上的实验课，因为代课老师临时有事，所以挪到了周六下午。

三个小时的实验下来，一出来，天色已经大黑，跟同寝室的几人打过招呼，叶露坐车回家。

因为中午的米线吃多了，她晚上没怎么吃饭，坐在车上的时候，她已经琢磨好了她今天的晚餐。好久没吃方便面了，她打算今晚就吃方便面。那可是可以跟过桥米线相媲美的美味，就是不营养了一些，但是加些东西，就可以弥补不足。那包康师傅红烧牛肉，如今就在她的包里待着。

入了家门，客厅很安静，每个人都在自己的岗位待着，这正合她的意思。直接钻入厨房，她开始忙活了起来。

加点蘑菇，放些青菜，再撒些肉丝，面没放下，便已经闻到一股淡淡的香味，惹得她更加饥肠辘辘。放水，烧开，下面……

有一人悄无声息地靠近，她有所察觉，没感觉到危险，所以只是淡淡地扫了冷阳一眼，继续她的晚餐。

不过一会儿，方便面那特别馋人的香味在空气中荡开，叶露双眼一亮，添了酱醋，洒了一些葱末，盛了出来。

那味道，真是棒呆了！

在心底低赞，她将面倒入碗里，端到饭桌上，开始慢慢地吃了起来。

冷漠的男子，原本是靠在厨房的门柱边看她的，后来，又跟随她的步伐，在她的对面拉了一张椅子坐了下来。

很随意地坐在那，用那惊心动魄的俊脸看着她，却不说话，不知道想干什么。

她自顾自吃得欢快，没过一会儿，一碗面，被她吃得溜光溜光的，就连那汤，都只剩下了最后那一点残渣。

果然，晚上不吃饭把肚子留下来是正确的选择，这样吃起来，才能更美味嘛！

抽出面纸，她擦了擦嘴，端起碗，她要把碗拿过去送洗。

对面一直沉默着的冷阳突然开口："我饿了！"

声音淡然，但是神情莫测高深。

叶露愣了愣，转身，挑眉看他。

他这是什么意思！

冷阳坐在那，宛如一个只会发号施令让下人无条件服从的主子一般，再一次地重申："我饿了！"

可以确定，他是在对她说话。

叶露指了指冰箱。“那里面有牛奶，也有面包，你自己去拿吧！”

别妄想连这么简单的事情，他都要让她替他完成。

“我要吃你刚才吃的。”

叶露嘴角一抽，看着这位冷脸的大魔王，怒从心起。

“想吃，自己做去。”

“我不会。”把不会说得如此理所当然的，一点都不感到心虚的，只怕也只有他了。

“那让听淑替你做去，我想，她会很乐意的。”她不是厨艺精通嘛，包君满意！

“难道你不乐意？”冷阳沉下了脸，面有不快。

叶露其实很想对他说，我不乐意，但是，又不忍心这样狂吼出声，只能找了一个借口，微微一叹。“冷阳，我很累。”

“可我饿了！”他一点都不顾惜她，执拗地坚持自己的想法。

“饿了可以吃别的！”

“女人，我告诉过你，我只要吃你刚才吃的。”

他的声音猛地一沉，很明显地让她感知到他生气了。

如果她不服从，他只会更加生气。

天哪！

叶露只觉得倒霉透了，她怀疑这个男人在跟她对着干。“你要是饿了，刚才我在弄的时候，你为什么不说话？”

现在锅都泡水了，她要是再动勺，就得刷锅，很麻烦的。

他不说，只是用那阴冷的眼神，一直地盯着她，盯着她不放，英俊的脸庞更加莫测高深，只是那冷意，让人不能忽略。

她耸了耸肩头，无奈：“我没有方便面了，做不了刚才的那种。”其实，她包里还有一包，但是她不说，他又怎么会知道？她就是不想给他弄，怎么样！

他的眼神开始变冷，“女人，我知道你包里还有！”

他刚才站在楼上的时候都看见了。

她对他扯谎，又对他表示拒绝，这让他很不快。

中午不回来吃饭，晚上也不回来吃饭，只给星星打电话，却不给他报备，难道他还比不上那个小鬼吗，还是，她打算躲着他？

越想，他的眼神就越冷。

叶露要是看不出来这个男人将要发飙，她就是个傻子。

看他的脸就知道，这个男人，越来越危险了。

于是，她收了心底的那份无奈，无辜地吐了吐舌头，嘿笑：“啊，原来我包里还有啊，你不说，我都忘了。等等吧，我这就去弄。”

识时务者为俊杰！

她从包里拿出方便面，再次洗菜、洗蘑菇……

一个矮小的人影钻入了厨房，扬起白嫩嫩的脸庞，欢喜地看着叶露：“露露，你回来了啊！”

叶露冲冷星笑了笑。“今天有没有乖乖地学习啊？”

“有啊，左老师还夸我来呢，左翼也教了我好多东西。”

“星星真棒啊！”

……

冷阳冷眼，看着这两人一搭一唱，不屑插嘴。

锅盖被掀开的时候，冷星吸了吸鼻子，咧嘴笑道：“好香啊……”

叶露笑眯眯地看着他：“想吃吗？”

冷星点头，双眼亮晶晶的，充满了期待。

叶露去拿小碗。

冷阳皱眉，有了不好的预感。

当叶露开始往小碗里夹面的时候，他不快地出声打断：“这是我的！”

这是她给他做的，凭什么要给这个小鬼？

冷星瞪他，却被他一记眼刀给狠狠地逼了回去。

叶露脸一绷，转身，对着冷阳劈头盖脸地骂了过来：“冷阳，你抽什么疯！他是你儿子，你这个当爸爸的，分他一碗你会死啊！”

这个女人，竟敢用这种口气跟他说话！

冷阳眯起了眼，神色不明地看着她。

叶露骂完了他之后直接转身，自顾自地往小碗里盛面，又加了好多料放到了小碗里，不顾她身后冷阳已经黑脸。

然后，将剩下的都倒在了大碗里，转身询问他：“你还要吃吗？”

冷阳踱步过来，捧过碗，一语不发地端到了桌边，感觉有些灰溜溜的。

叶露让冷星拿着两双筷子，帮着把小碗端到了饭桌边。

“哝！”递了一双筷子给冷阳，一双给冷星，一大一小，相似的两张脸，一声不吭地吃了起来，一时间内，只听到了吸面条的呼噜呼噜的声音。

叶露拄着下巴，看着两人，皱了皱眉头。

“你们没吃晚饭吗？”

她忍不住地开口关心。现在也就7点多钟，要是按照6点钟吃饭的话，也不过是一个小时，他们怎么看上去很饿的样子。难道是听淑今天晚上没做饭？

冷阳是不能指望他会回答了，所以是冷星开了口。“吃了，可是露露不在，不想吃。”

小家伙皱着眉头，表现得很忧郁，黑漆漆的眸子，看上去也有些愁云惨淡。

叶露斜睨了冷星一眼，低声教训：“说什么呢！身体是你自己的，不能因为别的什么原因就不吃饭，这么不爱惜自己，那怎么行！以后，一定要乖乖吃饭，知道吗？”

冷星小小地“哦”了一声，埋头继续吃面。

叶露想了想，有些怕这两个人吃不饱。一包面，她吃了是刚刚好，但是这一个小男孩，一个大男子，两人分着吃，大概是要不够的。

“星星，够吃吗？不够，我再去给你做一些。”

这话，说给冷星听，其实也是说给冷阳听的。她心中别扭，下意识地不太想跟冷阳说话。

可是冷星很不给面子地摇头，说不用了，小家伙是这样想的，无论露露做什么，他都会吃的，可是再做饭，很麻烦的，露露会累的。

叶露摸了摸冷星的小短发，咬咬唇，无奈地扭头看冷阳。“喂，你够不够吃啊？”

这种无意间透露的关心，让冷阳的脸色好看了一些。“不用了！”

她刚才不是说累了嘛，就别再麻烦了。

叶露想了想，起身离桌，从冰箱里拿了几个苹果出来，又拿了一个果盘过来，开始慢慢地削皮起来，边削边说：“待会儿再吃点苹果垫垫吧！”

她怕这两人吃不饱，再吃点水果，应该是好一点的。

冷阳看着她半低垂的脸庞，灯光打在她的头上，落下半面阴影，衬得她的脸庞宛如黄玉一般柔和，说不出的温柔动人，心中欢喜，不自觉地微微一笑，卷起了一筷子面，大口地往嘴里塞，只觉得香气扑面，入口爽滑，美味极了。

突然之间，他感觉到了被注视的目光，于是神情在刹那间，又恢复了冰冷的淡漠。

站在楼梯上偷窥的听淑，愤愤地咬了咬唇，轻手轻脚地回房。

她觉得憋气极了！难道她做的美味，还不如那个不入流的女人的一包泡面？

洗碗筷的时候，叶露提起了白的事情。

冷阳其实知道叶露跟白见了面的，她的手上戴着可以告知她位置的手表，他几乎是可以不费力地获得她的行踪。他知道她和白去了茶馆，也一起吃的过桥米线，然后回了学校，一直待到现在。

"你希望我同意？"

叶露头也不回，自顾自地洗着碗。"生意场上的事情，我不懂，你觉得怎么样好就怎么样吧。我只负责把白的话给带到，其他的与我无关。"

这种极力撇清的态度，冷阳还是满意的。

白想分一杯羹，对他来说，也构不成什么威胁，如果这次他同意，倒是可以卖给白一个人情，以后，需要的时候，可以讨回。

"这事，我会考虑的。"

叶露不再多言，将洗好的碗筷放到了消毒柜里，后牵着冷星的手，上了楼。

冷阳跟在两人的身后，也上了楼。

叶露直接钻入冷星的房间里，检查了一下他的功课，两个人聊了一会儿，她回了自己的房间。

打开电脑，接上视频，插上钥匙，从抽屉里抽出左翼放进去的文件夹，她开始翻看起来。

这个抽屉有两把钥匙，一把给了左翼，一把叶露自己拿着，需要叶露看的一些资料，左翼会事先放好在抽屉里，等叶露看得差不多的时候，左翼会换一些新的过来。

文件的资料，自然是凤组管辖下面的一些事。

这是一个庞大的组织，叶露现在接触的，只怕也只是这个组织的九牛一毛。但是她相信左翼，左翼要她处理什么，她会守好本分地完成。

看资料的时候，碰到不明白的，她就和左翼及时在电脑上沟通。

对了，今天王雪俐说的那事，有必要跟左翼谈一谈。

电脑那边的左翼听叶露这么一说，表明回去查查看，其实，当日那个杀手的事情，她们一直都在查。听叶露这么一说，似乎可以突破的渠道，并不仅限于杀手这一面。

"那个听淑，如果你想，你可以用凤影的力量把她从这里赶走。"左翼突然如此提议。

叶露愣了一愣之后，拄着下巴，陷入了沉思。把她赶走？似乎有些失礼，冷阳也会生气的，他不会同意的，早上他很明确地表明了她不能走的。

为了一个听淑，让凤组跟冷阳对着干，没必要。

她可以放开他，但是不能伤害他。

于是，她说："不用了。"

左翼沉默片刻之后，很是犀利地察觉到了什么："你是不是做出了什么决定？"

叶露的神思开始有些恍惚，回过神来，飘忽一笑："左翼，如果哪天你对我忠心到可以瞒着冷阳为我做事，麻烦你到时候通知我一声。"

电脑那边的左翼，愀然变色。

她这么说是什么意思？

她打算干什么？

“你……你不要干蠢事，慕倾在你面前摆着呢！”她难得如此失去镇定！

叶露又笑了笑。“放心吧，我自有分寸。”

左翼在电脑那边烦恼地蹙紧了眉头，难道……历史又要重演吗？

男人的心里到底在想些什么？

无情的是他们，痴情的又是他们！

得到了不珍惜，失去了却又后悔。

她似乎可以看到一场悲剧，即将上演！

这凤组，难道真的要无可避免地逐步没落吗？

是夜，冷阳没有等到那个到了晚上就会跑来找他的女人。

叶露睡在自己的房间，没有那个习惯了的体温相伴，是有些不太习惯，但是习惯是养成的，相信过几天，她适应了，一切都可以恢复从前。

今夜，再如何地翻来覆去，最后，她还是沉沉睡过去。

如果冷阳以为叶露在闹别扭，气他当时没有站在她这一边，这种气愤的情绪，应该过几天就能好了，之后，一切都可以如初，那么，他只怕要出错了。

从那一晚开始，叶露再也没去他房里找过他。

两人相处的时候，似乎一切都好像从前一样，她笑着，柔言细语，感觉不出她对他的厌恶，有时候，也会聊上几句，甚至，她还是表达着对他的关心。

但是，她晚上不过来找他，他就知道，事情驶向了不好的方向。

可是，他又不能去阻止！

烦躁地躺在床上的时候，他心里想的只有：女人，别背叛我！你要敢，我绝对不会饶了你的，绝对不会！

更多的时候，他在练功房里狂躁地击打沙袋，发泄怒火、欲火，一边打，一边愤愤不平地细想：这个女人，竟然连争取都不会，难道，他就一点都不值得她争取吗？

可他不懂，人只有感觉到目标可以实现，才会努力地去争取。

这就比如，人这一生中有好多的梦想，想当科学家、想当音乐家、想当小说家，想去环游全球，想成为美人、想成为帅哥、想征服银河系……

大多的梦都是白日做梦，想想而已，而最后，选择的那个梦，只能是自己有能力实现的那个。

叶露也试过去争取的，但是现在，累了，只是——累了而已。

042

同一时间，有什么东西，悄然地开始运作。

张明宋申请了出国，悄无声息地办理了各种手续，走的时候，几乎是无声无息的，他是到了国外，才给叶露打了一个电话，告诉了她，这让她惊诧得几乎是愣在当场，久久无法回神。

他没和许洁一起走，他们两人已经彻底地分手。那么的突然，他就出国了。留下的猜测，都是对于他的负面评价，说是他为了出国，连女朋友都不要了……

人走了，一切似乎都没有意义。

过了一段时间，校园内新的流言盖过旧的流言，谁还能记得当初的是是非非，谁还记得当时的信誓旦旦的约定，谁还记得当初那痛哭流涕的无奈和悔恨……

叶露没问他为什么要出国，每个人都有自己的决定，她已经没资格、也没这个必要问了，只希望，他只身在外，能够一切顺利。

出国，那是富人的消遣，张明宋那样勉强称得上小康的家庭，出国留学，是需要极大的勇气的，也是一个极大的煎熬，因为他必须要面对可能会没钱断粮的情况，还得花大量的时间去打工才能维持生计，可能还会在打工时间过长和导致学业被影响申请不了奖学金的恶性循环中煎熬……

不过，一切，都与她无关了。

她也相信，既然宋哥做好了这个决定，那么他必定是可以在国外坚强地生活下去的。

冷阳答应了同白的合作，白借此邀请叶露出来，非得说要请她吃饭好答谢她。

这个男人，最近总是在她周围神出鬼没，更是有各种各样的借口邀请她出来，最多的莫过于，他对这个城市不熟悉，让她带他逛一逛。

叶露直接回绝了，既然他这么有钱，直接请个导游算了，既专业，服务又到位，实在最合适不过了。

白请她吃饭答谢的那天，叶露毫不客气地带着寝室一帮闲人一起去撮了一顿，把白的脸都气绿了。当时他没有发作，可是事后打电话向她抱怨，为什么要带不相干的人来，他又不是要感谢她们。

叶露无辜地回绝：“最近这世道不太平，街上色狼、谋杀犯太多了，学校里都发了通告的，让我们出去的时候，尽量跟同学一起。我不想遭遇不测。”

有理有据的话，让白无奈极了，知道她只是在找借口，但是又不能反驳。

之后他又好不容易把叶露给拐出来了好几次，但是叶露似乎感觉不到他的心意，继续带着她的室友一起同行。

一次、两次、三次、四次，白告诉自己：风度，他要保持风度，冷阳够冷、够酷，他不能跟风，所以他务必要保持他的风度，用他的绅士风度征服她，所以，不能跟她斤斤计较，所以，他一次次地忍了下来。

在他的眼中，叶露是一枝难攀折的玫瑰，所以，他多花些心思也是应该的。

所以，一次次地，他忍了下来，只是每次事后，他都不得不抱怨："露露啊，你能不能下次不带朋友出来啊。你怕出事，我可以去你学校接你的嘛！"

"我怕被别人误会我搞婚外情！"叶露无情地一口拒绝了他。

白嘴上说着"只是朋友罢了"，笑着打哈哈，心里则是燃起了熊熊的烈火，他白至今为止，就没有折不下的花，他就是跟这叶露杠上了！

一来二回，叶露寝室的人都熟悉白了。风流倜傥、英俊潇洒，一头闪耀的金发，还带着混血儿血统的白，显然成为这些女人眼中的极品男人。就连叶露寝室里有男朋友的那两个，都有些蠢蠢欲动，一行人，纷纷向叶露打听白的情况。

"花心大萝卜，根本就没心，但凡看上他的女人，最后没有一个不是被他给抛弃的！看上这样的男人，就是自寻死路。"

叶露评价得很毒辣，也很犀利。

寝室人已经有些失控的粉红色泡泡立刻破灭不少，以后见了白之后，眼神也不会那么露骨了。

但是好奇的心还是有的，问叶露白是哪号人物的，叶露的回答是她一个远房表亲，几乎是没有联系的，突然冒出来了。

总之，沾点亲戚关系，至少不会给别人想歪的余地。

白从叶露寝室人的口中得知，冲她挤眉弄眼："露露，据说咱们是远亲啊，我听说，中国古代最时兴的就是表兄妹结婚的！"

叶露一个白眼翻了过去。"在现在，近亲结婚是禁止的。我想你不会没品到弄个弱智儿童出来吧！"

白发觉这个女人变得伶牙俐齿了。

叶露继续似骂非骂："白，我知道你很能干，就是干坐着休息，都可以有大把的金钱往你的口袋里扑，但是请原谅我小女子一个，没有这美国时间陪你玩！"

实话说，白这个人虽然花心又爱玩，但是不下流。这个男的，倒是很值得做朋友的，跟他在一起，叶露习惯了口无遮拦，心情不爽，想骂就骂，根本就不用顾忌，有时候看着那个男人明明脸色难看得似乎下一刻就要发飙，可是又能笑笑地保持一脸平静，她还蛮佩服的，这人的自控能力倒是真的好。

所以，对于白有时候的邀约，她并不断然拒绝，权当是交了一个朋友。

但是，有人显然是不能认同这个想法的。

叶露带着淡淡的烟酒味回家时候，坐在沙发上的冷阳站了起来，看着她酡红的脸庞，不由得皱眉。

这些日子，叶露能经常看到自己回来的时候，他坐在客厅的沙发上看文件，这个习惯，好像是他突然之间培养起来的。

可能，是因为他的书房让他不习惯了吧，又或者书房里出问题了，谁知道呢？

她一般是跟他打过招呼然后上楼。有时候，看他正看得入神，就会蹑手蹑脚地不打扰地直接上楼。有时候他会说他口渴了，她就会识相地立刻给他又是端水，又是切水果。

是，她已经累得不再去追逐他了！

但是，有时候看他一个人孤零零地坐在客厅的沙发上。偌大的客厅，就只有他一个人，她会觉得他很可怜，那个时候，心，痛得特别厉害！

他几乎是没什么朋友。她没见过他有什么贴心好友，或许是他不介绍，又或者他是真的没有。她只看到，他除了工作，就是坐飞机巡查遍布世界各地的生意，总的来说，除了工作，他还是工作。

除了工作以外，他似乎都没有娱乐了，如果去练功房练武是一项娱乐的话，她就更替他悲哀。

这种孤寂，他怎么会受得了？

要是她，她觉得自己会慢慢崩溃的。

叹了口气，她在他的身边慢慢地坐了下来。有时候，她会放开一些不必要的猜想和排拒，只想顺着心中所想，去做自己想要做的事情。

她坐了下来，没想过要说什么，也不想做什么，只是想坐在这，陪陪他而已，陪到她累了，不想陪为止。

“你喝酒了？”他突然开口，头却还扎在文件夹里。

“嗯。”她淡淡地应道，白嫩的脸庞一片粉色，很漂亮，而她不自知。她踢掉了凉鞋，在沙发上找了一个比较好的位置，蜷缩成了一团，舒服地呼了一口气出来，半眯着眼，很是慵懒。

他循着沙发垫上下颠簸的动静朝她望去，就看到了她半面桃花的娇媚样子，这让很久没碰她的身子，一下子就火热了起来。

她穿着三分裤，小腿彻底地露了出来，白嫩匀称的样子，很可爱。她蜷缩着，露出漂亮的腰板，骨架很完美。他还记得抚摸她白嫩的后背的感觉，宛如在抚摸最柔顺的丝绸一般。瘦小的腰肢，异常纤细，他双手握着的时候，似乎一用力都可以把她掐断似的，还有那诱人的平坦小腹……

她身上的每一处，似乎都可以惹起他的遐想，他的思绪有些不受控制，心头的欲望开始发热……

但他似乎已经失去了行动力，只是坐在那，看着她，有些着魔一般地控制不了自己的眼珠子。他觉得，今晚的她，特别的美，可能是因为她喝了酒，也可能是因为她异常地乖顺，也可能是因为，他有些日子，没有好好地看她了。

似乎感觉到了他良久注视的视线，她努力地睁开了眼。酒气在胸口蒸腾，脑袋熏熏然，她的嘴里无意识地咕哝了一声，微微地挪了挪脑袋，看着他。

“你最近好像很忙？”

很忙？他不太确定，可能是忙吧。

“我经常看到你坐在这里看文件。”

所以，她凭借这些认为他忙？可是，他怎么能告诉她，他坐在这里，只是想每天能够在她回来的时候多看她。她几乎是不会去找他，如果他不坐在这里，可能根本就看不到她。

要他主动去找她，几乎是不可能！

所以，他只能拐弯抹角地做这种似乎可以掩藏他心底想法的事。

她从沙发上爬了起来，往他身上凑了过去。可能是因为酒意，她的身子有些发软，所以在盯着他手上的文件好一会儿之后，娇躯不自觉地半依靠在他的身上。

他可以不费力地就闻到了她身上的馨香，有酒气，自然也有烟味。

他微微皱眉：她是从哪里冒出来的？

她有些含糊不清地嘟囔：“你在看什么呢？”

他知道她现在的意识可能不是完全清楚，跟她说了，她可能也不长记性，但还是解释了：“是公司里的一些财务文件。”

叶露皱了皱眉，脑袋靠着他的胳膊，半眯着眼，想了一会儿，才说：“这个很重要的，要……要放好。”

他的眼中闪过异色，冰冷的面庞出现了裂痕，心里暗想：只要……只要你对它不感兴趣就好！

忍不住伸手，他将她搂在了怀里，让她的脑袋，自然而然地靠在了他的怀里。她的一头秀发，宛如瀑布一般地洒落在他的胸口，闪着动人的黑亮光泽，魔媚一般地勾缠着他的心。

他拽了一小把，放在了自己的手里，把玩着，低头，轻轻地吻了一下她娇嫩的脸颊，心里开始荡漾。久违的柔嫩触感，让他有些克制下来的欲望，开始沸腾。

怀里的她在发呆，不知道在想什么。

他合上手上的文件，收拾了一番，放回了一边放着的公文包里，然后，轻轻松松地抱起了她。

她没有激烈地挣扎表示拒绝，反而很乖，拽着他的白衬衫，神色似乎有些迷茫，又似乎清醒，又似乎不清醒。半醒半醉之下，在灯光下，越发显得那双蒙昽的双眼氤氲动人。

他的身体更加火热，往楼上走的步伐显得有些焦躁和不耐。

他想，今晚他可以饱餐一顿了，他要狠狠地吃回来，弥补这些日子的饥饿。

他也想，经过今晚，他的和她的关系，一定会改良的。

然后，他发现，他和她之间，依然是不温不火的关系，那个明明在床上不抗拒他的女人，又不来他的房间。

他烦躁，他已经好久没有这样烦躁了！

他搞不懂这个女人想干什么！

他想试探她会不会背叛她，难道，她真的打算要背叛他？

该死的！

一想到这个可能，他就头疼得厉害！

她敢？

她胆敢！

她要是敢，他绝对不会放过她，他绝对会把她关起来，一步也不许她离开，就这样关她一辈子，直到他腻歪了为止！

听淑在那天晚上明白，她对叶露的刺激还不够。

那个女人，在她那天那么地刺激她，明明白白地让她明白冷阳爱的是她姐姐之后，她还可以上他的床，那么乖巧地窝在他的怀里，连一丝抗拒都没有，简直是可恶至极！

可恶，简直是太可恶了！

她以为叶露和冷阳的分房，已经表明了这两人会越走越远，有她在这里，这两人注定了不可能复合，但是，就在今晚，那两人又有了肉体关系！

捏着手里的玻璃杯，她手上的青筋暴起，一晚上积聚的怒气，几乎可以把这玻璃杯给捏碎。

愤恨地将玻璃杯狠狠地放下，杯里的水，猛烈溅起，洒落在外面。

哼，那两个人哪怕是水乳交融，她也可以像对待这杯水一般，让这水永远不得宁静，最后闹得各自分散。

在听淑找到叶露之前，叶露在懊恼，懊恼自己怎么随了冷阳的意，懊恼自己昨晚怎么就没有挣扎？

也许是因为她喝酒了？

她可以拿喝过酒当作借口，但是，她实在骗不了自己，当他将她拥在怀里的时候，她真的舍不得推开。她觉得那个时候，自己若推开了他，真的是太残忍了。

也许认为他这个人可怜，是她的一厢情愿，他冷阳根本就不需要她的可怜，但是，当他温柔地抱起她的时候，她因为这份对他的怜惜，就那样顺从了！

她也得承认，早上从他的床上醒来，被窝里还有余热，她虽然懊恼，但是不讨厌。

怎么可能会讨厌呢？

真是有些糟糕，又被那个男人给牵着鼻子走了。

“知道这栋房子里，视野最好的是哪个房间吗？”不请自来的听淑，在敲了两下门之后，没等叶露询问是谁，就推开了门，倚在门边，很突兀地问她。

似乎听淑也不指望她回答，只是在各自沉默了之后，她自问自答地说：“视野最好的那个房间，就是正对着小湖泊的那个，从窗户往外看，可以看得见整个湖泊，也可以看见周围漂亮的花朵，以及高大葱郁的榕树下那漂亮的白色秋千。你知不知道，那个房间现在已经不对外开放了，这个房子里，只有一个人有这个资格进入，但是那个人痛心到连进都不敢进！”

叶露不笨，知道这个听淑是无事不登三宝殿，她又来跟她作战了，是吗？不就是听涵和冷阳那些酸倒牙渣的成年旧事嘛！

“有话快说，有屁快放！”她看着听淑，自然不用客气温婉。

听淑冷下了脸。“我只是好心地想告诉你一些事实罢了，你没必要生气。”

叶露哼了哼，她若要好心，大家都可以飞天当佛祖了。

听淑自然是别有用心的，她告诉叶露，那个房间是听涵和冷阳的新房，听涵死后，冷阳封了那个房间，再也不许任何人进入，于是，那个视野最好的房间，就这样白白地被糟蹋了。

听淑指望着叶露会愤怒，可是叶露是不会愤怒的，她可能在心里作痛，但是不会在敌人的面前表现自己的情绪。她若是露出一丝一毫的动摇，就是让敌人的计谋得逞，就是让敌人看她的笑话。

“听淑，进来坐坐吧。再跟我说说一些听涵和冷阳的事情吧。”叶露故意扬着笑容看着她，听淑想让她哭，她却偏要笑；听淑想看她落魄，她偏要反其道而行。

换种思路，这未尝不是好事！

行啊，省得她被蒙在鼓里了，到头来还得一次次地被别人刺激，还不如让听淑一次性告诉她这是怎么回事了。

如今，现成的人都上门了，她干吗要拒绝啊。

好得很啊，她就权当自己无聊听故事好了。

叶露表现得如此的干脆，门口，听淑的脸色，一变再变。这个女人，都这样了，还笑得出来。哼，有点本事嘛！

等着吧，慢慢来！

她也不服输地笑了起来，装得很不好意思地摆了摆手：“不好意思啊，叶露，我还要上班呢。以后吧，以后若是有空，我再跟你说，如何？”

叶露冷笑，以后？

只怕是这个女人是以后又要跟她过不去的时候，再拿那些成年往事来刺激她吧？

哼了哼，叶露看也不看她，冷淡地说道：“恕不远送！”

听淑转身离开。

这一场，谁输谁赢，没有定论。

043

是不是人生中一旦犯错，就会永远地留下污痕。

董萍，也就是叶露同寝室的室友，以为当日她的事情已经结束了，但是，这些她极力想抹去的往事，如今又纠缠了上来，更为恐怖的是，这事，还要牵扯上她的好友。

“把你们寝室的那个叶露介绍给我们认识吧，交个朋友，否则，我就把我手上的录像给传到网上去。”

录像，据称是董萍在打工的时候录下的，这份杀伤力，可比当日王彤拍下的照片强多了。一旦这录像流出去，董萍根本就不能想象。但是这些手上拿着她的录像要挟的人，又怎么会是好人，他们想要跟露露交朋友，一看就知道心存歹意。

自从接到这个电话起，董萍就开始失魂落魄，直至室友都发觉了她的不对劲，问她怎么了，但她却一句话都说不出来。

说什么呢，说因为她当日的不知羞耻，今日还要靠牺牲自己的朋友来挽回自己的声誉吗？

思来想去，董萍做了决定，那就是——叶露，她是绝对不会出卖的！

她本来就是被叶露和她老公给救回来的，当日就该被退学的，承蒙那两人的帮忙，在这学校多待了几个月，也算幸运了。

这录像流出去就流出去吧，她是豁出去了，大不了退学之后，找个山沟沟，隐姓埋名得了。

董萍是个个性坚强的人，她宁可破釜沉舟，也不愿意屈从恶势力。

但她在被流言击中之前，还是找了叶露谈了谈。凭她在风月场合待的这一年，她对人情世故的敏锐度自然是提升了很多，她不愿意给叶露带来麻烦，但是她有必要告诉叶露要当心。那些人看似是要挟她，但实际上，却是冲着叶露来的。

可能，叶露不小心得罪了那些人吧！

董萍把事情跟叶露说了一下，叶露摇头。不应该的。她没去那种地方，不可能会认识那些人。他们冲着她而来，为的什么？只是单纯地交个朋友吗？

"萍萍，你先应下他们，我去找齐总谈一谈！"

自从齐总把他儿子齐开弄到幼稚园跟冷星做了朋友，叶露和齐总也算是有些交情了。齐开每次见了她都亲热地喊着"阿姨，阿姨"。又因为齐总经常开车过来接齐开回家，所以经常跟叶露照面。

董萍摇头。"不行，我不能再把你给拖下水了。"

她是坚决的，她已经做好决定了，她不能一而再、再而三地置自己的朋友于危险尴尬的位置。

叶露伸手，搭在了董萍的肩膀上，静静地看着她。"萍萍，你应该相信我，我会处理好这件事的。在你看来，这可能是一件天大的事，在我看来，这可能是举手之劳。你要记得，我现在有这个能力，你也要记得，我们是室友，也是好姐妹，好朋友。所以，萍萍，让我去试一试。你要是看得起我，你要真的当我是你的好姐妹，你就让我去试一试。别动不动说什么退学的话，你要知道，像你这样的考上大学是多么的不容易，不能轻而易举地就放弃，萍萍，好好想想你自己，再想想你的家人，再想想你们那小村子，这事，你得配合我、听我的。"

董萍的眼眶一红，唰唰地掉下泪来。她孤身在外，出了这样的事，连个求助的人都没有，所以才无可奈何地想要破釜沉舟。叶露说的话，句句打入她的内心，不啻为天降甘霖，让她感动得更加泪如雨下。

"我……我又得麻烦你，露露……我以后要怎么报答你，以后可要怎么感谢你……"董萍抽泣出声。

"笨蛋！"叶露低骂。"等着吧，别担心，这些小瘪三，我会想办法处理的。这事，你回去不要跟任何人提起。"

董萍点了点头。

这个原本在他们寝室最小的小妹妹，原本都是大家把她当作妹妹一般地照顾，而今，轮到她们接受她的照顾。

她变了好多，变得坚强、变得自信、变得果断、变得美丽！

可是她知道，她变得再多，哪怕振翅高飞而去，她都是她们这一寝室人的好姐妹！

谢谢你，露露！

认识你，真好！

叶露先去找的齐总，齐总告诉叶露，为了照顾客人的隐私，房间里一般是不安排摄像头的，有些特殊房间有装，但是客人都是事先知道的。董萍这点常识应该是有的。那么，如果被录像，就是客人自己偷偷带了摄影机。这，是他们所控制不了的。

齐总很敏感地察觉到了什么，询问需不需要他帮忙。他们做这一行的，这样的事情都见过，处理起来也有经验。

叶露想了想，告诉他，有需要的话，她会给他打电话的。

告别齐总之后，叶露跑到了冷饮店坐了一会儿，那里凉爽的气息扫去了外面酷热的暑气，可以让她头脑冷静一下。

若是董萍真的被录像了，那么为何这些人这么久才拿出来？他们指明想跟自己做朋友，这是巧合，还是预谋？到底是如何巧合，会让董萍被人给拍下，会让这录影带落入那些瘪三的手里？

不管怎么说，得先看看那录影才行。他们若是随口说说，她也不能傻到就信了。

经过交涉，对方给了董萍一小段录像内容。

叶露一起看了。录影是真的，不过画面显然经过了处理，将画面上的那个男人处理得模糊不清、极难辨认。

叶露看着录像带，面无表情，心里则把搞出这些下三滥的手段的人的全家都给骂了遍。

“不是交个朋友吗，何必要把大家弄得这么尴尬？”

转头，她冲着那位带着录影来的人含笑说道。只是虽然笑意妍妍，但是里面的锋芒，令人不容小觑。

那个男人看来是见惯了大场面的，笑眯眯地收了录像，回头对叶露说道：“谁都知道，如今你这位凤影不喜欢交朋友，平日里几乎都不出来交际的，我们这也是没有办法，实在是对你仰慕已久，所以，才出此下策的。”

叶露哼了哼。

"你应该知道我的目的是这录影，说吧，你到底想怎么样！"

那个男人眯眼笑着。"其实没什么的，我们真的只是想和你交个朋友。如果叶小姐你真的觉得跟我们相处不下去，那我们也就不厚脸皮了。最主要的，我们希望叶小姐能给我们一个认识你的机会。"

叶露眯了眯眼，自然明白这些人的目的不会这么简单的，但是她还是答应了。

不能打草惊蛇，她还是懂的。

"我真切地希望，最后你能把这录影还给我的朋友。"

那男子笑了笑。"那是当然，叶小姐跟我们交了朋友，董小姐是叶小姐的朋友，那么董小姐自然也就是我们的朋友，对于朋友，我们一向是很友爱的。"

这种明面上的套话，叶露听着都烦，说来说去，还是他们说了算就是了。一旦她不愿意，那么他们就要拿录影来说事了吧。

耐着性子，点点头，叶露淡淡一笑，眉角一挑，添了一丝风情。

"实话说，我对你的朋友很好奇，用这种方式跟我见面，令我印象深刻。什么时候，你引荐吧，我想，他们应该都不是一些平常人吧？"

叶露表现出了兴趣。

逢场作戏，谁不会？

那人虽然极力掩饰，但是那瞬间的得意，还是通过笑容流露了出来。

这件事发生的时间倒是巧，在听淑介入的情况下，叶露和冷阳的关系是每况愈下，往差了说，甚至可以说是要进入冷战期了。这个时候，即使她浪荡如花蝴蝶，也与他无关。她猜想他也不会太在乎，或者即使在乎，又能怎样？

此后，那个叫寻的男子，介绍了几个年轻人给她认识，如果没有别的事耽误，叶露一般都是欣然应邀的，经常是几个年轻人坐在一起天南地北地聊着，喝几杯小酒，然后各自分散。可能考虑到叶露的身份不太寻常，所以这些年轻人都没有太放肆。

但是——

每次散场之后，叶露坐到接她的轿车里，都要冷笑一下。

大鱼还没有登场呢，她自然要好好地配合。

她和左翼一起商量、分析，这些年轻人估计是那寻叫过来试探她的，她岂能这么容易地就上当？那真正有分量的，只怕还没有登场呢。

通过跟那几个年轻人一聊天，发现这些人对她的背景都不太熟悉，只是大略地知道她的来路不简单。从这就知道不对劲，她叶露又不是那种漂亮的小姐，这些人犯得着为了她一个叶露而干下这种违法的事？

司机直接打道回府，而那边寻拿起手机，开始向他的上司报告事情的进展，正如叶露猜测的，事情绝对没那么简单。

只是到底谁想对付她，一切，都还只是谜。

龙旋集团总裁办公室内，冷阳看着手下送来的那一张张的照片，脸都黑了。

照片里面的叶露，浅笑中，带着一种淡淡的蛊惑人心的美丽，她的眼神缥渺，似乎一半的魂已经飘离，一半的魂还留在身体内，半痴半觉间，那不经心的散漫，宛如罂粟一般的蛊惑。她可能不是极美，但是她那一身淡而妖的气息，牢牢地吸引住了周围的男子，蠢蠢欲动地向她靠拢，而她身边围着的几个男人，虽然极力克制，酒杯之后的那狂热的眼神，还是可以看得出他们的渴望。

她仿佛一夕间获得了什么魔法，懂得了如何用她那种淡然的漫不经心勾住男人的心魂。

瞅着照片里面的那个女人，她淡施粉面，坐在那暗淡的刻意用来烘托气氛的酒吧灯光下，仅仅是轻轻地捏着高脚杯，眼神迷离地游荡在酒杯里的美酒上，就让人心痒难耐！

这个女人，竟然敢真的背着他去外面找男人！

冷阳看着这些照片，真的有撕毁这一切的冲动！

他不明白，真的不明白！

为什么，一个个，都是如此！

难道，他冷阳，真的不如外面那一个个的奶油小生！

他可以给她们最好，为什么最后，一个个都不满足？

他只不过是那么轻轻地试探，为什么，她就那么轻易地要背叛他？为什么，她这么地经不起考验？

他总以为她是不一样的，总以为她是不一样的啊！

在那个毕业典礼上，见到了酷似听涵的听淑，他震惊了，感觉就好像是听涵重新活过来一般。

那个一直跟在他和听涵后面的小妹妹，娇俏地喊着“姐姐”和“姐夫“的听淑，四年不见，变了好多，变得，是那么的像她姐姐。

所以，在她俏皮地讨要毕业礼物的时候，他答应了。

面对那张酷似听涵的面容，他很难不答应，看着听淑，他就会想起曾经的那美好的过往，纯真的，不含任何杂碎。

王者之心，造价很贵，但是在他眼里只是一个毛头，他应承得很轻松。尽管那个女人说，谁能把那项链捧到她的面前，她就会爱那个人一生一世，他还是按照原先想的，送给了听淑。

他不相信，一条项链会有如此神奇的功效。

因为一条项链而爱一个人一生一世，如果真的这样的话，那么这世上就没有那么多辛苦的爱了。

项链就是项链，赋予一个名字，只是一种商业炒作罢了，他倒更觉得，那漂亮的水蓝色耳钉更适合她的，名字也挺不错。

当时到底是为了什么，选择了要送那耳钉给他，他已经忘了，似乎一闪而逝过什么念头，他举牌了，但是回头就忘了到底是为什么。

为了照顾她当时的尊严，他没有亲自拍下那王者之心，而是托一个经理人帮忙买下，之后送给了听淑。

然后，左翼突然打电话来，说她出事了，中毒了，很严重，现在正在急救，情况不容乐观，也不知道到底是谁想要害她，还会不会再出手等等……

从那一刻知道，他知道，有些事情已经不一样了。

因为，他的心痛得不得了。得知一切的时候，好似有人掐住了他的心一般，让他连呼吸都觉得困难。他焦急得不行，恨不得飞奔到她的身边，去保护好她。

这种心情，几乎是吓到他了。

他什么时候开始，已经这么在乎她了？

就是当初她在W国被人狙击躺到手术台上抢救的时候，他也……他也没这么在乎，当时只是有些心疼，也有些内疚，觉得自己没保护好她，让她受罪，真的是对不起她。

可现在，为什么这么担心？还……还有些害怕？怕到，就怕她有什么不测，留下他独自一人……

他无法想象！

这种熟悉的情绪，莫名其妙地再次出现在他的身上，他觉得他要完了。

上天派了一个听涵折磨他还不够，现在又派来了一个叶露来折磨他。

天哪，糟糕透了！

这种焦躁烦乱的情绪，困住了他的双腿。当时瞪着手机，他的脑袋都开始打鼓！

完蛋了，他……他要是对那个女人……对那个女人……

不，不会的，他不会那么笨的，有过一次，怎么还会允许自己再让这种事发生第二次！

他根本就没同意，那样的事情怎么可能会发发生？

不会的，绝对不会的！

他只是有些在乎那个女人罢了，只是有些在乎，就这么简单，就仅仅是有些在乎，对，就只是有些在乎。

因为她是他的老婆，因为她蛮可爱的，因为她的性子挺温柔的，因为她笑起来还是挺好看的，因为她抱起来特舒服……

该死的，干吗要想这么多借口。

他只是在乎她罢了，想那么多干什么，又不是找理由推脱，他在怕什么？

但是，很该死的，他发觉有时候聪明也是一种错。

他可以告诉自己只是有些在乎她罢了，可是又能意识到，有什么东西不太一样。

他焦躁地在书房里踱步，期间，梳理得很整齐的头发被他趴了无数次，最后变得杂乱不堪。

他觉得自己似乎已经一脚踩在了悬崖上，再不做些什么，只怕是要掉下去了。

于是，睁眼到天亮，熬夜苦思。

终于想到了一个好办法。

好吧，他决定要试试那个女人，看看那个女人会不会背叛他。

他已经被两个女人背叛过了，前两次，他都是小配角，都是到了最后无可奈何地接受上天的恶意捉弄，不得不在灾难来临的时候，力挽狂澜。

而这一次，他要做主角，他要自编自导，他绝对不容许上天对他的再一次愚弄。如果这个女人，如前面那两个女人一般地令人绝望，那么他也可以收心，让事情到此为止，而那个再次让他失望的女人，他暂时保留对她的处置权。如果……如果她立场坚定，任凭风吹雨打，任凭纸醉金迷，都不背叛他，那……那他会好好对她的，用自己所能，给她所希望能获得的。

在这个计划中，听淑是一枚很重要的棋子，她不能走，不能离开这个家。那个女人很需要听淑的刺激。但是这才多久，他都几乎还没开始真正的行动，这个女人就想到了要去外面找男人。

原来，他对她来说，一点都不值得犹豫和顾惜，竟然这么快就决定好了要背叛他，打算要学慕倾那一套吗？

他会等的，他会亲眼看她是如何背叛他的！

愤怒地伸手，他猛地挥走摆在书桌上的照片。

这些东西，简直是碍眼极了。

彩色的照片，宛如离枝的落叶一般，纷纷洒落，他看着那一张张舞动着坠落的照片，心中突然升起了一股悲哀。

这世上的女人，还有几个可以值得期待？

不若，从来就不期盼！

“后天是我爸的六十大寿，你记得打扮得漂亮一点，晚上五点，我会回家接你。”

冷阳终于决定要带叶露去见他的父母了，头一次见面，就是如此重大的场合。如果不是家里那位老头的六十大寿，他不能推拒，他真的不愿意带叶露一起去。

他了解自己的家里人，承袭而来的高贵身份，所以态度上习惯了高高在上，当初他带着听涵回国，就遭到了家里的一系列抵抗，即使是一贯在组织里做事的慕倾，当日娶她的时候，也遭到了一些微词。叶露是这三个女人当中条件最差的，只怕会招来更加令人难堪的对待。

如果她没出现背叛他的举动，那么今晚，他一定会努力地保护好她的，事先也会提醒她应该注意什么。但是，他现在不想，没有这个激情。

既然她选择了背离他的路，他就没必要为她护航了。

眼看着叶露点了点头，既没有欢喜，也没有焦虑，表现得完全不像一个即将要去见公公婆婆以及一大堆亲戚的人，冷阳的心里是凉的。

是了，她肯定是不在意的，她都在想着要怎么对付他了，又怎么可能浪费时间花费在这些在将来显得没有意义的事情上。

他看着她，有些悲哀人世间这种无力的转变，他以为她是不一样的，可……

他很想大声地，冷冷地嘲笑她：女人，以你现在的手段，你根本就不能跟我抗衡，你找的那些男人，根本不堪一击，我伸伸手指头，都可以把他们给捏死，你若想对抗我，必须要找些中用的，这样玩起来，才能够意思……

“我要不要给你父母准备一些礼物啊？”

她突然皱起了眉头，脸上的神情竟然开始惴惴不安起来，好似现在才体会到他是要带她去参加他父亲的寿宴，也终于表现了该有的焦虑。

冷阳奇异地感觉到心头一软。他厌恶此刻的自己，她不过是表现了一些适当的关心罢了，他干吗就立刻对她有所期待？

“不用了，礼物我会准备好的。”用冷漠的态度武装自己，他知道，长久以来形成的冷漠，是对付敌人最好的武器，那会让敌人看不透自己。

他看着她点了点头，松了一口气的样子，又让他心情不快。也许，他的回答，正是她所期望的。

他立刻选择离开，不想再面对她。

他是冷阳，他的主要职责就是要守护好他的浩瀚帝国，其他的，没必要让他多费心思。

“冷阳！”她突然开口叫住了他，绕到了他的身前。

“领带有些歪了！”她伸手，竟然很自然地就替他弄了弄领带，弄完之后，竟然还笑了笑。

“好了！”那笑容是淡淡的甜，仿佛是完成了一件超棒的艺术品。

他的心动了动，捏住她的下巴，狠狠地吻了起来。

是惩罚的吻，他恨不得用最残酷的手段狠狠地惩罚她，罚她的不识抬举，罚她的与狼共舞，罚她为何就不能一直站在他这一边！

这个女人，太可恶了，简直是太可恶了！

狠狠地咬了一下她的唇瓣，直至出血，他才冷酷地推开她，迈着沉稳的步伐转身离开，一边走，一边在心底阴沉地冷笑：她要背叛就背叛吧，这样他就可以有理由锁她一辈子了，然后，用一辈子的时间，好好地惩罚她，绝对不放过她。

但是他忽略了，他吻她的时候——她没有反抗，很柔顺，哪怕他都把她的唇瓣给咬出血来！

叶露已经很努力地把自己打扮得漂亮一些，为此，她还专门向左翼求助，去了一趟左翼介绍的美体沙龙去做了个全套。

她努力地想让自己不给冷阳丢脸！

到了晚间五点钟的时候，冷阳准时来接她，但面对她的精心打扮，他的神色却没有多余的波动，就连一声赞美都没有。

叶露被他牵着往外走的时候，垂下头，苦涩一笑。

原来她的精心打扮，在他眼里，什么都不是！

不过，她释然地一想，只要别给他丢脸就行，反正她又不是什么美人胚子。

她却不知道，她坐上车之后，冷阳通过后视镜，偷偷地打量了她很多次。

今晚的她，很漂亮。一袭黑色的晚礼服，带着优雅坠地的裙摆，让她看上去优雅而又高贵，洁白的后背稍稍露了一些，不多，显得很性感但是不会让人感到豪放。特意做过的头发，在她的头上盘起，挽成了一朵花，多余的发丝轻轻坠落，尾端搭在洁白的脖子上，很漂亮，更加显得她皮肤的白嫩细致。淡淡的彩妆落在她的脸上，让她的脸蛋仿佛会发光一般。她很少会化妆，所以每次上妆，总会让他很震撼，越发地觉得她仿佛如璞玉一般，经得起雕琢，每一次的上妆，都能展现出不同的美丽。

璞玉？

冷阳皱起了眉毛，觉得自己这个比喻简直是蠢极了。

于是有些自我厌弃地收了视线。

等叶露和冷阳到达宴会现场的时候，已经是快要七点了，正式的宴会好像是七点半举行。

会场布置得很漂亮，穿过摆满鲜花的庭院，叶露被冷阳领着，进入了楼内，两人穿行，路上碰见几个人，见到冷阳都很尊重地冲他点头，叶露都不认识。单从冷阳的口中，她知道冷阳这是要去带她去见他的父母。

在正式的宴会开始之前，两位老人家是不会露面的。

冷阳先带叶露过来，拜见一下这两位老人，要不然，在宴会上再认识，那场景会是很尴尬的。

终于，叶露见到了他的父母。

当时在场的人很多，叶露没空看他们，只一眼，就看到了坐在正中央，被大家众星拱月的两人。

两位老人倒是一点都不显老，反而有着让人惊讶的年轻——那种被刻意被保养起来的年轻。

不用想了，那两人肯定是冷阳的父母了。

也就是冷阳领着叶露走进来的时候，那房间小小的喧闹一下子仿佛噤声一般地停止了，走动间，叶露只能感到自己的呼吸声。

“爸，妈！”冷阳冲着两人唤道。

叶露也立刻跟着唤了两人。

两人齐齐哼了一声，几乎是很不给面子的，尤其在这么多人面前。他们对着叶露哼声，显然是不愿意领叶露的情。

这两个人，一个是前任的龙主，一个是前任的凤影，两个都是在令人崇敬的顶峰位置上坐过的，那一身的威严是不用说了。所以表示出对叶露的不喜欢的时候，这种尴尬，落在叶露的身上，是呈几何倍数在放大的，叶露一下子就觉得特别难堪。

“总算是舍得露面了啊！”冷老爷子的口气充满嘲讽，脸上没有一丝的喜悦，“我还以为我的媳妇是不能见人的呢！”

这个人在骂她？

叶露在获得这个感知的时候，有什么东西开始在心底烧！

她不是生来被人骂的！

面前的这位老伯这么地口无遮拦、恶声恶气，如果不是看在他是冷阳的爸爸，这口恶气，叶露是绝对不能忍的。

化愤怒为微笑，叶露一语不发地就站在两位长辈的面前，柔顺地聆听教训。

冷老爷子显然对叶露的不满积聚已久，显然今晚这位寿星也做好了一些准备。所以，令人难堪的话，再一次从他的嘴里冒了出来。

“在我的三任儿媳妇当中，就属你是最差，也是最不孝的。进门这么久，都没想过来探望长辈，我不得不质疑你的父母到底是如何教你的，也不得不怀疑你是怎么上的大学，那些礼义廉耻都学到哪里去了？”

冷老爷子猛然扬声，威严犹存的双眼扫了周围，“大家都给我听好了。”

这下子，全场更是静得连针掉下来估计都可以听得见了。

“以后啊，男的娶妻不能娶像她这样的；女的要是嫁人了，也不可以学她这样！”

这老头，够狠，够变态。

周围的人投射来的视线，一下就带了恶意。

叶露没想到她今天盛装而来，却是来给这冷家人看笑话来了。

深吸一口气，看在站在她身边的这个男人的面子上，她忍了。

但是她再傻不隆冬地站在这挨骂，她就是疯子！

拽了拽冷阳的袖子，她斜眼看他，低声询问：“可以退下了吗？”

冷老爷子耳尖，听了这话，立刻沉下了脸。“怎么，才刚来，就想走了？”

不知道他是不是故意曲解叶露的意思，叶露只是想着她和冷阳站在这两位老人面前够久，冷阳又不说话，既然没什么好说的，那就下去一边坐着。

冷老爷子阴沉着脸看着在一边默不作声的儿子，低斥：“冷阳，你自己要明白，你这妻子绝对是不合格。”

叶露猛然挑眉，这个老头，真的是在得寸进尺。

冷阳没有出声维护叶露，只是偏头吩咐她。“露露，把礼物送给爸爸！”

叶露在心底嗤笑，只怕冷阳心底也认为她是不合格的呢！

提起胳膊，将礼物从身侧提了起来，她抽出挽着冷阳胳膊的那只手，用双手，恭敬地捧了过去。“爸，祝你生日快乐。”

“哼！”冷老爷子大掌伸了过来，只那么随意地一推，她手上捧着的精美礼包，就这样掉落在了地上。

一份诚挚的心意，就这么儿戏地被辜负了！

冷老爷子的脸上却没有任何的惭愧。

对，他就是故意的。

就在礼品坠地的那一刻，叶露心中的某根弦，断了。

“毫无素质的老人家！”

她用很清晰的语调说了出来。平静的脸庞，仿佛在庄重地在做评定一般。

冷老爷子猛地拍掌，站了起来。上好的红木做成的桌几最是笨重沉稳，却愣是微微晃了一下，可以看得出冷老爷子很生气。

“放肆！”冷老爷子威喝。

“这位老伯！”叶露很平静地看着他，“我不知道以你的年纪当时年少的时候可以掌握多少知识，但我想，你现在这么老了，即使学过了什么，估计都已经忘光了。

我们中学课本上教过的一个铁铮铮的定律就是——力的作用是相互的，你给我多大的力，我就可以反作用给你多大的力，这可以用于人之常情。你若是尊重我，我自然会用同等的尊重来尊重你。别以为你是个老者，就可以倚老卖老，对晚辈们肆意指责和指点。敢问你在教训我的时候，是不是应该扪心自问，你对我付出了什么？我可以很明白地告诉你，我之前的生命里从来没出现过一个你，所以你别以为可以卖我天大恩情一般地对我颐指气使。想要我尊重你，你必须要表现对我的尊重。”

冷老爷子的脸阴沉沉的，很吓人，他是上一任的龙主，那一身的戾气和威严，可不是普通人可以承受的。

幸好，叶露跟冷阳混过一些日子，所以，不会被他那恐怖的脸色给吓住。

“牙尖嘴利的家伙！”冷老充满厌恶地看着她：“不懂何谓孝也就罢了，还不知廉耻，要想我尊重你，你就别做那些招蜂惹蝶的事！冷家的脸都快让你丢光了，还好意思在这义正词严，冷阳，管好你的妻子！”

叶露哼笑，看来这位老伯调查过她。可她但求问心无愧，何来他置喙的余地？

“朱门酒肉臭，路有……”

“叶露，闭嘴！”冷阳在一边低喝！

叶露迎上冷阳警告的目光，一字一句地把后面的话说完：“路有冻死骨！老伯，祝你在大家居心不良的祝贺中，有一个愉快的寿辰。”

转身，她离开。

她从来都可以很潇洒，所以，别逼她！

冷阳不带她离开，她可以自己离开，没必要面对那位老伯的恶脸。

后面，冷老爷子的眼神变得狠辣，有十多年了，没有人再敢用那种语气跟她说话了。

小丫头片子，这么嚣张，以为可以一直如此吗？

“冷阳，真正的男人，是不能让女人爬到自己的头上作乱的，你的妻子，你自己看着办。”

“爸，我知道了……”

封了自己的耳朵，闭了自己的心门，不愿意再听到这令人伤痛的话语。如果冷阳今晚是带她过来侮辱她的，那么，恭喜他，他做到了。如果他没有这么念头，那么也要恭喜他，因为他的确够狠。

冷老爷子说的话可真搞笑，真正的男人？

他们哪里懂得什么是真正的男人！

真正的男人，就是有这个勇气和能力保护自己最珍贵的东西，让它不受伤害。

哦，对了！

看看她这脑子，她又不是他珍贵的东西，自然不用他保护。

那老头是他爸爸，应该是他珍贵的东西，他是应该站在他爸爸那一边。

好惨！

叶露扯了扯嘴角，脸上浮现言不由衷的假笑。

真是倒霉，要是嫁给一个普通人就好了，那样，也就可以很方便地就离婚了。

真是倒霉透了！

更倒霉的是，她一个人信步走来，碰见的男人，十个中，至少有两三个是不正经的，好像认定了只要是冷阳的妻子，就一定会是水性杨花似的，就一定会接受他们的勾搭似的！

妈的！

叶露忍不住在心底连连咒骂！

她就是去外面勾搭男人，也不会勾搭这些货色。

一个个都是披着羊皮的狼，高贵华丽的服装下面，都是腐朽堕落的灵魂。

既然里面那位老伯知道了她的事情，相信很快冷阳也能知道，不，当时老爷子说那话的时候，冷阳就该知道，可是他没生气？

不，叶露皱眉深思，不对，或许，冷阳早就知道。

那个男人有通天的本事，对她的所作所为，自然有所察觉。

他保持沉默，装作不知，是因为……

笨！

她自嘲地摇了摇头，

答案一：他不在乎。

答案二：他懒得管，其实还是不在乎。

答案三：他在放纵，到底还是不在乎！

说来说去，就是三个字——不在乎！

真倒霉！

流年不利，嫁给了这么一个人！

旁边一个端酒的服务生缓步而来，她招了招手，拿了一杯香槟过来，灌了一口下去，辛辣甜醇！

好爽！

仿佛是出了一口恶气的感觉！

难怪人郁闷了就喜欢喝闷酒！

但很快，这种“爽”也没了！

因为，听淑又阴魂不散地出现在了她的面前。

她跟谁来的？

谁邀请的她？

是冷阳吗？

更让她郁闷的是，今晚的她也穿着一套黑色的晚礼服，样式跟她相差不大，比都不用比了，她肯定是不如那听淑的。

人家漂亮得不用刻意去表现，就已经有一大堆的男人围了上去。

目光对上，对方一个挑衅的眼神扫了过来，叶露瞪了回去，然后不再搭理她。

越跟这个女子较真，越是给自己找麻烦。

寿星公最后还是在大家的众星拱月中出来的，冷家的人一一亮相，俊男美女，着实不凡，巨大的蛋糕跟着推到了他的面前，那些人开始闹了起来……

那是他们的热闹，与她似乎没有多大的关系。

她冷冷地看着冷阳站在他爸的身边，寿星的身边似乎缺少了一位儿媳，但是没有人会开口询问。冷家的人，知根知底，不会蠢到提出这么一个人惹这位前任大当家生气；局外人小心翼翼，别人的家事，更不会多嘴地去问了。

老寿星的双眼如刀，锋利地在叶露的身上剜了一下。

叶露咧嘴一笑，举起手里的酒杯，冲他扬了扬。

公然的挑衅！

他身边站着的冷阳，眼神中透着警告，但叶露不屑搭理。

那边开始切蛋糕，叶露挪开了脸庞，往外面看。

今夜夜空奇异般的美，她信步往落地窗靠近，想更加的看清楚那片夜空。室内的这片纸醉金迷，让她陌生，无所适从，还不如那片洁净的天空让她觉得熟悉。

“嘿，美丽的小姐，今晚夜色如此美丽，我们一起私奔好吗？”带着轻佻的英文，就这么突兀地插了进来。

她诧异地撇过头去看。来人的脸，熟悉中又透着的陌生，让她几乎是恍神了半晌，直到他冲她挤眉弄眼，继续调笑：“小姐不说话，是不是就是默许了。我听说中国的姑娘大多是很羞涩的。”

“金斯泽？”叶露有些犹豫地询问。

金斯泽故作惊诧：“小姐怎么会知道我的名字？难道……难道小姐也是偷偷地爱慕着我，所以暗地里派人去查过我的名字！”

他这自导自演的样子，可真让人忍俊不禁，叶露笑了起来，真的没想到会在这里看见他。

金斯泽也跟着笑了起来，感叹般地低喃：“好久不见……”

叶露微微歪头想了想，的确是有些日子了，他看上去比上次要成熟了很多了啊，发型变了，不像之前的潇洒不羁了，而是端重了，脸庞上的棱角变得更加的分明了，多了肃穆的感觉，眼神变得稳重了，即使是笑，也让人感觉到他的隐隐霸气和不可小觑，这个男人，已经是一个大型组织的老大了呢。如今这样子，真是又酷又令人敬慕！

“这次是专门来参加冷老爷子的寿辰的？”她问。

金斯泽挑了挑眉：“冷老爷子？你是这样称呼你的公公的？还是说，我许久没来中国，中国人对公公的称呼时兴这样的叫法？”

叶露摇头，“别提了，我跟冷老爷子八字不合，不敢跟冷老爷子攀亲带故，怕折寿，你就别在这些小事上面损我了。”

金斯泽恍然大悟，咕哝了一声：“我看怕折寿的，应该是冷老爷子吧。”

叶露眯眼笑着，笑得有那么一丝邪恶。“小心隔墙有耳啊。”

金斯泽耸耸肩，“不怕，出了事，我大不了回国去，更何况，现任的龙主是冷阳。”

冷老爷子再怎么不快，也应该是对付不了他。

叶露不置可否，邀请金斯泽去一边的落地窗边聊去。

金斯泽今天的确是专门抽空来参加冷老爷子的六十大寿的，这位前任的龙主，在职期间，也创下了不少的神话，结识的来自五湖四海的英雄人物不胜枚举，他过大寿，大家前来参加，一来是捧冷老爷子的场，而来也是捧冷阳的场，三来是借此攀关系，在这样难得的盛会中，参加的都是一些有身份、有地位的人，所以，你会看到大厅里衣香鬓影，各种肤色的人都有，那是从各个国家赶过来的。这些人，平时不得多见，更不好攀关系，能够在这里聚上一聚，对很多人来说，已经是很大的收获了。

“冷家真是够有面子！”金斯泽赞叹，心里不无羡慕。

他基本上是接手了他父亲手头的势力，最近经营得也是有声有色，但是想要发展到在全球范围内可以跟冷家相抗衡的局面，只怕没个十几二十年是不行的。

叶露大概可以猜到金斯泽的心理，这种王碰王的场面，的确是让人触动颇大，大家都是雄心烈烈，无奈差距就那样摆在了那里。

“泽，不用太感慨，前辈们铺垫的内容不同，所以后天有所落差，在所难免，这些，是人力所不能及的。你应该相信你自己已经很棒了，踏踏实实地抓住眼前，不好高骛远，才能有更好的资本来谋夺将来。”

金斯泽有些震惊，她会说出这样的话来，他仔仔细细地瞅了瞅她，最后自嘲一般地笑了。时间在改变他的同时，也改变了她，他怎么愚蠢到，认为她是不变的。现在的她，更加美了，他知道，她从来算不上一个大美人，他所认为的美，指的是她的品行，那种由内而外散发的独特气质。

“受教了。你的英文可真是进展神速。”比起上次见面时，她现在几乎是可以无障碍地跟他交谈。

叶露含笑解释：“特意练的。”

有那样强大身份的老公，又经历了不少的事，加上那头左翼又训练着，她的英文跟不上可不行！

大厅里已经扬起了悠扬的乐声，似乎要开始跳舞了。

金斯泽迟疑了一下，还是问她：“你现在……快乐吗？”

快乐？

这个字眼，对叶露来说，已经有些模糊了。

以前她可以为一件小事、一个笑话、一部电影，高兴上半天，哈哈大笑，甚至高兴到极致会止不住地眼角激出喜悦的泪花，现在她发现，这些可以引起她高兴的小事，似乎有些遥远了。

嫁给了冷阳之后，电影很少看了，小说也很少看了，笑话也没空听了……欢乐渐渐远去……

她似乎也有过快乐，但是大部分的时候，还是悲伤要多一点的。

她不快乐，至少最近这一段时间都不快乐。

可是，她如何对外人说？

她沉默着，不得不沉默。

舞场，冷老爷子领着冷老夫人下场，开始领舞。大家也纷纷下了场。她看见冷阳将听淑从一大堆缠着她的男人们中牵了出来。听淑迈着优雅的步伐，摇摆着似乎盈手可握的腰肢款款而行的时候，真像一位公主，很美丽。

两人的相配，真是天上地下、绝无仅有。

如果可以名正言顺，似乎更加完美。

今晚，她很不快乐！

她很愚蠢地选择了荒废一天的时间把自己弄得漂漂亮亮，更愚蠢地想着那是他的父母所以一忍再忍，最愚蠢的是，她要站在这里，看着自己的丈夫跟别的女子，那个分明对他有所图的女子跳那第一支舞！

她讨厌那两个人，舞场中的那一男、一女。

金斯泽顺着叶露的目光看过去，嘴角泛着浅笑，眼神中却流过一丝阴狠，“我想，我知道答案了！”

转身，他优雅地伸出了手。“美丽的小姐，请跟我跳一支舞好吗？”

是冷阳放弃了这个机会，所以，别怪他乘虚而入。

叶露摇头，毫不犹豫地拒绝了。“不好意思，我不会跳舞。”

当然，她这是在说谎。

跳舞，她会。

在冷阳对他说后天是冷老爷子六十寿辰之后，她请教了左翼，专门学了一点，不是很精通，但是足够她自信地跳那些简单的舞步了。

只有说她不会跳，她才能给自己挽回稍微些许的面子。

因为不会跳，所以她的丈夫不得不邀请别的女子一起跳舞。

所以，今晚冷阳的老婆一直没下去跳舞，是因为她不会跳。

很简单的理由，可以免去很多不必要的麻烦。

冷阳可以不顾忌她感受，也可以不顾虑她的面子，但是她不得不自寻方法为自己挽回一些。

今天的冷老爷子已经够让她难堪了，她没必要让自己更难堪。

金斯泽表示了遗憾，可是心里又有些不甘：“要不然，你跟着我跳，我教你吧。跳舞其实没那么难，你跟我跳上几回，肯定就会了。”

叶露自然知道那种基本舞步不难，只是她心意已决，不会改变主意的，所以，她摇头。

白在十几步之外结束了跟朋友的谈话，端着两杯香槟走了过来，近了的时候，调侃金斯泽：“我还以为你会邀请这位美丽的小姐跳舞呢，没想到你只是站在这像个木头人一般，真是枉费我特意把机会留出来给你。”

听白的语气，就知道他跟金斯泽应该是有些交情。

的确，两人很早的时候就认识了，当时金斯泽从家里被赶了出来，到欧美一带闯荡，也受过白的照顾，两人算是朋友。

白把一杯香槟递给了金斯泽，金斯泽伸手接了过来，淡淡地解释道：“她说她不会跳舞。”

白看了眼叶露，又看了看舞场中的那个男人，聪明地选择了对此保持沉默。

“我看这边也没什么意思，不如，咱们去酒吧玩吧！”

白兴致勃勃地提议，他似乎很乐意去酒吧之类的地方。白以前说，酒吧这个地方不错，灯光昏暗，很适合用来观察人的表情，在那个地方，将自己隐藏着，就可以放肆地打量每一个你想观察的人。当然，白也说，在那里，你也可以观察那些白天所看不见的各种各样的丑态，在那里你可以很快就学会麻木，然后，你基本上就很无敌了。

很有趣！

这是白说的，叶露当时不客气地贬斥他，说那是他的恶趣味。

但不得不说，他的提议挺有意思的，叶露有些心动，但是不能冲动，她得需要好好地考虑一下。

半晌，她摇了摇头。“现在退还太早了一些，总得给冷老爷子一些面子的。”

于是，三人各自拿着香槟，对场内的翩翩起舞冷眼旁观。

白和金斯泽这两人都是很有势力和影响力的大人物，这两人不去跳舞或者谈生意，反而围着冷阳的老婆，大家的好奇心忍不住被挑了起来，时不时地偷瞄一眼这三人要做什么。

“我说，这样的场合，那个女人出现在这里是不是有些不合适？”白提出他的疑惑。

叶露感兴趣地扬了扬唇，微微一笑，白所疑惑的，正是她感觉到奇怪的。她刚才一直觉得有什么地方不对劲，但是一直没有头绪，白正好把那头绪给指出来了。

有听涵这个前车之鉴，冷老爷子那样的性子，怎么会邀请听淑来的？

听涵给冷家带来了莫大的耻辱，冷老爷子肯定是不乐意见到她的，所以，跟她相似的听淑，照理说，是不应该来这儿的。

今天，就连冷星，冷老爷子都特意嘱咐了，别让冷阳带他过来。

叶露当时在嗤笑，迂腐的老头，为了自己的面子，连自己的亲孙子都给排挤了。冷星是冷阳的亲生儿子，这点叶露已经用亲子鉴定验证过了。当然，她是背着冷阳干的。

叶露告诉星星，说他是冷阳的亲生儿子的时候，小家伙哭了，也笑了。什么话都不说，只是将脑袋埋在了她的怀里，紧紧地抱住了她。

那天叶露问星星，冷老爷子不准他去参加他的六十岁寿辰，他是不是感到难过？

冷星摇了摇头，年纪小小，却已经有了自己的一番独特见解。“我会用自己的实力让家族承认我的。”

他当时的样子，一直让叶露印象深刻。抿直的唇瓣，还有那晶亮的黑眼眸，握紧的小拳头，让她知道，总有一天，他肯定会实现他今天说的话的。

左翼对他的课程安排，让他成长了很多，他现在已经是一个坚强又小有霸气的小男子汉了。

叶露为冷星感到骄傲。

实际上，她也不太愿意带冷星来这里，冷家人一度想要冷阳把冷星给赶走，可见冷家人对冷星的不喜欢。态度，不是可以一朝一夕改变的东西，冷星来了这里，只怕是徒惹难堪来了，还不如在家里自由自在着呢。

那么，听淑，到底是怎么来的，她应该不是被邀请过来的，冷家底下办事的人，不会傻到连冷老爷子的这点心思都猜不到就糊里糊涂地给听淑发了邀请函？

那么，听淑就应该是作为嘉宾的女伴，陪同而来的。

是谁，让她当了他的女伴？

记得听淑说，她这边没有认识的人的。还是说，短短这些日子，已经有男人成为她的裙下之臣了？

冷老爷子现在该不会气得半死吧？

叶露有些幸灾乐祸，在心底偷偷地乐了一下，留了心，回去之后让左翼查查听淑这事。

金斯泽看着舞场中的听淑，哼了哼。那个女人长得是不错，就此把冷阳迷住也算不错，如此，他就可以更方便地得到他想要的。

他有些话要跟叶露说，只是场合不对，白也在这里，他不能说。

而冷涛抢先他一步，把叶露给劫走了。

“可以借一步说话吗？”冷涛从人群中冒了出来，走过来，问的是叶露，不在乎站在她身边的两位男士的想法。

叶露没理由拒绝，点头，跟冷涛离开。

金斯泽眯眼，狭长的眼缝闪过幽色的冷光，白在那冷笑，开口警告金斯泽：“你若想得到她，就得早点出手。想得到她的人，可不仅仅就你一个。”

金斯泽斜眼，嘲弄：“你会这么好心？”

白耸了耸肩头，转身离开。

叶露说的极是，他就是一个花花公子，他没自信会跟一个女人天长地久。他虽然对叶露很有好感，但是承诺不了一辈子，他还是别玩的比较好。叶露这样的女子，对待感情很认真，他给不了，就别玩弄她。更重要的是，面对他的多般暗示和讨好，她一直都无动于衷，有时候更加的躲避有加，一个女人，如果对一个优秀的男子表示坚定的拒绝，那么只能说明是那个女人心里有人了。

数来数去，她心里的那个人，也只能是在场中跳舞的那个男人了！

既然如此，他还不如跟她做个朋友。偶尔听她说些损损他的话，感觉还是不错的，因为胆敢不经过大脑就骂他的人，真的不多，何况还是一个女人。

这么有意思的人，还是得好好地守护着，这样才能玩一辈子嘛！

他鼓励金斯泽去争取叶露，打的是这么一个主意，让金斯泽和冷阳两个人互斗，他可以坐壁上观，一来看戏好增添点生活乐趣；二来，这两人最好斗得个两败俱伤，他好从中赢利一把。也不排除，在这两个人斗得你死我活、只剩苟延残喘的时候，他可以很方便地接手叶露。

白，他的确是一个很恶质的男人！

也正如叶露所猜测的，他也是一头狡猾的狐狸。

044

冷涛和叶露两人找了一处僻静的地方交谈。

冷涛有些痛心地质问她："为什么不考虑我？"

他一开口就问这句话，叶露肯定是不明白的。"我不懂你在说什么。"

"你懂的，你明知道我喜欢你，可是你却跑出去跟那些年轻小子交往。既然你可以跟他们交往，为什么，你不考虑我？"

叶露的身体震了震，她没想到冷涛会这么想，更没想到原来自己跟那几个年轻人交朋友的事情已经弄得几乎要人尽皆知了。她已经许久没跟冷涛联络了，是，她是刻意在躲着他，因为冷阳不喜欢，所以她躲避了她。因为她不想再跟别人随便地牵扯了，她的婚姻里牵扯进来一个宋哥，已经足够了，她不想再制造麻烦了。

所以，她故意用很平淡的语气说道："我以为你已经放弃了！"

他早就该放弃的，纠缠不清，有什么意思，又能有什么好结局！

只要他姓冷，只要他属于冷家的一员，她和他，就注定不可能。

冷涛沉下了脸，有些生气地看着她："我放弃，我是在努力地学着放弃，可是，你以为我愿意吗？我知道你在躲我，你的一系列行为都在实实在在地告诉我，让我别再纠缠着你。我收到了，我也明白得很，我以为你是想跟冷阳好好过，所以，我告诉自己要放弃。可是，你现在在做什么，冷阳又在做什么。我的眼睛在告诉我，冷阳在抱着那个酷似他第一任老婆的女人，而你开始频繁出入酒吧，跟那些年轻的公子哥们鬼混。难道，我的放弃，就是为了成全这样的局面吗？如果早知道是这样的局面，我为什么放弃？

"我在后悔，我当初为什么要心软地要成全你，我明明那么的喜欢你，为什么要放弃你？明明你现在过得一点也不好，我为什么要放弃？"

说到后来，冷涛几乎是要低吼了，叶露在他一声声地反问中，神智有些迷离！

对啊，她也不明白，自己和冷阳怎么会走到这个局面。

当她惹他生气，被关进暗室三天，最后却因为他刻意放纵而偷工减料；当她流泪哭诉抱怨他的时候，他不舍地说要帮她，让她断绝跟冷涛的交易；当她半夜偷溜进他房间首先示弱最后在床上和好；当她在N国，耳朵上被他戴上了那柔情似水的耳钉之后，她以为，他的心里应该有了她，她以为，天长地久，似乎不再是梦想……

而今……

叶露开始一次次地反问自己，到底是怎么回事？

冷涛猛然使劲地拥她在怀里，在她耳边低喃：“露露，我们在一起吧！”

温热的唇，落在她的嘴上，一点点地，碾转着……

她没有感觉到那种仿佛被电着的甜美感觉。

为什么？她会没有感觉？

抱着她的这个男人，也是一个很优秀的男人啊，长得也不是差冷阳很多，他很有钱，也很能干，这个男人说喜欢她，一次次地说喜欢她，这个男人甚至救过她，她甚至在见到冷阳之前就见过这个男人，也对这个男人挺有好感的，可是，为什么，就是不心动，宛如中了邪一般的，她为什么就是不能对这个男人心动？

如果她对这个男人心动，那么一切不就是很简单了，再也没有忧愁烦恼，你情我愿的，那就是最完美的爱情套路了。

但是，一句话——没感觉，就注定了，她被冷阳给绑死了！

这才是所有问题的症结！

她入了自己给自己设的套，所以掉下去，就必须要自食其果。

她伸手，去推冷涛，但是冷涛抱得很紧，似乎生怕一松手，她就会逃开一般，她无法对他使用武力，他是她恩人，是喜欢她的人，是从一开始执着到那份喜欢的人，所以，她被他吻得很无奈，想着他一直以来的执着，她似乎感到跟他一样的同病相怜。

所以，无法对他动手，只是暗暗希望，他能快快结束！

“放开我的妻子！”

阴戾的声音，带着强力的克制，宛如一盆冰水泼在了叶露的身上，她感觉到很冷，但是在那一阵阵的冷意中，她又感觉到了报复的快感。

于是，身体一阵冷一阵热，冷热交加。

冷涛放开了他，神色间是被撞破的不自然。

叶露缓缓地转身，看着跟在冷阳身后的听淑，是她，又是她！那么怨毒的眼神，宛如蛇一般，阴狠狠地看着她，她是故意的吗，她是故意引冷阳过来的吗？想要加速冷阳和她之间的感情破裂吗？

那就如她所愿吧！

叶露缓缓地翘起了嘴角，笑了，想要表明报复一般，故意挑衅地冲着冷阳笑着。

冷阳可以当她不存在似的在舞场中抱着这个女人跳舞，那么她为什么不可以在这僻静之处跟另外一个男人接吻？

“啪！”冷阳扬起了手，毫不犹豫地狠狠一掌甩了下来。这个女人竟然还可以笑得出来？被自己的丈夫撞见自己和别的男人偷情，她竟然一点都不觉得羞愧？笑，她怎么可以笑得出来？

今晚，她不给他面子地当着冷家人的面，直接顶撞他爸爸，还甩下一大家子人直接出走，让大家看尽了笑话。就连切蛋糕的时候，她都可以冷眼旁观。他只不过借跟听淑跳舞给她一点教训，让她反省反省，她倒好，竟然更潇洒自在地跑到这里跟男人偷情！

他想给她教训，反而是更让她滋润了，估计这正是她期望的。跟白和金斯泽谈笑风生，跟冷涛在这偷情，算她厉害，才这么几天的工夫，她就懂得了她以前勾搭上的那些男人都是小角色，她终于也知道该去找一些大人物了！

“你真是令我感到羞耻！”

“啪！”

谁的脸红了，谁的手痛了！

这真是一个疯狂的世界！

她叶露有一天也可以无所畏惧地打他冷阳的巴掌，也可以在打完他之后，一点都不感觉到害怕。

手掌心在隐隐作痛，这一巴掌必定会很疼的，但是肯定比不上他打在她脸上的那一巴掌。

“你真是令我感到作呕！”

她回敬他，冷冷地看着他，笑着，笑这个疯狂的世界，笑这个疯狂的人生。

冷阳的身后，那张令她反感的脸，笑了，得意地笑着，笑看她所做的这疯狂的一切。

她打了冷阳，当着大家的面打了冷阳，打了这个没人敢在他头上动土的大魔王，听淑估计在猜她是疯了，听淑估计心里是乐疯了！

冷阳不敢置信地伸手摸了摸自己的脸庞，眼中开始冒起凶光。他的脸彻底地阴冷了下来，他的肌肉开始紧绷，脖子上的青筋在暴乱地跳动，他凶狠地瞪着她。那种阴冷凶残的气势，让冷涛竟然都躲了躲身子。他似乎马上就要发狂，他似乎马上就会冲过来，只一手，就可以把她撕碎，但是，他就站在那里，恶狠狠地瞪着她，心里的狂魔似乎要破体而出，但他却似乎在强力克制自己的凶性……

叶露抿着唇，倔强地仰着脑袋，看着冷阳。

“啊，你们在这啊！”

染着些微笑意的声音，宛如一缕春风，突然就插入了这暴动地几乎一触即发的气氛，顷刻间，化腐朽为神奇。

“冷阳，露露，我正要找你们俩呢！”白装作什么都没察觉地硬是插在了冷阳和叶露的中间，笑眯眯地看着他们俩。“怎么样，你们这对夫妻，跟我干一杯，如何？”

冷阳瞪着叶露，一点点地将眼中的凶光收回，狠厉的表情，也压制了不少，危机，似乎可以过去。

冷阳偏首，冷冷地看了眼白，白善意地冲他笑笑。

叶露感谢白的及时救场，但是这样的场合，她不能言谢。

“我要回去了。”她立刻开口，撒了一个小谎言，“我身体有些不舒服。”

冷阳倏然回头，再度瞪着她。

她顶着半边脸上的大红手掌印，尽量平静地对他说道：“如果冷老爷子问起我，请跟他说我身体不舒服。”

“我送你？”白赶紧开口，正好可以带她和金斯泽一起去酒吧玩玩。

“不了，谢谢你的好意。”叶露拒绝。“我会坐司机的车……呃，我会自己打车回去。”

她突然想到，她是和冷阳一起坐车过来的，她要是让司机载她回去，那么冷阳就没车可以坐回去了。不能让白送，因为白正在跟冷阳做生意，惹火了冷阳，只会给他惹来祸患。

“让司机送你回去。”冷阳不容她抗拒地沉沉命令。“我会吩咐司机的。”

说完，他掏出手机，直接对着司机吩咐起来，不给任何人可以带走她的机会。

叶露看了他一眼。他的脸上还有淡淡的巴掌印，但估计他皮糙肉厚，应该是没多大影响的，没必要担心的！

心里酸酸的，这互相给对方的一巴掌，到底有何意义？

转身，将叹息埋在心底，她终于可以离开这个不属于她的地方了。

离去路上的某一拐角处，叶露碰见了金斯泽。他看着她，充满了怜惜。

“我知道你不是那种人！”不是那种随便跟男人牵扯的人。

叶露鼻子一酸，低低地道谢。

“露露，给我三年，你若能等我，三年之后，我会把你从冷阳的身边接来，给你他所不能给你的幸福。”三年，他会竭尽所能地为在本国为她打造一个坚固的王国，至少，可以把冷阳抵御在他的国门之外。

叶露轻轻一笑，“不好意思，我恐怕等不起。”

不能给的，就别做出承诺，否则，只会是害人害己。

金斯泽看着叶露瘦削的背影，疼惜的同时，不由挫败地低骂：“这女人都快要笨死了！”

他这样的好男人说出这样的话，她怎么一点都不心动？

白突然从他背后冒了出来，悠哉游哉地笑着调侃：“行了，看上这样的笨女人，你岂不是更笨？”

金的身子微微一震，半晌，微不可闻地低叹：“是啊，我们都是笨蛋啊！”

白哼了哼：“是你，不是我们，别把我扯进去，笨蛋！”

转身离开。

金斯泽也哼了哼：白，你向来把女人当作玩具玩惯了，什么时候见你对一个女人这么爱护过？为了一个女人去猎狮，只为了取三颗牙齿做护身符；为了一个女人，不在你的欧美作威作福，非得跑来冷阳的地盘设立什么分公司，看人家的脸色行事，白，你就不承认吧！

笨蛋！

夜很深的时候，冷阳才从寿宴上回了家门。

一进入客厅，他就感觉到了被注视的视线。同时有“簌簌”的声音发出，听着好像是沙发动弹的声音。

只那么快速地一瞥，他就看到沙发上坐起了一个人。他可以确定是叶露。

难道她在等他？

心中掠过一丝喜悦，但是很快就被今晚所发生的糟糕的一切所否决。她等他做什么，难道她想对他解释酒会上发生的那些吗？

眼中忍不住地闪过嘲讽的笑。

冷阳是气的，一直是气的。

即使他压下怒火，没有当场教训她给他的那一巴掌；即使他冷静地叫司机送她回来，但是一看到冷涛、白和金斯泽，更甚至看见那些不时地偷瞄她的男子们，他的心里就压不住火气，这些人当中，她到底已经跟多少人牵上了线？

一杯杯的香槟下肚，也不能浇熄他肚子的火气。

他一想到那吻，全身就是火烧火燎的痛！

他一想到她说他令她感觉到作呕，他就恨不得冲回家，一把这女人给解决掉，从此天下太平。

一直压抑着的怒气，此刻突然衍生了一股恶意，一股浓浓的恶意。

一把拽过就站在他身边、搀扶着他的听淑，他猛然就吻了上去。

她跑去跟别的男人接吻，他为什么不可以跟别的女人接吻？

他为什么要替她守身，说不准，她在他不知道的时候，已经将身体出卖给了别人，然后，就等着某一天，某个男人得意地在别人面前炫耀跟她上床的感觉！

听淑没有挣扎，冷阳也不会允许她挣扎。

吻着她，他嘴里小声的咕哝着“听听……”，他是故意的，他隐约猜到叶露很介意听涵，那么，他更要用这个名字，狠狠地刺伤她！

她今晚带给他的侮辱和痛，他绝对要双倍地返还给她！

叶露坐在沙发上，看着冷阳亲着听淑，看着他嘴里喊着听涵，身子开始不受控制地发抖。

她觉得自己是个傻瓜，一个彻头彻尾的傻瓜。

她为什么要觉得愧疚，她为什么要忍不住地担心他？

打了他一巴掌，她觉得有那么一丝过意不去，所以，她坐在沙发上，犹豫不决着，等他回来，她该怎么面对他，想着想着，她干脆就躺在了沙发上，边想边等，其实她根本就不知道该怎么办，她已经躺在沙发上不知道多久了，她预想了很多对白，更甚至荒唐地想自己是不是要跟他道个歉，可是，面对那拥吻的两人，她所有的设想，全都成为了泡影。

这个男人，已经可恶到让她觉得没有力气了！

那个女人，都已经死了，为什么还能让他这么的在意和挂怀？那个女人，那么的背叛他，那么的对待他和他们两人的孩子，他却还可以把她当作心中的宝！

或许，活人真的是比不过死人！

她想哭，特别地想哭，她都不知道自己为什么要待在这里，为什么要让自己的心绞痛着，看着那两个人在亲热。

“冷阳，你喝醉了！”

她又傻了一次，在这个时候，她本应该偷偷地溜回房间，当作什么都没发生，当作什么都不知道，但是她出声了。

故作镇定的声音在静谧的夜里一出来，似乎猛然间放大了好几倍，但这没吓住那对还在拥吻的那一对，她自己倒是先吓了一跳。

然后，有一种东西，在她脑海里噼里啪啦地炸开，她控制不了。

当她颤抖地迈开脚步的时候，她明白那种东西是愤怒，这才认识到，原来，她被气得发抖了。

她走过去，用颤抖的手，勉强地插入两人相贴的脸庞间，然后，强制性地分开两人。

冷阳的身上，一股酒气。

她努力地推开听淑，恶狠狠地瞪着她：“他喝醉了，你别跟他一起胡闹。”

听淑无辜地辩解：“是他先吻我的。”

叶露搀扶住了冷阳，冷漠地回答听淑：“他认错人了，我代他向你道歉。”

说罢，她将冷阳扶了过来，搀扶住。

听淑还算识相，立在一边没有动。在这个关口，她只能借势配合冷阳给叶露刺激，而不是主动霸占住冷阳，因为，她很清楚，她身边的这个男人，还没有醉到失去理智。她要是错了一步，结局可能就会改写。

叶露扶着冷阳上了楼，直接送入他房间的卧室，拧开热水器的开关，她几乎是又恨又恼地直接拿花洒往他的头上淋，夜晚的水很凉，她想，他需要清醒清醒。

他半眯着的眼睁开了。她看见了，心也碎了。

他的眼神是清明的，他没醉。他喝酒了，可是他没醉，他知道的，他什么都知道。

他知道，可他还是吻了听淑，叫了那个女人的名字！

她还能怎么办？

为什么要那么爱那个女人？

为什么？！

这份无奈的心语，注定不会得到回应。她的心，也在悲伤中一点点地死去！

连着做了好几个深呼吸，将那份绝望和悲伤给压下，她咬牙低语，“洗个澡吧！”

自己都不知道自己在说什么，手却仿佛有了自己的意识，将花洒固定住之后，开始帮他脱衣，假装顺着他的意思，当他真的已经喝醉了。

好不容易，把他的衣服给褪了下来，她也已经熬到了尽头，她坚持不下去了，在他的身边，她感到了窒息。

“你自己洗吧。”

她站起了身子，尽管衣服已经湿了一大半，但是她一点都不想脱下它们。

他拉住了她，她想走，她已经很用力地要抽回自己的胳膊了，可是他的力气要比她大得多的多。

最终，她被他拉回了他的怀里，他抱住了她，低喃：“一起吧！”

眼泪，刹那间从她的眼眶中溢出，融入从花洒泄下来的热水中，分不清是水还是泪！

任凭他脱了她的衣服，她抱着他的头，死死地咬着唇，堵住那绝望的哽咽，让泪随那纷纷坠落的水帘，狂肆地流出。

他不会知道她在哭，她也不会让他看见她的眼泪。

心中已经破了一个洞，风吹动，空空的，似乎只有呜呜的回响。

这强忍着的巨大悲哀，似乎也只能随着那不断洒下的流水，无声无息地流走。

热气开始慢慢地蒸腾，她看不清他，他也看不清她。

这才是，她和他之间最真实的写照！

雾气蒙蒙中，他进入了她，很激烈。她拼命地要忍耐，最终还是没忍住那堵在喉咙里的抽泣，无可奈何地咬在了他的肩膀上，在最亲密的时分，让热泪伴着温热的水流洒在了他的肩头……

事后出走，是今夜唯一的选择。

今夜，她的心破了好大一个洞，她不能在他身边待下去，甚至连这属于他的房子，染着他的气息，她都不能待下去。

她从房里冲了出来，一身的狼狈，头发湿答答的，都没顾得擦，夜风一吹，让她头皮都冷得发痛。但她还是义无反顾地迈出了冷家的门。

星空还是很美的，星子泛着清冷的光，在天上冷漠地看着她，她睁着漆黑的双眼眺望前方，眼前也是一片茫茫的黑，她茫然了，不知道该何去何从？

这么晚了，她该去哪里，哪里能收容她？

饭店、招待所，那些冷冰冰的地方，她不想待，她想要一些温暖，她想要能有一个人能陪着她，递给她一杯热水，给她一个角落，捧着那杯热水，她就可以温暖片刻。

宿舍不能回去了，太晚了，已经关门了！

哥哥那里……

是可以去，可是她的样子这么糟糕，怎么可以让哥哥看见？哥哥肯定是要担心的。

麻木地迈着双腿，一直往前走……往前走……

最后，她惨淡一笑，最后能去的，也只能是哥哥家，唯有那个地方，才能永远无所求地给她温暖。

不知道走了多久，幸运地经过了一辆出租车，上了车，报了地址，盯着窗外飞逝而去的景色，浑浑噩噩的，就到了地点。

应敲门声而露出来的脸，是那么熟悉，让她冰冷的心，暂时获得了些微的温暖。

“嘿，哥，今晚可以收留我一晚吗？”她用俏皮的语言掩饰自己一身的疲惫和哀痛。

刘朋猛然皱起了眉头，不高兴地询问：“你的脸是怎么了？”

他把她拉了进来，伸手，端起了她的下巴，迎着灯光，细细端详着。

叶露暗道糟糕。

她从宴会现场回来之后，一直想着冷阳，就忘了自己脸上那巴掌了，糟糕，她的脸上现在该不会是红色的巴掌印吧！

不，事实上，情况比叶露想象地还要糟糕。

她的脸被热水一蒸，又被夜晚的冷风一吹，现在这张脸肿了且不说，还有些发青，隐约地透着血丝，看上去真的有点吓人。

刘朋看着这样的脸，心都揪紧了。

这脸上的样子，分明是一个手掌印嘛！

“谁打你了？”他恶狠狠地问，一口怒气就憋在胸口里，他绝对不会放过那个打她的人，竟然下手这么狠。

叶露故作没事一般地笑了笑。“哥，别问了，事情都过去了。”

她微微偏过了头，手往后一伸，就将门给关了，自作主张地说道：“哥，今晚借你的沙发睡睡啊。”

刘朋跟叶露是青梅竹马，她这样一说，他岂能不知道她那点心思，她肯定是不能往外说。联想到她这么晚，跑来她这里，还要求借宿，他突然有了不好的预感。

“冷阳知道吗？”

叶露的睫毛颤了颤，有些犯难，最后只能乞求地看着刘朋。“哥，今晚可以不提他吗？拜托你了，我觉得有些不舒服，真的。”

刘朋人是老实，但是他不是一个笨蛋，叶露这么一说，他估计自己这猜测，就是八九不离十了。

那个男人，竟然打她？刘朋气得不行，他一直认为那是一个有担当的男人，应该会照顾好女人，可是——

憋了憋火，刘朋拉着叶露往沙发上坐了下来。

手不小心碰到她的头发，感觉有些湿。“你不会就这样过来的吧？”

刘朋瞪她，叶露缩了缩脖子，不语。

“你知不知道这么晚，顶着湿头发，会感冒的啊！”

叶露有些头痛地皱起了眉头，突然怀疑起了自己来这是不是一个好主意，哥哥就是因为关心她，所以，免不了会这样一直地念叨下去的。今晚，她急需一个人静一静。

无奈，她只能再度出声哀求：“哥，拜托，给我一杯热水，借我你的沙发，再给我一片安静的空间，好吗，我的头真的好痛，我特别特别地想好好地躺一躺！”

刘朋的眉头皱得更紧了，他伸手，摸了摸她的额头，感觉到不同寻常的热度。

为了确认，他摸了摸自己的额头，发觉那不是他的错觉。

她发烧了！

“你好像发烧了，我给你量量体温。”这一次，他放低了声音，特意很轻，就怕惊扰到她，让她更加头痛。

听他这么一说，叶露才察觉到自己似乎有些鼻塞。她一直以为那是因为她哭过，所以鼻塞呢，难道，是因为被冷风吹感冒的缘故吗？

想想看，叶露刚从蒸汽腾腾的浴室跑出来，然后顶着没干的湿头发，在夜风中走了那么长时间，她会感冒实在是很正常。

接过刘朋递过来的体温计，一量，38.2摄氏度，不是很高，但是必须要小心对待的。

“你睡床，我睡沙发！”刘朋拿出当哥哥的架子，不容叶露拒绝地指着这个房间里唯一的那张床。

叶露在他的紧迫盯人下，无奈地爬到了床上。

刘朋给她倒了一杯开水，放在冷水中弄温，又从抽屉里翻出了感冒药，让她服下。

又给她拿了消肿化淤的软膏，让她涂抹在脸上。

怕她晚上睡觉不舒服，也怕晚上出汗把衣服给弄湿，弄得明天没衣服穿，他翻出了他去年秋天商家在反季打折促销时候买的两套短袖和短裤。他当时买了两套，只来得及穿了一件短袖，其他的两条短裤和一条短袖现在都完好地收着呢。

翻出一套出来，送到叶露的床边。

“喏，把这个换上，都是新的。你今晚估计得出汗，你身上这一套沾了水，明天就没得衣服穿了。”

兄妹间，没什么好客气的，叶露从床上爬了起来，到浴室把衣服换上，顺便往脸上抹了些软膏。

等叶露上了床，刘朋体贴地把所有的灯都关了，自己跑到了沙发边躺下。

黑夜中，刘朋想了许久，才开口：“露露，我不知道你发生了什么事，但是你要记得，所有悲伤的、不快乐的，总是会过去的。无论你经历了什么，只要记得，哥会一直在原地支持你就好。”

透明的泪珠，从叶露的脸颊边悄无声息地滑落，一直不息……

哥，谢谢你！

她其实很想告诉哥她所面临的这一切，她也很想对他说，她的心好痛，她好像快要崩溃了……

可是，她终究什么都没说，伴着夜色流转的，只有不断从眼角滑落的泪水……

她虽然发烧了，但是她的神智还是清醒的，她知道，她若说出来，哥哥肯定会给她温暖的怀抱接纳她，可是，哥哥也会愤愤不平，也会跟她一样忧愁，更甚至，他可能会为她干出些激怒冷阳的蠢事……

所以，不能说。

她的事，谁都解决不了！

一如她来之前所决定的一般，她需要的，只是那无声的陪伴，一杯温水，一个可以供她休憩的地方，一个可以陪伴她的人，来驱走她一身的冰寒。

泪湿枕巾的时候，她问得最多还是：冷阳，你为什么可以这么残忍和冷酷？

睡了一晚，泪水都快流干了，感冒没见好，反而似乎更加严重了，叶露的喉咙有一种火烧火燎的感觉，全身更是没多少力气，她这才想起，原来她昨晚还没吃晚饭，只是出门的时候，塞了一块蛋糕垫了垫肚子，就跟冷阳一起去了生日宴，在宴会上，喝了点酒，就回来了。

她就从昨晚一直饿到了现在，太过悲伤了，竟然连肚子空了都被忽略了！

艰难地从床上爬了起来，目的是为了不让刘朋担心，她知道他今天要上班，而他为了照顾她，极有可能会请假，这是她不允许的。

下床吃饭，在刘朋问起她感觉怎么样的时候，她笑着回答说觉得好多了，喝着粥，吃着咸菜和炒蛋，一副津津有味的样子。

她看到刘朋松了一口气，叮嘱她："还是要好好休息。"

她点头称是，心里也跟着松了一口气，似乎是糊弄过去了，这样就不会耽误哥哥上班了。哥哥挣这些钱不容易，老板对他很器重，凡事都交代他去办，请假对他来说太困难了。

两人默默地开始吃饭。

门被敲开，刘朋似乎是突然想到了什么，立刻去开门，从门外走进了一个女子，很年轻，大约二十多岁，已经进入社会的样子。

"啊，你……你来了啊！"刘朋摸摸自己的后脑勺，有些不好意思的样子。"进……进来吧。"

那个女子原本是笑眯眯的，但看见坐在桌边的叶露，脸上的笑容一下子没了。她的脸色微微一变，眼眶一红，手上拎着的那两袋豆腐脑，无力地坠落的同时，她掩面"呜呜……"地跑开了。

"小兰！"刘朋唤了一声，不解地看着那个突然说跑就跑的身影。

叶露被动地观看这戏剧性的一幕，突然脑中闪过什么，她低下头，看了看披在自己身上的男士短袖、男士短裤，再想想自己披头散发的乱七八糟样的样子，心里那糟糕的猜测，估计是八九不离十了。

看着刘朋皱着眉头站在那里看着洒落一地的豆腐脑，叶露忍不住地低喊："哥，你还站在这里干什么啊，赶紧去追啊！"

"追什么啊？"刘朋木呆呆地看着她！

叶露气急，这个哥哥，可真是一个呆瓜！

人家女孩子家误会啦！

推开凳子，拖着拖鞋，叶露就跑了出去。

刘朋不解得看着她。“露露，你要干什么啊？”

叶露在心里没好气地抱怨：笨蛋，给你追老婆去啊！

虽然叶露感冒了，但是她练武的底子是摆在那里的，那边小兰哭哭啼啼地跑开，心底下意识地还是希望刘朋会追出来跟她解释的，所以她是跑几步就回头看看，到后来，也没那么正经地要跑。

花了十多分钟，叶露总算是追上小兰。

“喂，你跑那么快干什么？”叶露抓住了小兰，气喘吁吁地抱怨。

小兰哀怨地看着她，眼泪吧嗒吧嗒的。

叶露见不得如此，只好无奈地向她解释，她只是刘朋的妹妹，让她别误会了，跟她回去。

小兰半信半疑，叶露只好亮了亮自己手上的钻戒，表明自己已经结婚了，这下，小兰才信了。

这下看着叶露，她就有些不好意思了。

叶露赶紧替刘朋美言，说这人虽然老实，不太会说话，但是心眼实在，绝对会对老婆很好的，说得小兰一张小脸粉嫩嫩的生了红，娇羞的样子，细一瞅，还是一个清秀佳人呢！

叶露心里喜欢，心想这可能是自己将来的嫂嫂呢，就拉着她，一路亲昵地往回走。刘朋也拖着拖鞋追出来了，看着两个手拉手，姐妹好的两人，有些无措地摸着后脑勺，在那里瞅着两人。

一辆很少会在这条巷子内出现的高级轿车静悄悄地快速驶过来，在叶露的前方停下，叶露一看那车，心里就是火一阵、痛一阵。

是冷阳的车子，高大帅气同时又舒适的凯迪拉克，她认识。

车门打开，里面传出来一个冰冷低沉的声音：“上车！”

冷阳是今天一早从管家口里知道叶露昨晚出走的事的，一下子，他几乎要暴走了，那么晚了，她打算上哪儿去。学校是不可能的，就只能是去饭店之类的地方。关键是，这么晚，她为什么要出去，她跟谁有约！

当时冷阳阴沉的脸庞，让站立一边的管家识相地什么话都不说了，只希望冷阳可以忽略他的存在。

有叶露手表中的定位仪，冷阳查到了这个地方，心中松了一口气，那位哥哥虽然对叶露有不一般的感情，但是谅他还没这个胆子和勇气对她下手。

随便地咬了几口面包，他就开车过来。

远远瞧见她一大早就活跃地在巷子里奔跑，真是有掐死她的冲动！

难道他一大早饭都没顾得及吃上几口，急急忙忙过来接她，就是为了看她活蹦乱跳的鲜活样？

纯心是刺激他来着！

近了，看清楚她那一身的打扮，他简直是气不打一处来！

男人的衣服，随随便便地就往身上套的吗？

这个笨女人，简直要气死他了！

叫她上车，她竟然还敢撇过头，装作没看见他的样子！

她倒是有种了！

下车，把车门一关，“哐啷”一声，愣是把性能良好的车门弄出震天响，他就是让她知道，他现在很生气，她识相的话，最好别忤逆他。

可是她身子震了震之后，却还是当他不存在地往前走。

他眯了眯眼，沉下了脸，朝她大步走去。

刘朋赶在他之前，跑了过来，将叶露挡在了他的身后，皱着眉头，不满地看着他。

冷阳的坏心情，从昨晚开始，就一直没好，今个儿一大早又赶了急路，更加的不好了。所以，他不悦地瞪着刘朋，狭长的眼眸暗藏冷箭，警告：“你走开，这里没有你的事。”

“露露是我妹妹，她的事，就是我的事。”

叶露转了身，皱着眉头看着冷阳。小兰有些畏惧地看着冷阳，又看了看叶露，又是好奇，又莫名的觉得有些害怕！

冷阳不屑地看着刘朋，伸手，就推开了他。这样的小人物，在他眼里宛如蚂蚁，他根本就不放在眼里。

刘朋急了，上前一步，不甘示弱地大掌一伸，一拽，就握住了冷阳的胳膊，阻止了他向叶露靠近。

“你是不是打她了？”他恨恨地看着冷阳。

冷阳皱眉，想起经过了一个晚上，叶露脸上还是有点点的紫痕，心中心疼，也有些后悔，可一想到她和冷涛接吻，那些小小的后悔立刻就烟消云散了。又想到她半夜三更地往刘朋这跑，还穿他的衣服，现在看看眼前这男人一脸为了她，大有豁出去的表情，脑中的思绪不由得有些走偏，他们做了什么，让这男人一脸豁出去地为她。

看着刘朋，冷阳心中恶气横生。

“奉劝你立刻放开我，否则，我会对你不客气。警告你，你绝对不是我的对手，现在不是，将来更不是！”

男人都是不能激的，哪怕刘朋这样一个老实巴交的人！

听了冷阳这样的话，刘朋心中还有的那一丝犹豫，也消失了，他猛地握拳，迅速地朝他挥了过去。

刘朋知道自己肯定是打不过冷阳的，但是他要的不多，只要一拳，他只要能够打中冷阳一拳就好。冷阳打了露露一巴掌，他就还他一拳！

冷阳一点机会也不给他，抬手格挡，另一手使劲一扭，挣开刘朋牵制着他的大掌，狠狠地化掌为拳，朝刘朋的腹部攻去！

“不要！”叶露低吼，迈着虚软的步子，横着要冲进两人中间，阻止两人。

冷阳在心中低骂一声该死，硬生生地收了快要袭向刘朋小腹的拳头。但是刘朋不管不顾，心心念念地就是要打冷阳一拳，所以刚被冷阳挣脱获得自由的那只手，毫不犹豫地挥向了冷阳。

冷阳迅速躲避，但是被叶露分了心，躲避地还是晚了一些，脸颊还有嘴角，还是被刘朋的拳头擦了一些，不是很痛，但是对他来说，竟然中了这样的人的拳头，简直是奇耻大辱！

难以容忍！

刘朋颇为快意地看着冷阳。“你要是以后还敢打她，我就还这样揍你！”

冷阳阴狠狠地瞪着他，眼里黑沉沉的，怒气在积聚中。

叶露心知不好，心中悔恨不已，赶紧推开了刘朋，闪到冷阳的面前，轻轻抬起他的下巴，双眼急切地打量着，看没什么大碍，她吁了一口气。

“没事，没有擦破皮，也没流血，更没留红印子。”

她这样说，自然是希望冷阳在听了这话之后，别对刘朋计较。

冷阳讥诮地笑了笑，阴阴地看了眼刘朋，开始脱西装。

叶露心里一惊，以为他要脱衣服放开打，立刻伸手拽他的胳膊。“冷阳，别，哥是在为我打抱不平，你要是生气，就冲我来好了，别找哥的麻烦！”

冷阳冷哼，一把挥开她的胳膊，利落地把西装给脱了下来。

叶露气恼地瞪着他，那双因为感冒生病显得特别疲惫的眼神，都瞪红了一圈。

她现在全身都没多少力气，刚才还奋力跑着去追小兰，身体冒了些汗，被略带凉意的晨风一吹，又冷又热，全身都虚脱了，哪里还有力气阻止冷阳，难道，非得要让她跪下求他才行吗？

哪知，冷阳竟然把脱下来的西装披在了她的身上。“穿上，早上冷！”

叶露愣了愣，难道，他脱西装，是……是为了给她披的？

“跟我回去！”冷阳一把搂住了她缩成一团的肩膀，往他的凯迪拉克走去。

叶露犹豫了一下，别无他法，回头冲着刘朋扬了扬嘴角，“哥，我先走了啊。”

就被冷阳不快地强搂着走了。

刘朋看着那两人，又低下头，看了看自己刚才打冷阳那一拳的手，一时间，有些呐呐的。

露露刚才说“不要”，那个男人立刻硬生生地住手了，可是自己却没往心里去就挥出了拳头。

早晨寒气重，那个男人能想到把衣服脱下来给露露披上，而他慢一拍追露露出来也罢，竟然都没想到带一件衣服给露露披上！

他……比不上那个男人！

045

冷阳送叶露回家之后，又回到公司。

一路上，他都是冷冰冰的，叶露心中受了重创，也不愿意开口对他说话，两人相对无言。

因为身体不舒服，叶露没去学校，在家卧床休息了。

下午，一个电话，把她从昏昏沉沉中叫醒，费力地把电话摸过来，她接了起来，电话的内容，让她惊得几乎要从床上蹦下来！

“什么，你说什么，小兰被车撞了？”

电话那头，刘朋强力克制自己喉咙里的悲泣，尽量清晰地把自己的意思表达给叶露。

事情是这样的：

下午刘朋下班之后，同事小兰跟往常一样，跟他一起回去。两人租的房子挨得很近，一起走，很方便。

两人下了公车，走入小巷的时候，突然一辆摩托车直挺挺地朝刘朋撞过来，刘朋当时没反应过来，小兰当时不知道是从哪里生出的勇气，竟然一把把刘朋推开，自己却被摩托车给狠狠撞开。

那个骑摩托的人撞了小兰之后，调转车头，竟然还有撞刘朋的意思，小兰被撞得嘴角出血，还咬牙硬撑着抓住那人的摩托不放。

刘朋反应过来，放声，大声喊“救命”，就朝那骑摩托车那人奔过去。小巷里三两个路人也跟着叫了起来，骑摩托车那小子转头冲着小兰，硬生生地把半跪着的她撞到了地上，又从她身上碾了过去，回头，又加大马力，急速冲着刘朋奔过来。

刘朋反应灵敏，躲了过去。

周围有人拿着大木棍子出来要拦阻，更多人跑出来叫骂，要围堵。

开摩托车的那人见势不对，跑了，从头到尾，都没看清那人的长相，因为那人的头被头盔给包住了，那摩托车也没车牌，旁人都猜测那人肯定是故意的，可能是来寻仇的。

刘朋当时哪里管得了那人是故意还是不故意，抱着小兰，招了出租车，急忙往医院赶，一边走，一边打120急救。

小兰现在被送进了急救室，但是情况不乐观，医生说暂时可以保住命，但是小兰体内的部分脏器遭受到了毁灭性破坏，如果不换掉，即使人暂时救过来，也没多少日子好活。

医院方面表示，要想她活得长久，除了要准备许多的钱之外，还必须要有这个能力请动大牌的外科大夫动手术。

钱这方面，刘朋可以想办法解决，可是请大牌外科大夫，他上哪里认识？

好心的医生给他建议，如果他认识什么厉害朋友也行，让朋友去请那些大夫。

他的脑中立刻就闪过一号人物——冷阳！

他是赫赫有名的龙旋集团的总裁，他应该有这个本事的。

想到他今天早上才打了他一拳，刘朋真是追悔莫及，只能把电话打给了叶露！

叶露握着电话，一下就觉得自己掉入了冰窖里！

不该那么想那个男人的，可是，可是……

真的容不得她不那么想！

毕竟，哥不是一个会和别人结仇的人，即便真是结仇了，一般人也做不出来硬生生想用摩托把人给撞死的事来，但，有一个人却有这么大的能量，而哥今早上才和他发生了冲突，还硬生生揍了他一拳，以那个男人的骄傲……

该死！

叶露忍不住低咒！

他竟然敢，他竟然敢派人去撞她最亲爱的哥哥？

她跟他说过的，她跟他说过哥哥对她来说，是这个世界上最亲的人的，可他对他动手了……

她想杀了他，她好想杀了他……

怒火染红了她的眼，她一边控制不住泪落，一边拨冷阳的号。

“是不是你派人开车撞我哥的？”不给冷阳任何推脱的借口，她直接开始质问他。

冷阳挑眉，口气忍不住地发冲：“女人，你疯了啊！”

“我没疯，你别给我扯没的。老老实实地回答我，是不是你派人开车撞我哥的？是不是因为他打了你一拳，你心里咽不下这口气，所以就派人开车撞我哥的？”

叶露激动得几乎要握不稳手机，颤抖的声音，掩饰不住她快接近于崩溃的哭泣。

冷阳猛地沉下了声音，气得不行，狂吼出声："女人，难道在你眼里，我就是那种下三滥的人？他是对你来说很重要的哥哥，难道我还能不知道？告诉你，我没有派人去撞你哥哥，没有，从来没有，就连想都没想过。我被他打了一拳，我就当还我昨晚打你的那一巴掌了，我都他妈的这么退让了，你还敢这样怀疑我！混蛋……"

冷阳破天荒地在叶露面前口无遮掩地不断咒骂，暴躁地想将双眼所触的所有的东西都给毁掉。

叶露听得愣了一愣，然后深吸了一口气，狠狠地抹掉眼下的泪水。

"那好，为了证明你的清白，你立刻请人去把她给医好！"

"人又不是我撞的，我为什么要负责给他医治？"

叶露快疯了，她抓狂地哭喊，眼泪横飞。

"你还说你不是，你还说你不是，你真的要没干，那你去派人把她给治好啊，你派人啊，你派人啊……"

冷阳不甘示弱地冲她吼叫："女人，你现在疯了，我……"我现在不想跟你讲话。

只是这话才刚起了个头，那头耳机里就传过来"砰"的一声，似乎是什么东西掉下来的动静。然后，那头就彻底没声了。

冷阳心中一紧，赶紧改了话。"女人，女人……"

那头的叶露，因为情绪过于激动，已经昏过去了。

可冷阳不知道！

"女人……女人……露露……露露……"

叫到后来，冷阳的心都慌了，怎么没动静，怎么会没有动静，她怎么了，她到底怎么了？

"混蛋！"

冷阳狂躁地又骂粗口，心慌地站了起来，火大地一脚踹飞了沙发椅。

狂乱地扒了扒头发，他深吸一口气，按掉手机，开始拨号。"给我查一查叶露现在在哪里！"

然后，他又拨了一个号码。"晓，立刻放下你手头的所有工作，给我去查查那个刘朋现在怎么样，现在在哪个医院，到底是出了什么事情！"

"是嫂子的干哥哥？"

"对！"

挂机，又扒了扒乱糟糟的头发，冷阳焦躁地在办公室走来走去，秘书打电话来询问需不需要帮忙，因为她刚才在外面听到了很大的动静——是冷阳踹飞沙发椅的声音，冷阳表示拒绝。

没过一会儿，手下打来电话，告知叶露在家里。

在家里？

冷阳的眉头都皱紧了，搞什么啊，那女人，今天不是要上学的吗？

立刻往家里拨电话，冷阳冲着接电话的管家狂吼：“你该死的立刻去看看太太是怎么了？”

这么大一个人在家里出了事，怎么他这个管家一点都没觉察？他狂躁到已经不能理性判断管家是人，并不是神，距离叶露不回他电话也不过才不到六分钟的时间罢了，管家没有这个通天的本事得知一切。

管家猛然挨了一顿骂，知道那边冷阳发了火，立刻诚惶诚恐地去楼上看叶露。

“什么！昏迷？”冷阳狂吼，好好的，她干吗昏迷？

……

“好像是发烧了？……什么好像，我要确定的答案，确定的答案！”

冷阳继续狂吼，暴乱地像一头憋着大火却无处可喷的火龙！

管家在电话那边哭丧了脸，真想对冷阳哭诉：先生，我是管家，我不是医生，所以我不能给你确定答案。

“送她去急救！”

管家连连称是。

“不！”冷阳揉了揉自己的眉眼，觉得自己可能太大惊小怪了，长吁了一口气，改口道：“你把王医生叫过去，立刻，马上！”

“是！”

“我马上回去。”

“是！”

“是你的头，还不去叫王医生！”

冷阳烦乱地挂了电话，拿过一旁的西装，往肩上一甩，就往外走去，出了门，甩下了一句话给秘书蔓。

“蔓，今天所有的行程都取消。”

蔓应“是”的时候，冷阳已经一阵狂风似的钻入了电梯。

有些惊诧地看着那缓缓合上的电梯门，蔓在猜想，到底是发生什么事了，让这一向冷漠自定的总裁狂躁成这样？

冷阳回到家的时候，王医生刚给叶露诊治完毕，现在准备给叶露吊点滴。

直到看到她还很安稳地躺在床上，冷阳一直提着的闹个不停的心才乖乖地回了原位。

“怎么回事？”

“高烧，体质虚弱，情绪激动，有过于悲伤迹象，所以昏迷。没什么大碍，打几个吊瓶就能缓和过来。”

王医生平静的语调，让冷阳冷静了下来。

不过，高烧？

该死的，难道她早上那会儿就感冒了？！

那她为什么都不说？还穿着那样凉爽的衣服在大街上乱跑？

这个疯女人，疯子！

真想揍死她！

房里的人都被善于察言观色的管家给请了出来，留给冷阳独自整理情绪的空间。

冷阳在叶露的床边坐了下来，望着那张明显带着憔悴的脸，他心疼地伸手摸了摸，她没有反应，还是一动不动地躺在那里。

冷阳忍不住地低叹，几乎是有些自暴自弃了：“女人，我想，我总有一天会被你给整死！”

晚间，得知这一事实的听淑，打了一个电话。

“冷阳其实比我们想象的还要在乎叶露。”

那边经过变声的声音传来，冷冰冰的，没有丝毫的感情。“这不是很好，他越在乎，对我们的计划就越有利。”

“是呀。”听淑微微一笑。

叶露醒过来的时候，已经是晚上7点多了。

恢复意识的刹那，她猛地从床上坐了起来。

坐在一边的冷阳似乎知道她心里所想，平静地说道；“你放心，张小兰的手术我已经联系好了，过段时间，她就可以和正常人一样了。”

叶露松了一口气，偏头看冷阳，眼中闪过疑惑。

“你给我打电话的时候昏倒了，是发高烧，医生已经看过了，打了一次吊瓶，今天稍晚些，你还得打一次。”

冷阳神奇得似乎可以看穿叶露的心思，不用她问，又一次解答了她心底的疑惑。

叶露沉默了好长时间，才低低地道了一声“谢谢”。

冷阳按下话机，示意管家吩咐厨房给叶露弄些吃的过来。

叶露吃饭的时候，冷阳一直在那低头看他的文件，宛如那是非常有魅力的宝藏一般。

现下的平静，跟她昏迷之前的两人对吼，简直是天壤之别。

如果……她真的误会了他，那么，她岂不是很对不起他？

可是，如果不是他，那么还能有谁，还能有谁用这么残忍的手段对付哥，还恰好是在这件事之后？

叶露躺在那百思不得其解，总觉得心里烦躁得紧。

医生过来又给打了一次吊瓶，打完之后，天色已深，过来探望的冷星被叶露给打发回自己房间去睡了，只有冷阳，一直坐在那，宛如不存在一般地一直一言不发，但是他又确实是一直存在的。

瞅着他，她只能开口表示自己要睡了，暗示他，他可以走了。

冷阳合了资料，回房。

叶露低低一叹，合眼，想起了什么，给左翼打了一个电话，让她帮忙查查是谁撞的刘朋，背后可有人指使。

哪想，冷阳穿着睡袍又进了她的房间。

她全身绷紧，不由自主地戒备地看着他。

他自顾自地微微掀开她的被角，坐下，似乎要跟她一起睡。

她惊恐极了。“我生病了！”

急急地称辩，她不想跟他在一起，这是真的，尤其不想跟他睡在一起，经过昨晚，她的心理已经产生抗拒。

她怕自己真的会吐出来。

他却恍若未闻，固执地钻入她的被窝，还搂住了她。“我的体质很好，你不用怕会传染我。”

他低喃着，将她紧紧地困在了怀里。

熟悉的气味钻入她的鼻子，让她一阵晕眩，她的胃开始翻搅了起来，反胃的感觉越来越明显。

不好，她好像真的要吐了！

她强力克制，但是不行，那种想要呕吐的感觉，一阵阵地袭来。

突然，她觉得喉头一松，不顾一切地猛然推开他，俯下身，就“哇”的一下吐了出来，一阵难闻的气味，立刻就传了开来，她能清楚地闻到。想必，在她身后的他，也肯定能闻的很清楚。

深吸了口气，故意不擦去自己嘴角边的污秽，她偏过头，看冷阳。

冷阳一脸的阴沉，看着她，神色间是隐忍的怒气。

她歉意地笑笑。“抱歉，我不舒服，麻烦你还是回自己房间睡吧。”

她的歉意，不是很真诚，但是想让他回去的心思，真诚得不能再真诚。

他恶狠狠地看着她，吐出的话，锋利得宛如刀尖。“女人，我在你身边，就这么让你觉得难受吗？难道，我就真的让你觉得作呕？”

叶露的眼神闪了闪，想起了昨晚的话，她对他说——你真让我觉得作呕，刚才她的举动，似乎又是在无形中，甩了他一巴掌。

她的嘴唇动了动，想说……她不是故意的，可……可就是什么都说不出口。

他很奇怪地收了那阴沉沉的神色，眯着眼，伸手，擦去她嘴角边的污秽，然后，很是突兀地猛地低下头，在她的嘴唇上亲了一下。

叶露惊讶地，双眸不停地闪烁。这个男人在干什么，他怎么会亲下来？很脏的，他怎么会亲下来？

他抬高了眉毛，有些不驯，问她，音调尽量显得柔和：“觉得恶心吗？”

她本能地微微晃了晃脑袋。

他重新低下头，在她的唇瓣上亲了一下，这次，他逗留了一会儿，然后……竟然顶开她的唇，舌头探了进去。

叶露再一次被吓到了，她立刻后退，瞪大双眼看着她，几乎是忍不住地低吼：“很脏的！”

他却紧紧地盯着她，眼睛几乎是不带眨动的，一味地问她：“觉得恶心吗？”

叶露说不出来了，这个男人，疯子，简直是疯子！

哪有人会这样做的！

可是，她的心为什么又控制不住地蠢蠢欲动，竟然被他的行为弄得有些感动！

这样的行为，也只有最亲密的人才会做得出来的吧？也只有真心包容你的人才会做得出来的吧？

冷阳再一次地低下头，这一次，他捧住了她的后脑勺，吻着她，霸道地侵入他的口中，狂野地纠缠着，再也不让她躲开。

面对这样的他，她怎么可能会再觉得恶心？

承受着他的吻，她渐渐地放开了绷紧的肌肉，全身慢慢地放松了开来，一阵阵的热意，涌上她的身体，感觉……有些暖了。

可是，她却忍不住地有了哭意。

她觉得，她会被这个男人给整死的！

他这样翻来覆去地一会儿冷酷一会儿柔情，没个定性，多来几次，她肯定会被他给弄死的！

缠绵的吻之后，她呆呆地躺在那里的时候，冷阳叫了人过来将脏物给打扫了一番。后来，他抱着她安然入睡，除了吻，就再也没有进一步的举动，但他还是抱着她，不放开。

在床头灯也被关掉之后，冷阳在她身后有些闷闷地说：“昨天我吻了听淑，我道歉，但是你和冷涛接吻了，这让我很生气。”

这算不算是他的变相解释呢。

叶露的睫毛颤抖了了一下。

冷阳抓住了她的一只小手，握紧。

“露露，别背叛我！”

这是他给她的提醒，也是一次饶恕的机会。

他想告诉她，她所做的，他都知道，所以，别再错下去了。只要她停手，他可以既往不咎的。

但叶露惊讶了！

他以为……她在背叛他吗？

他怎么会这样以为？

难道……

叶露心中一惊！

难道他知道她打算逃开他？

如果逃离算是一种背叛的话，那么是的，她是打算背叛他。

在他身边，她感觉到越来越痛苦，如果不逃开他，她怕自己总有一天会因为心痛而死！

在去医院探望刘朋之前，左翼给叶露送来了一个人，一个声明将是她护卫、也就是保镖的女子。那女子年轻、健美，一头利索的短发，偏于男性化的中性打扮，有武者的气息。

可是叶露不太明白，左翼怎么突然决定要给她弄一个护卫来，记得以前左翼说，专门给凤影准备的护卫，跟着慕倾一起去世了啊。

左翼对她的解释就是，冷老爷子的生日宴上，她和冷老爷子起了冲突，为了以防万一，还是派个人在她身边保护的好！

叶露忍不住地皱起了眉头，“冷老爷子会是那种小心眼的人吗，我毕竟还算是他的儿媳妇！”

左翼耸了耸肩头。“不怕一万，就怕万一。冷老爷子不缺你这个儿媳妇，没了你，他还可以有别的，所以……”

叶露的眉头更是皱紧，隐隐感觉，事情好像不是那么简单。

“左翼，你是不是有什么事情瞒我？还是，撞我哥的那个人调查出来了？”

左翼欣赏地看着叶露，“看来你的观察力和敏锐度增强了。我派人保护你，冷老爷子有一方面的原因，当然还有别的原因。撞你哥的那人我还在调查之中，人海茫茫，查起来得需要一些时间，短时间内是没什么结果的，再加上……”

左翼的眼中闪过一丝狠厉，“如果是有人刻意要对付你，那更不会留下蛛丝马迹的，那样查起来更是费劲。露露，你不觉得，最近发生的事，有些在针对你的样子吗？”

叶露凝神，细细想来。“你是指……录像……撞车……”

“不错！”左翼接过她的话。“这些事没发生在你身上，看似这事跟你没多大关系，但是，却发生在了跟你关系很密切的人的身上，最后，受牵连的，都是你。我不得不防备是不是有人在针对你。我甚至怀疑冷老爷子生日宴上的举动，是不是一条看不见的链子中的其中一环！”

叶露惊叹左翼的联想力。

左翼察觉，笑道：“我从小就是接受的这些训练，所以对于潜在的危险，我能比寻常人更敏感。”

叶露更加的佩服左翼，她点点头，“你说的这些，我会好好注意的，也会好好想一想最近发生在我周围的那些事，如果我发现了什么，我会第一时间告诉你的。”

叶露对左翼几乎是毫不保留地信任，这让左翼感动。做手下的，最幸福的莫过于有一个完全信任自己的主子，看中自己的建议，也放心地放开手让自己做任何想做的事。

叶露虽然不是一个很厉害的凤影，但是凤组所需的从来不是一个厉害的凤影，凤组需要的是凤影的信任和支持。毕竟凤组是一直存在着的，代代交替，从头到尾，都是有条不紊地延续上一代的工作，相较后来插入的凤影，凤组的成员们比凤影要更熟悉各项业务，更知道自己该如何处理才能最迅捷最有效。

说句不中听的话，新加入的凤影，如果配合度不高，那么在最初的一段时间，几个月或者几年，她都是在拖凤组的后腿，严重阻碍凤组的发展进度。

所以，左翼欣赏叶露。

她一度认为自己是不幸的，虽然年纪轻轻就经历了两代凤影，可是从来就没得志过，那两位凤影，让她一度伤透了心，但是在叶露身上，她看到了希望。

她觉得自己现在很幸福。

现如今危机的感知，更让她感觉到了久违的狂潮！

她一向相信自己的感觉，她觉得，好像要发生什么大事了，也许，她可以大干一场了。

叶露在医院找到了刘朋，他在隔离病房外面坐着，神色憔悴之极，双眼浮肿，似乎一夜没睡。

见到叶露，刘朋很激动，嘴巴张合了半天，才能勉强把那“谢谢”说出来。

那沙哑的声音，干涩得像是沙漠中吹过的风，刺啦刺啦地让人心疼。叶露心里发苦，赶紧递了瓶营养果汁给他。

刘朋和张小兰都是外来打工仔，在这没个亲人，朋友同事这时候都是上班的，叶露也是想到这一点，临出门，从冰箱里，把能吃的东西都给掏出来往袋子里塞了一大袋，才坐车过来的。

从刘朋那，叶露得知，张小兰的下一次手术排在明天早上。冷阳已经找齐了手术所需要的专家，这个医院因为张小兰这人都沸腾了，也不知道她是什么来头，竟然让全国的医科权威都往这医院赶。

今天晚间，应该所有的权威都会到齐，经过一晚上的商讨和休整，明天早上他们会全力以赴张小兰的手术。

院长亲自对刘朋打包票，有各路专家协同努力，张小兰的手术，一点问题都没有。

刘朋放心许多，但是不敢走开，一步不离地守在这，生怕小兰出事。

刘朋抹了抹眼泪，笑着对叶露说：“露露，等小兰好了，我会娶她的。”

叶露惊得瞪大了眼。

刘朋嘿嘿笑了一声，有些不好意思地摸了摸自己的后脑勺。“小兰这样对我，我再不对她好，我就是一个傻瓜。”

一个姑娘，要需要多大的勇气和信念，才能冒死，一次又一次地为一个男人挡住那狂啸狰狞的重型摩托车。刘朋以前因为心中放不下叶露，所以故意装作不懂小兰的心意。

在小兰不要命地为他挡摩托车的时候，刘朋感动了。他从来也不是一个没心的人，小兰默默对他的好，他一直都放在心里，只是这份感谢，在她义无反顾地愿意为他献出生命的时候，升华成为了爱意。

他今天当面对叶露说出这样的话来，就是对自己以往的那份爱做正式的告别。

当着这个自己一直看着长大的妹妹的面，说出这样的话，那就会是一辈子不改变的诺言，他要自己最重视的妹妹，当他的见证人！

叶露含笑，眼中闪过泪花，握住了刘朋的双手，她真诚地为他祝福。“哥，我相信，你和小兰以后一定会很幸福、很幸福的。”

刘朋那张老实的脸，红了一小片，他不好意思地笑了起来。

叶露喜悦地想到：真好，哥哥总算是找到自己的幸福了呢！

扭头，看着隔离间的小兰。

这个女子，用她不悔的爱，赢得了一个男人的心呢。

她佩服她的勇气，也敬仰她的这份爱！

令人赞叹！也令人心下戚戚然！

因为，她求之——不得！

又或许，是她还没有像小兰这样勇敢吧！

可是，只要听淑一直摆在那里，她就永远不会全然而又决绝地投入，这就像昨天早上小兰看见她在哥哥家里，直接掩面哭泣而去一样，如果当时她不追过去解释，如果哥哥也不解释，小兰是否不会再那么坚持，故事的结局是否也会改写？

谁知道呢？

叶露摇头失笑。

回去，她开始收网，但是她想她还需要一些外力的帮助。

求助冷花和冷玉，她只是想试一试，没想到两人欣然同意，居然是不约而同地称赞生日宴上她跟冷老爷子对抗的那一面简直是太帅了，令人激赏。

冷老爷子有些独裁，家里一些年轻人都是有些敢怒不敢言，看着叶露跟冷老爷子对战，着实令这些年轻人羡慕和敬佩。冷玉和冷花正寻思着要来找叶露玩呢，正好，叶露有事求他们，他们就一起过来了。

这两位堂兄弟，在叶露的印象中似乎都是一起行动的，感情似乎很好的样子。

冷花是研制药物的，所以叶露从他那要来了几种药，有可以使人发情，也有可以使人失去意识的。

冷玉专攻计算机，所以，可以有效地阻止某些不良影像在网络上的传递，自然，这是以防万一的。

两人笑眯眯地离开，都愿意帮叶露的帮。三人之间的合作，自然代表着关系的进一步。

左翼派出的人，已经暗地里调查寻有一阵子了。对方很小心，似乎在跟谁联络，但是每次左翼顺着号码查过去，都是那种一次性作废的号，卡里还有余额，但是那卡似乎已经遭到撇弃。

看来幕后之人是个高手，懂得如何掩藏好自己。

这样拖下去不是办法，弄来弄去，隐藏在后面的那人还是没法揪出来。如此，只能兵行险招，以其人之道还治其人之身了！

一起将寻和那几个跟叶露交往的公子哥弄出来，喂了发情的药，又找了几个妓女帮他们泻火，一边摄影机呼呼地运转，将过程拍了下来。

左翼负责去搜几人的住处，在寻那里，搜出了两份录像出来，冷玉负责瘫痪这几人的家里电脑，无论有的没的，电脑里的东西，再也无法调出来。

将画面上的女人脸处理成马赛克，在左翼的协助下，叶露分别对寻和那几位公子哥进行了拷问。

几位公子哥不用太多的手段，一份可以让这几人身败名裂情色录像，就够几人吓得脸色发青的，把什么都抖了出来。

他们只是在寻的牵线下，跟冷阳的老婆交往试试罢了，他们都听一些比他们大的公子哥跟冷阳的前两个老婆交往的经历，心痒难耐，就急着想跟叶露试一试，寻就恰好在此时出现。

寻这个人是比较有种的，估计也是见过场面的，见到关于自己的情色录像，还是面不改色，坚决不供出背后的主谋，甚至还叫嚣着叶露这样不给他面子，那别怪他把董萍的录像给流出去。

叶露冷笑。“无所谓，你可以试着往外流看看，谁敢接手，我就免费给他们一人录一盘。”

网上要是出现这东西，会在顷刻间被冷玉给黑掉。

最糟糕的情况，就是让董萍以发生车祸毁容的名义，休学一段时间到韩国去整容，又或者直接送董萍出国留学得了，到时候，所有的记录一销毁，谁还能认识得了谁！出国回来，就是海龟一名，反倒是更上一层楼了。

叶露已经是胸有成竹了，所以对寻也就不客气了。

她冲着左翼点点头，交给左翼处理。

左翼拍拍手，就从房外走进来几个高大的男人，一人手里牵着一条大狼狗。

“我先把话说明白，如果你肯配合我们，那么我们也会礼遇你，你只需要说出来是谁指使你干的，我们就可以放过你。如果你害怕出去之后被杀人灭口，我们也能安排送你离开这个国家，并且给你一笔钱，作为你的跑路费用，但是，如果你不识相——”

左翼的脸色一下变得凶狠，眼神如刀——抹了毒的那种。

瞄了眼那些站立一旁的壮实男人和高大狼狗，左翼哼笑，口气却是异常的冰冷。“我知道你可能不怕严刑拷打，所以，我特地为你找来了这些男人和这几条狼狗……我保证，我会让你一直清醒着，之后，我会将你安放在轮椅上，在各个酒吧、舞厅等轮流出没，一边放着你的录像，一边让你坐着供大家评首论足……”

寻的脸色都白了，扫了眼那个个壮实高大的男人，再看看那些凶性天成的大狼狗，腿都软了，这样的耻辱，哪个男人可以忍受得了！

“怎么，还是不愿意说吗？”左翼不给寻过多思索的时间，她直接用手指头一指，对准一个大块头，“你，先上！”

“不，不要！”寻瞪大眼睛惊恐地呼喊，“我说，我说……”

左翼挥挥手，那些男人就牵着大狼狗出去了，关了门，在门口等待。

“说吧！”

“是冷爷，是冷爷让我这样做的，是他，是冷爷……”寻还没从惊吓中恢复过来，有些神经质地一再重复着。

叶露和左翼双双震惊了，冷爷！

目前冷家当得起这个称号的，只有冷老爷子了。自冷阳从冷老爷子手中接过龙主的位置，外界都尊称冷老爷子为冷爷。

可是，怎么会是他？

“你没说谎？”左翼狠厉地逼问。

寻把脑袋摇动地像个拨浪鼓。“我说的全都是真的，真的，我不骗你们，请你们一定要遵守承诺送我出国，否则，冷爷他不会放过我的，求求你们了，求求你们了……”

左翼皱眉，叶露皱眉，两人对望，均看出双方眼底的疑惑，瞄了瞄外面，叶露会意，两人出了房间，将门锁上。

寻到僻静处，左翼悄声问叶露，“你怎么看？”

“我有些不太相信。虽然……虽然生日宴上冷老爷子是对我不客气，但是，我总觉得有些难以接受，一个公公要派人对付自己的儿媳妇，有些太……太……”叶露说不出来了。

左翼点点头，“寻的话，是真是假，还没有定论了，我们只能姑且提防着。只是这寻，我们再逼问下去，没什么意思了。他若是说的真话，我们就没什么好再问的了；他要是说的是假话，那就说明他是一个不好对付的人，我们不如按照原计划送他出国，暗地里再派人偷偷观察他，在他以为我们都被他骗过去、洋洋自得、麻痹大意的时候，我们再顺藤摸瓜，一举揪出背后主使。”

“嗯。”叶露补充了一下，“还是得问问他录像的事情，我们最好能在这里就处理干净了，一旦麻烦别人就得欠下人情。”

左翼深表赞同，回去又问了问寻，这个人还算老实，交代了放董萍录像的所有地点，这跟左翼派人所搜查到的正好一致。貌似他的态度诚恳，那么按照原先答应他的，左翼立刻派人送他出国。

那几个公子哥再也不敢接近叶露了。把柄被捏在叶露的手里，他们只差哭爹喊娘。几位公子哥家的父母出面，又是请客道歉，又是变相送礼，才从叶露手里讨回了那几份录像。

冷阳略有所闻，以为叶露是听进去了他的话，用这种方式跟几位公子哥断绝关系，心里高兴，好几天借着去接冷星的名义，跟叶露套近乎，拉着她跟他一起接送。虽然两人之间话不多，虽然他还是不习惯用如沐春风的脸色对她，但是至少，他在刻意增加跟她相处的时间。

这些天，她很乖，没怎么出去见男人。更让冷阳心情大好的是，金斯泽回国了，白也回欧洲处理他的生意去了，两个令他感觉到莫大威胁的男人都走了，这着实让他松了一口气。

只是叶露最近和左翼走得很近，左翼似乎也在忙些什么，这让他有些隐忧，但还算是稍微放心地也出国了，去处理因为叶露一拖再拖、现在不能再拖的一笔生意去了。

而在暗处盯着的那双邪恶双眸，等这个机会，已经许久了。

那天叶露急着往实验室去，等会儿有一堂实验课。左翼派来的护卫，叫旋，他为了避免引人侧目，一向负责把叶露送到学校就回去。因为校园里人来人往，又有巡逻警车，所以相对来说，是很安全的。

但是，敌人是不会放过任何一个小小漏洞的。

叶露正走着，一辆轿车缓慢地从她身后开过来，停了下来，从车窗内探出一张老太太的脸，很是和蔼地冲着叶露问："这位同学，去第三宿舍楼怎么走啊？"

叶露闻声望过去，见老太太脸朝着自己，看的是她，立刻上前几步，告诉了她应该怎么走，可是那个老太太似乎有些耳背。冲着叶露歪了歪脑袋，老太太使劲地把耳朵冲向她，似乎努力地想听清楚，并且嘴里一再说："啊，你说什么？你说什么……"

叶露心里不防，很自然地上前去，来到那位老太太的身边，弯下腰，尽量把嘴对向她的耳朵。"我说，你顺着反方向走……

看着老太太的脸，叶露突然觉得好像有什么地方不对劲，心里有些怪怪的。

突然从车窗里伸出一只手，冲着叶露就喷了什么东西，叶露立刻觉得大事不好，可是已经晚了！

后车门在瞬间被打开，伸出一只胳膊，拽着叶露，猛然一拉，叶露一个踉跄，上半身就不受控制地被拽入了后车座。那人不知道给叶露喷的什么药，叶露只觉得身体发软，竟然使不出太多的力气反抗，但是她还是在第一时间，按下了手表上的按钮，发出了求救信号。

然后大声地呼救。"救……"

伸过来一只手，立刻捂住了她的嘴，那是白色的类似口罩的东西，有什么刺鼻的气体流入了她的鼻子，让她很快就失去了意识。

轿车立刻飞速开走。

旁边有几个注意到这个情况的学生，觉得好像有什么地方不对劲，不是问路吗，怎么那学生最后上车了，难道是认识的人？在开玩笑吧？

这些人疑惑归疑惑，但习惯了“事不关己高高挂起”，这几个学生到底还是没什么危机感地各走各的路了。

而这边专门负责信号的人员接收到叶露的求救信号，惊出了一身的冷汗。

眼看着红色信号在不断的移动中，很显然是处于高速运动中。他们立刻通知冷阳，但却很不幸地发现他出国了。冷阳立刻命令他们听从左翼的安排，让她全权处理此事，同时打电话通知左翼。左翼正在给冷星上课，一接到电话，立刻带上冷星走人。

第九章

收网

挚　爱　一　生

046

叶露是被冷水给泼醒的，然后，她发现自己的四肢被绑住了，她尝试着挣扎，却只惹来自己的手腕和脚肘一阵被勒紧的疼。

眼睛被蒙住了，所以感觉特别地敏锐，她感觉到自己四肢大开地躺在床上，这个屈辱的姿势，让她寒毛倒立的同时，忍不住的出声：“是谁，你要干什么？”

一个男人怪声怪气地说：“干什么？当然是干你了！”

说完，下流的怪笑。

一个男人粗声插了进来。“别废话了，赶紧干吧，老子都等不及了。”

另外一个声音响了起来。“是啊，速战速决吧，迟则容易生变。”

叶露被吓得脸上都失去了血色，她强迫自己镇定，把吓得有些散乱的理智汇集，脑中飞快地想出了些词汇，威胁这些人。

“你们知道我是谁吗，我是冷阳的老婆，堂堂龙旋集团老总的老婆，你们去道上打听打听，龙旋集团的老总冷阳是什么人物。我告诉你，不管你们是什么来头，无论是白道还是黑道上的，那都得给我老公面子，惹到了他，你们绝对吃不了兜着走！我警告你们，放了我，我可以既往不咎，当今天的事没发生过！”

一双令人感觉到恶心的手，爬上了她的身子，恶心地覆盖在她的胸上，下流地哼哼着：“哈哈，我干的就是冷阳的老婆，别的小妞我还没兴趣呢！”

从那人的说话声中听不出丝毫的惧怕，仿佛冷阳对他来说只是普通人一般。

这到底是什么人？

竟然打出冷阳的头号都吓不住他们？

不，叶露突然想到他们说的，他们……他们找的就是冷阳的老婆！

心中一咯噔！

完了！

叶露知道自己完了，这些人什么都知道，所以，这是设计好的，从一开始，他们就是要对付她的。

她大意了，该死的，她大意了。

那个慈眉善目的老婆婆……他们竟然利用这样一位老婆婆来设计她……

她真的是大意了！

那双令人作呕的手，在狠狠地掐了她的胸之后，竟然开始沿着她的身体曲线游走，叶露一阵地作恶，忍不住地开始闪躲，可是手脚被绑，她再怎么挣扎，到底也只是案板上那任人宰割的肉。

粗声的男人开始不耐烦了。“别磨蹭了，你不干，我干！”

那流气的声音辩驳：“谁说我不干的！”

话落，他一把揪住叶露的白衬衫，使劲地一扯，“啪啦……啪啦……”是扣子掉地上的细微响声。

身上一凉，胸前受风，叶露更加剧烈地挣扎，宛如离开了岸的游鱼一般，用尽所能地弹跳着、游移着，拼命地想要闪躲那个男人的手。

男人挥手，猛地一巴掌甩了下去，狠狠地打在叶露刚被水泼的狼狈异常的脸上。“靠，臭三八，给老子安分点！”

什么话粗俗，什么话难听，什么话最能挑战人心底的道德底线，那男人就会挑什么话来说，一边说着，一边下流地摸她的身体。

叶露止不住地哭出了声，她不想这么软弱的，她也不想在这些可恶的男人面前表现自己脆弱的一面，可是，不要，她不要被强暴，她不要这些男人的脏手碰她！

谁来救她，谁来救她？

冷阳……

她下意识地想到了他，可冷阳出国了，冷阳该死地出国了！

求救信号，她发出的求救信号……

怎么办，冷阳不在，会不会不管用……

是不是没有人会来救她……

眼泪，弄湿了蒙着她眼睛的黑布，顺着脸庞，胡乱地流下，她痛哭着高声喊救命，指望着附近能有谁能听到，帮她一把。

男人狠狠地又甩了她两个大巴掌，毫不手软，丝毫没有顾忌，打得她头晕、面颊生疼、嘴角冒了血，血腥味让她心一阵地锁紧，恐惧，呈几何倍数递增。

那男人变态地嘿笑着："叫吧，臭婊子，你就叫吧，告诉你，你就是把墙叫出一个洞来，都不会有人来救你的。你叫得越高，老子就越兴奋。"

那人狠狠地又掐了一把她的胸，把手伸向了她的牛仔裤，牛仔裤结实，他还没这个实力一把撕开，所以他只能把牛仔裤给脱下来。

叶露用尽全身力气去挣扎，左躲右闪，疯了一般地哭喊，手脚被勒得火辣辣地生疼，但都赶不及她此刻的心疼。

她今天要是被这些男人给强暴了，她也就不用活了！

冷阳，冷阳，都怪他，都怪他，她恨他，她恨他，恨他不来救她，她恨死他了……

"我会杀了你们的，我会杀了你们的……"她咬牙切齿地脸色一阵扭曲，"我发誓，你们要敢动我，我一定会杀了你们的……"

那人哼哼地邪笑，令人恶心至极。"那我就先干死你！"

说罢，他就解开了牛仔裤，拽住拉链，就要往下拉——

就在这时，呜呜的警笛声猛然作响，竟然是近在耳边！

那人开始低咒："妈的，是警员！"

叶露绝望的心中顿时一阵曙光闪过，是警员，太好了，是警员！

门被大力推开的声音，一人喊道："快走，来人了，冲我们过来了！"

"这女人怎么办？"

"别管了，这女人身上有东西，带着她，我们谁都别想逃了！"

那人竟然是极其聪明的，立刻猜到叶露身上估计有什么东西可以让对方探测到，否则这么短的时间，他们谋划已久的计划不应该这么快就被察觉的。

脚步声立刻响起，是人在跑动，叶露尽量克制自己的哭声不干扰自己的听力，她竖起耳朵听着动静，她感觉到那跑步声似乎离她越来越远，她也不再感觉到那种别人盯着的毛骨悚然感。

她努力扭动身体，想拖过一些布料挡自己的身体，但是一点用都没有，她四肢被绑，是不可能完成这个任务的。

糟糕的情况是，她现在上半身还赤裸着。

眼泪止不住地滑落，听着另一阵烦乱的脚步声离她越来越近，想到破门而入的警员们入眼所及的是自己赤裸的上半身，她急得直想撞头。

脚步声近了，近了……

叶露蓦然高喊，有些歇斯底里：“别进来，谁都别进来！”

脚步声似乎一下子就停了下来。

叶露感觉到了希望，深吸了一口气，又喊道：“有没有女的，进来一个女的，拜托，拜托了……”

一边喊着，眼泪就不受控制地往下落。叶露感觉到了屈辱，虽然强暴未遂，但是这样恐怖的场景，经历一次，就可以成为一生不能磨灭的噩梦！

外面的左翼一听叶露的哭喊声，就知道不对劲，脑中闪过一个不好的念头，她心里发凉，一向自持镇定的她，竟然止不住的有些发抖。

她压了压心慌，大声喊道：“是我，左翼，我进来了，就我一个人。”

叶露听是左翼，欢喜得滚下了热烫的泪。

太好了，是她来了。

用不着左翼推门，因为门是开着的。她第一眼看见叶露的时候，心中大大地松了一口气。

还好，还好，没出大事。

叶露的上衣虽被撕了，牛仔裤的扣子也被解开了，但是万幸她来得及时，裤子还没来得及被脱下。

左翼快走几步，一脚跪在了床上。

叶露惊了一下，低呼粗喘，左翼急忙出声：“是我，别怕！我先帮你把衣服给穿上。”

左翼选择了最明智的做法，她先替叶露把胸衣和衣服给穿上，松开脱落的衣服纽扣被她一一找来，用随身携带的强力胶沾上。之后，左翼再帮她把手脚的绑绳给割开，最后才割开叶露脸上蒙着的布。

她尽量把伤害降到最低，不让叶露看到自己屈辱难堪的样子。

所以，叶露睁开眼的时候，她的衣着很整洁，所有的衣服纽扣很神奇地都在那里整齐地排列成了一片，仿佛什么都没发生过一般。

她这样整齐的样子，没有人会做不堪的想象，当然，事先必须得先忽略掉叶露双手和双脚因为被绳勒紧而导致的蜕皮出血和青紫。

叶露看着自己的双手，屈辱的一幕幕在脑中不依不饶地纠缠着她。豆大的泪珠，快速地从她低垂的脸上掉落，她觉得很恶心，为她所经历的事情，也为自己这具身体。

她难过得快要死了，除了哭，她不知道自己还能做什么。

但是所有的悲泣声都被她压制在了喉咙里，嘴唇被咬得出血，也没让一丝的声响溢出。她已经够悲惨的了，没必要让自己的哭号声把自己的悲惨让别人知道！

左翼心里恻然，一把将她拉了过来，抱住，低声安慰："没事的，已经过去了，你就当是去医院做检查了，应医生的要求脱了衣服罢了……你知道的，有些检查就得在男医生面前把上半身给脱光……没事的，别多想，没事的……"

心里，左翼则是恶狠狠地咒骂：那帮王八蛋，她绝不放过他们，她绝对要让他们生不如死！

叶露在左翼的安抚声中，情绪稍微缓和了些。

等冷星叫着"露露"跑进来的时候，她赶紧抹了抹眼角的泪珠，强硬地克制住抽泣。

"露露？"冷星一看叶露这样，虽然不知道到底是怎么回事，可是眉一皱，眼一红，眼泪控制不住地，就冲出了眼眶。

他最受不了露露哭了，她一哭，他就想哭。

叶露将冷星紧紧地抱在了怀里。星星的体温高，在她怀里就像一个大暖炉似的，叶露抱着他，感受那温暖，心里默默地流泪，但是脸上不敢掉一滴泪！

多亏左翼，叶露看上去没那么糟糕，前来救援的人都不清楚叶露到底是经历了什么，只是庆幸人救回来了。

绑架叶露的这一伙人挑选的是一个等待拆毁的建筑物，周围早就没了人家，所以那人才不怕叶露的大声呼救。

破败的建筑物，在荒凉中摇摇欲坠，道尽了沧桑无奈，叶露从建筑物上被左翼扶着下来，心也跟着一阵荒凉。

有什么东西，经过这事，死了！

左翼直接送叶露回去，电话一个劲地震动，但是左翼没有接，她知道那是谁打来的，一定是冷阳，但是她不能让冷阳刺激到叶露。

冷阳已经得知叶露获救，但是报告他的人不知道内情，所以，他只能一个劲地给左翼打电话，可是左翼不接，这让他焦躁之余，添了不好的预感。

直到送叶露回了房，左翼才溜了出来给冷阳打了电话，那个时候，冷阳已经坐上私人飞机返回了。

"冷阳，露露的状态不太好，你得要有心理准备。这样的事，对一个女人来说，真的是太残酷了，我想，不用我说，你应该是最清楚的。"

因为，他的第一个妻子听涵，就是被人给轮暴的。

叶露运气好，否则，她今天也是被轮暴的命运。

冷阳冷峻的脸已经龟裂，再也无法冷漠地镇定以对，他的眼中布满了深深的痛苦，他深深地责问自己，怪自己没好好地保护她，虽然她被及时地救回来了，可是左翼万一迟了一步……

他简直不敢想！

让她像听涵一般地离他而去，他想想，都觉得自己快要疯掉！

“我想给她找心理医生辅导一下，我认识一位非常优秀的心理医生，应该会对她有很大的帮助。”

冷阳抚额叹息。“左翼，我相信你，你看着办。在我回去之前，拜托你，照顾好她！”

他一个高高在上的龙主，冷氏家族的大当家，说出“拜托”，岂能是那么轻易？

左翼轻叹，自然是应下。

都说是福不是祸，是祸躲不过。只希望露露这次可以因祸得福，因此化开横在这对夫妻间的隔膜，互相珍惜地走下去。

回房的时候，左翼被管家拦了下来，说是冷涛来了，正在跟叶露说话，冷涛表明不要别人打扰他们！

左翼皱眉，看了看那紧闭的房门，选择靠在墙边等待。

指头一下一下地轻敲着墙壁，那是左翼在思考的状态。

这次会是谁？

明摆着要对付叶露了，是同一个人，还是换了一个人？

冷老爷子？可能吗……

还有冷涛，他来这做什么？

表明心意，善尽关心，还是……别有用心？

白茫茫的蒸汽中，叶露茫然地一遍一遍地清洗自己的身体，怎么洗，怎么觉得身体脏，脑海里，翻来覆去的都是冷涛的话——“冷阳是在重演当年的剧本，他迷上听淑了，所以想逼你死！”

还有他愤怒扭曲的表情。

他在怀疑冷阳，他在气叶露的冥顽不灵。

玻璃门被敲了敲。

“露露，还没好吗？”

实话说，左翼有些担心叶露。叶露跟她是不一样的，她是从小就接受专门训练长大的，今天换作是她，她可能气一气、骂骂咧咧一阵就能缓和过来，但是对于叶露，她心中没底。

她在浴室待了那么长时间，随着时间的越加推移，左翼心里越是担心。她相信叶露还不会因为这个而想到自杀，但是，担心是不受控制的。

“快点出来吧，我想跟你谈一些事情。”

听室内叶露应声，左翼才松了一口气。冷涛一走，她就进来想跟叶露谈一谈，可是叶露表示想先洗澡，她能谅解，就让她去了。

她现在心中有许多疑惑，也是借要跟叶露谈一谈，好早一点把她从浴室逼出来。冷阳拜托了她要照顾好运叶露，她可不能辜负。

“寻死了！”左翼冲着从浴室中出来的叶露说道，叶露微微一愣，走到床边，坐了下来，一头湿法散乱地披散在那里。

“怎么死的？”叶露轻轻地问。

寻的尸体是在他暂时居住的小房间内发现的，身中好几刀，随身带的贵重钱物全都不翼而飞，国外警方定案为为财谋杀，这种有钱的外来客，最容易被本地的流氓、混混给盯上。

但是左翼和叶露都知道，事情绝对没这个简单。

“是那个幕后人派人杀了他吧？”叶露询问。

左翼点头，“我也是这么想的。现在事情比较糟糕的是，寻提供的幕后人是冷老爷子，但事实上，说不准是他随便拉的一个替罪羊，来混淆我们的耳目的。到底真正的幕后主谋是谁，我们一点头绪都没有。也是我大意，只想着顺藤摸瓜，没料到，那人会直接把藤给掐断！”

叶露在沉默，半天之后，才近乎有些自言自语地问：“会不会……是冷阳？”

她的声音很低，近乎耳语，左翼一开始还以为自己是不是听错了！她说的是冷阳，她怎么会怀疑是冷阳？

“你为什么会这样想？”

叶露抬头看她。“有人告诉我，我所遭遇的一切，都是冷阳一手导演的，她想让我遭遇听涵所遭遇的一切，好逼死我！”

“为什么，为什么他想逼死你？”

“因为听淑出现了，他不能跟我离婚，所以他得逼我自己结束自己的性命！”

“但是今天救你的事情，还是冷阳亲自通知我的，没有他，我可能不能及时赶到。而且，他现在已经在赶回来的路上了，他的声音很焦急，我听得出来，他很担心你！”

“那如果他是装的呢？”叶露冷漠地反问。

左翼愣住了。叶露所说的也不是没有可能，放眼四周，敢那么胆大包天地对叶露下手，还无所顾忌的，真的没几个人！

“叶露，你得需要证据，冷阳可不是你可以随便怀疑的人！”

左翼很中肯地分析道，不带任何偏颇，只是实事求是。

“嗯，我知道。”叶露点头，脸色一整，严肃地叮咛左翼：“左翼，我刚才说的话，你不要说出去，你知、我知，我不想让第三人知道！”

左翼应下，提议道：“我想介绍一个很优秀的心理医生给你……”

叶露淡淡地瞥了过来，眼神竟然有些犀利，左翼心中一凛，以为叶露心中抵触，没料到叶露很配合很平静地说：“谢谢，就照你说的来吧！”

左翼的眉头微微地蹙了蹙，特意多看了叶露几眼，她觉得叶露好像哪里发生了改变，可一时间说不出所以然。下一刻，她就被叶露请出了房间，因为她说要休息。

047

冷阳回来的时候，已经到了半夜时分。

风尘仆仆地下机，到家时可以看得出他的神色匆忙，还有神情中的一丝疲惫。望着跟在冷阳后头的昕淑，左翼闪了闪眼神，伸手，拦下了冷阳，警告道：“露露的情绪不稳，你要多多担待！”

冷阳的眉峰一敛，这自不用左翼提醒，叶露是他老婆，他自然知道该如何对她。

其实左翼很想当面跟冷阳对质，询问这一系列的事，到底是不是他主谋，她觉得他不太像那种人。冷阳这个人虽然冷酷，但不是那种是非不分的人，为了得到一个女人，去谋害另外一个女人，还以如此的方式，这有些说不过去。

但是为了她和叶露之间的承诺，左翼最后还是选择了对此保持沉默。

冷阳推开房门的时候，听到了叶露很警觉地询问：“是谁？”

他的心中掠过缕缕的心疼，她一向是喜爱睡觉的，躺下就不愿意醒的那种，他还多次嘲笑她，睡得像头猪一样，警觉性那么低。可是现在，他不过是推了门而已，就被她给察觉到了。是因为伤害太深，所以，稍微有些风吹草动就会草木皆兵吗？

用这种伤害得到的提高警觉，他倒宁可不要。

“是我。”他有些疲惫地回道，关了门，往她走去。

哪知，她却朝他低吼：“走开，我不想见到你！”

不想见他？

冷阳立刻不悦了起来，他讨厌从她嘴里说出这样的字眼。

“别闹脾气。”他容忍地低声安慰，在她床边坐下，可是叶露却伸手，使劲地推他。“我说不要见到你，走开啊，我不要看到你！”

冷阳更加的不悦了，他知道她今天的经历有些糟糕，但是他也不好受，他又没有因此幸灾乐祸。他不是急着往回赶了嘛，为了她，他甚至连生意都没顾得上谈，就回来了。

说白点，就是他这趟出国，简直是浪费物力财力，还一点收获都没有。

他在猜想，她可能心情不好，所以找他泻火吧！

只好忍耐地伸手，摸了摸她的秀发，“行了，别生气了，事情都已经过去了，你也没让那些人怎么样，所以，别不高兴了，赶紧把这事忘了吧！”

他一边说着，一边顺着她的脸庞往下摸。

叶露很不客气地推开了他的手，抬头，看的不太清的黑夜中，只有她的一双眼睛特别的明亮耀眼，充满了怒色的火焰。

“我恨你！”她近乎是咬牙切齿，这也是她头一次这么明显地表达她对他的怨恨。

冷阳心中一紧，心中掀起了滔天的怒火。

“啪！”床头灯被他一下子给打开，他恼怒地瞪着叶露，脸上是强烈克制的隐忍。“女人，别说傻话！”

然后，他很惊讶地发现，叶露的脸又肿了，脸上那壁垒分明的红印子，分明是她又挨了巴掌。

再大的怒气，也让看见她这张脸升起来的心疼给淹没了。

“怎么回事？”

他伸出手指，轻柔地摸了摸她的脸。

她皱紧了眉头，脸上流露出痛苦，显然是他的触摸带给了她疼痛。

“不用你管，你别碰我。”她没好气地撇嘴。

冷阳无奈，看着她，半是宠溺半是心疼。“你啊，又胡闹了。”

应该是让那些人给打的吧！

混蛋，手下报告的时候，没说她被打啊！

他的眼中闪过血色，很快被压下，那瞬间，脑中已经做下决定，那些绑她的人，都别想好过！

收了戾气，他仔细看她的脸。脸上红肿不堪，有大片大片的青紫色，显然那些人下手不轻，而且还不只是一次！

他心中又恼又气，更多的是心疼，难怪她要对他又怨又恨了。

“对不起！”他俯下头在她额头上轻轻地落上了一吻。“我不知道会发生这样的事情，根本就没有防备。我发誓，以后我会好好地保护你的。”

叶露冷笑，不领他的情。

“喂，你说过的，要是我的身体被别人给碰了，你就再也不管我了。你说的，所以，你别管我，马上离开这里！”

冷阳沉下了脸，看着叶露，一脸的克制，他心里怒极了，这个女人，存心在激怒他。

她一而再、再而三地想赶他走，为什么，难道他喜欢看她这样？难道他愿意自己的老婆被那样？

警告地瞪着她，他的声音是控制不住的冰冷，仿佛冰天动地一般。

“露露，这样的话，我不想再听第二遍。”

他不让她说，她就偏要说。

“怎么，堂堂的冷氏大当家打算说话不算话吗，传出去，不怕让人笑话吗？”

冷阳一把捏住了她的下巴，很紧。她的吐字开始不清晰。“说……火（话）不酸（算）……火（话）……”

他猛然低下头，封了她的唇。

她愤怒之极。他就只会来这一套，他永远都这样，总是不把她的愤怒和不满当一回事，总是自作主张在她生气伤心的时候，用这种方式来对待她！

可恶！

可恶！

当然，她开始反抗，以很激烈的动作。

冷阳没有在她的唇上逗留许久，他很快就挪开了唇，但是离开的时候，低喃了一句可以让三尺冰雪为之融化的话：“我永远都不会不管你的！”

时过境迁，誓言在今时发生改变，这次没有任何的附加条件，他承诺了——永远。

女人，在爱情面前，或许都傻！

她激烈的反抗，竟然就被这轻飘飘的一句话给击败了。

她停止了挣扎，心里愈发地看不起自己，觉得自己真的有些无可救药了。对自己气恼，也对冷阳气恼，忍不住地以嘲讽的语气反驳：“骗人！”

冷阳很温柔地又亲了亲她，没好气地冲她挑了挑眉。“我骗你做什么？女人，你这怀疑我的性子，真的得改一改。你该庆幸我脾气好，否则，没一个老公受得了自己的老婆这么不信任自己的丈夫的。”

叶露的眼神闪了闪，冷阳说得太对了，她怀疑他，她怀疑他很多的地方，如果一个个地揪出来，普通的丈夫可能会因为这么多的怀疑而哭的，但是她不知道冷阳会不会！

见叶露不言不语，似乎默认他的说法，他反省到可能是他今天的行为让她伤心了，没有在第一时间出面把她给救出来，所以她心中不免对他有了怨气。

“好了！”冷阳替叶露折了折被角。“别再生气了，我认错，没及时去救你，我真的感到抱歉，但是我身在国外，你知道的，我真的是分身乏术。”

“露露！”冷阳捧起了叶露的一只手，抓住。“虽然我在国外，但是我一得知消息，就立刻让人去救你了。我很担心你，我也很着急，我当时的心情比那些受命要去救你的人还要焦急。没有亲自去救你，我很抱歉，但是无论如何，我都庆幸你被救回来了。

“我想你现在心里应该很难过，但是你在想你很不幸的同时，也要想自己是幸运的。这个世界上被强暴的事时刻发生，但最后有几个可以幸运地逃过？所以，别多想。更何况，你只是上半身走光了。这没什么，在国外，甚至有人光着上半身上电视台走真人秀的。海边沙滩上，甚至一堆裸着上半身的女人在那做日光浴。所以，没什么的，真的，你别往心里去。我更不可能会认为你脏的，也绝对不可能不要你、不管你。只要你乖乖的，我会陪着你一辈子的。”

如此感性的话，从他嘴里说出来，是多么的不可思议。

要是他很早之前就这样说，那该多好。

但是现在，叶露怕了，真的有些怕了。

说了这样的话，冷阳自己也觉得有些怪怪的，也很是不自在。站起了身，他借故离开。

“我去给你弄点冰水敷敷脸！”

他快步离开。叶露咬住了唇，眼神中有痛色。

她的脸其实已经敷过了，但是她没有出声阻止他。

他回来了，带着塑料小盆，用那大手掌，摆弄着小巧的冰块，看上去笨拙了一些，但是举止很温柔。叶露抿唇，一言不发，但是双眼紧紧地盯着他。

冷阳本应该是可以对此无动于衷的，但是刚才说那些话的怪异感觉还有残余，所以被她这样不错眼地盯着，他有好几次都感觉有那么些不自在。

直到最后给她往脸上抹药膏，他才整理好自己的心情，恢复以前那难以亲近的冷漠样。

抹好药，将药膏的盖子拧上，冷阳站起了身，“睡吧，我先去洗个澡，再来陪你！”

他打算去洗个澡。

叶露叫住了他。“冷阳，万一……我被人拍照了怎么办？万一我被人录像了怎么办？”

话中有担心，也有试探。

冷阳的脸一下子变得很凶残，宛如即将跟敌方大将领进行生死搏杀的武将一般，不，比那个还要凶残，他的双眼黑漆漆的，宛如墨一般，是死寂沉沉、令人毛骨悚然的黑。

“放心，伤害到此为止，我不会让这件事再继续的。那几个人，我会解决掉的，你什么都不要想，也不要管，我发誓那些人不会再出现在你的生命中。”

他的话里透着浓浓的狠劲，敢动他冷阳妻子的人，他就是掘地三尺，也要把他们给挖出来，让他们生不如死！

叶露用全部的心思观察着他此刻的表情，怀疑……相信……怨恨……感动……

这些复杂的东西，她不能一下子就理清，她只能尽量抓住他此刻的表情，看看那神情，到底有几分真，几分假。

冷阳从残佞中回神过来，看了眼叶露，见了她此刻的神情，突然心中一惊。她现在在想什么，为什么看着他的样子，充满了探究。那个样子，仿佛他是一件不知道是真是假的文物一般，她仔细地查看着，研究着，想要弄明白那到底是真还是假！

“你现在在想什么？”他口气不快地瞪着她。她现在的眼神，太令他反感了。

叶露眨了眨眼睛，“我在想，你是不是很喜欢听淑？”

冷阳心一提，只觉得心中不快，她这话是什么意思,为什么突然要这么问？

可是顷刻间，心中又有了诡异的快感，她……终于这么问了，是不是说明，她已经很在意他了？

心中如此想，眉梢末端忍不住地扬了扬，双眸了亮色了不少，即使他再怎么地表现得冷漠，那份喜悦还是淡淡地泄露了些许。

他还是拿那个模棱两可的答案搪塞她。“她只是我的小姨子！”

叶露心下暗然，将他所有的反应都收入眼底！

闭上了眼，她心里低骂他笨蛋！

冷阳你这个大笨蛋，你的快乐表情都出卖你了，你还这样大言不惭地说她只是你的小姨子！

你这个笨蛋！

冷阳洗完澡回来，爬上了叶露的床，叶露什么都没说，但是被他抱在怀里的时候，她的肌肉一直是僵硬的，冷阳自然是察觉到了。

但是他岂能被这样的情况给打败，即使她因为今天所经历之事心中有了阴影，他也必须要她克服在他怀里肌肉僵硬的情况。他是她的丈夫，可以一辈子名正言顺抱着她的人，她必须要早些习惯。

所以，他在明知道她现在一身不舒服的情况下，还是抱着她不愿意走。

稍晚，两人几乎是僵持了一个多小时，冷阳几乎是跟叶露给杠上了，他都奇怪了，为什么一个小时过去了，这个女人还不睡觉。

叶露幽幽一叹，颇为无奈地开口：“冷阳，我睡不着，你能不能回你自己的房间睡？”

此话，让冷阳立刻僵住了，这一次，轮到他开始肌肉僵硬了。

他瞪着叶露，看着她黑乎乎的后脑勺，心中愤慨。

她竟然会说出这样的话来？

一口恶气憋在胸口，徘徊不去。

如果叶露一开始就表明要冷阳回去，冷阳一定会将拒绝坚持到底，可是偏偏她是在勉强跟他躺了一个小时之后才说的这话，他在猜想她可能已经很努力了，但是因为发生了那样的事，所以还是……还是受不了身边有个男人！

叹气，看来找个心理医生，是迫在眉睫了。

“你安心睡吧，在自己家里，没什么好怕的，我回去了！”他终究还是不舍得她受苦，服软地听从了她的话。

他轻轻地从被窝里钻了出来，还细心地为她折了折被窝，离开。

叶露没有看他，自始至终，她的脸都是背向他的。

只有不面对他，她才可以一直坚持着坚强。

她是故意这样做的，她是故意赶跑他的。

只因为，不想再纠缠太深了！

黑夜中，她摸索着解下了手腕上戴着的手表。晶莹的表盘在黑夜中折射着冰冷的微光。

还记得那天她开玩笑地说，万一她要是不小心被人给那个了，怎么办，他打算不管吗？

他说，他绝对不会允许这样的事情发生。可到底，他心里没底，给她弄了这么一只表过来。

最后，他食言了，事情发生了，虽然在最后一刻她被救了回来，但有些事情是无法改变的。

她被人绑了，险些遭到强暴的时候，他带着听淑，待在国外，来救她的，是左翼，还有他的儿子。

酷似他的小脸蛋，冲进那肮脏的房间，喊着“露露”的时候，她是多么的想哭！

为什么不是他，为什么不是他？

在她最危险的时候，他却跟别的女人在一起，还有什么能比这更悲哀的吗？

这手表，戴着，还有什么意思？

一厢情愿认为的守护，其实早就是变质的！

反复地摩挲着表盘，思量着，还要不要戴……许久，她还是选择戴上。

还是要感谢这手表，还是要感谢他，在她最危险的时候救了她。

但，止不住那眼泪滴落。

淡色的泪珠，承载不住悲痛，伴着漆黑，哀婉地坠落，溅到表盘上，碎成了片！

心理医生在次日一早就登门拜访了，叶露很配合，她知道心理辅导这东西对她是大有用处的，心理医生也觉得自己的心理治疗很成功。

叶露经过医生规劝，心中轻松了不少。

冷阳经过心理医生的叮咛，这几天也不上班，在家里陪叶露。心理医生对冷阳说，叶露现在很需要亲密之人的陪伴，最好可以一起去做一些可以开心的事。

开心的事？

冷阳想了半天，也想了好几个点子，带叶露去吃饭、去听音乐会、去shopping，这些都是听涵喜欢的，在他的认知里，目前也只能想到这些，可是这些想法都被叶露拒绝了。她不但拒绝他，她还刻意地疏远他。即使她晚上睡觉不再赶他走，可是她也拒绝跟他交欢，这让他很不快，恨死了那帮绑她的人。

更可气的是，那些人他一个还没找到，除了那个老太太。

根据叶露的描述和电脑拼图，那位老太太是在特殊人群疗养院找到的。老太太是位睁眼瞎，难怪叶露那天觉得有哪里不对劲，因为老太太脸上的那对眼睛，分明是暗淡无光，眼睛根本就没有聚焦，那就像两颗玻璃球子镶嵌在她的脸上一般。

那些人计划得很完美，一个瞎眼的婆子，再加上一些化妆术和变声术，想找那些人，根本是无从找起。

如今冷阳只能按捺住焦躁的心，耐心地陪叶露。

为此，他将要处理的事务都推到了一边，专门抽时间陪她，可是她要不睡觉，要不跟左翼叽里咕噜，要不跟冷星比手画脚，要不就一个人在花园里闲逛，她很少对他说话，甚至可以说不愿意跟他说话。

他本来就是话少的人，已经习惯了少言，现在她一下子比他还沉默，这让他特别地难以忍受，心火升了好几天，无处发泄。

那个心理医生不说她已经好了吗，为什么变得这么地不爱说话，为什么对他那么冷淡。

他没看见她跟别的男人交往，所以不应该是看上别的男人的事情，可是，到底是为什么？

难道，那该死的被绑事件，在她的心里留下了糟糕的回忆和抹不去的阴影？

他想不明白，猜不透！

最后，在冷星的身上，他才看到了一丝希望的曙光。

“明天一起陪星星去游乐园玩吧！”他终于想到了一个可以让她开心些的好办法。

叶露终于扬起了有些久违的和煦笑容，点了点头，这让冷阳冰天动地的心，一下子感觉到旭日的温暖，身体莫名地一轻，竟然有些快飞起来感觉！

诡异透顶！

但是心里喜不自禁！

可他估计怎么都想不到，叶露之所以会点头答应，是因为这可能是她跟这对父子最后一次的外出游玩了，她很想为自己，也为星星留下点什么，所以才答应的。

她决定了，要退出这个游戏，要离开他了。

这是她自己的决定，没有告诉左翼。

早先的时候，她是希望借助左翼的帮助离开冷阳的，但是，左翼会不会帮她，什么时候会帮她，这些都是有些遥遥无期的事。

如今，她有些迫不及待了，她迫切地想离开冷阳。

既然他有心于听淑，那么，她就成全这两人。冷阳也是一个可怜的人，她给不了他幸福，那么就让听淑给他吧，即使听淑是听涵的替身，想必也会活得很幸福。

况且，现在的机会对她太有利了。

过了这村没这店。

最近发生的这一切，在她反复地思量之后，有了些眉目。

冷阳以为她在躺着睡觉，又或者以为她在花园里乱逛，其实那些时候，她的脑子里都在想这些。

结合她让左翼去查的资料，她想到了两个人——听淑和冷涛。

很不可思议是吧！

冷涛甚至还救过她呢！

那么就说说她是怎么想到这两个人的吧！

左翼所查到的听淑的记录，很完美，几乎看不出来有什么不对，唯一的瑕疵，自然是她那张美轮美奂、近乎是完美的脸了。

四年之前听淑的脸，和四年之后她的脸，差距……似乎是大了一些。

四年前，她只是有些像听涵罢了，但是四年后，她却和听涵惊人的相似，都说女大十八变，也不能这么变的！过了十八岁的少女，有几个可以从十八岁到二十二之间发生这么大的过渡的，更让人觉得玩味的一点就是，听淑四年之前的照片，竟然是这么的少，叶露手中所掌握的，还是颇费了一些心思靠走邪门歪道找到的。这当中，是不是可以说明什么？

比对听淑最近四年来的照片，确实是让人感觉到她是在一点点地变的，看不出来伪造的痕迹。只是有意思的是，听淑酷爱旅游，她几乎是一得闲，就跑外面旅游，时间不定，然后，她旅游之后，就会发生一些小小的改变，发生在脸上的改变。自然，这是叶露比对相关的资料才察觉出来的，普通人谁会注意到这些小细节？

这样，是不是可以大胆地猜测，在旅游期间，听淑是跑去整容了，然后，四年之后，她就在大家的不察中，达到了跟听涵的惊人相似！

四年之后，她接近冷阳，以那张整容过的脸，必定是怀有某种目的的。

或许，她这样做，是因为喜欢冷阳。

又或许，她这样做，是为了自己的姐姐报仇。

通过入侵电信系统，叶露又有了新的发现。听淑竟然时不时地收到陌生电话。当今中国的世道，陌生来电，普通人碰上的也肯定不少，但是听淑碰见的频率似乎高了很多，有几回，听淑甚至会回拨那人的电话。

这样的记录，令叶露想到了寻。这两个人在电话记录方面，是多么的相似，都是陌生的电话，都有过回电记录。

那么这样设想吧，听淑一直表现得不喜欢叶露，甚至有几次还公然挑衅。那么她是不是不想叶露当冷阳的妻子，想把她从冷阳妻子的位置上赶出去，她好进一步取代她的位置。

可能是因为这个原因，所以，她采取了一系列针对叶露的行动。

可是寻和听淑所接听的电话号码没什么共性，那么是不是可以猜想，这当中，应该还是有别人呢?

然后，叶露就想到了冷涛!

想到冷涛，是因为那个吻，还有在她出事之后他急急忙忙赶来对她说的那些话。

冷涛救过她，她一直感激，所以他说喜欢她，叶露虽然表示了拒绝，但是每次态度都是和蔼的，而不是怒目相对、义正词严地像训斥白那样地训斥他。

叶露可以毫不犹豫地骂白不知廉耻，勾搭有夫之妇，但是却不忍心这样说冷涛。

冷涛一次次地说喜欢她，在她表示拒绝之后，还喜欢，她不可能没有感觉的，至少总是有一份感动的。在生日宴上，冷涛冲她狂吼，似乎压抑不住自己内心的那份感情，质问她为什么不给他一次机会，表现得十足像一个为情所困的痴情汉。

可是——

在冷阳撞破两人的吻的时候，冷涛的表现是慌乱的，害怕的，他因为冷阳，更甚至身子躲了躲。

冷阳甩手打她一巴掌的时候，他没有出面拦下。

冷阳冲她发怒，似乎快要发狂的时候，他在一旁静静地沉默。

甚至白都出面替她缓和冷阳的怒气，可他这个口口声声说喜欢她的人，却一声都不吭。

如果这就是他的喜欢，那么他的爱，也太令人心寒了。

说冷涛懦弱，因为惧怕冷阳，所以保持沉默?

哈，怎么可能，冷家的男人，没几个是懦弱的，尤其是冷涛。在冷家这个大家族之中，除却冷阳之外，他是大家所公认的，最有实力的年轻一代，他怎么可能会懦弱？

所以，这不该是爱，这不该是他口中所谓的喜欢。

爱一个人，不会眼睁睁地看着自己爱着的人，一次次地受到伤害，却一次次地保持沉默。

那个时候的听淑，眼神由一开始的怨毒变得得意，她是笑得如此得意，叶露还记得，冷涛找上她的时候，冷阳还在搂着听淑在舞场翩翩起舞。怎么她和冷涛才说了没几句话，冷阳和听淑一起找上门来了，还那么巧的，就撞见了那亲吻的镜头？

当时她心灰意冷、身心俱疲，没有多想，后来细细一想，就会发现短短那一小段时间内，事情发生的是多么巧合，就像是演电视剧一般。

所以，剧本早就被设计好了，她只是无知地被拉进了戏里演了一次主角。执行导演，或许就是听淑和冷涛。

她遭到绑架的事，虽然左翼已经下令下面的人不要外传，但是有心人士估计还是可以查到一些的，冷涛本事大，要想得知这消息，也不是很难。

但是怪就怪在，他凭什么那么坚定地冲她低吼，说冷阳在重演当年的剧本，用听涵所经历的那些来逼死她？

他从哪得知这么多东西，有些甚至连冷阳都不知道！

如果说他是因为喜欢她，所以对她的事情格外关注，那么一直关注她的他，是不是可以在她发生危险时，提前通知她一声，或者及时阻止事情的发生。

没有，他什么都没有做。

他似乎知道很多，或者他知道一切，但是他什么都没做，又或者说，他做了，从头到尾，都是他在导演，是他在重演当年听涵的剧本！

他想拉下冷阳，取代冷阳目前所拥有的一切，不是吗？

因为很早之前，他暗示过她，跟他一起联手，背叛冷阳。这就像那个已经死去的冷姓男子和慕倾联手一起对付冷阳一般。

他以喜欢她的名义，为她着想的旗号，拉拢她。因为她是凤影，可能她手头还是有一些力量可以供他利用的，所以他接近了她，当时更提出了让她背叛冷阳和他在一起的主意。

动机有了！

就差证据！

左翼正在着手调查，虽然不是很明显，但是还是有些蛛丝马迹表明冷涛有些问题的。

冷涛所做的一切，都是在逼着她和冷阳渐行渐远，然后好被他的“真情”感动，投入她的怀抱，跟他一起联手对付冷阳！

那么一旦她离开，是不是代表着某些事情的结束。听淑如愿以偿，自然会全心全意地对待冷阳；冷涛想要绊倒冷阳，似乎也不是那么容易的事情。

多事之秋，正是她逃逸的最好机会。

她已经联系好了金斯泽，借着被邀请出国参展的名义，用假死来逃亡，事成之后，她自然会回报金斯泽，送他一份大礼。

反正冷阳大概也知道了最近有人在对付她，那么她在国外遇害身亡，也就不是那么不能理解了。几颗汽车炸弹，保证可以将她炸得尸骨不存、灰飞烟灭。

冷阳即使心中怀疑，想要查询，但是她“一死”，左翼必定报仇心切，将她所查的资料交给冷阳，冷阳会着手对付冷涛，那样的话，两个人你争我斗，冷阳就没有多余的时间和心力来找她。

等他处理好冷涛的事情，她早就已经逃之夭夭，躲到了万无一失、绝对不可能让他找到的地方。

这个计策，可是她费了许多脑细胞才想出来的！

真是妙极了不是吗？

一想起这计划，她就忍不住有些激动了，她也想不到，原来自己可以这么早地离开冷阳！

有过犹豫、有过不舍，但是她提醒自己，这真的是千载难逢的机会，她必须要把握住。

现在的伤痛和不舍，随着时间流逝，总是会过去的！

所以，她必须要走！

048

去游乐场的那天，天气很好，艳阳天啊，几乎是久违的。这些日子天气一直都不怎么好，一会儿阴一会儿晴，有时候还下雨。叶露只希望这样的好天气可以维持一天。

透过窗户往外看，天空中偶尔飘着一些缥渺的云丝，看来变天的可能性应该不会太大。

眼一眯，叶露不自觉地一笑，可能是老天也在成全她吧，送她一个艳阳天出去游玩。

见到冷阳，她讶异了一下，有些不敢认。那个平时习惯了穿西装、打领带的男子，今天穿的是一件白色T恤，不是那么板正的卡其色休闲裤，脚上蹬着的是一双白色的跑鞋。这突然之间的形象改变，让他整体似乎年轻了好多岁。就连平时用发蜡摆弄个的摆正的头发，此刻也是自然地散乱着，令他看起来年轻极了，就像……就像一个大学生一般。

原来，他也有如此年轻的模样！

叶露这才恍惚地想到，冷阳也不过是三十出头，根本不算大。但是因为他平时的装扮严肃，也因为她对他身份的畏惧，所以自然而然地把他看得高高在上，竟是从来没把他当作同辈人看待。

如果他真的是学生，那么，她和他的相处模式肯定是不相同的。

但是——

她含笑，摇了摇头。

她又开始胡思乱想了。

冷阳的剑眉横扫着，看着她神色有些怪异，问她，“怎么了？”

叶露摇摇头，低声道：“你今天很好看！”

他愣了。

叶露已经转身，低下身，抱起了冷星，往餐桌走。

冷阳被叶露这莫名的一句话搞的是有些七上八下，有种想高兴却高兴不起来，不想高兴却又觉得隐隐欢喜的感觉。

低头瞅了瞅自己，又瞅瞅那个说了那样的话却不再看他的女人，眼光一闪，他跟上，解决早餐。

餐桌上没有听淑，一家人出游没有叫上她，她聪明地自然知道这意味着什么，所以这样的早上干脆就装作晚起避开他们，省得起来自找难堪。

因为是周末，游乐场的人很多，所以很热闹。

冷星是头一次来这个地方，对所有一切的游戏都感到新鲜好奇，也是嘛，小家伙才不过四岁而已呢。

从游乐场的入口一直往里走，他们几乎是一路走、一路玩，一路吃。

冷阳这样一个惯坐办公室，也掌控着无数夜店、歌舞厅的大佬，游乐场的这些游乐对他简直是幼稚得让他不屑一顾，这些游戏，他从来就不打算玩，今天，他只是来当作陪客的。

但是有叶露在，又怎么能让冷阳如愿。

大抵晓得冷阳是什么心思，所以碰上不是很“幼稚”的游戏，叶露总会叫声冷阳，几声撒娇，几个笑容，几个哀怨又包含乞求的眼神，总是让他很快就举白旗投降，再怎么的心不甘、情不愿，还是跟叶露和星星玩在了一起。

几乎是玩了一天，连午饭都是匆匆解决的，才几乎是把该玩的都玩遍了。自然纪念的照片也是拍了不少，大多是叶露和星星的，冷阳很少参与，因为他是个不喜欢照相的家伙。从市面上很少看到他的照片就可以知道这人不喜欢上相。

但在叶露的不懈奋斗下，总算，是成功地拉着冷阳照了几张，这会是叶露以后的宝贝！

夕阳西下时，一行人，包括冷阳一家三口，随行保镖铁三、铁四和旋，都来到了小型沙滩边。

落日余晖中，踩着柔软的细砂，跟心爱的人在海边漫步，这可能是许多女人的美梦之一。

可惜游乐场的沙滩只是做个排场，很小，只是临着江边一带铺了小宽幅的沙带，最多十分钟就可以从一边走到另外一边，走不出那种罗曼蒂克的感觉。

但是就这小小的沙滩都能成为抢手货，在这落日之时，沙滩上还是挤着许多人，或站着、或躺着、或坐着……

一眼望去，还真是热闹！

大人们一般都是在上边的干燥地带待着，只有不怕丢脸、爱玩的小家伙们在下边接触江水的沙地上玩耍。

江水时不时地拍打沙地，涨上来，又退下去，这种在许多人眼中可能很枯燥的情景，在孩子们的眼中，是一种神奇。

小家伙们蹲在江水接沙的一带，两脚跑着浅浅的只覆盖着小脚丫的江水，在江水边欢快地跑来跑去。有些手里拎着小水桶，打水玩；有些坐在沙地上，玩沙，年轻的妈妈们在一边笑眯眯地看着自己的孩子，同时跟别的妈妈们谈谈育儿经。

帮着冷星脱了小凉鞋，叶露自己也脱了鞋，甩给站在上边干燥的沙地不愿意下来的冷阳照管，两人直奔着令人心痒难耐的江水而去。

小孩子总是可以很容易地打成一片的，加之冷星是长得那么的帅，自然是受到小朋友们的欢迎。冷星虽然平时会有些酷酷的样子，但是在这从来没玩过的沙地游戏上，他只能是一个生手，得由别的小朋友带领。

叶露蹲在一边，看着冷星他们在那玩耍，一张张稚嫩的脸庞，一双双澄净的黑眸透露的都是天真无邪，一声声的笑声都是发自肺腑的快乐，让人觉得羡慕，有种也想回到童年的冲动。

看着，看着，不自觉地，她的心神开始游荡。

今日之后，哪里还有机会像今天这般！

这个孩子，以后也可能看不见了。

那个男人，以后也不会再见了。

似乎日落西山会引人惆怅，看着淡淡夕阳余晖挥洒在江面上，江面波光粼粼，仿佛泪光点点；天地交接处染上的那血红色一片，让人有一种洗尽铅华、前尘尽去的悲凉感！

最美不过夕阳红！

最伤也是夕阳红！

她——好不舍！

不舍得走，不舍得离开可爱的星星，也……舍不得离开那个男人！

舍不得他偶尔闪现的温柔……

舍不得他那谈不上浓情蜜意的淡淡温存……

舍不得他那珍贵得宛如一现昙花的笑容……

舍不得他那令人敬畏的霸气……

舍不得他那几乎是无所不能的能力……

舍不得他那意味不明的训斥……

舍不得他那有些失控的暴躁……

舍不得他那令人觉得难以亲近的冷漠……

舍不得他的脸……他的眼……

舍不得……他的一切……

舍不得……那一切所形成的那个独一无二的他……

再也……再也无法碰到这么一个人了……

附近，一艘汽艇船停泊了许久，似乎准备着要返航，船上坐着的几个好像是在校生的年轻男女，似乎对这汽艇船的掌控不在行，那艘船在那里晃晃悠悠、晃晃悠悠，许久，船头都掉了不少个了，船还没怎么开动。

突然——

那船像是一瞬间被赋予了神力一般，猛地蹿了出来，宛如飞箭一般地破浪而行。

尖叫声立刻响起。

“走开，快走开啦……”船上的女生在慌张地尖叫。

船迅猛直行的尽头，一个屁点大的小孩提着小水桶，脚丫踩在江水中，愣愣地看着船不可思议地朝他撞过来，稚嫩的脸蛋在金色的夕阳下发着脆弱的白嫩光芒，一双惊恐的眼瞪得大大的……

尖叫……男的……女的……

注意到这儿的叶露，本能地朝那个小孩跑去，扑过去……

想不了那么多了，她的大脑一片空白。手下抱着那一团软乎乎的小肉团，她死死咬牙，闭眼等待着巨痛的袭来……

似乎过了许久，又似乎过了没多久，她被人给猛地拽过了起来。

冷阳的脸一下子在她的眼前放大，俊脸苍白中是没有丝毫掩饰的怒火。“女人，你傻啊，到底是你重要，还是这小鬼重要，你连这都不知道吗？”

原来，在最紧要的关头，船上的一个男生飞速地转了一下方向盘，把船打偏了一个方向，撞到了一边无人的地方。

冷阳看到那个场景的时候，实话说，那一瞬间，他突然有魂飞魄散的感觉，双腿虽然已经在跑，但是大脑却一片空白。看着她最后平安无事，却止不住那种恐惧和愤怒交杂的感觉！

“你不想想你自己，你总得为我想想吧！为了一个小鬼，连命都不要了，我看你是疯了！”

冷阳忍不住地再度冲她怒吼，因为那种复杂的感觉快要把他给逼疯了！

小孩的妈妈红着眼急跑过来，见自己的孩子被一个陌生女子护着，本来想道谢，但是一听冷阳这怒骂声，感谢的话，是怎么都说不出口了。

冷阳气呼呼地瞪着叶露，那张冷傲的脸，本来就是令人难以亲近的，如今脸上添了狂怒胜似修罗，周围的人大气都不敢哼，畏惧地看着冷阳。

吧嗒……吧嗒……

透明的泪珠，在金色的夕阳下，闪烁着晶莹璀璨的光泽，缓缓地从叶露的脸庞滑落，无声地，一滴又一滴，汇成一串又一串，那两双惹人怜爱的无助双眸，就像两潭蒙了朦胧雾霭的黑潭一般，幽幽地摆在那里，如泣如诉。

仿佛一股沁凉的清泉直接击如冷阳的心里，他的心又凉又清，磅礴的怒气一瞬间被浇熄，心中余留的是生生的疼。

“你……你哭什么？”不自在地冲她低吼，他抱住了她，将她的脑袋压在自己的怀里，不让别人得以窥见她的哭颜。

叶露伤心欲绝地软在了他的怀里，两手拽住了他的衣摆。

怎么办，好舍不得，好舍不得离开他，怎么办……

差点遇难的小孩一见叶露哭，他也开始“哇”的一声大哭了出来。刚才的情形这才让他后怕起来，年轻的妈妈抱着他，一阵哄……

冷阳心中烦乱，那小孩哭得他心烦，要是没那个小鬼，他的女人现在哪里会哭倒在他怀里？

“闭嘴！”他恶狠狠地冲小孩狂吼。

半大不点的小孩哪里懂得看人脸色，被冷阳一吼，他哭得更大声了。

年轻的妈妈自知理亏，不敢多有怨言，抱着小孩一阵哄。真正的恩人被人抱着哭，她还没有道谢，又不能走开，年轻的妈妈真是万般无奈。

那几个闯了祸的年轻学生匆匆忙忙地从船上爬下来，过来道歉，被冷阳一阵训斥。冷阳的怒火飙得很高，训得他们脸色白一阵、红一阵，只恨不得重新投胎、再世为人，两个面皮薄的女生当场被训哭了，围着冷阳嘴里喃喃着就是“对不起”三个字。

学生们怀疑是船的问题，冷阳搂着叶露离开，留下铁四处理这事，此事迫使游乐场停工半个月来检查游乐场中游乐设施，就是后话了。

回去的路上，冷星很努力地用他那童稚的语调给叶露讲笑话，讲发生在幼稚园里的趣事，换来了叶露的笑靥。

一大一小两男人可算是松了一口气。冷星再接再厉，半趴在叶露的身边，继续卖力地逗她开心。

其实叶露哭，真的不是因为她被吓到了，她当时想的最严重的，就是被船撞痛后背，她哭，只是当时见景生情，心生不舍，冷阳当时虽然吼她，但是担心的表情是那么真挚，所以，她心中的不舍加重，更加的控制不住自己心中的悲切。

因为想着自己马上要离开了，怎么可能真的玩得起来，一直强颜欢笑着，用灿烂的笑容掩饰住自己心里的伤心，玩着游戏，也只是在最后快结束的时候，用那掩饰的泪水，哭出自己心里的无奈。

还走吗？

怎么不走？

要走的！

已经筹备好了一切，已经下定了决心，怎么不走？

只有出走，她才能得到解脱；只有出走，她和冷阳之间的僵局才能打开；错失这个机会，只怕她会在以后的生命中不断地懊悔，为什么当时就那么的优柔寡断，放弃了难得的机会？

走，必须要走！

即使心中再有犹豫，也必须要走！

几天后叶露跟冷阳提起了出国一事，其实只是打个招呼罢了，没想到冷阳对此很介意。

“出国？”冷阳皱紧了眉头，“最近事态不好，我怀疑有人背地里要对付你，你不能出国，万一出事，远水救不了近火。”

叶露心中紧张，不行，她必须得走，无论如何，她都要走的。

“这是我前些日子答应人家的，不好拒绝，再说，我也想去长长见识，我对那个俱乐部挺感兴趣的。”

冷阳眉头一皱，不悦地看着她，“你确定你对那俱乐部有兴趣？”

那是一个专门负责训练仆人、买卖仆人的俱乐部，从各个国家通过各种手段弄来年轻的男男女女，进行秘密训练，然后或卖或送给各国稍有权贵的人。这个俱乐部每年都会发出海量的邀请卡，邀请各国有权势的人参加。

这一次，他们显然把主意动到了他新上任的老婆身上。以为他的前两个老婆会捧场，所以，她也会捧场吗？

见叶露确认一般地点头，冷阳有了些怒气。“只是一些人形玩物罢了，难道你还想领一个回家不成？”

“怎么可能？”叶露淡淡一笑，很明显表现了对冷阳说法的讶异，“我只是去看看罢了。最近心里憋得慌，我想去国外走走，散散心，回来之后可能会好一些。”

叶露这么一说，就让冷阳联想到当日她被非礼一事。

心自然往她那偏了偏，但是不放心她的安危。“我跟你一起去吧！”也好照顾到她。

“不了！”叶露很自然地拒绝，“我想一个人去走走，我需要一个人静一静。其实你没有必要担心我，我身边已经有保护了的人了，就是旋，那个女孩子身手相当了得。”

叶露的话已经说得很白了，她就是不想冷阳跟着她一起。

冷阳哪里能不明白她话里的意思，他拿她没办法，想着在那个国家，她也只能待上一天一夜的时间，一天之后就会回来，应该不会出什么事。但是，他还是把铁四派过去保护了叶露。

铁四为人胆大心细，有她在叶露身边护着，他也能放心一些。

叶露一晚上寝食难安，心里烦躁得很，偏偏冷阳搂着她睡，害她只能将焦躁压下，怕透露太多。

靠他越近，她的心越疼，却舍不得挣扎。

天色越明，她的心越慌，越来越盼望能够一下子天亮，然后她立刻从床上跳下来，离开他。

一旦踏上离开他的路，她就没有反悔的余地，也就不会在这翻来覆去的在离开与不离开之间煎熬。

“睡不着？”

背后的冷阳突然出声，吓了叶露一大跳。

叶露一直维持那个姿势不动，肌肉太僵硬了，冷阳搂着她，岂能没有察觉。这不是一个正常的陷入熟睡的人的姿态。

“你有心事！”冷阳肯定地说。

叶露的心跳错漏了几拍，不作声。一出口，反而更是破绽百出。

冷阳叹气，微微起身，在她的脸颊上轻轻地亲了好几口。

“露露，我猜不到你这几天到底在想什么，那天的事……那么令你烦恼吗？”

那天的事，自然是叶露差点被强暴的事。

听涵就是因为那个，所以跟他越行越远，最后选择了以死结局。可是叶露她不是最后没被那些人得逞吗？

这个时候，他不得不承认他心中的挫败感，他不了解这个时候的女人！

叶露还是不选择回答。

冷阳没办法，他向来说不惯那种温情脉脉的肉麻话，只能抱紧了她。

“等你散心回来，我带你去旅游吧，地点随你挑。我们当初都没有蜜月旅行，这一次就当是补上一次好了，你要是想带星星一起去，也是可以的。”

前提是，她没有从国外带个男仆回来。

到时候，给听淑找个地方让她搬出去住吧，那她可能会更高兴的！

叶露一听他这么一说，心中动摇得更厉害了。

他是个混蛋，彻头彻尾的混蛋。

她好不容易把握住天时地利与人和，他却非要在这个时候展现他的柔情，拖她的后腿！

烦躁地在心里恼了个半死，最后，还是没睡好。

起来的时候，双眼染上微红，叶露没什么胃口地随便吃了点早餐，去了机场，直接飞往Y国，在事先预定好的饭店落脚。

哪知变故是如此突如其来，入住的高级酒店因为他们选择的是贵宾套房，所以有专车到机场接送。

叶露、旋、铁四三人下了几场，直接就被酒店的专职司机接走。可是三人才上了车没多久，那个司机转动方向盘才刚从拥挤的车队中钻出来，就突然就止了刹车。

同一时刻，只听得“嗤嗤”的声音响起，雾状的气体猛然从车体的四面八方喷射出来。

显然他们遭袭了！

叶露立刻就想到了金斯泽！

是他？

不对啊，金斯泽不该这么早就下手啊，说好了的，是在她参加完俱乐部之后，在她落单之后，再搞汽车炸弹的啊！

旋立刻去推车门，却很糟糕地发现所有的车门都被锁住了，外力根本就推不开。

铁四立刻去制服那个司机，逼迫那个司机把开关给关了。突然冒出来了白色的气体，一看就知道不对劲。

但是没有用，那个司机竟然是连自己也算计进去了，铁四都没来得及多打那个司机几拳，四人都在一车白色气体的熏染下，无力地倒了下去。黑色的车窗，本意是来保护车内人隐私的，此刻很好地掩盖了车里面发生的邪恶之事。

十分钟之后，一个中年人快速地接近车子。打开车门的刹那，他迅速地往自己的嘴上套了一个氧气罩，然后关上车门，开车，迅速地往未知的地点驶过去。

醒过来的时候，叶露发现自己又被绑了，真是太过糟糕的经历，但是比上一次要好一点的是，这一次她的姿势不是那样的屈辱，是不带侮辱性的绑法。但是眼睛又被蒙上，这让她的心又一下子掉入了冰窖里。

不是金斯泽，她现在可以确定不是金斯泽了。

如果是金斯泽，不会用这样的方式对待她的！

难道……难道她又中了敌人的招了？

叶露在心底低咒！

到底是谁？！

到底是谁打算跟她过不去？！

听淑……冷涛……还是冷老爷子……

叶露立刻想到了求救，她庆幸自己上次没有把那手表摘下来，还好，还好！

但是她的手指头竟然是挨个被绑着的，这绑法非常的特殊，就是受过专门训练的人，都不能解开这样的绳子。更令叶露心惊的是，她——她感觉不到她的胳膊上的手表的存在。

谁……谁摘了她的手表！

叶露的心直直地往下坠，他们知道了，知道了她的手表有问题！他们怎么会知道，那么隐秘，他们怎么会察觉？

是不是上次抓她的人干的，一次不成，又抓她一次，上一次那个人说她身上有东西，所以这一次就找出她的手表摘了它吗？

可是这一次她出国的时间很保密的啊，饭店还是冷阳给她秘密订的，就怕她出意外。谁能查到她将要下榻的饭店，然后换了司机瞒天过海地来害她。

饭店是冷阳订的，谁有这个本事？

除非……除非是冷阳本人……

难道……难道真的是让冷涛说中了，是冷阳在导演剧本，想要害死她，然后娶……娶听淑？

不！

叶露困难地摇了摇头，不，不会是这样的。冷阳不是这种人，他要是讨厌自己，他大可以寻个理由给自己一枪。凤影别人不能轻易地动，但是龙主是有动凤影的权利的人，他根本就没任何的后顾之忧，所以，他根本就不用这么的麻烦。

而且，她相信冷阳，也相信自己，她看上的男人，至少没那么的不堪，至少他不会那么阴险地对付她的。

可是，谁会知道她要下榻这个饭店！

叶露的脑中倏然闪过一个人，然后，悔恨得肠子都青了！

听淑，对，听淑有机会。

听淑跟她共处一屋，她知道她是什么时候的班机，她也知道自己将会带什么人；她还是冷阳的秘书，或许订饭店的事情还是冷阳委托听淑办的，这样一来，自己的行踪，就不再是秘密了。

如果真的是她，真的是她……

叶露气得要吐血了！

亏她还想到要把冷阳让出来给听淑，可是她竟然这样的可恶。连她的逃亡，她都来阻挠！

气死她了！

叶露胡乱地猜测，其实心里也没底自己到底猜的对不对。

更甚至，她都有些怀疑上金斯泽了！

因为，对于她来Y国的事情，金斯泽也是知道的。金斯泽羡慕冷家的权势，可能打算用她来要挟冷阳。她只是说事成之后要送一份大礼给他，但是没说明那是小瑞，金斯泽可能不会动心，反而会借此利用她一把！

简直是糟糕透了！

她只是一个普通人，自小也是过的普通的人生，从来没参与过尔虞我诈，为什么一下子就把她放到了如今的这个位置？暗箭，更是时不时地朝她袭来，搞得她都能脑袋都快要炸了！

最关键的是，铁四和旋现在在哪里，是在她身边，跟她一样被绑着吗，还是她和他们已经分开？

她没有发出求救信号，冷阳得知她不见了，能不能找到她啊？还有金斯泽，事情若不是他干的，那么原先说好了的，没有等到她，不知道他会怎么样？

叶露开始气自己，为什么不在一开始就按下求救信号，当时因为一时犹豫是不是金斯泽临时改变营救她的计划，所以她迟疑了。现在，她竟然是想求救都没了机会！

怎么办？

绑架她的人到底要做什么？

她到底昏迷了多久？

迎接她的，到底又会是什么？

前途茫然，叶露有些筋疲力尽了！

谁能想到她一心策划好的大逃亡，竟会让自己又进入了一个牢笼！

冷阳！

叶露在心底苦笑，这一次，你可会来救我？

049

情况其实比叶露想象的要糟糕得多了！

叶露当时在车上受困的时候，因为自己心里有鬼所以没按下求救信号，但是铁四是冷阳专门派来保护叶露的，所以他当时是按下求救信号了的。

但是，没有用！

冷涛已经把所有的事情都算计好了！

经过了上一次绑架叶露的事，他知道了叶露身上有东西，他也吃过了那东西的亏，所以这一次，他不会这么笨了。他知道一旦事变，叶露肯定又会发出求救信号，所以，他就采用了速战速决的方法。

利用听淑身为冷阳的机要秘书的身份，弄到叶露下榻的饭店不是一件难事。快速地解决掉饭店派来接叶露的司机，然后派上自己一早准备好的司机和同一款式的车子，将三人快速迷倒。

冷阳那边一定会在第一时间接受到求救信号，更甚至，冷阳在这边可能还布置下了什么人，秘密地保护叶露。为了防止被冷阳这边的人给截下，冷涛派人用最快的时间搜出叶露三人身上的任何可以往外输送信号的东西，放到了另外一辆车上。送走，是因为那些东西还有别的用处，用处一就是可以用这些东西引走救兵。

半路，铁四和旋被带走，与叶露分道扬镳。

冷涛一直以来，要的就只有叶露，要对付的也只有冷阳。

冷阳这个人不好对付，处于同一个冷氏家族，冷阳又是现任的冷家大当家，他冷涛再大的能耐，也不能跟冷阳直接对着干，所以就只能采用迂回策略。

他选中了叶露，因为，他知道，他和冷阳是同一种人，喜欢的会是共同喜欢的，欣赏的会是共同欣赏的。

从小到大，他们的兴趣几乎是相同的，也会对同一个女孩有好感！

正如冷阳爱上了听涵，那个宛如天使一般的女孩，冷涛也爱上了她。不受控制地受听涵吸引之后，冷涛没想过要争夺，他爱她，所以默默地隐忍着，退到一边，将爱意隐藏，只希望这个他心爱的女子一直那么幸福就可以。

可是，变故发生了，在冷阳，还有他都没有防备的时候，老天给他们开了一个最大的玩笑。冷阳，一个堂堂的龙主，他冷涛，一个也算是可以呼风唤雨的人物，竟然会让这种事情在眼皮子底下发生，竟然让自己爱的人，被别的男人挨个糟蹋。

他痛苦不堪，眼睁睁地看着那个如天使一般高贵的女子，慢慢地褪下那洁白的圣衣，变成了人人都可以染指的花蝴蝶，他的痛苦，都已经入了骨髓！

他隐忍自己的爱意，从不插手她和冷阳之间，最后看到的竟然是心爱的女人人尽可夫的一面。

她几乎没怎么挑剔地接受接近她的个个男人，可是独独拒绝他，或者说是拒绝冷家的男人。那个女人，竟然连堕落，都那么在意冷阳！

他是又愤怒又仇恨！

他恨听涵的不知廉耻，恨她的不爱惜自己，也恨她对他的拒绝！

可是，他又不受控制地爱着她，因为爱，所以恨，有多少恨，就有多少爱；有多少爱，就有多少恨。

他更恨冷阳，恨他冷落她，如果没有他的冷落，那么什么事情都不会发生。他幸运地得到了一个美丽无比的天使妻子，可是却没有好好爱惜，竟然会让自己的妻子被别人给强暴；他更恨冷阳把听涵给逼成了一朵交际花，最后竟然逼得她跳楼自杀！

恨！

恨冷阳杀了她！

所以，他必须要报仇！

他的本事本来就跟冷阳差不多，当时选择下一任龙主的时候，前一任凤影也提名过他，但是他考虑到了听涵，考虑到如果她当了凤影，肯定会更加的幸福，所以，他就没怎么用心跟冷阳争，让冷阳很轻松地就当上了龙主。

现在不同了，他要把冷阳从那个位置给拉下来，他要冷阳一败涂地，他要杀了冷阳。

这种刻骨之恨，有生之年，他必定会为此奋斗。

听涵死后，他就开始谋划，可是那个时候冷阳的实力比他高了一大截，他坐上龙主的位置两年，得到的历练让他远在他之上。他只能韬光养晦，暗地里培养自己的势力。

所以冷阳娶了慕倾的时候，他没下手，他知道时候没到，他的实力还不足以跟冷阳抗衡。冷枫那个小子，不知天高地厚，没摸清冷阳的底细，就跟慕倾勾结，慕倾当时也是被爱情冲昏了头脑，以为凭着凤组力量还有一些她联系上的男人的力量就可以推翻冷阳。结局，冷涛几乎可以预见，必定是慕倾大败！

但是让他惊讶的是，慕倾的背叛竟然给了冷阳重创。他知道慕倾联系上的男人都是一些乌合之众，暂时力量的结盟罢了，一旦情况不利，为了保全自己的利益，肯定会宛如一盘散沙地各自散开。

所以，给冷阳重创的是——凤组的力量。

那一直被他小觑了的凤组，竟然有那么大的实力！他一直以为凤组大多的时候已经是一个摆设罢了，因为据他所知，前任的龙主冷老爷子的两个老婆，也就是先后两位凤影都没什么大的建树，只是借着凤影的称号在那作威作福、潇洒地游戏人间、调戏美男罢了！

如此，他就知道了，他低估凤组了！

一个新的计划在他的头脑中产生，也许，他可以借助凤组的力量，那么，加上他的力量，肯定可以压过冷阳了。

很早之前，他就秘密地联络到了听淑——听涵的妹妹。为听涵报仇这个共同的目标，将他和听淑联系在了一起。一次又一次，在听淑四处旅游的时候，他秘密地安排听淑去整容。四年之后的听淑，已经酷似听涵了。

冷涛知道，冷阳还是要结婚的，他身为龙主，身边不可能没有凤影，这是传统，也是祖训，不可违背。

他预想了听淑的出场，会让冷阳受到多大的震撼，因为对听涵的爱和愧疚，冷阳肯定会不可自拔地爱上听淑这个替代品的！

但是计划没有变化快。

冷阳的婚礼安排得非常迅速，而听淑这个时候还没毕业。按照冷涛的安排是听淑借着毕业之名，很顺理成章地来投靠冷阳，冷阳就这样接手了听淑的一生。

所以，那个半路插进来的新娘，必须要不得。

用各种手段，散播谣言，蛊惑人心、威信恐吓，迫使王雪俐逃婚。她最好是乖乖地逃走，省得他麻烦，但是即使王雪俐没有逃婚，冷涛也安排好了狙击手在婚礼上射杀王雪俐。

很好，王雪俐逃婚了，他的人告诉了他这个消息的时候，他是得意而又高兴的。看着冷阳冷着脸站在那，神色不定，他觉得很快乐，更让他快乐的是，新娘子迟迟不来，一会儿王雪俐逃婚的事就会传开，到时候，冷阳的颜面就会扫地。婚礼取消，之后听淑出现，如计划中那样，嫁给冷阳，跟他联合，搞垮冷阳。

那一刻，坐在宾客席上的冷涛，似乎已经可以预见了冷阳落魄得一败涂地的情形。

可是，那个女孩为什么会出现在婚礼上？最后竟然会成为他的新娘？

难道，冷阳一早就察觉到了他的计划，所以事先做好了别的安排？

不，不会的，他做得很小心，冷阳怎么突然会怀疑他？

还是说，冷阳对这个女孩有特别的好感，所以一早就改了计划？

那天桃花纷飞中，她一身清爽地淡笑而来，走在桃花雨中，是多么的清丽可爱，为他一直仇恨着的心里注入了一股清泉，让他在那一瞬间，获得了久违的轻松感。

可是后视窗中，无意间瞥见冷阳的脸和游移的眼，他愣住了。

冷阳竟然也在注意她，竟然还笑了，虽然很淡，但是那的确是笑没错。

他说过的，他和冷阳是很相似的人，总会看中相同的目标。

在他在人海茫茫中注意到这个女孩子的同时，冷阳竟然也从茫茫人海中选出了她。

当时这画面没怎么让他放心上，以为只不过一个随便的路人罢了，冷阳笑了，只代表他那一刻心情好了，不代表他会因为一时的心情舒畅把那个女孩子弄过来，因为他知道冷阳不是那种人，他自己也不是那种人。

所以在雨中再次遇见那个女孩，他当时真的只是单纯地想送她，一点别的心思都没有。

而就是这个让他一点都不戒备的女孩，竟然意外地取代了出逃的王雪俐，成为了冷阳的新娘！

他仔细地观察他们俩，他要弄明白这到底是怎么回事，难道他真的是大意了？

但后来的调查表明，这个女孩是误打误撞地成为冷阳的新娘的！

当时他心下愤然，也不知道冷阳这是哪里的红星高照，出了这样的岔子，都有人出来帮他的忙！

突然，他想到了他一早就安排好的狙击手。

他是下了死令的，不管最后出现的是谁，新娘子是一定要死的。

那么这个女孩……危险！

他的心开始动摇，要不要取消这个命令，毕竟这个女孩子是无辜的，但是不取消，他的计划……

看着她双眼发亮地看着他，罔顾一边冷玉、冷花别有用心的讽刺和试探，他的心中涌过快意；看着她茫然地跟在冷阳的身边，跟分明都不认识的人敬酒，笑得脸皮都抽了，那个样子，竟然让他觉得不忍；看她身着白色的礼服，拿着酒杯，愣愣地站在角落看着淡黄色的酒液在高脚杯中流动，那一身的无所适从和萧瑟，让他心疼。

然后她看见了他，那瞬间眼中闪过的浓浓渴盼，但却欲言又止、驻足不前的犹豫样子，打动了他。她就像不小心落难的小仙子，极度渴盼着被解救，又怕自己给别人惹来麻烦，于是，他不由自主地迈动脚步，朝她走去。

冷阳大声喊她的时候，焦急的声音让他感觉到了什么，眼睛瞄到的是那黑色的身影还有笔直的枪管，是他安排的狙击手！

身体已经不受控制，不由自主地扑了过去！

疯了一般，救了一个他以为的落难仙子，却差点把自己给弄到地狱！

事后，他暗骂自己实在冲动，可是看她一脸感激、恨不得对他肝脑涂地报答他的样子，一个想法，立刻在他的脑中形成。

他已经查过了，她嫁给冷阳确实是无心的，不掺杂任何的阴谋。

那天早上本来要来的是她的师姐，可她师姐的实验那天上午很不顺利，师姐急着要结果，拜托了周围一圈人，最后才请到没什么事的叶露帮忙。

也就说，叶露是被冷阳逼着嫁给了他，是他可以利用的对象，他可以和她结成盟友！

于是，病房内，他告诉她，他对她一见钟情。

他知道自己的条件，是一个会令女人心动的男人，所以，俘获她，尤其还是一个生活在象牙塔中的大学女生，应该不是难事。

但——她实在固执，不给任何他可以追求她的机会。

他只能见隙插缝，慢慢地靠近她的同时，谋划着新的计划。

因为婚礼上的狙击，冷阳已经有所警觉。叶露已经成为了凤影，她的生命也得到了整个凤组的捍卫和保护，他不能再派人干掉叶露，好让听淑取代她了。

所以，听淑就只能成为刺激她和冷阳之间的感情的外力了。

他一度感叹，自己当日也不知道是发了什么疯，明明除掉了叶露，他就可以按照计划有条不紊地继续运作就好。现在可好，又得重新谋划和推演，还有些浪费听淑。

但他发现，机会又降临在了他的身上。

他察觉到了冷阳对叶露的在意。

那个男人，最讨厌的就是背叛，他处罚叶露，还有那个联合叶露一起背叛他的张明宋。叶露上门求他，又欠下他一个人情，他觉得，这对夫妻的感情，肯定是越发的风雨飘摇了，他再努努力，估计可以让它支离破碎。所以他当下就应下了叶露的请求。

但——冷阳竟然放过了张明宋，重新让他复学，冷阳几乎是自己给自己打了一巴掌。冷阳自己派人对张明宋下手，现在又派人把张明宋给请回来，这哪里是他冷阳的风格！

叶露打电话来，让他别再管张明宋的事情，说她拜托他的事情全部做消，他猜到，可能问题的关键，是在叶露身上。

他低估了这个小女人，没想到冷阳竟然会为她做这么有违他性格的事！

而后，叶露开始躲他，更是让他一点亲近她的机会都没有，他又不能做得太明显，就只能装作潇洒地识趣退到一边去。但暗地里，他继续派人偷偷地观察这对夫妻，然后越发地察觉出冷阳对叶露的重视。

或许，在不知不觉间，冷阳被叶露给吸引了？

听淑毕业在即，不管他的猜测是否对，都是听淑该出马的机会了！

冷阳竟然是如此的配合，一条王者之心，就这样送到了听淑的面前，怎能不令他欣喜！

尤其还听说，叶露说谁送他王者之心就要对谁死心塌地一辈子！

冷阳到底是没把叶露的话放在心上，这说明了冷阳在乎听淑；也说明了，在王者之心戴在听淑的脖子上时，叶露该是如何地不满冷阳？

计划继续推动！

安排人威胁董萍，让叶露不得已跟别的男人纠缠，重演听涵当年的剧本。成功地扬起了风言风语，让因为她的出身卑微而对他厌恶的冷老爷子更加地厌恶她。生日宴上他和听淑的那一场共谋，成功地让冷阳质疑叶露，怒发冲冠的冷阳和叶露互相给对方的一巴掌，再一次让连着他们之间关系的线薄了一些。可当时冷阳又硬生生地压下怒气，让司机送她回家。

冷阳这一系列的行为，让他看不清他对叶露到底是何想法！

但冷阳现在是在意也罢，不在意也罢，叶露和听淑，这两个女人，无论他选择了谁，终究是要背弃他而去的。这两个女人，无论是谁俘获了冷阳的在意，都会让冷阳分心，让他少了在生意上的注意力。

他需要冷阳在生意上放松警惕，更需要冷阳忙于叶露和听淑的事无暇认真顾忌他手下的那些事，这样，他就可以更好地在下面动作，暗暗地吸收他的势力，才能更好地拉他下马！

这一次，冷涛低估了叶露的警觉心和能力，她竟然这么快就学会了反击，寻一下子就落入了她的网，好在他早就有所准备，让寻万一被套就陷害冷老爷子，毕竟生日宴上冷老爷子和叶露的不对盘，是大家有目共睹的。叶露似乎是信了，放了寻出国，冷涛当时就知道这个人不可留，但是得选择一个干掉他的好时机。

凤组的人在动作，左翼是个很厉害的女人，她和叶露的共同联手，对付寻的那一招，着实漂亮，他不得不防，以后必须得更加小心翼翼。

无论如何，即使他拉拢不了叶露，也必须让叶露和冷阳反叛。叶露身后的凤组力量，虽然失去了右翼和她带走的大帮人马，但是有左翼在，还是不容小觑的。叶露若是站在冷阳这一边，有了凤组支持的冷阳，会让他很难对付的。

所以，还是得对付叶露。

派人撞她最在意的哥哥，那是他刚好得知冷阳被刘朋打了一拳之后的灵机一动，这可以让叶露更加的怀疑冷阳，刘朋一死，无论如何，她会恨死冷阳！

但，这个完美的计划被凭空插进来的小兰给破坏了，冷阳那小子又违背他以往风格地请人救小兰，那肯定又是因为叶露。而且，他竟然会因为叶露的昏倒而……简直是难以令人置信！

那个冷酷的男人，长这么大，也只有在得知听涵被轮暴的时候，才出现过狂躁到难以自控的情绪，而今，叶露也不过是昏倒罢了，他竟然就乱了！

难道，叶露的昏倒，在他心中，已经可以跟听涵的被轮暴相等值？

这真是又令人惊恐，又令人兴奋，还令人怨恨！

他竟然这么快就放下了听涵！

他竟然这么在意叶露！

他越是在意，那么就对他冷涛的计划越有利！

派人强暴叶露，让她误会冷阳，猜忌他、恨他，她身为冷阳——堂堂龙主的老婆、冷氏家族大当家的老婆，明明可以被保护地非常好，却经历了这样的事，最后，她必然会恨冷阳的！

但是，在派人下手对付她的时候，他还是犹豫了一下。不忍心！

他自己爱的听涵就是死于此，用这样残忍的手段对付叶露，可以吗？

这个女孩，其实从头到尾，都是被动地被拉入这悲哀的局面，真的……无辜！

可她是冷阳的妻子！

计划不容有失，只有那样才能让叶露真正的背离冷阳。

所以，他还是执行了强暴的计划，但——不是轮暴，到底是心中不忍！

叶露所听到的那三个男人的声音，其实是变声器在起作用的缘故，从头到尾，房间里就只有一个男人。

最后，计划还是失败了，但还是有收获的。

冷涛知道叶露的身上有求救装置，也从冷阳的一系列后续反应中，也更加的确定了冷阳对叶露的在乎！

那个工作狂的男人竟然会为了她那么多天一直放弃工作，就围着她打转。这可是当时听涵再怎么恳求，都求不来的！而他，就这么轻易地给了叶露！

简直是好极了，他要的就是冷阳的在乎！他要的就是冷阳对手下生意的无暇顾及。

这一次，他策划绑架叶露，就是要用她的安危来干掉冷阳。

这一次，大仇终于可以得报了！

冷阳这边

左翼皱着眉头，有些担心有地看着冷阳：“你真的决定要去Y国？”

绑架叶露的人打来的电话，让冷阳准备好三千万美金，三天之后，送到他指定的地点。等他们拿到了钱，自然就会放人了。

这样的伎俩，是绑架最常用的，而拿到钱之后，撕票，也是绑架者经常会做的事情。

冷阳倒不是在乎这三千万美金，他怕的倒是后面的被撕票。

而且，他冷阳是何许人也，岂能容许他人在太岁头上动土！且，此时此刻，他的妻子被人给劫了，他要是跟只缩头乌龟似的在后方缩着，那传出去，他以后还怎么做人？

三天，三天时间，足够他去把叶露给救出来！

“上次我没能亲自去救她，这一次，我会亲自把她给救出来的。”

冷阳的眼中闪过坚决。

自己的女人，他会靠自己的双手，亲自把她救回来的。

左翼不赞同：“我觉得其实你没必要亲自去。我觉得这些人可能就是冲着你来的，你去了，可能就是中了他们的陷阱。你应该知道你自己的身份，你不能有闪失！”

国外可不像国内对枪支管制得那么严格。此刻叶露在国外被劫，就意味着战场被转移到了国外，在那里，大规模的军火冲突是很有可能发生的！而那，也意味着极度的危险和死人的轻易！

“不！”冷阳的眼中闪过阴鸷，“你不懂。左翼，就是因为我也猜到他们可能是冲着我来的，所以，我必须得去。如果我不去，他们可能还会对露露做出什么事情来，我不能让她再受苦。她多在那些人手中一天，就多一天的危险，而且——”

几乎是在刹那间，他的脸色温柔得仿佛不是真的，宛如满月时的清辉，让人深深地沉醉并且动人。

“这是我欠露露的！上次她出事，我没能去救她，她心里必定恨我。这次，是上天赐给我的挽救机会，我必须要把握住。只有我亲自把她救出来，才能化解她心里的恨意。我不能让她恨我，你懂吗？”

左翼心里一窒，看着冷阳，竟似看着一个陌生人？

他竟然也会有如此温柔动人的时刻，她以为，自听涵之后，他这样的表情，她再也看不到了呢？

心中一松，低低一笑，左翼轻叹：叶露，你赢了！

这个男人，被你的坚持给打动了，他已经为你着迷了！

那么，她不会阻止的。

冷阳的决定是正确的，这的确是化解他们夫妻之间关系的契机，所以古人语“福祸相依”，福兮祸兮，焉知非福？

那么，她也该准备什么了！

050

叶露最后被救出来了，但是，救她的人，不是冷阳！

眼睛上蒙着的黑布巾被拽下的刹那，闯入她眼睛的那张脸，让她所有的欣喜落空。

是金斯泽！

而不是她心心念念的冷阳！

又一次的期待落空，她又一次掉入了冰窖中。

嘲笑自己的愚蠢，她觉得全身的力气宛如被抽空一般，所以只能被动地被金斯泽拽着走。

“你怎么知道我在这儿？”空洞的声音，是她被伤得体无完肤的疲惫。她不相信冷阳会不知道她出事，可是他却没来救她。

她的价值，果然低微到可以被人忽略不计。

“为了你可以顺利逃脱，我一直有派人监视你，从你下了飞机，我的人就已经在跟踪你了。知道你被人绑架之后，我就在策划当中，费了一些时间，这才把你救了出来。”

叶露低低地道谢，她获救了，可她真的一点都高兴不起来，脸上颓废的表情，简直是快要哭了一半。

金斯泽看在眼里，痛在心里。

“看到我，你很失望吧？”

叶露终于崩溃，抬起双手，捂住了自己的脸，眼泪挣扎着从她的眼眶中滑落，被白细的手掌掩藏住。

她多么盼望是他，可他，却一次又一次地让她失望。

她也不知道自己怎么会这么失败，为什么，一次……又一次地遭遇生命危险，他都不来救她？哪怕他不喜欢她，可是她到底也是他名义上的妻子，至少，至少她也曾一股脑地对他好过，为什么，一次又一次地，要对她那么残忍？

心，都已经快要被掏空了，为什么，还那么痛？

“他死了，所以他不能过来救你！”

很是突兀的话，突然出自金斯泽的嘴，让叶露呆了一呆之后，猛然心中一紧，一种本能的恐慌瞬间淹没了她。

“你说什么？”她猛然抬头，瞪大眼睛看着金斯泽，一脸湿答答的泪水刺痛了金斯泽的眼睛。

“冷阳，他死了！”

“骗人！”叶露根本没有任何犹豫地瞪着他，狠狠地用力地瞪着她，“他不可能会死，也不会死！”

他是龙组的龙主，是冷氏家族的大当家，他是个绝对的强者，他永远都不会死！

金斯泽残忍地戳破她的信念：“可他就是死了，被人杀死的。身上多处中枪，他必须得死！”

“不可能！”叶露的脸庞一阵地扭曲，她近乎是狂乱地一把拽住了金斯泽的领子，恶狠狠地瞪着他。“这个玩笑一点都好玩，我警告你，收回你之前的话。”

“你不恨他？”金斯泽嘲弄一般地看着她。“你想离开他，这下好了，他死了，以后你就可以不必隐姓埋名地躲躲藏藏了，这多好。你为什么要惊讶，为什么那么的难以接受，对来救你的不是他，为什么这么悲伤？叶露，你爱他对吗？”

叶露一下子愣在了那里！

是，她是爱他，但是那只是一点点，只是一点点而已，她慢慢地会放下的，其实没有那么多的，没有那么多……

可是，这不是重点，这不是重点……

“你到底在说什么，你到底是什么意思？”她冲他低吼，宛如一头咆哮的母狮子，“你为什么要一次次地说他死了，你是什么意思！金斯泽，你该死的立刻告诉我，你是在开玩笑，你告诉我，你有点抽疯了，你……”

“他来救你！”金斯泽一把打断了她的低吼，平静地向她陈述着：“中了埋伏……”

冷涛熟悉冷阳，他知道冷阳肯定不会乖乖地交赎金的，他很可能去营救叶露。

所以，他故意留着叶露和铁四身上的定位仪，好混淆冷阳，并且在多次打电话询问赎金准备得怎么样了的时候，故意让冷阳探测到了电话讯号的位置，那是跟定位仪相近的位置，于是，冷阳得到了一个错误的讯息，以为叶露就是在那个地方。

他带人过来营救，一下子就中了冷涛的圈套。

一系列的炸弹袭击，还有数不清的密集的子弹，火力强大到太过出乎冷阳的预料。他事先通过红外遥感得知的建筑物的人数根本没有那么多，通过分批行动，按理说应该是把该解决的都解决了才对。所以，不知道从哪里涌出来的人，以及不断赶来的援军，根本让他措手不及。

冷涛设下的这个可以说是很完美的陷阱，几乎是让冷阳的人快要全军覆没了。

"冷阳他再强，也只是一个人，抵不过那么多的子弹，失血过多、体力不支而亡。他死亡的消息已经传开，冷家现在闹翻天了，冷老爷子在强力镇压着。"

不，不可能的，不可能的……

叶露不信地摇着脑袋，心里是浓浓的质疑！

"冷阳不可能会这么莽撞的，他……他不会以身犯险的，我知道你在骗我，对不对，你在骗我？"

她可怜地哀求着金斯泽，豆大的泪珠从眼眶中仿佛下雨一般地坠下。"你告诉我，说你在骗我，你说啊！"

金斯泽微微一叹："他只是太急着想把你给救出来了！"

所以，失去了冷静，失去了耐心，中了别人的圈套。

叶露有些难以接受地狠狠摇着脑袋，嘴里一阵地低喃着"不可能、不可能……"。

他不会这么冲动的，他不会这么冲动的！

没了她，他还可以有别的老婆呢，所以，他不会这么冲动的，他绝对不会这么冲动的。

即使……就是他来找她，没看见她，他也可以逃的，他那么厉害，他肯定可以逃走的，他不会死，他绝对不会死……

"金斯泽，你骗我，你骗我！"

叶露晦暗的眼中闪过一丝亮光，嘴角边忍不住地扬起一抹傻兮兮的笑容，她又哭又笑地鄙视着金斯泽，为能戳破他的谎言而高兴着，为他还活着而高兴着。

"冷阳会逃走的，他可以逃的……他那么厉害，他一定可以逃走的，你骗我，我知道你在骗我……混蛋，大混蛋……"叶露抡起拳头，重重地打他，恨他骗她，恨他吓她！

金斯泽没躲，只是有些艰涩地说："他没逃，他……四处找你！"

金斯泽明白，说出这话，他是多么的困难，多么的不容易。

他觉得那个男人简直是一个疯子，明明可以抓住时机逃走的，可是他却没走，在流弹硝烟中四处流窜着，坚持着要找她，所以错过了逃跑的最佳时机。

他理解不了，换成是他，处在那样的时刻，肯定会在第一时间撤退，可他却不要命地还待在那里，一消灭周围的敌人，就大喊着叶露的名字，四下找人，然后又是一波的火力袭击，消灭之后，找人……重复……再重复……

他也不知道在执拗着什么，或许她根本就不在这里，可是他就是坚持着万一她在这里的信念，一个地方一个地方地找下去，大喊着她的名字，不惜暴露自己，似乎是哪怕让她听到他的喊声也行。

火力，一次次攻来，身边的人一个个倒下，他还坚持着……

直到，他找遍了周围，甚至翻入地下室，消灭了最后一个敌人，才不甘地倒了下去……

身体多处中弹，造成致命伤害，失血过多……

“为什么不救他？”

叶露狠狠地看着金斯泽，“为什么不救他，为什么？”眼泪好似失控一般地从她的眼中奔出。

金斯泽幽幽一叹：“来不及了！”

他承认，他一直是冷眼旁观着的。他的私心就是让冷阳忙个半死，也想过冷阳最好是一不小心，死在那里，他就可以乘机接手叶露。

可他没想到冷阳会是那样死的！

他竟会……会为了叶露如此！

金斯泽觉得自己对叶露愧疚，他不敢说，不敢说自己是眼睁睁地看着冷阳死的，害她就这样失去了一个深爱她的男人！

看叶露泪落满面，几乎快要崩溃的样子，金斯泽也不敢说，怕一旦说出事实，叶露就会恨他一辈子。

只能以短短的“来不及”来掩饰他的一切私心和罪恶。

叶露的双眼失去了亮色，她的手无力地从金斯泽的领口垂下，她再也没有任何的力气。

不间断的泪水从她的眼中滑落，她木然的双眼倒映不进去任何的活气，如今的她，仿佛一具失去了生命力的木偶一般。

叶露觉得自己好像快要死了，她也巴不得自己立刻死掉！

都怪她，都怪她！

要是没有她就好了，冷阳也就不会出事！

都是她的错，都是她的错！

她有些狂乱地抓住头发，有些歇斯底里地拽着，金斯泽皱眉，却惊心地看到叶露竟然捧着脑袋就往车门上撞！

他倒抽了一口冷气，伸出健壮的胳膊，狠狠地把叶露给拽了回来，恼怒地冲她大吼。“你疯了！”

为了冷阳，她竟然要寻死觅活！

叶露睁着浮肿的双眼，掩饰不住她心底的剧痛。“金斯泽，我的头好痛，好痛……”

她捧着脑袋，样子似乎有些疯狂。

她控制不了自己，她一想到冷阳，她的脑袋就痛，痛得她快受不了了，心里也好痛！

她快痛死了！痛死了！

她疯狂地想毁了自己！

她是个坏蛋，是个恶魔，她毁了冷阳，她永远都不会原谅自己，永远都不会原谅自己！

她努力地挣扎着，一边哀恸地控制不住地哀号着，一边脑袋疼地想撞车。

金斯泽何曾料到她会这么激动！

罢了，罢了！

看上这样的女人，他认了！

只不过想试一试她，哪想她竟然会宛如被人给夺了命一般。既然这么地放不下他，为什么还要走呢？

看来，她是不会走了。

“冷阳……或许没死吧，你也别太激动了！”

“啊？”

叶露诧异地抬头看他，脸上又是眼泪，又是鼻涕，简直比小花猫还难看，形态直逼疯婆子了。

金斯泽却觉得她是极美的。她若是有一天能为他如此，他就是死了也甘愿得

“冷阳最后的死，是冷家传出来的消息。我还得到一个消息，就是冷阳的尸体不见了，是在火拼现场消失的，警员赶到的时候，没有找到他的尸体。我想，你应该打电话回冷家确认一下比较好。”

叶露愣了愣，已经绝望冰凉的心，似乎又一下子鲜活了过来。

“他没死？哈哈……”叶露突然怪笑了起来，形态又有些疯癫了。“我就知道他不会死，他怎么可能会死，我就知道你是个混蛋，故意吓我，冷阳那么厉害，他才不会死的，我知道，他不会死……”

她根本就是对金斯泽的话断章取义，固执地认定他没死。

金斯泽不忍心看她这个样子，更不忍心说多余话跟她解释。

叶露率性地拉过袖子，随便地蹭了蹭脸。

伸出手，她毫不客气地跟金斯泽要手机。

她想到了左翼，她要跟左翼打电话，救走冷阳的，应该是左翼，应该是她。

“喂，左翼，是我，叶露……”

“你在哪里？”左翼在那边大吼，她都快要急死了！

“我得救了，没事了，先不要问我，冷阳，你是不是救了他？”叶露紧紧地抓着手机，几乎是虔诚地听着手机里的声音。

“他的情况不乐观，至今仍在急救室，身上中14颗子弹，多处致命，而且身上还有许多炸弹导致的皮肤烧毁……”

“可他不会死对不对？”叶露带着哭音，急切地求证着。

左翼犹豫。

叶露眼泪吧嗒吧嗒地掉，咧嘴嘴，有些讨好地笑着，自问自答地说：“他一定不会死的啊，他是冷阳啊，他怎么会死呢，对不对，他那样的人，就是死神都得看他的面子，怎么敢对他下手呢，对不对，他不会死的，对不对？”

左翼无奈，话都让她说了去了，她还能说什么。

她也明显地感觉到了叶露的精神状态临近崩溃边缘，绝对不能刺激她了。

于是，左翼笑了，像是一个母亲对待自己偏执的女儿一般无奈又带着丝丝宠溺地笑着。“呵呵，你说得对，祸害遗千年，我看以冷阳那个样子，哪里会死啊！放心好了，琼会给他最好的治疗，过几天，你就能看到他生机勃勃的样子了。”

左翼的话，立刻给叶露的心里打了一针强心剂！

她相信左翼，左翼既然这么说了，那么一定是没事的。

抱着电话，她傻兮兮地笑了起来。“我就知道，我就知道会这样……”

令人怜惜的眼泪，再度流了她一脸，她却无所觉，因为，她的心，已经被冷阳给占满了。

他还活着，这已经是她这辈子获得的最大的幸福了。

“我送你去机场吧！”金斯泽知道，原先安排好的计划是要取消了，她是不可能假死离开冷阳了。那个男人，用自己一条命，硬生生地留住了她。

叶露掉着眼泪，除了点头……还是点头……

叶露没有去看冷阳。

是右翼——琼救的冷阳，现在在秘密地进行救治，消息被压下，所以冷家的人都怀疑他已经死了。

不公布冷阳现在的消息，而是放任他已经死亡的流言传遍天下，是为了让狡猾的狐狸露出狐狸尾巴。

冷阳如今已经倒下，还在手术当中，叶露绝对不能倒下，更不能任性地借着担心他的名义，将所有的一切抛下去偷摸地看他。

她害了他，让他为她差点丢了一条命，她就有责任替他守护好他辛辛苦苦打下来的江山。

她估错了一个环节！

听淑竟然不是爱冷阳的，她竟然是爱冷涛的。

所以，那天晚上看到冷涛和叶露接吻的时候，她的眼神才是那么的恶毒，因为她嫉妒，她嫉妒叶露，恶毒地想让她死。

她接近冷阳，除了破坏叶露和冷阳的关系，还有计划地接触冷阳手下的一些事业。身为她的秘书，这个身份，很容易让她做许多事情，来帮助冷涛。

冷阳“一死”，她就叛变到冷涛的身边。脸上神采飞扬，没有丝毫的悲切，哪里有丝毫为冷阳的“死”而伤心的迹象！

叶露讨厌这个女人，不，她恨这个女人！

听淑有什么资格来替她姐姐报仇？她姐姐的死，凭什么要把罪过安在冷阳的身上？在这场婚姻中，其实冷阳才是最大的受害者，不是吗？她姐姐幸运地得到了冷阳的爱，是她不懂得珍惜，是她自私的放荡行径为她招来的祸患不是吗？冷阳再厉害，再防备，也怎么防得了突发的意外？她姐姐不知收敛、不知反省地更加放荡，能怨得了谁？最后，她甚至恶毒地以伤害自己的亲生儿子来伤害冷阳，这样的女人，还一直占据着冷阳的心，听涵还有什么不满？听淑还有什么不满？

听淑一来，冷阳就为她置办这、置办那，连她这个当妻子的都没这个殊荣！一条王者之心，没有丝毫犹豫地送到了她的手上。她说要去冷阳公司工作，冷阳就立刻把她带到了身边，手把手地亲自教她，她还有什么不满？

他冷阳对听涵，对她听淑，还不够好吗，都已经仁至义尽了！

可是这对姐妹，竟然都是良心让狗吃了，反过来，都害他！

最后，听淑卑鄙地把掌握到的资料送到冷涛的面前，让他可以轻易地接手冷阳手下的大部分产业。

但是，她是不会让他们如意的。

叶露冷笑着，伤害了冷阳的人，她绝对一个都不会放过的！

冷阳“死了”，冷家极需要一个掌权人，全世界那么多的产业，必须要有人处理。冷涛几乎是已经掌握了十之七八，整个冷家，也只有他最具有资格继承冷阳的一切，他迫不及待了，尤其是在冷阳的尸体竟然找不到之后。

他需要快速地得到大家的认可，成为龙主，这样，即使冷阳侥幸还有命回来，也没这个能力反抗他！

冷家的各地主事都被冷涛给请了回来，立刻召开家族大会，冷涛现在需要的也只是他们点头认可的仪式了。

事实上，冷涛大权在握，容不得这些分散在各地的主事们说不，大家议论纷纷，很多都已经点下了头，冷涛几乎已经可以预见最后的结果，他会在一片赞叹声和热烈的鼓掌中，得到大家的认可，然后接过家族的印信！

但——不到最后一刻，就不是最后的结果！

会议室的大门，被人给大力推开，门口的冷涛的手下，没几下的工夫，就被叶露的人给解决掉了！

冷涛一看见叶露，还有她身边的那两人，左翼和右翼，惊得屁股差点从座椅上抬起，但最终还是被他给努力压下。他尽量镇定地看着叶露等人。

叶露牵着冷星的手，在一干家族主事的注视下，脸上带着自信冷傲的笑，很平静地走到坐在最上座的冷老爷子的面前。

“冷老爷子，要选下一任的龙主，为什么不通知我一声，至少，现在的凤影还是我吧！”

叶露的眼神犀利得宛如刀锋，狠狠地逼问冷老爷子。

冷老爷子的眼神闪了闪，看看叶露，又看看她手里牵着的冷星，再看看她身后的左翼和右翼，还有跟随在后面的那十二个形态各异，但均是自傲狂放的女子。

凤影、左右双翼，还有十二尾羽，凤组的所有主干，竟然全都到齐了，已经有多少年没见这样的场面了，怕是有几十年了吧，这叶露竟然有这样的能耐？

冷老爷子心中又惊又喜，但脸上还是不动声色，不冷不热地说：“既然你来了，提提你的意见吧。大家都提议让冷涛当下一任的龙主，你以为呢？”

叶露眼眸流转，瞄了一眼冷涛，看那熟悉的面庞，俊美依旧，但是再也不会让她觉得感激和温暖了。

嘴角一勾，露出一笑，她转身，面对众人，用严厉的眼神一一扫过，让众人神色一凛之后，才把冷星推到了她的面前，用异常清晰的声音镇定地告诉在场的所有人。“下一任的龙主，只能是冷星！”

许多人微微变了脸色，眼神中有着不苟同。

“他不是冷家人！”一人抗议。

叶露嘲笑，“大叔，你真是太失职了。冷星是不是冷家人，你到现在还不知道吗，你处在这个位置，该反省了！”

“你——”那人气得脸涨红，试图辩驳。

冷老爷子出声：“冷星是我孙子，在这问题上，没什么可争议的！”

为此，大家齐齐沉默了。谁都没想到，关键时刻，冷老爷子会做出这样的表态！

但随后一人又表示了反对。“冷星太小，一个小毛孩，怎么可以把这么大的产业交给他！”

冷星稚气的声音扬起："各位大叔，我虽然小，但是我会努力做到最好的，康熙七岁登基，开创盛世，成为千古一帝，我虽然才四岁，但是我自信，我会比康熙做得更好。相信我，龙主这个位置，只有我最合适！"

稚嫩的脸庞闪现出的霸气和锐利，让在场的人有些动容。

冷涛玩味地看着冷星，嘲弄地看着他："你有什么本事跟我争？"

冷星毫不畏惧地迎视过去，"凭我是凤组认可的少主，只有我才能获得凤组的忠诚。"

黑色眼眸，透着锋芒，那冰冷的小脸，那冰冷的气势，竟然跟冷阳如此的神似，让在场的人，心中又是一凛。

冷涛皱眉，抬眼看叶露，又看了看左翼和右翼，有些不屑地冷哼。"怎么，凤组的人，打算刚愎自用，扶植个不点大的小阿斗上位吗？叶露，你觉得，你有这个本事吗，凤组，可不是最初的凤组了！"

冷涛的话刚落，所有凤组的人，眼中都闪过一抹犀利的冷光，那是百鸟之王的凤凰的尊严被触怒到的冷光。

叶露笑笑，毫不客气地看着冷涛，也不屑地冷哼，"冷涛，你很自信嘛！你以为你手上有什么，凭什么跟我斗？"

语气轻蔑至极！

冷涛眯眼，站了起来，也不掩饰那股冰冷的恶意。"叶露，别做困兽之斗，你是斗不过我的。"

"哈哈……"叶露狂笑，看着冷涛，宛如看着一条可怜的落水狗。

大家被她的笑声弄得一阵发毛，冷涛的神色也变得阴鸷。

"左翼、琼！"叶露翘起了嘴角，看着冷涛，难掩轻蔑。"告诉他，他到底有什么！"

左翼和琼点头，开始犀利地告诉冷涛，他所得到的，大多都已经被她们给夺回。

冷涛不信，但是打电话确认的消息，让他一下子变得脸色灰败。

"你……你是怎么办到的？"

叶露哼了哼。"凤组，从来不是可以小觑的！"

凤组的成员，俱是自信地一笑，他们凤组，有的是秘密，有的是不为人知的势力，哪怕龙组跟凤组争斗，都不一定可以赢过凤组。哪怕凤组一时受挫，但那也只是小小的一部分，重新整合、调整，慕倾带来的小缺口，只会让凤组更加的强大。

她们不是弱，只是不争！

但若要争，就只能是赢！

叶露看了眼坐在那的各位主事。他们神情不一：有些人坐立不安，那是事先跟冷涛搭过线的；有些人面色茫然，那是不知道该如何是好的；有些人面色平静，不为所动，那是深藏不露、心中自有一番计较的。

叶露本来就跟这些人不熟，也用不着对这些人讲大道理循循善诱了。

现在是她作大，一切自然是她说了算。

“我决定，让冷星暂时代替龙主的位置，处理龙组、冷家的一切事务，我们凤组会一直辅助他，直到冷阳回来为止！”

四下哗然！

冷阳？冷阳不是已经死了吗？

冷涛惊诧地抬眼看叶露，她竟然救了冷阳？

叶露淡淡一笑，很自信地告诉众人。“冷阳没死，过一段时间，他肯定会回来的，我保证！冷阳不在的这段期间，就让冷星锻炼一下，我希望在座的各位，务必尽全力辅导他，不要指望他来配合你们，而是你们务必要加紧步伐跟上他！”

此言一出，四下震惊！

如此的豪言壮语，叶露她也敢说？！

冷星年纪小，自然没这个能力让他们加紧步伐跟上他，那么所谓的跟，其实跟的是有凤组辅助的冷星！

凤组的人竟敢如此地大放阙词，分明是看不起他们龙组的人，在座的龙组之人，一下子人人心中燃起了汹汹的火焰，个个斗志高昂！

“那我们可要拭目以待了！”坐在高位的一中年人说道，显然他在龙组里身份尊贵，其他人纷纷附和。

凤组和龙族，历史上，最强盛的时候，就是龙凤斗的时候，在相互竞争的过程中，共同推进繁荣！

凤组的人，均是勾唇一笑，自信满满之时，一张张美丽的脸，是怎样的绝代风华！

她们总算是迎来了大展拳脚的时候！

男女互斗，真是其乐无穷不是吗？

事情就此定下，冷涛多年的苦心经营，今日化作一捧尘土，尽随风而去。

叶露给冷涛打了电话。

“你走吧，给你一天的时间，离开这里，走得远远的，有生之年，不要让我看到你，否则，我不知道会不会杀了你！”

放过他，就当是报答他那日婚礼上的救命之恩，虽然，那婚礼上的枪杀，还是他安排的！

叶露没走，走不了了。

一个男人，为了救她，连命都不可以要，如果这样都不算爱，那什么该是爱？

爱，并不一定要说出口！

说出口的爱，也并不一定是真正的爱！

有一种人，他们从不把爱放在嘴边，但是他们爱得比任何人都要深！

她虽然猜测到冷阳是爱她的，但是之所以留下来，不是因为这份隐约的爱，而是因为——她爱他！

她其实还可以走，在他倒下的这个时候，在凤组忙着辅佐冷星的时候，她随时可以走的。

可她怎么能放下因为救她至今还昏迷的他？

他孤零零地躺在病床上，她独自单飞，她怎么可以？

说不过去，怎么说得过去？

更重要的是，她舍不得！

是否爱得深，就注定是输的一方。

在得知他死的那一刹那，她深深地明白了，为什么之前会那么的不舍，为什么之前会那么的犹豫，因为，她太爱他了，所以不舍，所以犹豫，所以在得知他为了救她没命的时候，真的——没有了活下去的勇气，那一刻愧疚得只想跟他一起死去。

爱，是多么可怕的力量，竟然会让人在一瞬间再也感觉不到生的意义！

但是无论怎么可怕，都比不上他的死能让她害怕！

上天，她是多么的庆幸他活着！

为此，就是让她付出生命也愿意！

伸手，执起昏迷中的他的手，贴在自己的脸上，任凭泪珠轻轻滑落，她轻声低喃着："冷阳，快醒来吧，我是露露，我不能没有你，我爱你，醒醒吧，求求你，醒醒吧……"

悲切着，泣不成声，为什么他还不醒来，为什么？

她好害怕啊，医生说他要是再这么一直不醒来，就可能成为植物人！

呜……她不要啊，她想跟他说话，即使他总是冷冷的，她说两三句他也不见得能回上一句，那也没关系；她想他看着她，哪怕他总是酷酷地冷着脸，爱笑不笑的，那也没关系，哪怕他的眼珠子总是冷冰冰的，那也没关系；她想他能动一动，抱抱她，哪怕他经常面露无奈，也没关系……

她想念他的吼叫，想念他总是叫着她"女人、女人"，一点都不客气的霸道样子；想念他恶劣地骂她"笨猪"，那令人恨得牙痒痒的可恶样子；更想念他偶尔才会叫的那一声"露露"……

手指头，微微地动了动，是谁的？

叶露惊诧地猛然抬起了脸，双眼瞪得大大地看着冷阳，就见他的眼皮子颤抖，颤抖……似乎破茧而出的蝴蝶一般，拼命地扇动翅膀，想要腾飞！

她猛地凑过了脑袋，嘴里焦急的低唤："冷阳，冷阳……呜呜……冷阳，是我，露露，你醒一醒，快醒一醒……"

一边唤着，一边忍不住地哭了。

在她的一声声地呼唤中，冷阳终于缓缓地睁开了眼眸，他的眼眸似乎有一丝的茫然，叶露含着眼泪，激动又雀跃地看着他。

"冷阳……"太好了，他终于醒了，感谢老天，感谢老天……

冷阳看了叶露半天，才似乎突然看清楚眼前的人是她似的，轻轻地唤了一声："露露……"

声音异常的沙哑，因为躺床上太久了。

叶露喜悦地连连点头，捧着冷阳的手，泪如雨下。"嗯，是我，是我，我是露露……"

冷阳费劲地伸出另外一只手，缓缓地，搭在了她的脸上，努力地想帮她擦眼泪。

叶露抓住了他的手，贴在自己的脸边不放。冷阳的两只手都被她给抓住了，两只手都被她贴在了脸边，两只手都泡满了她的泪水。

"别哭……"冷阳微微地喘气。

叶露看着他，摇头，眼泪怎么都止不住。

他终于醒了，她只是太高兴了，眼泪控制不住嘛！

他有些无奈，神色一柔，"露露……"

"嗯……"

"我有没有说过……我爱你？"

她微微摇动着的脑袋一下就顿住了，睁得大大的眼睛也一动不动了，但晶莹的泪珠却仿佛有自己意识地，从她的眼眶中跑了出来，那样子，当真是让冷阳又怜又爱！

冷阳低低一叹，又说了一遍："我爱你！这一辈子，我都不会放开你！"

这是他死前的觉悟，将死之时的不甘，因为还没告诉她，他是爱她的，所以请她——别爱他爱得那么的悲哀！

叶露沉默着，沉默着，一直沉默着……

冷阳只是很温柔、很温柔地看着他，那一直冷色的双眸此刻温暖地像是一江春水，永远的那般温柔，似乎无论是风吹雨打，还是时过境迁，那温柔一直都会摆在那里……

叶露的小嘴颤抖了好几下，泪珠子抖了抖，她猛然"哇"的一声，扑到了冷阳的胸膛边，大声地哭了起来！

他终于说了，他终于说了“我爱你”，她还以为这辈子，她都不会听到了了呢！

尽管他用行动表明了我爱你，可是，这一次他真正地用言语向她表明，她才知道，她对这一声我爱你，是多么的渴求……

“呜呜……”

埋在他的胸膛边，她哭得都快天昏地暗了！

她终于盼来了他的清醒，她竟然还盼来了他的那一声“我爱你”！

苦尽甘来，那种喜极而泣的感觉，让她疯狂。

那在胸膛中疯狂涌动地复杂快意，让她不得不大哭一场！

冷阳伸手，轻轻地搂住了她，眼中是满满的心疼，嘴角，却得意地勾了勾！

他赢了，身边的这个女人，以后彻彻底底地就属于他了，再也不会想到逃开他了！

他赢了，一场一直隐忍的布局，他赢了！

冷阳不是一个笨蛋，他很聪明，聪明得会让人吃惊！

发生在叶露身上的这一切，他虽然知道得晚了一些，但是不妨碍他对局面的把握。冷涛的这一切，以为他真的什么都没察觉吗？叶露的反常，难道他一点都没有警戒吗？

叶露想到一个人出国的时候，他就知道事情有些不对劲了，这个女人，表现得对那个仆人俱乐部很感兴趣的样子，哪里知道她的眼神出卖了她，她的眼睛里哪有什么兴致勃勃的表情，只是好像就事论事，对他交差了事。还有，她在W国几乎要丢了性命，这次出国，竟然只想带那个跟了她才没多久的旋，她能是这么不长记性的人吗？何况，她刚经历了差点被强暴的事情，按理说，她应该是待在家里，哪里也不能去才对，即使一早答应人家要去出国看看，也也应该多带一些人保护她才对！

不多带人，只有一种可能，这些人碍着她了！

那么，什么地方会碍着她呢？

想到她最近的郁郁寡欢，又想想她这几天对他的躲避和时常眺望远方的缥渺眼神……

他心中隐约有了某种猜想，于是，顺水推舟，不愿意看她不高兴，答应了她的出国。她一晚上睡不着觉，他看了她一晚，就知道她心事重重！

等她一出国，他立刻找上左翼，跟她谈了谈。

叶露可能不知道的是，左翼也是不愿意放叶露走的。

笑话，她们凤组好不容易碰到一个她们喜欢的凤影，可以放任她们大展拳脚。让叶露走？

她们又不是傻子！

搞笑！

叶露想走，门都没有！

叶露当时对左翼说，如果哪天左翼可以对她可以忠心到隐瞒冷阳为她做事的时候请务必要告诉她一声，当时，左翼心里就开始警戒了！

叶露更不知道，左翼给她的电话——小黑，可以时刻将叶露的通话内容传输到她那儿。也就是说，小黑是个高科技的东西，它的确够高科技，高到叶露几乎就是成天带着一部窃听器到处趴趴走，左翼闲暇之余的乐趣之一，就是听听叶露今天的电话内容。

当然左翼不说，叶露自然就不知道。

所以，叶露和金斯泽的通话，很不幸地都让左翼给听到了，然后在冷阳找上门的时候，左翼很大方地向冷阳告密了，把她所知道的，全部告诉了冷阳。自然，窃听器的事她才不会说出去呢，这可是她一大消遣，以后可以偷听叶露和冷阳这个大冰块的情话啊，多有意思啊！

如此一来，冷阳自然就知道叶露要偷摸着离开他了，当时可以想见，冷阳的脸有多黑。他在给叶露创造条件试探她是否会背叛他的时候，她倒好，想着要怎么样从他身边逃走！

哼！

她想得美！

他会放走她才怪！

当时冷阳的打算就是，叶露想逃，就让她逃吧，也让她过过瘾，等她在山沟沟里待上个十天半个月之后，过足了干瘾，他再去接她回来。以后，以此作为借口，把她盯得牢牢的，一辈子都不放开她。她要是再不乖，他就用另外一个极其阴险的方法对付她。最近，他也有意识地不戴保险套了，目的自然是让她早点怀孕，等她生下他的孩子，有那小鬼做人质，她就是逃到天南海北，也得给他乖乖地走回来。她那么喜欢孩子，她敢走，他就想法虐待孩子，让她舍不得地只能待在他身边。等孩子大了，一晃就是十多年了，十多年下来，她和他之间的生分，也得磨没，到时候，她也就没这心思和力气跑了！

他打的自然是如意算盘！

哪知计划有变，她被抓了，事情一下子变得棘手！

如果没猜错，应该是冷涛干的，他是想来个最后的厮杀了！

冷阳想了想，更好了，要是他的计划成功，那叶露不得一辈子对他死心塌地，也用不着以后他在她后面跑着追了！

所以，明知山有虎，偏向虎山行，他亲自带人去了！

从左翼的口里，冷阳隐约猜到，叶露已经对他伤心透顶、失望透顶，否则不会想到要逃开他，那次她被强暴的时候，他不在，更是深深地在她的心里刺了一刀。

左翼说她很爱他，冷阳狂喜，他隐约觉得叶露爱他，但总是没多大的把握，也总怕叶露会学听涵和慕倾那样背叛他，直到看了叶露偷藏在抽屉的那笔记本，他是彻底信了，也心疼了。

“这一次，我想真正而又放肆的爱一场，哪怕结果注定了是要失去！

这一次，开始和结果都不重要，我只要过程，哪怕这次爱会把我往死里整！

只是，这爱，永远都不会说出口！”

寥寥几句，却藏了一个女子多么悲哀无奈的爱！

他简直心疼得不得了！

他要是早知道这样，他就……他就……

无奈，叹气，他还是会试探她的！

他怕了，一次又一次，他不是神，他是人，他也是有血有肉的，每次背叛之后，他也是会流血流泪的！

爱，他信！

但是，难道听涵对他的不是爱？难道慕倾对他的不是爱？

爱他的那两个女人，最后还不是选择背叛他！

他控制不住自己不去试探叶露！

但他这次会把伤害降低到最低，这是真的！

如果叶露真的背叛他，他肯定也会受伤，他的心也会淌血，可他不会放过她的。用受伤流血的代价，绑住她一生，他觉得——也值了！

这一次，他用自己的这条命赌了！

他会亲自去救叶露，正如左翼所猜测的，这可能是一个恶意的圈套，他可能不能活着回来。

但他还是要赌一赌！

上一次，他没能亲自去救叶露，这一次，纵使是龙潭虎穴，他必须要亲自去救她，他要让叶露知道他的诚意，他要让她明白，为了她，他是可以连生命都不要的，那么，她呢？她可否为了他，连生命都不要了呢？

不知道，他也心里没底！

他带人去了！

如果他不幸死了，那么只能叹流年不利。反正叶露也想逃开他，这倒好，让她逍遥去吧，以后他也管不了她了，只希望她别哭得一塌糊涂就好！

如果他没死，那么，叶露这小女人，就一辈子别想逃出他的手掌心。

很不幸地，火力比他想象的要猛得多，当时虽然想过她可能不在那里，他聪明的话，就该撤退，可是理智战胜不了情感，他拼了命地四下找她。他一想到他一身是血地找到她之后，她鼻涕一把、眼泪一把地哭倒在他怀里，又感动得一塌糊涂，发誓一辈子留在他身边的情形，他就激动得不行，激动到最后差点game over了！

吃了一身的子弹，都没怎么觉得痛，最后失血过多、体力透支昏过去的时候，他实在挺遗憾，她竟然真的不在这里，枉费他为了她如此地英勇，又有些感叹，他万一不小心地就这样去了，还……还真是心有不甘！

当然，早有准备的左翼，自然是通知了右翼——琼，在一边准备着，一旦看情况不对就去救人。

她是不想让叶露走，但是喜欢叶露的心意是一分也不少的。她觉得冷阳对叶露的所作所为，实在是有些可恶，是应该让他吃点苦头，受些教训。所以，左翼跟琼商量好了，要到最后一刻，才进去救人。当然，如果冷阳像个大怪物一般地最后还能站着出来，那就别理他了。

自然，琼等人，是抬着冷阳出来的。

冷阳的情况不容乐观，一上车，就是直接输血，一早备在一边的医生进行了紧急处理，送到医院的时候，总算冷阳的半条命是吊着的。

冷阳生命力顽强，又心愿未了，不甘心就这样走，所以在中了十四颗子弹，又被炸弹轰得身上有些乱糟糟之后，愣是活了过来。

其实，叶露在处理完冷涛的事情过来之前，冷阳就已经从昏迷中醒过来了。正如左翼说的，冷阳他就是一个大祸害，而祸害还真就是遗千年了。

冷阳不准左翼、医生等把他已经醒过来的消息传出去，他一直装作昏迷的样子，静静地观察着他给叶露的最大的考验。

他已经昏迷了，如果叶露这个时候打算背叛他，简直是轻而易举，没有任何人可以拦得住她！

而他也高兴、更是如愿以偿地看到叶露是如何地强压住悲伤，不眠不休地跟左翼和右翼商讨着对付冷涛的策略，一举逼走冷涛；也看到她无心眷恋权势，一心想着让冷星当龙主，让左翼和右翼全力辅导他。

她心心念念地挂念的都是他，一处理完事情，就立刻赶到了他的身边，在他耳边喃喃着，就是盼着他快点醒来。

可是，不够，还不够！

没说出那句“我爱你”，他就不能醒过来。

她写在日记本的话，他可是一直记在心里。

“只是，这爱，永远都不会说出口。”

他这一辈子，可能也就这么一次机会听她对他说“我爱你”，怎么能不把握住！

于是，他的坚持终于有了结果！

她终于忍不住地哭着对他说了“我爱你”，哭着说“她不能没有他”，他赌赢了！

他用自己的生命做赌注，赢了她一辈子不会逃开他，赢了她一辈子对他的死心塌地。

他赌赢了！

也赢得有些卑鄙！

是，他承认他的手段是卑鄙，是有些不光彩，可他冷阳向来不是什么光明磊落的人，他也从不自诩为正人君子！

能够得到她，纵使卑鄙、纵使不光彩，又能如何？

他会弥补她的，这一辈子，他会对她很好，很好。凡是她想要的，他都可以给她。

甚至连她说不出口的“我爱你”，她想要，他便给，尽管把爱挂在嘴边太过肉麻！

她为他付出的这一切，有生之年，他会尽最大的努力，回报她，让她开心，让她快乐。

他想，把她宠上天，应该是很不错的主意，或许，可以试试把她宠得不知天高地厚！

透明窗外，左翼和右翼双双抱胸，看着冷阳嘴角边的得意笑容，不由得同时撇了撇嘴，同时“切”了一声！

狡猾的男人，真是会演戏，有够腹黑！

却忘了，她们两人的腹黑程度，其实也不下于冷阳！

叶露这个小女人，只怕这一辈子，都要被冷阳和左右翼给吃得死死的！

或许有人会觉得这样的话叶露太过吃亏！

可是这世上的人有千千万万，达到的幸福的过程，也必定是千千万万的。

只要最终，大家都幸福不就好了！

叶露觉得自己很幸福，这就够了！

尾声

世界上最任劳任怨的童工，只怕要数冷星了。

小家伙被凤组推到了代理龙主的位置，成天就是签一些他不太懂的文件，和听一些他不太能理解的话。

每次看到小小的身子缩在大大的沙发椅上，不仔细看，还以为是沙发椅上放了一个小玩偶，秘书每次推门进来看见小小的冷星睁着黑溜溜的眼睛看她，抿着嫩色的小唇看她，总会忍不住地发笑，有时候，会很心疼。

毕竟还是太小了，让一个这么小的孩子，一整天地坐办公室，真的是太残忍了！

小家伙自觉不能辜负了叶露的期望，所以特别卖力地干活，即使累了、困了，都咬着牙不往外说。

可是他那个无良的老爸，还是恁没良心地不顾他的死活，从国外接回家里之后，成天躺在床上哼哼唧唧，表现得一副病入膏肓的样子。实际上他已经好得差不多了，实际上即使他躺在床上，也有这个能力处理公务了，但是他一点这个意图都没有，每天就是像个皇帝一般地享受着叶露的服侍，几乎是饭来张口、衣来伸手。

此人在家里享受了将近半个月之后，竟然还不知悔改，丝毫没有任何愧疚之心地继续压榨童工，这一日，保持着他莫测高深的冷脸提议道：“露露，你想去哪里旅游？”

“旅游？”叶露皱起了眉头，一下子还真的想不出来呢。

冷阳见她如此，咬了一口她送过来的香蕉，含糊着说：“那你慢慢想吧，想好了告诉我，我带你旅游去！”

叶露惯性地点了点头，突然，她动作一顿，心念一动，抬头，她扬起了明媚的笑容，有些憧憬地说：“我想去法国呢，你带我去法国玩好不好？”

冷阳点头。

叶露微微咬唇，故作为难地思考。“那……我们什么时候去好呢？”

“你想什么时候去？”

冷阳不自觉地有些专注地看着她，被她的笑容所吸引。当她笑的时候，眼睛会晶亮亮的闪着光，仿佛那里藏着宝石，冷阳觉得那个时候她，极美，就像妖精一样地勾着他的魂，就像初次见到她在桃花雨中的满足而放松的怡然的笑容一般，不自觉地就被她所牵动。

“当然是越快越好啦！”叶露笑得越发灿烂了。

“好，那就明天！”冷阳无所觉地回答。

立刻，叶露变脸，脸色一沉，恶狠狠地瞪着冷阳，纤指一伸，不客气地指着他，阴森森地、一字一顿地说；“冷阳，你明天就给我上班去！”

冷阳挑高了眉头，不快地看着叶露。

叶露气愤难当。“你这可恶的家伙，你竟然还想到要去旅游了。星星天天在公司里受苦，你这个当爸爸的不帮忙也就算了，成天赖在床上装死也就罢了，竟然还想出去玩？气死我了！哼，既然有这个心思到国外去玩，就说明你已经好了！别瞒我了，明天你就去上班，把星星给换回来！”

冷阳愣住了，突然觉得——他好像是上了某人的套了！

眼看某人气得不轻，他冷眼一闪，只能很无辜地辩解：“你出国之前，我们不是说好了，你回来，我就带你去旅游的吗，你不高兴？”

叶露愣了，想了想，冷阳好像是说过这样的话！

一时有些窘！

觉得自己气愤得有道理，又有些没道理！

冷阳冷色眼中闪过温柔，伸手，他摸了摸她怒色还没完全退去的脸庞。触感娇嫩，百摸不厌！

他轻声安抚：“好了，我明天就把星星给替回来，但是我身体还没完全好，我要在家里办公。旅游的事，是我承诺给你的，不会改的，等我把公事处理得差不多，抽出几天，我带你去法国，也带星星一起去，好吗？”

她最不能抵抗他这样的温柔，他几乎是什么都为她想好了。

仅剩的怒气也消失无踪，她有些不好意思地埋在了他的怀里，想了想，他毕竟是从死亡线挣扎过来的，身上那么多子弹又不是开玩笑的，就是铁打的身子，也不能这么快就恢复过来，心中不舍，又开始心疼他了。

于是，她小声地嘟哝：“对不起啦，我只是看星星最近瘦得厉害，心里好心疼，所以……所以想你可以帮帮他，毕竟他还小嘛！”

“没事！”冷阳淡淡地说道，心里这才浮现了一点点的愧疚——对冷星的！

叶露轻轻一笑，微微抬头，对上他那俊美的脸庞，瞳眸中一片温柔之色，神态不由得有些娇憨：“你放心，我不会让你累到的，我和星星会一起帮你的！”

冷阳微微一笑，眸中掠起一片暖色！

低头，他轻轻地吻上了她。

我知道，露露，我全知道，你和星星肯定会帮我的！

因为，我们是不离不弃的一家人！

(全文完)

番外

（一）他是如何爱她的

听淑暗地里害冷阳，不用说，等冷阳回来，她肯定是要接受审判的。她没想过要逃，逃，能够逃到哪里去？只要冷阳想，纵使是天涯海角，他都能把她给揪出来！

所以，她等，等冷阳回来。

叶露也没有像处理冷涛一样，严肃地处理听淑。因为，她觉得，听淑不是她可以随意动的人。

无论如何，听涵在冷阳的心里占据着重要的位置，听淑是听涵的妹妹，叶露是不会这么莽撞地对付听淑的。她把听淑留了下来，还是像往常一样在同一个屋子下生活着，等冷阳回来。

终于，冷阳从国外被救回来了，也找上了听淑。

“你走吧！”冷阳如是说。

听淑惊愕地看着冷阳，她没想到冷阳会是如此的宽容。他竟然仅仅是简简单单地让她走，她可是帮助冷涛害他的人。

“为什么？”她要知道一个理由。“为什么要放过我？”

冷阳冷色的双眸微微一闪，声音中有着叹息。“还记得，我答应过你姐姐，要好好地照顾你吗？”

当时，冷阳和听涵还处在热恋当中，听淑还小，经常嘻嘻哈哈地跟在两人的身后，恬不知耻地当两人的电灯泡，因为，听涵是听淑唯一的姐姐，也是唯一的亲人。

还是中学生的听淑常常开玩笑地对冷阳说："姐夫啊，你把姐姐抢走了，我可怎么办啊！我不干啦，以后没人可以照顾我啦！"

当时冷阳搂着听涵，当下承诺，以后一定会好好地照顾她，把她当作自己妹妹一般地照顾她。

听涵死了，可诺言就是诺言，不会改变的。

所以，冷阳会照顾好听淑。

听淑的神情出现了动摇，她不信，不信冷阳竟然还一直都记得。她有些偏执地摇着头，看着冷阳。"这不是真的，对不对？你对我那么好，只是因为我像我姐姐对不对？我那么不起眼，事情又过去了那么多年，你怎么还可能记得？况且，那……那只是我当时的一时戏言……那……"

"听淑——"冷阳认真地看着她。"你是你，我永远都不可能错认你和你姐姐的。"

"可是——"听淑难以接受，所以很尖锐地责问。"可是，你吻了我，你吻我的时候，叫了姐姐的名字！"

冷阳微微一笑，眸色中闪过一抹柔色。"我以为，你应该是知道，我是故意的，正如你那个时候也是故意的一样！"

听淑愣住了，她难以置信地看着冷阳，那个晨光温暖的早上……那个酒气氤氲的暗夜中……

两次的吻，竟然……竟然都是他故意的！

故意……做给叶露看吧？

"为什么？"为什么他要故意做给叶露看？

"这个你没必要知道！"

"那你为什么要送我王者之心？"那么珍贵的东西，他几乎都没有犹豫。

"那只是一条项链不是吗，你喜欢我就送你。你大学毕业了，我作为你的姐夫是应该表示一下我的心意的！"

"可是那很贵！"听淑激动了。那么贵，他怎么能一点都不犹豫？

冷阳无所谓地耸了耸肩，这些钱他还不放在眼里！

"可叶露也喜欢它！"

"她有更适合她的！"那对柔情似水，已经戴在了她的耳朵上。

"你——"听淑突然一下子说不出话来了。"你爱的还是姐姐，对吧？"

"已经过去了。"冷阳的神色间没有丝毫的波动。他不是故步自封的男人，他也不是驻足不前的男人，有些事情，该过去，就得过去。

嘴唇一抿，他的眼神开始变得很严厉。“听淑，我希望你以后都不要出现在我和露露面前了，如果你想看星星，我会让星星去找你的。你已经长大了，也有能力照顾自己了，我对你，已经是仁至义尽了！”

“你……你这是打算要赶我走吗？”听淑有些难以接受地看着他，他打算是彻底地把她赶出他的世界是吗？

冷阳冷冷地看着听淑：“我不是一个仁慈的人，听淑！”

冷峻的脸，面对不值得他珍视的人，该狠绝的时候，他绝对会狠绝的。

这才是冷阳，一个真正的霸主。

听淑被他阴沉的脸庞中的狠劲吓到。

冷阳对听淑向来都没凶狠过，听淑这个女人，一边想着为姐姐报仇谋害着冷阳，但是一边又有些理所应当地享受着冷阳的照顾。

现在，是该让她认清楚自己的自私和愚蠢了！

诚如冷阳所说，他已经对听淑仁至义尽了。

没有对她下手，他已经够给她面子了！

不愿意再跟她多费舌下去。“你回去收拾东西吧，今晚五点之前，你必须离开这里！”

在这个家里，她已经没有存在的必要了。

听淑身形一晃，脸色顿时煞白！

咬了咬唇，她用她最后的高傲，调转身子，挺直身板走开，去收拾行李离开这里。

她的行动很快，叶露下课回来的时候，她已经走了。

从管家的口里得知听淑的消息之后，叶露惊了一下。

咦，那个女人怎么那么快就走了！

跑过去问冷阳。“阳，是你让听淑走的吗？”

冷阳“嗯”了一声，头都不抬地看着摆在他腿上的书册。

叶露摸了摸脑袋瓜，心里微微窃喜，可是又忍不住地问她：“那……那个，为什么啊？”

冷阳抬头，淡淡地瞥了她一眼。“就是你心里想的那样！”

她心里想着的那样？

叶露愣了愣，她心里想什么了啊，他怎么知道她心里想什么啊？

“过来，看看这个！”冷阳招呼愣愣的她。

叶露暂时放下心中疑惑，在床边趴下，凑过脑袋，看他拿着的书册。

咦，是样品屋，他看这个干什么？

“挑一个你喜欢的！”

“干什么啊？”叶露虽然问着，但是对这些美丽的房间装饰却有些爱不释手，真的一页又一页地翻看起来，最后，挑了一个最喜欢的出来。

“你要干什么啊？”她好奇地询问。

他只是淡淡地回道。“没干什么。”

“那你干吗要让我挑啊！”叶露嘟起了嘴，小小声地抱怨，不过才几秒钟，她就笑眯眯地举着画册问冷阳。“阳，你最喜欢哪一种？”

那么多的房屋装饰图，他看了那么久，肯定有他喜欢的吧，她很好奇。

他却只是很不负责地对她说：“你喜欢的，就是我喜欢的！”

“喂！”叶露以为他这是在敷衍她。拽了拽他，她不高兴地哼了哼，“冷阳，你这是搪塞我哦！”

她一不高兴，就喜欢连名带姓地叫他的名字。

冷阳沉默不语，那就表示这个话题，他不愿意再继续了。

叶露气鼓鼓地看着他，有时候，她真讨厌他这么冷漠，真是不惹人喜爱的性子。还有他那张冰冰的脸，不想说话，就可以拿那张冰脸对人！

讨厌！

啊，对了，听淑的事，他说的，就是她心里想的，唔，真的是她心里想的那样吗？

偷偷地看着冷阳，叶露嘴角弯了弯，他该不会是为了她吧？

第二天，叶露很诧异地看到那个一直尘封的房子被打开了，大批人的人把里面的东西往外搬。

叶露心里一咯噔，急了，立刻跑去找冷阳。“阳，不好了，那个……那个房子……”

“我让人搬的！”冷阳眼皮子都没睁开，直接利索地回她，都不用叶露把话说完。

叶露站在那，半晌，才有些讷讷地走近了冷阳，在他的身边坐下，讷讷地问他：“为什么啊？”

冷阳睁开了眼，竟然冲她微微一笑，一下子就把叶露给电晕了。“你以后会知道的！”

叶露晕晕然地看着冷阳，心里扑通扑通地乱跳，总觉得一切有些不太真实！

冷阳见她娇态可掬，伸手，拽过她的小手，在嘴边吻了吻。“陪我睡一会儿。”

说着，他重新闭上了眼。他因为受伤现在还不能下床，需要大量的休息。许多时候，他都会闭目休憩。

叶露被他拽着手，没挣扎，脸色却桃红一片，她……隐约地猜到了什么！

果然，那间被尘封的房子渐渐地变了模样，墙壁重新粉刷，浴室重新改造，格局全然变样，变成了她想象中的模样，就是冷阳当日让她挑选出来的样品屋的样子！

等到完工的那一天，叶露的脸上扬起了大大的笑容，挂在脸上，像个大太阳，一直都没有下去。

她乐颠颠地跑去找冷阳，不是很真心地试探："喂，你把听涵的东西都扔了，你舍得吗？"

事实上，她说这话的时候，那个屋里的东西已经全都给扔了，冷阳想要找回，可就没那么容易了！

冷阳从文件夹中抬起了头，淡淡地问她："那里面有你喜欢的？"

在叶露的指责下，他已经接替冷星处理公司事务了。

叶露自然是把脑袋摇得像个拨浪鼓！

冷阳不再关心地重新低下了头。

叶露笑得傻瓜似的时候，冷阳淡淡地补了一句。"等我伤好了，再陪你去买一些你喜欢的家具吧！"

叶露欢呼一声，一把跳到了床上，伸出双臂，一把抱住了冷阳，双眼灿灿地看着他。"真的？"

冷阳凑过脑袋，在她嘴上亲了亲，当作应允。

叶露欢喜地在他性感的唇上狠狠地吧唧了一口，一把从床上跳了下来。"那好，我先去看看我缺什么！"

她宛如一只快乐的小鸟一般朝她的新房间奔去，冷阳的嘴角微微一勾，那里会成为他们的新房，一个共同的窝！

夫妻，没必要分房睡的，不是吗？一个人拥有一个卧室什么的，以后可没这个规矩了！

笑过，他继续一目十行地看文件。

答应她的，他还要加紧处理公文，抽出时间，带她出国旅游呢！

（二）游乐场照片

这一天，叶露拿出了游乐场照片，乐滋滋地带着回味看着。

看着，看着，她就有些不满了！

为什么冷阳和星星无论怎么照，都那么好看呢，不像她，总觉得有几张不好看哎！

唉，果然人好看，无论怎么都好看！

人不好看呢，总是能挑出一些不令人满意的地方！

冷阳从财经报纸上抬起了头，冰色的双眸微微一转，一个视线瞥了过来，“叹什么气？”

叶露有些颓丧地捧着照相簿走了过来，“喏，这是我们那天在游乐场的照片！”

冷阳接了过来，看了几眼，随口就称赞道：“很漂亮！”他还没见过照片呢！

叶露靠在冷阳的身边，有些不好意思地指着她的某张照片说：“我觉得这张照得好傻哦！”

照那张相的时候，她当时心情变得有些不好，所以笑得有些勉强，好像笑又好像不笑的，自然脸就照得有些怪了。

冷阳却好像没听见她说的话一般，自顾自地说道：“我很喜欢这张照片，很漂亮！”

“真的？”叶露表示怀疑，心里其实已经乐滋滋了。

冷阳没注意她的神情，只是很自然地点头保证道：“在我眼里，无论哪个你，都是美的！”

他有些专注地开始一张一张地看照片，看得出来，他是认真的，每一张，他都会逗留许久，可以说是看得津津有味。

叶露忍不住地咧大了嘴，偷着乐！

然后她觉得自己未免也太得意忘形了，立刻偷偷地收了一些笑意。不过她还是忍不住地趴在了他的肩头，再一次跟他共同浏览照片，游乐场那天的事，也像放电影一般地，随着一张张的照片，在她的脑海中展开！

她想起，他被她拉着去坐云霄飞车的时候那一脸的不情愿，然后等云霄飞车启动之后，在车上的人大吼大叫，惊叫声不断的时候，他却从头到尾，保持着面无表情，末了下车来的时候，还是那万年不变的脸，让她看得啧啧称奇！

她想起，给他一桶冰激凌的时候，他那有些讶异的脸色，然后他很不屑地撇过了头，哼哼着，似乎在说那是小孩子的玩意儿，他是不会吃的。她气不过，存心跟他对着干，愣是强硬地将冰激凌塞到了他的嘴里，瞪着他，最后他还是吃了。一些经过的年轻男女指着他掩嘴偷笑，她当时也很没良心地跟着笑，看他冷着一张脸吃完……

她想起，在玩丛林狩猎那个游戏的时候，她和星星竭尽全力，最后还是遗漏了十几头猎物（木雕的动物），最后拽着他上场的时候，他打了一个满堂彩，在老板目瞪口呆的表情中，拿走了据说是老板开业以来从未被人拿走的头等奖，那辆仿真的吉普车，现在还摆在星星的房间里呢……

“呵呵……”

叶露轻轻地笑了起来，笑声在冷阳的耳边轻轻荡开，很敏感，惹得冷阳心中痒痒的！

“阳，咱们下次还去游乐场玩吧？”她跷着洁白的脚丫子，雀跃地一晃一晃的，半个身子靠在他的身上，欢快地提议。

冷阳没有异议，说了好，话音一转。“女人，在此之前，先让我拿些订金吧！”

偏头，对上的就是她洁白无瑕的脖子上，很方便他的啃咬！

她挑起了他的火，自然得负责好好地帮他把火消灭！

（三）怀孕了

叶露昏倒了，在跟大家一起打排球的时候，突然就昏倒了！

被温笑扶到校医室检查的时候，医生皱着眉头，很不满地看着叶露：“你怀孕了！”

现在的学生怎么回事，怎么会这么地乱搞男女关系！

温笑一看医生那宛如晚娘的面孔，心里就有底，立刻急急忙忙地解释：“她已经结婚了！”

医生诧异了一下，立刻脸色好多了，但又立刻沉了下来。

“既然知道自己情况不一样，怎么还这么不小心，打排球，你这样的身体，是可以做这种剧烈运动吗？”

叶露缩了缩脖子，这个时候，她也只能乖乖地被这医生责骂！

想起来，她也有些后怕，幸好没出事！

不过，她竟然怀孕了！

好……不真实啊！

转念，她又想到了一个很严重的，她……她还是学生！

她想到到时候她的肚子会变得很大很大，然后，她挺着一个大肚子，在学校里走动，跟学生们一块儿上课！

叶露哀号。“笑笑，我完了，以后没脸见人了！”

温笑毫不客气地敲了敲叶露的脑袋瓜，失笑。

“结婚的事你都已经干了，还怕挺着一个大肚子吗？”

“呜呜……我会被大家当作怪物一般地围观的！”叶露假哭。

温笑翻了翻白眼。“得了吧，咱们学校里的大肚婆又不是稀罕物！“”

她们学校各个层次的学生都有，本科生、研究生、博士生，以及年轻得像学生的老师，一站出来，很难让人分清楚那学生到底是什么层次！

叶露吐了吐舌头，嘿嘿一笑。

摸了摸肚子，她突然觉得很神奇，她的肚子里竟然多了一个宝宝呢！

那一刻，她突然感觉到一种身为母亲的神圣感！

还有，褪之不去的欣喜！

这种有了新生命的冲动，让她迫切地想把这个消息跟另外那人分享。

拿出手机，拨电话。

“我现在正在开会，没什么要紧事，过半个小时之后，再给我打电话好吗？”

貌似叶露打扰到冷阳了。

叶露暗骂自己冒失，立刻急急忙忙地回道：“啊，没什么，你忙你的吧，我只是怀孕了。”

叶露急忙挂了电话，暗想自己还是晚上告诉冷阳这件事好了。回头一想，暗笑自己笨，刚才她不是把什么都说了！

不过，那边冷阳没什么动静，应该是没听清吧！

笑笑，将手机放了回去。

那边冷阳听叶露说没什么，就把注意力重新集中到了会议上！

过了一会儿，他的脑中突然反应过来了什么！

“没什么……我只是怀孕了……”

手中的资料夹，从他的手中滑落，“啪啦”一下，砸在了会议桌上，正在演示台前指着PPT侃侃而谈的那年轻人脸色微变，以为自己所说的话惹来总裁的不满，立刻诚惶诚恐。

只见到冷阳猛地从座位上站了起来，往外冲，那发表自己课题的年轻人，脸色已经由白转青了，不会吧，他的课题这么不堪吗，竟然把总裁给气走了，这位年轻人似乎已经看到自己的前途一片惨淡！

冷阳狂力推门而出，拿手机拨号！

叶露一看是冷阳打过来的，不解地接了起来。

“喂！”

那边冷阳有些声音不稳地问："你……你怀孕了？"

"嗯。"叶露有些不好意思地轻轻应道，心里慌慌的，感觉像是有一只小蚂蚁在爬着一般，但是又觉得心里甜甜的。

冷阳深吸了一口气，眼中闪过狂喜。

他有些无措地扒了扒头发，就是听涵怀孕都没让他那么激动，因为当时他是有意识地让听涵怀孕的，希望有个孩子可以安抚她受伤的心，孩子的得知也是在家庭医生隔三差五的检查中得知的，不像叶露，虽然他有所期待，就这么突然的，她就那么突然地告诉他——她怀孕了！

"你……怎么知道的？"过分欣喜的心情，让他有些失去冷静。他这个样子，让会议室的一干人等都惊诧地闪了闪眼。

叶露没怎么遮掩，说了事情经过。

冷阳忍不住地狂吼："什么？！你去打球了！你疯了啊！"

叶露的心抖了抖，突然就意识到，自己很失策，真不应该对他有问必答的。

冷阳一听叶露没有回音，就意识到自己刚才肯定是太大声了，有些担心会不会吓到她，还有她肚子里的孩子。

听涵怀孩子的时候，他每天还是很忙的，也没什么时间可以关心她，所以，老实说，冷阳虽然已经有了冷星，但是对于女人从怀孕到生子，再到抚养，他真的是所知不多！

做了一个深呼吸，他收了暴躁，放柔了声音："你现在不要动，我去接你。"

"啊，不用了！"叶露拒绝，冷阳不是在开会嘛。

"听话！"

叶露皱眉，小声地咕哝："真的，不用的，你还是开会吧，我没事的，医生也说了我没事。我会让司机接我回去的……"

"露露！"冷阳沉下了脸，声音紧绷中是不容拒绝。"你哪里也不许去，就坐在那别动，我现在就去接你，就这样！"

他很霸道，叶露很无奈，但是不可否认的，他这个时候的霸道，让叶露有一种受重视的感动和欣喜。

于是她应了下来，一边的笑笑冲她挤眉弄眼，暗笑这对夫妻的浓情蜜意，叶露羞恼地喝令她不准笑！

这边冷阳回转身宣布会议延期，下次继续，就宛如旋风一般地卷走了！

会议室人松了一口气，大概明白是怎么一回事了，看来是他们的凤影怀孕了，着实要庆贺了！

这边冷阳把叶露从医院里接过来，直接跑到自己的医院让专业人士检查了一遍，妇科主任热心地向冷阳嘱咐了孕妇应该注意事项。

冷阳一边点头，一边拿出录音笔记着，回去，他得让秘书给他好好地整理一份资料出来。

然后，主任又推荐了他几本书可以看看，关于如何育儿的。

叶露在一边听着，白眼是翻了又翻，等终于离开主任的房间，叶露涨红了脸，不由得小声抱怨：“阳，孩子都没出来呢，你问那么多干什么啊？”

那个主任笑眯眯地一直看她，尤其当冷阳口无遮拦地问孕期房事时，更让她觉得不好意思。

冷阳冷眸一眯，很独断地说：“这些事情等孩子出来再问，就晚了！”

于是很快，叶露的床头就摆了几本育儿宝典和孕妇经，还有一份秘书根据当日妇科主任的话整理出来的《孕妇注意事项》。

平日里，冷阳的公文包里总是塞着那一份《孕妇注意事项》，晚上回来冷阳就开始抱着那几本孕妇经、育儿经开始啃，碰到他觉得认为重要的，也会读给叶露听。

叶露怀了孕，其实也没感觉那么紧张，但是准爸爸天天这么劳心劳力，害得她也有了紧迫感，一得空，也开始翻看那几本床头宝典。

叶露怀孕的事一经传出，着实让周围的同学笑了一段时间，不过大家都是善意的笑，一得空，这些同学围着叶露叽叽喳喳地说孕妇应该注意什么啊，她们家有什么偏方可以让孩子可以生得聪明一点啦……等等。

人多力量大，叶露几乎已经成为他们系的国宝了。

这边亲朋好友也是惊动了，叶露那些“神秘”的家人终于跟“神秘”的女婿见面了，两位老人家对冷阳多是不谅解，想到自己的女儿嫁给他那么久，一来他们没机会参加他们的婚礼，二来，也没机会得见叶露，所以，即使他们对冷阳心有畏惧，但还是不能掩饰对冷阳的不满。不过在看到自己的女儿很幸福，而女婿又是天天地围着女儿嘘寒问暖，二老心里的不满，也就慢慢地消下去了。

叶家的小弟是叶家第一个搞叛变的。他表达了对冷阳的景仰是犹如滔滔江水连绵不绝，尤其是看到冷宅那么多的黑衣小弟，都冲着冷阳叫“冷哥！冷哥”，简直对冷阳崇拜地把他当作神看，天天围着他，嘴甜地叫“姐夫、姐夫”，迫切地期望冷阳直接收了他当小弟！

这小子，估计是古惑仔的片看多了！

更甚至看到一脸酷酷的冷星，叶小弟都能惊叹地凑过去表示崇拜！

再慢慢地发觉冷家到底是如何强大之后，叶小弟惊叹到都快要崩溃，叶妈妈也要崩溃了，她已经忍受不了自己儿子的一惊一乍了，所以，待了半个月之后，叶妈妈一脚把叶小弟和叶爸爸先踹回了家，自己再多留几天，帮女儿多注意一些事情，毕竟叶妈妈是过来人，知道孕妇有哪些忌讳！

叶小弟走之前，恋恋不舍地冲着冷宅发誓，他肯定要考上这儿的大学，叶妈妈哭笑不得。想着儿子要是能有了奋斗目标，考上这边的大学，也是好的。

叶妈妈多待了一周之后，也回去了，家里那边一大堆的事情等着她做呢。叶露有专门的护理人员照顾着，应该是没什么事的。

然后，白跑过来了。

开口第一句话："我要当你女儿的干爹！"

女儿？

谁告诉他叶露肚子里的是女儿？

"我还不知道我肚子里的到底是男孩还是女孩呢！"叶露有些好笑地看着白。

白邪魅地笑了笑，一脸肯定地说："你肚子里的一定是女儿！喏！"

他将手上拎着的旅行包给卸了下来，"这是给我干女儿的！"

叶露打开一看，都是一些女孩子的小衣服，还有一些小玩偶。

她的脸上忍不住地冒了黑线。"白，你不觉得这些衣服准备得太早了吗？我怀孕也不过才三个多月，距离产下来，还有6个月呢！"

白耸了耸肩，无所谓了！

可叶露说是这样说，拿着那些小女孩的衣服，还真的有些爱不释手，真的是好漂亮呢！

冷阳知道之后，脸色一沉。"不准，他想要孩子，不会自己生啊！哼，想当我女儿的干爹，门都没有！"

叶露讶异地眨了眨眼，不明白冷阳怎么会发那么大的火，还没等她开口，冷阳又怒气冲冲地下令。"把他给的那些东西都扔了。哼，我女儿的衣服，我自己会买！"

叶露眨眼，还是眨眼。

冷阳看叶露迟迟不动弹的样子，心里气闷，冷眸瞪着叶露，眼神宛如剑！

叶露无所觉，因为她根本就是有恃无恐。

她只是好奇，为什么冷阳也会跟白一样，一口断定，她肚子里的一定是个女娃！

"阳，我肚子里也许是个男孩哟！"

"不可能！"冷阳想都没想地否决，"那一定是个女儿！"

叶露脸一拉，"怎么，难道你不喜欢儿子吗？"

"喜欢啊！"冷阳这一句喜欢听不出来有太多的真诚。"可你肯定会生女儿的，女儿多好啊，会像你，会很可爱的，像个小公主！"

冷阳说到这的时候，脸色忍不住地柔了下来，似乎想起了那个像叶露的小可爱，嘴角边也忍不住地染了一些笑意！

叶露好气又好笑，竟然是为了这个原因认定她肚子里的是个女儿！

真是一个霸道的男人！

“喂，我要是生个男孩怎么办呀？”这个男人顺心惯了，叶露就喜欢偶尔给他制造一点小小的麻烦，可不能一直让他这么顺心！

冷阳微微皱起了眉头，但是很快，他很肯定地说：“放心，那肯定是个女儿。”

放心？

叶露无奈地翻了翻白眼，她没有担心好不好，她有什么好不放心的？

她无所谓啊，男孩、女孩都可以啊，都是宝贝啊！

不过看冷阳这样！

叶露轻笑着自言自语，摸着自己的肚子，小小地嘟囔：“喂，宝宝啊，你要是不幸是个男孩儿啊，你爹地只怕是要把你退货的哦，所以，你乖一点，要是个女孩哦。否则，把你生下来再塞回肚子里再生产，妈咪会被你折腾死的！”

冷阳闻言，没忍住笑意，低低地笑了出来，声音很沉，宛如大提琴在演奏一般，很动听。

他坐下，一把搂住了叶露，在她耳边低喃：“儿子、女儿我都喜欢，因为都是你生的。但我希望你先生个女儿，我想要一个女儿！”是她的缩小版，甜笑着叫他爸爸，看着就让人心情舒畅。

叶露咯咯地笑了起来，这个男人，偶尔的甜言蜜语，真是让她百听不爽！

“我有预感，你肯定会生女儿的！”冷阳摸着叶露的肚子，咬着她的耳朵低喃。

看看，这个男人又来了！

说到底，这就是一个霸道的男人！

认定了，就不会改！

“把白给的衣服扔了！”继续不变霸道！

叶露抬头，报复性地咬了一下他的下巴。“好了，你受伤的时候，欧美澳那一带的生意多亏了有他和金斯泽帮你把持着，他要当干爹，你就让他当吧！”

冷阳皱眉，想了半天，还是老大不情愿，冷声哼了哼。“他倒是白捡了一个大便宜！”

叶露笑了笑，抓住冷阳的大掌把玩，“女儿多一个厉害的干爹，以后也就可以横行全球了，不好吗？”

咦？

一说出这话，叶露就愣住了！

她怎么也被这男人给催眠地一厢情愿地认为是个女儿了呢？

于是，叶露很好奇地问这个家里的另外一个小男人。

“星星啊，你想要个妹妹呢，还是想要个弟弟？”

“妹妹！”星星毫不犹豫地说。

“哦，那你觉得我会生妹妹呢，还是会生弟弟呢？”

“肯定是妹妹啊！”星星十分地肯定。

这下换来叶露好奇了，为什么这几个男人都说她会生女儿呢，是不是有什么她不知道的东西被这些人知道了啊！

“星星啊，你为什么这么肯定啊？”

星星撇了撇嘴。“我有预感，露露肯定会生一个妹妹的。”

妹妹好啊，娇嫩嫩的，会像露露，像个洋娃娃一般的，笑着叫他哥哥！

他点了点头，又像是给叶露信心一般地说。“嗯，露露别担心，你肯定会生一个妹妹的！”

叶露无语！

她根本就没担心好不好？

看着小家伙一脸严肃、不容他人怀疑的样子，叶露叹：

果然是父子，某些方面的霸道和自信真是让人不得不佩服！

B超的结果出来了，医生告诉她那是个女儿的时候，叶露真的不惊讶，真的，她真的一点都不惊讶！

有这样的父子，她已经被洗脑得很成功了！

可是那对父子也未免太嚣张了吧！

“我就说是个女儿嘛！这下，你可以放心了吧！”冷阳一脸淡漠，只是眼中不无得意。

“是啊，我就知道是妹妹。这下好了，露露也可以放心了！”冷星在一边高兴地点着头附和，稚嫩的脸庞是飞扬的笑意！

搞屁啊！

叶露在心底狂吼，她什么时候担心了，她一点都不担心好不好！

从头到尾，担心的，一直是你们这对父子，好不好！

看着这对酷着脸、其实心里乐得不行的父子，叶露无奈地在心底咕哝——

真是受不了！

脸上，忍不住地扬起了笑靥！

真是一对活宝呢！

（四）冷老爷子

冷老爷子在家里坐不住了！

叶露这个儿媳妇真是好骨气，那天生日宴之后，还真的没再来找过他。冷阳受伤后，叶露对冷阳的不离不弃，以弱柳之姿，强硬地压倒龙组的那一帮主事，以雷霆手段，扶植冷星上任，让冷老爷子着实欣赏。

这才是他好儿媳嘛！

放眼整个冷家，他看来看去，也就他这个儿媳是最棒的了！

冷老爷子心里得意，觉得与有荣焉！

他从心底开始喜欢叶露，有心要跟叶露套近乎，但是，生日宴上的那些话，他说出了口，不好收回，让他低声下气地去接近叶露，还真是让他放不下这张老脸。

于是，他就一直忍着没去找叶露，指望着叶露能过来探望他。

他打算好了，一旦叶露来拜见他，他就顺水推舟，认了这个儿媳妇，以后一家人和乐融融。

可是，叶露还真的一次都不来找他！

这不，都传出怀孕了，还不来找他。

冷老爷子急了，在家里有些抓耳挠腮！

这可怎么办呢，难道真的要让他亲自找上门才行啊！

这不，机会来了，据说叶露上医院查出来是个女儿，冷老爷子双眼一亮，有了主意，巴巴地上门，去看望孙女去了。

叶露倒还是有礼，请冷老爷子坐下，左一口冷老爷子，又一口冷老爷子，就是不叫一声“爸爸”，冷老爷子坐了一会儿，有些坐不下去了。

让她好好歇着，冷老爷子有些丧气地回去了。

回去之后，琢磨再琢磨，冷老爷子是拼了！

现在他的窘境是：他的孙子冷星不叫他“爷爷”，他的儿媳叶露不叫他“爸爸”，两人都管他叫“冷老爷子”，怎不让他气闷？

所以，叶露肚子那个女儿，他怎么地，都得让那女娃叫他“爷爷”！

他好歹也是有两个孙的，怎么就不能被喊一声“爷爷”了！

于是，冷老爷子开始隔三差五地往叶露那跑，弄出各种各样的名义献殷勤。

入了夜，床上，冷阳轻轻地揉捏着叶露因为怀孕而经常酸疼的双腿。

“你打算什么时候叫爸爸啊？”

叶露哼了哼，状似不快。

冷阳没有再问，只是低喃了一句：“他老了，你别太玩他！”

叶露狡诈地笑笑!

那就等女儿生出来再叫那一声“爸爸”喽!

(五)女儿不准抢

金斯泽带着小瑞(金斯瑞)来看叶露。

金斯泽已经接掌了他爸爸的势力,叶露也没什么顾忌地把小瑞的事情告诉了金斯泽,看他打算如何。金斯泽自然是把小瑞接回了自己的身边培养,金议员欢喜地接过了小瑞,对金夫人的事,如冷阳所劝,不去探究。

小瑞欢喜地看着叶露凸起的肚子,已经有六个月了呢!

他语出惊人:“露露,把妹妹给我当老婆好不好?”

未等叶露皱眉,冷阳和冷星同时冷哼:“不好!”

冷阳瞄了一眼冷星,只见冷星抿着唇瞪着这个他刚认识的小伙伴说:“你太弱了,保护不了妹妹的,我是不会把妹妹给你的。”

看上去文质彬彬的小瑞气愤地瞪大了眼,大声地反驳道:“我不弱!”

冷星哼了哼。

小瑞站了起来,小手指一伸,指着冷星,下了挑战。“你,出来,咱们打一场!”

他接受左翼的安排,接受了不少锻炼,已经从一个普通的稚嫩小孩,变成了颇有武艺的小武者了。

冷星接受了挑战,哼,想动他的妹妹,先过了他这一关再说!

两个小孩跑到外边的草地上,扭打成了一团。

几个大人看热闹似的在一边围观着。

冷星虽然武艺扎实,但是小瑞也不弱,况且,小瑞还比冷星长了两岁,年龄造成的力气差距摆在那里呢,两个小孩,打得竟然是难分难舍,难以分出胜负!

一直斗下去,只是加重彼此身上的伤罢了。

“好了,你们别打了!”叶露喊道,两个小屁孩充耳不闻,两人都是碰见对手了,斗气被激出来,不打个你死我活,只怕不愿意停手。

叶露叉腰,看着还缠在一起的两人,摇了摇头。

扭头,看冷阳,嘟起了嘴!

冷阳宠溺地摸了摸她的发顶,下场。

两手一伸,一只手一个,拽住两人的衣领,像抓小鸡一般地,轻松地拎了起来。

两人挣扎着，因为领子被拽着透气不良，所以憋红了一张脸，但还是虎视眈眈地瞪视着对方，不甘心地还手打脚踹着！

“行了！”冷阳冷冽地低喝，不是轻蔑更胜似轻蔑。“过不了我这一关，谁也别想打我女儿的主意！”

小瑞看着宛如战神一般的冷阳，一下子——蔫了！

冷星抬头看着冷阳，蓦然——得意地笑了！

他是爸爸的儿子，那么，总有一天，他会赶上爸爸，然后强过爸爸的！

这——就是血缘，就是遗传！

（六）小保姆

冷阳觉得自己忍得够久了，叶露生下女儿牙牙之后要坐月子，冷阳憋得都快内伤了，这种冲冷水澡的日子，他真的有些受够了！

这天，撞见叶露在给牙牙哺乳，柔和的侧脸，雪白的胸脯，在他的脑海中怎么都挥之不去。

心中的欲兽出柙，他终于忍不下去了，打电话跟医生确认了一下，他决定今天就拉着叶露跟他做某种运动。

可是到了晚上，问题来了。

牙牙小，晚上时不时地会闹哭，非得有人哄着才行，平日里，都是叶露亲自照料着的。

如果有牙牙在，小家伙要是哭了，叶露担心，照顾牙牙，冷阳肯定是不能尽兴的。

于是，无良的爸爸立刻就想到了一个邪恶的主意。

他直接把牙牙抱给了冷星，让他这个做小哥哥的充当小保姆，照顾妹妹一晚上。

叶露好奇地看着冷阳抱着牙牙出去，回来之后，牙牙却不见了。

“牙牙呢？”叶露问。

冷阳锁了门，没有感觉到危机的叶露任凭冷阳在她身边坐下，搂住了她。

“我让星星照顾她了。”

说着，他低下头，封了她的唇。

他一边用火热的唇吻着她，一边在她的唇边沙哑地低喃：“露露，今晚给我吧！”

一边大掌暗示性地在她纤细的后背抚摸着。

叶露的脸，呼呼呼——犹如火烧云一般地迅速红了起来。

好久没经历情事的身子，也是异常地敏感，冷阳稍微一撩拨，她就有些忍受不住。

不受控制地伸手到冷阳的脑后，捧着他的脑袋，配合地跟他接吻，身子缓缓地烧了起来，晕乎乎地仿佛漫步云端。

冷阳的大掌已经沿着她的身体曲线逡巡，生产过后的皮肤更显得娇嫩，仿佛会吹弹可破一般，一摸上去，仿佛手指头陷进去就会拿不出来一般。

冷阳略显激动地扯着她的衣服，叶露突然脑中一惊，想到了牙牙。

有些无力地出声阻止：“不……不行，牙牙……牙牙……”

她怎么会感受不到冷阳的情动？依照她对他的了解，她若是让他得逞，今晚她就别想安稳了，积蓄已久的热情，肯定会让他要她一个晚上的，她怎么抵挡都没有用的。到时候，牙牙要怎么办？

冷阳沙哑地咕哝，“牙牙有星星照顾，你放心好了！”

他一早就打好的算盘，岂容叶露让他败兴。

忙碌着，再度在她的身上激起爱的狂潮，叶露一开始还有些犹豫不决，很快，就被这个霸道的男人所征服，昏昏沉沉地随这个男人的行动载沉载浮了……

一晌贪欢，叶露也算看透了冷阳的本质，激烈到不知道交缠了多少回，总之最后叶露是无力娇喘，晕了过去，而冷阳那个时候还在奋战不休。

那边，从冷阳那得知今晚可以跟妹妹一起睡的冷星，着实兴奋。看着床上的妹妹，他诚惶诚恐地坐在床上，看着躺在自己身边的妹妹，像个玉娃娃似的，不敢动她，有些不知道该如何是好。那个样子，就好像特别宝贵的东西摆在了他的面前，他不敢动地只能观望，就怕自己一不小心会弄坏。

妹妹流着口水，“吧嗒……吧嗒”地吐着可爱的小泡泡，粉嫩嫩的唇瓣可爱地微微翘着，黑亮的眼珠子，懵懂地看着熟悉的那张小脸，看了一会儿，她皱起了眉头，眼睛里浮起了水气。

冷星立刻慌了，伸出小手，拿起一边的“咚咚”，一边摇着，一边嘴里配合地叫着“咚……咚……咚……”

稚嫩的声音，听着宛如催眠。

牙牙眼中的水气消了一些，她的注意力被“咚咚”给吸引去了，过了一会儿，她缓缓地闭上了眼，困了，她要睡觉了！

许久之后，冷星才放下了手里拿着的咚咚。

妹妹还是很好哄的，平日里也是很乖的，看着熟悉的脸，也就没什么好害怕地睡了。

冷星拽过小被被，小心翼翼地盖在了妹妹的身上，牙牙无所觉，睡得天真无邪。冷星悄悄地凑了过去，在牙牙的身上闻了闻。

嗯，一股奶香味！

妹妹身上好香啊！

当小哥哥的冷星笑眯眯地想。

轻轻地下床，关了房间内的所有灯，只留下他自己那边的床头小灯，冷星悄悄地朝牙牙靠了过去，挨着妹妹，很快，他也睡着了。

夜里，星星觉得好冷，他被那一股湿冷的感觉给惊醒了！

牙牙——尿床了！

冷星一脸黑线，看着牙牙，小家伙还是无所觉地睡得一脸的天真无邪。

冷星看着那张粉嫩嫩的小脸，就生气不起来。

只能起床，任劳任怨地拿起冷阳一起拿过来的尿片，开始替换了起来，还好，他见叶露换过许多次，这个操作步骤，他还是会的。

牙牙被冷星摆弄着，就醒了，睡得好好的，被吵醒了，小家伙老大不高兴了，眼睛眨巴眨巴，泪珠子就掉了几颗出来，“呜呜”地小声抽噎了几声。

冷星尿布都顾不得换，立刻抱着她一阵地哄，小家伙不领情，没有闻到那香香的母亲味道，她的哭声越来越大，冷星就是拿“咚咚”哄她都不太管用。

被牙牙哭得不知所措的冷星，突然灵机一动，想起了叶露给他唱的歌曲。

一首《forever at your feet》，很自然地从他的嘴里流泻了出来，牙牙的眼泪慢慢地止住，嘴里吐了吐小泡沫，吧唧了一下嘴，眼睛慢慢地闭上，呼吸也慢慢地均匀了。

冷星一边唱着，一边不太麻利地换上尿片，松了一口气，看着妹妹再度很安详的睡脸，粉嫩嫩的，像个天使一般，冷星就觉得老有成就感了。

他抱着妹妹窝到床的另一边睡下去了，那一边被弄湿了，可不能睡人！

之后，一夜都相安无事。

次日，牙牙的精神也很好，“咯咯”地笑个不停，见到哥哥，就爱用那双湿漉漉的黑眼珠，爱娇地“呀呀……”叫着。

一夜快活、春风得意的冷阳冷眸微微一转，心下有所体悟！

此后——冷星的兼职小保姆的身份，就确立了！

冷星任劳任怨地当他的小保姆，只因为，他喜欢妹妹，所以能够照顾妹妹，他觉得一点都不辛苦，反而觉得——很幸福！

呵呵，既然大家都幸福，那还有什么可说的呢？

（七）我的心里只有你没有他

冷阳要出国做生意，可是叶露却无法跟过去，因为牙牙离不开妈妈，叶露又不能狠心地撇下自己的女儿跟冷阳一起出去。

已经习惯了这么一个人在身边，一下子没了，而且一去就要五天，说真的，叶露还有些不习惯。

可能自她生产以来，冷阳一直都在她身边的缘故，又或许是因为冷阳即使出国也只是当天去，当天晚上赶回来。

总之，冷阳去的当天晚上，叶露就开始想他了！

当天晚上冷阳打电话给她，询问她今天的近况，抱着电话，她嚅嚅地说着，一边逗弄着小月牙，心情总算是好了点，如果要求他立刻回来，叶露也知道自己是任性了一些，幼稚了一些。自己的男人可是在挣钱养家呢，她可不能拖自己男人的后腿。

嘴里叮咛着让冷阳早点睡觉，她心里其实不舍极了，抱着电话，她迫切地希望冷阳可以不识趣地把这个电话延续到天长地久，但是冷阳累了，忙了一天，马不停蹄的，他也是想早点把事情办完，好回去待在心爱的妻子、儿女身边。所以，在电话里跟叶露吻别，冷阳挂了电话。

叶露不舍地挂了手机，一把抱紧了牙牙，亲了又亲，仿佛那个心爱的人就在自己身边一般。

牙牙不懂，看到妈妈跟她玩亲亲，“咯咯”地笑了起来……

第二天，很无意的，叶露在室友的电脑上听到了一首歌《我的心里只有你没有他》，佘诗曼唱得很缠绵、很动听，眼神动作，配合得天衣无缝，那对爱人的心意，娓娓道来，让叶露触动蛮大，只觉得好听极了！

“我的心里只有你没有他，你要相信我的情意并不假

只有你才是我梦想，只有你才叫我牵挂，我的心里没有他

我的心里只有你没有他，你要相信我的情意并不假

我的眼睛为了你看，我的眉毛为了你画，从来不是为了他

自从那日送走你回了家，那一天不是我把自己恨，自己骂

只怪我，当时没有把你留下，对着你把心来挖

让你看上一个明白，看我心里可有他

我的心里只有你，没有他，你要相信我的情意并不假

我的眼泪为了你流，我的眼泪为了你擦，从来不是为了他……”

想到冷阳后来坦诚冷涛在吻她的时候，他心里的嫉妒；还有每次白或者金斯泽上门时，他那眼中杂着不高兴的冰冷表情，心念一动，学了！

这首歌听上去是蛮简单的，但是要学到佘诗曼那样的味，还真的有些难度呢！

不过，对叶露来说，也不是太难，毕竟她对冷阳那浓浓的爱摆在那，唱这个，最需要的是一腔的柔情了。

躲在自己的房间里，叶露偷偷地练习，牙牙不太明白妈妈在干什么，只是趴在她的摇床上，好奇地睁着黑溜溜的眼睛看着叶露在那唱着，在叶露柔声冲着她唱歌的时候，时不时地咧嘴咯咯笑一笑，顺便流一流口水，再来扑棱扑棱自己的双手和双脚，表达自己欢腾雀跃的心……

"露露在唱什么啊？"练完武术的星星顾不得先去冲澡，先来看看自己可爱的宝贝小妹妹。

牙牙欢快地"咿咿呀呀……"起来，小身子一个劲地蹦跶，不知道想表达什么。

星星走过去，在妹妹香香软软的脸蛋上亲了一口，又轻轻地摸了摸妹妹的小手，牙牙受到了关注和安抚，这才有些安分地趴坐在那里。

叶露笑着告诉星星歌曲的名字。

"是唱给爸爸听的吗？"星星几乎是一针见血地问到了点上。

叶露笑眯眯地点了点头。

"爸爸一定会非常高兴的！"

"真的？"叶露的双眼一亮。

星星点了点头。"很好听，爸爸一定会非常喜欢的！"

叶露笑着一把抱住了星星，不顾他一身的汗水。

"星星，太好了，你这样说，我觉得更有信心了。"欢快的笑声，宛如风吹动树叶一般，发出"哗啦哗啦"的脆响，让人的心跟着一阵柔柔地波动。

伴着叶露在他脸上落下的"啵"的一声，冷星眉角微微一弯，跑去沐浴去了，回来好干干净净地陪妹妹玩！

练了两天，勤奋努力，让叶露自我感觉相当良好。

于是，在冷阳出国的第三天，甜甜蜜蜜的电话热线再度从遥远的国度打来，叶露接了起来，跟冷阳互通了一下今天发生的事情，说了她自己，说了星星，又说了牙牙，时间，就在这看似琐碎、实则很温情的絮叨中，悄然地溜走。

"阳，我……给你唱一首歌吧！"

叶露突然开口，那边正一边分心看文件，一边听叶露讲话的冷阳，愣了一下！

唱歌？

他一下子兴致高昂了起来。

他喜欢听叶露哼歌，柔柔的音调，能驱走他内心的疲惫和冰冷，有一种暖暖的太阳照在身上的感觉，就想永远沐浴在那温暖的歌声中，永远不要离开。

叶露清了清嗓子，温柔、深情的歌声，随着歌词，缓缓地荡开……

冷阳在听到歌词之后就愣了——

我的心里只有你没有他……我的眼睛为了你看，我的眉毛为了你画，从来不是为了他……我的眼泪为了你流，我的眼泪为了你擦，从来不是为了他……

说是叶露在跟冷阳献歌，倒不如说是她在对冷阳诉衷肠。

刹那间，叶露漂亮的笑脸，甜美的笑容，晶亮的眼眸立刻跳到了冷阳的脑中，还有她那一次次的泪珠……

又是心疼又是感动！

思念宛如狂涌，他有些克制不住地，迫切想把那个可爱的小女人拥入怀里，狠狠地抱住，狠狠地亲吻，狠狠地将她压入自己的身体里……

“呃……唱得还行吧？”唱完了，叶露才有些不好意思了，总觉得这怎么好像自己在赤裸裸地向他调情似的，怪难为情的，同时她也怕自己唱不好，惹他笑话。

心里开始七上八下。

“还行！”

冷阳的声音很平静，没有什么特别的情绪在里面，反倒让人觉得他在压抑什么。

实话说，叶露有些小小的丧气，觉得好囧，估计还是她的唱功不行吧！

按照她原先的语气，冷阳听了这歌，应该会很激动的，但是——

实话说，叶露也想象不出来，按照冷阳那冷漠惯了，不愿意将自己心绪表达出来的性子，想看他激动，也是蛮有难度的。

所以，又是不好意思，又是有些丧气的叶露，匆匆地挂了电话，心里不无失望。

失望过后，心中有些空空落落的，又开始想念他了。

唱了一首歌，没把冷阳的情绪给调动起来，反倒让她自己入了境，开始患得患失，叶露真是在心里鄙视自己。

睡的有些迷糊的时候，叶露感觉到自己的床有了些动静。

冷阳走了，星星和牙牙就跟叶露一起睡了，叶露反应到的一瞬间，就立刻睁开了眼睛，她怕是牙牙睡觉觉得不舒服了。

但是眼前突然冒出来的高大的身形，再怎么样，也不会是牙牙那个小不点的个！

“冷阳！”叶露急促地低呼，看着他，觉得是如此的不可思议！

不会是因为她太过思念他，所以出现幻觉了吧？

那边冷星已经坐在床上了，他是被无良的爸爸给推醒的。

冷阳轻手轻脚地抱起牙牙的时候，小家伙粉嫩的嘴巴“吧唧”了一声，哼哼唧唧了一下，小脸照旧睡得天真无邪。冷星很习惯地伸出短小的双手，从冷阳的手里，接过了牙牙，下床，往自己房间里走。

现在，也只有一个叶露不太在状况之内。

“你……你怎么回来了？”叶露低声问冷阳，他不是要在国外待上五天的吗，现在才过去三天啊！

瞅着冷星没有半分不耐烦地轻轻抱着牙牙往外走，叶露倒忘了去阻止。

冷阳什么都没说，抱住叶露，炽热的鼻息喷在叶露脸上的同时，开始了狂热的亲吻。

等那边冷星安静地把门关上，冷阳一把推倒了叶露，压在了她的身上，似乎有些按捺不住地吸吮着她的红唇、逗弄着她的香舌，大掌没有任何阻碍地直接钻入他的睡袍之下……

他的激烈和狂躁让叶露不解，但是已经习惯了他的爱抚的身躯，还是立刻做出了热情的反应，扭摆着腰肢，低低地喘息，暧昧地吟哦，不自觉地释放只为了他而绽放的热情……

颠鸾倒凤，是谁的汗打湿了谁的身躯，是谁的呻吟打乱了谁的呼吸，是谁的抚摸乱了谁的心跳……

一切，在水乳交融中，已经没有定案！

只有疯狂的掠夺，大力的律动，还有恨不得将对方刻入自己身体内的拥抱……

炽热得无以复加……

连最后平复激烈的喘息，都热得好似要把人给就此化掉！

简直激烈得有些天翻地覆，她不明白经过长途旅行他哪里来的精力，还有异样的几乎要把她烧毁的热情！

他沉重的身躯，压在了娇弱的躯体上，有些重，但是她不讨厌，她喜欢他这个时候放任地把所有一切都压在她身上的脆弱和信任，也喜欢听他此刻沉重的喘息，这个时候，抱着他，她会有一种很幸福的感觉。

因为，是她，才让他如此地情难自已和狂热激动！

但也只是那么一会儿的时间，冷阳就微微地抬起了身躯，靠着自己的手臂和腿支撑着自己大半的体重，他知道自己的重量，也怜惜她的娇小，很怕会压坏她。

低下头，亲了亲下面那张因为激烈运动而变得绯红的脸庞，湿漉漉的眼眸，像饱满的露珠，又像脱水而出的有价无市的黑珍珠，迷人地让人沉醉。

放纵自己沉溺在那两坛温柔的深水之中，就着下体依然埋在她躯体内的姿势，难掩迷醉地柔声请求：“再唱一次，那首歌，再唱一次！”

情动之中沙哑的声音，会是世上最好听的情人的声音。

叶露羞红了脸，不用冷阳明说，她也能猜到，冷阳是因为什么而风风火火地赶回来了。

她以为是自己失败，所以没多大成效呢，没想到……成效大着呢，大得不可思议，远远超过了她的预想。

她眯眼笑了笑，虽然似乎是因为她耽误了冷阳的办公，但是小女人的甜蜜性子，早就压过那小小的愧疚，开始用脸上放大的笑容来彰显自己的那份骄傲。

对上此刻一点都不冷的眼眸，耽溺与其中那缕也缕不清的柔情中，她轻轻地唱了出来，虽然有些羞涩，但是更多的是爱的大胆和狂野，想要告诉他，借这种方式告诉他，她叶露，完全为了他冷阳着了迷，无法自拔，此后，眼里、心里只能有他，只为了他！

这样的她，简直是要他的命！低低地闷哼了一下，他的眼里重新掀起火热狂潮，亲着她、压着她、困着她，疯狂地撕磨，真的有种想把她给一口吞了的冲动！

“你是我的，这一辈子都不会放开你，你是我的，你是我的……”

霸道的男人，闷声在她耳边低吼，反复地宣示着他的独占。

叶露暗笑，柔柔地迎合着他，臣服于他的狂猛之下。

这样的话，从最初的开始到现在，他已经说了很多遍了，一直在说，一直在说……可能以后，还是会说……

霸道的男人、冷情的男人、寡言的男人，似乎翻来覆去，也只有这么一句！

但她愿意听一辈子！

并且保证，一辈子不会听腻！

轻轻地在冷阳的脸上落下一吻，叶露轻轻地下了床。

从挂断电话开始，冷阳就着急往回赶，经过几次三番的巫山云雨，用尽了最后的力气，他才沉沉地睡了过去。

叶露小心地卷走自己的衣服，跑到了原先的卧室洗的澡，就怕吵到他。

碰见左翼过来拿文件，晨光太温柔，蔚蓝的天空也太多情，左翼的调侃有些借景生情，几乎没怎么经过大脑：“我的心里只有你没有他，嗯？”

微微上挑的音量，有着满满的促狭，配合左翼暧昧的眼神，叶露羞得都想找个坑立刻把自己给埋了。

回到房间，蹑手蹑脚地取了文件交给左翼。

过了好久，叶露才觉得有些疑惑，左翼怎么知道这首歌的，她记得自己只是偷偷地练习啊？

这个左翼，未免也太神通广大了吧！

等冷阳起来，叶露小小声地咕哝了一下，因为这歌，她都糗大了，都让左翼看笑话了。

叶露自然没有后悔，只是经过清晨那一场场的情事，有些不好意思面对冷阳罢了。她觉得自己有些像古代那些害得君王从此不早朝的宠姬。

这么想着，她的心里还是难掩甜蜜的。

冷阳的冷眸闪了闪，精明的脑子自然最擅长抓住蛛丝马迹。

拉过叶露，在她的鬓角落下一吻，看着她微微嘟起的嘴角，即使是小小的抱怨，也迷人的紧，不由心中一动：“我想你了！”

沙哑的呢喃，掠起一片情潮。

叶露愣了。

回头看着冷阳，还是那惯常淡漠的脸，可是他竟然会说出这样的话。

嘴角大大地一咧，叶露笑出了声，窝在他的怀里，她肆无忌惮的笑声，连走道都可以听得到。

笑得都快要东倒西歪，她无所顾忌，因为她知道冷阳会在一边护着她的，果然如她所料，冷阳伸手，将她几欲笑倒的柔软身躯搂在了怀里。

冷阳的心中有一丝无法诉尽的宠溺，看着在自己怀里笑得没有任何形象的小女儿，嘴角边也溢出了一丝笑意。

容易满足的小女人！

而左翼嘛，肆无忌惮地调侃叶露，因为她觉得叶露还没那么精明地察觉到什么，但是，她可能是忽略了，叶露有一个精明的老公，而且，这老公的精明，还远在左翼之上。

冷阳在下午时分找上门的时候，左翼心中立刻有不好的预感。

当冷阳拿出叶露随身携带的小黑的时候，左翼心里咯噔了一下，没有害怕，只有遗憾。

完了，以后只怕要少一项娱乐项目了。

聪明人说话，从来不需要废话。

左翼立刻告诉冷阳应该如何操作小黑，才可以阻止在通话的过程中通话内容的外泄。

于是，在献歌事件过了有一段时间之后，左翼通知叶露，小黑有了一项新的功能，就是在输入某项指令后，就可以将通话内容外泄了。

叶露惊叹于高科技的日新月异，自然对小黑更加的喜爱有加。

而冷阳和左翼这两只成了精的老狐狸，决口不提之前通话内容外泄的事情，就比如叶露当时打算逃离冷阳身边的计划。

冷阳的打算是，在许久、许久之后，等他和叶露老得手牵手坐着摇椅看夕阳的时候，他会把这当作一个珍贵的回忆，告诉这小女人！

她或许会撅嘴抱怨，或许还像个小女儿一般地捶手打他，但是，面对这一生的风雨与共、同舟共济，那只能是小小的剪影。

已经用更多更美好的剪影占满她的记忆，小打小闹，只能让这些剪影更加绚烂。

书房门外，传来一阵轻轻的脚步声，冷阳和冷星敏感地察觉到了，也立刻分辨到这样的脚步是属于谁的！

同时扭过头，往书房外看去。

“星星，阳，院子里的白蔷薇开花了，可漂亮了！”叶露抱着小牙牙，笑容明媚地在门口出现。

移植过来有一段时间的白蔷薇，在今天清晨开出了美丽的白色花朵。

叶露雀跃的姿态，不用太多的言语，就让冷阳从沙发椅上站了起来，冷星也跟着从小一号的沙发椅上站了起来。

父子俩相视一眼，冷星率先一步，带着笑容，脚步有些雀跃地朝叶露走去。

那边小牙牙咧着小嘴，咿咿呀呀地诉说不为人知的牙牙语！

冷阳不吝啬笑容，真心地漾开了笑容。

“看牙牙这么高兴，肯定是开出了很美丽的花……”

“呵呵……是啊……”

无须多言，一切尽在不言中，这一家人，早就已经开出了一朵代表着幸福的美丽花朵，在精心爱护下，会永不凋零……

永远祝福！

THROBBING
LOVE

下册